대표님의 아이

vol.2

vol.2

대표님의 아이

최연 장편소설

로맨티카

목차

2부

17. 내가 아빠 맞아!

크리스마스도 지나고 이제 며칠 안 있으면 새해다. 구순호가 며칠 만에 비서실에 들렀다. 매일 강현의 곁에 있던 구순호가 며칠 안 보였다는 건 이상한 일이었다.

"구 대리 왜 이렇게 요즘 보기가 힘들어요?"

"외부에 일이 많아서요."

"정말 많았나 봐요. 며칠 동안은 잘 들르지도 않고……."

안부를 물어오는 직원에게 구순호는 겸연쩍게 인사를 했다.

"커피 한잔 줘요?"

"아닙니다, 보고할 게 있어서요."

"그럼 들어가 봐요."

안으로 들어가자 강현이 눈을 지그시 감은 채 말을 했다.

"구순호. 잘 알아보고 왔어?"

"사람이 들어오면 눈은 좀 마주쳐주셔야지……."

"내가 너하고 사귀어? 눈까지 마주쳐야 해?"

한 번씩 이렇게 구순호를 놀리는 게 재미있는 건 사실이다. 큰 덩치에 비해 순진한 데다가 고지식해서 농담을 해도 진실로 받아들이곤 했다.

8

구순호가 지금 알아온 건 아주 오래된 이야기다. 요즘 강현이 알아보라고 시킨 것들은 다 옛날 것들이어서 정보를 찾기도 쉽지 않았다. 하지만 유 회장은 순두부 같다고 해도 막상 일을 붙잡으면 집요한 면이 있는 순호였다.

"먼저 연 실장님에 대한 겁니다. 어머니는 뇌출혈로 고생하다가 돌아가셨고 언니는 교통사고로 죽었습니다. 그때 뺑소니 사고라 보상도 제대로 받지 못한 것 같았고요. 연 실장님은 그 뒤로 청담동에 있는 온리유에서 일하면서 동화를 낳고 키웠습니다."

5년 전 할아버지가 인공 수정을 했다는 그 시기에 동화를 낳았다는 것도 알고 있다. 단지 다혜를 조금 더 이해하고 싶었다.

어머니가 아픈 동안 언니와 둘이 병원비를 대느라고 애썼을 거다. 어린 여자 둘이 얼마나 발을 동동 굴렀을지 안 봐도 훤하다.

그때부터 지금까지 남자는 하나도 없었다. 김준오도 유학에서 돌아온 지 얼마 되지 않았으니 연다혜의 유일한 남자는 연동화가 맞다.

제가 연다혜와 원나잇을 하기 전까지는 말이다. 귀여운 동화의 도로록 굴러가던 눈망울이 아직도 눈에 선하다.

"그리고 다른 건 어떻게 됐어?"

"그게 말입니다. 어후. 대표님 알고 계셨습니까? 그 김철주 집안 말입니다. 원수지간이라고는 하지만 그 이전부터 유 회장님과 아주 진하게 얽혀 있던데요?"

자세히 들은 바는 없다. 그 부분이 걸려서 구순호에게 조사를 해보라고 한 거였다.

"읊어 봐."

"일단 김철주 아버지인 김기팔이요. 유 회장님하고 아주 가까운 사이였습니다."

이건 또 무슨 말인지 모르겠다. 원수지간이라고 들었는데…….

"두 분이 고향도 같고 서울에 상경한 시기도 비슷한 것 같았습니다. 그 시대야 뭐 험악한 시대였으니까 서로 의지하며 사셨던 것 같습니다."

그렇게 지내다가 원수가 되었다고? 그럴 수는 있는 일이다. 단지 그게 얼마나 큰일이기에 대를 걸쳐서 원수가 되었을까?

"그리고 돌아가신 회장님 사모님이요."

"우리 할머니 말하는 거야?"

"네. 돌아가신 사모님이 원래는 김기팔 애인이었다고 알고 있던데요."

"뭐?"

전혀 호기심이 돌지도 않는 옛날 일이다. 할머니가 얼마나 미인이었는지 기억한다. 그리고 손주를 얼마나 예뻐했는지 강현에게는 다정한 할머니로 기억에 남아 있다.

아버지가 사고로 돌아가시고 얼마 지나지 않아 슬픔을 이기지 못하고 돌아가셨다. 아들이 먼저 죽었으니 그럴 만도 할 거다.

할머니에 대한 기억은 그 정도였다. 아직까지 한남동 거실에 걸려 있는 사진을 통해서도 그 미모는 짐작할 수 있지만, 김기팔 애인이었다니…….

"엉뚱한 소리 하면 가만 안 둔다."

"네? 엉뚱한 소리는요. 아직 생존해 계신 분들이 계셔서 여쭤봤습니다. 세 분이 다 같은 동향이라고. 그런데 돌아가신 사모님은 김기팔하고 가까이 지내셨다고 들었습니다. 김기팔 옆집에 살던 동생이라고."

"동네 오빠 정도 되는 셈이었네."

"네. 그런 거지요. 아닌가? 그래도 애인이라고…….

남녀 관계야 둘만 아는 거고. 둘도 서로 생각이 다를 수 있을 거다. 어찌 됐든 할머니는 할아버지와 결혼하셨고 아버지를 낳으셨다.

계속하라고 고개를 끄덕이자 구순호가 말을 이었다.

"서울에 올라오고 난 뒤에 세 분이 함께 만나기도 했던 거 같고…… 그런데 정작 결혼은 유 회장님하고 하셨죠. 그것 때문에 원수가 돼서 싸우기 시작했는데 덕분에 둘 다 아들을 잃은 셈이 됐죠. 유 회장님은 사장님께서 돌아가셨으니까 아들을 잃으셨고 김기팔은 그때 이후로 아들이 감옥에 있었으니까요. 다른 사람들은 다 김기팔이 죽은 걸로 알고 있습니다."

"그러니까. 17년을 죽은 걸로 있던 사람이 왜 갑자기 나타났느냐고."

하지만 할아버지가 잘못 들은 게 아니라면 그때 엘리베이터에서 들은 목소리는 김기팔이 분명하다.

"그래서 겨우 애인 하나 뺏겼다고 이렇게 수십 년을…… 도대체 몇 년이야?"

그런다는 게 이해가 되지 않으면서 또 한편으로는 누군가 다혜를 채 간다면 저도 그럴 거 같기도 하다.

문제는 그 여파가 아직까지 미친다는 거다. 아버지가 돌아가신 것에서 끝나지 않고 자신의 목숨까지 위협할 뿐만 아니라 다혜와 동화마저도 위험할 수 있다.

거기까지 생각이 미치자 강현은 그대로 일어났다.

"할아버지 지금 어디 계셔?"

"제주도에 가셨습니다."

"뭐? 제주도에?"

"사모님 만나러 가신 것 같습니다."

"정말?"

"명색은 골프 모임이 있지만, 굳이 제주도를 택한 걸 보면……."

"알았어."

연말이다. 할아버지는 나름 지인들이 많고 참여해야 할 행사들도 꽤 있다. 이 시기에 제주도로 골프 여행을 갈 리가 없다.

                              *　*　*

제주도라 서울보단 따뜻하지만 바람이 많이 불어 체감 온도는 더 낮은 것 같았다.

유 회장은 소은과 주소영과 함께 골프를 치고 있었다. 여자 둘과 함께 치기에는 자신의 실력이 너무 과한 게 아니냐고 했지만, 막상 라운드를 시작하자 이소은도 주소영도 만만하지가 않았다.

"허허. 요즘은 정말 여자들도 힘이 좋다니까."

"골프는 힘으로 치는 거 아니라고 아버님이 그러셨잖아요."

"맞아요, 할아버님."

소영이 잠깐 자리를 비운 사이 유 회장이 며느리에게 말했다.

"이제 그만 서울로 와라. 여행이 너무 길어지면 못 쓴다. 너도 쇼룸 언제까지 비워둘 수는 없지 않니."

"네, 아버님."

소은은 두말도 안 하고 유 회장의 말에 순종했다. 처음 여행이나 다녀오라고 할 때도 두말하지 않았던 것처럼 지금도 그랬다.

아버님의 속은 알 수가 없다. 내쳐도 벌써 내쳤을 며느리였다. 이렇게 뒤를 봐주는 아버님이 고맙기도 하지만 무섭기도 했다.

"그리고 소영이 쟤는 언제까지 데리고 다닐 거야? 강현이 마음은 다른 데 있는 것 같은데."

"강현이 마음이 어디 가 있든 제 며느리는 저 애예요. 주소영이 딱 맞아요, 우리 집안에는."

유 회장은 더 이상 말하지 않고 혀를 찼다. 아들에게 다른 욕심을 내본 적 없는 며느리였다. 남편이 죽고 난 이후로 강현에게만 모든 것을 걸고 살았다는 걸 알기에 더 말할 것도 없었다. 그때 강현에게서 전화가 왔다.

-할아버지.

"그래. 나 여기 제주도에 네 엄마랑 같이 있다. 바꿔주랴?"

-아니에요. 어머니한텐 제가 전화하면 되죠.

그러나 단 한 번도 어머니에게 제 손으로 먼저 전화를 하지 않았다는 걸 유 회장도 알고 있었다.

"말해봐."

-할아버지, 김철주 어머니요. 김기팔 부인이겠죠? 지금 위독하다고 들었는데 그쪽 병원에서 연락이 왔습니다.

"위독한 거야 어제오늘 일이 아닌 거로 알고 있다. 뭐라고 연락이 왔는데?"

-할아버지를 뵙고 싶다고 그러네요.

김기팔의 아내가 왜 할아버지를 만나고 싶어 하는 걸까?

이해할 수 없는 일이 한둘이 아니다. 돌아가신 할머니는 과거 김기팔의 애인이었다고 했다. 그럼 김기팔의 지금 아내는 김철주의 어머니인데 할아버지와 무슨 관계일까?

"알았다."

-말씀 안 하실 겁니까?

"뭘 말해?"

-왜 김기팔의 아내가 할아버지를 보고 싶어 하는지요.

"죽기 전에 사과라도 하려나 보지. 남편이 잘못한 게 있잖나."

강현은 그 대답에 별말 하지 않았다. 유 회장은 전화를 끊고 입을 꾹 다물었다.

김기팔의 아내는 젊었을 때 술집 마담이었다. 김기팔이 그녀와 살림을 차린 건 아이를 데려가고 난 뒤였다.

김기팔의 아들 김철주는 유 회장의 집에서 태어났다. 그녀의 아내였던 정은희의 몸에서.

원수의 아들이었지만 아내가 낳았다는 것만으로도 오래도록 마음이 쓰였었다.

사실 김철주는 살인을 저지르기에는 턱없이 심약한 놈이었다.

아들을 죽인 건 김철주가 아니라 김기팔이란 걸 유 회장은 알고 있었다. 단지 그때의 모든 정황이 김철주를 향하고 있었다.

김기팔 그놈이 자기가 살인을 하고 제 아들에게 덮어씌운 거야. 말도 되지 않는 일이지. 천하에 짐승만도 못한 놈.

"아버님. 바로 가시려고요?"

"그래. 가봐야 할 데가 있다. 너도 나 갈 때 같이 갈래?"

"저는 준비를 좀 해야 해서요. 소영이도 짐을 좀 싸야 할 거 같아요. 미리 주문한 물건도 제 시간에 받아야 해서요."

"그래. 그럼 내가 먼저 올라가마. 그리고 강현이가 결혼을 한다면 네가 재혼하는 것도 나쁘지 않을 것 같다."

"아버님."

갑작스러운 재혼 이야기에 소은이 눈을 크게 떴다.

"왜? 요즘 세상에 재혼이 문제되는 것도 아니고 강현이도 다 크지 않았냐."

며느리가 외로워하는 걸 알면서도 모르는 척했다. 이제 강현이가 대표 노릇을 한 지도 한참 지났으니 안 그래도 그 말을 하려고 했다.

"강현이가 결혼하고 나면 네 재혼 상대를 알아보는 것도 나쁘지 않을 것 같아."

"다 늙어서 재혼은요. 재혼하고 싶었으면 벌써 했겠지요."

"늙긴 뭐가 늙어. 앞으로도 인생은 길어. 죽고 싶어도 못 죽는 게 세상이야. 그때쯤 되면 내가 직접 중매라도 설 생각이다. 그러니……."

그러나 그 뒷말은 하지 않았다.

아버님이 하려던 말이 무엇인지를 안다. 강현이 결혼시키고 재혼을 해도 좋으니 그때까지만이라도 아무나 만나지 말라는 말이다.

얼굴이 달아올랐으나 내색하지 않았다. 한마디도 하지 않았으나 뜻은 충분히 알고 있었다.

* * *

어린이집 방학이 시작되었다. 일주일 남짓 되는 방학 동안이 다혜는 가장 신경이 많이 쓰이는 시기다. 하필이면 주아의 매듭 전시회가 연초에 잡혀 있어서 연말에 꼼짝할 수가 없다.

그렇다면 청담동 매장이나 백화점 매장에 데리고 있어야 하는데 사람 많은 백화점보다는 청담동 매장이 나을 거라고 생각했다. 그러나 동화가 백화점으로 가겠다고 고집을 부렸다.

"엄마, 나 문화센터에 갈래. 거기서 놀면 돼요. 블록 쌓기도 할 수 있어요."

다혜가 생각해도 온리유 매장에서 종일 있는 것보다는 백화점에서 있는 게 나을 것 같았다.

백화점 문을 열기 전까지는 동화는 온리유 매장에 있었다. 얌전하게 앉아서 태블릿PC를 가지고 노는 동화를 보며 유진이 혀를 찼다.

"다섯 살이 이렇게 똑똑할 수가 있어요?"

다혜가 웃었다.

"그러게. 나도 우리 아들 보면서 놀라는 중이거든. 잠깐만 나 화장실 다녀올게."

"네. 알겠어요."

화장실에 가서 화장을 조금 고치려고 할 때였다. 양쪽 부스에서 주고받는 말소리가 들려왔다.

"틀림없지? 대표가 온리유 실장하고 바람난 거 맞지?"

"미혼인데 무슨 바람이겠어."

"왜 바람이 아니겠어? 약혼자가 따로 있다는데. 약혼할 여자가 뭐 은행장 딸이라나? 그렇다고 하더라고."

"정말?"

"그럼 바람맞지. 애 엄마씩이나 돼서 얼굴 하나 반반하다고 첩살이를 하려고 그러는 건가?"

심장이 덜컥 내려앉았다.

저런 말을 동화가 듣기라도 한다면…….

다혜는 더 이상 듣고 싶지 않아 바로 화장실을 나갈까 하다가 휴대폰을 꺼냈다. 그리고 두 명의 여자가 나오기를 기다렸다.

한 명은 화장품 매장 여자였고 다른 한 명은 머핀 매장 여자였다.

"지금 제 말 하신 거 맞죠?"

둘 다 얼굴이 사색이 됐다. 다혜는 배에 힘을 주고 말했다.

"아니, 무슨 말을 그렇게 근거도 없이 하세요?"

"아니, 그게…… 대표가 하도 온리유 매장에 자주 와서……."

"그래서요? 그래서 그런 식으로 사람 없는 데서 막 헛소문을 내도되나요? 제가 다 녹음했어요."

"아니, 무슨…… 그런 걸 다 녹음을……."

다혜는 조금 전 여자들이 화장실에서 주고받은 말을 녹음한 파일을 틀었다. 두 여자는 입을 다물고 한마디도 하지 못하고 있었다.

"여기 이렇게 증거가 있잖아요. 앞으로 조심하시지 않으면 명예훼손으로 고소할 거예요."

그러자 둘 다 입을 꼭 다물었다.

"함부로 말하는 거 아니에요. 애 데리고 첩살이라니요. 같은 여자끼리 그렇게밖에 말 못해요?"

다혜의 말에 두 여자 다 사과를 했다.

"아, 미안해요. 사실은 그냥 샘나서 그랬어요. 자기가 워낙 예쁘잖아. 애 엄마라고 누가 믿겠어."

나이가 좀 있는 화장품 매장의 직원이 사정하다시피 했다.

"못 들은 걸로 해줘요. 응?"

다혜는 눈에 힘을 주고 주먹을 꼭 쥔 채 말을 이었다.

"저 성질 되게 못됐어요. 특히 우리 애한테 함부로 말하고 건드리면 가만 안 있어요."

"그래. 미안해. 말이 심했어. 화장실에서 볼일이나 볼 것이지 내가 왜 그렇게 방정을 떨었는지 모르겠네. 미안해."

"네. 이번에는 못 들은 걸로 하겠어요. 하지만 이 녹음한 건 안 지워요. 백화점 내에서 그런 소문 나면 무조건 두 분이 한 거예요. 그러니까 다른 사람들이 그런 말 해도 적극적으로 나서서 해명하세요. 그런 거 아니라고."

"알았어. 절대로 말도 하지 않고 그런 소문 안 나게 우리가 막을게."

평소 관계가 좋았던 사람들이어서 더 배신감을 느꼈지만 다혜는 알았다고 고개를 끄덕이고 화장실을 나왔다.

사실 큰소리는 치고 나왔지만, 마음 한쪽이 찔렸다.

유강현이 구해준 집으로 이사까지 하려는데 정말 유강현이 다른 여자와 결혼하면…… 아니, 약혼이라도 하는 날에는 정말 애까지 데리고 첩살이가 되는 걸까?

아니야. 그렇지 않아. 둘 다 싱글이잖아. 미혼이고 사귈 수 있어. 만일 그 사람이 약혼하거나 결혼하면 그때 가서 결정하면 되는 거야.

다혜는 씩씩하게 다시 매장으로 돌아왔다. 딸기 주스를 먹고 있는 동화를 보니 절로 미소가 지어졌다.

들어오는 사람마다 동화를 보며 귀엽다고 한마디씩 했다. 하지만 동화는 뚝심 있게 게임에 몰두하고 있었다. 그러다 사람들이 한차례 지나가고 난 뒤에 동화가 물었다.

"엄마! 시간 됐는데요."

동화가 말하는 시간이라는 건 문화센터 오픈 시간을 말했다.

"엄마가 데려다줄게."

그러자 유진이 나섰다.

"제가 데려다줄게요. 실장님. 오전에 물품 배달 온 게 있어서 실장님께서 사인해야 하거든요."

"어…… 그러면 11층에 애들 노는 데만 데려다주면 돼."

"네. 가자, 동화야."

유진이 동화를 데리고 나간 뒤에 다혜는 눈을 감았다 떴다.

"이까짓 것 아무것도 아니야……."

하지만 마음 한쪽에서 자꾸 힘들어지는 건 사실이었다. 유강현이 좋고 계속 만나고 싶다. 그런데 또 동화는 잘 키워야 하고,

상황이 어렵다. 남자와 여자 사이의 사회적 경제적 신분 차이는 쉽게 극복할 문제가 아니다.

"사랑할 수 있을 때까지 사랑하면 되는 거야."

* * *

대표실 문이 빼꼼 열렸다. 이렇게 문이 열릴 때면 누가 오는지 알기에 비서들의 얼굴이 활짝 폈다.

"동환가 보다."

아니나 다를까 열린 문 사이로 배낭을 멘 동화가 들어왔다. 작은 몸집에 멘 배낭이 귀엽다.

"우리 동화 왔네. 동화야, 대표님 보러 왔어?"

그러자 동화가 고개를 끄덕였다.

"잠깐만 기다려, 동화야. 대표님 동화 왔는데요."

인터폰으로 보고하기가 무섭게 대표실 문이 활짝 열렸다.

"동화 이리와."

손가락을 까딱하자 동화가 강현에게 달려갔다. 강현이 동화를 번쩍 들어 안고 대표실 안으로 사라지자 비서들이 서로 말했다.

"대표님 딸기 주스 사 올까요?"

인터폰으로 묻자 바로 동화의 목소리가 들렸다.

"안 돼요. 딸기 주스 먹고 왔어요. 자꾸 먹으면 배탈 나요."

깜찍한 목소리에 비서들이 자지러졌다.

"어떡해. 쟤도 대표님처럼 칼같이 정해진 것만 먹나 봐."

비서실의 소란과 상관없이 대표실 안에서는 강현이 동화를 소파에 내려 놓고 그 앞에 앉았다.

"동화 방학했구나?"

"네."

"그래서 아저씨랑 놀려고 왔어?"

그러자 동화가 고개를 내저었다.

"그러면 일하는 데 방해되잖아요. 11층에서 놀 거예요."

"그럼 여기는 왜 왔을까?"

그러자 동화가 메고 있던 배낭을 내렸다.

"이거요. 아저씨 주려고요."

만두 만들기 하는 날 둘이 찍은 사진을 작은 액자에 넣어서 가져왔다.

만두 한 접시를 앞에 놓고 앞치마를 입은 강현과 동화가 엄지를 척 하고 올리고 찍은 사진이었다.

어찌나 귀엽게 나왔는지 가슴이 뭉클했다.

"동화 이거 주려고 아저씨한테 온 거야?"

강현이 동화의 얼굴 앞으로 가까이 얼굴을 내밀자 동화가 빤히 쳐다보며 고개를 끄덕였다.

"아저씨가 우리 아빠면 좋겠어요. 우리는 많이 닮았는데. 여기도."

동화가 미소 짓고 있는 강현의 보조개를 손가락으로 꼭 찍으며 말했다.

강현은 목이 메어서 말이 나오지 않았다.

이 작은 아이가 뭘 알고 이런 말을 하는 걸까. 천륜은 이런 건가?

목구멍에 커다란 바윗덩어리가 걸린 것 같은 걸 꿀꺽 삼키고 억지로 씩 웃었다.

"동화야. 나 아빠 맞아."

동화의 눈이 커졌다. 가만히 강현을 쳐다보는 까만 눈동자 안에 자신의 얼굴이 그대로 보인다.

깨끗한 흰자위 안에 담긴 둥글고 까만 동공에 비친 제 얼굴은 동화의 말대로 정말 보조개까지 닮아 있다.

강현이 동화의 머리를 쓰다듬고 볼을 어루만지며 말했다.

"아빠 맞아. 어떤 애는 아빠가 있다가 없어지기도 하고, 또 어떤 애는 아빠가 없다가 생기기도 하는 거야. 난 동화 아빠야. 하나도 안 이상하지?"

그러자 동화가 크게 고개를 끄덕였다.

"하나도 안 이상해요. 아저씨."

"그럼 이제 아빠라고 부르자. 불러봐. 싫어?"

"좋아요, 아. 빠!"

아빠라는 말에 힘을 주어 부르자 강현이 동화를 꼭 끌어안았다. 아이에게서는 딸기우유 향이 난다. 달콤하면서도 고소한 이 향기는 행복의 향기, 그리고 사랑의 향기였다.

연다혜가 얼마나 사랑으로 키웠는지 이 아이에게서는 사랑의 냄새가 난다. 이렇게 사람을 감동시키는 이 엄마와 아들을 어떻게 해야 할까?

"아빠라고 불러도 돼. 우리끼리만 있을 때. 그게 좋겠지?"

"우리 둘이 있을 때만요?"

까만 눈동자가 빛을 내며 저를 향하자 강현은 다시 한번 목이 콱 메었다. 가슴에 찌르르 뜨거운 물줄기가 흐르는 것만 같다.

"엄마하고 있을 때도 괜찮아. 또 불러봐."

"아빠?"

활짝 웃는 동화의 얼굴을 보는데 저도 모르게 눈물이 흘렀나 보다.

"아저씨, 울어요?"

"아니."

"이렇게 눈물이 나는 게 우는 거예요. 울지 마요."

동화가 오목오목 한 손가락으로 강현의 눈물을 닦아주었다. 이러다 콧물도 날 거 같다.

"아빠. 여기. 흥, 해요."

동화가 티슈를 뽑아서 강현의 코에 대주었다. 이런 상황에도 어른스러운 이 귀여운 놈 때문에 참 행복하다. 강현은 흥 소리를 내며 코를 풀고 아무 일 없다는 듯한 얼굴로 물었다.

"우리 동화 너무 고마워서 어쩌지? 동화 아빠랑 점심 먹을까?"

그러자 동화가 손뼉을 쳤다.

"스파게티!"

"우리 동화 스파게티 좋아해?"

동화가 작고 흰 이를 고르게 드러내며 고개를 끄덕였다.

"나도 스파게티 좋아해. 면은 다 좋아하는데. 우리 동화도 그래?"

"칼국수! 짜장면!"

동화가 자기가 좋아하는 음식을 나열하고 있었다. 모두 면이다. 고기 좋아하는 건 알고 있었는데 다른 식성도 비슷하구나. 그렇게 생각하고 있을 때 노크도 없이 유 회장이 들어왔다.

비서들이 연락할 틈도 없이 밀고 들어왔을 거다. 어느 누가 회장 앞을 막을 수 있을까?

"아니, 할아버지, 연락도 없이 어쩐 일이세요?"

강현은 앞에 있는 동화를 어디에 숨기기라도 하고 싶었다.

"안녕하세요오."

두 손을 배꼽 위에 놓고 고개를 숙이는 동화를 보더니 유 회장이 인사를 받았다.

"우리 동화 왔구나. 어디 할아버지가 한번 안아볼까?"

두 손을 내밀자 동화가 위를 올려다보며 걸어왔다. 몇 번 보아서 낯이 익었는지 두 팔을 위로 올리고 안으라며 몸을 내민다.

유 회장이 가뿐하게 안아 올리고는 빙긋 웃고는 다시 내려주었다. 유 회장이 동화를 내려놓으며 시선을 낮은 테이블 위에 있는 작은 액자로 돌렸다.

"그건 뭐냐."

"별거 아닙니다."

"아니긴."

유 회장이 내놓으라고 손을 뻗었다. 아니라고 감출 수도 있지만, 동화가 보고 있어서 그 앞에 내놓자 유 회장이 유심히 사진을 보다가 동화를 불렀다.

"동화야, 이리 와봐라."

동화가 유 회장 앞으로 가자 유 회장이 몸을 낮춰 동화를 보며 물었다.

"동화 엄지 척 해보자."

그러자 동화가 엄지손가락을 올렸다. 그리고 뒤로 쫙 휜다.

"어라. 동화 엄지손가락이 뒤로 많이도 휘네?"

엄지가 뒤로 활짝 휘어진 걸 보며 유 회장도 엄지를 꺼냈다. 유난히 각도가 뒤로 많이 벌리자 엄지가 뒤로 한참을 휘었다.

"유씨 집안 유전이 왜 동화에게 나타나는지 모르겠네. 피 한 방울 안 섞였다면서. 안 그러니, 강현아?"

강현을 쳐다보는 유 회장의 눈길이 매서웠다. 강현은 끄떡도 하지 않는 얼굴로 모르겠다는 듯이 어깨를 으쓱했다.

"강현이 너도 해봐라. 엄지 척."

"애도 아니고. 할아버지가 하란다고 제가 하겠어요?"

"하긴 넌 안 해도 돼. 어릴 때부터 봤으니까. 어릴 때는 하라는 대로 잘도 하더니만 컸다 이거지? 우리 유씨 집안 내력이 않냐. 엄지가 뒤로 활짝 넘어가는 거 말이다."

강현은 대꾸하지 않았다.

"아직도 미련을 못 버리세요?"

"누가 미련 있다고 했냐? 그냥 그렇다는 거지. 우리 동화 예쁘네. 할아버지하고 점심 먹을까?"

강현은 동화와 둘이서 먹을 점심 식사에 할아버지를 끼우고 싶지 않았다.

"저 바빠서 점심 못 먹어요."

"그럼 내가 동화랑 먹으면 되겠구나."

그건 안 될 일이다. 또 애를 데리고 무슨 짓을 하려고. 다시 검사라도 하겠다고 할 수도 있다. 그리고 그 뒤에 어떤 이상한 결단을 내릴지도 모른다. 그렇게 되면 다시 연다혜가 울 수도 있고, 김철주까지 연계되면…….

거기까지 생각이 미치자 머리가 아팠다.

"안 돼요. 동화 바빠서 내려보내야 합니다."

"그럼 내가 연 실장에게 가서 말하지, 뭐. 이왕 이렇게 된 거 그럼 연 실장과 나랑 동화 이렇게 셋이……."

하여간 지독한 늙은이다. 어쩌면 이렇게 적당히 물러설 줄을 모르는지.

"됐어요. 셋이 먹죠. 우리는 스파게티 먹을 건데."

"나도 좋아하잖냐, 스파게티."

할아버지도 면을 좋아한다. 물론 가장 좋아하는 건 칼국수. 진짜 이놈의 집안 내력은 숨기려고 해도 숨길 수가 없다.

결국, 세 사람이 함께 스파게티를 먹으러 레스토랑으로 갔다.

파스타 한 올을 쪽 빨아들이는 동화의 입 주변에 빨간 토마토소스가 묻었다. 파스타를 먹는 모양도 어쩌면 이렇게 귀여운지, 유 회장은 먹을 생각하지 않고 동화 먹는 것만 보고 있었다.

"드세요, 할아버지도."

"됐다. 안 먹어도 배부르다는 말이 괜히 있는 게 아니구나. 어린 것이 먹는 게 어쩌면 이렇게 예쁘냐."

동화는 파스타를 포크로 돌돌 말아 입에 넣고 쪽쪽 빨아들이며 먹고 있었다.

"잘 해주고 싶구나."

"뭘 말입니까."

심드렁한 목소리로 묻는 강현에게 유 회장은 절박한 음성으로 말했다.

"저 아이 말이다. 내 핏줄이든 아니든 상관없다. 이렇게 예쁘고 잘 닮은 데다, 재능도 있다고 들었다. 너처럼 바이올린도 잘 켠다고 했지?"

"쟤는 피아노를 더 잘 치는 거 같아요. 뭐 둘 다 잘해요."

"어찌 됐든 후원자가 되고 싶다."

"할아버지가 안 하셔도 돼요. 제가 알아서 할게요."

"내가 저 애를 자주 보고 싶다는 말이야. 후원하는 대신 한 달에 두 번 애데리고 오라고 연 실장에게 말해라. 네가 말 안 하면 내가 말할 거다. 말을안 들으면 다른 방법도 있다."

더는 토 달지 말라는 뜻이었다. 강현은 할아버지를 가만히 쳐다보다가고개를 끄덕였다.

"알았어요. 어떻게 말하면 좋을지 제가 생각해 볼게요."

동화가 강현을 보며 활짝 웃었다. 잘생긴 얼굴이며 천부적인 말솜씨며재능까지 어느 하나 부족한 게 없다.

아무라도 붙잡고 자랑하고 싶지만 아직은 아니다.

강현도 동화를 마주 보며 같이 웃었다. 이렇게 마주하고 웃는 것만으로도 세상이 두 배는 환해지는 것 같다.

* * *

[후문에 있어요. 동화도 같이.]

다혜는 11층으로 올라가려다가 강현의 메시지를 받고 난감한 얼굴을 했다. 점심도 먹이겠다고 연락을 받았는데 오후에 데리러 갔더니 대표실 소파에서 새근새근 낮잠을 자고 있었다.

데리고 내려오겠다는 말이 나오지 않아 두고 내려왔더니 그 뒤에 다시11층에서 놀다가 또 강현이 데리고 이렇게 함께 나온 거다.

둘이 저렇게 사이좋은 게 좋으면서도 자꾸 아이가 상처받을 일이 생기지는 않을지 두렵다.

"어."

후문으로 나서기 무섭게 최고급 세단이 앞에 와 섰다. 강현이 동화를 안은 채 뒷좌석에 앉아 있었다.

"엄마!"

좋다고 손을 흔드는 동화를 보며 다혜가 차에 타자 바로 차가 움직이기 시작했다.

"동화 이리 와. 엄마한테."

무릎에 앉히려고 하자 강현이 피식 웃었다.

"이렇게 단단하고 안락한 내 무릎을 두고 거기 갈 거 같아요? 그렇지 동화야? 아빠하고 있을 거지?"

강현의 말에 다혜는 놀라 입을 벌렸다. 그리고 다음 순서로 운전석을 의식하고 눈을 돌렸다. 강현의 아빠라는 단 한마디로 머리가 엉망진창이 되었다.

그런 다혜의 반응을 그대로 읽은 강현이 구순호를 보고 소리를 냈다.

"야, 구순호. 동화 내 아들이다. 나가서 떠들 거야?"

"아닙니다. 원래 들어도 못 들은 척. 알아도 모르는 척. 이게 저의 좌우명입니다."

강현이 다혜의 얼굴을 보며 눈썹을 올렸다 내렸다. 잘 듣고 걱정하지 말라는 의도가 분명했다. 하지만 다혜는 얼굴을 풀지 않았다.

아빠라니! 대체 무슨 생각으로…….

"동화야, 나 뭐라고 부르라고 했지?"

"아. 빠."

"동화야!"

다혜가 동화를 부르자 동화가 강현의 팔을 꼭 끌어안으며 말했다.

"우리 아빠야. 아빠는 없다가 생기기도 하는 거랬어요. 그죠, 아빠!"

"그럼, 그럼."

둘이 짝짜꿍이 맞아서 사람 입도 못 벌리게 한다. 그런데 차가 도착한 곳은 다혜의 집이 아니라 강현이 새로 구한 집이었다.

"동화야, 우리 오늘부터 이 집에서 살 거야. 새 집. 같이 가자."

좋다고 고개를 끄덕이는 동화를 보는 강현에게 다혜가 우려를 나타냈다.

"아직 짐도 옮기지 않았어요."

"필요한 건 대충 다 있어요. 이사는 하고 싶을 때 하면 되고."

강현의 말이 맞았다. 집 안에는 다혜와 동화, 강현의 물건까지 모두 새것으로 준비가 되어 있었다. 셋이 같이 소파에 앉아서 동화가 보는 프로그램을 보다가 동화가 먼저 잠들었다.

"동화, 신난다고 뛰어다니더니 피곤했나?"

강현이 동화를 안아서 침대에 뉘고는 바로 나와 다혜를 안아들었다.

"동화 뉘었으니 이제 내 얘기하고 자야지. 아주 야하게."

강현이 침대에 나란히 누워서 바지와 팬티를 함께 내렸다. 그리고 바로 다혜의 것도 그렇게 내려 침대 밑으로 던졌다.

둘 다 아랫도리만 벗은 채 침대에 포개졌다.

다혜의 다리 사이로 탄탄한 강현의 허벅지가 파고들었다. 그가 귓가에 대고 속삭였다.

"세트로 입고 하는 섹스 맛이 어떤지 궁금해."

그의 입술이 다혜의 입술을 덮었다.

"하아."

다혜가 깊은숨을 몰아쉬며 강현을 빤히 바라보다 물었다.

"그래서 맛이 어떤데요?"

다혜의 말에 강현이 하체를 비비며 귓가에 소곤거렸다. 선명하게 느껴지는 성기의 움직임과 귓가를 건드리는 혀의 섬세함에 눈앞이 흐려졌다.

"달콤해. 꿀맛이 따로 없어. 그런데 역시…… 다 벗는 게 좋겠어요."

강현이 다혜의 상의를 순식간에 벗겼다. 브래지어도 순식간에 침대 멀리 날아가 버렸다. 뽀얀 젖가슴에 얼굴을 묻고 붉어진 유두를 혀로 핥으며 빨아 당기자 다혜의 허리가 휘었다.

"연다혜는 여기가 원래 약하지. 맨날 이렇게 빨면 아래로 질질 흐르거든요."

"그런 말 하지 마요. 너무 민망해서……."

"민망해하는 게 더 예쁜 걸 어떡하지? 역시 나도 변태 성향이 있긴 한 것 같고."

두 손으로 가슴을 감싸 쥐고 연거푸 빨자 다혜의 몸이 노곤하게 풀어졌다. 쾌감과 통증의 언저리 어느 즘에서 헤매며 신음을 하자 강현이 물었다.

"그렇게 좋아요?"

"몰라요."

"그럴 리가. 이렇게 잘 알고 있는데."

강현이 더 깊게 아래를 물리자 다혜의 안이 그의 페니스를 꼭꼭 씹을 듯이 빨아들였다. 강현의 입에서도 신음이 나왔다. 그러자 다혜가 강현의 젖꼭지를 잡아 비틀었다.

"윽."

"혼자 당할 줄 알았어요?"

"그렇죠. 내가 잊었네. 연다혜가 그냥 당하고는 못산다는 거."

그러자 다혜가 이를 세워 강현의 유두를 깨물었다. 강현이 신음하면서도 다혜의 안으로 더 깊게 파고들었다.

"그런데…… 난 역시 변태 맞나 봐. 너무 좋아."

거세게 몸을 찍으며 다혜를 점령해나가는 강현의 아래에서 다혜가 거친 숨을 몰아가며 내쉬었다. 땀이 송골송골 맺힌 다혜의 몸을 꼭 끌어안고 강현이 다혜의 배를 어루만졌다.

"정말 여기에서 동화가 나왔단 말이지? 이게 얼마만큼 부풀어요?"

"이만큼이요. 동화도 양수가 많아서 배가 많이 불렀어요."

"그랬군요. 그런데 이렇게 자국도 안 나고 다시 줄어들었다고? 고무줄도 이러지는 못할걸요."

"놀리지 마요."

"놀리는 거 아니에요. 경외심을 가지고 존경하는 거죠."

그의 성기는 어느새 다시 부풀어서 다혜의 엉덩이를 꾹꾹 찌르며 비볐다.

"존경이요?"

"그걸 말이라고 해요? 남자들이 아무리 센 척하면 뭡니까. 아무것도 낳을 수 없는데. 아마 임신을 한다고 하면 여자들처럼 참아낼 능력도 없을 거예요. 죽겠다고 다 난리 칠 거야."

"설마요."

"맞아요. 이렇게 나긋나긋한 몸이니까 늘어날 수 있었던 거겠지."

강현이 다혜의 골반을 천천히 주무르듯 어루만지다 다리 사이로 파고들었다.

결국에는 또 이럴 걸…… 그러면서도 이 사람의 손에 속절없이 무너지게 된다. 그의 손길이 좋았다. 어떻게 그렇게 느끼는 곳만 정확하게 건드리는지.

다혜가 나른하게 고개를 젖혔을 때 강현이 말했다.

"회장님께서 동화 한 달에 두 번 정도 한남동으로 데려오라고 하세요."

순간 다혜의 몸이 빳빳하게 굳었다. 예상하지 못한 말이었다.

"왜요?"

"후원해 주고 싶다고 하시네요."

강현의 후원과 유 회장의 후원은 어쩐지 어감이 다르게 들린다. 다혜가 경계하는 눈으로 보며 되물었다.

"동화 후원하겠다는 사람들이 왜 이렇게 많은 거예요?"

"동화가 특출나서 그래요."

강현이 편안하게 말했다. 당연하다는 듯이 말하는 그의 표정에 다혜의 경계심이 조금 누그러들기는 했다. 그러나 불안감의 불씨는 사라지지 않고 자리를 지키고 있었다.

"정말 단순히 그거예요?"

"그럴 겁니다. 그냥 동화가 보고 싶은데 거저 보여달라고 할 수는 없으니까. 받아낼 수 있는 한 많이 받아내면 돼요."

다혜는 이해할 수 없는 얼굴로 강현을 응시했다. 다혜가 이불로 가슴을 가리며 인상을 썼다.

"아이를 데리고 그런 짓을 하라고요?"

"당신이 할 필요 없어요. 내가 할 거예요. 돈 많은 할아버지한테 왕창 뜯어낼 생각이에요."

강현은 그렇게 말하며 다혜가 잡고 있는 이불을 잡아당겼다.

"당신은 무슨 자격으로요."

"후견인 자격으로."

당당한 그의 말에 다혜가 웃음을 터뜨렸다.

"할아버지한테 많이 받아내려고요?"

"그럼 그래야죠. 할아버지인데. 원래 돈은 아버지 돈보다 할아버지 돈이 최고인 거 몰라요?"

"대표님은 동화가 한남동 가는 거 괜찮아요?"

"내가 있잖아요. 나는 동화가 어디에 있더라도 내 품에 끌어안고 지킬 겁니다. 난 동화 아빠니까요."

다혜는 입을 다물었다. 어쩌면 이렇게 아빠라는 말을 거부감 없이 하는지 모르겠다.

"아까 동화가 아빠는 없다가 생기기도 한다는 말, 그거 대표님이 한 말이에요? 그렇게 말하면 동화는 진짜 그런 줄 아는데…… 틀린 말이잖아요."

어느 틈에 그의 손이 다시 다혜의 유두를 잡고 비틀었다.

"난 틀린 말 안 해요. 아빠가 없다가 생기기도 하잖아요. 난 없다가 생겨난 동화 아빱니다."

다혜는 다른 말을 하지 않았다. 아빠라고 부르면서 좋아했던 동화의 얼굴이 선명하다.

"대체 어쩌려고 이래요……. 어디까지 가려고."

"영원히 동화 아빠인 거지. 그렇게 되면 연다혜의 남편으로도 있어야 하겠죠?"

"앗!"

강현이 다혜의 유두를 꽉 쥐며 뒤에서 더 깊게 몰아붙이기 시작했다. 둘은 극상의 쾌감이 주는 최고의 절정을 향해 다시 질주하기 시작했다.

* * *

다음 날 청담동 매장에 들렀던 다혜는 주아와 혜순에게 이사할 집을 보여주었다.

"야, 너무 좋다. 서울이 확 내려다보이네."

"백화점에서도 멀지도 않고 딱 맞네, 빨리 이사해라."

주아도 꼼꼼히 둘러보더니 혜순의 말에 고개를 끄덕이며 동의했다.

"진짜 좋다. 엄마 여기 좋지?"

"두말하면 잔소리지. 그리고 다혜야."

혜순도 집이 좋다고 칭찬하면서도 궁금증을 참지 못했는지 다혜를 보며 물었다.

"집을 얻어도 어쩜 이렇게 잘 얻었는지. 그 대표라는 사람이 얻어준 거니?"

주아가 옆에서 엄마를 쿡 찔렀다.

"엄마!"

"이것아, 왜 치고 그래. 내가 뭐 못할 말 했어? 맞잖아. 다혜 얘가 돈이 어디 있어서 이런 집을 얻었겠어. 대푠가 하는 그 남자가 얻어줬겠지. 아니야?"

그러자 다혜가 순순히 인정했다.

"그렇구나. 너 때문이지? 너 좋아서."

혜순이 당연하다는 듯이 말했으나 다혜는 아니라고 고개를 저었다.

"아니에요. 동화 때문이래요."

"동화?"

"동화한테 투자하겠대요. 인재 발굴이라며……."

"그래, 그거 말 된다."

주아가 옆에서 거들었다.

"동화가 얼마나 똑똑한데, 엄마. 똑똑한 것뿐이야? 바이올린이며 피아노며 걔 나중에 뭐가 될지 몰라."

"그건 그렇지. 우리 동화가 커서 뭐가 될지 모르지. 나라의 동량이니까 투자할 만해."

혜순의 말에 다혜는 별말을 하지 않았다. 주아는 잘 되었다고 좋아했다.

"다혜야, 하나도 달라진 거 없어. 집도 더 가까워졌네."

옆에 있던 혜순도 좋다고 말을 이었다.

"난 그 대표라는 사람 마음에 들더라. 사실 네가 사귀었다는 선밴가 하는 그 사람이 동화 친아빠라고 해도 대표가 더 낫긴 하지. 그런데…….”

“엄마. 그만해.”

주아가 째려보자 혜순이 잠시 입을 다물다 위로하듯이 말을 이었다.

“다른 생각은 하나도 할 거 없어. 동화한테는 이런 데가 좋지. 저 앞에 있는 어린이집은 유명하잖아.”

“네. 그렇긴 한데 걱정도 돼요.”

“왜.”

“원래 어린이집이라는 게 엄마들끼리 소통이 많은데, 제가 미혼모잖아요.”

“미혼모가 뭐 어때서. 지들이 동화 키우는데 뭘 하나 보태 주기로 했어? 할 말 있는 것들 있으면 나오라 그래.”

동화라면 주아도 혜순도 쌍심지를 켜고 누가 뭐라고 할까 으르렁거리며 이렇게 셋이서 동화를 지키며 키워왔다. 혜순이 나서자 옆에서 주아도 거들었다.

“그래. 우리 셋이 똘똘 뭉쳐서 동화 키웠는데. 덤비라고 해!”

주아의 말에 다혜가 웃었다.

“고마워. 주아야.”

* * *

−회장님께서 김기팔의 아내가 입원한 병실로 가고 계십니다.

긴 이사회의가 끝나고 사무실에 온 강현은 비서실에서 메모를 받았다.

할아버지는 왜 김기팔의 아내가 만나자고 했는지 말씀하지 않으셨다. 살인자의 어머니, 원수 집안의 여자였다.

대체 두 집안에 무슨 일이 있는 걸까?

할머니가 김기팔의 애인이었다는 말을 들은 이후로 강현은 더 혼란스러워졌다. 마음 같아서는 직접 오선영을 찾아가 보고 싶은 마음이지만, 그건 일단 할아버지가 다녀온 후다.

강현은 집안에 숨겨진 뭔가 꺼림칙한 사실을 직감하고 망설였다.

유 회장은 김기팔의 아내가 입원해 있는 병실을 향해 걷고 있었다.

예전에는 오 마담으로 불렀는데 이제는 남의 아내, 죽음을 눈앞에 둔 여자다.

그렇게 병실을 향해 가는데 모자를 깊게 쓴 노인이 옆을 지나갔다. 그 순간 유 회장이 갑자기 뒤를 돌아 뛰기 시작했다.

"야, 김기팔!"

그러나 김기팔은 이미 비상구 쪽으로 빠르게 뛰어 내려갔다.

"쫓아!"

옆에 있는 고수동에게 소리치자 고수동이 속력을 내어 김기팔을 쫓았다.

비상구로 고수동이 사라진 뒤에 유 회장이 강현에게 전화를 했다.

"경찰에 신고 좀 해라! 검사든 변호사든 줄을 대."

-네?

"김기팔이 살아 있다고. 죽지 않고 살아서 돌아다닌다고 말이다. 네 아비를 죽인 놈은 김철주가 아니라 김기팔이라고."

-할아버지. 그거 확실합니까?

"확실하잖아. 내가 지난번 엘리베이터에서도 하는 말 못 들었냐?"

-알겠습니다.

강현은 일단 알았다고 대답했다.

"그런데 할아버지, 그거 그렇게 신고하기가 쉽지 않아요. 지금 김기팔을 잡아서 경찰에 들어갈 수 있는 거 아니라면 말입니다."

"고수동이 잡아 올 거야. 펄펄한 놈이 다 늙은 김기팔 하나를 못 잡아 오면 왕년의 사시미칼이고 뭐고 다 늙어 죽어야지."

그 말에 강현은 무거운 얼굴로 전화를 끊었다. 김기팔이 할아버지 주변을 맴돌고 있다는 건 불쾌한 일이다.

유 회장은 몸을 돌려 김기팔의 아내 오선영이 입원해 있는 병실로 걸어가고 있었다. 그때였다. 응급을 알리는 안내방송과 함께 스텝들이 오선영이 있는 병실 쪽으로 뛰어가고 있었다.

분명 무슨 일이 생긴 게 아니고서는 저럴 리가 없다.

"설마 오선영이······."

조금 전 김기팔이 다녀간 게 분명하다. 그가 다녀가자마자 오선영이 죽었다면 그녀의 숨통을 김기팔이 끊어놓은 걸까?

일이 참 공교로웠다. 오선영이 유 회장을 만나고 싶다고 해서 오는 길인데 그녀가 죽었다면 뭔가 입막음을 하려는 게 아닐까?

불길한 마음을 억누르지 못하며 유 회장이 병실로 다가가자 간호사가 막았다.

"무슨 일이신가요? 보호자가 아니면 들어가실 수 없습니다."

"환자가 날 보고 싶다고 해서 왔습니다."

"지금 위급한 중에 있습니다. 못 들어가십니다."

잠시 후에 간호사가 다시 나왔다.

"혹시 환자분하고 어떤 관계이신가요?"

"네. 옛날 지인입니다."

"그럼 교도소에 계신 김철주 님 말고는 가족이 없으신가요?"

유 회장은 잠시 망설이다가 고개를 끄덕였다. 분명 조금 전에 김기팔이 왔다 갔기는 했지만, 그는 문서상으로 존재하지 않는 가족이었다.

"하필이면······."

오선영은 다 죽어가면서 무슨 말을 하고 싶었던 걸까?

"그나저나 고수동 이놈은 왜 오질 않나."

80대 중반이 넘어선 김기팔을 고수동이 잡지 못했을 리가 없다. 17년을 죽은 듯이 살고 있던 김기팔이 다시 나온 것과 무슨 관련이 있을까?

유 회장이 고수동에게 전화하자 헐떡거리는 숨소리와 함께 고수동의 목소리가 들려왔다.

-네, 회장님.

"뭐야, 아직도 못 찾았단 말이야?"

-그게…… 쥐새끼처럼 숨어들어서 어디로 갔는지 통…….

"말 같은 소리를 해! 그 늙은이 하나를 못 잡아?"

-죄송합니다. 회장님.

"자꾸 그러고 다니지 말고 얼른 돌아와. 지금까지 못 찾았으면 못 찾은 거지. 이러다 갑자기 칼 들고 튀어나오면 어쩔 거야."

-네. 바로 가겠습니다.

유 회장은 분해서 씩씩거리다가 다시 강현에게 전화했다.

"신고했냐?"

-아까 말씀드렸잖아요. 그나저나 김기팔 아내는 왜 할아버지를 보자고 했습니까?

"알 수 없어. 곧 죽을 거 같아. 지금 혼수상태에 빠졌다."

-혼수상태요? 할아버지가 보기도 전에 말입니까?

"아무래도 김기팔이 뭔 짓을 한 것 같아. 그렇지 않으면 날 보겠다고 한 사람이 왜 내가 오자마자 혼수상태야. 김철주가 곧 나올 거야. 지금 김기팔 아내가 위독해서 유일한 가족인 김철주에게 연락이 갈 거야."

강현은 눈을 감았다 떴다.

-설마 이런 상황에서 저를 또 가두시게요?

"이놈아. 우리 집안에 남자라고는 너 하나야! 당연한 소리를 뭐 하러

해?"

-싫습니다. 이번에는 그렇게 못 해요. 저도 생각이라는 게……!

말을 다 마치지도 않았을 때 노크 소리와 함께 할아버지의 경호팀이 들어왔다.

"가시죠, 대표님."

전화기 너머로 유 회장의 음성이 들려왔다.

-할아버지 말 들어라. 이 할아버지 여기서 쓰러지는 거 볼래?

이렇게 목숨으로 협박하면 어쩔 수가 없었다. 강현이 거칠게 전화를 끊자 경호원들이 고개를 숙였다.

"말 시키지 마세요. 아무도."

그리고 찬바람이 쌩쌩 불게 나가면서 비서실에 이야기했다.

"모든 회의 취소합니다. 급한 용무는 제가 직접 처리할 테니 메일 사용해요."

"네. 알겠습니다, 대표님."

강현은 나가면서 다혜와 동화를 떠올렸다.

아빠!

귓가에 울리던 또랑또랑한 목소리가 가슴 깊이 박혀 떠올리기만 해도 가슴이 먹먹해진다. 그런데 이렇게 범죄에 노출되어 있는 상황이니 위험을 무릅쓰고 자기 집으로 오라는 소리도 못 하겠다.

김철주는 모친상을 치를 때까지 며칠은 나와 있을 거다.

뭐라고 말을 해야 할까?

"우리 집으로 갑니다."

"안 됩니다. 회장님께서 무조건 한남동으로 모시라고 했습니다. 이야기할 게 있으시다고요. 그리고 사모님도 한남동에 계십니다."

여기서 실랑이해 봐야 소용없다. 운전대를 쥔 사람도 할아버지 수하였다. 강현은 전화를 했다.

"구순호."

-네, 대표님.

"뒤따르고 있지?"

-네.

"나 따라오지 마. 나 따라오지 말고 연 실장하고 동화 옆에 있어. 내가 다시 연락할 때까지는."

-네.

"구순호!"

-네?

"목숨 걸고 지켜. 나보다 더 중요한 사람들이야."

-네.

한남동에 들어서자 소은이 정원까지 나오며 강현을 반겼다.

"너 얼굴 본 지가 얼마 만이야? 엄마 제주도 있는 동안 연락 한번 안 하고."

"어머니도 연락하지 않았잖아요. 잘 다녀오신 거 같네요. 얼굴에 화색도 돌고."

"너는 왜 그렇게 애가 차갑니. 할아버지께서 연동환가 그 애 집안에서 후원할 거라고 한 달에 두 번씩 집에 오라고 했다더라."

"벌써 그런 말씀을 하셨어요?"

"내가 봐도 애는 너무 예뻐. 연 실장은 어쩌면 그렇게 예쁜 애를 낳았는지. 너 어릴 때 하고도 닮았고. 나도 그 애가 좋아."

강현은 동화가 좋다는 엄마의 말에 자랑스러움을 느꼈다. 왠지 가슴이 활짝 펴지는 게 가만히 있어도 웃음이 나왔다.

"동화가 좋으면 연 실장한테도 좀 잘 대해주세요. 그렇게 예쁜 애를 낳은 여자니까."

"너 정말 연 실장한테 무슨 감정이라도 있는 거야?"

"왜요. 안 됩니까?"

"뭐?"

기가 막힌 얼굴을 한 소은이 되물었다.

"전에 말이 안 된다고 하지 않았어?"

"어머니가 그렇게 받아들인 거죠. 연 실장 여러모로 괜찮잖아요. 또 압니까? 내가 연 실장하고는 아이를 낳고 싶을지?"

이 말을 유 회장이 들었으면 당장 연 실장하고 결혼시키려 했을 거다. 하지만 소은은 유 회장과는 또 달랐다.

역시 핏줄에 대한 집착은 남자들이 더한 걸지도 모른다. 소은은 아이보다는 남들 이목이 더 중요하다고 생각했다.

연 실장하고 낳을 수 있는 아이라면 주소영과도 낳을 수 있을 거라 생각했다. 그러니 강현의 말은 무시하고 대꾸하지 않는 게 차라리 낫다.

"쓸데없는 말 하지 마. 그나저나 김철주 엄마가 언제 죽으려는지……."

"그런 말 하지 마세요. 아무리 그래도 한 사람이 세상을 떠나는 건데, 죽고 사는 거 그렇게 가볍게 말할 수는 없잖아요."

"네 아버지를 죽인 사람 집안이야."

"저도 알아요. 그래도 우리 엄마가 말 함부로 하는 건 싫어요. 그러지 마세요."

"알았어."

아들에게 품위 있게 보이고 싶어 하는 소은은 바로 말을 돌렸다.

"나 제주도에 있는 동안에 소영이랑 같이 있었다. 주소영이……."

더 이야기하려고 하자 강현이 인상을 썼다.

"어머니. 소영이 얘기 듣고 싶지 않아요. 지구상에 주소영 혼자 남아도 난 독신으로 살지 주소영이하고 결혼 안 해요."

"하여튼 애는 사람 말을 못하게 해."

소은이 일어나 주방으로 사라졌다. 어떻게 아들을 마주 보고 있으면 더 어려운지 모르겠다.

* * *

오 마담 오선영이 향년 88세로 죽었다. 오 마담의 죽음이 특별한 의미가 있는 건 아니었다. 단지 오 마담이 죽기 전 자신을 불러서 무슨 말을 하려고 했었는지, 그게 궁금할 뿐이었다. 유 회장은 부고를 듣고 침묵을 지켰다.

"조의금이나 좀 보낼까요?"

소은의 말에 유 회장은 고개를 저었다.

"네 남편 죽인 집안이다. 그래 봐야 그거 다 김철주한테 갈 텐데."

하지만 마음 한쪽이 묵직했다. 김철주가 살인 누명을 쓰고 17년이나 복역했는데 제 아버지가 살아 있는 걸 알면 어떤 변화가 일어날지 알 수 없다.

사람 같지도 않은 놈, 아들에게 제 죄를 뒤집어씌워?

유 회장은 말없이 창밖을 내다보았다. 그때 강현이 다가와 말했다.

"삼일장 치를 텐데 내내 이러고 있으란 말씀입니까? 김철주가 뭐가 무서워서요."

"무섭지. 김철주가 됐든 김기팔이 됐든 제대로 소탕하지 않고는 변하는 건 없어. 경호팀 더 가동해. 사시미칼 그놈한테도 조사해 보라고 했다."

"그럼 됐죠. 이제 할 일을 하면서 살죠."

"위험할 때 몸을 낮추는 게 네가 해야 할 제일 큰일이다."

말이 통하지 않는 할아버지였다. 아버지가 돌아가신 이후로 칠정파에서 무슨 움직임만 있으면 이렇게 집에 가둬두는 게 강현은 지긋지긋했다.

* * *

늦은 오후 문화센터에서 전화가 왔다. 동화가 친구하고 때리고 싸웠다며 친구의 엄마가 당장 동화 엄마를 부르라고 난리란다.

"아니, 이게 무슨 일이야."

"왜요. 실장님?"

"우리 동화가 친구를 때렸대. 이런 일은 한 번도 없었는데."

"네? 우리 젠틀맨 동화가 왜 친구를 때려요?"

"그러게. 올라가 봐야겠어."

다혜가 11층으로 올라가 보니 잔뜩 화가 난 듯 허리에 두 손을 얹은 여자 애가 남자아이를 향해 소리를 치고 있었다.

"네가 뭔데? 네가 뭔데 동화를 때려?"

"내가 맞았거든?"

"당연하지. 동화가 훨씬 더 세니까! 넌 동화한테 비교도 안 돼! 이 나쁜 놈아!"

"동화는 거짓말쟁이야! 지난번 만두 만들 때 왔던 아저씨도 동화 아빠 아니라고 했어!"

"그게 뭐 어때서? 그게 뭐 어때서 그래?"

여자애가 대차게 소리를 지르는 동안 동화는 가만히 서 있었다. 동화도 남자애도 머리가 산발이었다. 옆에 있던 아이 엄마도 아이 못지않게 씩씩 거리고 있는 게 보였다. 그러고 보니 동화 앞에 있는 남자애의 얼굴에 상처 가 나 있다.

"안녕하세요. 서준이 어머니시죠?"

그러자 눈초리가 시퍼런 여자가 다혜를 보며 기분 나쁜 투로 말했다.

"아니, 애 얼굴을 이렇게 만들어 놓으면 어떡해요?"

다혜는 침착하게 동화 옆으로 가서 물었다.

"동화야. 네가 서준이 저렇게 때렸어?"

그러자 서준이가 소리쳤다.

"맞아요! 동화가 나 때렸어요!"

그러자 동화가 한마디 했다.

"서준이는 내 마음을 더 아프게 때렸어."

동화의 말에 옆에 있는 사람들이 입을 딱 벌렸다.

"대체 무슨 일이 있었어?"

"아줌마, 서준이가요, 얼마나 못됐는데요! 서준이가 동화한테 막 뭐라고 했어요. 거짓말쟁이라고."

"우리 동화는 거짓말하지 않아. 서준아 왜 그랬니?"

"우리 엄마가 그랬어요!! 동화 친아빠도 아닌데 거짓말이라고."

그때 만두 만들기 대회 왔던 모든 사람의 시선이 동화와 강현에게 쏠렸던 건 사실이었다. 특히 강현은 보통 사람보다 훨씬 큰 키에 준수한 외모며 아이에게 얼마나 잘하는지 아이들도 아이들 엄마도 다 강현을 황홀한 눈길로 쳐다봤다. 다혜가 한숨을 쉬었다.

"서준아, 동화는 거짓말한 적 없어."

"거짓말 맞아요! 가족과 함께 만두 만드는 건데 가족도 아니잖아요!"

"가족처럼 가깝게 지내는 아저씨가 온 거야."

그러자 옆에 있던 서준이 엄마가 나섰다.

"그것도 되게 웃긴 거 아니에요? 가족처럼 가깝게 지내다니. 백화점 대표님이라고 그러던데. 애 딸린 엄마하고 가족 같은 관계예요?"

참 사람 할 말 없게 만든다. 웅성거리며 쳐다보는 눈길들도 기막히고 어이가 없어 다혜가 서준의 엄마를 바라봤다. 그때 동화가 또박또박 말했다.

"아저씨는 내 후원자야."

"그게 뭔데?"

옆에서 서준이가 소리치자 동화가 말했다.

"넌 그런 것도 몰라? 바보야. 아저씨는 내 후원자야! 넌 그런 거 없지? 나는 있어."

동화의 말에 서준이가 입을 삐죽였다. 그러자 서준의 엄마도 할 말을 잃었다.

"정말, 이 백화점 대표님이 동화 후원자예요?"

서준이 엄마의 말에 다혜는 주먹을 꽉 쥐고 야무진 표정을 지었다.

"네, 맞아요."

그러자 동화가 옆에서 한마디를 더했다.

"평생 약속하는 거야. 아빠처럼 같이 있는 거야."

그러자 서준이 눈이 커졌다.

"정말로?"

"그래. 약속한 거니까 꼭 지키는 거야! 후원자!"

그러자 서준은 풀이 죽었다. 아빠하고 엄마하고 맨날 이혼하겠다고 싸우는데 인제 보니 후원자가 더 멋있는 것 같았다.

"그게 아빠보다 더 좋은 거야?"

"그래! 후원자가 아빠보다 더 좋은 거야. 약속한 거라서."

그러자 옆에서 은별이가 동화의 팔짱을 꼈다.

"동화야, 네가 더 멋있어! 후원자도 멋있어. 동화가 이겼다!"

서준이 엄마는 분한 얼굴을 하곤 서준이를 안아들고 문화센터에서 나가 버렸다.

다혜는 웃음이 나는 걸 억지로 참았다.

동화가 평생 약속 지키면서 아빠처럼 옆에 있어 주는 게 후원자라고 선포하듯이 당당하게 외쳐서 서준이 더 기가 팍 죽었나 보다.

"동화야. 그래도 친구하고 싸우지는 마."

그러자 옆에서 은별이가 동화 손을 꼭 잡고 말했다.

"아니에요. 동화가 잘했어요. 서준이는 말도 막 하고 나빴어."

"우리 은별이는 동화 편이네?"

"네! 난 동화하고 결혼할 거니까요."

웃음이 터져 나왔다. 둘 다 아이스크림 집에 데리고 가서 앉혀놓으니 은별이가 먼저 말했다.

"동화는 딸기 아이스크림 먹죠? 나도 딸기 아이스크림 먹을래요!"

"그래. 알았어."

소프트 딸기 아이스크림을 둘 다 하나씩 주자 동화가 또 엄마한테 한입 먹으라고 먼저 내민다.

"엄마 괜찮아. 동화야."

동화가 고개를 저으며 또 앞으로 내밀어서 다혜가 한입을 먹자 그제야 동화가 먹기 시작했다.

"아줌마 나는 동화가 너무 멋있어요! 여자들한테 잘하잖아요."

"뭐?"

요즘 애들은 어쩌면 이렇게 말을 잘하는지.

"우리 엄마가 그랬어요. 남자는 여자한테 잘해야 한다고. 동화는 아이스크림 먹을 때도 아줌마 먼저 주잖아요. 난 동화하고 결혼할 거예요."

은별이의 깜찍한 말에 다혜는 터져 나오는 웃음을 감출 수가 없었다.

그때쯤에 문화센터 쪽에서 은별이 할머니가 다가왔다.

"아줌마 저기 할머니 와요. 안녕히 계세요."

"그래. 은별이 잘 가."

동화는 은별이가 가는 걸 가만히 보며 아이스크림을 먹고 있었다.

"엄마, 우리 또 새집에 가?"

"응. 이제부터 거기가 우리 집이니까."

이사가 내일이다. 새해를 며칠 앞두고 하는 이사다.

어린이집 방학이 끝나고 나면 동화는 이제 유치원을 옮긴다. 친구들과 헤어지는 게 처음이라 슬퍼하지 않을까 걱정되어서 물어보았다.

"동화야, 유치원 옮기면 은별이 못 볼 텐데 아쉽지 않아?"

"문화센터에서 보면 돼. 새 유치원 가면 또 친구 있어요."

"그래? 은별이는 동화하고 결혼하고 싶다는데?"

그러나 동화는 크게 반응하지 않았다.

"나하고 결혼한다는 여자애들 많아요."

"그러면 동화는 누구랑 결혼할 건데?"

"나는 커서 정할래요."

"뭐라고?"

아들에게 한 방 먹는 일들은 많았지만 요 조그만 게 어쩌면 이렇게 맞는 말만 하는지 모르겠다.

"왜 커서 정할 거야? 다른 애들은 너랑 결혼한다고 하는데?"

"크면 얼굴도 변하고 다 변하니까."

"그래서 지금은 은별이가 예쁜데 나중에는 미워질까 봐?"

그러자 동화가 고개를 가로저었다.

"아니."

"그러면 왜 나중에 정할래?"

"은별이는 그냥 친구야."

이 애하고 무슨 말을 할까?

다혜는 동화의 머리를 쓰다듬어 주고 이사할 아파트로 갔다. 아파트에 주차하고 내려서 다혜는 옆에 있는 차로 가서 똑똑 문을 두드렸다. 그러자 바로 구순호가 차에서 내려 꾸벅 인사를 했다.

다혜가 순호를 보며 음료수를 내밀었다.

"저 경호하시는 거잖아요. 눈치 못 채게 하느라고 고생하실 필요 없어요. 경호해 주셔서 감사해요."

구순호가 다혜의 인사에 고개를 저으며 말했다.

"아닙니다. 대표님이 시키신 일인데요. 저한테 감사하다고 할 건 아닙니다."

"대표님은 무슨 일 있으세요?"

강현이 궁금하기도 해서 순호에게 물었으나 순호도 자세한 말을 하지 않았다.

"네. 당분간 못 오실 겁니다."

"아."

"연락은 될 겁니다."

"네."

올라가서 화상 전화라도 해야겠다. 강현의 얼굴이 보고 싶었다.

"동화야, 우리 집에 들어가서 아저씨 얼굴 보면서 전화할까?"

동화가 좋다고 고개를 끄덕였다. 동화와 다혜는 커플 잠옷을 입고 나란히 태블릿PC 앞에 앉았다.

"아저씨!"

강현은 동화의 얼굴을 보며 손을 흔들었다. 화면에 비친 다혜와 동화 모습을 보니 가슴이 뭉클하다.

"우리 동화, 엄마랑 세트 잠옷 입었네?"

"아저씨 것도 있는데!"

"응. 나는 못 가지고 왔어."

"왜 안 와요?"

"어…… 아저씨가 일이 좀 있어서."

"아저씨 나 오늘 친구랑 싸웠어요."

"친구랑?"

고개를 끄덕이는 동화를 보며 강현이 말했다.

"무조건 이겨야지. 이겼어?"

"이겼어요."

다혜가 옆에서 끼어들었다.

"아니, 무슨 말을 그렇게 해요. 친구랑 사이좋게 놀라고 해야지 무조건 이기라고 그러면 어떡해요?"

"무슨 소리예요. 친구하고 무조건 사이좋을 수가 있어요? 그리고 동화가 싸울 만한 데는 그만한 이유가 있는 거죠. 우리 동화 같은 애가 아무하고 싸우고 그럴 애가 아니에요."

"참나. 엄마 앞에서 동화를 더 많이 아는 것처럼 말하고 있어요, 지금?"

"당연하죠. 날 닮았는데."

그러자 옆에서 동화가 박수를 쳤다.

"아저씨도 싸우면 이겨요?"

"물론이지. 뭐든 다 이겨. 유도도 말싸움도."

정말 둘이 딱 수준에 맞는 이야기를 하는 것 같다.

"그래서 그렇게 이기는 사람이 지금은 뭣 때문에 그렇게 꼼짝 못 하는데요? 엄청 동화 보고 싶은 얼굴인데 지금."

그는 말이 없었다.

거의 매일 보던 남자를 하루 못 봤다고 이렇게 허전해하다니. 이러면서 잘도 유강현이 없을 때도 씩씩하게 살아갈 거라고 다짐을 했었다.

다혜는 뒤척이며 바로 잠들지 못했다. 일어나 동화의 방에 살짝 들어가

보니 아이는 천사 같은 얼굴로 새근새근 자고 있었다.

이불을 덮어주고 다시 거실 쪽으로 나왔을 때 현관문 비번 누르는 소리가 들려왔다. 다혜는 바로 문가에 가서 물었다.

"누구세요?"

"나예요. 유강현."

그의 목소리다. 너무 놀라 도어락을 해제하고 문을 열자 그가 안으로 들어왔다. 겨울바람을 몰고 온 그에게서는 한겨울의 냄새가 났다.

"안고 싶은데 찬바람 때문에 못하겠네."

그가 코트를 벗어두고서야 다혜를 안았다.

"무슨 일이에요, 이 새벽에."

"못 자겠어서."

그는 그대로 다혜의 입술에 입술을 겹쳤다. 촉촉한 입술이 파고들 때도 그가 몰고 온 차가운 바람이 폐부 깊숙이 들어왔지만, 다혜 역시 그가 그리웠던 탓에 그의 목에 팔을 걸었다. 강현이 그대로 다혜를 꼭 끌어안은 채 소파에 앉았다.

"지금 보고 싶어서 잠 안 온다고 새벽 3시에 온 거예요?"

"네."

"무슨 일인데요. 무슨 일인데 이렇게 새벽 3시에 다녀요?"

"그냥. 효도하는 일? 할아버지가 한남동에 며칠 있으라고 하셔서요."

"가두시는 거예요?"

그 말에 강현이 고개를 끄덕였다.

"갇힌 게 아니라 갇혀 드리는 거죠. 효도하는 일이라고 했잖아."

그제야 다혜가 안심하듯 강현의 품에 볼을 대고 파고들었다.

"그래서 순호 씨는 그렇게 경호하라고 붙여놓고요?"

"나하고 만나려면 경호원한테 익숙해져야 해요."

그는 별거 아니라는 듯이 말했다.

"대부분 백화점 대표들은 가족까지 경호를 붙여놓나요?"

"아닌 경우도 있긴 하지만, 그럴 만한 일이 있어요. 더 묻지 마요."

"알았어요. 일하는 데 지장 없으니까 상관없어요. 졸리겠어요, 들어가요."

"그렇지 않아도 연다혜 옆에서 자고 싶어서 온 거예요."

강현이 침실로 오자마자 커플 잠옷으로 갈아입었다.

"이 옷이 없어서 잠이 안 왔나?"

"강현 씨는 옷 입고 안 자잖아요."

"그렇죠. 금방 벗고 잘 거지만, 그래도 잠깐이라도 입고 있는 거랑 아닌 거랑은 많이 다르죠."

강현이 웃으며 다혜를 눕히고 그 위에 올라탔다.

"오자마자 이럴 거예요?"

"오자마자 이러기 시작해서 갈 때까지 이럴 생각이죠."

"늦게 가면 할아버지 아실 텐데."

"상관없어요. 다시 잡혀 있으면 되니까."

다시 입술이 겹쳐졌다. 다혜가 강현의 얼굴을 어루만지며 말했다.

"우리 동화 싸운 얘기 잘 모르죠?"

그러자 강현이 고개를 끄덕였다.

"이겼다면서요."

"한 단어로 이겼어요."

"한 단어로?"

"후원자."

"뭐? 후원자?"

"서준이라고 동화랑 같은 어린이집 다니는 애가 있는데 동화 보고 거짓 말쟁이라고 했대요. 아빠도 아니면서 아빠인 척 만두 만들러 왔다고."

"이건 도저히 가만있을 수 없네. 내가 지금 당장……."

일어나려는 강현을 다혜가 말렸다.

"새벽 3시예요. 아저씨가 자기 후원자라고. 후원자는 약속으로 정한 거라 아빠처럼 평생 같이 있는 거라고 동화가 그렇게 말했어요. 그러니까 후원자가 더 멋있어 보였는지 서준이가 풀이 죽더라고요."

"그렇구나. 동화가 날 그렇게 이해하고 있나 보네. 아빠보다 더 멋진 게 후원자라고."

강현은 가슴이 뿌듯했다. 앞으로는 후원자보다 더 멋진 아빠가 돼야겠다는 부담감도 생겼다.

"동화하고 결혼하고 싶어 하는 여자애 있거든요? 은별이라고."

"벌써?"

"그런데 동화는 커서 정하겠대요."

"역시 현명하네."

"왜 그러냐고 했더니 동화가 뭐라는 줄 알아요? 은별이랑은 그냥 친구래요."

강현이 웃음을 터트렸다. 아이를 키우면 이런 얘기를 하게 되나?

듣고 있는데 얼마나 재밌는지. 그 어떤 게임보다도 영화보다도 동화의 일상에 관한 이야기를 듣는 게 더 재미있다.

"어떻게 하면 아들을 저렇게 잘 키워요?"

"그러게요. 내 안의 천재가 있나?"

강현은 빙긋 웃으며 다혜의 목덜미에 입술을 묻었다. 팔딱팔딱 뛰는 혈맥이 심장을 간질간질하게 한다. 그대로 다혜의 잠옷 바지를 밑으로 밀어내자 그녀 역시 강현의 바지를 아래로 잡아당겼다.

맨살이 닿는 느낌은 더 짜릿하다. 단단한 허벅지가 보드라운 허벅지를 눌렀다.

"밖에서 들어와서 피부가 찬데, 괜찮아요?"

"괜찮아요. 더 자극적이에요."

"하여간 이 여자…… 난 이 모자한테 홀린 게 분명해."

"그래서 억울해요?"

"아뇨. 황홀하죠."

강현이 다혜의 치골에 제 성기를 비볐다. 맞닿아 비벼지는 살결에서 빠르게 열기가 피어올랐다. 다혜는 그의 뺨에 입을 맞추며 점점 달아오르는 욕망을 그대로 내보이고 그의 허리에도 다리를 감았다.

"안 되겠다. 셋이 같이 출근해야지."

차닥차닥 살 부딪히는 소리와 신음이 묘하게 어우러지며 더 색정적인 분위기를 연출했다.

정신없이 뒤엉켜있을 때였다.

"엄마!"

동화의 목소리가 들려왔다.

18. 임신 계약서 원본

"엄마."

동화의 목소리였다.

"어떡해, 동화……."

놀란 다혜가 몸을 일으키려 하자 강현이 그대로 다혜를 누르고 이불을 푹 뒤집어씌웠다. 그리고 옆에 떨어져 있는 실내복 바지를 후다닥 입고 급하게 걸어 문을 열었다.

커다란 강현이 한참 내려다볼 만큼 작은 아이가 서서 위를 올려다본다. 졸음이 가득한 눈에 반가움이 어렸다.

"어? 아저씨 언제 왔어요?"

밖은 마른번개와 천둥이 치고 있었다. 한겨울에 이런 천둥이라니! 전혀 인식하지 못했는데 이 소리에 깬 건가?

"동화 무서워서 왔어?"

동화가 고개를 저었다.

"우리 엄마."

강현이 쪼그리고 앉아 동화의 눈높이로 눈을 낮추자 졸린 눈을 한 동화가 말을 이었다.

"우리 엄마 천둥 무서워하는데……."

"뭐라고?"

이 말이 무슨 말인지 순간 기억이 났다. 원나잇을 하던 그날 밤 천둥소리가 나자 품으로 파고들었던 연다혜에게 무서워하지 말라고 등을 쓸어주었다. 그런데 이 꼬맹이가 엄마가 천둥을 무서워한다는 걸 알고 안방으로 온거다.

그동안 계속 이렇게…….

묵직한 돌덩이가 목에 콱 걸릴 것 같았다. 강현은 저도 모르게 동화를 끌어안았다.

"동화는 천둥 안 무서워?"

"네. 나는 괜찮아요. 우리 엄마 내가 안아줘야 하는데."

그동안 이 모자가 어떻게 살아왔는지가 너무 생생하게 느껴져서 가슴이 미어지게 아팠다.

아이 때문에 아프지도, 죽지도 말아야 한다며 절규하고 소리치던 연다혜나 이 조그맣고 어린 게 천둥소리에 엄마 걱정해서 안방으로 온 걸 보니 이둘은 목숨을 다해, 있는 영혼을 다 쥐어짜서 서로를 지켜주고 있었던 거다.

강현은 동화를 꼭 끌어안고 토닥였다. 다혜는 동화의 목소리를 듣고 이불을 뒤집어쓴 채 눈물을 흘렸다.

동화야……. 우리 아가가 그랬구나.

엄마가 돌아가신 날 천둥번개가 무섭게 쳤었다. 엄마의 장례를 치르고 혼자 그 밤에 얼마나 무서웠는지 모른다. 그 후 그러지 않으려고 해도 밤에 천둥이 치면 저도 모르게 흠칫흠칫 놀랐다.

한 번도 동화한테 엄마는 천둥이 무섭다고 말한 적이 없는데, 아이는 알고 있었던 거다.

동화를 안은 강현이 침대에 누웠다. 강현은 다혜의 옆에 누워 다른 한쪽에 동화를 눕히고 토닥이며 말했다.

"엄마는 오늘 잘 자는데. 아저씨가 꼭 안아줬거든."

"고마워요. 아저씨."

동화가 그렇게 말하며 강현에 품에서 눈을 감는다. 셋이 한 침대 있는데 그 체온이 이렇게 뜨거울 수가 없었다.

옆에서 다혜가 조용히 흐느끼는 소리가 들려왔다. 강현이 한쪽 팔로 다혜를 꼭 끌어안았다. 잠시 후에 고른 숨소리가 들리자 강현은 동화를 들어 안고 동화의 침실에 가 아이를 눕혔다.

천사 같은 아이다. 어떻게 이렇게 속이 깊은 아이가 있을까?

"하긴. 날 닮았으면 그럴 만도 하지?"

씩 웃은 강현이 동화의 이마에 입을 맞추고 문을 닫고 나왔다. 사이드 조명을 켜고 다혜의 얼굴을 보니 흠뻑 젖어 있었다.

"이거 감격해서 우는 거 맞죠?"

젖은 얼굴을 한 다혜가 웃으며 밝게 말했다.

"맞아요. 나, 아들을 너무 잘 키웠나 봐요."

"그러게. 나도 감동하는 중인데. 그러고 보면 첫날도 분명 천둥을 무서워 했죠?"

"네. 엄마 돌아가시고 장례 치른 날 천둥이 무섭게 쳤어요. 세상에 혼자인 거 같고 나도 죽고 싶은데 또 죽는 게 무섭기도 하고…… 그랬나 봐요. 그런데 지금은 천둥이 치는지도 몰랐어. 당신하고 섹스하느라고."

발그레한 얼굴을 하고 말하는 그녀의 코끝을 손가락으로 톡 건드렸다.

"행복하다는 증거네. 아주 많이 행복하면 불행했던 시간 같은 건 잊어버리거든요. 그런데 동화가 와서 이런 깜짝 선물을 해주네요."

"누구 아들인지 진짜 멋지지 않아요?"

"맞아요."

강현의 입술이 다시 다혜의 입술을 찾았다.

"그렇다고 하던 걸 안 할 수는 없지. 감동받은 섹스는 어떤지 우리 한번 알아볼까요?"

"동화 또 오면……."

"깊이 잠들었고. 내가 옆에 있다는 거 알아서 안심하는 것 같아요. 동화가 지키던 연다혜를 나한테 넘겨준 느낌이랄까?"

다혜가 웃었다. 강현은 커다란 손으로 다혜의 볼을 쓰다듬어 주고 다시 깊게 입을 맞추며 그녀의 가슴을 움켜쥐었다.

이미 완벽하게 서로를 원하던 몸이었다. 쉽게 입술을 열어 혀를 얽고 다리를 벌려 성기를 맞대고 질척하게 비비다가 다시 하나로 이어졌다.

"아하……."

강현은 더 깊게 페니스를 밀어 넣었다. 조금 전보다 더 간절히 그녀를 원한다. 이 예쁜 여자가 저렇게 예쁜 아이를 낳아서 힘겹게 키우는 동안 저는 무엇을 했을까?

겉은 번지르르하게 비혼주의라고 하면서 사실은 현실에 맞부딪히기가 무서웠던 거다. 그러니까 결혼을 피하면서 유씨 집안의 핏줄은 이걸로 끝이라는 헛소리나 했다.

온몸과 마음을 다 부딪쳐가며 사랑하는 연다혜와 연동화를 자신은 발끝도 따라갈 수 없다.

"앞으로는 절대로 천둥이 무섭지 않게 해줄게요. 천둥 치는 날이면 즐거운 기억으로 가득 채워 줄게요."

"하…… 아아……."

만족한 신음이 방 안을 울렸다. 조여대는 질구의 힘을 이겨내며 강현은 힘 있게 허리를 움직이며 가장 깊은 안쪽을 귀두로 찔러대고 있었다.

* * *

　김철주의 모친상이 끝나는 날이었다. 한 해의 마지막 날이기도 해서 강현은 이제 그만 한남동에서 나오려고 했다.

　"어디 가냐?"

　"모친상 끝났으니 김철주도 아마 교도소로 돌아갔을 겁니다."

　"아직 아니다. 아직 안 들어갔어."

　"안 들어갔다 해도 김철주가 여기 오지는 않을 거예요."

　"조심해서 나쁠 거 없다."

　조손이 부딪히자 옆에서 소은이 말했다.

　"그러지 말고 동화 좀 오라고 그러면 어떻겠니?"

　"안 돼요. 저도 위험하다고 못 나가는 집에 어린애는 왜 부릅니까?"

　"동화는 남인데 뭘. 그리고 사실 김철주가 뭘 어떻게 하겠어?"

　그때 유 회장에게 보고하기 위해 찾아온 비서진이 벨을 눌렀다. 아주머니가 문을 여는 순간이었다.

　"악!"

　웬 비명이 들리더니 대문 앞쪽에서 난투극이 벌어졌다. 연결된 모니터로 그걸 보고 소은이 깜짝 놀랐다. 복면을 뒤집어쓴 몇 명의 괴한들이 나타나서 비서실장을 칼로 찌르며 들어오는 게 보였다.

　"어떻게……."

　집 안에 있던 경호원들이 뛰어나가면서 복면을 한 괴한들은 그대로 사라졌지만, 비서실장은 옆구리에 칼을 맞아 앰뷸런스를 타고 이송되었다.

　김철주가 아직 교도소에 들어가기 전이다. 이렇게 되면 유력한 용의자로 김철주가 떠오르게 된다.

　"영원히 교도소에서 못 나오게 하라고 고사라도 지내는 것 같군요."

강현의 말에 유 회장이 인상을 썼다. 그때 김철주에게서 연락이 왔다.

-찾아봬도 될까요?

"여기를 오겠다고 감히? 네놈이 시킨 거냐?"

-무슨 말씀입니까.

"네놈이 이 난리를 쳤냐고. 우리 비서실장 칼로 찌른 게 네놈이야?"

그러자 전화기 건너편에서 아무 소리가 없었다.

-그런 일 없습니다. 찾아뵙고 싶었던 건 다른 일 때문이었지만, 그냥 교도소로 들어가겠습니다.

그렇게 전화가 끊어졌다. 유 회장은 알 수 없는 이 어수선함에 깊은 한숨을 내쉬었다.

김철주가 아니라면 김기팔일 것이다.

강현은 어머니를 안심시킨 후에 한남동을 나왔다. 아무래도 김기팔 가족과 묶인 문제는 해결이 쉽지 않을 것 같다.

늦은 오후에 백화점 사무실로 출근한 강현은 다혜를 불렀다.

"늦게 출근했네요?"

"그래서 같이 퇴근하려고요."

"그럼 또 후문에서 만나야 하는데요."

"내가 말했잖아요. 후문 좋아하게 됐다니까. 진짜 정이 들어서 앞으로 후문을 정문으로 바꿀까 하는데?"

다혜는 강현의 말에 웃으며 그의 볼에 살짝 입을 맞췄다.

"알았어요. 준비할게요."

"12월 31일에 뭐 할 거예요?"

"대표님이 같이 계시면 동화와 함께 소원을 빌어볼까 하는데."

"너무 늦어서 동화가 깨어 있을까요?"

그러나 동화는 그날 12시까지 잠을 자지 않았다.

"동화는 12시 땡할 때 뭐 하고 싶어?"

"목마!"

"뭐라고?"

"아저씨 목마 타고 싶어요."

그러고 보면 동화가 남자 어른의 목에 올라타 본 적은 한 번도 없었던 것 같다.

이런 게 동화의 꿈이었을까?

강현이 흔쾌히 고개를 끄덕였다.

"껌이지."

강현이 동화를 번쩍 들어 어깨에 태웠다. 행복해하는 동화의 얼굴이 환해졌다. 그리고 12월 31일의 마지막 순간이 왔다.

"6……5……4……3……2……1…… 땡! 해피 뉴 이어! 새해다!"

"와! 난 이제 6살 형아야! 엄청 컸어!"

동화는 강현의 목에서 행복하게 목마를 타고 커다란 유리창 너머로 새해의 폭죽이 팡팡 터지는 걸 보았다.

새해 하늘을 수놓는 폭죽놀이를 보면서 세 사람은 각기 다른 의미에서 가슴이 벅차올랐다.

"무슨 소원 빌었어요?"

강현이 하는 말에 다혜는 입을 열지 않았다.

"아, 치사하게, 도대체 무슨 소원을 빌면 그렇게 말도 안 해요?"

소원은 빌면서도 양심이 콕콕 아팠다.

결혼까지는 바라지 않아도 이렇게 동화와 강현과 사랑하는 마음이 변치 않아서 함께할 수 있었으면 했다.

하지만 그걸 어떻게 입 밖으로 낼 수가 있을까?

강현에게 당신이 평생 우리 옆에 있어줬으면 좋겠다는 말을 당당하게 할 수는 없었다.

"뭐, 비밀도 있는 거고…… 사생활이니까."

"사생활? 이게 사생활이죠. 지금 우리 셋이 이러고 있는 게 사생활인데 여기에 또 비밀 사생활이 있단 말이에요?"

"그런 게 아니에요."

둘의 신경전이 고조되려고 하는데 목마를 타고 있는 동화가 강현의 머리를 쓰다듬었다.

"아저씨. 나도 목마 타고 소원 빌었는데."

"소원이 목마 타는 거 아니었고?"

"목마 타고 소원 비는 게 소원이었는데요?"

씩 웃는 동화의 얼굴이 유리창에 비춰 보였다.

"뭔데, 소원이?"

"아저씨랑 같이 연주하는 거."

그게 동화의 소원이었다니.

"그때 좋았어?"

"네! 최고! 아빠 최고예요."

"그래, 못할 것도 없지. 가자, 동화야."

여전히 동화를 목마 태운 채 강현이 비어 있는 방으로 들어갔다.

"여기 뭐 둘 건지 알아요? 여기 제대로 방음 시설 해 놓은 거 알죠? 여기서 우리 동화 피아노랑 바이올린 실컷 연주하라고."

"정말이요?"

벽에 올록볼록하게 방음 장치가 되어 있는 건 알고 있었지만, 말만 들어도 감동이 됐다.

"하지만 피아노가……."

그러자 강현이 바로 말을 이었다.

"연휴 끝나면 바로 들어올 거예요. 내가 골라 놨지. 우리 동화한테 어울리는 걸로 말이에요. 딱 우리 동화한테 맞는 사이즈의 바이올린도 주문했어요. 앞으로 클 때마다 바이올린도 바꿔줘야 하고 레슨도 더 받아야 할 걸요?"

고맙다는 말도 나오지 않았다. 이렇게 부담을 줘도 될까?

고개를 드니 강현이 다혜의 입술을 검지로 막았다.

"아무 말도 하지 말아요. 내가 동화한테 이 정도는 해줄 수 있으니까. 그치, 동화야?"

"네, 아빠!"

셋이 있을 때는 아빠라고 해도 된다는 말을 잘도 기억하고 써먹는다. 강현은 동화를 내려 꽉 끌어안았다.

"내가 네 아빠 맞아, 동화야. 후원자 그런 것보다 훨씬 멋진 아빠 말이야. 내 소원은 뭔지 알아요?"

"뭔데요?"

물어봐 달라는 듯이 하는 말에 다혜가 묻자 강현이 입을 꼭 다물었다.

"말 안 해줘요. 나도 사생활이고 비밀이어서."

"어머. 그런데 왜 물어보라고 그래요?"

"나한테는 물어보지도 않으니까. 절대로 말해주지 말아야지."

강현이 터지는 폭죽을 보며 마음속으로 빈 건 하나였다. 동화가 멋진 정장을 입고 꽃다발을 들고 저희 뒤에서 따라오며 둘이 결혼식을 하는 것.

동화가 방음이 되어 있는 방을 다다다 뛰어다녔다.

"동화 이제 그만 자야지."

억지로 늦은 시간까지 있어서 눈에 졸음이 가득한데도 마냥 들떠서 자려고 하질 않는다. 강현이 냉큼 동화를 잡았다. 까르르 웃는 동화를 잡아서 꼭 끌어안고 침대에 가서 눕혔다.

동화가 눈을 깜빡이며 말했다.

"꿈같아."

"뭐?"

"엄마랑 아저씨랑 같이 나 재워주는 거, 꿈하고 똑같아."

다혜는 입가가 파르르 떨리는 걸 억지로 웃으며 고개를 끄덕였다.

"꿈 아니야, 동화야."

"아저씨도 엄마도 맨날 이렇게 나 재워주면 좋겠어요."

"우리 동화 크면 안 재워줄 건데?"

"괜찮아. 그럼 내가 아빠랑 엄마랑 재워줄 거예요."

강현이 고개를 끄덕이며 머리를 쓰다듬자 동화가 강현의 손 위에 자신의 손을 얹었다.

그게 예뻐서 강현이 그 위에 손을 겹쳐 올렸다. 아이가 눈을 깜빡이다 잠에 빠져든다.

강현은 '쉿' 하며 조심스럽게 다혜의 손을 잡고 밖으로 나왔다.

"그렇게까지 조심하지 않아도 돼요. 동화는 한번 잠들면 깊이 자요."

"그래도 천둥 치면 깨서 엄마 보살펴주러 오고?"

씩 웃는 다혜를 번쩍 들어 안았다.

"나한테는 당신도 애긴데. 애기들끼리 참 잘 살았단 말이야. 앞으로는 더 잘살 거예요. 나도 옆에 있으니."

다혜도 고개를 끄덕였다. 현실적인 이야기 같은 건 차라리 하지 않는 게 낫다. 그게 오히려 더 좋으니까.

아무리 생각해도 현실적으로는 답이 없었다. 그런데도 함께 있겠다는 그의 말을 믿는다.

커플 잠옷이 좋다고 하면서도 강현은 침실만 들어오면 옷 벗기에 바빴다. 다혜의 잠옷이 바닥에 떨어지기 무섭게 강현이 가슴을 입에 물었다.

젖꼭지가 떨어져나가게 빨아대는 탓에 신음과 함께 허리가 뒤로 휘었다. 다혜의 입 안으로 파고들어 혀를 빨아대던 혀가 그대로 아래로 내려와 배꼽 아래에 닿았다.

활짝 벌어진 다리 사이에 말캉한 것이 닿는 순간 다혜가 손으로 입을 막았다.

"음……으흐……."

강현이 단단한 성기를 질구에 대고 비비다가 깊게 밀어 넣음과 동시에 다혜의 신음을 흡입하듯이 입술을 겹쳤다.

맞물린 성기와 똑같이 맞물린 입술이 서로를 찾았다. 위아래가 완벽하게 비벼지며 둘의 밤은 황홀경을 향해 거침없이 움직였다.

* * *

강현은 늦은 오후에 동화를 보려고 에스컬레이터 쪽으로 걸어갔다. 그러나 에스컬레이터를 타기 전에 주소영이 나타났다.

"오빠, 바쁘다며 어디 가?"

"어. 아주 중요한 일이 있어서."

"몇 층 가는데? 나도 가자."

"너 생각이란 게 있기는 해? 어딜 따라와? 어딜."

매섭게 다그치는 강현의 말에 소영이 입을 다물었다.

"아니, 그냥…… 나는 계속 타고 내려간다고."

"엘리베이터 놔두고 왜 에스컬레이터 타고 1층까지 가겠다는 거야?"

"오빠가 타니까. 오빠는 몇 층 가는데?"

"11층."

"어? 거기는 문화센터랑 유도실 있잖아. 바쁘다며."

"그러니까. 아주 바쁜 일이 있다고. 따라오지 마. 따라오면 그걸로 끝이야."

"안 따라가면? 우리 사이에 뭐가 있어?"

"아니. 없지. 그러니까 1층으로 내려가서 아예 그림까지 떼 가지고 갔으면 좋겠다. 미련 남지 않게."

쌀쌀맞게 말하고 11층으로 가는 강현을 보며 주소영은 1층까지 내려갔다.

"하여튼 쟤는 언제쯤 안 볼 수 있으려나."

하지만 주거래 은행장인 주소영 아버지를 외면할 수도 없었다. 어느 정도 눈치를 줘도 떨어지지 않는 주소영은 영 골칫거리였다. 게다가 어머니가 자꾸 헛바람을 넣기 때문에 주소영이 저렇게 계속 매달린다는 것도 알고 있다.

주소영은 강현의 이런 태도가 너무 싫었다. 이제 저를 좀 봐줄 만도 한데 왜 계속 이러는지 모르겠다. 제 집안에서 너무 가만히 있는 것 같아 아버지에게 조르기 시작했다.

주소영의 성화에 신지은행장 주명성은 아내를 통해서 강현의 어머니 쪽으로 혼담을 넣었다.

정식 중매가 들어오자 소은은 일단 대답하지 않았다. 바로 대답하는 것도 경우가 아니기도 했지만, 유강현은 아들이라고 해도 호락호락하지 않다.

여러 번 주소영에 대해서 말했는데 거절했고 연다혜에게 관심까지 드러내고 있어서 어떻게 접근해야 할지 모르겠다.

소은은 확인부터 하는 게 옳을 것 같아 다혜의 매장으로 찾아갔다. 다혜는 긴장하면서도 내색하지 않고 소은을 반겼다.

"어머, 어서 오세요, 대표님. 부르시면 제가 쇼룸으로 갈 텐데요."

"오늘은 백화점에 들렀다가 잠깐 온 거예요. 연 실장, 커피 한잔할까요?"

"네. 잠시만 기다리세요."

다혜가 커피를 내려 앞으로 와 앉았다. 하지만 얼굴을 똑바로 보기가 쉽지는 않았다. 강현의 어머니로 의식되는 건 어쩔 수 없는 일이었다.

"내가 물어볼 게 있어서."

"네."

"연 실장 혹시 우리 강현이 다르게 생각해? 남자로 말이야."

"네?"

무엇을 물어보고 있는지 너무나 잘 알고 있기에 가슴이 먼저 벌벌 떨렸다. 다혜는 테이블 아래로 내린 손으로 스커트 자락을 꽉 쥐었으나 얼굴은 별 표정의 변화가 없었다. 그런 다혜를 보며 소은이 한 번 더 확답이라도 들어야겠다는 얼굴로 물었다.

"우리 강현이 말이야."

다혜는 입을 꾹 다문 채 한마디도 하지 않았다. 바로 나오지 않는 말에 소은은 눈살을 찌푸렸다.

설마 딴생각을…….

떠올리는 것만으로도 불쾌해 다혜를 빤히 쳐다보자 다혜가 조심스럽게 말했다.

"무슨 말씀이신지……."

"강현이는 연 실장한테 마음이 있는 것 같더라고. 동화가 너무 예쁘니까 동화를 낳아준 여자에게도 잘해주라고. 그게 딱 그런 의미이기만 한 건지 그게 궁금해서."

"유 대표님 마음이야 제가 알 수 없죠."

계속 함께하자고 했던 그의 말과 행동에는 진심이 담겨 있었다. 하지만 지금은 그 모든 것을 아닌 척할 수밖에 없다.

"그럼 연 실장은 어떻게 생각해, 우리 강현이?"

현실은 현실이다. 여기서 무슨 얘기를 하는 게 뭐가 중요할까?

"그냥 대표님이시죠. 쉽지 않으신 분이고 또 달리 어떻게 생각할 수 있는 그런 분은 아니시잖아요. 관심이야 당연히 있지요. 백화점 안에서 유강현 대표님한테 관심 없는 사람이 어디 있겠어요."

"관심도 관심 나름이니까 하는 말이지."

기어이 꼬치꼬치 물을 생각인 건가?

"무슨 말씀이신지 잘 모르겠습니다."

다혜는 선을 그었다. 그 이상은 무엇도 위험하다. 대놓고 하는 거짓말은 익숙하지도 않을뿐더러 차라리 이 정도 선에서 긋는 게 옳았다.

"전 동화 키우기도 너무 바빠서요. 워킹맘이잖아요."

그제야 마음에 드는 말을 들은 것처럼 소은의 얼굴에 미소가 어렸다.

"그렇지? 워킹맘이 아이 키우면서 일하기도 바쁜데 내가 괜히 쓸데없는 말을 했지……."

"혹시 케이크 한쪽 드릴까요?"

"아니야. 나 다이어트 때문에 커피 한 잔 마시고 갈게."

* * *

새해 들어서 강현이 가장 심혈을 기울이고 있는 사업은 물류 배달 시스템을 새롭게 갖추는 것이었다.

갈수록 배달을 원하는 사람들이 많아지면서 자체적인 물류 시스템을 갖추는 게 앞으로 사업이 성장하는 데 훨씬 더 도움이 될 거였다.

하지만 지금 규모로 새로운 물류 시스템을 갖추는 데는 한계가 있다.

반드시 주거래 은행의 추가 대출이 필요했고 이런 투자를 위한 설명회도 준비해야 했다.

기획팀과 한창 회의를 하고 다시 사무실로 돌아온 강현이 습관적으로 모니터를 켰다. 다혜의 매장에서 그녀가 일하는 걸 한 번씩 보는 게 그의 즐거움 중에 하나다.

웃으며 화면을 보던 강현의 눈썹에 힘이 들어갔다. 지난번과 비슷한 일이 벌어졌다. 어머니가 앉아 있었다.

어머니가 연다혜와 할 말이 뭘까?

쇼룸에 관계된 거라면 다혜가 직접 쇼룸을 방문하니 그때 말하면 되는 거였다.

그런데 직접 와서 저렇게 단둘이 앉아서 얘기할 정도라면…….

강현은 바로 휴대폰을 들었다. 전화를 받지 않자 한 번 더 했다. 그러나 역시 어머니는 다혜와 이야기를 하느라 자신의 전화를 받지 않았다. 강현은 인터폰을 켰다.

"안내 방송 좀 하십시오."

-뭐라고 할까요? 대표님.

"1층 온리유 매장에 있는 이소은 여사님 지금 당장 대표님 사무실로 올라와 달라고 말해주세요. 전화를 아무리 해도 연락이 안 되니까."

소은이 다혜와 한참 이야기를 하고 있을 때였다.

1층 온리유 매장에 계시는 이소은 사모님께서는 대표실로 지금 바로 올라와 주시기 바랍니다.

소은은 얼굴이 다 빨개졌다.

"아니, 애가 전화 두 통 안 받았다고 이런 공식적인 방송을 할 수가 있어?"

지나가는 사람들이 다 온리유 매장을 한 번씩 보고 있었다.

다혜는 웃음이 터졌다. 참 강현다운 일이다. 어떻게 또 어머니가 오신 걸 알아서.

얼굴이 붉으락푸르락하는 소은을 보며 다혜가 말을 돌렸다.

"대표님이 어떻게 아셨나 봐요."

"뭐…… 그랬겠지. 나 대표실로 올라갈게."

"네. 쇼룸에 다음에 방문할 때 인사드리겠습니다."

다혜는 인사하고 일어나 매장 한쪽에 있는 창고 쪽으로 들어갔다. 작은 창고 안에 빽빽하게 쌓여 있는 원두와 꽃다발, 들꽃향기와 커피 향기가 가득 섞여 있는 그 공간에 선 채 다혜는 저도 모르게 손으로 가슴을 톡톡 두드렸다.

* * *

다혜의 인사를 받고 나온 소은은 작게 한숨을 쉬고는 엘리베이터를 탔다. 곧장 12층으로 올라갈까 하다가 11층을 눌렀다.

동화를 한 번이라도 보고 싶었다. 사실 이 시간대 동화가 피아노를 친다는 소리를 듣고 아이가 보고 싶어서 일부러 이 시간대에 온 거였다.

아이의 엄마를 경계한답시고 찾아와놓고 아이는 보고 싶어서 간다는 게 이중적이라는 생각은 하면서도 소은은 동화가 보고 싶어 발걸음을 옮겼다. 문화센터 피아노 레슨실 쪽을 기웃거리다가 조심스럽게 문을 열었다.

유려한 피아노 선율이 넘실대고 있었다. 가만히 듣고 있으니 격정적인 마음과 은은하고 조용한 선율이 교차하고 있었다. 어렸을 적 강현에게 피아노를 가르친 적이 있었다. 강현은 피아노보다는 바이올린을 더 좋아했었다.

"이게 설마 다섯 살짜리 꼬마가 치는 건 아니겠지?"

안을 보니 앉아 있는 사람이 보이질 않는다. 조금 더 가까이 가자 조그만 꼬맹이가 앉아서 열심히 피아노 건반을 누르고 있었다.

열중하느라 입술을 약간 내밀고 있는 것도 어쩌면 그렇게 강현이 어렸을 때와 똑같은지 모르겠다.

"누구세요?"

선생님이 돌아보며 묻자 소은이 인사를 했다.

"네. 동화 피아노 치는 거 보고 싶어서요."

"아, 네."

그러자 피아노 소리가 멈췄다. 그리고 앉아 있던 아이가 폴짝 뛰어내리더니 두 손을 배꼽에 대고 고개를 숙여 인사를 했다.

"안녕하세요."

"너, 나 기억하니?"

동화가 고개를 끄덕이며 활짝 웃었다.

"대표님 할머니."

"아. 난 할머니는 맞는데 대표님 할머니는 아니고 대표님 어머니."

동화가 맞는다고 고개를 끄덕인다. 고개를 끄덕일 때마다 초롱초롱한 눈동자가 빛나고 머리가 살랑거리는 게 여간 귀여운 게 아니다.

"너 피아노 치는 거 보려고 왔는데."

"네. 피아노 칠게요. 잘 들으세요!"

그러고는 피아노에 앉아서 처음 듣는 곡을 연주했다. 그러자 선생님이 바로 박수를 쳤다.

"이거 동화가 작곡한 거구나? 지금 네 맘대로 친 거지?"

"네. 이건 할머니 노래예요."

"할머니 노래?"

"네. 할머니를 위해서요."

동화가 검지로 소은을 똑바로 가리키며 웃었다. 소은은 너무 감동받았다.

누군가 자기에게 이렇게 관심을 준 적이 있었나?

저를 보고 영감을 얻어서 노래를 작곡했다는 거 자체가 감격스러워 눈물이 다 글썽거렸다.

"아이구, 예뻐라. 동화야, 할머니가 한 번만 안아봐도 될까?"

그러자 동화가 고개를 끄덕이며 두 팔을 올렸다. 소은이 동화를 안아 올리고 등을 두드렸다.

"우리 동화, 할머니네 집에 놀러 와라."

"네."

소은은 동화를 한번 안고 선생님을 보고 물었다.

"동화 레슨 더 남았나요?"

"네. 한 30분쯤 더 남았습니다."

"그럼 이만 가봐야 하겠네요. 레슨 방해해서 죄송합니다."

"아니에요, 덕분에 동화가 작곡을 한 번 했네요."

"네."

인사를 하고 나가면서 소은은 가슴이 두근두근했다.

저런 꼬마 아이 하나 데려다 키우면 소원이 없겠다 싶은 마음이었다.

12층으로 올라가자 강현이 일어서며 묵직한 소리를 냈다.

"다혜한테 뭐라고 말했습니까?"

"다혜? 아주 네 여자 이름 부르듯 하는구나?"

"그럼 다혜가 여자지 남자 이름입니까? 뭐 하러 가셨어요."

"내가 연 실장한테 너 남자로 보느냐고 물었다."

그러자 강현이 헛웃음을 흘리며 쏘아붙였다.

"어머니. 어머니가 아들 낳았는지 딸 낳았는지도 모르고 34년 키우셨어요? 제가 어디로 봐서 여자예요? 당연히 남자로 보지."

강현이 말에 소은이 눈을 흘겼다.

"너 머리 나빠? 그렇게 바보인 척 말하면 좋아? 나 동화는 예쁘지만 네 결혼 상대는 소영이라고 생각해. 그런 여자가 널 남자로 보는 거 싫어. 올려다볼 나무가 따로 있는 법이야."

매몰차게 이야기하는 소은을 보는 강현의 얼굴에 냉소가 어렸다.

"어떻게 그러십니까?"

"내가 이러는 거 다 이유가 있어. 적어도 연다혜는 나하고는 좋은 인연은 아닌 거 같다."

좋은 인연이라면 자신의 그런 치부를 들키지는 않았을 거다. 그냥 조건도 마음에 들지 않지만 남의 약점을 알고 내색조차 없는 건 더 싫었다.

어떻게 키운 아들인데 미혼모 따위에게 내줄까?

소은의 마음은 확고했다. 사업상으로는 물론 연다혜가 마음에 든다.

하지만 사적인 관계는 질색이다. 멀리 쳐내고 싶어도 오히려 제 약점을 밖에 나가서 떠들까 봐 쇼룸 일도 자르지 못하고 한 번씩 눈치를 떠보고 있는 차였다.

입을 꼭 다물고 있는 소은을 보며 강현이 말했다.

"그게 어떤 이유가 됐더라도 앞으로는 어머니 저나 연다혜 씨한테 더 이상 말 못 하실 텐데요."

"얘! 그게 무슨 말이야?"

강현이 벌떡 일어나더니 테이블 쪽으로 걸어갔다. 그리고 서랍을 열며 소은을 보며 묵직한 기운을 실어 말했다.

"길게 돌아가고 싶은 생각 없습니다. 이 사실 아무도 모르니까 어머니만 알고 입 다무셔야 할 겁니다."

강현이 서랍에서 무엇인가를 꺼내 들고 소은의 앞으로 와서 그녀의 앞에 놓았다. 그리고 그걸 보는 소은의 눈이 커졌다.

"강현아! 이게 사실이야?"

"사실 아닌 걸 왜 놓겠습니까? 그러니까 연다혜 힘들게 하지 말란 말입니다."

소은이 서류 한 장을 들고 부들부들 떨었다.

"그런데 왜 지난번에 검사했을 때는 결과가 달랐던 거야? 정말 동화가 네 아들 맞아?"

"제가 손댔습니다."

"뭐?"

"지금 전 아이를 가질 수 있는 능력이 있는 것도 아니에요. 어머니 말대로 정관 수술은 필요하면 풀어야겠죠. 어찌 됐든 지금 우리 집안의 유일한 핏줄은 동화고 우리 집안은 위험해요."

그 말에 소은이 손으로 입을 가렸다. 맞는 말이다. 얼마 전에도 본가 대문에서 난투극이 일어나지 않았던가.

"그래서? 그래서 네가 일부러 그런 거야? 위험해서 친자 검사를 조작했다고?"

"네. 내 자식 지키기 위해서 그렇게 한 거예요."

이렇게 당당하게 내 자식이라니!

놀라우면서도 조금 전 보았던 동화가 손자라는 사실이 너무 좋아 가슴이 다 벅차다. 그러나 동화와 동시에 떠오른 연다혜는 소은의 목을 조르는 것 같았다.

소은이 마른침을 삼키며 강현을 보았다.

"하나만 묻자. 동화가 네 아들이라는 건 말이야, 그랬다는 건 그때 그 계약서 때문이었다는 거잖아. 안 그러니?"

계약서 이야기가 나오자 강현이 인상을 썼다.

"계약서는 이미 찢어버리고 없어요. 아시잖아요."

"하지만 그렇다면 동화는 그 계약으로 태어났다는 거잖아. 분명히 계약에는 아이를 갖게 되면 우리에게 말을 하고, 출산할 때에는……."

"계약서 이야기하지 마세요. 그 계약은 연다혜가 한 게 아니에요. 그 언니가 했지."

서슬 퍼런 날이 당장이라도 벨 것처럼 넘실거리는 말투였다. 소은은 아들의 반응에 기가 질렸지만 계약이라는 것을 배제할 수는 없었다.

"하지만……."

"그때 만났어도 연다혜와 사랑에 빠졌을 겁니다."

"뭐? 너 지금 연 실장을 사랑한다고 얘기하는 거야?"

"왜요? 안 됩니까? 똑똑하고 단정하고. 저렇게 천재적인 아이를 낳아서 키운 훌륭한 여자예요."

"무슨 소리를 하는 거야? 아이는 아이고 여자는 또 다른 문제지. 계약으로 태어난 애야. 계약서대로만 이행하면 돼. 돈만 주면……!"

탕!

테이블 위로 주먹이 떨어지며 소리를 울렸다. 소은의 앞에서 강현이 벌떡 일어났다.

"어머니. 그 입 다무세요. 내 아이의 엄마고 내가 사랑한다고 얘기하는 거예요. 이 검사 결과를 왜 어머니한테 보여주는지 이해하지 못하세요? 연다혜 힘들게 하지 말라는 겁니다. 그냥 기다리시면 며느리, 손자 다 그 품에 안겨 드릴 수 있어요."

"너 지금 엄마 앞에서 뭐 하는 거야? 싫어. 나는 동화는 좋지만 연 실장은 싫어. 돈 때문에 누군지도 모르는 남자의 아이까지 가진 여자가 뭐가 좋다고 너는……."

"그만하세요. 사람 속사정 알지도 못하면서 그렇게 함부로 말하지 마세요. 연다혜한테 동화는 생명이에요. 저한테도 마찬가지예요. 다혜와 동화 내 생명보다 더 크게 제가 사랑해요. 그러니까 어머니는 뒤로 빠져 계세요. 우리가 다혜 씨만 못한 거 몰라요?"

소은이 기가 막혀서 입을 딱 벌렸다.

"아무리 여자에게 빠져도 그렇지 대체 우리가 뭐가 연 실장만 못한데?"

"모르셨어요? 적어도 연다혜는 제 자식은 내 아들이라고 키우잖아요. 나는 알면서도 위험해서 내 아들인 거 숨기고 있고요. 아버지가 돌아가신 거나 지금 우리가 위험한 거, 모두 우리 집안에 흐르는 업보 같은 거잖아요. 그러니 다혜 씨만 못한 거 맞지요."

그렇게 말하면 할 말은 없다. 강현은 진짜 그렇게 생각했다.

세상에 비해 연약하기만 한 작은 여자와 꼬맹이가 서로를 지켜준다고 똘똘 뭉쳐서 사랑하며 살아내는 것에 감동하는 일과는 거리가 먼 세상에서 살아왔다.

다혜와 동화가 살아내는 걸 보고 나서야 알았다. 사랑하는 거, 살아내는 거 모두가 얼마나 벅찬 감동이며 감사한 선물인지.

"아직 혼자만 알고 계세요. 사람들한테 내 손주라고 내색하지 마시고요."

"강현아!"

뭔가 부정적인 말을 할 것 같은 소은을 보며 강현이 단호하게 선을 그었다.

"모르십니까? 전 지금 제 가정을 지키려고 하는 거예요. 어머니를 적으로 돌리고 싶지 않아요."

"어떻게 그런 말을…… 어떻게 내가 네 적이 될 수가 있어?"

"내 여자 건드리면 적이죠. 원래 적은 가장 가까이에 있는 법이니까요."

소은은 너무 서러워서 눈물이 왈칵 났다.

"내가 너를 어떻게 키웠는데. 나도 너 하나 지키기 위해서……."

"그러니까. 어머니가 그렇게 사셨으니까 연 실장 마음 누구보다 잘 아실 거 아니에요."

소은은 입을 다물었다. 지금 여기서 아들을 이길 수 있는 논리는 하나도 없었다.

"알았으니까, 그만 얘기하자. 나도 나름 충격이야. 올라오다 동화 보고 왔다. 내 핏줄이라 그렇게 끌어당겼구나. 아이가 너무 반듯하게 잘 컸어."

"다혜 씨가 그렇게 키운 거예요."

"타고나길 그렇게 타고난 거지. 유씨 집안 핏줄이라."

조금도 연다혜의 공으로 돌리고 싶지 않았다.

"유씨 집안 핏줄이요? 할아버지는 깡패였어요."

"너는 아니잖아."

"네. 제가 타고난 유전인자는 돌연변이에 가깝죠. 그리고 동화가 절 똑 닮았고요. 저보다 더 훌륭하더군요."

더는 건드릴 수가 없었다. 그랬다가는 무슨 일이 일어날지 모르겠다. 소은은 한숨을 쉬고는 인사했다.

"알았다. 네 말대로 그냥 있을게. 그러면 되는 거지? 난 이만 갈게. 그래도 다행이라고 생각해. 동화가 우리 핏줄이라는 건."

"네. 그만 가세요. 다혜 씨한테는 제가 알아서 다가갑니다."

더는 실랑이할 힘도 없었다. 펄펄 뛰는 호랑이 같은 아들을 무슨 수로 이길까?

"그런데 연 실장은 알고 있니? 연 실장은 이 사실을 알고 있냐고."

"몰라요. 차근차근 제가 기회를 봐서 얘기할 거예요. 어머니도 그냥 계셨으면 좋겠어요."

"여기저기서 선 자리가 쏟아져 들어와."

"그러니까 주소영하고 결혼을 시키니 이런 얘기는 하지 마세요. 적당히 알아서 거리 두시고 거절하세요."

"그건 내가 알아서 할게."

소은이 그렇게 이야기를 하곤 다시 1층으로 내려갔다. 1층에 내려 엘리베이터에서 오른쪽으로 돌자 얼마 전 주소영이 거금을 주고 사서 백화점에 걸어둔 그림이 보인다.

파란 청보리밭. 바람이 일렁이는 청보리 그림을 보고 있는데 아깝다는 생각이 들었다. 그림도 아깝고 주소영도 아깝고.

신지은행 은행장이 사돈이 될 텐데…….

그러다가 대각선으로 있는 다혜의 매장을 보았다. 겨우 저 작은 매장의 실장밖에 못 되는 여자다. 하지만 동화의 얼굴이 떠오르자 또 그건 다른 문제다.

소송하면 얼마든지 이길 수 있는데…….

소은은 그대로 차를 차고 집으로 들어가 금고를 열어 계약서 하나를 꺼냈다. 다혜의 언니 연다미의 도장이 찍혀 있는 계약서의 원본이다. 그때 아버님이 가져갔던 건 복사본이다.

얼마든지 아이만 데리고 올 수도 있는데…….

하지만 아들을 이길 수는 없을 거다. 결국, 제 치부를 낱낱이 알고 있는 연다혜가 이 집안에 들어와 안주인이 되겠지.

그런 생각을 하자 견딜 수가 없었다. 왠지 이 모든 상황이 연다혜의 편만 들고 있는 것 같아서, 저는 운명의 뒷전으로 밀려나는 것만 같아서 패배 의식이 마음을 장악했다.

* * *

주소영은 도저히 혼자서는 강현의 마음을 잡을 수 없다고 판단해서 아버지를 찾아갔다. 신지은행 은행장실로 바로 찾아가자 손님들 때문에 만날 수가 없었다. 비서실에 이야기해 놓고 기다리자 잠시 후에 아버지한테 연락이 왔다.

[집에서 얘기하자. 오늘 스케줄 안 난다.]

결국 아무 소득 없이 집으로 돌아와야 했던 소영은 퇴근한 아버지를 보자마자 보채기 시작했다.

"아빠, 나도 이제 결혼하고 싶어."

"조금 더 있다가 가도 되지. 뭐 그렇게 빨리 결혼을 하겠다고 그래."

"나 좋아하는 남자도 있는데 아빠는 왜 그렇게 날 밀어주질 않아? 다른 집 애들은 정략결혼이다 뭐다 빨리 결혼하라고 난린데."

"나는 딸 정략결혼 시키고 싶은 생각 없어. 딸이 좋아하는 남자랑 결혼하면 되지. 여자도 능력 키우는 것도 좋아."

하지만 하나밖에 없는 딸은 딱히 무언가가 되고 싶다기보다는 결혼을 빨리하고 싶다고만 한다.

"일을 더 배워보고 싶지는 않아? 원하는 부서로 옮길 수 있도록 해줄게."

"싫어. 아빠, 나는 일을 많이 하고 싶은 생각은 없어요."

"그래서 드림백화점 대표가 그렇게 좋다는 거야? 그 사람도 널 사랑하고?"

"아빠. 그 사람한테 여자는 나밖에 없어. 그 주변에 여자가 없다니까? 나는 그 사람 진짜 사랑해요. 아빠가 볼 땐 어때? 그런 남자 없잖아. 돈 있는 남자 중에 그렇게 잘생기고 체격도 좋은 사람이 어디 있어?"

그건 맞는 말이었다. 재벌 2세, 3세들 중에 제대로 정신 박힌 놈들은 별로 없다. 하지만 드림백화점 유강현 대표는 다르다. 그리고 무엇보다 드림백화점은 무섭게 성장하고 있었다.

매출 추이로 봐서는 올해 순위권 안에 들 정도였다. 그리고 그 모든 것이 다 유강현의 머리에서 나온다는 걸 알기에 탐나는 사윗감이기도 했다.

"뭘 도와줄까?"

"아빠가 직접 찾아가 봐요. 아빠가 이야기하면 그 사람도 진지하게 들을 거예요."

"그런 것보단 너희끼리 얘기가 되는 게 낫지."

"그 사람이 그런 사람이 아니라니까? 그냥 주변에 여자 자체가 없어. 나도 여자로 안 봐."

"널 여자로 보지도 않는 놈하고 결혼하겠다고?"

"그 사람은 나만 그런 게 아니라 아무도 여자로 안 보니까."

"그래. 내가 그렇게 해보마."

주명성도 딸이 남자 하나는 잘 골랐다고 생각은 한다.

"일이 좋아서 여자는 아직 생각이 없는 건가?"

* * *

다혜에게 이틀째 연락이 없다.

"툭하면 날 손절하려고 들어. 아직도 내가 연다혜 인간관계에서 꼴찌야?"

강현은 오늘은 무슨 말로 접근을 해볼까 궁리하고 있는데 인터폰이 울렸다.

—신지은행 주명성 은행장님께서 찾아오셨습니다.

"약속이 없었던 걸로 알고 있는데."

—네. 미리 약속은 없으셨습니다. 어떡할까요?

약속이 없으면 웬만한 손님은 만나지 않았다. 하지만 주거래 은행장이 직접 찾아왔다. 지점장이 왔다고 해도 함부로 할 수 없을 텐데 은행장이 왔으니 비서실에서 절절매는 건 당연했다.

"5분 후에 모셔요."

-네.

"5분만 기다려주시겠습니까?"

"약속도 안 하고 왔는데 5분이면 얼마든지 기다려야죠."

주소영이 하도 졸라서 강현을 만나러 온 주명성이었다. 한쪽에 앉아 있는데 빼꼼 문이 열리더니 웬 꼬마가 안으로 들어왔다.

문을 열고 반쯤 서 있는 게 자기가 들어가도 되느냐고 물어보는 것 같았다. 함부로 불쑥 들어오는 일이 없는 동화였다. 비서 하나가 일어서더니 동화에게 다가갔다.

"어머, 동화 왔네. 오늘은 대표님 바쁘신데 이모하고 같이 놀까?"

그러자 동화가 고개를 저었다. 그러곤 두 손을 배꼽에 두고 90도로 인사했다.

"안녕히 계세요."

"어? 동화 그냥 가면 섭섭한데."

그러나 동화는 고개를 절레절레 흔들고 돌아갔다. 주명성은 좀처럼 볼 수 없는 광경이 신기해서 비서에게 물었다.

"저 아이는 누군가요? 대표님을 찾아오는 아인가?"

"아. 문화센터에 다니는 아인데 대표님이 예뻐하세요."

냉랭한 비혼주의자라고 들었는데 아이를 예뻐한다고?

주명성이 고개를 갸웃하더니 다시 물었다.

"문화센터에서 찾아오는 애가 또 있습니까?"

"아니에요. 동화는 특별히 회장님께서도 예뻐하세요."

점점 더 이상하다는 생각을 하며 주명성은 입을 다물었다. 잠시 후 강현이 얼굴을 내밀었다.

"어서 오십시오, 은행장님. 들어오시죠. 여기 차 좀 가져다줘요."

자리에 들어가 앉자 주명성도 그 앞에 앉았다.

"웬일이십니까, 은행장님. 전화 주시면 제가 갈 텐데요."

"사적인 일로 찾아온 거여서 미리 연락하기도 뭐했습니다."

"네. 앉으시죠."

강현은 대충 각오를 하고 있었다. 아무리 말해도 떨어져 나가지 않는 주소영이 아버지를 졸랐을 게 뻔했다. 하지만 먼저 말을 꺼내진 않았다. 잠시 후 비서가 허브차를 가지고 들어왔다.

"커피는 많이 드실 것 같아서."

"네. 좋습니다. 다른 데서 커피 대접 많이 받아서요."

은은한 향이 도는 허브차를 한 모금 마시고 주명성은 엉뚱한 이야기를 먼저 꺼냈다.

"여기에 문화센터 아이들도 놀러 오고 그럽니까?"

"네?"

"조금 전에 보니 동화라고 하던가? 아주 예쁘게 생긴 꼬마가 대표님하고 놀겠다고 오는 거 같던데."

동화가 왔었구나.

강현은 동화가 왔다 갔다는 말에 감동이 되어 묵묵히 차를 마시다 조금 늦게 주명성에게 답했다.

"네. 제가 후원하는 아입니다."

"후원이요?"

"네. 천재적인 소질을 가진 아이라 저희 할아버지께서도 후원하겠다고 하셨습니다."

"허어. 그렇게 천재적인 아이라면 우리 신지은행에서도 후원을 할까요?"

안 될 말이었다. 주소영 쪽에서는 동화에게 어떤 형태로든 영향을 미치게 할 생각이 없다.

"그렇게까지 한 아이에게 집중되는 건 좋지 않겠죠."

"그렇군요."

왠지 뒷맛이 씁쓸한 느낌이었다. 그러나 후원자라는 말을 듣자 주명성은 유강현이 이렇게까지 자상한 면이 있었나 하는 생각도 들었다.

"사적인 일이라면 혹시 소영이 때문에 오셨습니까?"

그러자 먼저 이야기를 꺼내준 게 고맙다는 듯 주명성이 고개를 끄덕였다.

"알고 계시니 말하기가 편하겠네요."

"말씀 낮추시죠. 사적으로 왔다고 하면 자식뻘 되는 사람이니까요."

"그래도 그럴 수 없죠. 아직은 말을 낮출 만한 관계도 아니고."

"그렇다면 그렇게 하시죠."

보통은 이 정도 얘기가 끝나면 사양을 하더라도 몇 번 더 권하면서 아랫사람을 자처하는 것이 보통일 것이다.

그러나 지금의 분위기로 봐서는 전혀 그렇지 않다. 이렇다는 것은 유강현은 주소영에게 관심이 없다는 거다.

주명성 은행장은 그렇게 눈치 없는 사람이 아니다. 그런데도 자식 가진 아버지 마음이라는 게 또 그렇지가 않았다.

"우리 소영이는 유 대표한테 관심이 많습니다."

꺼내기 힘든 말이었으나 자존심을 낮춰가며 꺼낸 말이었다. 강현도 그런 주명성의 말에 정중하게 답했다.

"네. 저한테도 직접 그렇게 말했습니다."

"그런데 유 대표는 관심이 없나?"

"네. 관심 없습니다."

주명성 회장의 낯빛이 안 좋아졌다. 그러자 강현이 그런 주명성 회장을 보며 말했다.

"은행장님께서 설마 사적인 일과 공적인 일을 구분 못 하시지는 않으시겠죠. 저는 사적으로 주거래 은행을 턴 것이 아닙니다. 드림백화점과 저축은행의 실적과 저의 지분율을 가지고 얻어낸 것입니다."

"물론입니다. 오히려 드림백화점같이 실적 좋은 회사가 우리 신지은행을 이용해 줘서 고맙다고 말해야죠."

기업 중에는 부실한 기업이 많았다. 하지만 드림백화점은 달랐다.

탄탄한 재무 구조와 대주주의 지분율 또한 높다. 이런 실속 있는 회사의 주거래 은행이 되는 것은 은행으로서도 중요한 일이다.

주명성 은행장은 속으로 혀를 찼다.

어떻게 키운 딸인데…….

남자 쪽에서 여자가 예뻐서 처가 말뚝에 절까지는 못하더라도 이렇게 냉랭한 분위기에서 딸 이야기를 꺼내는 게 무척이나 자존심이 상했다. 그런데도 끊어낼 수 없는 게 또한 부정(父精)이었다.

"내가 우리 딸이 좋아하는 남자를 위해서 뭐 해줄 수 있는 건 없겠습니까?"

하다못해 신지은행장이라는 지위를 이용해서라도 강현의 마음을 조금이라도 딸에게 돌려주고 싶은 마음이 들었다. 그러나 유강현은 그것에 대해서도 정확하게 선을 그었다.

"여자 이용해서 사업하고 싶은 생각 없습니다. 더군다나 그 마음을 아프게 하면서 얻어낸 게 무슨 의미가 있겠습니까?"

반듯한 사람이다. 그러니 딸이 남자 하나는 제대로 본 것이지만, 더할 수 없이 씁쓸했다.

"그럼 이만 일어나는 게 좋겠군요. 더 있어봐야 마음만 불편하게 할 거 같아서."

"제 마음보다는 은행장님 마음이 더 불편하실 수 있습니다. 도움을 드리지 못해서 죄송합니다."

"아닙니다. 그래도 우리 딸한테 너무 박하게는 하지 말아 달라고 부탁하고 싶군요."

"살펴 가십시오."

그에 대한 답조차 하지 않는 유강현이었다. 자존심이 몹시 상한 채 신지은행장은 대표실을 나왔다.

* * *

강현은 어머니 때문에 저를 보지 않는 다혜를 생각하자 마음이 썼다. 지금 상황에서 확 드러내놓고 자신이 동화의 아버지라고 말하고 동화를 아들로 서류에 올리고 싶지만 그렇게 하기에는 보이지 않는 위험이 너무 크게 느껴졌다.

이미 17살에 아버지를 잃어버린 강현이었다. 가족을 지켜야겠다는 마음 그리고 더 이상의 희생은 없어야 한다는 생각 때문에 더욱 마음이 움츠러들었다.

차라리 대놓고 나선다면 어떻게든 할 텐데 상대는 조용히 물밑에서 소리도 없이 움직이다가 어느 순간에 튀어나온다.

유씨 집안 누구도 안전하다고 할 수 없는 상황에서 동화를 위험에 끌어들이고 싶지는 않았다. 게다가 다혜가 동화가 자기 핏줄이라는 걸 알면 제 집안이 동화를 데리고 가지는 않을까 날을 세울 것이다.

조금 더 자신의 사랑에 확신을 주고 차근차근 받아들일 수 있게 해서 다혜도 동화도 품으로 제대로 끌어안고 싶은 게 강현의 마음이었다.

하지만 그러기 전에 다혜가 지칠까 걱정이 된다.

강현은 다혜에게 문자를 보냈다.

[오늘 저녁 집에서 같이 먹어요. 내가 준비할게요.]

이것도 답장이 없으려나? 이 문자를 받고 메뉴가 뭐냐고 답장을 보내주면 얼마나 좋을까?

그런데 정말 잠시 후 답장이 왔다.

[오늘 저녁은 라면하고 김밥인가요?]

강현이 웃으며 다시 답장했다.

[무슨 소리. 내 실력 보여줄 수 있는데? 작정하고 하면 나 요리 잘해요.]

[메뉴가 뭔데요?]

[동화가 좋아하는 스파게티.]

[콜. 나도 좋아요, 스파게티.]

다행이다. 이렇게 답장을 꼬박꼬박 주는 거 보면 진짜 저를 손절할 생각을 하는 건 아닌 거 같았다.

강현은 다혜에게 말할 수 없는 고마움을 느꼈다. 그 자리에 단단히 버티고 있어주는 것, 그 자체가 얼마나 큰 사랑인지를 너무나 잘 알고 있다.

눈물바람을 했어도 열 번도 더 했을 텐데 모니터로 봐도 씩씩하게 매장에서 손님들을 웃으면서 대하고 있다.

강현은 모니터에 있는 다혜의 얼굴을 손바닥으로 쓰다듬었다. 작은 화면에 손가락이 닿자 전류가 흐르는 느낌이다.

"역시 연다혜는 모니터로 봐도 사람을 흥분시킨단 말이야. 내가 미치지."

팬츠가 빡빡하게 느껴질 정도로 성기가 바짝 올라섰다. 독이 오른 페니스를 느끼며 모니터를 보며 길게 한숨을 쉬었다.

"어찌 됐든 오늘은 별짓을 다 해서라도 스파게티로 동화랑 다혜를 꼬셔야지."

19. 내가 당신을 버린다면

강현은 최대한 업무를 빠르게 정리하고 동화를 데리러 어린이집으로 갔다. 오늘은 동화와 함께 장 볼 생각이다.

"동화야, 오늘 아빠가 요리하려고 하는데 같이 장 볼까?"

"좋아요!"

강현은 카트 위에 동화를 앉히고 카트를 밀었다.

"동화는 또 뭐 좋아해?"

"딸기!"

"그럼. 딸기는 이렇게 많이 샀어."

딸기를 다섯 팩씩 꽉꽉 채워 넣고 좋아하는 고기도 잔뜩 사고 파스타 면과 소스도 넣었다.

마트 한쪽에서 붕어빵 기계를 판매하고 있었다.

"집에서 만들어 드세요! 붕어빵 기계 팔아요!"

목청 좋은 아주머니가 고소한 냄새를 풍기는 붕어빵을 구워 앞쪽에 쭉 늘어놓고 있었다. 그러더니 강현과 동화를 보더니 말했다.

"부자지간이 붕어빵같이 똑같이 생겼네?"

동화가 인상을 쓰며 고개를 저었다.

"싫어. 붕어빵 못생겼는데…… 내가 붕어빵같이 생겼어요?"

동화는 기분이 나빠 보였지만 강현은 웃음을 참을 수가 없었다.

"아니. 그런 말이 아니야. 저 기계 잘 봐, 동화야. 저기에다 반죽 넣고 구워낸 붕어빵이 다 어떻게 생겼어?"

"똑같아요."

"그치? 그렇게 너랑 나랑 한 붕어빵 틀에 찍어낸 것처럼 똑같이 생겼다는 말이야."

"아저씨랑 똑같이 생겼다고요? 응. 우리 똑 닮았어요."

고개를 끄덕끄덕하며 웃는 걸 보니 강현을 닮았다는 말은 무척 기분이 좋은 것 같았다.

"너 나랑 붕어빵같이 닮았다는 말이 좋아?"

"아저씨는 멋있잖아요. 크고."

그리고 강현이 몸을 낮춰 얼굴 가까이하자 동화가 귓가에 대고 말했다.

"아빠잖아요."

너무 예뻐서 앉아 있는 아이를 번쩍 들어 꼭 끌어안고 토닥토닥 등을 두드렸다. 세상에 어디서 이렇게 예쁜 게 나왔을까? 이런 아이가 세상에 없었으면 어쩔 뻔했을까.

"동화야, 우리 붕어빵 기계 사서 집에 가서 만들어 먹을까?"

고개를 끄덕이는 동화를 다시 카트 위에 잘 앉히고 붕어빵 기계와 반죽과 팥소까지 다 챙겼다.

"우리 스파게티도 해 먹고 붕어빵도 만들어서 엄마랑 아빠랑 동화랑 먹을까?"

박수까지 치며 좋다고 하는 동화와 장을 보고 집으로 들어갔다. 문을 열고 들어가자 동화가 가방부터 내려놓고 욕실로 간다.

"아빠 손 씻어야 해요. 병 걸리면 안 돼요."

유치원 선생님이 따로 없다. 강현은 동화 손을 씻어주며 자기도 손을 닦았다.

"우리 동화는 선생님 말씀도 잘 듣고 엄마 말씀도 잘 듣네?"

"네. 착한 애가 돼야 엄마가 기뻐해요."

동그란 눈에는 결연하게까지 보이는 의지가 서려있었다.

"동화는 엄마가 우는 게 그렇게 싫어?"

"엄마가 울면 내 마음이 찢어져요."

"그래. 우리 동화 너무 귀하다."

다시 안고 등을 토닥였다.

기특하고 귀엽고 착한 건 누굴 닮은 걸까? 나는 그렇게 착하지 않은데.

바로 엊그제만 해도 어머니 앞에서 다혜를 적으로 돌리지 말라고 으르렁거렸다.

아마도 연다혜를 닮았나 보다. 그러니까 죽어가는 엄마와 언니를 위해서 인공 수정까지 했겠지. 아마 동화는 착한 다혜의 마음에 신이 주는 선물인가 보다.

"자, 엄마 오기 전에 내가 파스타 준비할게."

그러자 동화가 한쪽에서 앞치마부터 가져다준다.

"이거 입고 하면 옷 안 더러워지는데."

"고맙다, 동화야."

짤막한 앞치마를 하고 서 있자 동화가 앞치마 하나를 또 가지고 오더니 제 목에 건다.

"동화도 하려고?"

"네."

"동화가 할 수 있는 건 없을 것 같은데?"

동화가 고개를 저으며 손가락을 까딱까딱, 아니라고 흔들었다.

"어디에 있는지 내가 다 알아요!"

"알았어. 동화야, 그럼 옆에서 뭐가 있는지 아빠한테 다 알려줘."

동화를 싱크대 한쪽에 앉혀놓자 손가락으로 냄비와 소금 위치를 알려줬다. 마치 작은 요정을 데리고 요리를 하는 기분이었다.

강현은 냄비에 토마토소스를 붓고 불을 켰다.

"다 준비했다. 이제 엄마 오면 면만 삶아서 같이 먹으면 돼."

"붕어빵은요?"

동화가 눈을 동그랗게 떴다. 강현이 웃으며 붕어빵 틀을 꺼냈다.

"그럼 우리는 엄마 오기 전에 붕어빵을 먼저 구워볼까?"

붕어빵 틀에 붕어빵 믹스를 잘 섞어서 부었다.

"반죽이 좀 적었나?"

꼬리 한쪽이 없는 붕어빵이 나왔다.

"꼬리가 없어……."

동화의 말에 강현은 기가 죽었다. 그다음은 반죽이 너무 많았는지 붕어의 형태가 아니다.

"못난이네……. 5개 다 정상이 아니에요."

"응……. 그래도 먹는 데 지장은 없을 것 같지 않니?"

동화가 끄덕이며 한입 물었다.

"맛있어요."

강현도 꼬리 없는 붕어빵을 한입 베어 물었다.

"아무래도 요리는 아닌 거 같네."

전에 만두 만들 때도 그렇고 저는 손재주는 없는 것 같다. 온통 싱크대 위를 믹스 가루로 범벅을 해놓고 있을 때 갑자기 강현이 비명을 질렀다.

"앗! 뜨거워."

펑하고 튄 토마토소스가 강현의 손등 위에 떨어졌는데 정신 차릴 틈도 없이 다시 날아들었다. 강현은 반사적으로 동화를 끌어안고 주방에서 나왔다. 뭐가 잘못된 건지 갑자기 토마토소스가 펄떡펄떡 들끓으며 튀어 오르고 있었다.

전혀 상상하지 못한 전개에 강현은 당황했다. 그 순간 픽하고 튄 소스가 천장에 올라가 붙었다.

그때 현관문이 열리며 다혜가 들어왔다.

"이게 무슨 냄새예요?"

"아!"

난감한 일이었다. 동화를 안고 거실에 선 채 토마토소스가 튀어 오르는 걸 보는데 동화가 말했다.

"엄마, 토마토소스가 폭탄이 됐어요!"

다혜가 들어서니 펄펄 튀어 오르는 토마토소스 때문에 싱크대가 엉망이 되었다. 다혜는 빨리 다가가 냄비 뚜껑을 바로 덮고 불을 껐다.

"이게 다 뭔지. 대체 어떻게 하면 토마토소스가 폭탄이 되는 거죠?"

"아무것도 안 했어요. 정말 아무 짓도 안했는데…… 그냥 냄비에 넣고 끓기를 기다렸을 뿐인데."

다혜가 두 남자를 돌아보았다. 둘 다 같은 앞치마를 했는데 강현에게는 너무 작고 동화에게는 드레스 같다. 둘 다 다혜의 눈치를 보고 있었다.

다혜는 웃음이 나오려는 걸 누르고 무섭게 다그쳤다.

"소스는 저어주지 않으면 끓으면서 튀어 오른다는 거 몰라요?"

강현이 고개를 저었다.

그냥 끓는 거 아니었나?

아니, 그게 문제가 아니었다. 저 스파게티를 먹을 수는 있는 건지. 이틀 만에 겨우 연다혜 얼굴을 가까이 보는 건데 쫓겨나지는 않을지 그게 더 걱정이 되었다.

이 사랑스러운 남자들을 어떻게 해야 할지 모르겠다. 화를 내고 싶은데도 웃음이 자꾸 나왔다.

"옆에 쏟아진 것만 닦아주면 내가 이 폭탄이 된 토마토소스를 좀 회생시켜서 같이 먹을 수도 있을 것 같은데."

그러자 동화가 먼저 냅킨을 들고 나섰다.

"내가 닦을래요."

주방이 대충 정리되자 스테이크라도 굽겠다고 고기를 들고 오는 강현을 다혜가 주방에서 밀어냈다.

"스톱! 더 이상의 요리는 절대로 안 돼요. 한참 더 수련하고 기본이 되고 난 후에 주방에 들어오세요. 주방은 불과 칼이 난무하는 아주 위험한 곳이거든요."

"그건 동화한테나 할 말 아닌가?"

"멀쩡한 토마토소스로 폭탄 만든 주제에 이런 말이 해당이 안 된다고 생각해요? 동화하고 놀고 있어요."

다혜는 강현이 사온 스테이크를 프라이팬에 얹었다.

그러곤 파스타 면을 삶아서 졸아붙은 소스에 파스타 삶은 국물을 조금 넣고 한 번 더 끓였다. 잘 저어가며 보니 밑이 약간 눌어붙기는 했지만 먹을 만했다.

다혜가 스파게티를 접시에 담고 딱 먹기 좋게 구운 스테이크와 강현이 사온 스테이크 소스도 뿌렸다.

"어…… 냄새가 기가 막혀. 역시 소스는 조금 튀어야 맛있나 보죠? 내가 여태껏 먹었던 스파게티 중에 최고야."

엄지를 치켜세우며 다혜를 칭송하는 강현은 조금은 비굴해 보였다. 옆에서 동화도 따라 엄지를 활짝 휘어가며 엄마가 최고란다.

"두 남자 다 수고했어요. 그런데 정말 고기가 너무 맛있네. 동화, 고기 잘

라줄게."

작게 잘게 잘라서 접시에 놔 주자 동화가 기분 좋게 고기를 썹었다. 큼직큼직한 스테이크를 먹는 강현도 꽤나 시장해 보였다.

"배고팠어요?"

"연달아 회의가 있어서 점심을 간단히 먹어서 그런지 더 맛있네요."

두 남자가 맛있게 먹는 걸 보기만 해도 배부르다.

이런 게 모성애겠지?

그런데 동화에게 모성을 느끼는 건 당연하지만, 나보다 덩치가 훨씬 큰 이 남자에게 대체 왜 이런 마음이 드는 걸까?

설거지는 자기가 하겠다는 걸 그냥 둘까 하다가 그것도 미덥지 못해서 떠밀어 거실로 보냈다.

"동화하고 같이 책 봐요. 접시 몇 개 되지도 않으니까."

그렇게 치우고 있는데 아이 하나는 정말 기가 막히게 잘 본다.

정신 연령이 똑같아서 그런가?

그러다 싱크대 한쪽에 있는 못생긴 붕어빵을 그제야 발견했다.

다혜는 헛웃음을 짓고 남아 있는 반죽으로 붕어빵을 구웠다. 반죽을 알맞게 틀에 넣고 팥소를 넣으니 파는 붕어빵처럼 예쁜 붕어빵이 나왔다.

강현이 붕어빵을 보자 휘파람을 불었다.

"이건 진짜 붕어네. 이리 와봐, 동화야."

"우와 진짜 붕어빵이다! 아빠가 만든 붕어빵은 다 다른 붕어빵인데!"

"그러게. 같은 틀에서 어떻게 그렇게 다른 붕어빵을 구워냈는지, 참 신기하기도 해요."

"내가 요리는 좀 아닌 거 같네요. 그렇기는 하지만 우리 백화점 지하 식품 마케팅은 다 내가 승인한 거예요."

백화점 사장님다운 잘난 척이 밉지 않다.

"인정해요. 드림백화점 지하 식품 코너 잘돼 있다고 소문나서 매상 오르고 있잖아요. 덕분에 나도 장사 잘되는 거고."

"인정해 주니 고맙네요."

"하지만 요리는 웬만하면 하지 말고 사먹는 걸로 해요."

"그건 최고로 잘할 수 있는데."

"사람은 다 주특기를 살려서 살아야겠죠?"

"그런데…… 빈말이라도 용기를 북돋아 주고 싶은 생각은 없어요?"

강현의 말에 다혜가 고개를 저었다.

"그건 아니죠. 될성부른 나무를 키워야죠. 음. 내가 볼 때 유강현 씨는 청소는 잘할 거 같아요."

"난 시켜만 주면 다 할 거예요. 쫓아내지만 않으면 얼마든지 청소해줄 수 있는데."

"조금 비굴하단 생각 들지 않아요?"

"연동화와 연다혜 옆에 붙어 있을 수 있으면 더 비굴해도 되죠."

"아빠 최고! 아빠 최고!"

어느 틈에 한 편이 되어버린 두 남자가 보기 좋았다.

동화는 배부르게 먹고 강현의 옆에서 동화책을 보다 바로 잠들었다. 강현이 동화를 들어 안고는 침대에 뉘었다.

"내가 동화 예뻐하는 것 중 하나가 잘 잔다는 거야. 특히 내가 왔을 때. 천둥만 치지 않으면 말이죠."

동화를 재우고 강현이 활짝 웃으며 다혜를 끌어안았다.

"동화가 잘 자는 게 좋은 건 이러고 싶어서요?"

"어린이는 잘 자야 건강하기도 하지만 엄마 아빠가 사랑하는 시간을 방해하지 않는 것도 좋거든요."

"자꾸 그렇게 앞에서 아빠라고 하지 말아요."

"난 진심이에요."

다혜는 농담처럼 듣고 있었지만, 강현은 진심이었다. 강현에게 다혜는 사랑하는 아내고 동화는 아들이다.

"이틀이나 날 버려두고 오늘 문자 받아준 건 벌 줄 만큼 컸다고 생각해선가요?"

그러나 다혜는 고개를 저었다.

"당신은 벌 받을 일 한 적 없어요."

"우리 어머니가 했죠."

"어머니하고 당신은 별개예요. 단지 내 마음이 그랬던 거지……."

"연다혜 마음에 따라서 잘렸다 붙였다 하는 턱걸이에 걸린 게 내 인생인가?"

"불만이에요?"

"영광이죠."

그는 웃으며 다혜의 납작한 허리를 바짝 잡아당겼다. 납작한 배가 제 배에 닿자 음험한 욕망이 피어올랐다.

"하지만 좀 지나면 그럴 수 없을걸요."

강현의 손이 다혜의 다리 사이로 들어왔다. 손바닥의 온도가 뜨끈할 정도로 높았다.

"왜냐면 점점 연다혜가 나를 더 원할 테니까."

신음과 함께 다혜가 허리를 뒤로 휘었다. 이제 어느 지점에서 반응하는지 정확하게 알고 있는 강현이 그녀의 성감대를 눌렀다.

미끌미끌하게 젖어든 곳을 누르고 비비기를 반복하자 다혜의 입에서 신음이 터졌다. 다혜가 강현의 허리에 다리를 바짝 감았다.

"지금도 내가 감당하기 힘들 만큼 당신을 원하고 있어요. 그게 문제지만……."

"그래 봐야 무슨 일만 생기면 손절치려고 하면서."

그가 더 거세게 그녀의 허리를 잡아당겼다.

이 남자의 품에 안길 때마다, 절정의 황홀에서 온몸이 떨릴 때마다 가슴이 더 무섭게 뛰었던 건 두려움 때문일 거다.

무섭게 몰아닥치는 오르가슴 후에 한꺼번에 스며드는 허탈감에 빠질 틈도 없이 그가 품에 다정히 안아줄 때마다 자꾸 겁이 났다.

이러다 이 남자 없이 동화와 함께 살아갈 수 있을까?

하지만 겁난다고 도망치는 건 또 아닌 것 같았다. 온몸을 다해 부딪칠 수 있는 데까지 부딪치고 난 후의 결과는 신에게 맡기는 수밖에 없었다.

"하아…… 아!"

절정은 또 한 번 두 남녀를 하나로 녹여버렸다. 나른하게 힘이 빠지는 다혜를 안은 강현이 다혜의 얼굴을 쓰다듬었다.

이 작은 여자의 머릿속엔 어떤 생각이 있을까?

"무슨 생각해요?"

"그냥, 유강현이 너무 좋아서 겁난다고 하면 믿어져요?"

"믿어요. 내가 그러니까."

"유강현 씨가 그래요?"

동그란 눈동자가 저를 향하자 강현이 숱 많은 속눈썹을 깜빡이며 눈을 감았다 떴다.

"몰랐어요? 나 맨날 연다혜 인간관계의 꼴찌에서 턱걸이하고 있잖아요. 언제 손절 당할지 몰라서 기를 쓰고 생전 안 하던 요리도 한 건데. 난 언제나 당신이 너무 좋아서 두렵다니까."

"장난하지 마요. 당신같이 가진 게 많은 사람이 뭐가 두려워요?"

"난 두려운 거 없는 줄 알아요? 그리고 돈으로 안 되는 게 정말 두려운 거 아니에요? 사랑 같은 건 못 사잖아요. 연다혜 관심도 못 사고."

"아니에요. 나 잘못 안 거 같아요. 돈 좋아해요, 나."

웃으며 하는 그녀의 말에 희망을 가져볼까?

"좋아요. 그럼 얼마 주면 나 1등 시켜줄래요?"

"그건 곤란한데."

"거봐요. 나 돈 아무리 많아도 동화 못 이긴다니까."

강현의 말에 다혜가 활짝 웃으며 고개를 끄덕했다.

"4등 정도는 시켜줄 수 있는데."

"와. 진짜 어렵다. 2등도 아니고 4등?"

"불만 있어요?"

"꼴찌보다 훨씬 낫죠."

강현의 가장 좋은 점은 억지를 부리지 않는다는 거다. 다혜가 강현의 품
에 얼굴을 기댔다.

"동화 다음이 당신이에요. 나한테 잘리는 날이 혹시 오더라도 동화 다음
이 당신이에요. 그래서 만일 내가 당신을 버린다면 나 많이 아플 것 같아."

그냥 말만으로도 심장이 아파서 저도 모르게 고개를 숙이게 된다. 강현
이 그런 다혜의 턱을 들어 올려 시선을 맞췄다.

"당신 아플 일 같은 건 없어요. 당신이 아무리 나를 잘라내도 나는 문어
발처럼 다시 생길 테니까."

강현이 다혜를 꽉 끌어안았다. 이 여자의 마음을 다 알 것도 같은데 어디
서부터 어떻게 풀어줘야 할지는 아직 정확하게 모르겠다.

다혜가 동화 때문에 마음 졸이지 않게 하려면 적어도 위험 요소라도 다
배제해야 하지 않겠는가?

* * *

"회장님, 교도소에서 전화가 왔습니다. 통화를 원한다고 하는데……."

"누군데."

교도소에서 올 전화라면 딱 하나밖에 떠오르지 않는다. 김철주. 17년간 복역하면서 단 한 번도 전화가 없었다. 그런데 김철주가 요사이 연락해 온 게 벌써 두 번째다.

"전화 돌려."

"네."

"여보세요."

-저 김철줍니다.

"네가 나한테 어떻게 전화를 해? 네가 내 아들을 죽인 걸로 교도소 간 건 알고 있냐?"

그러자 머뭇거리는 소리가 들리다 말했다.

-혹시 제게 면회를 오실 수 있습니까?

어렵게 한 말이 분명할 거였다. 하지만 유 회장은 단박에 잘랐다.

"말 같은 소리를 해야지. 내 아들 죽인 놈한테 내가 왜 면회를 가? 낯짝이 두꺼워도 그렇게 두꺼우면 돼?"

전화기 너머로는 아무 소리가 없었다. 그 침묵에 묻은 여운 때문에 유 회장은 차마 전화를 먼저 끊지 못했다.

-한번 와주시면 감사하겠습니다.

"도대체 왜 이런 쓸데없는 짓을 하는 거야? 그리고 네 아버지 살아 있는 거 아냐? 김기팔이 살아 있는 거 아니고."

유 회장은 소리쳤다.

"내가 경찰에도 신고했다. 네 아버지 살아 있다고. 그렇다면 넌 네 아버지 대신 17년이나 복역한 거야. 아깝지 않냐?"

-많이 아깝습니다. 억울하고요. 하지만 아드님이 죽을 때 저도 잘못했습

니다. 그때 강현이를 납치했던 건 저였으니까요.

"그래, 잘못하긴 했지만 분명 내 아들을 죽인 건 김기팔이었어."

ㅡ전화를 끊어야 해서요. 면회를 한번…… 와주셨으면 좋겠습니다.

그리고 전화가 끊어졌다. 아무리 생각해도 있을 수 없는 일이다.

"아비가 됐든 아들이 됐든 내 아들 죽인 놈들이 감히 어디에 전화해서 면회를 오라고?"

그런데 모든 게 좀 이상했다. 김철주의 어머니가 죽은 것도 김기팔이 갑자기 나타난 것도. 그리고 김철주가 가석방되는 시기까지. 그리고 다시 교도소로 들어가기 전에도 연락을 했었다.

"대체 무슨 일이냐, 이게."

유 회장이 불편한 마음에 혀를 찼다.

* * *

아침부터 다혜네 집은 세 사람의 출근 준비로 어수선했다. 동화가 가방을 챙기는 동안 다혜가 강현을 보며 말했다.

"저기…… 혹시 시간 되면 토요일에 같이 어디 좀 안 갈래요?"

"시간이 안 돼도 가야죠. 연다혜가 같이 가자는 데가 어디예요? 혹시 우리 둘만의 휴가 그런 건가?"

"그런 거 말고 문화 생활 좀 하자고요."

"문화 생활이라면…… 같이 집에서 야한 영화를 본다든가."

"제발 그만해요."

다혜가 인상을 썼다. 반은 농담인 걸 알지만 강현의 손은 어느새 다혜의 가슴을 은근하게 잡고 있었다.

"엄마, 나 준비 다 했어요!"

"그래, 가자."

다혜가 강현의 손을 매몰차게 떼어냈다.

"그럼 어디로 가려고요?"

"주아 전시회요."

"주아 씨가 전시회도 해요?"

"전에 말했잖아요. 주아가 전통 매듭 한다고. 전통 매듭 전시회가 있어서 거기 가자고요."

"당연히 가야죠."

"좋아요. 시간대 알려주면 비울게요."

"네."

강현과 같이 가겠다는 말에 매장을 찾은 주아는 아주 반색을 했다.

"잘됐네. 대표랑 제대로 사귀기로 하고. 내가 요즘 너희 집을 안 가잖아. 신혼 생활에 방해될까 봐."

"그런 말 하지 마. 동화도 너무 좋아하고 나도 마음 가는 대로 하기로 했을 뿐이야. 후원자로는 영원히 남는다고 했으니까, 우리 관계가 끝나도 동화한테는 잘해줄 거라고 믿어. 그 사람은 그런 신뢰는 주는 사람이니까."

그에 대한 믿음이 점점 강해질수록 나중에 얼마나 상처를 입을까 걱정이 되었다.

"내가 볼 때 너 그 사람하고 못 헤어져. 차라리 그 사람 믿고 함께 가는 건 어때?"

"난 그렇겐 못 해. 내가 무슨 염치로."

주아는 조금 더 가까이 몸을 숙여서 다혜에게 말했다.

"동화가 그 남자 이상할 정도로 닮았어. 넌 그거 아무리 생각해도 이상하지 않니?"

"이상하긴 한데, 저번에 유전자 검사에서 아니라고 나왔어."

"내 말은, 친자고 아니고를 떠나서 같이 결혼해서 살아도 전혀 손색없다는 거야. 누가 봐도 붕어빵이고."

"그건 그렇지. 하지만 너희 어머니도 그랬다시피 그 사람은 나와는 어울리지 않은 사람이야."

주아는 고개를 끄덕였다. 다혜의 말이 이해가 가지 않는 건 아니다.

"하지만 어쩐지 난 너희 둘 밀어주고 싶어."

"고마워."

"전시회 오면 너 아마 까무러칠 거야. 이번 작품 진짜 잘 나왔거든."

주아는 언제나 그렇듯이 적당한 선에서 말을 돌렸다.

* * *

한남동 주방에서는 한참 음식 준비가 요란했다.

아이가 먹으면 얼마나 먹는다고 무슨 준비를 이렇게 많이 하는가 싶지만, 소은의 마음은 콩닥콩닥 뛰고 있었다. 마치 어린 강현이 다시 돌아오는 것 같은 느낌이었다.

요즘은 저에게 관심도 두지 않는 강현이지만, 어린 시절에는 엄마를 곧잘 따랐다. 그 예쁜 모습 그대로 손자가 온다. 대놓고 내 손자라고는 말하지 못해도 소은의 마음은 한껏 부풀어 있었다.

소은은 기회를 봐서 유 회장에게도 제대로 말할 생각이었다.

한편 유 회장은 김철주와 통화를 하고 난 뒤 말할 수 없이 씁쓸한 기분에 휩싸였다.

아무리 생각해도 면회를 와달라고 했던 김철주의 말이 머리에서 떠나질 않았다.

죽은 아내가 걱정하는 마음에, 어린 김철주에게 후원을 한 적이 있었다. 매번 감사하다는 인사도 빼놓지 않던 놈이었다. 제 아버지가 그런 놈만 아니었어도 멀끔한 놈이었는데…….

내일 동화가 한남동으로 온다고 했으니 동화를 보고 그다음에 김철주를 만나는 건 한 번 더 생각해 볼 필요가 있었다.

이리 집안이 어수선해서야 강현에게 결혼을 하라고도 아이를 낳으라고도 할 수 없다. 이런 위험 때문에 가정을 가지지 않겠다고 했던 강현이었다.

"아버님, 드릴 말씀이 있어요."

언제 왔는지 의식하지 못했는데 소은이 서재로 들어서며 말을 꺼냈다.

"무슨 얘기냐?"

"동화 내일 오는데 그냥 동화만 데리고 오면 어떨까 해서요. 강현이 보고 데리고 오라고 하면 될 텐데요."

"동화? 그러지 마라. 애 혼자 부르면 낯설어하니까 연 실장도 같이 부르는 게 맞아."

"네. 그런데요……."

동화가 자신의 친손자라고 생각하니까 더 빨리 보고 싶고, 데리고 있고 싶었다.

소은은 이걸 어떻게 해야 할지 곰곰이 생각하며 시아버지를 물끄러미 보며 입을 열었다.

"아버님."

"왜."

"동화가요……."

동화의 이름이 나오자 유 회장이 다음 말을 재촉하듯 쳐다보았다.

강현은 분명히 자신 혼자만 알고 있으라고 말했다. 하지만 이게 어디 혼자만 알고 있을 일인가?

아이를 데리고 올 수 있는 계약서가 손에 있는데 말이다.

"아버님, 만일 동화가 우리 핏줄이라면 말이에요. 진짜 우리 핏줄이면……."

쉽게 말이 나오지 않아 겨우 말을 꺼내자 유 회장이 눈썹조차 꿈틀하지 않는 얼굴로 소은을 보았다. 냉랭한 눈은 전혀 놀라는 기색도 없이 소은의 뒷말을 잘랐다.

"우리 핏줄이다!"

"네? 아버님도 알고 계셨어요?"

"뭘 말이냐? 아이를 집으로 부를 정도면 당연히 우리 핏줄이라고 생각하고 부르는 거지 괜히 왜 불러?"

정확하게 의미를 알 수 없는 말이었다. 정말 알고 있다는 건지 그냥 우리 핏줄이라고 생각하고 부르는 건지 헷갈렸다. 소은이 눈을 굴리자 유 회장이 날카롭게 쳐다보았다.

"머리 굴리지 마라. 그렇게 예쁜 아이를 이렇게라도 볼 수 있는 거 다행이라 생각하고 더 욕심내지 마라. 강현이 다 생각이 있겠지."

"아버님, 하지만 계약대로라면 우리가 애를 데리고 와야……."

"그 입 다물어라."

소은은 반사적으로 입을 다물었다. 하지만 도저히 머릿속으로 정리가 되지 않았다.

어떻게 아버님이 이럴 수가 있을까? 알고 계시면서 내게는 말 한마디 없으시고.

"언제 아셨어요?"

"그게 뭐가 중요해? 아직 엄마 품에 있어야 안전한 거니 입 다물고 집에 오면 잘해 줘. 요즘 자기 손주도 다 자주 못 보고 사는 세상이야."

하지만 그래도 우리 핏줄이라고 제대로 못을 박아놔야 하는 거 아닐까?

소은이 입을 달싹이자 유 회장이 말을 꺼냈다.

"너, 내가 제주도에 보낸 일 잊은 거냐? 내가 말하지 않으니 없던 일인 게야?"

소은은 너무 놀라서 가슴이 철렁했다.

"서로 모르는 척해야 좋을 때는 그러는 거다. 강현이가 네 그런 일들을 다 알아서 좋을 게 뭐가 있어?"

"아버님!"

새파랗게 질려서 부들부들 떠는 소은을 보며 유 회장이 길게 한숨을 내 쉬었다.

"난 깡패였다. 깡패 두목이 지금 회장 소리까지 듣는 건 아들, 손자가 잘 나서다. 그러나 그것만으로는 어림도 없었다. 내 사람들 덮을 거 덮고 봐줄 거 봐주면서 내 속 다스리는 것도 쉬운 일은 아니었어."

"……."

"알고도 덮고 가려줘야 내 사람 되는 법이야. 세상에 그런 일들이 하나둘이 아니다. 강현이 같은 비상한 아들 적으로 돌리고 니 남은 평생 어디 편안하겠니? 나도 겁내는 일을 네가 하겠다고?"

정신이 번쩍 들었다. 강현이 했던 말과 똑같은 말이었다.

천하에 무서울 것 없는 시아버지 유택천 회장도 겁내는 일!

소은은 뒷골이 서늘해지는 걸 느꼈다. 협박까지 하면서 강현이 하는 대로 두라는 말이었다.

분하기도 하고 한편으로 무섭기도 하고 뒤죽박죽 심장이 쿵쿵 뛰었다.

"가서 아이 먹을 음식이나 잘 준비해. 행여나 연 실장 서운하게 해서 다시는 안 온다는 소리 하지 않게."

"연 실장이 뭐 그렇게 대단해서 그 애 비위까지 맞춰요?"

"쯧쯧. 그렇게 사람 보는 눈이 없어? 연 실장은 동화 말고는 아무것도 필요 없는 사람이다. 세상에 제일 무서운 사람이 누군 줄 아니?"

갑자기 왜 이런 말을 하시는 걸까? 설마 가진 것도 없고 가족조차 없는 별 볼 일 없는 연 실장이 무서운 사람이라는 걸까?

가만히 있는 소은을 보며 유 실장이 툭 내뱉었다.

"아무것도 필요한 게 없는 사람이다. 어떤 상황에도 살 수 있는 사람. 연 실장이 그렇다. 그러니 무서운 사람이지. 시끄러우니 그만 나가봐라."

통 알아듣지 못한 표정으로 나가는 소은을 보며 유 회장은 다시 혀를 찼다.

* * *

저녁 시간에 늦지 않게 강현이 퇴근했다. 이제 같이 사는 게 아닌가 싶을 정도로 다혜의 집으로 퇴근하는 강현이었다.

"내일 한남동 갈 때 특별히 신경 써야 할 거 있을까요?"

"그런 거 없어요. 연주는 해달라고 할 수 있겠네. 그런데 그런 거 미리 연습시키지 마요."

"알았어요. 그런데 강현 씨도 내일 우리 동화 연주할 때 같이 연주 한번 해보지 않을래요? 나한테 들려준다고 했었잖아요."

"이 나이에 할아버지랑 어머니 앞에서 연주하고 재롱떨라고요?"

말도 안 된다고 하려는데 옆에서 동화가 서 있는 강현의 다리를 잡고 위를 올려다보면서 말했다.

"나랑 같이해요! 전에도 했는데 짱 좋았는데."

동화의 말에 강현은 잠시 생각하다 고개를 끄덕였다.

"그럼 같이 바이올린 연주할까?"

"아니, 아니. 내가 피아노! 아빠는 바이올린."

"그런데 한남동에서는 아빠라고 하면 안 돼."

동화가 강현의 말에 눈을 크게 뜨고는 손가락으로 제 입술을 가리며 말했다.

"쉿, 비밀! 우리 셋이 있을 때만 아빠. 맞죠?"

강현이 고개를 끄덕였다.

빨리 할아버지를 위협하는 김기팔을 찾아내서 정리하고 동화는 제대로 아들로 키워야지.

그러다 그의 눈이 다혜에게 머물렀다. 갑자기 다혜를 꼭 끌어안고 이마에 입술을 쪽 소리가 나도록 붙이자 동화가 활짝 웃는다.

"나도 뽀뽀."

강현이 동화의 이마에도 입을 맞췄다. 자기가 모르는 5년 동안 얼마나 힘겹게 살아왔을지, 그 생각만 하면 가슴이 아팠다.

"자, 한번 해보자."

다혜가 강현을 보며 어깨를 으쓱했다.

"바이올린 있어요?"

"내가 가져다 놨죠."

강현은 자신의 바이올린을 다혜의 집에 가져다 놨다.

"어디."

바이올린을 꺼내 음률을 맞추자 동화가 피아노에 앉아 손을 풀었다. 다혜는 이웃집을 걱정했다.

"방음 잘 되어 있죠?"

"연주할 거라고 방음 제대로 해놨으니까 걱정 안 해도 돼요."

"땅!"

동화가 전주를 시작했다. 그러고 난 뒤에 강현은 동화가 연주하는 곡에 맞추어서 바이올린을 천천히 연주하기 시작했다. 집시들의 애환이 담긴 광

시곡이었다.

다섯 살짜리가 이런 랩소디를 연주한다는 것 자체가 천재가 아니고서는 상상할 수 없는 일이었는데 점점 둘의 선율이 안정감 있게 어우러지기 시작했다.

다혜는 강현과 동화가 연주에 빠져서 정신없이 연주하는 걸 보고 들으면서 가슴이 뭉클했다. 그러던 순간 갑자기 뭔가 머릿속에서 팍 튀어 올랐다.

연주가 끝났다. 그런데도 다혜는 멍하니 다른 세계에 가 있는 것 같았다.

"박수도 안 치네?"

"내가 칠게요!"

동화가 박수를 치자 강현도 박수를 쳤다. 그제야 정신을 차린 다혜도 박수를 쳤다.

"무슨 생각한 거예요?"

다혜는 싱긋 웃었다.

"연주가 너무 훌륭해서 아예 딴 세상에 갔다 왔어요."

"최고의 찬사네."

"우리 동화 연주 실력이 너무 늘었는데요?"

다혜의 말에 강현이 동화의 머리를 쓰다듬었다.

"좋은 선생님 밑에서 연주하면 금방 늘어요. 특히 동화 같은 애는."

"엄마! 내가 엄마 노래도 쳐줄게!"

동화가 발랄한 곡을 치기 시작했다가 짤막하게 마무리 짓는다.

"이게 엄마 곡이야!"

"근데 왜 이렇게 시끄러운 것 같아?"

"엄마가 나한테 하지 말라고 할 때 나오는 노래."

"뭐?"

한마디로 잔소리하는 걸 흉내 낸 곡이다.

"하여간, 이리와."

다혜가 동화를 피아노 의자에서 들어 올려 안았다.

"나 또 게임 할래요."

요즘 동화는 태블릿PC에서 좋아하는 콘텐츠를 찾아보느라 정신이 없다.

"오늘 딱 정해진 시간만큼만 하기다?"

"네!"

동화와 함께 다혜도 나가려고 하는데 강현이 팔을 잡았다.

"무슨 일 있어요?"

"아니. 너무 좋아서."

강현이 다혜의 엉덩이를 꽉 끌어안았다.

"내일은 동화 데리고 한남동 가고 토요일은 같이 전시회도 가고. 갈수록 둘이 있는 시간이 많아지는 것 같아."

그가 다혜 안아들더니 그녀의 다리를 제 허리에 감았다.

이 여자를 보면 주체할 수가 없다. 맑은 얼굴을 보기만 해도 흥분된다. 강현이 다혜를 벽 쪽으로 세워두고 목덜미에 키스하기 시작했다. 다혜의 스커트 속으로 손을 넣어 팬티를 밀어 내리고 바로 손으로 비벼대기 시작했다. 물기가 어리기 시작하자 그녀의 귓가에 대고 강현이 말했다.

"매일 내 생각만 하면 이러죠?"

"지금 건드렸잖아요."

"건드리기만 해도 이렇다는 건 늘 준비가 돼 있다는 건데."

"좋아요. 아닌 척 안 해요. 유강현 옆에만 있으면 하고 싶다고."

"도대체 뭘 하고 싶은데요?"

"다리 더 위로……."

"아앙……."

성기를 밀어 넣으며 입술을 겹쳤다. 다혜의 유연한 다리가 벌어져 위로 올라갔다. 활짝 벌어진 질구 안으로 들어가며 강현은 행복에 겨워 신음했다. 혀가 얽히며 서로의 타액이 꿀꺽 넘어가고 치골이 부딪칠 때마다 짜릿한 감각이 머리끝까지 치솟아 올랐다.

"하아…… 아무리 생각해도 난 연다혜를 너무 좋아하는 것 같아."

"으응……하아……."

오늘 이 남자는 작정을 한 것 같다.

"그…… 그만……."

쾌락이 너무 진해서 견딜 수가 없었다. 그런데도 또 그를 밀어내고 싶지 않은 몸이 그에게 매달린 채 헐떡거렸다.

"싫으면 밀어내 봐. 그럼 그만할 테니까요."

"아아……."

여전히 매달려 있는 다혜를 강현이 한입에 삼키기라도 할 듯이 진한 키스를 퍼부었다.

강현이 그녀의 귓불을 물었다. 혀를 내밀어 귓구멍 안까지 혀를 밀어 넣자 영혼까지 흔들리게 질척이는 소리가 울렸다.

그가 얼굴을 내려 가슴을 핥았다. 간지러우면서도 관능적인 이중적인 느낌에 다혜가 눈을 감자 그의 혀가 젖꼭지를 깨물었다.

"아아…… 아파."

"진짜 아파? 아프기만 해요?"

붉은 입술을 벌린 채 고개를 젓는 그녀는 무척이나 요염하면서도 청순했다.

"사람 가지고 놀지. 정말 날 어디까지 미치게 하려는 건지. 내가 좋은 건 맞죠?"

다혜가 고개를 끄덕였다. 아래를 꽉 채운 성기 때문에 입을 다물 수 없게 신음이 터져 나오고 있었다. 강현이 그녀의 소담스러운 가슴을 혀로 핥았다. 탱글탱글한 젖가슴이 어쩐지 다른 때보다 더 부푼 거 같아 몸이 더 달아오른다.

"아…… 대표님."

"말도 안 돼요. 이럴 때 대표님이라니! 이름은 언제 부르려고……."

"아아…… 강현 씨."

그가 마음에 드는지 다혜의 입술을 집어삼켰다. 그리고 바로 꽉 맞물린 성기를 뽑아냈다. 강현이 입술을 내려 허전해서 뻐끔거리는 소음순을 핥아 올렸다. 도톰하게 살이 오른 그녀의 속살을 입에 물자 다혜의 몸이 뒤틀렸다.

"아잉……."

"점점 더 예뻐져서 날 아주 죽일 작정인 거야. 그런 거 맞죠?"

"아…… 아니. 지금 누굴 죽이고 있는지 알고 하는 말이에요?"

진짜 죽을 것만 같은 애무에 다혜가 엉덩이를 들썩거렸다. 그러나 커다란 손이 골반을 꽉 잡은 채 전혀 놔줄 기미를 보이지 않고 더 자극적으로 빨기 시작했다.

살을 핥아 대는 소리가 어지럽게 퍼졌다. 질척거리는 소리가 음란하게 울렸지만 자극이 심할수록 포만감은 배가되었다.

집요하게 음핵을 빨아대며 강현이 혀끝에 힘을 주고 젖어 든 구멍 속으로 혀를 밀어 넣었다. 꼿꼿하게 힘을 준 혀가 질 내벽을 자극하기 시작했다.

"아아아…… 차라리 넣어줘요."

"원한다면 언제든지……."

그가 바로 자리를 잡고 젖어 든 속살을 뚫고 페니스를 밀어 넣었다. 굵고 뜨거운 성기가 뚫고 들어오자 다혜의 허리가 한 번 더 뒤틀렸다.

완전히 발기한 그의 성기는 그녀의 좁은 질구를 꽉 채우며 질 주름을 긁으며 밀고 들어왔다. 또 다른 자극에 황홀감이 배가되고 있었다. 할 때마다 점점 더 예민하게 느끼고 있었다.

"더, 조금만 더 다혜야."

"안 돼. 아아……."

탁탁 소리가 점점 더 빠르게 울리기 시작했다. 뜨거운 숨이 하나로 얽히고 치골이 맞닿아 부딪힐 때마다 몸은 점점 더 뜨거워지고 있었다.

다혜는 연거푸 신음했다. 안을 꽉 채운 성기만으로도 더할 수 없는 자극인데 강현이 손가락으로 음핵을 눌러 비비고 비틀었다. 꼴깍 숨이 넘어갈 것 같아 두렵다.

"아아…… 갈 것 같아…… 강현 씨."

"나도. 같이 가자. 연다혜!"

번개가 내리꽂히는 것 같은 절정에 순식간에 모든 감각이 흔들렸다.

* * *

뜨거운 밤이 지나고 아침이 밝아오면 선명한 이성이 머릿속에서 습관처럼 또 다른 하루를 계획한다.

다혜는 강현의 넥타이를 매만져주며 말했다.

"오늘 어린이집에 동화 좀 데려다주고 출근할래요?"

"어디 들러요?"

다른 때는 강현이 데려다주겠다고 해도 마다하던 그녀였다.

"네. 잠깐 들를 데가 있어서……."

"아무 걱정하지 마요. 동화야, 나하고 같이 가자?"

강현이 손을 내밀자 동화가 팔짝팔짝 뛰며 강현의 손바닥에 작은 손을 딱 맞추며 하이파이브를 했다. 신나게 둘이 차를 타고 가는 걸 보다 다혜도 차에 탔다.

　차 안에 앉아 그녀는 콘솔 박스를 열어 비닐 팩을 꺼냈다. 지난번에 강현과 동화의 친자 확인 검사를 하려고 따로 준비해두었던 거다.

　"결국 내 손으로 하게 되는구나!"

　이걸 다시 할 필요가 있을까 했었는데 아무래도 너무 미심쩍었다.

　다혜는 친자 확인 검사를 하기 위해 차를 몰았다. 한쪽 가슴이 두근두근했다.

　만일 정말 강현의 아들이라면 그때는 어떻게 해야 할까? 아니, 그보다 진짜 동화가 강현의 아들이라면 어째서 지난번 검사했을 때 검색 결과가 그렇게 나왔을까?

　머릿속이 복잡했다. 일단 검사 결과가 나오기 전에는 아무도 알 수 없는 일이었다.

　"이게 잘하는 짓인지 모르겠어. 그냥 몰라도 될 걸 이러고 있는 걸까?"

　하지만 다른 건 몰라도 동화에 관련된 것이라면 신경이 바짝 곤두선다. 만일 저만 모르고 어떤 일이 진행되고 있다면 그건 견딜 수가 없을 것 같았다.

　"동화야. 내 아들……."

　활짝 웃으며 언제나 엄마를 챙기는 착한 아들이었다. 출중한 재능을 가지고 태어났으니 그걸 잘 살려줘야 할 텐데.

　그냥 이 상태로 유강현의 후원만 받을 수 있다면……. 하지만 친자식이라면 아닌 척하고 사는 것도 아니지 않은가.

　이래도 저래도 마음이 불편해서 어쩔 수가 없었다. 하루 종일 일이 손에 잡히질 않았다. 오죽하면 원두를 볶다가 태웠을까.

　검사 결과가 나온다는 시간이 다가올수록 바짝바짝 신경이 쓰였다. 그리고 조금 일찍 연락이 왔다.

-검사 결과는 팩스로 보내드렸고요. 두 분 친자 맞습니다. 완벽하게 아버지와 아들의 관계예요.

다혜는 전화기를 든 채 머리가 멍해서 잠시 할 말을 생각하지 못했다.

"아, 네. 감사합니다."

전화를 끊고 가만히 있을 수가 없어 밖으로 나갔다. 외투도 입지 않고 서 있는데 밖에서 불어오는 바람보다 마음속에서 휘몰아치는 폭풍이 더 거세고 컸다.

아무리 생각해도…….

그래. 누가 봐도 부자지간이 맞지. 그런데 왜 아니라고 했을까?

유강현은 사실을 부정하고 싶었던 걸까?

동화를 그렇게 예뻐하면서 밀어내는 걸까? 아니면 정말 계약서대로 동화만 데려가려고 그러는 걸까?

이소은의 행동을 봐서는 동화만 뺏어가도 열 번은 더 뺏어갈 것 같았다. 계약서를 그때 찢기는 했지만, 너무 불안했다.

오늘 강현의 본가로 가기로 했었지만, 지금 같아서는 도저히 못 갈 거 같았다. 다혜는 바쁜 걸음으로 다시 매장으로 들어가 유진에게 말했다.

"내가 요즘 너무 조퇴를 많이 하지?"

"아니에요. 뭐 조퇴라고 한 적이 있나요? 언제나 마감까지 거의 다 하셨잖아요. 조금 일찍 가는 정도였죠."

"그런데 오늘은 제대로 조퇴해야겠어."

"어디 안 좋으세요?"

"어…… 몸이 좀 안 좋네."

"그럼 어서 들어가세요."

안 좋은 건 맞다. 그게 몸인지 머린지 마음인지 분간을 할 수는 없었지만 다혜는 엉망으로 뒤죽박죽이 된 심신으로 지하 주차장으로 갔다.

차에 타고도 한참을 멍하니 있다가 다혜는 그대로 차를 몰고 어린이집으로 갔다. 원장 선생님이 반갑게 맞았다.

"안녕하세요, 동화 어머니. 동화 잘 놀고 있어요. 마침 간식 시간이거든요. 동화 간식 먹는 동안 저하고 차 한잔하시겠어요?"

"네."

원장실에 가서 마주 앉자 원장이 말했다.

"동화가 아저씨라고 부르는 분, 아빠세요?"

"네?"

강현을 말하는 거였다. 바로 반응하지 않았는데도 원장은 편안하게 말을 이었다.

"장난을 치는 건지. 전에 보니까 둘이 있을 땐 아빠라고 하더라고요. 어찌 됐든 붕어빵같이 똑 닮아서 누가 아니라고 해도 믿지도 않겠어요."

"네. 장난을 좀 잘 쳐요."

대충 그렇게 말하자 원장이 웃으며 차를 따라줬다.

"어쩌면 그렇게 잘생긴 남편을 얻으셨어요? 그래서 동화가 저렇게 예쁜가 봐요. 동화 때문에 지금 여자애들끼리 싸우고 난리도 아니에요."

"네?"

"금진주라고 있어요. 우리 어린이집에서 제일 인기 좋고 예쁜 여자앤데 걔가 동화한테 반했거든요. 그런데 동화한테 반한 애들이 진주만 있는 게 아니어서요."

다른 때 같으면 여유 있게 웃을 텐데 지금은 웃음이 잘 나오지 않았다. 누가 무슨 말을 한다고 해도 지금은 귀에 들어올 거 같지가 않다. 세상이 모두 위험하게만 느껴졌다.

유강현은 동화가 아들이라는 걸 알고도 속였다.

동화와 나를 인정하고 싶지 않던 걸까?

20. 모르고 싶은 진실

귀가 먹먹하니 물이 잔뜩 들어간 것처럼 원장 선생님의 이야기가 잘 들리지 않았다. 어느 틈에 마음이 그렇게 다 그에게 가버린 걸까?

뜨거웠던 밤의 열기만큼이나 급격하게 차가워지는 온도의 급변을 감당할 수밖에 없었다. 열락에 몸부림치며 목이 쉬도록 신음한 게 바로 어제인데……

원장의 말이 다시 들어온 건 동화라는 이름 때문이었다.

"그래서 동화하고 다 돌아가면서 짝 하기로 했어요."

"아, 그런 방법이 있네요."

억지로 웃으면서도 또 한편으로 동화가 대견해서 위로가 된다. 언제나 죽고 싶을 만큼 바닥을 칠 때면 동화 때문에 다시 살아나고는 했다.

"엄마!"

엄마가 저를 데리고 갈 거라는 걸 용케 알고는 가방을 메고 나왔다. 엄마가 생각하는 걸 귀신같이 먼저 알고 나온 동화가 기특했다.

"오늘은 제가 좀 일찍 데리고 갈게요. 어디 갈 데가 있어서요."

"네. 그러세요. 동화 내일 보자."

배꼽 인사를 하고는 바로 엄마 손을 잡고 활짝 웃는다. 다혜는 동화를 데리고 바로 집으로 돌아왔다.

"동화야, 오늘은 문화센터 가지 말고 엄마랑 놀자."

"나는 엄마랑 노는 거 좋아."

"그치? 엄마가 동화 먹고 싶은 것도 해줄게."

"붕어빵."

"어?"

"붕어빵. 맛있어! 아저씨랑 나랑 붕어빵이야!"

그 말을 듣고 있는데도 가슴 한쪽이 철렁했다. 이대로 여기 있어도 될까?

갑자기 강현이나 소은이 쳐들어와서 동화를 데리고 가면 어쩌나?

그럴 리가 없다고 생각하면서도 머릿속이 뒤죽박죽 안정이 되지 않았다. 다혜는 입술을 깨물고 잠시 서 있었다.

"엄마, 왜요?"

다혜를 보는 동화의 얼굴에 근심이 어렸다. 동화가 다혜의 손을 잡았다.

작은 손이 잡은 손가락 세 개에 온기가 느껴진다.

"엄마. 난 엄마가 제일 좋아."

"어?"

"우리 엄마가 제일 예뻐. 엄마!"

"우리 동화."

눈물이 뚝뚝 떨어졌다. 감출 수도 막을 수도 없는 눈물이 흐르며 절로 흐느낌이 터져 나왔다. 다혜가 몸을 숙여서 동화를 꽉 끌어안았다.

"흑. 으윽…… 동화야."

"엄마. 울지 마."

동화의 목소리도 울먹였다. 아이에게 뭐라고 설명할 수도 없이 터진 눈물에 다혜가 한참 흐느끼자 동화의 작은 손이 다혜를 토닥였다.

"우리 엄마. 씩씩하지요? 울지 마요. 내가 있잖아요."

"그래. 엄마한테는 동화가 있어."

코를 훌쩍이는데 동화가 소파 옆에 있는 티슈를 뽑아 다혜의 코에 가져다 대었다.

"엄마. 흥!"

평소 동화에게 해준 그대로 받고 있었다.

다혜는 한바탕 울고 나니 정신이 들었다.

지금은 시간이 필요했다.

"동화야, 우리 좋은 데 갈까?"

동화가 고개를 끄덕였다.

"엄마랑 가면 다 좋아."

* * *

다혜는 간단한 짐을 싸서 차에 탔다. 동화랑 단둘이 떠나는 여행은 처음인 거 같다.

망설임 없이 강릉으로 향했다. 탁 트인 곳에서 잠시 정리라도 해야 했다. 절대로 도망하거나 숨는 게 아니었다. 일단은 정리할 시간과 공간이 필요하다.

다혜는 경기도를 벗어날 때쯤 강현에게 전화를 했다. 오늘 같은 기분으로는 도저히 한남동에 갈 수가 없고 강현의 얼굴도 보고 싶지 않았다.

-여보세요.

"대표님, 저 오늘 한남동에 못 가요."

-무슨 일 있어요?

"동화가 아파요."

-동화가 아파요?

강현의 목소리가 근심으로 가라앉았다. 지난 번 사무실에서 열이 나던 걸 떠올리니 애가 탔다.

"그래서 오늘 문화센터도 못 가요. 그러니까 한남동에 말씀 좀 잘 해주세요."

원래는 다혜가 직접 전화해야 하는 게 맞지만, 감히 그런 엄두를 내지도 못했다. 이소은의 목소리를 듣는 것도 무서웠고 그렇다고 유 회장에게 직접 전화를 할 수도 없었다.

-한남동은 걱정하지 마요. 내가 알아서 할 테니까. 그런데 동화가 어디가 그렇게 아파요? 내가 의사 보내줄까요?

"아니에요. 그러지 마세요. 그냥 다니는 소아과 갔다 왔어요."

-다음부턴 나한테 말해요. 내가 정 박사 보내줄 테니까.

"아니. 그러지 마요."

다혜는 차갑게 잘라서 말했다.

"습관 들면 어떡하려고요. 그냥 우리 수준에 맞게 소아과 가면 돼요."

딱 잘라 거절하는 말이 강현에게는 남다르게 다가왔다. 날카로운 유리 조각에 베이기라도 하는 것같이 아프다.

-연다혜 연동화 수준이 뭐 어때서? 동화한테 내가 의사도 못 보내줄 정도로 우리 관계가 그런 건가요?

굳은 음성으로 말하자 다혜가 잠시 조용히 있다가 말을 이었다.

"네. 그 정도 관계는 아닌 거 같아요."

-참. 단호박이 따로 없어. 굉장히 서운한데 동화가 아파서 그러나보다 하고 참는 거예요. 병원에서 뭐라고 하는데요.

"그냥 좀 쉬면 된대요. 약 먹이고 내가 데리고 있으려고요."

-조퇴했어요? 그 정도로 동화가 많이 아픕니까?

동화 때문에 조퇴까지 했을 정도라면 많이 안 좋은 게 분명하다.

-나도 일찍 갈게요.

"아니요. 오늘은 오지 마세요."

-또! 도대체 매일 툭하면 오지 말라고 하고. 나도 동화 걱정되고 보고 싶어요. 내가 가고 싶은 날 갈 거니까 그렇게 알아요.

이번에는 강현도 지지 않았다. 조퇴할 정도면 동화가 많이 아픈 건데 마음이 얼마나 안 좋으면 연다혜가 이렇게 예민한 걸까?

그런데 왜 나를 자르는 거야? 하여튼. 동화가 아픈 게 내 탓이야?

이래도 저래도 이해가 가지 않는 부분이었다. 하지만 지금 급한 건 한남동에 전화를 하는 거다.

어머니께 전화를 하자 소은은 마음이 많이 안 좋은지 냉랭하게 말했다.

-애 얼굴 보기가 왜 이렇게 힘드니? 웬만큼 아프면 데려오면 어때, 잠깐 얼굴만 보면 되는데.

"어머니도 저 아파서 열나고 목 부었을 때 어디 데리고 가고 그러지 않으셨잖아요."

-동화도 목이 잘 붓니?

"네, 잘 붓더라고요. 열도 나고. 그럼 집에서 쉬어야 하는 거 아니에요?"

-그렇지.

어릴 때 강현도 아프면 꼭 목이 붓고 열이 났다. 집안 내력이니 닮았을 수밖에. 아픈 애를 데리고 오라고는 할 수는 없지만, 많이 서운했다.

-할아버지가 서운해하시겠다.

"제가 볼 땐 어머니가 더 서운하신 것 같아요."

-그래. 애 온다고 고기도 다 재워 놓고 좋아할 거 같아서 딸기도 잔뜩 준비해 놨는데.

귀신을 속이지 어머니 역시 동화가 뭘 좋아할지 대충 어림짐작으로라도 알았을 거다.

"감사해요. 다음에 올 때 주면 되죠. 그건 어머니하고 할아버지 드세요."

-우리가 뭐 딸기가 없어서 못 먹어? 애 먹는 거 보고 싶어서 그랬지. 그래. 알았어. 애 낫거든 언제든지 괜찮으니까 오라고 그래라.

"네."

-정 박사 보내는 게 어떻겠니?

"괜찮다고 합니다."

-그래, 그래도 다음부터는 정 박사 보내. 정 박사가 애들 목 붓고 열나는 데는 아주 빨라. 너도 다 그렇게 키웠어.

"네."

그런데 정말 소은보다 유 회장이 더 많이 서운해했다.

"애가 그렇게 아프면 정 박사를 보내지."

"괜찮대요. 며칠 쉬면 될 거예요."

"보고 싶었는데."

아쉬운 목소리가 길게 여운을 남기며 입맛을 다셨다. 나이가 들어서 애가 됐는지 동화가 오는 날을 무척이나 기다렸다. 진짜 이제는 늙기는 늙었나 보다.

생각이 거기에 미치니 교도소에서 한 번 면회를 오라고 부탁하는 김철주의 부탁도 들어주고 싶다는 생각이 든다.

이제 살면 얼마나 산다고 얼굴 한번 보는 걸 못해줄 게 뭔가?

생각이 많은 유 회장을 보며 소은이 위로하듯이 말했다.

"아버님, 서운해 마세요. 애들은 또 금방 나아요. 괜찮아지면 데리고 오라고 했어요."

"그래. 아플 때 여기저기 데리고 다니면 안 되지."

서로가 말은 하지 않았지만, 동화를 향한 마음은 다 한결같았다. 유 회장은 내색하지 못해도 동화가 집안의 귀한 손이니 아까웠고 소은은 여태껏 모르고 지내왔던 게 분할 정도로 동화에게 애착이 갔다.

* * *

강현은 어머니와 전화를 끊고 나서 가슴을 쓸어내렸다. 동화를 보지 못한다고 저렇게 서운해 하고 걱정을 하다니. 저러다가 어머니가 실수라도 하지 않을까 싶었다. 이제 곧 다혜에게 모든 상황을 잘 말해야 할 거 같다.

그런데 아직도 김기팔을 찾지 못하고 있다. 구순호의 지휘 아래 경찰까지 김기팔을 찾는 중이었다. 김기팔을 찾아야 안심하고 동화가 내 아들이라고 말이라도 할 것 아닌가?

강현은 비서실에 연락했다.

"오늘 저녁 일정 뭐가 남았지?"

-오후에 영업팀 신년 예산 보고가 있고 신지은행 포함한 은행권 정찬이 남았습니다.

"금융권 정찬은 민 상무가 가면 어때?"

-네, 민 상무님은 원래 참석 예정이었습니다.

"그럼 민 상무 혼자 참석하는 걸로 하고 나는 일이 있어서 바로 퇴근합니다."

-알겠습니다. 대표님.

어서 가서 동화를 봐야 했다. 그 작은 몸을 안아주고 놀아도 줘야지. 강현은 전화기를 다시 들었다.

"구순호, 동화 좋아할 만한 것들 좀 사서 차에 실어놔. 목 아프다고 하니까 부드러운 걸로."

-알겠습니다.

강현과 순호가 잔뜩 쇼핑백을 들고 동화의 아파트 현관문을 열었다.

그러나 예상했던 것과는 다른 광경이 강현을 맞이했다. 어둠에 잠긴 아파트 내부에는 인기척이라고는 없었다. 덩치 큰 두 남자가 현관에 얼어붙었다.

강현은 가슴이 철렁했다.

대체 무슨 일이…….

* * *

운전하고 가는 내내 동화는 말이 없었다. 동화가 이렇게 말도 없이 뚱한 표정을 짓고 있는 일은 흔한 일이 아니어서 다혜가 물었다.

"우리 동화 화났어? 아니면 어디 아파?"

"아니요."

입을 삐죽하게 내밀고 아니라고 하는데 온몸으로 기분이 안 좋다는 걸 표현하고 있다.

"그럼 왜 그래? 엄마가 딱 봐도 화났는데."

"엄마 나빠!"

언제나 엄마 편이었던 동화가 처음으로 자기 의견을 내비쳤다. 그것도 엄마 나쁘다고.

다혜는 충격으로 멍하면서도 바로 되물었다.

"뭐? 너 엄마랑 여행하는 거 좋다고 했잖아."

"왜 아저씨 못 오게 해? 나 안 아픈데. 엄마 거짓말하면 나쁜 어른이야."

동화의 말에 다혜는 입을 다물었다. 이제 아이는 클 만큼 컸다. 엄마가 하는 말이 거짓말인지 아닌지도 알고, 해서 안 되는 것을 하면 이렇게 화를 낸다.

"미안해, 동화야. 맞아. 엄마가 거짓말했어. 아저씨하고 싸웠거든. 그래서 아저씨 보기 싫어서 오지 말라고 했어."

그제야 동화는 말을 할 마음이 드는지 커다란 눈을 더 크게 뜨고 묻는다.

"왜? 아저씨는 좋은 사람인데."

"좋은 사람이라도 싸울 때도 있지 않나?"

"아니, 아니에요. 좋은 사람끼리는 사이좋게 지내야 한다고 그랬어요."

동화의 말에 다혜는 핸들을 꺾으며 고개를 끄덕였다.

"맞아, 동화야. 엄마가 나빠."

"우리 엄만 나쁜 사람 아닌데."

"동화야. 엄마는 나쁜 사람은 아니야. 근데 지금은 나쁜 거 맞아도 아저씨 보고 싶지 않아. 엄마 화났거든. 친구들끼리 싸우고 보고 싶지 않을 수도 있잖아."

"그렇긴 해요."

동화가 이해해 주는 듯 말했다. 그런데도 여전히 기분은 나쁜 모양이었다.

"동화야. 그렇게 오래 걸리지 않아. 엄마랑 바다 보고 여행하고 난 다음에 아저씨도 또 보면 되지."

"정말?"

"그럼. 동화 이렇게 엄마랑 멀리 여행 오는 거 처음인데. 바다도 보러 가잖아."

"바다? 신난다!"

"동화 바다 많이 봤나?"

"인터넷에서."

"그래. 동화가 여기저기 보던 것 중에 그런 바다 우리나라에도 있잖아. 그러니까 가서 구경하자. 그리고 아저씨하고 통화도 할 수 있어."

바다 이야기로 잔뜩 달래고서야 겨우 동화 얼굴이 풀린다.

'동화야, 나는 네가 없으면 안 되는데 넌 엄마하고 아저씨 중에 누가 더 좋아?'

머릿속으로 이런 유치한 생각까지 떠올랐다.

도대체 뭘 기대하는 걸까? 엄마만 좋다는 말이라도 들어야 속이 풀리려나?

엄마가 제일 좋다는 말?

아무래도 동화보다 내가 더 유치한 거 같아.

다혜의 차가 계속 앞으로 미끄러져 나가고 있었다.

* * *

아무도 없는 아파트에서 강현은 길게 한숨을 쉬다 바로 고개를 돌렸다. 강현이 구순호를 보고 눈짓을 하자 구순호가 들고 있던 쇼핑백을 현관 앞에 내려놓고 휴대폰을 들었다.

"어. 어디라고? 알았어."

구순호가 전화를 끊고 강현에게 보고했다.

"지금 강릉 쪽으로 가고 있다고 합니다. 경호차가 뒤따르고 있다고요."

"강릉?"

"거의 다 도착했다고 합니다."

"우리도 가자. 그거 다 차에 다시 실어. 강릉에 가서 주지, 뭐."

잠시도 다혜를 저 없이 혼자 두고 싶은 생각은 없다.

"오늘 어디 어디 들렀는지 다시 전화해 봐."

잠시 후에 구순호가 하는 말을 듣자 어떤 내용인지 다 알겠다. 연다혜가 친자 확인을 해본 거다.

그렇다면 나에게 먼저 말을 했어야지.

아닌가? 저 역시 다혜에게 먼저 말하지 않았다. 하지만 그건 다혜가 너무 겁에 질려 있었기 때문이었다. 그리고 집안에 복잡한 일도 있으니 괜히 동화의 안전 때문에 다혜가 더 걱정할까 봐 다혜를 위한 배려였다.

하지만 다혜는 아니다. 저를 의심하고 겁부터 집어먹은 거였다.

그래서 생각할 시간이 필요하다고 그렇게 숨어버린 거겠지만, 이건 자기 혼자 생각해야 할 문제가 아니다. 혼자 굴 파고 들어가서 생각이란 걸 해봐야 그 결론이 어떻게 날지는 뻔했다.

"손절하든가 어디로 도망가든가 하겠지."

하나같이 다 마음에 들지 않았다.

차가 강원도를 향해 출발하고 얼마 지나지 않아 강현이 유 회장에게 전화했다.

"할아버지."

-그래. 아이는 좀 어떠냐?

"동화가 문제가 아니고 할아버지가 문제인 것 같습니다."

공격적인 강현의 말에 유 회장의 목소리가 걸걸해졌다. 그렇지 않아도 모든 것이 다 자기 탓이라고 생각하고 있었다. 아들이 먼저 간 것도 손주가 결혼하지 않고 아이도 낳지 않겠다고 하는 모든 것이 제 업보라 생각했다.

그러기에 강현의 말이 더 가슴을 찔렀다. 아프지만 아프다고 해본 적 없었기에 말은 더 묵직하게 나갔다.

-뭐야? 내가 뭐가 문제야.

"왜 일을 해결하지 못하십니까? 김기팔이 지금 어디 있는지 감이 잡히질 않아서 그래요. 할아버지는 아십니까?"

-나도 백방으로 찾는 중이다.

그런데 유 회장은 뭔가 말을 하려다가 잠시 망설였다.

-실은 김철주가 나보고 면회를 와달라고 하더라.

"김철주가요? 단 한 번도 없었던 일 아닙니까?"

-그래. 교도소에 갇힌 놈이 어떻게 낯짝도 두껍지 나한테 면회를 와달라고 그래? 내 아들을 죽인 놈이 말이야. 그런데…… 그래도 가볼까 한다.

"저도 같은 생각입니다. 어떤 변화가 있지 않고서야 이런 일이 일어날 수가 없겠죠. 그리고 김철주가 무엇을 알았든 김기팔이 어떤 변화를 일으켰든 간에 얼마 안 있으면 김철주는 가석방되지 않습니까."

-그래. 그래서 나도 생각 중이다.

"할아버지. 이번 일 해결하는 데 저한테 감추는 거 없었으면 좋겠습니다."

-그래. 물론이다.

"할아버지가 계시지만 실질적으로 집안의 모든 일은 제가 처리하고 있습니다. 실질적인 가장은 저라는 거 인정해 주세요."

-인정하지 않은 적 없다. 강현이 네가 우리 집안의 실질적인 가장 맞지.

"전 할아버지도 걱정돼요."

-언제 죽어도 이상할 거 없는 몸이야. 걱정하지 마.

"아니요. 저한테는 그렇지 않습니다."

강현의 말에 유 회장은 가슴 한쪽이 뜨끔하며 뜨거운 물이 가슴 가득 차올랐다.

"할아버지도 오래 사세요. 동화 크는 거까지 다 보면서요."

-너…… 알고 있었던 게냐?

"뭘 말입니까. 할아버지가 아신다는 거요? 안 봐도 훤하죠. 괜히 할아버지가 동화를 집으로 불렀겠어요?"

-그래. 예쁘더라.

"제가 잘 보호해서 할아버지 품에 안겨 드릴게요. 그러니까 김기팔 어떻

게 된 건지 무슨 단서라도 있으면 저한테 주시고. 교도소로 김철주도 찾아
가 주세요."

-그래. 알았다. 걱정하지 마라.

유 회장은 전화를 끊고 숨을 길게 들이마셨다.

그래. 무슨 일이 있든 죽기밖에 더하겠는가. 이 나이에 손자와 증손자를
지킬 수만 있다면 뭔들 못할까.

* * *

"그래, 알았어. 동화 우선 먼저 목욕부터 할까? 거품 풀어서?"

동화는 좋다고 하며 물을 받았다. 거품을 잔뜩 내고 그 위에 노란 오리를
띄워놓자 동화가 바로 욕조 안으로 들어갔다.

"엄마 조금 있다 와서 들어갈 테니까 그동안 오리랑 놀고 있어?"

다혜는 동화가 목욕하고 나서 바로 밥을 먹을 수 있도록 식사 준비도
했다.

그 시각 강현은 다혜가 묵고 있는 리조트 앞에서 바닷소리를 들으며 서
있었다.

"안 들어가십니까?"

구순호가 바닷바람이 차가운지 잔뜩 몸을 웅크리며 말했다. 강현이 그저
이렇게 바람을 맞으며 서 있는지도 꽤 됐다.

"들어가야지."

"겁나시는 거 같습니다."

"겁나긴 뭐가 겁나?"

하지만 겁이 났다. 문 앞에서 나가라고 하면 어떡하나. 동화 있는 데서
다혜가 엉엉 울기라도 하면…….

그러나 그런 것 때문에 망설이기에는 지금은 다혜가 너무 걱정되고 보고 싶었다.

"들어가자. 몇 호인지 알지?"

"네, 저쪽 A동입니다."

조금 걷자 5층짜리 아담한 건물들이 이어져 있는 게 보였다. 307호 앞에서 강현이 벨을 눌렀다.

-누구세요?

다혜의 목소리였다. 목소리만 들어도 안도감이 들었다.

-나예요.

그러자 안에서 동화의 목소리가 먼저 들렸다.

"아빠다! 아빠다!"

다혜의 동그란 눈동자가 놀라서 흔들리는 게 보인다.

"문 좀 활짝 열죠. 짐이 좀 많아서."

강현이 문을 활짝 열자 구순호가 먼저 들어서 쇼핑백을 잔뜩 현관에 내려놓고 강현도 들고 있는 걸 내려놨다.

"이게 다 뭐예요?"

"동화 아프다고 해서 동화 좋아할 만할 걸 좀 샀죠."

"전 이만 내려가 있겠습니다."

구순호가 인사를 하자 다혜도 고맙다고 인사했다. 문이 닫히고 다혜와 눈을 마주하자 어색한 기류가 흘렀다. 그러나 그것도 잠시 아빠 하며 달려와서 강현에게 폴짝 안기는 동화 때문에 어색할 틈도 없었다.

"우리 동화 안 아팠어?"

"나 안 아팠어요. 엄마가 거짓말했어요."

어쩌면 이렇게 야박하게 거짓말이라고 콕 집어서 말하는 건지. 다혜가 작게 한숨을 쉬었다. 강현은 동화를 안은 채 동화의 말에 맞장구를 쳤다.

"그럼 엄마가 나쁜 사람이네. 거짓말하는 사람은 나쁜 사람인데."

"엄마도 거짓말 하면 나쁜 사람인 거 알아요."

"이런. 우리 동화 엄마가 나쁜 사람이어서 어떡하지?"

"그래도 용서할 거예요. 우리 엄마니까."

기가 차서 할 말이 없다.

"우리 동화 이거 볼래? 아빠가 사왔는데."

이제는 자기 입으로도 아빠라는 소리를 잘도 한다.

자기 아들인 거 알고 아빠라 부르라고 그랬겠지. 나만 속이고, 나만.

다혜는 원망스러운 눈길로 두 사람을 보았다. 이 사실을 동화도 안 걸까? 아마 강현이 아빠였으면 좋겠는 사람이어서 아빠라고 불렀던 거겠지.

강현이 쇼핑백에서 꺼내놓는 건 끝도 없었다.

"아니. 이걸 다 사 들고……."

"집까지 갔다가 이 강원도까지 들고 온 건데."

동화의 옆에 쪼그리고 앉은 채 위로 눈을 흘겨보는 강현을 보자 동화하고 똑같은 표정에 입이 다 다물어졌다.

"아빠, 잘했어요! 수고했어요!"

동화가 좋아서 강현의 어깨를 두드렸다. 생각하는 시간 좀 달라고 그랬더니 그새 강원도까지 쫓아온 이 남자가 지금은 정말 밉다.

"일단, 둘이 좀 놀고 있어요. 난 생각 좀 하게요."

"생각은 이따가 해요. 나 지금 엄청 배고픈데."

"식사 안 하고 왔어요?"

"밥 주기 싫어요, 나?"

강현의 말에 다혜가 인상을 찌푸렸다. 일이 이상하게 돌아가고 있다. 마치 한가하게 가족여행이라도 온 것 같은 분위기다.

"동화가 간식으로 붕어빵을 먹어서 저녁은 천천히 먹을 생각이었어요.

잠시 기다려요."

다혜가 밑반찬 몇 개와 계란말이를 꺼내놓고 밥과 국을 담아왔다. 소박한 반찬이지만 어느 하나 맛없는 게 없다.

"뭐가 이렇게 맛있어?"

강현은 밥을 두 공기나 먹고 설거지는 제가 하겠다고 싱크대 앞으로 갔다.

다혜는 테라스 쪽으로 발걸음을 옮겨 멀리 보이는 바다를 응시했다.

어느 틈에 다가왔는지 강현이 다혜의 어깨에 두 손을 얹었다. 몸을 비틀어 빠져나가려 하자 그가 두 팔로 다혜를 꽉 끌어안았다. 그러곤 귓가에 대고 말했다.

"미리 말하지 않아서 미안해요."

자기가 왜 여기까지 왔는지 그가 알고 있다.

"나에 대해서 모르는 거 있어요?"

"없어요. 다 알고 있어요."

"난 뛰어봤자 유강현 씨 손바닥 안이네."

"그래서 고마워요. 내 손바닥 안에 있어줘서. 아니면 많이 불안할 텐데."

"불안해요? 나 때문에?"

"그럼. 이 세상에서 내가 불안한 이유는 하나밖에 없어요. 연동화 연다혜 이 두 사람 말고 날 불안하게 하는 사람들은 없어요. 물어보는 거 다 대답해줄게요. 그러니까 날 좀 봐줘요."

강현이 천천히 다혜의 어깨를 돌렸다. 촉촉하게 젖어 있는 눈이 저를 향하자 강현이 짙은 속눈썹을 내리감으며 한숨을 내쉬다 다혜를 꼭 끌어안았다.

"문 열고 아파트 들어갔는데 불이 꺼져 있는 거야. 얼마나 놀랐는지 몰라요."

"오지 말라고 했잖아요."

"오지 말라고 했다고 해도 어떻게 안 가. 내 심장이 여기 있는데."

강현이 다혜의 손을 잡아 자기 심장이 있는 곳에 대었다. 펄떡거리며 뛰고 있는 그의 심장의 박동이 그대로 느껴졌다. 다혜가 원망 담긴 눈으로 강현을 보며 인상을 썼다.

"말도 잘해 진짜. 얄밉게."

"연다혜하고 연동화가 내 심장이야. 그러니까 난 아무리 오지 말라고 해도 올 수밖에 없어요. 심장 없이 살 수 있는 사람이 어디 있어요?"

"아빠 여기가 잘 안 돼요."

동화가 블록을 쌓다가 잘 안 되는 부분이 생기자 강현을 불렀다.

강현이 빈 부분을 끼워주자 블록이 바로 완성되었다. 동화가 신나서 손뼉을 쳤고 강현이 그런 아이를 제 무릎 위에 놓고 정수리를 쓰다듬으며 말했다.

"우리 동화 못 하는 게 없네?"

"아빠 아들이니까요!"

어쩌면 이렇게 둘이 죽이 잘 맞는지. 동화는 알고 저러는 걸까? 당연히 그냥 좋아서 저러는 거겠지.

동화가 강현의 손을 잡고 말했다.

"오늘은 셋이 같이 자면 안 돼요? 내가 가운데서 자고, 엄마도 아빠도 다 좋으니까."

동화의 말에 둘은 동시에 대답했다.

"좋지."

"안 돼. 동화야."

강현과 다혜가 동시에 서로를 쳐다보았다. 동화가 고개를 갸웃갸웃했다.

"그러면 나는 아빠하고만 자요? 엄마는 왜 나랑 자는 게 싫어요?"

"동화 너랑 자는 게 싫은 게 아니라……."

"그럼 나랑 자는 게 싫어요?"

옆에서 강현이 말하자 동화가 또 대답했다.

"아니에요, 전에도 엄마랑 아빠랑 같이 잤잖아요. 엄마는 아빠 좋아
해요."

이제는 얘가 이제 내 할 말까지 다 하네.

다혜가 이마를 짚고 아무 말도 하지 않았다. 그러자 강현이 동화에게 말
했다.

"그냥 너하고 나하고 침대에 먼저 누워 있으면 엄마가 오지 않을까?"

동화가 활짝 웃으며 고개를 끄덕였다. 동화가 커플 잠옷 중에 강현의 것
을 자기 배낭에서 꺼내주었다.

"아빠 잠옷."

"이거 네가 갖고 온 거야?"

동화가 고개를 끄덕였다.

"왜 가져왔어? 아빠는 오늘 여기 안 올 수도 있었는데."

"그냥 잠옷이라도 가져왔어요."

동화의 말에 강현이 활짝 웃으며 갈아입자고 했다.

"만세."

동화가 만세를 하자 강현이 동화의 티셔츠를 홀딱 벗겼다. 그리고 둘 다
똑같은 잠옷을 입고 침대에 누웠다.

"엄마가 안 올 수도 있어요?"

"글쎄."

다혜는 민망할 것 같아서 함께 눕고 싶지 않았다. 그러자 동화가 불렀다.

"엄마! 재워주세요."

차마 아빠한테 재워달라고 하라고 말할 수 없었다. 그녀 또한 동화하고

커플 잠옷을 가져온 탓에 셋이 나란히 눕자 셋 다 똑같은 잠옷을 입고 한 침대에 누웠다.

"엄마."

품으로 달려든 동화를 안자 바짝 붙어 있는 강현과도 가까워졌다. 말똥 말똥 둘이 눈을 마주치고 있는데 강현이 씩 미소를 지었다. 다혜는 굳은 얼굴을 하고 동화의 손을 잡았다.

"우리 동화, 오늘 좋았어?"

"엄청, 엄청 좋았어요! 바다가 아주 넓어요! 이만-큼!"

동화가 다혜의 품에 꼭 붙었다. 강현이 다혜의 가슴에 얼굴을 대고 있는 동화를 부러워하는 눈으로 바라보았다. 노골적으로 부러워하는 시선을 본 다혜는 어이가 없었다. 동화가 잠들 때까지 강현의 시선이 꼼짝하지 않고 다혜만 향하고 있었다.

잠시 후에 동화가 잠이 들자 강현이 다혜를 반짝 들어 안고 소파로 나왔다.

"아! 왜 이래요?"

"우리 둘은 또 얘기할 게 있잖아요?"

천연덕스럽게 다혜를 안은 채 강현은 좀처럼 내려줄 생각이 없어 보였다.

"내려줘요."

"자꾸 그렇게 버둥거리면 위험한 거 몰라요?"

"뭐가 위험하다고……."

강현의 발기한 성기가 다혜의 엉덩이를 꾹 찌르자 다혜의 얼굴이 빨개졌다. 진짜 이런 상황에서도 발기하는 그가 기가 막힌다.

다혜는 이런 그에게 휘말리지 않을 생각으로 단호하게 물었다.

"맞아요. 왜 속였어요?"

"정확히 말하면 속인 게 아니라 말을 좀 늦게 하려고 미룬 건데. 음. 이야기가 먼저예요? 우리 섹스하고 나서 해도 돼요?"

"지금 장난해요?"

"장난 아닌데……."

그가 다혜를 든 채로 소파에 앉았다. 그의 단단한 성기가 이제는 다혜의 음부를 정통으로 찔렀다.

"제대로 말하지 않으면 섹스는 꿈도 꾸지 말아요."

"진짜 야박하네. 하지만 원하는 대로 할게요."

말은 그렇게 하면서도 강현의 페니스는 전혀 줄어들 기미를 보이지 않은 채 다혜의 음핵을 찌르고 있었다.

"대충 어물쩍 넘어갈 생각 말아요. 나 어린애 아니에요. 바로 말하지 않은 이유가 뭐예요?"

강현이 고개를 끄덕였다.

"만일 그날 동화가 내 아들이 맞다고 할아버지랑 다 있는 데서 말했으면 어땠을 거 같아요? 그리고 할아버지가 계약서 들이밀며 동화가 우리 핏줄이라고 나섰다면 다혜 씨 괜찮았을까요?"

"그건…… 결국 나 때문이라는 건가요? 이 모든 게?"

다혜가 원망 섞인 눈으로 강현을 바라보며 항의했다.

"아니요. 나 때문이라는 말 하고 있는 거예요. 내가 연다혜에게 잘릴까봐. 그런데 이제 안 잘릴 테니까 손절할 생각은 하지도 마요."

눈을 크게 뜨는 다혜의 어깨를 강현이 꽉 잡고 강현이 다혜의 입술을 그대로 집어삼켰다. 혀가 얽히며 입술을 쪽쪽 빨아들이자 속에서부터 허기진 게 떠올랐다.

당장 집어삼킬 듯이 하는 키스를 받아내며 다혜가 겨우 숨을 몰아쉬며 입술을 떼고 물었다.

"차근차근 말해요."

"청혼부터 하고 말하려고 했어요. 아이보다는 결혼이 먼저잖아요."

놀란 다혜의 눈이 그를 향했다. 뒤죽박죽인 그의 말에 화가 다 나려고 했지만 결혼이라는 말은 역시 강한 힘으로 다혜를 흔들었다.

"결혼이요?"

"그럼 날 이렇게 만들어 놓고 결혼도 안 하려고 했어요? 제대로 청혼하려고 그랬는데 도망가서 모양 빠지게 이런 상황에서 이런 말이나 하게 하고."

강현이 오히려 원망하는 눈으로 다혜를 응시하고 있었다.

다혜는 할 말을 잃고 강현을 물끄러미 바라보았다.

동화를 빼앗기는 게 아니라 유강현이라는 남자를 얻는 거다. 실현 가능성 없다고 생각했던 일이었다.

"할아버지가 계약서 들고 있는 상황에서 동화가 인공 수정으로 태어난 아이라고 말하고 싶지 않았어요."

그 순간에 그렇게 말했다면 혹시나 계약대로 이행하라고 할까 봐 겁이 났을 거다. 대답을 못 하자 강현이 이어 말했다.

"난 5년 전에 만났어도 연다혜를 사랑해서 동화가 생겼을 거 같아. 하지만 계약서 때문에 불안해하고 있었잖아요."

맞는 말이었다. 불안했고 그래서 검사 자체를 거부하고 싶었다. 누구보다 강현이 가장 잘 알고 있었으니 부인할 수 없다.

"그래서 인공 수정이니 계약서니 그런 거 다 잊어버리고 우리가 충분히 사랑하고 연다혜가 나를 받아들일 수 있을 때까지 천천히 시간을 벌려고 했어요."

강현의 말에 다혜는 자신 안에 높은 벽처럼 둘러친 경계심이 점점 사라지는 걸 느꼈다.

"그럼 두 번째는요?"

"우리 엄마랑 할아버지 때문이에요. 두 분은 그 계약이라는 것에서 벗어나지 못하고 있으니까요."

"그 계약서가 대표님한테는 어땠나요? 받아들일 수 있었나요?"

강현은 잠시 다혜를 바라보다가 대답했다.

"마음이 안 좋았다기보다는 놀랐어요. 그다음엔 연다혜를 알고 왜 그랬는지도 아니까 오히려 더 마음이 갔어요. 엄마하고 언니 죽을 때 어땠는지 말해줬잖아요."

"고마워요. 이해해 줘서."

"정말 고마워요? 내가 이렇게 고마운 사람인데, 냉큼 버리고 가요?"

싱긋 웃는 강현이 다시 다혜의 허리를 앞으로 당기며 성기를 맞비볐다. 다시 다가오는 자극에 신음을 삼키며 다혜가 강현을 보며 하던 이야기를 마저 했다.

"그래도 시간은 있었어요. 말할 수 있었잖아요."

"말하려고 했는데……."

그가 잠시 머뭇거리다가 말했다.

"사실 우리 집안은 아직 해결하지 못한 문제가 있어서 조금 위험해요. 나 위험한 사람이면 잘라버리겠다고 했잖아요. 내 목숨을 노리는 사람이 있어요. 어쩌면 우리 집안의 모든 핏줄을 다 노리는지도 몰라요."

"그러면 우리 동화도 위험할 수 있다는 거예요?"

눈을 크게 뜨는 다혜의 어깨를 강현이 꽉 잡았다. 다혜의 마음을 안정시킬 수 없다고 해도 동의를 받아야 했다. 동화와 다혜의 안전을 위해서라도 다혜의 도움이 필요하다.

"맞아요. 위험할 수 있을 것 같아서 드러내놓지 않고 있어요. 일이 해결되고 난 다음에 제대로 내 아들이라고 할 거예요. 결혼도 하고. 그러니 다혜 씨가 도와줘요. 경호도 잘할 수 있게. 나 믿고."

둘의 시선이 허공에서 얽혀들었다. 이미 강현의 아들인 것을 알아버렸다. 이렇게 된 이상 강현이 동화를 지켜줄 거라는 확신이 들었다.

"알았어요. 그럴게요."

다혜의 말에 강현이 활짝 웃으며 다시 입을 맞췄다. 가슴을 쥔 손에 힘이 들어가고 유두를 긁으며 조금 더 노골적으로 성기를 맞추고 비비기 시작했다. 잠옷이 바로 젖어들고 있었다.

"여기서 이러면 어떡해요. 동화 깨서 오면……."

"동화 안 깨요. 여기서 사랑하고 들어가서 우리 동화랑 나란히 자요."

강현이 다혜의 목덜미에 입술을 묻으며 그녀의 바지 잠옷을 벗겨냈다.

"언제 나오질 모르니까 아래만……."

"이게 나름 신경 쓴다고 쓰는 거예요?"

"물론이죠."

강현이 그녀의 가슴을 꽉 잡았다. 손안에 잡히는 감촉이 말할 수 없이 좋았다. 아무 데도 못 보낸다. 다혜도 동화도 이제 완전하게 내 거다.

다혜가 강현의 목에 팔을 감았다. 감긴 팔에 힘이 들어가는 걸로 봐서 그녀가 흥분하기 시작한 거다. 다리 사이에 손을 넣어 쓰다듬으니 질척하게 젖어든 게 그대로 느껴진다. 강현이 제 위에 그녀를 내려 앉혔다.

좁고 말랑말랑한 속살을 뚫고 들어가는 느낌에 머릿속이 얼얼해질 만큼 기분이 좋고 흥분된다.

"연다혜. 나 이렇게 만들어 놓고 도망가면 안 돼. 책임을 져야지, 내 아이까지 낳아놓고 어딜 도망가겠다고."

강현이 다혜의 입 안으로 깊게 혀를 밀어 넣었다. 다혜는 뭔가 더 말을 하려고 있으나 한마디도 할 수 없었다. 너무 황홀한 감각이 성기에서부터 척추를 타고 온몸으로 퍼지고 있었다.

누구의 아인지도 모르면서 계약서 한 장 가지고 아이를 가진 것은 오래도록 스스로 상처가 되었다.

동화처럼 예쁜 아이가 태어나지 않았다면 어땠을까 하고 가슴을 쓸어내린 적이 한두 번이 아니었다. 그런데 강현이 5년에 전에 다혜를 만났어도 사랑하고, 동화를 낳았을 거라는 그 말이 어찌나 위안이 되는지 모른다.

숨을 한참 헐떡이며 절정에 들떠 서로 꼭 끌어안고 있을 때 창밖으로 하얗게 눈이 내리기 시작했다.

"눈이 와요."

"그러네요."

눈발이 날리기 시작하면서 달은 희미해졌지만, 세상은 눈으로 더 환해졌다.

"내일 눈사람 만들어야겠네요."

"내일 눈사람은 눈사람이고 지금은 저렇게 하얗게 내리는 눈을 보면서 사랑을 더해야죠."

"그게 지금……."

"다른 말 하지 말고요."

강현은 다혜를 놓아줄 생각이 없었다. 오히려 잘됐다. 이렇게 강릉까지 와서 탁 트인 바다를 보며 다혜를 안을 수 있게 돼서 오히려 더 좋다. 귀여운 동화도 자고 있고 다혜는 품 안에 있다. 하려고 했던 말은 다 했고 서로의 마음을 확인했으니 강현에게는 더할 수 없이 행복한 밤이었다.

* * *

"준비 다 했나?"

"네, 회장님. 출발하시죠."

경호 차량까지 두 대가 같이 움직이기 시작했다. 유 회장은 김철주에게 면회를 신청하고 가는 중이었다. 도심에서 빠져나와 조금 더 한적한 길로 들어섰을 때였다. 갑자기 뒤에서 오던 차량이 한쪽 갓길로 빠지는 게 백미러를 통해 보였다.

옆에 타고 있던 고수동이 소리쳤다.

"어서 밟아."

유 회장은 분위기를 보며 뭔가 사고가 생겼다는 걸 직감했다. 차가 조금 더 빠르게 교도소를 향해 움직였다.

"전화해 봐라."

"네. 회장님."

유 회장의 말에 고수동이 바로 통화를 시도했으나 전화를 받지 않는다.

"어떻게 된 거야?"

"문제가 생긴 것 같습니다."

"역시 사고가 있었군. 그럼 너희 사시미칼 중에 한 놈이 배신했다는 거지?"

"네. 그렇습니다."

"누군지 짐작이 가냐?"

"예."

유 회장의 차는 그대로 교도소에 멈춰 서고 김철주의 면회에 성공했다.

유 회장은 묵직한 마음으로 김철주 앞에 앉았다. 한눈에 봐도 마음고생을 한 사람처럼 김철주는 얼굴이 쏙 빠져 있었다.

"와주셔서 감사합니다."

"무슨 일로 불렀냐?"

인사치레는 필요 없었다. 여기까지 와서 김철주의 얼굴을 마주하는 길에 꽤 성가신 일이 있었다. 지난번 오 마담은 만나기 전에 죽었고 조금 전에는 사고가 났다.

"할 말만 하자. 무슨 일인데 나를 여기까지 부른 거야?"

"실은…… 제가 어머니 돌아가시기 전에 들은 말이 있습니다."

"지난번 면회 때?"

"네."

김철주가 머리카락을 몇 가닥 뽑았다.

"이걸 좀 가져가서 검사해 주십시오."

"뭐라고? 대체 무슨 검사를…….."

"회장님과 제 친자 확인 검사를 부탁드립니다."

그 말에 유 회장의 눈이 커졌다. 지금 60대 중반의 김철주가 친자 확인을 해달라고 하고 있는 거였다. 그것도 다른 사람이 아닌 유 회장에게.

"뭐라고? 죽은 오 마담이 무슨 말을 한 거야?"

"저도 믿을 수 없는 얘기라 회장님께 부탁드리는 겁니다."

유 회장은 고개를 끄덕이며 그가 뽑아준 머리카락을 손수건에 잘 싸서 주머니에 넣었다. 손이 떨렸다. 지금은 다른 이야기를 할 수가 없다.

"그럼 검사 결과가 나온 뒤에 다시 얘기하자."

"네."

밖으로 걸어 나오는 유 회장의 걸음이 비틀거렸다.

설마……. 그럴 리가 없어. 분명히 그때…….

유 회장의 기억이 김철주가 태어났던 60여 년 전으로 거슬러 올라갔다. 임신 기간 내내 우울했던 아내 은희는 출산하자마자 유 회장에게 말했었다.

"내가 낳은 아이니 우리 아기라고 생각해 줘요. 다른 건 아무래도 괜찮다고 말해줘요."

"그래. 괜찮아. 은희네 아이니까 우리 아기가 맞아."

결혼을 한 달 앞두고 신부를 잃어버렸다. 김기팔이 납치해서 숨겨놓고 있는 걸 보름 만에 다시 찾아왔으나 얼마 지나지 않아 은희는 임신을 했고 그렇게 태어난 아이가 철주였다.

그러나 병원 신생아실에서 아이를 데리고 가겠다며 난동을 부리는 김기팔은 거의 제정신이 아니었다. 출산 후에 몸도 성치 않은 은희가 기팔을 보고 사정했다.

"오빠, 제발 그냥 둬요. 나랑 아기 그냥 이 사람 옆에서 살게 둬요."

은희는 기팔과 한 동네에서 어릴 때부터 오빠라 부르며 알고 지냈다. 기팔은 은희를 자기 여자라고 생각했지만 은희가 사랑하게 된 것은 유택천이었다. 그걸 받아들일 수 없었던 김기팔이었지만 결국 유택천과 결혼한 은희를 어찌할 수는 없었던 것 같다.

유택천의 입장에서는 죽여도 시원치 않을 놈이었다. 하지만 그래도 한때 친구였고 은희도 죽이면 안 된다고 사정을 해서 살려둔 놈이었다.

당시 김기팔은 유 회장에게 소리쳤다.

"내 씨니까 내가 데리고 간다. 은희는 못 데리고 가도 내 씨까지 네가 가질 수는 없다. 아무리 네 새끼라고 하고 키워도 세상에 이 아가 김기팔이 아라고 알게 할 거란 말이다."

살기를 띤 김기팔의 말에 결국 아이를 내어 주었다.

은희는 김기팔에게 아이를 주며 제발 잘 키워달라고 부탁했다. 아이를 데리고 간 김기팔은 얼마 지나서 오 마담과 결혼해서 가정을 꾸렸다. 오 마담은 마담 생활을 접고 김기팔의 구역에서 장사를 했고 철주는 그들 사이에서 나름 부유하게 컸다.

은희가 평생 가슴에 안고 살았던 철주였기에 유 회장도 철주가 어떻게 컸는지 알고 있었다.

철주를 낳고 그렇게 김기팔에게 보낸 뒤에 은희는 몇 개월 지나지 않아 다시 임신을 했고 유 회장의 외아들 동수를 낳았다. 강현의 아버지였다.

가끔 철주가 내 아들일 수도 있지 않을까 하는 생각은 했지만 이미 장성해서 장년에 접어든 뒤여서 친자 확인 검사를 해야겠다는 생각은 하지 못했다.

그런데 김철주가 60여 년이 지난 지금 다시 친자 확인을 해달라고 하고 있었다.

유 회장의 걸음이 휘청휘청했다. 고수동이 다가와 부축을 했지만 후들거리는 건 다리뿐이 아니었다. 심장도 무섭게 뛰어대고 있었다.

* * *

밤새 눈이 내렸다. 세상이 온통 하얗게 변한 것 같아 밖을 보고 있자니 웃음이 절로 나왔다. 강현이 깬 건 동화의 비명 때문이었다. 동화가 좋다고 소리를 지르며 콩콩 뛰었다.

"이건 뭐야?"

"이걸로 눈오리 만드는 거야!"

"요즘은 눈사람 안 만들고 이런 거 만드나 봐."

다혜가 쇼핑백 안에 있는 눈오리 만드는 집게를 꺼내며 중얼거렸다.

"엄마 나가자. 이거 만들고 싶어! 눈오리 만들고 싶어!"

"뭐라도 먹고 나가야지."

다혜는 식빵을 잘라 계란을 풀어 프렌치토스트를 하고 뜨겁게 수프를 끓였다. 머리가 위로 뻗쳐 올라간 강현이 밖으로 나오자 동화가 눈오리 집게를 가지고 달려와 강현의 다리를 붙잡고 말했다.

"아빠, 이거 만들어요! 눈오리!"

"뭐? 눈오리가 뭔데?"

다혜가 활짝 웃었다.

"요즘은 눈사람 만들지 않고 눈을 저렇게 틀로 찍어낸대요. 눈오리 만들어서 쭉 세워놓고 그러던데. 저도 틀은 처음 봤어요."

"동화 이거 만들어본 적 있어?"

강현의 말에 동화가 고개를 끄덕였다.

"눈오리, 어린이집에서 선생님이랑 만들었어요. 나 잘 만들어요!"

"금방 씻고 나올게요."

머리가 위로 한도 없이 뻗쳐있던 강현이 잠시 후에 말끔해져서 나왔다.

"간단하게 아침 들어요."

프렌치토스트와 수프를 먹는데 진짜 별것도 아닌 것 같은데도 다혜가 해주는 건 뭐든지 다 너무 맛있었다.

"더 없어요?"

강현이 더 달라고 하자 다혜가 어깨를 으쓱했다.

"그게 단데."

"음식 솜씨가 너무 좋은 거 아닌가?"

"글쎄요. 내가 볼 땐 유강현 씨가 워낙 재주가 없는 것 같던데."

"내가 재주가 있는지 없는지, 눈오리 만드는 걸로 보여줄게요."

세 사람은 단단히 입고 밖으로 나갔다. 리조트 안에 있는 정원에 눈이 가득 쌓여 있었다. 동화가 눈을 쓸어 담아 집게에 담고 나름 꼭 찍었으나 힘이 모자랐는지 예쁘게 나오질 않는다.

힘이 약해서인지 눈오리가 엉성했다.

"이잉."

동화가 입을 삐죽이 내밀었다. 불만스러워 보이는 그 얼굴이 귀여워 강현이 볼에 뽀뽀를 쪽 하고는 꽉꽉 눈을 채워 넣고 꾹 눌렀다가 빼자 단단한 눈오리가 예쁜 모양으로 나오기 시작했다.

한 줄로 쭉 세워놓자 눈오리들이 줄을 이루었다. 생각보다 예쁘고 보기도 좋다.

"그만해요. 아주 눈오리 군대라도 만들겠네요."

"이 줄만 맞춰놓고요."

시작하면 뿌리를 뽑아야 직성이 풀리는지 강현과 동화는 눈오리를 줄맞춰 놓고 기분 좋아 하이파이브를 했다.

어제 눈이 이렇게 내린 것과는 달리 추운 날씨인데도 한낮엔 해가 쨍했다. 호호 손을 불어가며 한참 눈오리를 만들고 고깃집에 가서 고기를 먹었다.

"하여간 식성도 정말 너무 닮았어."

강현은 문득 이런 게 행복이구나 하는 생각이 들었다. 넓은 창으로 들어오는 밝은 햇볕과 따뜻하게 구워지는 고기와 동화의 웃음소리와 다혜의 예쁜 미소.

강현이 다혜를 보고 웃었다. 다정한 그의 웃음에 다혜도 가슴이 벅찼다.

엄마와 언니가 죽었을 때 그 암담했던 마음과 동화를 끌어안고 가슴 졸이며 살았던 모든 시간이 이 한 장면 안에 다 녹아버리는 것 같았다.

저도 모르게 눈물이 흘렀는지 동화가 냅킨을 주며 말했다.

"엄마. 울지 마."

"엄마 안 울었는데?"

"엄마는 맨날 울면서 안 울었대."

강현이 다혜의 얼굴을 쓸어주었다.

"좋아요?"

강현의 물음에 다혜가 고개를 끄덕였다.

"좋아요. 맛있네요."

"많이 먹어요."

다혜의 밥 위에 고기 한 점을 올려주는 강현의 손짓이 세심했다.

"우리 밥 먹고 스키장 갈까? 여기서 멀지 않은데."

"아이 데리고 가기는 좀 위험하지 않아요?"

"음…… 그냥 구경만 하고 가도 되죠."

"좋아요! 좋아요."

다 좋다고 하는 동화의 머리를 강현이 쓸어주었다.

세 사람이 스키장으로 향한 건 점심 먹고 조금 지나서였다. 멀지 않은 곳에 있는 스키장의 탁 트인 눈밭이 보기만 해도 시원했다.

"우와!"

동화가 크게 소리를 쳤다.

"다 넓어요! 바다도 이만큼 넓고, 스키장도 좋아요!"

"우리 동화는 다 좋아하네. 나중에 아빠랑 여기저기 다니자."

깡충깡충 뛰는 동화를 목마 태우고 다혜의 옆에 서 있는 강현은 너무나 듬직한 가장이었다. 이 남자가 동화의 아빠라는 사실에 다혜는 말할 수 없는 행복을 느끼고 있었다.

이제 다시 돌아가서 어떤 일이 벌어진다고 해도 강현만 있으면 다 넘어갈 수 있을 것 같다. 이 남자가 굳건하게 지켜줄 테니까.

강현은 이전에는 휴일이라는 게 별 의미가 없었다. 혼자 있는 시간에도 거의 일을 했기 때문이다.

하지만 지금은 휴식을 취한다는 의미가 이전과는 다르게 다가온다.

다혜와 동화와 함께한 휴가는 완전히 달랐다. 함께 있으면 달콤하고 행복하다. 다혜가 주는 미소와 음식, 어느 것 하나 배부르지 않은 게 없었고 옆에서 동화가 통통거리고 돌아다니는 건 보기만 해도 재미가 있었다.

더 놀고 싶은 마음. 살다 살다 더 놀고 싶은 날이 올 줄은 몰랐다.

　　　　　　　　＊　＊　＊

　유 회장은 정 박사 앞에서 손수건으로 이마의 땀을 닦고 있었다. 살아온 시간이 한꺼번에 머릿속을 세차게 두들겨대고 있었다.

　먼저 간 은희의 고운 얼굴과 아들을 기팔에게 보내고 몇 날 며칠을 울었던 시간과 그 일이 있던 17년 전의 고통이 선명하게 머리를 갈겼다.

　어질어질한 감각을 겨우 누르며 유 회장이 떨리는 목소리를 냈다.

　"이게 정말이란 말이야?"

　"네. 맞습니다. 회장님께 아드님이 한 분 더 계셨군요."

　정 박사는 이 놀라운 상황에 대해서 어떤 반응을 해야 할지 몰라 조심스럽고 담담한 목소리를 냈다. 결과지를 받아든 유 회장이 몸을 비스듬하게 소파에 기대었다.

　결국 이런 일이 일어나는가?

　생각해보지 않았던 것은 아니었다. 혹시라도 내 아들이면 어쩔까 하는 생각이 문뜩문뜩 들기도 했다. 하지만 그보다는 김기팔에게 납치되었던 은희의 시간이 더 무겁게 유 회장을 눌렀었다.

　아내를 범했을 김기팔에 대한 증오가 더 커서 그 어린 것을 그렇게 보냈던 거다.

　"정 박사, 내가 좀 몸이 안 좋아서…… 우리 강현이에게 제대로 말해줘. 그 애를 좀……."

　앉아 있던 유 회장이 정 박사에게 손을 내밀다 그대로 쓰러지고 말았다. 그러는 중에도 유 회장은 계속 입술을 움직였다.

　"강현이에게……."

　강현이 그놈이라면 틀림없이 제대로 일을 해결할 거야.

　유 회장의 눈꺼풀이 떨리고 있었다. 마지막으로 유 회장이 떠올린 건 활짝 웃은 다섯 살 난 꼬마 아이였다. 세상에 다시없이 귀한 내 증손자. 동화야.

"회장님!"

정 박사가 다급하게 간호사를 불렀다. 원장실로 간호사와 의사들이 몰려왔고 유 회장이 그대로 검사실로 옮겨졌다.

강현에게 병원에서 연락이 온 건 해가 질 때쯤이었다.

"네, 정 박사님. 어쩐 일이십니까?"

-할아버지가 쓰러지셨습니다. 뇌졸중인데 지금 수술하고 있습니다. 시간이 좀 걸릴 것 같습니다.

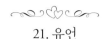

21. 유언

할아버지가 쓰러졌다는 말은 강현에게 상당한 충격이었다. 할아버지는 늘 제게 넘어야 할 벽처럼 느껴졌고 어느 순간부터는 든든한 후원자였다.

17살에 아버지가 돌아가신 이후로 할아버지는 강현이 장성할 때까지 가장의 역할을 단단히 하셨고 어머니와 강현이 안전하게 생활할 수 있게 최선을 다하셨다.

불안한 얼굴로 전화를 끊는 강현을 보고 다혜가 다가왔다.

"무슨 일이에요? 안 좋은 일이 있는 것 같아요."

"할아버지가 쓰러지셨대."

"유 회장님께서 쓰러지셨다고요?"

다혜는 믿을 수 없었다. 그렇게 정정하셨던 분이 갑자기 쓰러지다니! 역시 나이는 어쩔 수 없는 걸까?

강현이 다혜의 말에 고개를 끄덕이며 일어나 침실로 갔다. 웃옷을 벗는 강현을 보고 다혜가 나오려고 하자 강현이 팔을 잡았다.

"아!"

바로 입술을 겹치며 다혜의 셔츠 속으로 손을 넣은 강현이 가슴을 움켜잡더니 유두를 손끝으로 긁었다. 갑자기 몰아치는 자극에 목을 뒤로 꺾자 강현이 그대로 다혜를 침대에 엎드리게 하고는 바지를 내렸다.

"하아. 왜? 아아……."

그대로 강현이 페니스를 꺼내 다혜의 질구에 문대다가 밀어 넣었다. 순식간에 맞물린 성기가 엉겨 붙어 울렁였다.

"이대로 가면 무슨 일이 일어날지 모르겠어요. 다시 안는 데 시간이 걸릴지도 몰라서……."

급한 일 앞에서 가장 먼저 생각난 게 다혜를 언제 또 안을지 모른다는 거였다. 이대로 할아버지가 돌아가신다면 긴 시간이 걸릴 수도 있고 변수는 무궁무진했다.

"하아……."

뒤에서 쳐오는 느낌에 다혜가 이불을 움켜쥐고 신음을 삼켰다. 빠르게 부딪쳐오며 깊은 성감대를 건드리자 다혜의 내벽이 무섭게 떨리며 강현을 조여댔다. 둘은 빠르게 절정을 때리고 함께 포개져 엎드렸다. 다혜가 엎드린 채 물었다.

"지금 바로 가는 거예요?"

"바로 가봐야겠어요. 나랑 지금 그냥 같이 서울로 갈래요? 아니면 하룻밤 더 자고 동화하고 둘이 올래요?"

"나도 그냥 서울 같이 갈래요."

"그럼 나랑 같은 차 타고 가면 좋겠어요."

다혜는 고개를 끄덕였다. 경호팀에 있는 한 명에게 다혜의 차키를 주고 다혜와 동화는 강현의 차에 탔다. 구순호가 안전하게 차를 몰았다.

"이럴 때일수록 절대 빨리 가면 안 됩니다. 그러니 저 보고 빨리 밟으라고 하지 마세요."

구순호의 말에 강현이 어이없는 얼굴로 쏘아붙였다.

"나 그런 말 안 했어."

"지금 대표님 얼굴이 딱 그렇게 말하고 싶은 얼굴이어서요."

"알았으니까 어서 가."

다혜는 조심스럽게 강현을 보았다.

"회장님 많이 위독하실까요?"

"가봐야 알 거 같아요."

긴장감 도는 차 안에서도 동화만은 예외였다. 동화는 강현이 사준 태블릿으로 게임을 하느라 바빴다.

"동화야, 이제 그만하자."

"아니. 아니에요. 이것만."

그리고 잠시 후에 동화가 손뼉을 쳤다.

"일등! 내가 일등!"

강현이 다혜를 보며 웃었다.

"아무래도 우리는 동화 덕분에 밥 굶을 일은 없겠네. 요즘 게임 유투버가 얼마나 많이 버는 줄 알아요?"

"싫어요. 어린애 게이머 만들 생각 없어요. 내가 조금 더 꽃을 파는 게 나아요."

"아! 나는 아내하고 아들 덕에 놀아도 될 거 같아요."

강현이 기지개를 켜면서 걱정을 날리려 애썼다.

다혜도 강현의 그런 속내를 짐작하고 있었다. 일이라면 중독에 가깝게 파고들었던 남자였다. 드림백화점 대표가 일만 아는 냉혈한이라는 소문은 괜한 소문이 아니었다. 그런데도 지금 이 남자는 불안한가 보다.

조용히 차가 미끄러져 서울을 향하는 동안 어느새 동화가 옆에서 꾸벅꾸벅 졸고 있었다. 다혜가 동화를 안아주자 동화는 엄마의 품에서 잠이 들었다. 그런 모자를 보는 강현의 얼굴에 미소가 떠올랐다.

"동화가 참 착해요. 자야 할 때 시간 맞춰 잘 자고."

강현의 말에 다혜가 고개를 끄덕이며 동화의 머리를 쓰다듬었다.

"어릴 때부터 순했어요."

"나 닮았나 봐요."

강현이 자신 있게 말하자 다혜가 눈썹을 올렸다.

"아닌데? 나 닮았는데. 우리 엄마가 나 애기 때 순하다고 그랬어요."

"나도 애기 때 순했어요. 게다가 천재였죠."

다혜가 피식 웃었다. 천재라는 말을 스스로 하는 그는 어른 같지 않다. 다혜는 웃으며 강현의 속마음을 위로했다.

"너무 걱정하지 말아요. 회장님은 괜찮으실 거예요."

일부러 강현이 다른 이야기를 하고 있었지만, 다혜는 강현의 마음을 잘 알고 있었다. 강현이 잠시 다혜를 보다가 물었다.

"예전에 엄마, 언니 아프고 그럴 때 겁 혼자 많이 났죠?"

"네. 많이 무서웠어요. 그런데 유 회장님께서는 회복하실 거예요. 뇌졸중도 후유증 없이 잘 일어나기도 하시더라고요."

"맞아요. 워낙 강단 있는 분이시니 그럴 거예요."

하지만 마음은 불안했다. 80대 중반을 훌쩍 넘어선 할아버지였다. 지금 쓰러지셨으니 수술을 한 후 회복하려면 시간이 한참 걸릴 거다. 이제 동화도 제대로 증손자라고 안아 보실 수 있을 텐데 쓰러진 게 아쉬웠다.

강현은 동화와 다혜를 먼저 아파트에 내려주었다. 둘이서 잘만 살던 사람들이었는데도 밤에 둘만 두고 가려니 마음이 이상하다.

"문단속 잘하고요. 늦게라도 올게요."

"네. 늦어도 와서 자고 가요."

이제 자기 집으로 가는 건 생각할 수도 없다. 다혜의 옆에서 잠깐이라도 있는 것이 훨씬 낫기 때문이다. 다혜가 한 번 더 말했다.

"기다릴게요."

"기다리지 말고 자요."

"자면서 기다릴게요."

강현이 다혜의 얼굴을 손으로 한 번 쓸어주었다. 부드러운 볼을 만진 손이 떨어지기 싫어 아쉬움에 머뭇거렸다.

강현이 병원에 도착한 건 늦은 밤이었다.

"어머니."

소은이 먼저 와 있었다.

"아직 수술 안 끝났어."

"무슨 일 있었어요?"

"난 잘 모르겠다. 정 박사가 너 오면 말해달라고 했는데 간호사한테 얘기는 해놨어."

적막한 대기실에서 서성이는 그때 정 박사가 다가와 인사했다.

"유 대표님, 저하고 따로 얘기를 좀 하셨으면 합니다."

"저도 같이 들을게요."

소은이 함께하겠다고 했으나 정 박사는 난색을 표했다.

"회장님께서 대표님께만 말씀하라고 하셨어요. 대표님께서 나중에 판단하셔서 사모님께는 따로 말씀드리는 게 좋을 것 같습니다."

"네, 알겠습니다. 어머니 제가 일단 들어볼게요. 할아버지가 저한테 하신 말씀이니까요."

소은은 마음 한쪽이 불편했지만, 그러라고 할 수밖에 없었다.

내가 들으면 안 되는 말인가?

강현은 정 박사와 함께 그의 사무실에 들어가 앉았다. 정 박사가 서랍에서 무언가를 꺼내 강현에게 내놓았다. 강현은 찬찬히 검사 결과지를 보고 숨을 들이켰다.

"이게 사실입니까? 김철주가 할아버지 아들이라고요?"

"네. 정확한 사실입니다. 유 회장님께서도 이미 확인하셨고요."

"그럼 이 충격 때문에 쓰러지셨다는 말인가요?"

"네. 대표님께 말씀하라고 하셨습니다."

유 회장은 마지막 쓰러지기 직전까지 강현이에게 이야기해달라고 했다.

"그렇군요."

"회장님께선 대표님이라면 잘 처리하실 거라고 말씀을 하셨습니다."

"알겠습니다. 수술은 얼마나 더 걸릴지……."

"우리 병원에서 최고인 외과 과장이 수술하고 있으니 걱정하지 않으셔도 될 거예요."

강현은 고개를 끄덕이고 나갔다. 소은이 먼저 달려왔으나 강현은 들은 말에 대해서 말하지 않았다.

"조금 더 있어봐야 할 것 같아요. 할아버지 수술 끝나고요. 경과 봐서요."

"무슨 얘긴지 내가 알면 안 되는 거니?"

"어차피 시간 지나면 아시게 될 일이에요."

틀림없이 알게 될 일이었다. 강현도 놀랐다. 김철주라면 아버지 살해 사건에 연루되어 17년이나 복역한 사람이었다. 그 이름만으로도 격리당하던 탓에 그 사람에게는 당연히 적개심이 있을 수밖에 없었다. 그런데 할아버지 아들이라면 제게는 큰아버지가 된다. 입을 꾹 다물고 있는 강현이 눈썹을 찌푸렸다.

이렇게 일을 벌여놓고 쓰러지시면 어떡합니까, 할아버지.

수술실 앞에서 수술이 끝나기를 기다리고 있는데 반갑지 않은 목소리가 들려왔다.

"오빠, 할아버지 괜찮으셔?"

주소영이었다.

강현은 못마땅한 눈길로 소은을 쳐다보았다.

"어머니가 연락하셨어요?"

"그래. 내가 했어. 소영이도 우리 집안 걱정하니까 당연히 와야지."

소은은 시아버지가 깨어나기를 바라는 마음보다는 차라리 이대로 돌아가셨으면 하는 마음이 더 컸다.

저의 모든 치부를 알고 있고 그것으로 찍소리도 못하게 내리누르는 분이셨다. 오랜 세월 시아버지로 모시면서 힘들었던 것도 많았다. 이미 80대 중반은 넘었으니 돌아가신다고 해도 이상할 게 없다.

시아버지만 돌아가신다면 강현에게 엄마로서 결혼에 대해 말하지 못할 것도 없었다. 그리고 그 예쁜 동화는 소영이가 데려다 키우면 완벽한 모양새를 갖추게 된다.

능력 있는 사돈에 빠질 것 없는 며느리 그리고 강현의 핏줄인 천재 손자. 소은이 그리는 그림에 연다혜는 없었다.

연다혜는 자기 인생 가면 되는 거였다. 어차피 아이 낳아서 줄 생각으로 임신까지 했으면서 이제 와서 양육권 같은 걸 주장하는 것도 웃긴 일 아니야?

강현은 어머니의 속이 보여 헛웃음이 나왔다. 하지만 지금 여기서 어머니와 싸워서 될 일이 아니었다.

"그럼 어머니가 불렀으니까 어머니가 알아서 같이 있으면 되겠네요."

강현은 주소영에게 눈길도 주지 않고 다른 쪽에 가서 앉았다.

강현의 마음은 지금 이러는 중에도 다혜의 아파트를 향하고 있었다.

강현은 창문 쪽으로 가 휴대폰을 꺼냈다. 어느 틈에 단축번호 1번으로 저장되어 있는 다혜는 강현에게는 이미 아내였고 의지하고 보호할 가족이었다.

다혜의 맑은 목소리가 귓가에 울리자 굳어 있던 강현의 얼굴이 펴졌다.

-괜찮아요? 수술 아직 안 끝났나요?

다정하게 들려오는 다혜의 목소리만 들어도 모든 게 다 잘될 거 같고 안정이 된다.

"지금 수술 중이에요. 그래도 의사 말로는 바로 수술 들어갔기 때문에 경과가 나쁘진 않을 거라고 하고요."

-다행이에요. 잘될 거예요.

"동화는 자요?"

-네. 자요. 구순호 씨가 쇼핑백이며 짐 잔뜩 갖다주고 갔어요. 동화 일어나면 저것들 보느라고 한참 혼자 놀 거 같아요.

아이의 좋아하는 얼굴이 눈에 선해서 강현의 입가가 조금 더 길어졌다.

"다혜 씨도 자요."

-아니에요. 전 좀 더 있다가 강현 씨 오면 보고 잘게요. 아무래도 오늘 오기 힘들겠지요?

"늦어도 간다고 했잖아요. 다혜 씨 자고 있으면 옆에 가서 잘게요. 꼭 안고 자야지. 자는 동안 다 만질 거예요."

-말을 해도.

그러면서도 그의 말에 은근 열이 달아오르면서 아랫배며 아랫도리까지 찌릿찌릿한 느낌이 온다. 목소리로 그냥 안겠다는 말만 들어도 반응하는 건 그새 유강현에게 몸이 길들었기 때문이다. 아무래도 이 남자, 너무 고단수다.

-지금 그런 말이 나와요?

"그런 말이 나와요. 할아버지 수술 잘되겠지, 하면서 어젯밤 연다혜 안고 잔 것도 생각나고…… 오늘도 수술이 너무 늦지 않게 끝나면 가서 안아야지 그런 생각도 해요."

밤새도록 얼마나 몸을 겹치고 절정에 들떴는지 모른다.

그뿐인가 혹시라도 무슨 일이 나면 언제 안겠느냐며 강릉에서 떠나기 전에도 몸을 섞지 않았나?

-할아버지 수술하시는데 그런 생각 하는 거 불효 아니에요?

"아니에요. 우리가 많이 사랑해야 효도지."

하여간 이 남자는 말로 당해낼 수가 없다.

-이러다 우리 중독되겠어요.

"이미 중독됐어요. 가만히 있어도 연다혜 목소리만 들으면 발딱 선다고."

-옆에 누구 있는 거 아니에요?

"누가 있으면 뭐가 어때서? 난 괜찮아요. 내가 내 여자랑 섹스한다는 데 그게 뭐 어때서."

이런 통화가 이 남자에게 위안이 될까?

-더 하고 싶은 말 있어요? 그럼 계속하세요. 내가 들어줄 테니까.

다혜는 음담을 늘어놓는 강현의 말을 어느 정도 들어줄 마음으로 이야기했다. 그러자 강현이 좋다며 말하기 시작했다.

"음. 난 뒤로 하는 게 더 좋아요. 뒤에서 넣으면 다혜 씨가 더 잘 느끼는 거 같아서. 그리고 젖꼭지 색 핑크색인 거 알아요? 내가 이전에는 핑크색이 그렇게 예쁜 색이라고는 생각하지 못했는데……."

-그만. 아니에요.

"맞아요. 뒤로 할 때 더 신음이 크거든요. 거기가 핑크색인 것도 맞고. 맞은……."

여기서 더 나가면 무슨 말을 할지 모르겠다. 멀쩡한 남자가 병원 한쪽에서 음담을 늘어놓고 있을 걸 상상하니 빨리 전화를 끊는 게 수일 거 같다.

-나중에 봐요.

다혜가 전화를 뚝 끊었다. 강현은 끊어진 전화기를 보며 웃었다. 얼굴이 빨개져서 당황하고 있을 다혜의 얼굴이 눈에 선하다.

창 너머로 도심의 불빛들이 반짝거린다. 이대로 할아버지가 깨어나지 못하신다면 완벽하게 혼자 세상을 헤쳐나가야 한다. 지금도 가장이라고는 하지만 할아버지의 잔소리 같은 가르침이 많은 도움이 되었다.

"아직은 더 옆에 계셔줘야 해요. 할아버지."

강현은 창가에서 서성이다 어머니 옆으로 다가갔다.

"이제 그만 들어가 주무세요. 수술이 한두 시간 걸리는 거 아니에요. 저도 여기 있다가 수술만 잘 끝났다고 하면 회복실 들어가시는 거 보고 집으로 갈 거예요."

"한남동으로 올 거니?"

"아니요. 저도 쉬고 내일도 출근해야죠."

"알았다."

소은은 대기실의 긴 의자에서 일어섰다.

"소영아, 너도 가야지. 이렇게 와줘서 고맙다."

"고맙긴요. 회장님이 쓰러지셨는데 당연히 제가 와야죠."

"네가 왜?"

옆에서 참다못한 강현이 말했다. 이대로 두었다가는 공식적인 이소은의 며느리 노릇이라도 할 판이다. 그렇게 둘 수는 없었다.

"네가 왜 오는데, 이 밤중에. 네 할아버지라도 돼?"

"아니, 그게…… 어떻게 오빠 그런 말을 대놓고 해요?"

"와준 게 별로 고맙지 않아. 오지랖이야. 난 너한테 관심 없어."

강현의 말에 소은이 이만 가보겠다고 하며 소영의 손을 잡고 걸었다. 뒤에 남은 강현은 고개를 돌려 외면했다.

엘리베이터 앞에서 주소영이 서운한 얼굴을 하자 옆에서 소은이 위로했다.

"그렇게 서운해하지 마. 남자들 다 그래."

"알겠어요."

"네가 혼자 살아서 그래. 아들 형제 있으면 이런 것도 별일 아니다 싶어. 남자들은 관심 있는 여자들한테 일부러 퉁명스럽기도 해."

꼴 보기 싫은 소영이 가버리자 강현은 홀가분한 마음으로 수술실 앞에서 전광판을 응시했다. 예정된 수술 시간은 이미 지났다. 그런데도 아직 수술 중이라는 불이 들어와 있었다.

뭐가 잘못된 건지 모르겠다. 불안한 마음으로 한참을 서성였는데 잠시 후에 의사가 나왔다.

"생각보다 상황이 좋지 않아서요. 수술은 잘됐습니다. 하지만 경과는 지켜봐야 할 거 같습니다. 아무래도 연세가 많으시니 회복실에서도 시간이 걸릴 것 같아요."

"네."

"이만 들어가세요. 무슨 변화가 있으면 연락을 드리겠습니다."

"알겠습니다."

강현은 할아버지가 회복실로 들어간 걸 보고는 집으로 돌아왔다. 돌아오는 내내 마음이 무거웠다.

아버지가 돌아가셨을 때도 이렇지는 않았다. 그때는 세상 물정 모르는 학생이었고 할아버지가 모든 것을 책임지셨다. 하지만 이제는 아니다.

무거운 마음을 흘려보내기라도 하려는 듯 강현은 샤워기 아래서 한참을 서 있었다. 새벽이 다 되어가는 시간이었다.

강현이 기척을 내지 않고 조용히 침대로 갔다. 다혜의 옆에 눕자 따뜻하고 말랑한 다혜의 향긋한 향기가 바로 폐부로 들어온다. 긴 팔을 내어 그녀의 어깨 위에 얹자 다혜가 강현 쪽으로 돌아누우며 눈도 뜨지 않은 채 말했다.

"지금 온 거예요? 할아버지는 괜찮으세요?"

"괜찮아요. 결과는 내일 봐야 해요."

다혜가 강현의 품에 얼굴을 기댔다. 강현은 다혜의 등을 쓰다듬으며 잠옷 바지를 아래로 벗겨냈다.

"졸린데."

"자요. 나도 잘 거니까."

강현이 다혜의 한 줌밖에 되지 않는 가는 허리와 골반을 쓰다듬었다.

잠결에도 자극을 느끼는지 작은 신음을 낸다. 강현이 다혜를 안은 채 다리 사이에 성기를 비볐다. 몸이 후끈하게 달아오르자 머릿속에 아무 생각도 들지 않았다. 그런 그의 마음을 아는지 다혜가 다리를 벌려 그의 허리에 감았다.

매끈한 속살이 느껴지자 단단하게 발기한 페니스가 바로 자리를 찾아 들어갔다.

"하아……."

입술에 키스하자 신음이 터졌다. 아래로 뚫고 들어간 성기가 가벼운 마찰에도 진한 자극을 퍼트린다. 강현은 빠르게 움직였다. 어차피 작정하고 하면 오래 끌지 않는다. 좁고 조이는 그녀의 속에서 오래 버티지 못할 거다. 둘이 가벼운 절정에 흐느끼며 빠르게 서로의 품에서 잠들었다.

아침에 병원으로 갔을 때 정 박사는 심각한 얼굴을 했다.

"어제도 말씀드렸다시피 상황이 좋지 않습니다. 머리에 고인 피가 빠지려면 시간이 좀 걸릴 것 같습니다. 깨어나시더라도 언어에 지장은 있으실 거고요."

"할 수 있는 건 다 해 주세요. 조금 더 사실 수 있도록……."

정 박사는 고개를 끄덕였다.

아침에 민 변호사에게서 연락이 왔다. 회사의 고문 변호사이지만 할아버지의 개인적인 일들도 맡아서 해결하는 변호사였다.

 -대표님, 회장님 쓰러지셨다는 말씀 들었습니다. 회장님께서 혹시라도 쓰러지게 된다면 대표님 전해드리라고 한 서류가 있습니다. 곧 가지고 찾아뵙겠습니다.

 강현은 그 서류가 대체 무엇일지 짐작도 가지 않았다.

 30분 만에 민 변호사는 강현의 사무실로 와서 밀봉된 서류 봉투를 내밀었다. 할아버지의 인감이 찍힌 봉투였다.

 강현은 간단한 사인을 하고 서류 봉투를 열었다. 그 안에는 편지 한 장과 열쇠가 하나 들어 있었다.

 강현아. 이 편지를 보고 있다면 내가 이미 쓰러져서 정신없거나 죽었거나 둘 중 하나겠지.

 내 서재 그림 뒤에 금고가 있다. 열쇠로 열어서 그 안에 적힌 걸 보고 네가 판단해라. 너라면 내가 풀지 못한 문제를 잘 풀 수 있을 거다. 내 악연이 너나 자손에게 미치지 않기를 바랄 뿐이다.

 설마 유언? 대체 누구 맘대로 벌써 돌아가시겠다고 이런 걸 준비하신 건지. 절대 열어보고 싶지 않았다. 할아버지가 깨어나실 때까지 기다리는 게 맞는 거 같다. 하지만 이 금고의 열쇠를 열어보는 건 시간을 다투는 일인지도 모른다.

 순간의 갈등에 긴 한숨이 나왔다.

 할아버지의 조언이나 잔소리가 앞으로 없어질 거라고 생각하니 가슴이 답답했다.

 강현은 비서실에 인터폰을 했다

 "오늘 아침에 스케줄 어떻게 되지?"

-제일 중요한 건 신지은행 본점 방문입니다.

"음. 알았어."

신지은행 방문은 보류할 수 없는 일이다. 새로운 물류 센터 설립을 위해서는 필요한 절차였다.

이사 하나만 보내서 적정 수준까지 이야기가 된다 해도 대표의 참석은 필수였다.

마음 같아서는 당장 한남동으로 가서 할아버지 금고부터 열어보고 싶었지만 신지은행으로 가서 설명회에 참석하는 게 먼저였다.

신지은행 본점에서 열린 설명회에서 드림백화점의 재정담당 이사는 연봉에 걸맞게 똑 부러지게 일을 잘했다. 은행 측 관심도 뜨거웠다.

신지은행장 주명성이 공과 사를 정확하게 구분하는 사람이어서 다행이었다. 자신들의 회사에 이익이 되는 걸 본능적으로 아는 사람이었고 이사회에서도 좋은 결과가 나왔던 게 분명하다.

설명회가 끝나고 계약 체결 일정을 잡고 나오는데 병원에서 연락이 왔다. 지금은 한남동을 가는 것보다 할아버지 면회가 더 급했다.

어쩌면 깨어나실지도 모르지 않나?

그렇게 된다면 굳이 금고를 열어볼 필요도 없는 일이었다. 할아버지가 직접 해결하시도록 시간을 드릴 수 있으면 좋겠다는 생각에 강현은 빠르게 병원으로 향했다.

위생복을 입고 중환자실로 들어섰다. 할아버지는 아직 눈을 뜨지 못하고 있었다. 분명히 의식은 돌아왔을 거라고 하지만 눈도 뜨지 못하고 말도 하지 못하니 그 속을 아무도 알 수 없다.

강현은 핏기없는 할아버지의 마른 손을 잡았다. 평소 이렇게 손잡을 일이 없었던 거 같다.

"할아버지, 아무 걱정하지 마세요. 제가 다 해결하겠습니다. 빨리 회복하

서서 동화도 예뻐해 주시고, 내가 죽고 못 사는 여자도 좀 예뻐해 주세요."

강현은 유 회장의 손을 잡고 덤덤히 중얼거렸다.

"5년 전에 만났어도 틀림없이 그 여자를 사랑했을 겁니다. 그래서 동화를 낳았을 거고요. 제가 점점 더 많이 좋아해요. 그런데 이 여자는 동화가 1등이어서 조금만 제가 못마땅하면 잘라버리려고 한다고요. 할아버지가 일어나서 제 편 좀 들어 주세요."

강현은 새삼 여윈 할아버지 손을 잡으며 할아버지가 정말 많이 늙었구나 하는 생각을 한다. 그렇게 성질이 팔팔한 것 같아도 결국 노인이었다.

"할아버지 깨어나시면 손자 많이 안겨 드릴게요. 동화 보니까 자식 많이 낳고 싶더라고요. 그러니까 일어나세요."

이 말이라면 죽어서 저승 문까지 갔다가도 벌떡 일어나서 다시 돌아오실 게 분명하다. 강현은 짧은 면회를 끝내고 나왔다.

밖으로 나오자 고수동이 기다리고 있었다.

"저기…… 회장님은 좀 어떠십니까?"

"일어나시겠죠."

"말씀드릴 게 있습니다. 회장님께서 김철주 면회 나갈 때 사고가 있었습니다. 아마도 회장님이 김철주랑 만나는 걸 막으려고 했던 것 같은데 마지막에 차를 바꿔 타는 바람에 무사히 가실 수 있었습니다."

"그 말은 내부의 소행이라는 건데."

"네. 그래서 저희 팀 중의 한 명을 족쳤습니다. 김기팔하고 원래 연관이 있었던 사람인데 계속 연락했던 건 아니라고 하더군요. 하지만 김기팔이 회사 내에 있는 사람과도 연계돼 있었던 것 같습니다."

그러지 않았다면 엘리베이터에서 그런 일을 겪었을 리가 없다.

"어디 있는지 압니까?"

"아직 찾지는 못했습니다. 자기 행선지 같은 건 알려주지 않고 필요할 때 연락하는 것 같습니다."

"할아버지가 쓰러진 건 지금 누가 알고 있습니까."

"아는 사람은 없습니다."

"그러면 일단 비밀로 하죠. 할아버지가 건강한 걸로 알고 있어야 움직임이 있을 거니까."

"아무래도 그렇겠죠."

"그럼 할아버지가 계신 것처럼 그렇게 행동해 주세요."

강현은 점심시간쯤에 한남동으로 갔다. 할아버지의 서재에 걸려 있는 그림은 하나였다.

이전에는 신경 써서 보지 않았는데 가난한 아낙이 아이를 업고 있는 그림이었다. 유명한 화가의 그림이니 엄청난 액수를 할 텐데 겨우 금고를 막고 있다니!

그림을 떼어내자 뒤에 가려진 금고가 있었다. 금고 열쇠를 돌려 열자 그 안에는 서류 봉투와 일기장이 들어 있었다. 오래되고 낡은 일기장으로 최근까지 기록한 흔적이 있었다.

강현은 아예 문을 잠그고 자리를 잡고 앉았다. 할아버지가 이렇게 깊이 둔 일기장이라면 아무나 봐서는 안 되는 것일 거다.

서류 봉투 안에는 건물과 땅문서, 주식 등의 문서 재산이 들어 있었다.

강현은 가장 최근의 몇 장을 살펴보았다. 그중에는 어머니 이소은에 관한 글이 있었다.

강현아, 네 엄마는 옆에서 잘 관리를 하지 않으면 그릇된 판단을 할 수

있다. 적당한 때가 되면 재혼을 시켰으면 좋겠구나. 아니면 남자 문제

로 집안이 망신을 당할 수도 있다. 내가 여러 번 적당한 선에서 처리를

한 놈들이 몇 된다.

알고 있던 일이었다. 아들이 나서는 것보다는 할아버지 선에서 처리하시는 게 나을 것 같아서 모르는 척했을 뿐이었다. 강현도 차라리 어머니가 재혼을 했으면 했다.

그러나 어머니는 재혼 상대보다는 그저 몇 번 만날 남자들만을 만나왔다. 할아버지가 이렇게까지 깊게 생각하고 계신다는 것에 새삼 가장의 무게를 느낀다.

저라면 어머니한테 그렇게 관대할 수는 없을 거 같다. 앞으로는 그런 일이 있다면 어머니라도 선을 그을 거 같다.

일기장은 앞부분이 더 충격적이었다. 김철주를 할머니가 낳았다는 것도 그렇게 어이없이 김기팔에게 아이를 넘겨주었다는 것도 모두가 충격이었다.

그러나 가장 무서웠던 건 역시 김기팔이었다. 이렇게까지 잔인하게 복수를 해야 했을까?

* * *

집에 늦게 들어와서 다혜를 꼭 끌어안고 잠든 강현의 얼굴에는 수심이 깊어 보였다. 다혜는 잠자는 강현의 얼굴을 물끄러미 바라보았다.

은은한 조명이 비추는 뚜렷한 콧날과 다부진 입술. 그러나 양미간은 자면서도 뭔가를 생각하는지 미간이 움츠러들어 있었다. 다혜는 부드러운 손길로 그의 이마를 쓸었다.

그러자 그가 편안하게 눈썹을 펴고 다혜를 꼭 끌어안았다. 잠자는 중에도 반사적으로 저를 아는 강현의 몸짓에서 다혜는 말할 수 없는 안도감을 느꼈다. 적어도 강현의 사랑은 믿을 수 있었다. 이 남자라면 나와 동화를 떼어놓거나 힘들게 하지 않을 거라는 확신에 강현에 대한 고마움으로 다혜는 그의 품에서 다시 눈을 감았다.

토요일.

주아의 전시회가 있는 날이었다. 원래는 강현과 함께 가기로 했지만, 아무래도 강현은 정신이 없을 것 같아 한 번 더 말하지는 않았다.

날이 밝자 동화는 어린이집에 가지 않는 날이라서 늦장을 부렸다. 토요일은 유진이 주로 매장을 보고 다혜는 동화를 청담동 매장에 데려다주고 천천히 출근한다.

강현은 일찍 일어나 준비를 했다.

"오늘 바쁘죠?"

"그래도 오후에 주아 씨 매듭 전시에는 갈 거예요."

"기억하고 있었어요?"

"그럼, 내가 잊었을 거라고 생각해요? 나 생각보다 머리 좋은 사람인데."

"우리 아빠 천재예요!"

어느 틈에 들었는지 동화가 문을 열고 들어오며 강현에게 두 팔을 뻗고 다가왔다. 강현이 동화를 번쩍 들어 안고 엉덩이를 두들겨주었다.

"그렇지. 아빠 천재지? 우리 동화도 천재고. 우리는 천재 부자야."

"부자? 큰 부자?"

"아빠하고 아들이 부자야."

동화가 알아듣기는 하는 건지 활짝 웃으며 고개를 끄덕였다.

"아빠, 우리 오리 잘 있어요. 봐요."

동화가 강현의 손을 끌고 냉장고 앞으로 갔다. 냉동실 문을 열자 그 안에 눈오리 세 마리가 가운데 칸을 차지하고 있었다. 강릉에서 만든 걸 기어이 가져와 냉동실에 넣어둔 거였다.

날이 추워서 서울로 오는 차 트렁크 안에서도 녹지 않아 집 냉동실에 넣어두었던 눈오리를 꺼내 보며 강현이 감동한 얼굴을 했다.

"와. 그대로네. 동화야, 우리 다음에 눈 오면 또 만들자."

"절대 안 돼요."

다혜가 소리쳤다. 대체 이 남자들이 냉동실을 눈오리 판으로 만들려고 작정을 했나?

질색을 하는 다혜의 반응에도 두 사람은 아직도 남아 있는 냉동실 눈오리가 무척이나 자랑스러운 것 같다.

동화가 강현을 보고 씩 웃더니 강현을 데리고 피아노 방으로 갔다.

"아빠한테 들려줄 거 있어요."

그리고 아주 짧고 가벼운 곡을 빠르게 연주했다. 경쾌한 음이 울리고 쾅 하는 소리로 끝맺음을 한 동화가 말했다.

"이거 아침에 파이팅 하는 노래예요."

이 조그만 아이가 출근하는 지금 나에게 힘내라고 말해주고 싶은 걸까?

강현이 감격했다. 그리고 그 음을 정확히 기억해서 다시 쳤다.

"와! 바로 기억했네?"

다혜는 옆에서 보면서도 믿어지지 않았다. 강현이 자랑스럽게 말했다.

"나하고 동화는 똑같다니까."

"아니, 정말 그걸 어떻게 기억하고 쳐요?"

"나도 어릴 때 동화 같은 면이 있었다니까요. 이거 앞으로 우리 집 파이팅 하는 노래다?"

둘이 손바닥을 탁 치더니 나란히 앉아서 같이 한 소절을 쳤다. 두 사람의 피아노 소리만 들어도 왠지 좋은 일이 생길 것 같다.

강현은 웃으며 재킷을 입고 다혜를 보았다.

"내가 오늘 들를 곳이 있어서 거기 갔다가 주아 씨 전시장으로 바로 갈게요. 거기서 봐요."

"바쁘면 무리 안 해도 되는데……."

"그럴 리가 있나. 그리고 주아 씨 매듭 작품 내가 하나는 사줘야 하는 거 아닌가?"

"좋은 게 있으면요. 그러면 주아한테 힘이 될 거예요."

강현이 다혜를 안고 볼에 입을 맞추었다. 어김없이 동화가 강현의 다리를 잡고 외쳤다.

"나도, 나도……!"

붕어처럼 작은 입술을 내밀고 뽀뽀를 하겠다는 동화를 강현이 들어 올리자 동화가 다혜의 볼에 그리고 강현의 볼에도 차례로 입을 맞췄다.

서로 뽀뽀를 하겠다는 긴 인사가 끝나고서야 강현은 동화하고 다혜에게 인사를 하고 먼저 나갔다.

* * *

강현이 할아버지가 있는 중환자실 앞에 다다랐을 때 어머니에게서 전화가 왔다.

-나 지금 병원 앞이야. 올라가서 얘기하자. 할아버지 깨어나셨니?

"깨어나셨다는데 눈을 뜨지도 못하시고 말도 못 하세요."

-그런데도 깨어난 건 맞고?

"의식이 있으세요. 그러니 말 함부로 하지 마세요."

-내가 할아버지한테 무슨 말을 함부로 해.

"그리고 주소영 입단속 시키세요. 우리 집안 지금 위험하니까요. 그런데 어머니 혹시 할아버지 할머니 얘기 들으신 적 있으세요?"

-뭐 말이야?

164

"아니면 됐고요. 할아버지 지금 아픈 거 아무도 모르고 있어야 해요. 괜히 주소영이 나가서 떠들거나 그러지 않도록 하세요."

"걱정하지 마. 걔 그렇게 가벼운 애 아니니까."

소은은 중환자실 앞에서 강현과 만났지만 강현은 냉랭한 표정으로 간단한 인사만 하고 일이 있다며 가버렸다.

어쩐지 소은은 강현이 전보다 더 어렵게 느껴졌다.

강현은 어머니를 뒤로하고 나오면서 어머니가 점점 멀어지는 걸 어쩔 수 없다고 생각했다.

병원에서 나온 강현이 다음 도착한 곳은 교도소였다.

강현은 면회실에서 김철주를 기다리고 있었다. 그는 아버지를 죽인 살인죄로 17년을 복역하고 있었다. 25년 중에 형이 감량돼서 곧 석방되는 게 다다음 주다.

강현의 머릿속에 김철주는 17살 때 저를 납치한 사람이었다. 김철주에게 폭행을 당했던 기억은 없다. 하지만 아버지가 죽는 걸 눈앞에서 볼 때 옆에 있었던 사람도 김철주다.

그는 아버지 차가 폭파되는 순간 몰랐다는 듯 엄청 놀랐던 것 같기도 했다. 그 사고로 김기팔이 같이 죽었다고 그렇게 알고 있었다.

그런데 할아버지의 아들이라니. 그것도 아버지보다 형인 맏아들. 뭐가 뭔지 뒤죽박죽이었다. 할아버지의 일기장으로 미뤄보건대 이 사람 역시 김기팔의 희생양인 것만은 사실이다. 그리고 분명한 건 그가 저의 큰아버지가 된다는 거다.

"네가 왔구나. 정말 많이 컸네."

"할아버지께서 쓰러지셨습니다."

그 말에 그의 얼굴이 하얗게 질렸다.

"그렇다면 검사는……."

"이미 했습니다. 친자 맞으시더군요."

그의 얼굴에 또다시 당황하는 빛이 어렸다.

"어떻게 된 건지 자세히 아시나요?"

"대충 안다."

"김기팔이 결국 모든 원흉이군요. 당신을 유씨 집안에서 빼내 간 것도 그렇고 모든 게 다 계획적이었겠군요."

"그런 건 아닐 거다."

강현은 눈을 들었다. 김철주의 짧게 자른 머리는 완전 백발이었다. 철창에 갇힌 백발의 남자가 처량해 보이는 건 당연한 거였다. 강현의 시선을 받으며 김철주가 나직한 목소리로 말했다.

"그분도 내가 완전히 자기 아들이라고 생각하고 날 키웠어. 17년 전 그 일이 있을 때쯤 아마 뭔가를 알았던 것 같아."

그때쯤 김기팔은 갑자기 포악해졌다. 40대 후반의 장성한 아들을 갑자기 때리거나 화를 내고 이해할 수 없는 행동이 이어지다가 유강현을 약속된 장소로 끌고 오라고 했다.

그때까지도 조직에 몸담고 있던 김기팔이기는 했지만, 어린아이를 끌고 오라는 일 같은 건 시킨 적이 없었다. 그때 김철주는 최대한 유강현이 겁먹지 않도록 하면서 그를 데려왔다.

처음에는 납치라는 것에 겁먹었던 강현도 조용한 목소리로 널 해치지는 않을 거라고 했던 김철주를 분명히 기억한다.

"그래도 평생 내가 아버지로 알고 지냈던 분이다. 그러니 만일 잘못이 있다고 하더라도 그냥 법적으로만 처리해 주기를 바란다. 이미 그 사건에 대한 형량은 내가 분명히 치렀어."

이 사람은 판단이 잘 서지 않는 게 분명하다. 적어도 김철주가 당장 어떻게 되기를 바라지는 않고 있다.

"무슨 말인지 알겠습니다. 그게 당신의 뜻이라는 건 알겠지만, 원하는 대로 제가 해드린다는 약속은 할 수가 없습니다. 우리 집안의 가족 관계를 엉망으로 만든 셈이군요. 그럼 그날 사건으로 죽은 우리 아버지는 당신 동생이겠네. 당신은 당신 동생을 죽이는 일에 협조한 거고."

김철주의 얼굴이 완전히 일그러졌다. 뭐라 대답을 못하는 그를 보다가 강현은 일어났다.

"갑자기 큰아버지니 뭐니 이런 말은 못하겠습니다."

"그런 걸 바라지 않는다."

"일단 저도 머릿속을 정리해야 하고 할아버지가 깨어나시길 기다려야 할 것 같습니다. 2주 후면 출소하시니까 그때 뵙죠."

"알았다."

"잠깐만요. 혹시 김기팔이 어디에 숨어 있는지 아는 곳이 있습니까?"

그러자 김철주가 고개를 갸웃했다.

"나도 잘 몰라. 17년 정도 이곳에 있다 보면 아는 게 없어지지. 나가게 되면 그냥 아무것도 하지 않고 어디 숨어 살 생각이야. 다른 사람들한테 피해를 주고 싶은 생각도 없고 다시 조직을 이끌고 싶은 생각도 없다."

"하지만 당신을 형님으로 모시는 자들은 아직도 변두리에 모여 당신이 나오길 기다리고 있는 것 같던데요."

"그건 내가 나가서 해산을 시켜야지."

"그러다 다치는 수도 있을 텐데요."

"그것도 내 업보니 어떡하겠냐. 하지만 내가 그놈들을 그렇게 함부로 대하지 않았으니 걔들도 날 이해할 거라고 믿는다."

그러고 보니 김철주의 얼굴은 돌아가신 아버지하고도 닮은 데가 있다. 이런 어처구니없는 관계 속에 서 있다는 게 유강현도 말할 수 없이 씁쓸했다.

* * *

한차례 손님이 빠져나간 늦은 오후에 다혜는 주아의 작품 전시회를 가려고 백화점을 나섰다. 전시회에 도착하자 이미 동화가 혜순과 함께 와 있었다.

다혜는 동화를 안고 물었다.

"동화 여기 있는 게 예쁜 줄은 알겠어?"

"그럼! 다 예뻐요!"

"이 중에 더 좋은 거 있어?"

그러자 동화가 내려달라고 하더니 다혜의 손을 끌고 갔다.

"주아야. 얘 뭐 봐 놓은 물건 있나 봐."

"그래. 저기 비취로 개구리 조각한 작품 앞에서 떨어지지 않더라고."

동화가 끌고 가는 대로 가보니 연꽃에 개구리 두 마리를 붙여놓은 브로치였다. 장미석으로 연꽃을 조각하고 그 위에 초록색 비취로 개구리 두 마리를 깎아 올려놓은 장식의 매듭이었다.

"정말 예쁘다. 어떻게 이렇게 세밀하게 비취로 개구리를 조각했을까?"

초록색 개구리와 장미석의 은은한 연꽃이 시선을 확 끌어 잡았다.

"그렇지 않아도 여기서 제일 인기 있는 작품인데 동화가 딱 알아보더라고. 얘는 심미안을 타고났나 봐."

"이거 누구 작품인데?"

"그건 우리 선배 작품이야."

"그럼 주아 네 작품은 어떤 거야?"

"어. 이거야."

대나무살 부채에 길게 매듭을 지어 마지막에는 비취를 달아놓았다.

"이걸 '선추'라고 해. 옛날에는 부채에도 이런 매듭과 보석을 달아놓고

썼어."

주아의 설명에 자세히 작품을 보니 은근한 멋과 풍류가 느껴진다.

"이 부채는 내가 사고 싶어."

"정말?"

"어. 지금 누워계시지만, 회장님한테 선물해드리고 싶어서. 꼭 쾌차하셨
으면 하는 마음도 있고."

"야. 고맙다. 지금 여기 있는 작품 중에 첫 번째로 내 작품이 팔린 거
거든?"

다혜가 사겠다는 말에 주아가 좋아하면서 작품 앞에 판매되었다는 빨간
딱지를 붙여놓았다.

"멋지다."

구경하고 있을 때 마침 강현이 커다란 난을 들고 들어왔다.

"감사합니다, 대표님. 이렇게 예쁜 난도 주시고."

"축하드립니다."

혜순도 다가왔다. 혜순은 강현에게 관심이 많아 보였다. 동화가 함께 여
행을 다녀왔다고 해서 더 그런 거 같다.

"어서 오세요. 감사합니다, 대표님."

"안녕하세요?, 어디서부터 구경해야 하죠?"

"이쪽부터예요. 제가 안내해 드릴게요."

주아가 안내하겠다고 하는데도 동화가 강현의 손을 막 잡아끌었다.

"저기 개구리 있어요, 개구리!"

"개구리부터 가봐야 할 것 같은데요?"

모두 연꽃 조각 앞으로 다가갔다. 연꽃 조각에 정말 작은 개구리가 붙어
있는 걸 보더니 강현이 고개를 끄덕였다.

"진짜 멋진데? 동화야, 개구리 귀엽다."

"나 저거 좋아요."

"어…… 근데 이건 용도가 뭐죠?"

"저건 브로치예요."

"브로치치곤 굉장히 인상적이네요. 제가 사죠."

"정말이요?"

"다혜 씨한테 선물해 줘야겠어요. 그러면 우리 동화도 매일 집에서 볼 수 있고. 좋아?"

"저거 생각보다 좀 비싸요."

주아가 웃으며 말하자 강현이 고개를 끄덕였다.

"그러니까 제가 사야겠죠?"

"오자마자 작품이 두 개나 팔리고 이게 웬일이래."

강현은 동화를 들어 안고 차근차근 매듭 전시를 보고 있었다. 전시를 한 바퀴 돌고 난 뒤에 다혜가 부채 앞으로 갔다.

"이건 주아 작품인데 제가 샀어요. 할아버지 쾌차하시기 바라는 마음으로요."

강현이 다혜의 머리를 쓰다듬자 주아가 혜순과 함께 멀찌감치 떨어졌다.

혜순이 주아를 끌고 전시실 한쪽 쪽방으로 들어갔다.

"너 말해봐. 저 둘이 이제 완전히 사귀는 것 같지?"

"나도 그렇게 보여. 잘됐지, 뭐. 좋아하는 사람끼리."

"야, 다혜한테 한번 물어봐야겠다. 저렇게 하고선 헤어지면 그건 어떻게 사니."

"헤어지긴. 엄마, 쟤가 왜 헤어지겠어? 다혜같이 똑 부러진 애가. 안 될 거 같은데 일을 하겠어?"

"그러니까. 다혜 쟤가 저래 보여도 아주 야무진 데가 있어. 절대로 안 될 일에 함부로 시작할 애가 아니야. 동화까지 있는데 세트로 상처받으려고

170

작정하지 않은 다음에야 안 될 일을 하겠어?"

"그치, 엄마. 우리 다혜하고 자리 한번 마련해 볼까?"

"그것도 좋지. 내가 삼겹살 구울게, 오늘 저녁에."

"좋아, 엄마 우리 다혜랑 셋이 소주 한 잔 땅겨 보자고."

* * *

그날 강현은 동화와 둘이 있어야 했다. 동화하고 단둘이 있는 것도 절대 나쁘지 않지만, 다혜가 저를 버리고 주아와 주아 엄마를 택한 건 몹시 불만 이었다. 나가려고 하는 다혜에게 강현이 한 번 더 물었다.

"정말 나 버리고 가요?"

"어머, 무슨 말을. 오랜만에 여자들끼리 모여서 단합 대회 하는 건데 그 걸 버림받는다고 생각해요?"

"버리고 가는 건 맞지, 뭐. 나도 요즘 바쁜데…… 일찍 들어왔는데……."

혼잣말처럼 중얼거리는 데 이 남자가 그 차가운 대표가 맞나 싶어서 웃 음이 나왔다.

"대신에 뽀뽀해줄게요."

다혜가 까치발을 들고 강현의 목에 입술을 대자 강현이 허리를 확 끌어 안았다.

"겨우 뽀뽀가지고 해결이 될 거 같아요?"

강현이 다혜의 입술을 살며시 물며 혀를 밀어 넣었다. 천천히 입 안을 탐 험하며 점점 더 진한 키스를 하다가 딱 성기를 맞대고 비볐다. 나갈 시간인 데 지금 어디까지 하겠다는 건지 모르겠다.

순간 다혜의 마음이 흔들렸다. 강현의 손이 옷 안으로 파고들려고 하는 데 동화가 불렀다.

"엄마!"

"그만 봐요."

속삭이는 다혜의 말에 강현이 피식 웃으며 허리를 놓아줬다.

"왜, 동화야?"

"엄마, 나도 가고 싶어. 나도 같이."

강현이 동화에 귀에 대고 뭐라고 속삭이자 바로 동화가 고개를 끄덕이며 손을 흔들었다.

"난 아빠하고 있을게요."

"동화야, 왜 갑자기 마음이 바뀌었어?"

"음. 아빠가 둘이서 게임 하자고 했어. 아빠가 나보다 더 잘한대요. 내가 1등인데."

아마도 강현이 동화의 승리욕을 자극한 거 같다.

다혜가 강현의 귓가에 대고 말했다.

"동화 온라인 게임 1등이에요."

"그건 내가 하지 않은 게임이라 그래요. 내가 오늘 1등에 이름 올릴 테니까 걱정하지 마요."

"글쎄요. 내가 볼 때는 강현 씨 동화한테 질 거 같아요."

다혜의 말에 강현이 고개를 저었다. 설마 아무리 천재라도 5살짜리에게 게임을 질 거 같지는 않다.

"나는 천재에다 어른이에요."

"동화는 매일 게임 했어요. 대표님은 그렇지 않잖아요."

"보기만 해도 할 수 있는 게 게임이에요. 시시해서 안 한 거지."

강현은 자신하고 있었다. 다혜가 동화의 볼에 뽀뽀하면서 작게 말했다.

"동화야, 꼭 이겨라."

동화가 엄지를 치켜들며 꼭 이기겠다고 다짐했다. 아무래도 두 남자가 오늘 게임으로 날밤 새울 거 같다.

* * *

소주를 한 잔씩 따르고 삼겹살이 식탁 위에 올라왔다. 불판 위에서 노릇노릇 구워지는 삼겹살을 쌈에 싸서 먹으니 어찌나 고소하고 쫄깃쫄깃하고 맛있는지 세상이 다 내 것 같다.

"다혜, 너 고기 잘 안 먹는데 삼겹살은 먹잖아."

"어머니가 구워주는 삼겹살은 최고죠."

"그럼, 이렇게 직접 불판에서 구워 먹어야 해. 그런데 다혜야, 말 좀 해봐. 그 대표 말이야, 너를 보는 눈이나 동화를 보는 눈이 심상치 않던데. 너희 그때 여행도 같이 갔다 왔다며. 결혼은 언제 할 거야?"

결혼에 대해서는 강현이 언급한 적이 있긴 했다. 하지만 구체적인 계획은 서로 세우지 못했다. 강현은 집안에 위험이 있어서 자기 아들이라고 내놓고 말하지도 못한다고 했다.

다혜가 별말이 없자 주아가 엄마를 쿡 찔렀다.

"엄마, 그거야 혼자 정하는 것도 아니고 일단 셋이 좋으면 되는 거지."

"가만있어, 이것아. 다혜야 너도 잘 알겠지만, 동화도 있잖아. 결혼해서 확 도장 찍어놔야지 아니면 나중에 세트로 상처받아. 백화점 대표겠다, 그 인물에 그 키에, 사람 똑똑하겠다, 재벌 집에서도 줄을 설 게 뻔해. 요즘 괜찮은 남자 하나 구하기가 어디 쉽니?"

혜순의 말에 다혜는 동의하면서도 조심스럽게 대꾸했다.

"제 사람 될 거면 어떻게든 되겠죠."

"그래도 그런 게 아니다. 당장 결혼식 하기 뭐하면 혼인 신고부터 해놔. 그냥 뭐든지 법적인 게 최고야."

혜순의 말에 주아가 박수를 치며 동의했다.

"알아서 할게요. 근데 사실 말씀드릴 게 있어요."

"뭔데?"

주아와 혜순이 동시에 물었다. 호기심이 발동하는 순간도 모녀가 똑같다.

"동화 아빠가 누구냐고 했었죠?"

"그래."

"사실은 동화 친아빠가 대표님이에요."

다혜의 말에 혜순과 주아가 입을 딱 벌렸다.

"뭐라고? 어떻게 그래?"

주아는 펄쩍 뛰었다.

"내가 널 몰라? 네가 그 남자를 만난 적이 없잖아. 너하고 나하고 꼭 붙어서 같이 살았는데."

"응."

"그런데 어떻게 네가 그 남자의 애를 가져?"

주아의 말에 혜순도 덩달아 바짝 얼굴을 내밀며 물었다. 두 사람에게 어디까지 설명해야 할지 망설였으나 다혜는 간단하게 말했다.

"사연이 좀 있어요. 사실 동화가 인공 수정으로 태어난 아이예요."

"뭐?"

둘 다 눈만 크게 뜨고 다음 말을 재촉하는 얼굴이었다.

* * *

다혜는 인공 수정이라는 말에 놀란 주아와 혜순을 보며 소주잔을 들이켰다.

"크! 달다. 오늘은 어떤 말도 차분하게 할 수 있을 거 같아. 그렇게 놀라지 말아요."

하지만 주아도 혜순도 입을 딱 벌리고는 눈알을 굴리고 있었다.

"인공 수정이라고?"

"그렇게 됐어요. 그래서 동화 아빠가 누군지 나도 정말 몰랐는데 이번에 친자 확인을 했더니 동화 아빠가 유강현 대표님이더라고요."

"세상에 운명이네, 운명. 아이고, 너도 참 마음고생 많았다. 네가 힘들었던 건 나도 옆에서 봐서 알지만, 인공 수정을 했었다니."

혜순이 멋쩍어하는 다혜를 보며 소주를 따랐다.

"아니, 그런데 그게 남의 나라 얘기도 아니고, 어떻게 네가 그런 걸 했니?"

"아, 엄마 좀 가만있어. 다혜가 그러면 자세하게 말하기 힘들잖아."

"아니야, 주아야. 다 지나간 이야긴데, 뭐. 언니하고 엄마하고 많이 아플 때 언니가 하려고 했던 걸 내가 하게 된 거야. 처음에는 돈 때문이었는데 엄마와 언니 다 죽으니까 돈도 다 소용없어진 거지. 사실 그때 죽으려고 했어. 그런데 마침 그때 입덧을 하더라고. 동화가 '나 여기 있어요. 엄마' 그렇게 말하는 거 같았어."

주아가 다혜를 끌어안았다. 죽으려고 했다는 말에 친구로서 말할 수 없이 가슴이 아팠다. 혜순도 코끝이 빨개져서 목멘 소리를 했다.

"그랬구나. 아이고 더 말할 것도 없네, 친아들인데 뭘. 그저 동화가 네 보험이다, 보험."

"네."

"우리 건배하자. 축하한다, 다혜야. 너 그렇게 착하게, 열심히 살더니 정말 좋은 끝이 있나 보다."

혜순이 다시 눈시울을 적셨다.

"사람 사는 게 이래서 살맛이 나. 죽으라고 세월이 악독하게 굴 때는 끝도 없는 거 같더니. 그래도 또 이럴 때가 있네. 잘됐다, 우리 천재 동화. 좋은 아빠 있어서 공부 실컷 하겠네."

혜순이 감격해서 말하자 다혜도 눈물을 흘렸다.

"너무 감사해요. 두 사람 아니었으면 내가 동화 어떻게 키웠겠어."

울먹울먹하자 옆에서 주아도 눈물을 흘렸다.

"무슨 단합 파티가 이래. 그런데 나도 눈물이 난다. 너무 좋아서. 우리 다혜 이제 고생 끝났다."

세 여자가 소주잔을 부딪치며 눈물을 흘렸다.

* * *

집에서는 동화가 졸린 눈을 깜박이다가 빤히 강현을 보며 말했다.

"아빠, 1등하고 싶어요?"

"응."

강현은 게임 한 판만 더 하자며 비장한 얼굴로 대답했다. 졸음이 가득한 동화의 눈동자는 구름을 낀 듯이 몽롱하게 흐려진 듯 보였다.

"그럼 아빠 이걸로 해요."

"뭐?"

"이거 1등 거니까, 이걸로 해요."

동화가 제 태블릿을 강현의 손에 쥐여주었다. 동화가 씩 웃으며 말했다.

"아빠가 1등이야."

그러곤 강현의 허벅지를 베고 소파에 누웠다.

"1등…… 아, 그래…… 1등 맞긴 한데."

5살 아들 닉네임으로 1등이라고 게임을 하자니 자존심이 상하기도 했지만 그래도 1등 타이틀로 나간 게임은 술술 잘 풀렸다. 일단 동화 같은 고수가 없으니 거칠 게 없다.

한 판만 더, 한 판만…… 하다 보니 1시간이 부쩍 지나갔다. 정신을 차리고 보자 동화는 어느 틈에 강현의 허벅지에서 새근새근 자고 있다.

제대로 씻기고 책 읽어주다 재워야 하는데, 게임만 하다 씻기지도 못하고 소파에서 잠들게 했다. 강현은 가만히 저를 똑 닮은 동화를 내려다보았다. 잠자는 얼굴이 천사 같다.

"하, 참. 어쩌다 게임에 홀려서 애 자는 것도 제대로 못 보고. 그런데 진짜 내 아들이 천재네. 따뜻한 천재. 우리 동화는 커서 뭐가 되려고 이렇게 멋지나!"

강현은 천천히 동화의 이마를 만져보고 머리를 넘겨주었다. 약간 열감이 있는 것 같다.

목이 부었나? 하긴, 12시가 다 돼가도록 재우지도 않았으니.

"미쳤지, 내가. 이러다가 연다혜에게 잘리는 거 아니야?"

동화한테 조금만 이상이 생기면 자르겠다고 덤비는 다혜를 생각하니 등골이 다 오싹했다. 하지만 이제 믿는 구석이 있다.

"내가 동화 친아빤데 자르기는 뭘 잘라?"

그러며 동화를 들어 안고 침대로 들어갔다. 이불을 덮어주자 동화가 꼬물거리며 본능적으로 옆에 있던 곰돌이 인형을 끌어안는다.

"다 컸다 이거지? 잠도 혼자 자고."

덕분에 다혜와 함께 잘 수 있는 건 고마운 일이 아닌가. 동화같이 예쁜 아들이라면, 다혜를 닮은 딸이라면 많이 낳아도 좋을 것 같았다.

어쩌다가 생각이 이렇게 바뀌었는지. 강현이 슬쩍 미소 지었다.

현실은 암울하고 답답하다. 할아버지도 여전히 중환자실에서 차도가 없고 김기팔은 어디 있는지 오리무중이다. 상황은 암울할 뿐인데도 동화의 옆에 있으면 그냥 뭐든지 잘 될 거 같았다.

강현은 동화의 작은 손을 잡아보았다. 이 조그만 손으로 어른들보다도 게임을 잘하다니.

"만두는 못 만들어도 게임 하나는 최고라 이거지?"

빙긋 웃고는 반사적으로 동화의 볼에 입을 맞췄다.

그러고는 한쪽 팔에 차고 있는 팔찌를 보며 또 웃었다. 다혜와 동화 옆에 있으면 자꾸 웃을 일들이 많다.

"이 팔찌가 이게 그냥 팔찌가 아니었어."

완전히 족쇄였지, 어디로 도망가지 못하게.

"그런데 내가 좋아서 잡혀 있는 걸, 뭐."

꽉 맞는 모양이 어울리지도 않는 팔찐데 한 번씩 하고 있으면 그날 밤이 생각이 나서 웃음이 난다.

기분 좋게 샤워를 마치고 나왔는데 술 냄새를 풍기며 다혜가 들어왔다.

"이 시간에 뭐예요? 술 취해서 어떻게 왔어요?"

"대리 불렀어요."

"차라리 날 부르죠."

강현이 현관에 들어서는 다혜를 안으며 말하자 다혜가 고개를 저었다.

"동화 있잖아요. 강현 씨는 동화 봐야지."

"늦은 시각인데도 온 걸 보면 역시, 내 품이 그리웠던 거죠?"

강현의 말에 다혜가 단호하게 다시 고개를 저었다.

"아무래도 못 믿겠어서."

"뭘요."

"동화 데리고 게임만 할까 봐 걱정돼서요. 동화 몇 시에 재웠어요?"

"어? 그건 왜요."

찔리는 데가 있어서 대답을 못하자 다혜가 슬쩍 째려보다가 조용히 동화의 방에 들어갔다. 동화는 얌전히 잠옷으로 갈아입고 자고 있었다.

다혜가 안도하며 말했다.

"난 또 둘이서 밤새 게임 할까 봐 걱정했는데. 동화 밤에 늦게까지 잠 안 재우면 목 부어요. 열도 나고."

어쩐지 되게 고단해하더라니. 하긴, 저도 어렸을 때 그랬던 기억이 있는 거 같기도 하다.

"어찌 됐든 나 때문에 온 건 맞잖아요."

빙긋 웃으며 하는 강현의 말에 다혜가 조금 뾰족한 목소리를 냈다.

"보고 싶어서 온 게 아니라 못 믿어서 왔다니까요?"

"밖에서 이렇게 술 냄새 풍기면서 오면 내가 또 씻겨줘야지."

웃으며 말머리를 돌린 강현이 다혜의 옷을 홀렁 벗기더니 샤워실 안으로 데리고 들어갔다.

"뭐예요, 조금 전에 샤워한 거 아니에요?"

"한 번 더 한다고 어떻게 되나?"

강현이 중얼거리며 물을 틀고 다혜를 세웠다. 따뜻한 물줄기에 차가운 밤바람이 씻겨 내려간다.

다혜가 말간 눈으로 강현을 바라보자 강현이 다혜의 엉덩이를 꽉 잡고 몸을 당겼다.

"술 취한 아가씨, 술 깨야죠."

"아, 간지러워."

거품 잔뜩 묻은 스펀지로 젖꼭지를 문지르자 다혜가 어깨를 부르르 떨었다.

"너무 민감하게 그러지 말고요. 나도 참고 있는데."

다혜를 씻기는 동안 강현의 페니스가 무섭게 부풀었다.

"안 올 줄 알았는데 와줘서 고마워요."

술기운에 조금 멍한 다혜를 번쩍 들어 안고 강현이 침실로 갔다.

"재워줄게요."

"거짓말. 꼭 안 재울 것 같은데……."

다혜가 강현을 보는 시선을 배꼽 아래로 내렸다. 터질 듯이 선 페니스가 꺼덕거리고 있는데 고이 재운다는 게 말이 되느냐는 말이었다.

씩 웃는 강현이 다혜의 가슴에 얼굴을 묻었다. 젖가슴이 그의 뜨거운 숨결이 흩어졌다.

"시간 딱 맞춰서 왔어요. 집 깨끗이 치우고 몸단장하고 기다렸어요."

이 남자의 품이 그리워서 자고 가라는 걸 뿌리치고 온 건 맞다. 동화도 걱정되긴 했지만, 그만큼 강현에게 오고 싶었다. 다혜가 신음하며 허리를 비틀면서 한 번 더 물었다.

"동화 몇 시에 잤는데요."

강현은 끝까지 말하지 않고 다혜의 소음순에 귀두를 비비며 입으로 유두를 핥았다. 젖어든 살이 소리를 내자 부드럽게 다혜의 안으로 깊게 파고들었다.

"흣! 하아……."

다혜의 입에서 신음이 나자 강현이 귓가에 대고 말했다.

"우리 다음에는 인공 수정 말고 그냥 아기 가져요."

강현의 말에 다혜가 나른한 눈으로 되물었다.

"씨 없는 수박이라면서요."

"풀린 것 같아, 아무래도."

"풀었다는 거예요. 풀렸다는 거예요?"

"글쎄."

"그럼 피임해야 하는데."

다혜가 눈을 동그랗게 뜨며 엉덩이를 들썩이자 삽입으로 결합된 부위에 자극이 전해졌다. 강현이 더 깊게 몸을 박으며 다혜의 몸을 꽉 잡았다.

"아직 안 풀었어요. 그런데 진짜 풀고 싶어요. 연다혜와 결혼도 하고 동화 동생도 낳고 싶어요."

강현이 그렇게 말하며 다혜의 입술을 다시 빨아들였다. 다혜도 동화도 둘 다 저보다 한 수 위다. 홀려도 단단히 홀렸으니 아쉬운 건 언제나 저였다. 이제 정관 복원 수술도 하고 제대로 가정을 꾸리고 싶을 뿐이다.

22. 청혼

　다음 날 주아가 전시회장에 갔을 때 사람들이 흘끔흘끔 한 사람을 보고 있었다.

　가까이 다가가서 얼굴을 보니 딱 알겠다. 하긴 멀리서도 구순호가 아닐까 생각을 했다.

　저만한 덩치가 어디 흔한가?

　그런데 어울리지 않게 매듭 전시회에는 왜 왔을까?

　유도복을 입고 있을 때가 가장 잘 어울리는 남자였다. 유강현 때문에 왔다면 어제 왔을 텐데 일부러 따로 온 거다. 주아는 다가가며 인사를 했다.

　"안녕하세요?"

　안면은 이미 있었다. 그전에도 구순호가 동화를 안고 있는 걸 몇 번 마주친 적이 있었으니까.

　"아, 네. 안녕하십니까."

　큰 덩치에 어울리지 않게 쑥스러워하며 하는 인사가 어째 귀엽게 느껴졌다. 주아가 웃으며 바로 물었다.

　"매듭에 관심 있으세요?"

　"네. 관심 많습니다."

저 덩치를 하고 매듭에 관심이 있다니 정말 의외였다.

"매듭 좀 아세요?"

"사실은 저희 어머니가 이런 거 잘하셨습니다. 수도 잘 놓고요."

"어머, 정말이요?"

매듭하고 자수는 떼어 놓을 수 없는 부분이다. 주아는 매듭은 하지만 자수 실력이 없어서 수를 잘 놓는 사람이라면 무턱대고 존경하고 싶은 마음이다.

"그런데 여기 와서 보니까 돌아가신 어머님께서 좋아하셨던 물건도 많고…… 저런 거요. 저런 수 우리 집에 많은데."

"정말이요?"

순호가 전시된 주머니에 있는 자수를 가리키며 그런 게 집에 많다고 하니 호기심이 생겼다.

"혹시 집에 있는 물건들을 이리로 좀 가져다주실 수도 있어요? 구경하고 싶어서요. 오래된 자수 같은 거 참 귀한 물건이거든요."

"정말이십니까?"

순호가 고개를 끄덕이며 주아에게 되물었다. 외모와는 달리 참 순한 사람이다 싶다.

"그런데 어머니가 그런 걸 그렇게 하셨어요?"

"네. 집안에서 대대로 배웠다고 하셨어요. 사실 저의 아버지가 밖으로 좀 많이 나도는 직업이었어요. 그래서 어머니가 아마도 허벅지를 찌르는 심정으로 수를 놓지 않으셨을까."

그 말에 주아는 웃음을 터트렸다.

"무슨 그렇게까지 생각하며 수를 놓으셨을까요. 이렇게 일부러 찾아와주셔서 감사합니다."

"그런데 주아 씨 작품이요. 너무 좋아서 제가 하나 사서 집에다 걸어놓고 싶은데."

"이런 데 관심 있을 줄 정말 몰랐네요."

한창 순호와 얘기를 주고받을 때였다.

"민자 아들 아니야?"

주아의 스승님께서 다가오며 구순호를 보고 반갑게 인사를 했다.

"이모님, 안녕하십니까."

90도 각도로 인사를 하는 구순호를 보며 매듭 장인이 손을 내밀었다.

"아니, 민자 아들이 여긴 웬일이야."

"네. 제가 여기 와보니까 우리 어머니가 수놓던 거랑 비슷한 게 많아서."

"당연하지. 내가 민자한테 부탁해서 받은 자수로 주머니 만들고 매듭 했는데. 너 이리 와 봐. 여기 있는 물건들은 예전에 네 엄마가 수놓은 거야."

구순호의 어머니가 자수 명인이었다니 정말 의외였다. 주아는 이 소식을 다혜에게 전했다.

"정말? 구순호 씨 어머니가 그랬다고?"

"그래."

"주아야, 내가 듣기로는 구순호 씨 아버지는 깡패였다고 강현 씨한테 들었던 거 같은데."

"그럼 아버지가 밖으로 도는 직업이었다는 게 깡패야? 그래서 허벅지 찌르면서 자수를 놓았다고? 진짜 의외다."

주아는 재미있다고 말했지만 다혜가 그 말을 강현에게 전했을 때 강현은 다혜보다 더 놀랐다.

"정말 그 집안에서 그런 걸 했다고? 구순호를 봐서는 이해할 수가 없네."

"왜요. 구순호 씨 아버지는 조직에 몸담았을 수도 있지만, 그 어머니야 조용히 집에서 수만 놓으셨나 보죠."

강현은 그럴 수 있다며 고개를 끄덕였지만 역시 의외였다. 보기에는 가족이 다 유도를 할 것 같은 분위기였다.

"와, 구순호가 달리 보이네."

"그렇죠. 사람 일은 알 수 없어요."

"그렇다고 해서 내 비서가 갑자기 대표가 되는 건 아니니까."

"그런데 주아는 호감이 많이 생긴 것 같던데요."

강현은 둘이 썩 어울리는 조합은 아니라고 생각했는지 고개를 갸웃했다.

"구순호한테…… 주아 씨가 너무 아깝지 않나."

"왜요? 덩치가 산만 하긴 하지만 사람은 괜찮아 보이던데."

"그야 물론 사람이야 진국이지. 그러니까 내가 옆에 두고 쓰는 거겠죠."

"우리 주아하고 구순호 씨하고 한번 만나게 해줄까 봐요."

"벌써 만났는데 우리가 할 게 있겠어요?"

강현은 전혀 관심이 없었다. 지금 다혜와 둘이 있는 시간도 언제나 부족했다. 구순호까지 신경 써줄 만큼 여유 있지 않다.

"그래도 정식으로 소개시켜 주면 좋을 거 같아요."

"그런 이상한 자리 같은 거 만들지 않아도 아마 구순호가 알아서 잘할 겁니다."

"보기보다 수줍음 탈 수도 있잖아요."

하지만 그건 구순호를 모르고 하는 소리였다. 구순호에 대해서는 역시 강현이 더 잘 알았다. 그다음부터 청담동 온리유 매장에 매일 구순호가 한 번씩 들렀다.

혜순은 산만 한 덩치를 한 남자가 매일 찾아오자 주아를 불렀다.

"야, 우리 집에 찾아오는 남자라곤 그때 너희 선배라는 사람 말고는 저 사람 유일한데, 저 곰 같은 사람이 혹시 너 찾아온 거니?"

"맞아, 엄마. 저 사람 어머니가 자수 명인이셨대. 그래서 매듭 내가 해놓은 거 보고 반했다고 그러던데."

그러자 혜순이 볼을 빵빵하게 부풀리다 숨을 내쉬었다. 급격히 빠져나오는 숨에 입술이 부르르 떨렸다.

"주아야, 엄마가 진짜 난감하다. 나는 아무 남자나 오면 다 좋다고 하려고 그랬는데 덩치가 너무 커서 위화감을 느껴. 왠지 막 대하면 안 될 거 같아. 한 대 맞을 거 같고."

엄마의 말에 주아가 웃음을 터트렸다.

"엄마, 그런 사람 아니야. 보기보다 순해."

"너 벌써 편드는 거 보니까 마음이 벌써 갔나 보다."

"엄마! 아직 시작도 하지 않았다고. 그냥 보는 거랑 다르다고 하는 거야."

* * *

한창 바쁜 회의가 연달아 지나가고 강현이 대표실에서 한숨 돌리고 있을 때였다. 비서실에서 연락이 왔다.

-대표님, 정 박사님께서 오셨습니다.

"모셔요."

-네.

문이 열리고 들어오는 정 박사의 얼굴이 활짝 펴져 있었다. 그 얼굴을 보는 순간 강현은 직감했다. 정관 복원 수술이 희망적일 거라는 소식을 가지고 왔다는 걸.

강현은 비뇨기과에 들러 검사를 받았다. 지금 현재 정관이 어떻게 되어 있는지 그리고 정액에 정자가 검출되는지를 확인하는 검사였다.

정관을 잇는다고 해도 다시 아이를 가질 수 있는 확률이 얼마나 되는지도 궁금했다. 비록 지금 할아버지께서 말씀도 못하시고 계시지만 묶어놓은 정관을 풀었다고만 해도 벌떡 일어나실 거다.

"어서 오세요. 정 박사님. 검사 결과는 어떤가요?"

"네, 그게 수술을 해야 할지 말지 고민입니다."

정 박사의 말이 잘 이해가 가지 않았다.

"복원 수술을 해도 결과나 희망적이지 않다는 말씀인가요?"

"그게 아니라 안 해도 괜찮을 거 같아서요. 이미 자연적으로 정관이 이어진 거 같습니다. 일반인에 비해서는 좀 떨어지지만 지금도 정액에서 정자가 검출되고 있습니다."

강현은 의외의 말에 눈썹을 올렸다.

"그 말은…… 벌써 풀렸다는 말입니까?"

강현의 말에 정 박사는 고민하는 얼굴로 말했다.

"정관이 이어진 건 흔한 일은 아니지만 있을 수 있는 일입니다. 단지 일반적인 사람들의 반 정도도 되지 않으니 완전히 풀어졌다고는 할 수 없습니다."

"그럼 복원 수술을 하면 되는 거 아닌가요?"

간단하게 말했으나 정 박사는 고개를 저었다.

"지금 현재 임신 가능성은 낮습니다. 그렇다고 복원을 한다고 해서 완벽하게 복구된다고도 볼 수 없지요."

둘 다 어중간하다는 말이었다.

"알겠습니다. 그럼 이 이야기는 덮어두고 할아버지 치료에 전력을 다해주세요."

"네. 그러고 있습니다."

그렇다면 동화를 더 잘 키우는 수밖에.

* * *

강현은 대표실에 동화를 앉혀놓고 조용한 어조로 주의를 주고 있었다.

"동화야. 이제부터는 12층 올라올 때도 혼자 올라오지 마."

"왜요? 나는 길도 잘 아는 형아인데요?"

자신 있게 그 정도는 충분히 혼자도 할 수 있다고 눈을 반짝이는 동화를 보고 강현이 기분 좋게 웃었다.

"그렇지만 누군가 동화를 반짝 들고 갈 수도 있어."

"그러면 소리를 지르면 돼요."

"그런데 빠르게 입을 막으면 어떡하지?"

"깨물면 돼요. 난 이도 아주 강해요. 늑대처럼."

아이와 이야기하면 진짜 상상하지 못한 단어들이 튀어 나온다.

"맞아. 그렇긴 하지만 아빠하고 약속하자. 이제부터는 구순호 아저씨하고만 다니는 걸로."

동화가 입술에 힘을 주고 삐죽였다.

"음. 쪼금 싫어요. 하지만 아빠 말 잘 들을게요."

"응. 착하구나. 동화 네가 아빠 말을 이렇게 잘 들어주면 아빠도 동화한테 선물이 있지."

선물이라는 말에 동화가 눈을 반짝반짝 빛냈다. 동화의 호기심 어린 눈동자를 보기만 해도 강현은 마음이 뿌듯했다.

강현은 어린이용 스마트폰을 꺼냈다.

"동화 너 휴대폰 없지?"

동화가 고개를 세차게 끄덕였다.

"그거 나 주는 휴대폰이에요?"

"응. 이거는 어린이용이라서 동영상도 잘 못 보고 게임도 어린이용 게임만 할 수 있고."

그러자 동화가 어깨를 떨어트리면서 한숨을 지었다.

"어린이용 게임은 좀 시시하긴 하지만…… 그래도 좋아요."

"게임은 어차피 많이 하면 안 되잖아? 이걸 주는 이유는 하나야. 뭘 것 같아?"

심각한 얼굴로 묻자 동화가 환한 얼굴을 하고는 다 안다는 듯이 말했다.

"연락하라고요!"

"그렇지. 동화야, 엄마 아빠한테 연락해야 해. 그래서 아빠가 여기 아빠 1번, 엄마 2번, 주아 이모 3번, 할머니 4번, 구순호 아저씨 5번 이렇게 입력을 해놨어. 네가 제일 많이 전화해야 할 사람은?"

"1번!"

동화가 손가락 하나를 내밀며 말했다.

"그렇지. 그리고 무슨 일 있으면 구순호 아저씨한테도 자주 연락해야 해. 알지?"

"네. 알아요."

"그리고 이 휴대폰은 엄마한테도 비밀 아니야."

"정말요?"

"응."

동화는 믿을 수 없다는 얼굴로 말했다.

"엄마가 휴대폰 일찍 쓰면 안 된다고 했어요."

"그렇지. 이거는 어린이용 휴대폰이니까 괜찮아. 수업 시간에는 쓰면 안 되고. 알지?"

고개를 끄덕이는 동화가 얼마만큼 알아들었을지 모르지만, 하도 귀여워서 강현이 휴대폰을 둔 채 한쪽 손으로 이리오라고 손짓했다. 그러자 동화가 쪼르르 달려와 강현의 무릎에 앉았다.

"이거 꼭 연락용으로 써야 한다?"

"게임은 태블릿으로 하면 돼요."

"그래. 게임도 너무 많이 하면 안 되고."

고개를 끄덕이는 동화의 얼굴이 활짝 피었다.

"그렇게 좋아?"

"네!"

전화를 받자마자 동화가 1번을 꾹 눌렀다. 그러자 강현의 휴대폰이 진동으로 울렸다.

"아빠 전화 못 받을 때 누구한테 하라고?"

그러자 동화가 5번을 꾹 눌렀다. 그러자 바로 구순호의 목소리가 들려왔다.

-동화야, 휴대폰 개통 축하한다.

"감사합니다! 안녕히 계세요!"

전화를 끊은 동화가 강현의 볼에 쪽 소리가 나게 뽀뽀를 했다.

"아빠 최고!"

* * *

다혜는 강현이 미리 알려준 전화번호를 등록해 놓고 기다리고 있었다. 동화에게 휴대폰을 사주겠다고 했을 때 다혜는 반대했지만 강현이 이겼다.

"동화는 혼자서 12층으로 올 때도 있고, 자기가 형아기 때문에 괜찮다고 생각해서 더 위험해요. 나도 동화 목소리 듣고 싶을 때 전화도 할 수 있고 무엇보다 동화가 급할 때 엄마나 아빠한테 전화할 수가 있잖아요."

너무 유능한 아빠를 만난 데다 또 아빠의 집안에 위험도 있다고 하니 강현을 무조건 말릴 수는 없었다.

정말 동화가 전화하려나 싶어서 일하다가도 한 번씩 휴대폰을 보게 된다.

"어디 연락 올 데 있어요, 실장님?"

유진이 원두를 한쪽 통에 채워 넣으며 물었다. 고소한 원두 향기가 실내를 흠뻑 적시고 있었다.

"응. 우리 동화가 휴대폰이 생겼어. 그래서 나한테도 전화할까 해서 보는 중이야."

"와. 동화 다섯 살에 휴대폰 생긴 거면 진짜 짱이네요."

"그렇지? 그래도 애가 혼자 문화센터에 있는 시간도 길고 하니까……."

그때 전화벨이 울렸다.

"동화야!"

-엄마, 나 휴대폰 생겼어요.

"우리 동화, 휴대폰 생겼다고 너무 많이 하면 안 되는 거 알지?"

-네. 아빠한테 얘기 많이 들었어요. 게임도 많이 하면 안 되고.

"그렇지? 그럼 대표님실에 조금 더 있어. 엄마가 좀 지나면 데리러 갈게."

-아니에요. 아빠하고 지금 차 탔어요.

"뭐? 벌써 퇴근이야?"

옆에서 강현의 목소리가 들렸다.

-바꿔줘, 동화야.

그리고 바로 강현이 이야기했다.

-동화 데리고 먼저 가 있을게요.

"절대로 주방에 들어가지 마세요."

-아니, 왜요?

"아무것도 만들려고 하지 말고 그냥 놀고 있어요."

-한번 잘못했다고 기회를 안 주면 되나. 아, 그러면 장 본 거 풀어놓지도 마요?

"그건 괜찮아요. 저도 늦지 않게 갈게요."

전화를 끊었다. 지난번 스파게티 소스가 천장까지 다 튀고 난 후에는 강현을 주방에 들이고 싶은 마음이 전혀 없었다.

* * *

중환자실 면회가 있는 시간이었다. 소은은 아무 반응이 없는 시아버지 옆에 앉아서 중얼거렸다.

"깨어나실 수 없으면 너무 오래 끌지는 말아주셨으면 좋겠어요. 저도 이제 기 좀 펴고 살게요."

작게 중얼거리는 소은의 말에도 유 회장은 아무 미동이 없었다. 소은은 간단히 면회를 끝나고 나와서 휴대폰을 들었다.

"소영아. 너 나하고 같이 백화점에 안 갈래?"

-백화점에요?

소영은 한풀 꺾여 있었다. 소영의 아버지 주명성이 강현을 만나고 난 후에 강현에 대한 마음을 접으라고 말했기 때문이다.

그 뒤로는 소은에게 자주 연락도 안 하고 있었다. 그렇다고 강현에 대한 마음을 접을 생각은 없었다. 단지 어떻게 하면 유강현의 마음을 가져올 수 있을지, 그걸 고민하는 중이었다. 그러니 소은의 전화는 말할 수 없이 반가웠다.

-네. 저 준비하는 데 시간 얼마 안 걸려요! 바로 백화점으로 갈게요.

"그러면 문화센터 있는 데 아이스크림 집 있어. 거기서 기다릴래?"

-아. 네 알겠습니다.

갑자기 웬 아이스크림?

소은은 생각한 게 있었다. 자연스럽게 동화와 소영을 자주 보게 해 친하게 지내게 할 생각이었다. 그래야 나중에 소영이 며느리가 되고 동화를 데려왔을 때 좀 자연스럽지 않을까 하는 생각이었다.

시아버지가 깨어나지 못한다면 강현의 결혼에 대해서 얼마든지 소영을 좀 더 힘 있게 몰아붙일 수 있을 거다.

"계약은 계약이지. 애 낳아줬다고 결혼을 해? 말도 안 되지."

소은은 피아노 레슨이 끝나기 전에 안으로 들어갔다. 지난번에 왔던 백화점 대표의 어머니라는 걸 알고 피아노 선생님이 인사를 했다.

"제가 동화를 좀 데리고 가야 할 거 같아서요. 선생님, 레슨 조금만 일찍 끝내주시면 안 될까요?"

"네. 거의 끝났습니다. 동화야. 오늘 수고했다."

선생님이 인사를 하고 나가자 동화가 피아노에 앉은 채 고개를 갸웃하고 소은을 바라보았다.

"할머니, 안녕하세요. 그런데 나 레슨 다 안 끝났는데……."

"아이, 선생님이 끝났다고 했으면 끝난 거야."

"그래도 안 끝났는데. 나는 피아노 많이 치는 게 좋아요."

"그래? 알았다. 다음부턴 레슨 시간 중간에는 안 들어올게. 그런데 동화야, 오늘은 할머니하고 가자."

그러자 동화가 소은을 빤히 처다보았다. 어린아이 꼬이는 건 일도 아니라고 생각한 소은이 말했다.

"할머니가 아이스크림 사줄게. 우리 동화도 딸기 아이스크림 좋아하지?"

동화는 고개를 끄덕였다.

"그러니까 할머니하고 가자. 할머니가 잘해줄게."

"좋아요."

동화가 고개를 끄덕이더니 휴대폰을 꺼내 들고 1번을 꾹 눌렀다. 신호가 가자 강현이 전화를 받았다. 회의 중이었지만 다른 사람도 아니고 동화에게서 오는 전화였다.

전화기를 사주었지만 동화는 며칠 동안 강현에게 전화를 하지 않았다. 아무 때나 전화하지 않겠다고 엄마하고 약속했기 때문이다.

그런 동화에게서 온 전화이니 강현은 회의 중간이지만 빠르게 전화를 받았다.

"여보세요?"

-예쁜 할머니가 나 데리러 왔어요. 아이스크림 사준다고 같이 가자고.

예쁜 할머니라고 말하는 거 보면 혜순이나 미리 약속된 사람이 아니라는 얘기다. 강현은 휴대폰을 든 채 일어섰다.

"잠깐만, 동화야. 회의 진행하고 계십시오. 잠시 자리 좀 비우겠습니다. 아니면 차라리 브레이크 타임을 잠깐 갖죠."

한창 회의 중이어서 마침 쉬는 시간도 필요할 때였다. 강현은 통화를 하며 걷기 시작했다.

"동화야. 그 예쁜 할머니 좀 바꿔줄래?"

소은은 동화가 예쁜 할머니가 왔다는 말에 입이 활짝 벌어졌다.

생긴 것도 예쁘고 재능도 출중한 아이가 말도 예쁘게 한다. 동화에게 갈수록 정이 간다.

"여보세요?"

-어머니. 왜 약속도 없이 동화는 데리고 가시는 거예요?

강현이 모르게 오려고 했는데 낭패다.

"아니…… 나는 그냥 동화 보고 싶어서 아이스크림이나 사줄까 하고."

-그래도 레슨 시간도 끝나지 않았는데 그렇게 불쑥불쑥 찾아가서 아이스크림 사주겠다고 하고. 진짜 왜 그러세요? 할아버지도 그런 짓은 안 했어요.

"아니. 어차피 끝날 시간 됐다고 선생님도 양해해 주셨어. 애 데리고 가서 아이스크림 좀 먹고 있으면 안 될까?"

-네. 안 되겠는데요.

"야, 너. 어떻게 그럴 수가 있어? 내가 동화 보고 싶어 하는 거야 당연한 거 아니야?"

-거기 꼼짝 말고 계세요.

그리고 돌아설 틈도 없이 잠시 후에 문이 벌컥 열렸다.

"아니, 너 바쁘다던 애가. 비서실에 전화해보니까 회의 중이라고 하던데?"

"그래서요. 저 회의 중이니까 절대 모를 거라고 말도 안 하고 와서 동화 데려가려고 하셨어요?"

"아저씨."

동화가 강현을 향해 두 팔을 뻗었다. 강현이 안아주자 꼭 안겨서 활짝 웃는다. 부자지간에 그렇게 있는 걸 보기만 해도 소은은 마음이 좋았다.

"아이스크림이라도 사주고 좀 데리고 놀려고 그런 거야."

"가요. 아이스크림 집으로."

"어?"

그러자 이번엔 소은이 당황했다. 거기에서 소영이 있는 걸 보면 강현이 또 뭐라고 할 게 뻔했다. 이러지도 저러지도 못하는데 동화가 활짝 웃으며 말했다.

"나 딸기 아이스크림 사주실 거예요?"

"그래. 우리 동화 아이스크림 먹고 싶어? 가자."

강현이 동화를 안고 아이스크림 매장으로 성큼성큼 걸어가자 소은은 뒤에서 어쩔 줄 몰라 하며 따라갔다. 아이스크림 매장에 들어서기 무섭게 소영이 다가왔다.

"어머, 오빠. 웬일이에요? 아이가 같이 왔네."

상황 판단을 하지 못한 소영은 소은이 강현과 동화를 같이 데리고 온 줄만 알았다. 그런데 소영을 본 동화가 인상을 썼다.

"무섭게 생긴 아줌마다."

"뭐?"

소영의 얼굴이 붉게 달아올랐다.

"지금 나한테 한 말이야?"

그때 소은이 들어왔다. 그러자 동화가 소은을 보고 말했다.

"예쁜 할머니 왜 자꾸 미운 아줌마랑 같이 다녀요?"

"뭐?"

"저 아줌마 눈도 예쁘게 안 뜨고 무섭고 미운데. 우리 엄마한테 전에 소리도 지르고."

동화의 말에 소은이 입을 딱 벌렸다. 이 상황을 어떻게 해결해야 할지 모르겠다. 원래대로라면 동화를 데리고 와서 소영이에게 제대로 소개시켜 주려고 했다.

동화는 소영은 본 척도 하지 않고 아이스크림을 손가락으로 가리켰다.

"아저씨. 딸기 아이스크림."

"그래."

강현과 동화는 소프트 아이스크림을 사서 자리에 잡았다.

"어머니, 어떻게 하실 거예요. 소영이하고 거기서 드실 거예요? 아니면 이리로 오실 거예요."

"예쁜 할머니 우리랑 같이 아이스크림 먹어요. 미운 아줌마는 저리 가라고 하고."

소은은 어쩔 수 없었다. 지금 여기서 소영의 편을 들었다가는 동화한테도 밉보일 것 같았다. 아들한테 밉보인 것도 모자라 동화한테까지 그럴 수는 없었다.

"아이고, 소영아 미안하다. 내가 어쩌다 보니 약속을 겹쳐 잡았네."

"네?"

"너 아이스크림 먹고 가라. 하나 사줄까? 상황이 좀 그렇게 돼서⋯⋯."

소영은 얼굴이 시뻘게졌다. 그리고 동화를 쫙 째려보았다. 그 순간 동화가 손가락으로 소영을 가리키며 말했다.

"아저씨 저거 봐요! 저렇게 눈 밉게 뜬다!"

소영은 더 이상 동화 쪽을 보지도 못하고 그대로 밖으로 나가버렸다. 소은은 중간에서 이러지도 저러지도 못하고 있는데 동화가 손짓했다.

"예쁜 할머니 여기로 오세요."

"어어. 그래."

무조건 동화에게 다가가자 동화가 들고 있던 소프트 아이스크림 하나를 소은에게 내주었다.

"이거 맛있어요."

"그래, 그래."

소은도 소프트아이스크림을 먹으며 강현의 눈치를 봤다.

"그렇게 눈치 보실 일을 왜 하세요?"

"아니⋯⋯ 그러니까 좀 친해지면 좋을 거 같아서."

"동화 의견은 분명히 들으셨죠? 미운 아줌마라고 그러잖아요."

"⋯⋯동화야, 너는 저 아줌마가 왜 싫으니?"

"무섭게 생겼잖아요."

"뭐?"

"동화 너 잘 아는구나? 저 아줌마 수술 많이 했어. 원래 되게 못생겼었어."

"아니, 강현아. 너 그걸 어떻게 알았니?"

"왜 몰라요? 제가 예전에도 본 적 있는데. 엄마 눈치 못 채셨어요?"

"그랬나? 나는 잘 기억이 안 나는데."

"그러니까 동화가 딱 알아보지. 그치, 동화야? 너희 엄마가 세상에서 제일 예쁘지."

강현의 말에 동화가 고개를 끄덕였다.

"할머니도 예뻐요."

동화가 자꾸 할머니 예쁘다고 하니 소은의 입이 자꾸 벌어졌다. 좋아서 웃음이 나온다. 요즘 들어 저에게 예쁘다고 한 사람은 동화뿐이다. 강현이 옆에서 한마디 했다.

"애 보고 좀 배우세요. 마음도 좀 예쁘게 먹고. 자꾸 이렇게 불편하게 하지 마시고요."

"아이, 내가 뭘 불편하게 했다고. 동화야, 많이 먹어."

소은이 동화의 머리를 쓰다듬어 주었다. 머리카락도 어찌나 부드러운지 어디 하나 안 예쁜 데가 없는 손자다.

'그나저나 동화가 이렇게 싫다고 그러면 소영이를 다시 생각해 봐야겠네. 좀 좋아해 주면 좋으련만.'

"아저씨, 우리 엄마도 아이스크림 잘 먹는데."

"그래. 그럼 엄마 것도 포장할까?"

동화가 활짝 웃으며 고개를 끄덕였다.

"자기 엄마라면 끔찍하게 챙기네."

옆에서 소은이 못마땅한 듯이 한마디 하자 강현이 씩 웃었다.

"왜요. 부러우세요?"

"그래. 부럽다."

"나도 어릴 때는 엄마 좀 챙겼던 거 같은데."

"어릴 땐 그랬지. 크고 나서는 왜 그렇게 엄마를 못마땅해하는 거야?"

그러자 강현이 가만히 소은을 보았다. 말없이 보는 강현의 눈과 소은의 시선이 마주쳤다. 강현이 툭 한 마디를 뱉어냈다.

"아는 거 다 말해요?"

"뭐?"

"내가 왜 어머니하고 거리를 두는지 아는 거 다 말해도 되냐고요."

그러자 소은은 괜히 속이 뜨끔했다. 뭘 어디까지 아는지 몰라도 이렇게 말하는 아들에게 걸리는 게 많이 있었다. 강현은 어머니를 한 번 쳐다보았다.

아버지가 그렇게 돌아가신 이후로 어머니에게 더 잘 해드려야 한다고 생각했었다. 하지만 이미 대학교 1학년 때 와인바에서 어머니가 다른 놈들과 하는 행동을 보고 그때부터 거리를 뒀다.

그렇게 시간이 지나다 보니 지금은 모르겠다. 낳아준 어머니에 대한 정보다는 이제 어머니의 그 이중성이 미울 뿐이다.

둘 다 말없이 입을 꾹 다물고 있자 동화가 말했다.

"우리 엄마는 바닐라 아이스크림 좋아해요."

"그래, 엄마 아이스크림 사자."

강현은 일어나서 아이스크림을 포장했다.

"동화, 우리 이거 들고 엄마한테 갈까?"

동화가 고개를 크게 끄덕였다.

"동화야, 그 아이스크림은 다 먹고 가자."

동화가 맛있게 아이스크림을 먹으며 입가에 아이스크림을 묻힌 채 소은을 보고 활짝 웃었다.

"나도 같이 가자."

"어머니 같이 가시게요?"

"그래. 내가 연 실장을 못 볼 일이 있는 것도 아니고. 나도 동화한테 잘 보이고 싶어."

결국 세 사람이 다 같이 다혜의 매장으로 내려갔다.

"엄마!"

"어머. 우리 동화 왔네. 안녕하세요, 대표님."

다혜는 동화를 안으며 소은을 보고 깍듯하게 인사했다. 그러자 동화가 소은을 보며 말했다.

"예쁜 할머니, 봐요. 우리 엄마는 눈 예쁘게 뜨잖아요. 아까 미운 아줌마는 무섭게 떴는데."

동화의 말에 소은이 고개를 끄덕였다.

"그래. 동화 엄마 참 예쁘네."

다혜는 소은의 칭찬에도 긴장했다. 그러나 소은은 동화를 보고 활짝 웃으며 다혜에게 말했다.

"연 실장, 동화가 엄마를 끔찍하게 생각하네. 아이스크림 좀 같이 먹는데 엄마는 바닐라 아이스크림 좋아한다고 그래서 포장해 왔어."

"감사합니다. 동화 오늘 아이스크림 먹었어?"

동화가 고개를 끄덕이며 말했다.

"피아노 레슨 다 못 했어요. 예쁜 할머니가 와서."

"아."

강현이 옆에서 소은에게 한마디를 더했다.

"애 레슨 시간 절대로 잘라 먹지 마세요."

"알았어."

다혜는 동화를 의자에 앉히고 소은에게 물었다.

"잠시 앉으세요. 커피는 드셨어요?"

"아니, 뭐, 준다면 마시고."

"그럼 오늘 마침 새 원두를 볶아서요. 향이 좋은데 한 잔 드세요."

다혜가 커피를 내려 소은에게 주고 아이스크림은 유진에게 줬다. 유진이 동화 뺨을 잡고 쓰다듬었다.

"동화야, 누나 먹으라고 아이스크림 사왔어? 고마워."

유진과 동화가 이야기를 주고받는 동안 소은이 다혜에게 물었다.

"동화가 원래 이렇게 엄마를 잘 챙겨?"

"아. 네. 어릴 때부터 그러더라고요."

"아이 하나는 참 잘 키웠네. 크면 우리 강현이보다 더 멋진 사람이 될 거야."

"네. 감사합니다."

어색하지만 동화라는 매개체가 있어서 그리 나쁘지 않았다.

예쁜 할머니라고 말해준 덕에 소은은 동화가 너무 예뻤다. 이제 세상에 소은을 예뻐하는 사람은 동화 한 사람밖에 없다. 간단히 커피를 마시고 강현이 소은을 끌고 일어났다.

"어머니는 이제 가세요. 저도 회의 들어갈 거예요. 여기서 더 할 말 있으세요?"

"나도 갈 거야. 그렇게 쫓아내지 않아도 돼."

소은이 강현에게 못마땅하게 답하고는 동화를 보고 웃으며 물었다.

"동화야, 다음에는 우리 집에 놀러 올래?"

"네. 좋아요."

"그래. 그럼 할머니는 이제 갈게."

"네. 안녕히 가세요."

동화가 두 손을 배꼽에 대고는 인사를 꾸벅했다. 그 모습이 너무 귀여워서 소은이 동화의 머리를 쓰다듬고는 매장을 나갔다.

강현은 소은이 가는 걸 보고 다시 다혜의 매장에 들러서 말했다.

"퇴근 같이해요. 나 회의 마치고 내려올게요."

다혜가 고개를 끄덕였다. 동화가 강현을 향해 손을 흔들었다. 다혜와 동화가 같이 있는 걸 보니 힘이 다 났다.

강현은 회의에 집중했다. 덕분에 회의도 빨리 결론이 났다. 물류 부지와 자금 확보 모두 순조롭게 이뤄질 거 같다. 단지 주소영 때문에 주거래 은행과의 마지막 계약에 차질이 생길 경우를 보강해서 준비해야 할 것 같다.

어쩐지 강현은 주소영이 걸렸다. 주명성이 아무리 일과 사적인 감정을 분리하는 사람이라고 해도 영 마음에 걸리는 건 어쩔 수 없다.

* * *

아무도 김기팔이 어디에 있는지 몰랐다. 사시미칼 경호팀 중의 한 명이 정보를 흘렸다는 건 알았지만, 그 역시도 김기팔이 어디 있는지는 몰랐다.

경찰에서는 수사한다고는 했지만, 김기팔이 살아 있는 것을 염두에 두고 하지 않기 때문에 수사에는 분명 한계가 있을 거였다.

다 늙은 김기팔이 혼자 움직일 리가 없다. 그렇다면 김기팔은 밑에 사람들을 두고 움직인다는 얘기다.

강현은 보고를 받고도 속이 탔다. 무엇보다 걱정인 건 동화였다. 다혜와 동화 모두에게 정해진 시간에 움직이고 돌발 변수는 되도록 생기지 않게 조심해달라고 부탁했다.

"많이 위험한 거예요?"

다혜는 강현의 팔을 베고 누워서 물었다. 이제 강현이 동화의 아빠가 확실하니 나만 동화를 지키겠다며 그를 잘라낼 수도 없는 상황이다.

"우리 이렇게 다정하고 사이좋은 것 같으면서 대화하는 내용이 엄청 살벌한 거 알아요?"

다혜의 말에 강현이 고개를 끄덕였다.

"미안하게 생각해요. 우리 집안에 얽힌 일에 당신과 동화까지 끌어들여서."

"동화는 어쩔 수 없는 거잖아요. 당신 핏줄이니까. 그리고 동화가 그렇다면 나는 자동으로 같이 연루되는 거고요."

"걱정하지 마요. 내가 살아 있는 한, 연다혜랑 연동화는 내가 지켜."

강현이 다혜의 어깨를 어루만지며 속삭이자 다혜가 웃으며 말했다.

"연동화도 조금 지나면 유동화 돼요."

"그러니까. 그 생각만 해도 내가 가슴이 벅차다니까."

가슴이 벅차다고 하면서 왜 다혜의 가슴을 만지작거리는지. 다혜가 간지럽다며 손을 치우려고 하자 강현이 다혜의 파자마를 홀딱 벗겨버렸다.

"난 이 가슴에 얼굴을 묻으면 그렇게 좋더라고."

"그 대사 참 진부하네요."

"그렇죠? 내가 사람이 좀 진부해."

강현의 입술이 다혜의 젖가슴에 닿았다. 뜨거운 입술이 예민하게 꼿꼿해진 유두를 건드리자 다혜가 뜨거운 신음을 뱉었다.

"사람이 사는 게 참 그렇더라고. 무슨 일이 있어도 밥 먹고 할 건 해야 하잖아?"

강현의 손이 다혜의 탐스러운 가슴을 쥐고 얼굴을 비볐다. 어느 틈에 아랫도리도 벗겨져 바닥에 뒹굴었다. 단단한 근육질의 다리와 매끈하고 보드라운 다리가 한데 얽혀들었다.

"이것도 그 해야 하는 일에 들어가는 건가요?"

"당연하죠. 난 빨리 김기팔 잡고 당신이랑 결혼하고 싶어."

강현이 다혜의 목덜미를 혀로 핥았다. 민감한 목선에 혀가 닿자 다혜가 어깨를 움츠렸다.

"하아…… 지금 은근슬쩍 프러포즈하는 거예요?"

"무슨 말을. 하고 싶다고 미리 말하는 거죠. 마음의 준비 하라고. 프러포즈하는 날 까이고 싶지 않아서."

"내가 당신 깔 것 같아요?"

"고생시켰으니까 그럴 수도."

"하긴. 고생 좀 했죠."

킬킬거리고 웃는 다혜의 허리를 강현이 그대로 잡아당겼다. 납작한 배에 입술을 대고 천천히 입술을 아래로 옮겼다. 다혜가 가쁜 숨을 쉬며 다리를 들썩거렸다.

"기다려요."

강현이 그렇게 말하며 그녀의 다리 사이에 자리를 잡았다.

"잠깐, 유강현 씨."

"안 돼요."

흑 하는 소리와 함께 그대로 입술이 비부에 닿았다. 발가락 끝까지 곱아 드는 감각에 다혜가 엉덩이를 들썩이자 허벅지를 단단히 잡고 강현이 좀 더 진득하게 속살에 입술을 붙였다.

"잠깐만요. 안 된다고."

다시 한번 흑 하는 소리와 함께 다혜의 허리가 뒤틀렸다. 강현이 더 길게 혀를 밀어 넣었다. 기어이 다혜가 파르르 떨며 헐떡이며 작은 절정에 다다라서야 강현이 단단하게 발기한 페니스를 깊게 밀어 넣었다.

질벽을 자극하며 밀고 들이닥치는 기세에 다혜가 그의 목에 팔을 걸고 매달리며 다리를 단단히 감았다.

"자세 좋은데?"

"미워."

"거짓말."

강현의 입술이 다혜의 입술을 삼켰다. 밤이 행복하게 깊어간다. 이제부터가 시작이니 둘 다 지쳐 떨어질 때까지 서로를 놓지 않을 게 분명했다.

아침에 동화가 일어나자마자 냉동실 앞에서 낑낑거렸다.

"왜 그래, 동화야?"

다혜가 다가오자 동화가 냉동실 문을 열어 달라고 했다.

냉장고 문을 열자 동화가 가운데 있는 눈오리를 보며 고개를 갸웃갸웃했다.

"똑같네?"

"뭐가?"

"나 꿈꿨어요."

"동화 꿈꿨어?"

강현이 수건으로 머리를 말리며 다가왔다. 그리고 번쩍 동화를 들어 안고 물었다.

"무슨 꿈 꿨는데?"

"달님이 우리 집에 들어오면서 오리가 됐어."

"뭐? 달님이 오리가 됐다고?"

"네! 엄청 빛이 번쩍번쩍 나는 오리!"

"그래? 참 이상한 꿈이네. 달님 꿈을 꿨구나, 동화가."

"달 오리 꿈!"

"그래서 냉동실에 보니까 오리가 그대로 있다고?"

꿈이 너무 생생해서 냉동실에 있는 오리가 달님처럼 빛이 나는지 보려고 온 거다.

"오리 잘 있나 보러 온 거야?"

동화가 또 힘차게 고개를 끄덕였다.

"재밌는 꿈을 꿨네."

"그러게 말이야. 달님이 오리가 돼서 집에 들어오는 이상한 꿈을 꾸고."

다혜가 말하며 아침 식사를 챙겼다. 동화가 앉아서 우유에 시리얼을 먹으면 강현을 보고 말했다.

"달님이 오리가 되는 것도 너무 예뻐요. 빛이 나는 오리야."

"그래. 동화 많이 먹어라."

강현이 한 숟갈 먹다가 고개를 갸웃하고 말했다.

"그런데 그런 건 태몽 아닌가?"

"태몽? 그게 뭐예요?"

동화가 눈을 동그랗게 뜨고 물었다.

"그건……."

"잠깐만요."

강현이 의미심장하게 웃으며 말을 하려는 순간, 다혜가 그를 저지했다.

"그만해요. 애한테 이상한 말 하지 말고."

"알았어요. 동화야, 일단 어서 먹자."

바로 꼬리를 내리고 강현이 시선을 시리얼 그릇으로 돌렸다.

다혜는 강현과 동화를 챙겨 함께 출근길에 나섰다. 동화를 내려주고 다혜와 같은 차로 출근하는데 강현이 다혜를 보고 물었다.

"달 꿈. 뭐 이런 거는 태몽이라고 들은 거 같은데 왜 동화가 태몽을 꾸지? 그럴 수도 있어요?"

그러자 다혜가 강현을 빤히 쳐다보았다.

"나한테 뭐 안 한 말 있어요? 내가 임신을 할 만한 어떤 변화 같은 게 생겼나요?"

다혜로서는 강현이 태몽 운운하는 게 이해가 가지 않았다. 정곡을 찌르며 묻는 다혜의 물음에 강현은 잠시 생각했다.

"원래 정자는 한 마리만 있어도 수정할 수 있잖아요. 그리고 달 꿈은 원래 태몽 아닌가?"

"달도 나왔지만 오리도 나왔잖아요. 오리 꿈은 길몽이라는데 뭔가 좋은 일이 생기겠죠."

"내 정자가 지금 다혜 씨 난자에 콕 박혔을 거 같지 않아요? 어제 아주 깊이 박아서 쌌거든요."

다혜는 얼굴이 빨개졌다. 말로 하니 더할 수 없이 야하다.

"그만해요. 그렇게 야한 말 계속할 거예요?"

"음. 태몽으로 해요. 그냥."

"싫어요. 난 동화 꿈으로 그냥 복권이나 살까 봐요."

다혜의 말에 강현은 웃음을 터뜨렸다.

"그러지 말고 그냥 태몽으로 합의 봐요. 동화 동생 반드시 가질 생각이에요."

다혜는 더 이상 할 말이 없었다. 그의 말대로 강현과 결혼을 한다면 당연히 동화 동생도 낳게 되지 않을까?

역시 복권보다는 그냥 태몽으로 합의를 보는 게 나을 거 같다.

* * *

매장 오픈 준비가 끝났을 즘에 동화의 피아노 선생님께 연락이 왔다.

-동화가 연주 실력이 많이 늘었습니다.

"네. 감사합니다. 덕분이에요."

-아니에요, 동화 같은 애를 가르칠 수 있어서 제가 운이 좋았죠. 전화 드린 건 다름이 아니라 이번에 동화가 콩쿠르에 나가면 어떨까 해서요.

"다섯 살짜리가 콩쿠르에 나갈 수가 있나요?"

-네. 나가보는 것도 좋을 거 같아서요.

"너무 일찍부터 부담 주고 싶지는 않은데……."

고민해 보겠다는 말과 함께 전화를 끊은 다혜는 동화에 관련된 일이니 강현에게 물어봐야겠다고 생각했다.

그 시각 강현은 구순호와 함께였다. 오늘은 김철주가 출소하는 날이었다.

강현은 직접 교도소로 갔다. 교도소에선 이미 칠정파 식구들이 와서 기다리고 있다가 김철주를 태우고 갔다. 아직 대외적으로 그 누구도 김철주가 유 회장의 아들이라는 사실을 모른다.

"굳이 진실을 드러내고 싶지는 않다. 그러나 분명한 건 앞으로 칠정파 두목으로 살 생각 같은 건 없다. 그러니 칠정파가 드림백화점 쪽으로 위해를 가할 일도 앞으로 없을 거야."

"알겠습니다. 저 역시 그러실 거라 생각합니다. 하지만 김기팔이 살아 있다는 건 심각한 문제입니다."

"내가 출소하면 분명 나에게 연락해 올 거다. 살아계신다면 말이다."

"한 가지 묻고 싶습니다. 김기팔에 대해서 어떤 감정인 건지 말해주십시오."

"설마 이렇게 오래 옥살이를 하고도 김기팔에게 휘둘릴 거라고 생각하는 건 아니지?"

강현은 더 이상 대답하지 않았다. 그때 서로 나눴던 이야기는 둘만의 이야기다. 김철주가 어떻게 할지는 잘 모르겠다.

할아버지가 돌아가시고 난 뒤에라도 친자 소송을 걸어올 수도 있고 회사 지분에 대해서도 손을 뻗을 수 있을 거다. 그러나 그것을 뺏기고 싶지 않다고 미리 수를 쓰고 싶지도 않았다.

이미 드림백화점의 지분은 할아버지에겐 거의 없었다.

또한 김철주에게 일부가 간다고 하더라도 경영권에 큰 문제는 없다. 한

가지 분명한 건 예전에는 김철주가 출소하게 되면 무슨 일이 일어날까 두려워했지만, 지금은 김철주가 오히려 한편이라는 거다.

적어도 김철주가 드림백화점을 향해 칼을 들이밀 일은 없으니까.

강현은 교도소 한쪽에서 김철주가 칠정파들과 함께 멀어져가는 걸 한참 바라보다 말했다.

"우리도 가자. 백화점으로 가."

"네."

"그런데 너, 주아 씨하고 또 만났어?"

그 말에 구순호는 조용히 답했다.

"네."

구순호는 그 뒤로 주아와 데이트를 몇 번 했다.

"그런데 대표님."

"왜?"

"그…… 어떻게 하면 여자 마음을 잡을 수가 있을까요?"

"그러게. 나도 몸부터 잡아서 마음부터 잡는 건 잘 모르겠는데?"

구순호는 강현의 그 말에 눈을 크게 떴다. 심장이 벌떡이며 생각만해도 페니스가 들썩였다.

"그런데 그건 너한테는 해당하지 않을 거 같다. 그 덩치에 몸으로 들이대면 여자 놀라지 않겠어?"

강현이 백미러를 주시하며 구순호에게 한마디했다. 그때 다혜에게 전화가 걸려왔다. 동화의 콩쿠르 참가에 대해 묻는 전화였다.

"콩쿠르보단 작은 연주회를 하면 어떨까요?"

"연주회요?"

"아무래도 콩쿠르보다는 부담이 덜하죠. 어린아이가 너무 치열한 경쟁에 나가는 거보다는 자기 재능으로 누군가를 기쁘게 해주는 것도 좋을 것 같아서요."

"아, 그러게요. 그럼 콩쿠르는 이번엔 안 나간다고 할게요."

"나도 다방면으로 알아볼게요."

요즘 강현은 동화의 천재성을 어떻게 하면 안정적으로 키울까 하는 생각을 자주 한다. 저 역시 음악적으로 뛰어난 감각이 있기는 했지만, 그걸 전공으로 살리진 않았다.

하지만 동화라면 전공으로 살려보는 것도 좋겠다는 마음도 있다.

사무실로 돌아온 강현은 백업 파일을 한데 모아 정리했다.

강현은 중요한 문서가 있으면 USB에 따로 백업해서 나누어 보관하곤 했다. 늘 잠가두던 첫 번째 서랍을 열어 USB를 보관하려고 할 때였다.

제가 서랍에 두는 물건들의 순서가 바뀐 거 같다.

느낌이 이상해 확인해보니 서류 하나가 없었다. 다른 서류가 아니라 동화와 강현의 친자 확인 서류였다.

몇 번이고 다시 확인했지만 없었다. 다른 서랍들까지 다 뒤져봐도 나오지 않았다.

이건 있을 수 없는 일이었다.

강현은 놀라 긴장한 얼굴로 나가 비서실을 발칵 뒤집어 놓았다.

"분명 누군가 침입해서 내 서랍을 열었습니다. 보안팀 CCTV까지 모두 다 확인해 봐요."

직원들이 있는 대로 다 달려들어 CCTV를 시간대로 확인한 결과 새벽 시간대 강현이 있는 12층 CCTV가 정지해 있었다.

엘리베이터까지는 누군가 올라오는 게 보였는데 그 이후로는 비서실을 거쳐 강현의 사무실까지 모든 CCTV가 5분가량 정지되어 있었다.

능숙하게 강현의 서랍을 열어서 서류를 가져갔다는 얘기다.

강현이 인상을 썼다. 이렇게 보안에 허점이 있어서야 무얼 제대로 할 수 있을까?

다른 것도 아니고 동화와 강현의 관계가 나와 있는 친자 확인 서류였다.

왜 하필 친자 확인 검사 결과만 가지고 갔을까?

틀림없이 이건 유씨 집안의 모든 혈연관계를 뒤틀어놓으려는 김기팔의 소행일 거다. 생각이 거기에 미치자 강현은 김철주에게 전화했다.

"혹시 김기팔에게서 연락 오지 않았습니까?"

-아니. 아직 연락 없었다.

"분명 연락이 올 겁니다."

-아직은 없었다. 무슨 문제 있냐?

"그게……."

어디까지 말해야 좋을지 모르겠다. 동화와 관련된 얘기를 김철주에게 하는 게 옳은 건지도 확신이 서질 않았다.

"아닙니다. 하지만 곧 문제를 일으킬 것 같습니다. 제 사무실에 침입했던 흔적이 있습니다."

-80대 후반에 들어서는 노인이야. 뭘 하겠어? 그리고 그 정도로 드림백화점 대표실 보안이 허술하다는 말로밖에 들리지 않는데.

강현은 한숨을 쉬었다. 맞는 말이어서 더 자존심이 상했다.

"혼자가 아니라는 얘기겠죠."

-나한테 연락이 오면, 그땐 내가 어떻게 하기를 바라는 거냐? 네가 원하는 게 뭔데?

강현은 깊이 생각해서 낸 결론을 말했다.

"제가 한번 만나보고 싶습니다."

-만나서 뭘 어쩌게.

"대체 원하는 게 뭔지 들어보고 싶습니다."

-드러내놓고 원하는 거는 없을 거야.

"아직도 김기팔을 아버지라 생각하고 두둔하십니까?"

김철주는 잠시 입을 다물었다. 그러나 다시 꺼낸 말은 망설임도 없이 단호했다.

-두둔이 아니야. 이미 죽은 척하고 17년 산 사람이야. 드러내놓고 찾아와서 원하는 걸 말할 사람이 아니지. 17년이나 감옥살이를 하게 만든 사람이 나한테 나타나겠어?

"40년이 훨씬 넘도록 아들로 키웠던 사람이기도 합니다. 분명히 나타날 겁니다."

-모르지.

"만일 나타나면 어떻게 하실 건가요."

-글쎄.

"제대로 벌 받게 할 겁니다. 저는. 당신이 어떤 생각을 가지고 있더라도 말입니다."

-그래야 하겠지.

통화를 마친 강현은 무거운 마음으로 구순호를 불렀다.

"동화 주변에서 한 발자국도 떨어지지 마. 동화가 위험할 수도 있어."

"알겠습니다."

"동화나 연다혜 둘의 생활이 불편해지더라도 경호가 먼저야."

"알겠습니다."

구순호는 강현의 무거운 표정에 확실하게 대답했다.

* * *

다혜는 청담동으로 와서 꽃 작업을 하고 있었다. 주아도 옆에서 도와주고 있었다.

"주아야, 이번에 매듭 전시회 잘 됐지? 작품도 꽤 팔린 거 같은데."

"응. 이번 전시처럼 되면 앞으로 점점 전통 매듭에 대해서 사람들이 관심도 많이 가질 것 같아."

"그러게. 하나같이 멋있더라. 거기 히아신스 좀 이리 줘."

"그나저나 회장님은 깨어나셨어? 선추가 달린 부채 전해드린다고 했잖아. 아직 못 깨어나셨으면 드리지도 못했겠네."

"응. 나아지시면 그때 드리려고."

"강현 씨도 걱정이 많겠네. 아직도 중환자실에 계셔?"

"응."

다혜의 얼굴에 근심이 어렸다. 깨어나셔야 제대로 용서도 구하고 동화와 저를 받아달라고 말씀도 드릴 수 있을 거다.

그때 주아에게 전화가 왔다. 구순호였다.

"여보세요?"

-오늘 시간 괜찮으시면 같이 영화 보면 어떨까요?

"오늘이요? 그럼 시간이 늦지 않을까요?"

-늦으면 안 되나요?

무뚝뚝하지만 조심스럽게 묻는 말에 주아는 눈을 깜박였다.

"어…… 괜찮아요."

주아가 전화하는 걸 옆에서 보며 다혜는 은근히 미소 지었다. 아무래도 구순호 같았는데 데이트 신청 같다. 둘이 약속을 잡는 걸까?

주아는 고개를 끄덕이며 통화를 계속했다.

"네. 그럼 그 시간에 오세요. 준비하고 기다릴게요."

통화를 끊기 무섭게 다혜가 물었다.

"주아야. 너 데이트해?"

"그렇다고 할 수 있겠지? 근데 영화를 너무 늦게 보게 되면 많이 늦을 텐데."

그러자 그때 카운터 쪽에 있던 혜순이 다가왔다.

"뭐가 걱정이야? 네 나이 되면 좀 늦게 들어왔으면 싶은 게 부모 마음이야. 몰랐어?"

"엄마는. 다혜 듣는데 그런 말이 하고 싶어?"

그러자 혜순이 오히려 하소연이라도 하는 것처럼 다혜를 보며 말했다.

"다혜야. 내 말이 틀렸니? 뭐 썸이라도 좀 있어야지. 누가 우리 딸 잡아갈까 봐 걱정하는 것도 서른 되면 아니다. 누가 잡아가 줬으면 하는 게 또 부모 마음이라고."

다혜는 혜순의 말을 그냥 들으며 웃었다.

"그런데 다혜야, 구순호 그 사람 괜찮니?"

"제가 볼 땐 성실하고 성격도 외모보다 훨씬 순한 거 같아요."

"그럼 됐지, 뭐. 덩치가 너무 커서 무서워서 그게 탈이지."

"엄마는. 사람이 겉으로 보는 거랑 다 똑같아?"

"그래. 편드는 거 보니까 이번엔 좀 기대 좀 해보자. 잘 만나."

혜순이 한마디를 하고 지나갔다. 다혜가 주아를 보며 씩 웃었다.

"주아야. 난 구순호 씨 괜찮은 거 같아."

"그러게. 그 어머님이 그렇게 자수를 잘 놨다니 어머니 영향도 받아서 섬세한 면도 좀 있지 않을까? 그런 생각 하면 인연인가 싶기는 해."

"잘해봐."

정리해서 보기 좋게 꽂은 꽃과 화분들을 챙겨 백화점으로 갔을 때는 강현이 매장에 와 있었다.

"연락도 안 하고 왔어요? 저 없으면 어쩔 뻔했어요."

"없으면 그냥 둘러보고 올라가면 되죠."

다혜는 가지고 온 쇼핑백과 상자를 유진에게 밀어주고는 강현을 보며 물었다.

"차 드려요?"

"아니, 잠깐, 드라이브 안 할래요?"

강현의 말에 다혜가 고개를 저었다.

"설마 또 차 뚜껑 열고 바람맞으라고? 오늘 영하 11도예요."

"사람을 뭐로 보고. 그때는 바람 쐬겠다고 딴 놈하고 나갔으니까 그랬던 거고."

다혜가 웃었다. 하긴, 백화점에서 함께 있는 거보단 차라리 차를 타고 나가는 게 낫다.

강현이 직접 운전을 하고 강남대로를 벗어나 올림픽대로를 탔다. 미사리 쪽을 향해 운전하고 가는 사이 강현은 말이 없었다.

"강현 씨, 뭐 중요한 할 얘기 있어요?"

강현이 한쪽에 차를 세워놓고 다혜를 보다 입술을 먼저 겹쳤다. 한참 키스를 하고 자연스럽게 의자를 뒤로했다. 강현이 다혜를 안고 몸을 겹쳤다.

"이러려고 여기 왔어요? 이럴 거면 차라리……."

"차라리 호텔로 갈까요? 아니면 집으로."

"근무 시간이잖아요. 여기까지 나온 데는 다른 할 얘기가 있어서 그런 거 아니에요?"

"맞아요. 할 말도 있고, 만지고도 싶어서."

강현이 웃으며 다혜의 셔츠 안으로 손을 밀어 넣었다. 섬세한 손가락이 부드러운 가슴을 어루만지다가 긴장한 유두를 손끝으로 건드렸다.

"할 얘기부터 해요."

"싫어요. 먼저 만질 거예요."

강현이 웃으며 다시 입술을 겹쳤다. 혀를 얽고 쪽쪽 빨아들일 때마다 달콤한 향기가 감돈다.

연다혜의 이런 향기는 다른 무엇으로도 대체 불가였다. 봉긋한 가슴을 입에 물고 혀끝으로 유두를 한참이나 희롱한 다음에야 아쉽게 입술을 뗄 때였다.

다혜가 얼른 옷을 내렸다. 강현은 그 모양을 보고 있으니 아쉬움만 더했다. 쿠퍼액을 흘린 페니스가 팬티 안에서 꿈틀거리는 게 느껴져 저도 모르게 작게 신음했다.

"진정하세요. 대표님."

"놀리는 거죠?"

"하아. 아니요. 자꾸 이러면 힘들잖아요."

"누가요? 내가?"

"둘 다요."

"앞으로 경호를 더 늘릴 거예요. 동화도 마찬가지고. 농원에 갈 때도 경호원이 운전하는 차 타고 다녀요."

"알았어요."

"동화도 혼자 다니는 일은 없을 거예요."

"그것도 알았어요."

다혜는 더 이상 얼마나 위험하냐고 묻지 않았다. 강현이 알아서 하도록 하는 게 심리적으로 덜 부담스러울 거라고 생각했다.

바로 다음에 약속이 있다며 강현은 다시 백화점으로 돌아왔다. 다혜를 내려주며 강현이 오늘은 늦어질 거라며 동화와 다혜가 먼저 집에 가 있으라고 말했다.

보통은 퇴근을 같이하고 싶어 하는 강현이지만, 일이 많으니 아무래도 함께 퇴근하는 날보다는 따로 하는 날이 더 많았다. 다혜가 동화를 데리고 현관문을 열고 들어갔을 때였다.

"엄마, 여기가 우리 집이에요?"

동화가 다혜의 손을 잡고 고개를 올려다보며 물었다. 동그란 눈은 초롱 초롱하고 얼굴에는 웃음이 가득하다. 다혜도 눈 앞에 펼쳐진 광경에 홀려 고개를 갸웃했다.

"글쎄. 우리 집이 맞는 것 같은데……."

집 안에 장미꽃이 가득하고 레드 카펫이 깔려 있었다. 이게 다 무슨 일인 가 싶은데 턱시도까지 차려입은 강현이 앞으로 나왔다.

"어서 오십시오."

정중하게 인사를 하는 강현은 원래도 비범한 외모라는 걸 알았지만 새 삼스럽게 감탄이 나올 만큼 멋졌다.

"무슨 일이에요?"

다혜가 묻자 강현이 동화의 손을 잡고 말했다.

"동화야. 오늘 아주 중요한 날이거든? 일단 손부터 씻고 오자."

다혜는 짐을 내려놓고 어디 앉아야 좋을지 몰라 그대로 서 있었다. 집 안 은 완전히 달라져 있었다. 식탁에는 화려한 성찬이 차려져 있고 화려한 센 터피스와 부분 조명이 이곳저곳을 비추고 있었다.

"오늘 무슨 날이에요?"

다시 묻는 다혜의 질문에 강현이 동화의 손을 잡고 말했다.

"동화야. 아빠가 엄마하고 결혼하면 더 좋겠지? 오늘 청혼하는 날이야. 동화가 옆에서 응원해줄 거지?"

동화가 활짝 웃으며 엄지를 치켜들고 앞으로 쭉 내밀었다.

"아빠 최고!"

다혜의 눈에 눈물이 고였다. 많은 조명 탓에 눈가에 고인 눈물이 불빛을 반사하며 반짝반짝 보석처럼 빛을 내고 있었다.

강현이 다혜를 등받이 있는 의자에 앉혔다. 그리고 그 앞에 한쪽 무릎을 꿇었다.

23. 씨를 말려야지

사랑이 담긴 진한 눈동자가 다혜를 응시하고 있다. 잠시 아무 말도 없이 마주한 눈동자가 너무 든든해서 그동안 지내온 시간을 다 기대어도 될 듯이 마음이 놓였다.

눈도 깜빡일 새 없이 눈물이 주르륵 흘러 턱에 맺혔다. 강현이 다혜의 손을 잡은 채 반지를 꺼냈다.

"와! 예뻐요. 빤짝빤짝 별 같은 반지네!"

다이아몬드보다 더 반짝이는 동화의 눈이 커다랗게 되어서 입까지 딱 벌렸다. 강현이 그런 동화의 말에 미소 지으며 다혜를 향해 입을 열었다.

"연다혜 씨, 내가 한눈에 반했던 거 알아요? 그래서 동화가 아들인 줄도 모르고 유일한 남자라고 얼마나 질투를 했는지?"

다혜가 작게 고개를 저으며 젖은 얼굴로 환하게 웃었다. 불빛 아래 젖어서 반짝이는 눈동자가 더 맑고 아름다웠다.

"내가 복이 터졌어요. 세상에 날 반하게 만든 여자를 만났는데 내 아들까지 키우고 있었으니까. 이제 다혜 씨, 동화 없는 세상은 상상할 수도 없어요. 그러니 내 인생에 쭉 함께해 줘요. 내가 든든한 남편, 아빠 다 할게요. 내 청혼 받아줄 거지요?"

다혜가 잠시 대답을 못하고 바라보는데 동화가 강현의 옆에 다가와 서서 두 손을 모아 깍지를 끼고 간절한 눈으로 말했다.

"엄마, 우리 아빠하고 결혼해 주세요!"

생각지 못한 말에 강현도 다혜도 웃음을 터뜨렸다.

가슴이 벅차고 지금 이 현실이 꿈같아서 작게 고개를 저었다가 강현을 보고 다시 고개를 크게 끄덕였다.

"……할게요. 결혼."

"사랑해요. 언제 어디서 만났어도 사랑했을 거예요."

강현이 다혜의 손가락에 다이아몬드 반지를 끼워주었다.

반지를 낀 손등에 키스를 하자 옆에서 동화가 손뼉을 쳤다.

"멋지다! 그럼 이제 키스해. 키스해!"

동화가 짝짝 손뼉을 치며 키스를 하라고 외치자 강현이 일어서더니 다혜를 일으켜 세웠다. 그리고 허리를 휘어 감고는 진하게 입술을 맞췄다.

바짝 당겨 안은 탓에 밀착한 하체가 마주하면서 발기한 페니스가 그대로 느껴졌다. 아이 앞에서 대체 어디까지 가겠다는 건지 겁이 다 났다.

하지만 황홀했다. 강현이 끼워준 반지를 하고 그의 아내가 된다는 생각과 이미 둘 사이에 저렇게 예쁜 동화가 있다는 것이 더 몸을 달아오르게 했다.

"기대해요. 오늘 밤."

강현이 귓가에 속삭이고는 다혜를 놔주었다. 동화가 두 손으로 눈을 가리고는 손가락 사이로 다혜와 강현을 보며 웃는다.

"동화야, 이제 진짜 아빠야. 다른 사람들 앞에서도 아빠라고 해도 돼."

"어린이집에서도요?"

"응. 어디서든지 아빠라고 해!"

"아빠!"

자신 있게 말하는 강현의 말에 동화가 신이 나서 안아달라고 두 팔을 벌렸다. 강현이 동화를 번쩍 들어 안고는 옆에 있는 다혜에게 가볍게 입 맞추었다. 완벽한 청혼이었다.

"자, 이제 우리 청혼 만찬을 즐겨볼까?"

동화가 새우 샐러드 접시를 다혜 앞으로 밀어주었다. 언제나 엄마를 챙기는 동화는 다혜가 좋아하는 음식을 앞으로 밀어준다. 그러더니 강현을 보고 씩 웃었다.

"아빠는 이거, 많이 먹어요."

커다란 스테이크 접시를 작은 손가락으로 가리키며 하는 말에 강현이 스테이크를 잘게 잘라 동화의 입에 넣어주었다.

사랑하는 아내와 아들을 이렇게 보며 식사하는 것처럼 행복한 일은 없을 거다. 이전에는 꿈꾸지도 못했던 이 행복이 가슴 벅차 강현이 한참 먹지 못하고 미소만 지었다.

식사 후에 놀다가 동화를 재우고 침대에 비스듬히 앉은 강현은 다혜를 꼭 안고 있었다. 원나잇 하고 사라진 여자 때문에 머리가 돌 거 같았던 게 엊그제 같은데 이제 영원히 내 거라고 반지까지 끼워놓았다.

"어쩌면 연다혜가 먼저 날 찜해서 묶어놓은 건지도 몰라요."

"설마. 난 팔찌 던져주고 끝내려고 했어요."

다혜의 말에 강현이 다혜의 가슴을 손으로 꽉 움켜쥐고 귓가에 바람을 불어넣었다.

"그러니까. 끝내려는 사람이 손목을 꼭꼭 묶어놔요? 그것도 금팔찌로?"

"그러게. 그게 잘못됐나 봐요."

강현의 손이 어느새 다혜의 다리 사이로 파고들어 와 자리를 잡았다. 저를 흥분하게 하고 제 씨를 품고 동화를 낳은 이 작은 몸이 신비스럽기만 하다.

"사랑해요."

다시 입술을 겹쳤다. 곧바로 강현이 다혜를 침대에 뉘고 그 위에 자리를 잡았다. 이제 유강현의 울타리가 다혜와 동화를 단단하게 영원히 지킬 거다.

"나도 사랑해요. 동화 아빠."

"사랑해. 연다혜. 동화 엄마가 아니었어도 사랑했을 거예요."

다혜가 다리를 활짝 벌렸다. 서로를 원하는 마음에 육정한 성기가 맞아들어 가며 끼워 맞춰졌다.

"으응……."

"정말 이러다 죽겠어. 너무 좋아서."

깍지 긴 두 손이 얽히고 허리가 움직이며 탁탁 치골이 부딪히는 소리가 울리기 시작했다. 가쁘게 뱉는 숨 사이로 서로의 이름이 달콤하게 귓가에 울렸다.

짜릿한 행복이 온몸으로 퍼지고 있었다. 할 수만 있다면 하나가 되고 나서도 더 깊게 하나가 되고 싶다. 이 밤이 아무래도 쉬이 지나가지 않을 거 같다.

몇 번이 되더라도 멈추고 싶지 않은 청혼의 밤이었다.

* * *

싱그러운 튤립을 대표실에 가져다 놓으려고 들른 다혜는 은근슬쩍 강현에게 팔이 잡혔다.

"오늘은 동화랑 외식하고 갈까?"

"오늘 동화 집에 없어요."

"왜요? 또 체험 학습 갔어요?"

"아니요. 주아 어머니께서 가끔 친구들 만날 때 동화 데리고 가요."

강현은 이상하다는 듯이 물었다.

"왜요?"

"어머니 친구분 중에 딱 동화하고 동갑내기 손자가 있는 분이 계세요. 그래서 애들 데리고 만나서 애들끼리 놀기도 하고 고스톱 칠 때 또 동화가 훈수도 두고……."

강현은 자기가 잘못 들었나 했다.

"동화가 고스톱을 쳐요?"

"아니요. 어머니가 고스톱 칠 때 옆에서 다 알려준대요."

무슨 말인지 알 것 같았다. 강현은 웃음이 터져 나왔다.

"동화 그렇게 보내면 허전하지 않아요?"

"맨날 복작복작하다 하루쯤 어머니하고 놀러 나가면 나야 좀 쉴 만하죠."

"나도 오늘은 좋은데? 그럼 우리 둘이만 있는 거잖아요."

강현이 다혜의 허리를 슬쩍 잡아당겼다.

"여기 지금 사무실이에요."

"여기에서는 끝까지만 안 가면 되는 걸로 알고 있었는데?"

강현이 다혜의 입술에 쪽하고 키스했다. 그러곤 책상 위에 앉혀놓고 목덜미에 좀 더 진득하게 키스를 하다가 결국에는 가슴까지 애무하기 시작했다.

"정말, 누가 오면 어떡하려고."

"누가 들어와. 감히."

가슴에 쪽쪽 소리가 나게 하던 키스가 조금 더 농밀해지자 유두가 꼿꼿하게 섰다. 저도 모르게 다리를 들썩거리자 강현이 그녀의 허벅지를 꽉 잡았다.

"아무래도 이 정도로는 안 될 거 같은데 오랜만에 호텔이나 갈까요?"

"그러지 마요. 조금 일찍 퇴근하면…….”

"역시. 퇴근해서 집에 가서 찐하게? 아니면 호텔?”

그녀의 올라간 블라우스를 내려주고 다시 입술에 키스하고 있을 때 문이 벌컥 열렸다. 그리고 고양된 소리가 불쾌하게 들렸다.

"이게 뭐야? 오빠. 결국에는 애 엄마 때문에 날 이렇게 밀어낸 거야?”

주소영이었다. 비서실을 비우라고 했지만 감히 노크도 없이 벌컥 문을 열 사람이 있을 거라고는 생각도 못했다.

"너 여기가 어디라고 노크도 없이 들어와?”

"비서실도 쫙 비워놓고 이 짓을 하려고?”

소영의 찢어지는 소리에 다혜는 얼굴도 돌리지 않았다.

"이봐요, 아줌마. 나하고 얘기 좀 해. 염치가 있어야지 그렇게 큰 애가 있으면서 강현 오빠를 넘봐?”

소리를 꽥 지르는 소영에게 더 낮고 무거운 목소리로 강현이 말했다. 사람을 내리누르는 목소리에 다혜가 긴장했다.

"너 안 나가?”

"내가 왜 나가? 저 여자 여기 입점한 지가 언제라고. 내가 오빠 훨씬 먼저 알았거든?”

"먼저 한 걸로 따져서 남녀 관계가 돼? 나가. 여긴 내 사무실이야. 경비 부를까?”

소영은 팩하니 쏘아붙였다.

"오빠 나를 이렇게 취급한 거, 나 진짜 복수할 거야. 오빠 그냥 안 돼. 부숴버릴 거야!”

그녀가 소리를 지르고 나가자 다혜는 걱정이 됐다.

"저분 백화점 1층에 그림도 가져다 걸어놓고, 은행장 딸이라고 들은 거 같은데 회사에 문제 생기는 거 아닐까요?”

"여자 때문에 회사 흔들릴 정도로 방만하게 경영해온 적 없어요. 그러니까 걱정하지 마요."

그러나 다혜는 걱정이 됐다. 처음 부딪쳤을 때부터 소영은 걱정스러운 사람 중 하나였다.

"아무 걱정하지 말고요. 내가 내 여자 하나 못 지킬까 봐?"

"난 내가 지켜요."

"너무 씩씩하게 그런 거 안 좋아요. 지금까지는 혼자 지키고 살았겠지만, 이제 내가 지켜. 내 여자니까."

강현이 다혜를 꼭 끌어안았다.

"오늘 퇴근 같이해요. 단둘밖에 없는 시간이니까 1분도 아까워요."

다혜가 고개를 끄덕였다. 1층으로 내려와 매장에 들어서자 유진이 쩔쩔매고 있었다. 그사이에 다혜의 매장으로 온 소영이 엄청난 커피를 한꺼번에 주문하고 다 버리라고 했기 때문이다.

"이게 무슨 일인가요?"

"내 맘인데 왜? 커피 100잔 주문해서 포장했다가 쓰레기통에 넣으라고 했어. 다 버려!"

상황 파악을 바로 한 다혜가 정색을 하고 주소영의 앞으로 나갔다. 이런 패악질이라면 절대 용서할 수 없다. 이곳은 다혜가 동화와 생활하기 위해 일하는 신성한 일터였다.

겨우 이런 정도 수준의 여자가 제 기분대로 휘저어도 되는 곳이 결코 아니었다.

"저희는 포장까지는 해드리지만, 나머지 처리는 해드리지 않습니다."

단호하게 말하자 우습다는 대꾸가 돌아왔다.

"그럼 한쪽에 놔두든가. 내가 샀다고 해서 꼭 내가 가져가야 하나?"

"네. 사셨으니까요."

"여기서 마시고 버린 걸로 하지. 다 남아서 그냥 버린 거예요."

그러고는 커피 한 잔을 바닥에 쏟았다. 흰색 대리석 바닥에 진한 커피가 흘렀다. 다혜는 눈에 힘을 주었다. 그러자 주소영이 비웃으며 말했다.

"어머, 어쩌나 한 잔을 쏟았네. 내가 그럴 만도 하죠?"

"이러지 마시죠."

"여기서 소란 한번 떨어볼까? 애 딸린 여자가 백화점 대표한테 꼬리 친다고."

역시 질투였다. 자신의 감정이 남의 생계보다 더 중요한 여자. 딱 그 수준밖에 되지 않는 그런 사람이다. 다혜는 여유 있게 받아쳤다.

"전 그런 적 없습니다. 그리고 이건 영업 방해에 해당해요. 영업 방해는 중대한 범죄입니다."

"법적으로 해보시겠다? 내가 법적으로는 질 것 같아?"

주소영은 세상 무서운 거 없다는 얼굴을 하고 있었다.

"저한테 이러실 필요가 없습니다."

"왜 없어? 내가 좋아하는 남자를 채 가는데. 그것도 애까지 딸린 여자가. 참, 질투도 수준이 있어야 하지. 이건 뭐……."

"조용히 해주시겠어요? 후회하실 텐데요."

"후회? 그래, 처음부터 내가 봤을 때 당신은 상간녀 소송에 휘말리는 그런 여자였어."

"모두 오해였어요."

"그럼 조금 전 대표실에서 그것도 오해야?"

다혜는 마음을 단단히 먹었다. 어차피 앞으로 강현과 결혼하고 가정을 꾸리려면 이런저런 좋지 않은 말도 나올 거다. 그럴 때마다 혼자 가슴 치고 있을 생각은 조금도 없었다.

이미 이렇게까지 소리를 치니 주변에 보는 눈도 많았다.

다혜는 목청을 높여 말했다.

"말 함부로 하시네요. 신지은행 은행장님 따님께서."

갑자기 신지은행이며 자기 아버지가 언급되자 소영이 당황했다.

"어디 인터넷에 올라가면 볼만하겠네요. 신지은행 주명성 은행장님 따님이 백화점 커피 매장에 와서 갑질하더라. 자, 여기 커피 1100잔이나 주문해서 일부러 커피 쏟아버리고 있네요. 사진 한번 제대로 찍어볼까요? 유진 씨."

말 한마디에 대걸레를 들고 있던 유진이 카메라를 꺼내 사진을 찰칵찰칵 찍었다. 그 말에 주변에서 웅성거리기 시작했다.

"은행장 따님이었어?"

"와…… 갑질도 가지가지다."

여기저기서 사진 찍는 소리가 나기 시작했다.

"더 해보실래요?"

당황한 주소영이 주변을 두리번거리는데 다혜가 입을 열었다.

"당신이 한 말 기억해요. 드림백화점 부숴 버리겠다고 했죠? 만약 드림백화점에 문제가 생기면 다 당신 탓이라고 본인 입으로 말한 거예요. 잘됐네요. 어디 한번 해봐요."

주소영은 자신이 지금 무슨 짓을 벌였는지 제대로 알게 됐다. 그리고 이 일이 자기 선에서 끝나지 않을 것이란 생각에 겁이 덜컥 났다.

그렇다고 여기서 뒤돌아서 그러지 말아 달라고 사정할 수도 없었다. 입술을 깨문 주소영이 다혜를 향해 소리를 질렀다.

"야! 나 이렇게 만든 건 너잖아!"

다혜는 이 막무가내인 여자를 어떻게 해야 좋을지 잠깐 망설였다. 그때 구순호가 들어왔다.

"휴대폰 좀 확인해보시겠습니까."

구순호가 다혜의 앞쪽을 떡하니 막자 다혜는 보이지도 않았다. 덩치가 산만 한 구순호에게 가려진 채 소영이 핸드백에서 휴대폰을 꺼냈다. 그러자 아버지에게서 부재중 전화뿐 아니라 문자도 와 있었다.

[소영이 너 드림백화점에서 당장 나와라. 유 대표가 전화했더라. 아비 망신을 얼마만큼 시키려고 그래.]

소연은 휴대폰을 확인하기가 무섭게 다혜를 째려보다가 나가버렸다.

"유진 씨, 이거 내가 치울게."

"아니에요, 실장님. 금방 치워요."

유진이 대걸레를 들고 나와 매장 바닥을 치우기 시작했다. 다혜는 옆에서 잠시 생각했다.

"계산은 다 한 거지?"

"네."

"그럼 손님들한테 이 커피 무료로 주자."

"그래도 될까요?"

"버리라고 한 건데, 뭐."

다혜는 안내 방송실로 찾아가 이벤트 안내 방송을 부탁했다.

"지금부터 선착순 100분께 온리유의 고소한 아메리카노를 무료로 드립니다. 행운의 커피 받으시고 즐거운 날 되세요."

방송이 나가기 무섭게 온리유 앞으로 긴 줄이 늘어섰다. 덩달아 쿠키와 꽃 매출도 껑충 뛰었다.

매장이 문을 연 이후로 최고의 매출을 기록한 날이었다.

* * *

주소영은 그대로 밖으로 나갔다. 하지만 그녀가 커피점에서 갑질하며 난리 피운 사건은 얼마 못 가 인터넷에 퍼지기 시작했다.

겁이 난 주소영이 잠시 떠나 있으려고 가방을 싸고 있을 때 주명성이 소식을 접하고 급히 집으로 돌아왔다.

"아빠."

"너 이 녀석아. 밖에 나가서 무슨 짓을 하고 돌아다니는 거야?!"

주명성은 웬만해서 딸에게 소리치지 않지만, 이번에는 정말 화가 나서 소리쳤다.

"아버지 이름을 그렇게 들먹이고 다녀? 은행장 딸이, 뭐. 뭐가 그렇게 대단해서 백화점에 가서 갑질이야? 뭐가 네 맘대로 안 됐어?"

아버지의 야단에 소영이 엉엉 울며 통곡을 했다.

"아빠. 나 억울해서 못 살아. 이대로는 죽을지도 몰라."

"이 자식이 뭘 잘했다고!"

"글쎄 유강현이 날 찬 이유가 뭔지 알아? 애까지 있는 아줌마 때문이라고. 분하지도 않아? 아빠 딸이 미혼모한테 밀렸다고!"

주명성은 길게 한숨을 쉬었다. 그러나 금이야 옥이야 키운 딸이 당장 죽을 듯이 통곡을 하자 마음이 약해졌다.

"울지 마라. 남녀 간의 문제야. 그게 뭐라고."

"그게 뭐라니. 그걸로 이렇게까지 됐는데. 나 드림백화점 진짜 부숴버리고 싶어. 어떻게든 윤강현 밟아버리고 싶다고. 아빠, 내 말 한 번만 들으면 안 돼? 유강현이 단 하루만이라도 속이 바짝바짝 탔으면 좋겠어. 아빠한테 사정하는 꼴 한 번만 봤으면 좋겠다고!"

주명성은 악을 쓰는 딸의 절규에 인상을 썼다. 하지만 마음이 상한 것도 사실이었다.

어디 내놔도 부족함이 없는 딸이었다. 모든 사람이 예쁘다 해왔던 제 딸을 다른 것도 아니고 애 딸린 여자 때문에 망신을 주다니. 게다가 딸이 한

짓이 인터넷까지 올라갔다. 딸이 잘못하기는 했지만, 그게 이렇게까지 혼날 일인가?

부정이 주명성의 판단력을 흐리게 했다.

"그래. 하루 이틀 애타게는 할 수 있지."

주명성은 다음 날 자금 담당 이사에게 말했다.

"드림백화점 대출 시행 날짜를 하루 미루게 되면 어떤 일이 생기지?"

"그거야 거래처에서는 큰일 날 수도 있습니다. 대출금이 한쪽은 만기가 되는 상황에서 우리가 하루를 연기하게 되면 부도 직전까지 가니까요."

"부도만 나지 않게 하고 바짝 애를 태울 수는 있지 않나?"

"물론 그럴 수는 있습니다."

"그럼 예약 날짜를 하루 미룬다고 통보를 하면 어떻게 되지?"

"그러게요. 난감할 겁니다."

이사는 이례적인 일을 묻는 은행장에게 난감한 얼굴을 했다. 이런 식으로 계약을 흔들어놓는 건 은행의 갑질밖에 되지 않는다. 인식이 나빠진다면 이번에는 어쩔 수 없다고 해도 만기 후에는 드림백화점 쪽에서 주거래 은행을 바꿀 수도 있다.

"은행장님, 왜 그러시는지……."

"드림백화점 쪽에서 당황하겠지? 속이 바짝 타서 대표가 달려올 거야. 그래……. 대출 이행을 하루 미룬다고 통보해."

"그러면 드림백화점에서 가만히 안 있을 텐데요."

주명성도 알고 있다. 하지만 단 하루만 연기한다면 그사이에 바짝 애만 태우고 유강현이 머리 숙이게 하면 된다.

"법적으로 고발하거나 한다고 해도 시간이 걸리잖아. 그사이에 원상 복귀 시켜 놓으면 되는 거 아니야?"

"물론 그렇긴 하지만 왜 그런 무리수를 두시려는 건지."

"내가 꼭 그러고 싶어서 그래. 유강현 애 좀 태우게 하려고."

"위험합니다."

"하루 사이야 무슨 큰일이 있겠어."

다음 날 아침 유강현에게 재무 이사들이 뛰어왔다.

"큰일 났습니다. 신지은행에서 대출 이행 계약 날짜를 하루 미룬답니다!"

강현의 얼굴이 싸늘해졌다. 지나치게 침착한 음성으로 그가 전무에게 물었다.

"그렇게 되면 어떻게 되지?"

"저희 대출 만기 날짜하고 하루 차이가 납니다."

"그래서? 그 바로 다음 날 입금해주면 문제없는 거 아니야?"

"그런데 만일 다음 날도 이행하지 않게 되면 꼼짝없이 부도가 납니다. 액수가 큰 데다 주거래 은행을 바꾸는 건 쉬운 일이 아니라서 작정하고 애를 먹이는 것 같습니다."

강현은 잠시 입을 다물었다. 주명성, 결국 내 뒤통수를 치겠다 이거지.

"내가 저번에 준비하라고 그런 건 어떻게 됐지?"

"모든 준비는 다 해놨습니다."

"그럼 지금 당장 미래은행으로 가자."

"네?"

"미래은행으로 가서 그때 얘기했던 조건으로 계약 터보자고."

"하지만…… 이미 신지은행하고 계약할 거로 다 얘기가 나와서."

전무의 말에 강현이 코웃음을 쳤다.

"계약이라는 건 마지막 도장 찍기 전까진 모르는 거잖아. 우리가 곤란할 거 뻔히 알면서 곤란하라고 하는 거라고. 그렇다고 완전히 계약을 파기하지는 못하겠지. 그렇게 되면 자기로서도 타격이 크니까. 건실한 기업 하나를 놓치는 꼴이 되잖아?"

"물론입니다."

강현은 재무 담당 전무이사와 극비리에 미래은행으로 찾아갔다.

미래은행에서는 드림백화점을 유치하려고 혈안이 돼 있던 탓에 모든 준비를 이미 다 마친 상태였다.

"어디 누가 물 먹고 고개를 숙이는지 한번 볼까?"

강현이 싸늘하게 중얼거리며 웃었다.

미래은행장까지 지점장실로 내려와 인사를 했다.

"미래은행을 주거래 은행으로 생각해 주셔서 정말 감사드립니다."

"아무래도 미래은행이 운이 좋은가 봅니다."

"감사합니다."

이미 재무 이사를 통해서 모든 서류를 완벽하게 마친 상태였다. 사실 강현은 마지막 도장을 신지은행하고 찍을지 미래은행하고 찍을지 망설이고 있었다. 신지은행은 그동안의 주거래 은행이었지만, 미래은행이 내건 조건이 훨씬 더 좋았기 때문이었다.

"그럼 지금 사인하겠습니다. 계약 날짜는 딱 만기 하루 전날로 하지요. 그러면 신지은행의 대출금은 미래은행에서 지급하는 걸로 알겠습니다."

"걱정하지 마십시오. 거기다가 추가 이자 할인 부분과 해외 한도 역시 다 늘려놓겠습니다."

"좋습니다."

강현이 여유 있게 미래은행과의 계약 서류에 사인을 했다.

＊　＊　＊

신지은행 은행장 주명성은 초조하게 유강현의 연락을 기다리고 있었다.

은행의 갑질이 분명하지만 하루뿐이었다. 딸의 분한 마음과 무시당한 제 자신을 생각해 단 하루라도 유강현이 사정하는 걸 보고 싶었다.

그 높은 콧대를 어떻게 누그러뜨리고 사정할지 상상하는 것만으로도 충분이 보상이 되고 있었다.

"소영이와 결혼을 하라고까지는 못하겠지만 적어도 따님을 무시해서 정말 죄송하다는 사과의 말은 하겠지."

주명성은 마른세수를 하며 드림백화점에서 연락이 오면 뭐라고 말할지 계산하고 있었다.

"유강현이 직접 전화하려나? 아니면 공식적으로 재무 이사를 통해서 연락을 하려나?"

"은행장님, 큰일 났습니다!"

"왜. 무슨 일인데?"

"드림백화점 측에서 주거래 은행을 바꾼다고 통보가 왔습니다."

당연히 제발 사정을 봐달라는 전화가 왔을 거라고 생각했는데 강펀치를 한 대 맞은 것처럼 머리가 멍했다.

"뭐? 그게 가능해? 그사이에 어떻게 주거래 은행을 바꿔? 거기 들어가야 하는 서류가 얼마나 많은데?"

"이미 계약을 했다고 합니다."

"말이 돼? 대체 무슨 은행인데?"

"미래은행이라고 합니다. 조건도 저희보다 좋고요."

"어떻게 이런 일이……."

하루 이틀에 이뤄진 일이 아니라는 말이다. 유강현이 두 은행을 저울질하며 동시에 서류를 접수시킨 게 분명했다. 그렇지 않고서는 불가능한 일이었다.

"그게…… 어제 일이 너무 무리였던 거 같습니다. 애를 태운다고 한 게 아예 마음을 돌려버린 것 같습니다."

"이렇게까지 철저할 수가……."

신지은행장은 그대로 털썩 의자에 앉고 말았다. 다음에 있을 주주 총회에서 보나 마나 은행장 자리에서 떨려날 게 분명하다. 드림백화점과 드림저축은행의 주거래 은행에서 밀려나면서 수천억에 달하는 거래처 하나를 잃어버렸다. 순이익으로 따져도 막대한 손실이었다. 게다가 은행장으로서 딸의 사생활도 거론될 게 분명했다.

머리가 아팠다. 왜 흔들렸을까? 딸아이가 억지를 부린다는 걸 알면서도 그 순간 유강현이 너무 괘씸했다.

보통은 주거래 은행의 은행장이라면 거래사에서 머리를 숙이는 게 마땅한데 전혀 그런 것 없는 유강현이나 그런 유강현이 좋다며 쫓아다니다 망신당한 딸이나.

그 순간에 판단을 잘못 내린 게 맞다.

반나절도 되지 않아 대주주들이 전화를 해대기 시작했다. 은행장 해임안으로 임시 주주 총회를 소집한다는 이야기였다.

미칠 것 같았다.

더 기가 막힌 건 대주주들 사이에서만 알고 있는 은행 임시 주주 총회 이야기가 바로 인터넷에 기사로 올라왔다.

강현이 정보를 일부러 흘렸다. 신지은행에서 기사를 막아봤자 이미 주주들에게 공문이 돌았으니 어차피 하루 이틀 사이 인터넷에 떠돌 기사이기도 했다.

주명성은 일찍 집으로 돌아왔다. 은행장실에 더는 앉아 있을 수도 없었다.

"아빠, 어떻게 된 거예요?"

"앗!"

주명성이 소영의 뺨을 철썩 소리가 나도록 올려붙였다.

"그러게 아빠가 그만두라고 했을 때 그만뒀어야지!"

"아빠……."

"네 그 불장난에 아빠까지 해임되게 생겼어. 네가 이걸 바란 거야? 집안이 거덜 나고 길에 나앉아야 정신을 차리겠느냐고!"

"아빠!"

울며 자기 방으로 뛰어 들어간 주소영이 엉엉 우는 소리를 냈다. 옆에 있던 주명성의 아내가 한마디 했다.

"애는 왜 때려요? 생전 손 한번 대지 않다가."

"당신도 문제야. 그러니까 이 꼴이 되지. 집안 망하게 생겼다고!"

* * *

다혜는 신지은행 기사를 보며 길게 한숨을 내쉬었다. 이제 주소영이 다시 커피 매장에 와서 갑질할 일은 없겠네.

그때 옆에 있던 명품 매장 매니저가 작은 케이크를 가지고 찾아왔다.

"이게 뭐예요?"

"요 앞에서 하나 샀어요."

다혜가 별 반응이 없자 명품 매장 매니저가 웃으며 말했다.

"내가 지난번에 그런 거 미안하다고 했지? 그러니까 마음 풀어요."

"별로 신경 쓰지 않아요."

"그나저나 축하해요."

"네?"

"대표님하고 결혼할 사이라는 소문이 파다하던데요?"

"네."

다혜는 부정하지 않았다.

"아이가 대표님 아이라면서요?"

"네."

백화점 내의 소문은 강현이 직접 퍼뜨린 거였다. 어차피 다혜하고 결혼할 것이고 은근슬쩍 숨길 수 있는 일도 아니었다.

김기팔이 언제 잡힐지도 모르는데 그것만 생각하면서 지내기엔 시간이 너무 아까웠다. 그러니 일부러 비서실을 통해 소문처럼 퍼트리라고 했다.

"앞으로 잘 부탁해요, 사모님."

"사모님은요, 그러지 마세요."

"곧 결혼할 테니 사모님 맞죠. 하여간 처음부터 인물도 그렇고, 사람이 귀티가 나고 그랬어요."

사람 인심이라는 게 그렇다. 애 키우면서 힘들게 살았는데 그 아이가 대표의 아이였다는 이야기가 사내에 돌면서 모두 다 다혜만 보면 인사를 했다.

부담스러운 것도 사실이지만 강현의 여자가 되려면 어쩔 수 없는 일이었다. 동화가 진짜 아빠를 찾았다. 기적 같은 일이었다.

* * *

강현은 주거래 은행 계약 건도 해결되고 나니 다혜와 동화와 또 여행을 가고 싶었다. 셋이 같이 있으면 달콤하고 재미있고 세상 살맛이 난다.

"아. 힘든 일도 많았는데 다혜 씨, 우리 여행 가요."

월요일이 백화점 쉬는 날이니 토요일 저녁에 떠나자고 했다.

"좋아요."

"동화야, 우리 또 여행 가자."

말 한마디에 동화의 눈이 왕방울만 하게 커졌다.

"와아! 또 수영장!"

"한겨울에 수영하는 게 그렇게 좋아?"

셋은 지난번에 갔던 곳으로 또 가기로 했다. 도착해보니 눈이 꽤 많이 쌓여 있었다.

셋은 실컷 눈사람을 만들고 들어와서 프라이빗 풀에서 수영을 했다. 한참 놀다가 동화가 다혜에게 다가왔다.

"엄마, 배고파요."

강현이 리조트 레스토랑에서 음식을 주문했다.

동화는 커다란 스테이크랑 파스타를 잔뜩 먹고 바로 잠에 빠져들었다. 다혜가 동화를 뉘며 중얼거렸다.

"어쩜 이렇게 지칠 때까지 노나 몰라."

"그게 예의지. 놀러 왔으면 지칠 때까지 놀아야지. 그러니까 우리도 이제부터 지칠 때까지 놀아야지."

강현이 다혜를 번쩍 들어 품에 안고 풀장 안으로 뛰어들었다.

"아푸! 이게 뭐하는 짓이에요?"

"이제부터 힘 빠지도록 놀아야지. 어른하고 애는 체력이 다르잖아요?"

강현이 다혜를 뒤에서 안고 은근하게 몸을 붙여왔다. 뜨겁게 부푼 성기의 높은 체온이 물속에서도 고스란히 전달되었다. 다혜가 단단한 강현의 가슴에 머리를 기댔다.

강현이 다혜의 옷을 하나씩 벗겨냈다. 풀에 둘의 옷가지가 둥둥 떠 물결이 생길 때마다 움직였다. 강현이 다혜의 가슴을 커다란 손으로 잡고 바로 입술을 붙여 빨아들였다.

다혜의 허리가 뒤로 휘었다. 돌같이 딴딴한 강현의 허벅지가 다혜의 다리 사이로 파고들어 음부를 압박했다. 짜릿한 전율이 순간적으로 몸을 훑고 지나간다.

"하아! 나, 행복해요."

"고마워요. 그 말 듣고 싶었어. 내 여자 행복하게 해주는 남자가 제일 멋진 남자잖아요."

다혜가 몸을 돌리자 강현이 그대로 입술을 겹쳤다. 이미 맞닿은 성기가 당장이라도 하나로 녹을 듯이 비벼지고 있었다.

커다란 창문 밖으로 눈이 내리고 있었다. 한겨울 내리는 눈이 풀장의 유리 천장에 쌓이는 동안 풀장 안에서 둘의 키스가 더욱 깊어졌다.

* * *

"아가씨, 나도 딸기 주스 하나 줘."

"네, 잠시만 기다리세요."

온리유 매장을 찾은 할아버지에게 유진은 바로 딸기 주스를 갈아드렸다.

"여기는 전기 배선 잘못된 거 없지?"

"네. 그런 거야 없어요."

"여기 전기 배선 다 내가 했어. 10년도 훨씬 넘게."

"아, 그러셨어요? 자주 오세요."

"바빠서 자주는 안 와."

"네."

할아버지가 인사를 하고 나가자 옆 매장 직원이 다가왔다.

"저 할아버지 누군지 알아? 전기 배선 고치신다는데."

"응. 장 씨 할아버지? 거의 이 백화점에 사시는 분이라고 들었어."

"전기에 문제 생기면 그분이 오는 거야?"

"응. 전기 배선 기사였다가 지금은 용역 업체에서 아르바이트처럼 일하시나 봐."

"아, 용역 업체에서도 이득이겠다."

"그치? 너희 매장은 오픈한 지 얼마 안 됐으니까 잘 모를 수도 있겠다. 뭐 말도 별로 없으시고 잘 나오시지도 않아. 그래도 무슨 문제 생기면 저 할아버지가 다 봐주셔. 말로는 이 백화점 지하에서 아주 오래 사셨다고 하던데?"

"그래도 돼? 백화점에서 나가라고 할 거 같은데. 나이도 되게 많아 보이고."

"살다시피 했다는 거겠지. 그리고 나이 많아도 정정하면 일할 수 있지, 뭐. 이 정도 소일거리야 큰 힘 드는 것도 아닌데."

"그래?"

유진은 그냥 그런가 보다 생각했다.

* * *

백화점 지하 3층 한쪽 배선실에서 김기팔은 주스와 함께 샌드위치를 먹고 있었다. 그는 10년 넘게 드림백화점에서 살다시피 하고 있었다. 이미 죽은 걸로 되어 있으니 이름도 바꾸고, 다른 사람들에게는 장 씨라고 불린다.

김기팔이 죽은 장 씨의 신분으로 산 지도 벌써 13년이나 되었다.

이제 드림백화점은 김기팔에게는 손바닥보다 더 훤히 보이는 곳이었다.

드림백화점에 김기팔의 얼굴을 아는 사람은 아무도 없다. 강현조차도 사진을 통해서만 한 번 봤을 뿐이다. 그것도 60대 초반의 얼굴이었으니 실제로 마주친다 해도 알아보기는 힘들 거였다.

그나마 얼굴을 알아봐 피해 다녔던 유택천 회장도 최근에는 잘 보이질 않았다.

무슨 일이 있는 게 분명했다.

"벌써 죽었나? 그러면 안 되지. 그 눈에서 피눈물 나는 걸 내가 봐야 하는데. 내 인생을 그렇게 엉망으로 만들어 놓고……."

하지만 김철주를 생각하면 그게 또 마음이 편치가 않았다. 김철주에 대한 김기팔의 마음은 이중적이었다. 나이 사십이 넘도록 아들이라고 생각하고 키웠다.

17년 전 수술 때문에 피 검사를 하면서 유전자 검사를 해봤던 걸 후회한다. 차라리 몰랐으면 이렇게까지는 되지 않았을 텐데. 그 사실을 알고 난 뒤로 유씨 집안의 피를 아예 씨를 말려야겠다는 생각이 들었다. 자손들 모두 잃고 피눈물 흘리는 유택천을 보고 싶었다. 지금도 그 생각에는 변함이 없다.

* * *

휘몰아친 하루 일정이 한고비를 넘긴 늦은 오후 구순호가 강현에게 말했다.

"저, 대표님. 저 다음 주 수요일에 휴가를 내야 할 것 같습니다."

"네가 휴가를? 무슨 일인데."

가족이라고는 아버지밖에 없는 구순호였다. 그것도 아버지가 조직에 몸담았었기에 말도 험하고 워낙에 구순호를 무섭게 가르쳐놔서 구순호는 독립한 이후로 아버지에게 잘 가지 않았다.

그런 구순호가 휴가를 낼 일이라니.

"왜. 여자 문제야?"

뒷머리를 한 손으로 쓰다듬으며 얼굴이 붉어진다.

"주아 씨하고 잘 돼가는 거야?"

"그게…… 주아 씨가 그날 이사를 해서."

"주아 씨가 이사를?"

그러고 보니 동화 가까이 살려고 자기 집 근처로 이사한다고 다혜에게 들은 것 같다.

"알아서 해. 난 동화나 보러 가야겠어."

"아침에도 보고 오지 않았습니까?"

"보고 또 봐도 귀엽고 예쁜 게 동화야."

"그건 저도 그렇습니다."

구순호가 동화가 예쁘다는 말에 동의하자 강현이 웃었다.

"그래. 이제 난 동화 보러 간다."

오늘은 블록 쌓기 하는 날이다. 강현이 창으로 안을 들여다보고 있을 때였다. 동화를 사이에 두고 여자아이 두 명이 양쪽에서 팔짱을 끼고 쩌려보고 있었다.

대체 이건 또 무슨 상황이냐.

강현은 슬쩍 안으로 들어갔다. 그랬더니 두 명의 여자애들이 강현에게 아는 척을 하며 다가왔다.

"안녕하세요, 아저씨! 저 정은별이에요!"

"어, 그래. 은별아."

"안녕하세요, 아저씨! 우리 어린이집에서 봤죠? 저 금진주예요!"

"어, 그래. 진주야."

그런데 다가온 이 예쁜 공주님들이 둘 다 어찌나 기세가 등등하고 살벌한지 콩알만 한 아이들을 앞에 놓고 괜히 강현이 주눅이 들었다. 동화는 쓱 한번 보더니 다시 블록 쌓기에 집중하는 것 같았다.

아니, 쳐다보기만 하고 달려오질 않는 거야? 얘네 때문인가?

동화는 두 여자애 사이에는 끼고 싶지도 않은 건지 강현을 보고도 씩 웃고는 고개를 돌려 블록 쌓기에 열중하고 있었다. 왠지 동화가 두 여자애를 저에게 떠맡긴 것 같아서 강현은 긴장했다.

"아저씨, 저 보고 정말 공주님같이 예쁘다고 했죠?"

금진주가 하는 말에 강현이 고개를 끄덕였다.

"응, 그랬지."

"아저씨 지난번에 저 봤을 때 아주 예쁜 공주님이라고 했죠?"

옆에서 정은별이 하는 말에 강현은 고개를 또 끄덕였다.

"어, 그렇지. 우리 은별이도 예쁘지."

두 여자애가 다 인상을 팍 썼다.

"아저씨, 제가 동화하고 훨씬 더 오래 알았죠!"

그래 봤자 두 달 차인데. 맞는 말이기도 해서 강현이 고개를 끄덕였다. 그러자 옆에서 금진주가 반짝 고개를 들며 말했다.

"아저씨! 사람이 친해지는 데 꼭 시간이 중요한 건 아니잖아요!"

이것도 틀린 말이 아니어서 강현이 고개를 끄덕였다. 그러면서 어쩐지 진땀이 났다.

"너희 아이스크림 먹을래?"

그러자 진주가 말했다.

"좋아요! 저도 아이스크림 좋아해요. 동화도 아이스크림 좋아해요?"

"응. 우리 동화는 딸기 아이스크림 좋아해."

"그럼 저도 딸기 아이스크림 먹을래요."

그러자 옆에 있던 은별이 역시 고개를 끄덕였다.

"저도 아이스크림 좋아해요! 그런데 전 초코 아이스크림이 더 좋아요."

"그래, 다 같이 가자. 동화야, 가자. 아이스크림 먹으러."

그러자 동화도 고개를 끄덕였다. 강현은 세 명의 아이를 데리고 아이스 크림 집으로 향했다.

강현은 아이들에게 각각 아이스크림을 쥐여주고 다혜에게 연락을 했다.

[나 좀 도와줄 수 있어요?]

[무슨 일인데요?]

[꼬마 아가씨 두 명이 라이벌인 것 같아요. 우리 동화 여자 친구로.]

다혜는 톡을 보고는 웃음을 터트렸다. 그럴 줄 알았다. 그런데 그 대결의 책임이 강현의 차지가 될 줄은 몰랐다.

[내가 큰 도움은 되지 않을 것 같은데요?]

자신이 올라가 봐야 진주 엄마까지 상대해야 할 텐데 보통 피곤한 일이 아닐 거다.

[동화 보러 왔다가 이게 무슨 일이람.]

[그러지 말고 그냥 적당히 아이스크림만 먹여요. 대화에 너무 휘말려 들지 말고 적당히 해산해요.]

[정말 필요할 때 도움을 안 주는군.]

[저도 힘든 거 싫거든요? 일해야 하거든요.]

연다혜가 이 상황을 외면했다. 강현은 헛웃음이 났다. 정말 동화 보러 왔는데 이런 삼각관계에 휘말릴 줄이야.

강현은 은별과 진주를 보내고 난 후에 동화를 데리고 차에 타면서 물었다.

"동화야. 너는 은별이 하고 진주 중에 누가 더 좋아?"

"똑같아요. 똑같이 친구예요. 둘 다 레고도 못 하고 도와줘야 하는 친구예요."

그 말에 강현은 웃음을 터트렸다. 자기는 나름 둘 중 여자 친구로 누구를 밀어줄까 고민했는데 정작 동화는 전혀 생각이 없는 것 같았다.

"쟤네들은 다 네 여자 친구라고 하는 거 같은데?"

"여자 사람 친구."

"그래. 네가 나보다 쿨하네."

강현은 그렇게 말하며 차 시동을 걸었다.

* * *

다혜가 늦게 남아서 마무리 작업을 하고 있는데 웬 할아버지가 들어섰다.

"죄송합니다. 영업 마감했거든요. 지금 아무것도 팔지 않는데요."

"거기 그 쿠키도 살 수 없나?"

"죄송합니다. 정산이 마무리돼서요."

그런데 어쩐지 그냥 돌려보내기가 죄송해서 다혜가 쿠키 한 봉지 꺼냈다.

"이건 제가 선물로 드리는 거예요. 다음에 들러 주세요."

"고마워."

빤히 바라보는 노인의 눈이 노인치고는 꽤 예리하게 빛나는 것 같았다.

"안녕히 가세요."

별말 없이 쿠키를 들고 김기팔이 나와 지하 3층으로 내려갔다.

다혜는 정리를 마무리하고 지하 3층 주차장으로 걸어갔다.

오늘은 꽤 늦었다. 그래도 가는 길에 청담동 매장도 들러야 한다. 주아가 이사 앞두고 물건 정리한 게 있다며 들으라고 했다. 걸어가고 있는데 왠지 누군가 따라오는 것 같았다. 누굴까 하며 뒤를 돌아보는 순간이었다.

24. 수상한 할아버지

순간 놀랐다. 눈앞에 있는 사람은 조금 전에 매장에 들렀던 할아버지였다. 그런데 왜 이렇게 가슴이 섬뜩한지. 순간 뒷걸음치는데 구순호의 목소리와 함께 바로 그 할아버지 뒤에서 덩치 큰 구순호가 나타났다.

"사모님, 차는 이쪽입니다."

귀에 익은 소리에 고개를 끄덕이는데 김기팔이 다혜의 옆을 지나쳐갔다. 퀭한 눈으로 저를 지나쳐 가는 모습에 다혜는 알 수 없이 불안감을 느끼며 구순호가 주차해 놓은 차에 올라탔다.

이렇게 괜히 불안할 때는 동화의 목소리를 듣고는 했다. 그런데 지금은 동화와 함께 강현도 떠오른다. 그사이에 이렇게까지 의지하게 되었나 싶다.

조금 있으면 집에 가서 얼굴을 볼 텐데도 다혜는 전화를 했다. 강현에게 전화를 했는데 받은 사람은 동화였다.

-엄마!

"어, 동화가 받았네."

-아빠는 식사 준비해요.

"엥? 무슨 준비?"

-포장지 뜯어요.

그 말에 웃음이 터졌다.

요리를 제대로 배우기 전에는 부엌에 들어오지도 말라고 했더니 일어난 현상이었다.

-어디쯤 와요?

강현의 목소리까지 들으니 더 마음이 놓인다. 이래서 가족이 있어야 한다. 마음을 기대는 가족이 있는 곳이 가장 아늑한 집이다.

* * *

다음 날 오후에 대표실에 들른 다혜의 말에 강현이 인상을 썼다.

"오늘도 동화가 주아 씨 어머니하고 놀러 간다고요?"

"네. 1박 2일이요."

"그런데 애를 그렇게 자주 놀러 가게 둬도 괜찮아요?"

"뭐 어때요. 내가 데리고 잘 다닐 수 있는 것도 아닌데."

"아니지. 이제 우리 둘이 동화 데리고 얼마든지 자주 여행 다닐 수 있는데."

강현은 동화가 고스톱 훈수 두는 게 별로 마음에 들지 않았다. 초기에는 동화가 없는 날 밤새 다혜를 독차지할 수 있어 좋았는데 이제 확실히 아빠가 되어버렸나 보다.

다혜는 강현의 마음을 읽고 절충점을 이야기했다.

"그건 그렇죠. 그런데 동화는 할머니랑 놀러 가는 거 되게 좋아해요. 내가 옆에 있으면 하지 말라는 것도 많은데 할머니랑 같이 가면 예쁘다 하면서 잘해주시니까."

"그렇긴 하겠네. 그래서 다들 부모님보다는 할머니에 대한 기억이 더 좋은가 봐요. 할머니들은 내 자식 아니니까 좀 더 여유 있는 거고."

강현의 말에 다혜가 웃었다.

"이제 동화도 점점 할머니하고 놀 시간도 없어요. 그나저나 백화점 내에 저에 대한 소문이 돌고 있어요."

머뭇거리며 한 말에 강현은 뿌듯하다는 얼굴을 했다.

"내가 낸 거예요. 그 소문."

"네?"

"어차피 우리 결혼할 건데 은근슬쩍 소문도 흘려두고 그래야죠. 안 그러면 괜히 애 딸린 여자가 대표랑 뭐 있다고 소영이처럼 뭐라고 하는 사람 있을 거 아니에요."

맞는 말이긴 했다. 주소영이 매장에 와서 미혼모 주제에 대표에게 꼬리 친다고 난리를 치는 바람에 신경이 많이 쓰였다. 그런데 강현이 이렇게 세심하게 소문을 미리 내어주다니 참 고맙다.

"하여튼 센스 있는 남자라니까."

"지금 잘했다고 칭찬해 주는 겁니까?"

"뽀뽀라도 해줘요?"

"그럼 좋죠."

말하기가 무섭다 싶을 만큼 빠르게 얼굴을 가까이 대는 강현에게 다혜가 버드키스를 날렸다. 그러자 강현이 못마땅한 음성을 냈다.

"진짜."

강현의 손이 어느 틈에 다혜의 허리를 잡고 바짝 당겼다. 바로 달라붙은 하체에 큼직하게 발기된 성기가 묵직하게 느껴졌다.

"잠깐만요. 아무리 소문이 났어도……."

"그러니까. 이제는 연다혜가 내 사무실에 들어오면 아무도 못 들어오는 게 공식적인 게 되는 거죠."

강현이 다혜를 안은 채 바로 인터폰 했다.

"앞으로 1시간 아무도 들이지 마."

-네. 대표님.

강현이 인터폰을 끊자 다혜가 놀란 눈을 하고 강현을 올려다보았다.

"어쩌자고. 한 시간 동안 뭘 하려고……."

"단둘이 있으려고."

강현이 다혜를 번쩍 들어 안고는 소파에 뉘었다. 바로 그 위로 올라타고 내려다보는 얼굴에 장난기가 가득하다. 그리고 그 장난기 뒤에 서린 뜨거운 욕망에 다혜의 얼굴이 달아올랐다.

"어제 다혜 씨 그냥 잤어요."

"피곤해서……."

"그러니 지금이라도 나를 좀 봐줘야지. 다혜야!"

다정하게 부르는 다혜라는 이름에 대답처럼 입술이 벌어졌다. 강현이 입술을 겹치고 혀를 밀어 넣었다. 얽히는 혀의 감촉에 머리가 아득해지는 순간 강현이 스커트를 밀어 올렸다.

"스타킹 사놓은 거 있어요."

"네?"

찌이익 소리를 내며 팬티스타킹이 찢어졌다.

"하아……."

바로 손가락이 팬티를 젖히고 파고들었다. 놀란 속살이 움찔거리는데 갑작스러운 자극에 바짝 속이 조여들었다.

"이제는 누가 뭐래도 안 멈춰요."

다혜가 고개를 끄덕였다.

그가 발기된 성기를 꺼내더니 능숙하게 다혜의 안으로 밀어 넣었다.

다혜가 하얀 다리를 강현의 허리에 감았다.

"연다혜, 사랑해."

"하아…… 나도 유강현 사랑해."

다혜의 말에 강현이 멍한 눈으로 다혜를 보더니 귓가에 대고 속삭였다.

"진짜, 남자 미치게 만들지."

다시 입술이 겹쳐졌다. 깊게 파고든 그의 페니스가 다혜의 안에서 날뛰기 시작했다. 갑작스러운 결합에 다혜도 반쯤은 정신이 나간 것 같았다.

서로 얽힌 채 꼭 끌어안고 소파에서 누워 있는데 강현이 말했다.

"이제부턴 대놓고 둘이 같이 다니자고요. 잘못된 거 없잖아요? 그리고 유진 씨 정직원으로 승격하면 어때요?"

"그건 조금 더 봐야 해요. 왜냐면 매장 매출이랑……."

"지금 매출 추이로 봐서는 정직원하고도 남을 것 같은데. 완전 짠순이네. 우리 연 실장님."

"안전하게 가야죠."

"내가 더 통계적으로는 능하다는 거 인정해요?"

강현의 말에 다혜가 고개를 끄덕였다.

"물론이죠. 저같이 주먹구구식으로 매장 운영해 본 사람하고 비교도 안 되겠죠."

"맞아요. 온리유 정도 매출이면 정직원 한 명 정도는 얼마든지 쓸 수 있어요."

"고마워요."

"통계가 그렇다니까."

"그렇지 않아도 어머니께서도 유진 씨 정직원으로 쓰자고 말씀을 하셨어요."

"어머니라면."

"네. 주아 엄마요."

어머니라는 말을 들었을 때 강현에게는 이소은이 먼저 떠올랐다.

"주말에 시간이 되니 우리 다른 데 한 번 가요, 같이."

"어딜요? 또 호텔?"

다혜의 말에 강현이 피식 웃으며 다혜의 콧날을 손끝으로 톡 건드렸다.

"하여간 앙큼하기는…… 우리 할아버지 병실에 같이 가요."

"아!"

다혜의 얼굴이 빨개졌다. 혼자 밝히는 여자가 된 것 같아 말까지 더듬었다.

"맞아요. 깨어나셨는데…… 아직 반응은 없다고 했죠."

"눈동자 반응은 일어나기 시작했어요. 아무래도 연세가 많으니까 어디까지 회복될지는 모르죠. 저러다가도 언제 돌아가실지 모르고."

"같이 가요."

다혜의 말에 강현이 고개를 끄덕이며 다혜의 머리를 쓰다듬었다. 함께 있으니 매일 치열하게 일하는 곳도 이렇게 아늑하게 느껴질 수 있다는 게 신기했다.

"오늘은 우리 오랜만에 밖에서 식사하고 들어가요."

"제가 살게요. 대표님, 뭐 좋아하는 거 있어요?"

"연다혜가 추천하는 거 먹고 싶은데. 뭐 좋아해요?"

"그냥 내가 좋아하는 거 소박한데."

"말해봐요."

"나 냉면 좋아해요. 냉면 잘하는 집 있는데 갈래요?"

"괜찮긴 한데 난 냉면 한 그릇 갖고 양 안 차는데. 한 번 먹으면 두 그릇은 먹어야 하고 만두도 먹을 거예요."

"좋아요. 많이 드세요."

다혜는 평소 잘 가는 냉면집으로 갔다. 가게는 허름했지만 나오는 음식은 정말 맛깔스러웠다.

"이렇게 맛있는 데가 있어요?"

"괜찮죠."

"입맛 없을 땐 정말 괜찮네. 새콤하면서도 질리지 않는 단맛 같은 거?"

강현은 순식간에 비빔냉면 두 그릇과 만두까지 다 비워버렸다.

"우리 언제 결혼할까요?"

"글쎄요. 할아버지가 일어나셔야······."

"할아버지가 언제 일어나실지도 모르는데 무작정 기다리는 건 동화한테
도 좋지 않은 거 같아요."

"그건 그래요."

"스케줄 한번 맞춰 봅시다. 날씨가 조금만 더 따뜻해지면 결혼하기 좋지
않을까요?"

다혜가 고개를 끄덕였다.

* * *

적막감이 도는 한남동 저택은 해 지고 난 뒤에 더 쓸쓸했다. 화려한 식탁
에서 소은 혼자 밥을 먹고 있었다.

젓가락으로 깨작거리며 먹고 있는데 모르는 번호로 전화가 울렸다.

"여보세요?"

-할머니? 예쁜 할머니 번호 맞아요?

동화였다. 세상에 이럴 수가! 소은의 눈이 커져서 들고 있던 젓가락을 내
려놓았다.

"아니, 이게 누구야? 동화니?"

-네. 저 동화예요.

"내 번호는 어떻게 알고 전화했어?"

-물어봤어요.

"어. 그래. 우리 동화 저녁 먹었니?"

-네. 저녁 먹었어요. 할머니하고 놀러 왔어요.

"뭐? 할머니하고 놀러 가?"

누가 할머니야?

생각해 보니 지난번에 동화 외할머니를 자처했던 혜순인가 보다.

저도 모르게 혜순이 부러워 한숨이 났다.

오랜 시간 한집에서 살아왔던 탓에 아버님도 없는 이 집안이 말할 수 없이 적적했다.

강현이 저에 대해서 어디까지 아는지도 무서웠다. 아들에게 버림받고 노년에 외로움만 남으면 어쩌나, 그런 생각도 들었다. 그래서 더 소영을 며느리로 삼으려고 했었다.

진수성찬을 앞에 놓고도 외로움에 떨고 있을 때 걸려온 동화의 전화는 말할 수 없이 반가웠다. 귀여움이 뚝뚝 묻어나는 목소리로 예쁜 할머니하고 불러주니 가슴이 다 저릿했다.

"동화는 그 할머니랑 노는 거 재미있어?"

-네. 재밌어요. 예쁜 할머니도 친구랑 놀아요? 그때 그 무서운 아줌마하고만 놀아요?

소영이를 말하는 거다. 동화에게 소영은 그저 무서운 아줌마인 거다. 동화의 말에 소은이 얼른 대답했다.

"아니야. 그때 그 무서운 아줌마하고는 이제 안 놀아."

-할머니. 나랑 같이 놀러 갈래요?

동화의 말에 소은이 좋다고 맞장구쳤다.

"그럼! 이 할머니가 동화한테 정말 잘해줄 건데. 할머니하고도 놀러 갈까?"

-네.

"동화야, 그러면 할머니네 집에 먼저 놀러 와. 와서 피아노도 쳐줄래? 동화 피아노 잘 치잖아."

-할머니네 집에 피아노 있어요?

"그럼! 피아노 있지. 아저씨가 어릴 때 치던 피아노도 있고 바이올린도 있는데 동화 놀러와라."

정말 눈물이 울컥 쏟아질 것 같았다. 5살짜리 어린애에게 놀러 오라고 사정을 하고 있는 자신을 인지하지도 못했다.

어린애라도 자신을 예쁘다고 해주는 단 한 사람이 동화다. 핏줄이 당기는지 이렇게 전화를 주니 더 보고 싶다.

-네. 갈게요, 우리 엄마랑.

"그렇지, 동화 엄마는 참 예쁘지?"

동화가 자기 엄마 예쁘다고 하는 걸 엄청 좋아한다는 걸 알고는 소은은 저도 모르게 자꾸 다혜가 예쁘다는 말을 하게 된다. 그러자 동화가 좋다고 말했다.

-네, 엄마랑 같이 갈게요! 우리 엄마 세상에서 제일 예뻐요! 할머니도 예쁘고!

"그래."

핏줄이 주는 진한 온기에 소은은 이 전화를 끊고 싶지가 않았다.

"우리 동화 밥 먹었어?"

-네. 먹었어요. 닭고기!

"어. 동화 닭고기도 좋아하니?"

-네. 예쁜 할머니 밥 먹어요?

세상에 소은이 밥 먹는지 관심 있는 사람은 하나도 없는 줄 알았는데 이 작은 애가 밥 먹느냐고 물어준다.

"응. 나 지금 먹고 있어."

-맛있게 드세요. 끊을게요.

"동화야, 전화 또 해줘. 할머니가 이 전화번호로 전화하면 동화가 받아?"

-레슨 시간 빼고요. 어린이집에 있을 때도 빼고요, 잠자는 시간 빼고요.

"그래. 그런 시간 다 빼고 내가 전화할게."

5살 아이도 스케줄이 만만하지 않다. 전화 한 통도 하기 힘들다 싶으면서도 동화의 목소리를 자주 들을 수 있다고 생각하니 가슴이 다 뿌듯하다.

전화를 끊고 나서 소은은 저도 모르게 티슈로 눈물을 찍어냈다.

"내가 왜 울고 이래. 어휴. 다섯 살짜리 전화에 감동받아서 이렇게 울다니. 사람이라는 게 뭔지."

밉기도 하고 좋기도 한 게 사람이다. 동화가 이렇게 전화를 걸어주니 그렇게 동화를 키워준 다혜가 또 고맙기도 하다.

하지만 저를 우습게 볼 게 뻔했다. 그때 쇼룸에서 놈팽이와 놀아나는 걸 대충 눈치챘을 테니.

"날 무시할 거야. 우습게 여기겠지."

대놓고 물어볼 수도 없어 마음이 무거웠다. 그런데 동화는 또 너무 예쁘다. 옆에 있던 물을 한 대접 들이켜고 있는데 도우미 아주머니가 왔다.

"사모님. 입맛이 없으세요?"

"아니. 아니, 괜찮아. 많이 먹을 거야. 많이 먹어야 손자하고 놀지."

소은은 국에 밥을 말아 꾹꾹 누르기 시작했다.

* * *

다혜는 강현과 함께 중환자실로 갔다. 할아버지는 일반 병실로 옮길 수 있다고는 했는데 불안해서 아직 중환자실에 계셨다.

강현을 따라 들어가는 다혜의 마음이 복잡했다. 유 회장한테 언니 대신 인공 수정을 하고 아니라고 잡아뗀 것이 계속 마음에 걸렸다.

"할아버지. 저 왔어요. 다 들으시죠?"

강현의 말에 유 회장의 눈동자가 살짝 움직였다.

"많이 건강해지셨네, 우리 할아버지."

다혜가 옆에서 인사를 했다.

"안녕하세요, 회장님. 저 연다혜 실장이에요. 죄송해요. 제가 그때 동화…… 제대로 말씀드리지 못했어요."

그리고 뒷말을 잇지 못하자 강현이 말했다.

"할아버지는 다 알고 계세요. 그때 연 실장은 잘못한 거 없었잖아요. 어서 일어나서 동화 재롱도 보고 제가 아이 낳는 것도 다 보셔야죠."

강현의 말에 또 유 회장의 눈동자가 살짝 움직였다. 그 작은 눈동자의 변화가 청각이 살아 있다는 안도감을 주고 있었다. 다혜는 유 회장의 눈동자에 시선을 맞추고 미소 지었다.

"회장님, 어서 일어나세요. 나으시면 동화도 데리고 올게요."

둘은 간단히 면회를 마치고 인사를 하고 나왔다. 강현이 다혜의 어깨에 손을 얹으며 물었다.

"기분이 어때요?"

"그냥 빨리 일어나셨으면 좋겠어요. 잘해드릴 기회가 있었으면 해요."

솔직한 마음이었다. 그때는 유 회장이 계약서를 빌미로 동화를 뺏어갈까 무서웠지만 이제는 가족으로 느껴진다.

강현은 다혜의 볼을 쓰다듬었다.

"지금도 잘해드리고 있어요. 동화 엄마로, 그리고 내 여자로 옆에 있는 것 자체가 할아버지한테 잘해드리는 거예요."

"고마워요. 그렇게 말해줘서."

둘은 곧장 집으로 돌아가 현관문을 열기 무섭게 포옹했다. 신발도 벗지 못했는데 당겨 안는 강현에게 다혜가 고개를 들었다.

"우선 들어가서……."

"아까 고맙다고 했죠? 맨입으로 고맙다고 하면 안 되는 거 알죠?"

"뭐 먹고 싶은 거 있어요?"

"연다혜."

강현이 다혜의 입술을 집어삼켰다. 할아버지 병실까지 같이 다녀오니 이제 정말 다혜가 제 여자가 된 거 같아서 더 사랑스럽다.

강현이 다혜의 가슴을 한 손에 쥐었다. 유두가 바짝 곤두선 게 느껴지자 다혜의 손을 가져다 제 페니스를 쥐어주었다.

"너무 건강한 거 아닌가요? 대표님?"

손안에서 불끈거리는 페니스가 벅차게 느껴져 슬그머니 손을 놓으려고 하자 강현이 다혜의 손을 꽉 쥐고 제 페니스를 비볐다.

"둘째 가지려면 애써야지."

"피임 안 해도 괜찮다면서요?"

"기적도 있잖아요. 그리고 고마우면 아기 갖죠?"

"네?"

"고맙다며. 그럼 아기 갖자고요."

어이없어 웃자 웃는 강현이 웃는 다혜의 입술을 혀로 천천히 핥았다. 이러다가는 곧 아기가 들어서게 생겼다. 아직 벗지 못한 하이힐 위에서 다혜가 강현의 목에 단단히 두 팔을 두르며 매달렸다.

* * *

다음 날 사무실에서 강현은 곰곰이 생각했다.

"이미 17년 전에 죽은 걸로 되어 있는 사람이 살아 있다면?"

모든 서류에 다 죽은 걸로 돼 있는 사람은 아무것도 할 수가 없다.

그렇다면 그 사람은 어떻게 살아왔을까?

만약 김기팔이 신분을 바꾸고 살았다면 과거에 대한 모든 것을 끊고 새 사람으로 살든지 아니면 과거의 끈을 가지고 살든지 둘 중 하나일 거다.

만일 과거의 끈을 버리지 않고 살았다면 멀리 가지 않았을 거다.

"김기팔이 죽으면서까지 놓지 못하는 것. 그건 뭘까?"

그건 할아버지를 향한 원망과 복수심 그리고 돌아가신 할머니를 향한 소유욕.

정말 징그럽고 무섭다는 생각을 하며 의자에 앉아 있던 강현이 벌떡 일 어났다.

"백화점이야. 사람이 많이 다녀도 이상하지 않지. 매일 백화점에 왔을 수 도 있어."

다른 사람의 신분으로 왔을 거다. 그것도 아주 자주.

"안 되겠어."

강현은 구순호를 불렀다.

"직원들 명단 샅샅이 조사해. 용역 업체 통해서 드나드는 사람도 전부 다 조사해 봐."

"갑자기 왜 그러십니까?"

"나이 든 사람으로만 쫙 추려서 가져와 봐. 아무래도 김기팔이 우리 백화 점에 있을 것 같아."

"네?"

"김기팔 말이야."

그 말에 구순호가 고개를 갸웃하더니 말했다.

"……저, 이상한 게 있기는 했습니다."

"뭐?"

"사실은 며칠 전에 사모님을 지하 주차장에서 기다리고 있을 때, 모두 다 퇴근한 시간인데 웬 할아버지가 지하 주차장으로 내려왔습니다. 엘리베이터 옆에서 한참 배회를 하더군요. 그래서 좀 눈여겨봤는데 사모님이 내려오니까 그 뒤를 따라 걸었습니다."

"뭐?"

강현은 머리가 다 쭈뼛했다.

"느낌이 안 좋아서 사모님을 불렀더니 그 할아버지가 그냥 지나쳐 가더라고요. 느낌은 안 좋았지만, 붙잡고 누구냐 물어보기도 뭐해서⋯⋯."

"그걸 왜 이제 말해? 아니지, 그 사람 누군지 알아봐."

"하지만 어떻게 알아볼지⋯⋯."

"CCTV 뒤져. 그리고 그 사람이 누군지 다 캐보면 될 거 아니야?"

"네. 알겠습니다."

"조용히 일해. 사람들 말 돌지 않도록. 백화점 안에서 일하는 사람 중에 내가 모르는 70대는 없을 거야."

"그렇죠. 그렇게까지 나이 많은 사람은 없습니다."

"그런데 만약에 신분을 위장한다면 몇 살까지 속일 수 있을까?"

"10년까지는 속이지 않을까요?"

"지금 김기팔은 80대 중반이야. 10년을 속여도 70대지. 65세 이상 전부 다 추려봐. 어쩌다가 와서 도와주는 사람까지 전부 다 말이야."

"알겠습니다."

구순호가 나가자 강현은 분노로 피가 뜨거워지는 걸 느꼈다.

* * *

구순호는 두꺼운 파일을 들고 강현을 찾아왔다.

"아무리 뒤져봐도 알 수가 없습니다. 이름도 모르고 생김새도 정확히 알 수 없어서……."

"나이대로 다 추려봤어?"

"네, 한 스무 명 정도 됩니다."

"스무 명?"

"이분들은 가끔씩 나와서 도와주시는 분들입니다. 백화점에서 오래전부터 일했던 분들도 있고요."

"그러면 한 사람씩 내가 면접 보는 걸로 하지."

"이 많은 사람을요?"

"어."

"명목은 뭐라고 하고 면접 보러 오라고 할까요?"

"1년간 파트타임으로 일할 수 있게 해준다고 해."

"그렇게 파격적인 조건이라면 젊은 사람 중에 반발도 있을 겁니다."

"정규직도 아니고 1년 파트타임이야. 그 정도도 대표 권한으로 할 수 없다는 건 아니겠지?"

"물론입니다. 그냥 제 생각에는 더 젊은 사람들도 있는데……."

"경력을 우대하는 거지. 나이가 많으니까 조금만 들여도 훨씬 더 좋아할 테고."

"알겠습니다."

그대로 나가려고 하는 구순호를 강현이 다시 불러 세웠다.

"아니야. 그게 아닌 거 같아. 잠깐만 기다려봐."

구순호가 가만히 멈춰 서서 다음 말을 기다렸다. 강현은 머리를 굴렸다.

만일 김기팔이 이 백화점 근처에서 얼쩡거리고 있다면 더 좋은 대우를 보장받으려고 나오진 않을 거야. 오히려 그 반대라면 몰라도.

"이렇게 하자. 65세 이상은 면접으로 합격 정도의 인지 능력을 갖추지 않으면 모두 잘라버린다고 해. 출입증 없는 사람은 스태프 영역 출입을 금지하고."

"네? 하늘과 땅을 오가는 차이인데요?"

"그렇지. 이렇게 된다면 나올 거야."

공식적으로 백화점에서 일하고 있는 사람은 손에 꿰고 있다. 그런데도 허점이 있다면 분명히 어디선가 새고 있다는 거니까.

강현은 오래전에 본 적이 있는 김기팔의 사진 파일을 열었다. 지금은 70대가 넘었지만, 이 얼굴을 자세히 기억해 둔다면 면접할 때 분명히 그 얼굴을 알아볼 수 있을 거다.

"귀신 짓을 하고 있으니 귀신답게 대해줘야지. 소금이라도 사다 뿌릴까? 절대로 동화나 다혜를 위험하게 할 순 없어."

구순호가 지하 3층에서 김기팔을 보았다면 샅샅이 뒤져볼 필요도 있을 것 같다.

강현은 비서실로 갔다.

"지금부터 지하 3층에 우리가 모르는 공간이 있는지 찾아봐요. 공식적인 건 확인할 필요도 없어. 지하 3층에 있는 공간 싹 다 뒤지고 지하 외에도 층마다 허술하게 관리되는 공간이 있는지 다 알아봐 와요. 소문내지 말고."

"알겠습니다."

"백화점 설계하신 분의 도움 받아요. 그리고 누군가 숨어들 수 있다면 어느 층이 가장 용이할지도 알아보고."

굉장히 까다로운 요구였다. 백화점 구석구석에 있는 공간들을 다 살피는 건 쉬운 일이 아니었다.

"되도록 빨리해요."

"하지만 시간이 오래 걸릴 거 같은데……."

"그렇다면 인원을 더 보강하든가. 믿을만한 사람으로 최대한 빠른 시일 안에 해야 합니다."

"네."

"대충할 생각은 하지도 말고."

"네."

싹 다 털 생각이다. 백화점을 통으로 뒤집어놓는 한이 있더라도 어디에 숨어 있든 찾아낼 생각이었다.

다혜의 곁을 지나갔다고? 연다혜는 이제 제 생명이나 마찬가지다. 그녀의 머리카락 한 올도 다치게 할 수 없다.

그놈이 노리는 게 연다혜라면 아니, 동화라면…….

생각만 해도 머리카락이 쭈뼛이 곤두섰다. 하지만 역시 동화일 확률이 더 높다고 생각한다. 핏줄에 집착하는 놈이니까.

* * *

동화는 은별이와 생수통이 있는 곳으로 걸어갔다. 문화센터 입구에 있는 생수통에는 작은 사탕도 놓여 있고 물컵도 놓여 있었다.

키가 작은 아이들을 위해서 놓은 발받침 위에 올라가 동화가 컵을 꺼내고 물을 따랐다.

"은별아, 이거 마셔."

"고마워, 동화야."

은별이가 작고 통통한 손으로 컵을 받아들자 동화가 제가 먹으려고 다시 컵을 꺼내 물을 따르려는데 어떤 할아버지가 말을 걸었다.

"나도 물 좀 줄래?"

퀭한 눈에 더벅머리를 하고 허름한 겨울 잠바를 입고 있는 할아버지는 동화의 눈에 무섭기도 하고 불쌍하기도 했다.

동화가 커다란 눈을 껌뻑이며 가만히 보다가 제가 마시려고 받은 물컵을 내밀었다.

"네, 할아버지 이거 드세요."

물을 가득 따른 컵을 동화가 할아버지에게 넘겼다. 주름진 손가락이 동화가 주는 컵을 받아들었다.

"고맙다. 예쁘네. 너 이름이 뭐냐?"

"동화예요."

"동화?"

김기팔은 또렷이 동화의 얼굴을 보았다. 유씨 집안의 고집스러운 입매며 오뚝한 콧날까지 닮았다.

유택천의 허우대에 넘어간 은희를 생각하면 이 잘난 인물을 한 꼬마도 마냥 예쁘다고 볼 수는 없다.

못마땅한 눈으로 아이를 보고 있는데 아이는 싱긋 웃는다. 그 웃음을 보고 있는데 기분이 이상했다. 동화는 자기도 물컵을 꺼내 쭉 따라 마시더니 주머니에 있는 캐러멜 하나를 꺼내며 말했다.

"할아버지 당뇨병 있어요?"

"뭐?"

황당한 질문에 김기팔은 동화를 보며 되물었다. 당뇨병이라니!

"할아버지, 당뇨병 있으면 이거 못 먹는데. 당뇨병 없으면 이 딸기 캐러멜 줄게요."

얼떨결에 김기팔은 동화가 주는 캐러멜을 받았다.

"당뇨병 없어요?"

눈을 동그랗게 뜨고 보며 한 번 더 묻는 동화에게 김기팔이 고개를 저었다.

"그런 말은 누구한테 배웠냐?"

"우리 할머니는 당뇨병 있어서 캐러멜 먹으면 안 돼요. 할아버지는 참 좋겠다."

"뭐?"

누군가 자기에게 이렇게 말을 걸어준 것도 오랜만이지만 할아버지가 좋겠다니.

내 인생에 좋은 게 하나라도 있었던가?

"내가 뭐가 좋냐?"

"당뇨병 없으니까 캐러멜도 먹을 수 있고 좋잖아요. 나도 당뇨병 없어요."

단 한 번도 생각해 본 적이 없다.

단것을 먹을 수 있어서 좋다고?

멍하니 있는 김기팔을 보더니 동화가 씩 웃었다.

"할아버지 좋겠다. 들어가자, 은별아."

그리고 은별과 함께 교실로 쏙 들어가 버렸다. 김기팔은 제 손에 남아 있는 캐러멜을 물끄러미 바라보다 저도 모르게 주먹을 꽉 쥐었다.

* * *

강현은 가만히 생각해 보았다. 자기가 직접 만난다고 하면, 김기팔은 절대로 모습을 나타내지 않을 거다. 하지만 말단 사원이 체크한다면?

비정규직에게 사원증을 발급하는데 그걸 말단 사원이 면접을 본다고 하면 김기팔도 안심하고 나타날 게 분명했다. 작전을 치밀하게 세우고 들어가야 했다.

만일 김기팔이 면접에 나타난다면 그 모든 것을 실시간으로 확인할 수 있을 뿐만 아니라 녹화해 놓을 수도 있다. 이 기회를 절대로 놓쳐서는 안 된다. 그때 노크 소리가 들렸다.

"대표님, 동화 왔습니다."

"들어오라고 해."

강현이 일어나며 동화를 맞이하려고 할 때 바로 뒤에 구순호도 동화를 따라 들어왔다. 강현은 일단 동화부터 번쩍 들어 안았다.

"우리 동화, 오늘 수업 두 개 있지?"

"네."

"그래서 쉬는 시간에 놀러 왔어?"

동화가 활짝 웃으며 고개를 끄덕였다. 이 아이의 미소는 귀엽기도 하면서 또 가슴을 뭉클하게 하는 뭔가가 있었다.

"나 할머니랑 전화해도 돼요? 할머니가 나랑 놀고 싶다고 했는데 그래도 돼요?"

"할머니?"

"네. 예쁜 할머니. 아빠 엄마예요. 동화 진짜 할머니."

알 건 다 아는 동화다. 혜순하고 그렇게 오래 지내면서 훨씬 친한 것 같아도 아빠의 엄마, 자신의 진짜 할머니가 누구인지 알고 있었다. 강현은 고개를 끄덕였다.

저는 어머니의 이중성에 환멸을 느껴서 잘해드리지는 못했다. 지금도 다혜를 예뻐하지 않는 어머니가 마음에 들지 않다. 하지만 그런 어머니라도 어머니였다.

엄마의 외로움을 그냥 간과하기에는 마음 한쪽이 쓰렸다.

"그래, 동화야. 할머니 전화 오면 받아주고 할머니가 만나자고 그러면 만나도 돼. 하지만 엄마나 아빠한테 물어보지 않고 할머니 따라서 가버리고 그러는 건 안 된다."

"네에."

"동화 여기서 게임 조금 하고 있을래?"

"네!"

"지금도 1등이야?"

고개를 끄덕인다.

강현은 태블릿을 꺼내 눈을 초롱초롱하게 빛내며 게임을 시작하는 동화를 보다가 구순호에게 눈길을 돌렸다.

"지난번에 말한 면접 말이야. 가능하면 관리실 말단 직원이 하는 걸로 하자."

"관리실 말단 직원이 뭘 알아서요."

"그러니까 누가 봐도 아무것도 모른다고 생각할 테니까 그게 딱이라는 거지."

구순호는 가끔 강현이 말하는 걸 알아들을 수 없을 때가 있었다. 하지만 한 가지 확실한 건 유강현이 하라는 대로 해서 잘못된 일은 한 번도 없었다는 거다.

"네, 알겠습니다. 저, 그런데 수요일에 휴가 내고 다음 날도 휴가 내면 안 될까요?"

"하루면 이사 다 하는데 다음 날 네가 왜 휴가를 내는데?"

"아무래도 제가 이것저것 손봐줘야 할 게 많을 것 같아서요."

"기가 차네, 진짜. 집주인도 출근할 텐데 네가 가서 그 빈집에서 집수리 해 주게? 이사 당일도 네가 가서 할 일은 사실 없어."

강현은 싱긋 웃으며 말을 이었다.

"요즘 이삿짐센터에서 다 해주는데."

"그래도 집안에 남자가 있어야죠. 망치질도 해야 하고……."

"망치질도 다 이삿짐 센터에서 해줘."

"그래도 정리라도……."

"정리도 다 해줘."

"그래도 휴가 내겠습니다!"

"네 도움이 필요하고 말고 상관없이 휴가를 내고 싶겠지. 그래, 알았어. 휴가 내."

"감사합니다."

"감사할 것까지는 없고. 저번에 여자의 마음은 어떻게 얻느냐고 묻더니 마음은 좀 얻었어?"

"그게……."

얼굴이 더 빨개진다. 딱 봐도 어쩐지 느낌이 온다.

"그러면 마음은 둘째고 몸부터 얻었냐?"

씩 웃는 구순호를 보니 일이 어떻게 돌아가는지 대충 알 것 같았다.

"주아 씨, 사람 참 괜찮은 사람이야. 밀어줄 사람 확실히 밀어주고 대신 잘못하면 국물도 없을 것 같더라."

"저는 잘못하지 않습니다. 그저 우리 주아 씨를 내 형님이다, 생각하고…… 하라는 건 다 하려고요."

강현이 고개를 갸웃했다.

"그건 또 아니지. 여자 친구가 어떻게 형님이야? 정확하게 해. 잘 해주더라도 조폭 형님같이 모셔 봐야 여자가 남아나겠냐?"

"네. 잘하려고 합니다. 그래서 휴가도 내는 거고요."

"그래. 이제 앞으로 주아 씨네 집에 가면 너를 보겠네."

"아니, 대표님이 주아 씨 집에 왜 옵니까?"

갑자기 경계하며 하는 말에 강현이 웃었다.

기차 화통을 삶아 먹은 것 같은 여자. 그게 주아에 대한 강현의 첫인상이었다. 게다가 다혜를 끌고 괜찮은 남자를 물색해 주겠다고 바에 갔던 걸 생각하면 제일 경계해야 할 사람 1호가 주아이기도 했다.

"네가 왜 거기서 나를 경계해? 나는 주아 씨가 좀 독특한 데가 있어서 나야말로 다혜 씨 지켜야 해서 경계하거든?"

"주아 씨는 그렇게 독특하지 않습니다."

"아니지. 네가 봐도 주아 씨가 엄청 씩씩하잖아."

"네, 그렇습니다."

"그렇게 씩씩한 사람이 전통 매듭을 하는 게 이게 뭔가 밸런스가 안 맞지 않나?"

"아닙니다. 밸런스가 아주 잘 맞습니다. 생각보다 매듭 이게 손힘도 있어야 하고 강약 조절을 잘해야 하거든요. 그러니 주아 씨 성격이면 딱이죠."

구순호의 말을 듣고 있으니 웃음이 터져 나왔다. 무슨 말을 해도 저 귓구멍을 뚫고 들어가지 않을 게 뻔했다.

"알았어. 가봐."

강현이 혀를 차며 웃었다. 구순호가 주아에게 빠져도 단단히 빠진 것 같다. 구순호가 나간 뒤에 강현은 동화에게 물어봤다.

"동화야, 넌 진짜 우리 엄마가 예쁜 할머니라고 생각해?"

동화가 고개를 끄덕였다.

"할머니는 예쁘잖아요. 아빠하고 닮았어요."

"그래?"

눈매와 전체적인 윤곽선이 엄마를 닮았다는 얘기를 많이 들었다.

전화번호를 알려주기는 했지만, 무슨 통화를 했나 궁금하기도 했다.

"할머니가 뭐라셔?"

"할머니가 집에 놀러 오래요. 그리고 나 보고 싶을 때 전화한다고 했어요."

"그랬어?"

빙긋 웃으며 보는데 동화가 갑자기 힘 있게 말했다.

"네. 그래도 지킬 건 지켜요. 엄마가 맨날 말했거든요."

"뭘 지켜야 하는데?"

"어린이집에서랑, 레슨할 때는 전화 받지 말라고 했어요."

"그래. 잘하는구나. 우리 동화. 이리 와봐."

무릎을 탁탁 치며 오라고 하자 동화가 쪼르르 와서 강현의 무릎 위에 앉았다. 아이를 꽉 안아보았다.

이 아이도 나중에는 저처럼 건장한 사내가 될 거다. 지금은 이렇게 천사같이 예쁘지만.

"아빠, 물어보고 싶은 게 있어요."

"물어봐, 동화야."

"태몽이 뭐예요?"

"아, 그거?"

태몽에 대해서 이야기하려고 했을 때 다혜가 못하게 해서 말하지 못했었다.

"내가 찾아봤는데 잘 모르겠어요. 아기 가질 때 꾸는 꿈이라고 했는데."

"응. 그래서 집안 식구들이 아기 가질 때 꿈을 대신 꿔주기도 하는데 혹시 동화가 동생이 생기는 꿈을 꾸지 않았을까? 지난번 달님이 오리 되는 꿈."

"우와!"

동화가 신난다고 소리를 쳤다.

"그런데 이거 우리끼리 얘기한 거 비밀로 하자. 엄마가 아기 금방 갖고 싶어 하지 않을 수도 있어."

"난 금방 갖고 싶어요! 예쁜 여자 동생."

"나도 예쁜 딸."

동화와 강현이 하이파이브를 했다. 어쩐지 모든 게 잘될 것 같았다.

김기팔의 손발을 먼저 묶어놓기만 한다면 그 나머지는 아무것도 문제되지 않았다. 처음부터 다시 잘해볼 생각이다.

"아빠."

"왜."

"딸기 캐러멜이 다 떨어졌어요. 그런데 엄마가 안 사준대요."

"왜?"

"하나씩만 사준대요."

"넌 한 박스씩 있는 게 좋은 거지?"

동화가 고개를 끄덕였다.

"박스로 있어도 넌 세 개밖에 못 먹잖아."

"그래도 보기만 해도 좋아요."

"한 박스 사서 집에 가져가면 아빠가 엄마한테 야단맞지 않을까?"

동화가 고개를 갸웃했다. 아빠라도 엄마한테 야단을 맞을 것 같다. 딱히 그렇게 말한 적은 없지만 분위기가 그렇다.

아빠가 엄마한테 무척이나 잘 보이려고 한다는 느낌이랄까?

"한 번만 봐달라고 하면 안 될까요?"

참 동화다운 말이다. 강현의 마음이기도 했다. 아들이 원하는 것을 해주지만 다혜에게는 야단맞고 싶지 않은 마음을 딱 제대로 표현한 것이기도 하다.

"좋아. 알았어. 동화야 한 번만 봐달라고 하지, 뭐."

아이의 고민을 들어주는 게 이런 행복일 줄이야.

* * *

다음 날부터 시작된 비정규직 노인 면접에서 강현은 모든 사람의 인터뷰 내용을 하나하나 보고 있었다.

대부분 일하기도 힘든 노인들이어서 조금이라도 일해서 소일거리로 돈을 벌었으면 하는 분들이었다.

전혀 문제가 없었는데 장민용이라는 할아버지를 보는 순간 강현의 눈이 커졌다.

김기팔이다. 전기 배선 경력의 베테랑. 요즘은 백화점 내 점포들의 소소한 전기 문제를 해결해 주고 있다. 심장이 벌떡벌떡 뛰었다.

지금 당장 내려가서 잡아야 한다. 일단 잡아서 경찰서로 보내야지. 강현은 벌떡 일어났다.

* * *

김기팔은 말단 총무과 직원 앞에 앉아 있었다.

"장민용 씨 전기 배선 용역 업체인 성진에서 평생을 일하셨네요?"

젊은 총무과 직원의 물음에 김기팔이 고개를 끄덕였다.

"네."

"그리고 지금은 파트타임으로 저희 백화점에서 일을 봐주시는군요. 큰 무리는 없을 것 같고요. 여기 출입증이요. 앞으로는 이거 꼭 가지고 다니셔야 합니다. 그러지 않으면 출입 자체를 못 하실 거예요."

말단 직원이 순순히 내주는 출입증을 받아들고 김기팔이 인사를 했다.

"감사합니다."

"연세도 많으신 분이 솜씨 좋아서 좋으시겠어요. 우리 같은 사람들은 퇴직하고 나면 그다음 일거리가 없는데 말입니다."

"젊었을 때 자격증 따놓으면 아무래도 좋죠."

천천히 내뱉는 목소리에 젊은 직원이 수긍했다.

"그러네요."

"그럼 수고하십시오."

그리고 김기팔이 복도로 나왔다. 총무과 역시 강현의 대표실과 같은 12층에 있었다.

김기팔이 면접을 보고 11층으로 향하는 비상구 쪽으로 가는 사이에 대표실에 있던 강현이 총무과 쪽으로 걸어왔다. 뒤에는 구순호도 함께였다. 강현은 구순호에게 지시했다.

"경찰에 먼저 연락해. 지난번에 얘기했던 김 형사 알지?"

"네."

"그리고 김철주한테도 연락해."

"뭐라고 연락할까요?"

"김기팔 찾았다고 하면 될 거야."

"네."

구순호가 대답과 함께 총무과 앞에서 휴대폰을 들었다. 강현은 그대로 총무과 문을 열었다. 대표실에서 총무과까지 오는 데 시간은 거의 걸리지 않았으나 김기팔은 없었다.

갑자기 나타난 대표를 보고 직원들이 모두 일어났다. 김기팔을 면접 보았던 직원도 일어나 인사를 했다.

"안녕하십니까? 대표님."

"여기, 김기팔은 어디 갔어요?"

"네?"

말단 직원은 아무것도 모른 채 무슨 말인가 했다. 김기팔이 누구인지 알 수 없는 일이었다. 강현은 바로 빠르게 정정했다.

"장민용 어디 갔냐고."

"아, 그 할아버지요? 일 마치고 11층에 전기 봐준다고 내려갔는데."

"11층?"

문화센터가 있는 곳이다. 순간 강현은 머리카락이 쭈뼛했다. 그가 빠르게 문을 열고 나와 엘리베이터 쪽으로 갔으나 아무도 없다.

"지금 여기 엘리베이터 쪽에 누가 없었어?"

구순호는 엘리베이터 쪽을 확인할 겨를이 없었다. 지금 막 김철주와 전화를 끝낸 참이었다.

"죄송합니다. 저는 저쪽에서 김철주와 연락을……."

"뭐래."

"바로 온다고 합니다. 경찰도 연락했고요."

"보안팀에 연락해. 장민용 백화점 안에 있으니 빨리 잡으라고."

피가 바짝바짝 마른다.

왜 하필 11층에. 설마 동화를 알고 있지는 않겠지? 그 많은 아이들 사이에서 동화를 어떻게 하진 않겠지?

강현은 엘리베이터 버튼을 눌렀다. 초조한 마음에 비상계단으로 가려는 순간 문이 열렸다.

그사이 김기팔은 비상구를 통해 11층으로 내려가 아이들이 나오는 걸 바라보았다.

동화가 나오자 김기팔이 동화를 보며 손짓했다.

"동화야!"

웃으며 동화를 부르자 동화는 전에 캐러멜을 주었던 할아버지인 걸 바로 알아보았다.

"안녕하세요, 할아버지."

"아가. 내가 왜 이렇게 배가 아픈지 모르겠다."

"아프세요?"

바로 옆에 있는 비상구 문을 열고 김기팔이 허리를 구부리고 들어갔다.

"할아버지, 많이 아파요?"

동화가 멀찌감치 떨어져 있자 김기팔이 손짓했다.

"아이고. 내가 많이 아프네. 아가, 나 좀 호 해줄래?"

그러면서 김기팔이 한 계단 한 계단 밑으로 내려갔다. 동화는 김기팔 가까이 걸어갔으나 김기팔이 다섯 계단 아래로 내려가자 계단 중간에 섰다.

"그런데 할아버지 왜 자꾸 가요? 모르는 사람을 따라가지 말라고 했는데. 엄마가 왔을 텐데……."

"아가, 내가 너무 아프다. 이리 와서 나 호 해주렴."

"우리 엄마 올 시간인데."

동화가 고민하는 얼굴을 하자 김기팔의 눈이 확 변했다. 아이는 올 듯 안 올 듯 그렇게 서 있었다. 비상계단에서 너무 가까웠다. 비병을 지른다면 바로 사람들이 달려올 거리였다.

계단을 사이에 두고 김기팔의 눈이 위태롭게 빛나고 있었다.

강현이 문화센터 안으로 들어와 동화를 찾으려고 하다 다혜를 만났다.

"어? 오늘은 내가 데리고 가겠다고 했는데 왔어요?"

혼자 있는 다혜를 보는 순간 강현의 불안감이 커졌다.

"동화는요? 수업 끝났는데 못 만났어요?"

"이 근처에 있겠지요. 애가 어디 갔지?"

다혜는 대수롭지 않게 말했으나 하얗게 질리는 강현의 얼굴을 보고 직감적으로 뭔가 잘못되었다는 걸 느꼈다.

"동화, 어딨어요?"

강현과 다혜는 놀라서 복도를 서성였다. 그러다 강현의 눈에 비상구가 눈에 들어왔다. 그럴 리는 없지만…….

강현이 비상구 문을 벌컥 열었다. 다혜가 빠르게 걸음을 옮겨 강현을 따라붙었다.

"왜요? 비상구는 왜…… 동화는 그쪽으로 안 다니는데."

문을 열자 계단 아래 동화가 있었다. 그리고 동화가 있는 데서 다섯 계단 아래에 김기팔이 있었다. 강현의 눈에 불꽃이 튀었다.

"김기팔!"

소리를 치자 김기팔이 고개를 들었다.

"김기팔이라니요. 저는 장민용입니다."

"김기팔, 죽은 척하고 그동안 있었겠지만 이제 소용없어."

김기팔이 고개를 저으며 일어섰다. 중간에 동화가 있었다.

"동화야, 꼼짝하지 마."

그 순간 김기팔이 동화를 향해 뛰어 올랐다. 김기팔의 손이 동화의 팔을 잡으려는 순간 강현이 그를 붙잡고 계단을 굴렀다.

"악!"

계단을 구르는 소리와 다혜와 동화가 내지르는 비명이 공기 중에 뒤섞여 울렸다. 다혜가 뛰어 내려가 동화를 꽉 끌어안았다.

비상구에서 울리는 비명을 듣고 구순호가 뛰어 들어왔다.

"대표님!"

놀란 구순호가 계단을 뛰어 내려갔다.

"강현 씨!"

다혜가 동화를 꽉 끌어안은 채 비명을 지르며 눈물을 떨어뜨리자 동화도 다혜를 꽉 끌어안았다.

"아빠! 다쳤어요?"

귓가에 울리는 동화의 말에 눈을 질끈 감고 있던 다혜가 눈을 떴다. 아래를 보자 강현과 김기팔이 쓰러져 있었다.

"대표님!"

구순호는 바로 구급차를 불렀다. 함부로 움직여서는 안 된다는 것 정도는 기본적으로 알고 있었다.

"대표님."

강현의 머리 한쪽에서 피가 꽤 많이 흘렀다. 김기팔 역시 쓰러진 채 눈을 뜨지 못하고 신음을 내고 있었다.

붉은 피가 대리석 계단을 물들이자 공포감이 삽시간에 비상계단을 덮었다.

"강현 씨!"

"대표님!"

"아빠, 아빠!"

공포감에 휩싸인 목소리들이 계단에서 울려 퍼졌다.

동화를 안은 채 차마 눈도 뜨지 못하던 다혜가 다시 눈을 떴다. 처참하게 쓰러져 피를 흘리고 있는 강현과 그 옆에 있는 노인과 구순호를 보고는 손을 들어 동화의 눈을 가렸다.

"동화야, 보지 마."

동화를 꽉 끌어안았으나 동화가 마구 울었다. 흐느끼는 소리가 그대로 터져 나왔다.

"아빠, 아빠아!"

동화가 이렇게 우는 건 처음 본 것 같았다. 웬만해서 울지 않던 동화였다. 동화가 엄마의 품에서 뛰어내려 강현에게 뛰어가려고 하자 구순호가 동화를 안았다.

"동화야, 아빠는 괜찮으실 거야."

동화가 버둥대며 고개를 저었다.

"안 돼, 우리 아빠! 피나요, 피!"

엉엉 우는 동화를 다혜가 다시 끌어안았다. 하얗게 질린 얼굴과 바싹 마른 입술에서 겨우 소리가 나왔다.

"순호 씨."

"사모님, 구급차 지금 옵니다. 정 박사님한테도 연락해 놨으니까 괜찮으실 겁니다."

"피가 이렇게 나서……."

"괜찮아요. 조금 찢어진 것뿐일 겁니다."

그렇게 말했으나 피가 생각보다 많이 흐르고 있었다. 구순호는 손수건을 꺼내 강현의 상처를 꽉 눌렀다. 구급차는 바로 왔다.

옆에 있는 김기팔은 크게 다쳐 보이지는 않았으나 의식이 없는 것 같았다. 구급차가 와서 두 사람을 실어 가는 동안 다혜는 동화를 안고 어떻게 해야 좋을지 몰랐다.

"나도, 나도 갈래요."

다혜의 말에 구순호가 고개를 저었다.

"동화부터 챙기시는 게 좋겠습니다. 제가 먼저 가 있겠습니다."

아이를 안고 허둥대던 다혜가 고개를 끄덕였다. 계속 소리 내서 우는 동화는 무척이나 놀란 것 같았다. 다혜는 떨리는 손으로 혜순에게 연락했다.

"어머니, 제가요……."

계속 흐르는 눈물 때문에 다혜의 얼굴이 엉망이 됐다.

－무슨 일 생겼니?

"백화점에 좀 와주세요. 제발요."

울면서 다른 말을 하지 못하는 다혜에게 혜순은 알았다고 전화를 끊고 30분 내로 달려왔다.

"내가 동화 데리고 소아과 가볼게. 애도 놀란 것 같으니까."

어깨를 들썩이며 흐느끼는 동화는 지쳐있었다. 다혜가 동화의 어깨를 잡고 말했다.

"동화야, 엄마 말 잘 들어. 아빠 괜찮을 거야. 엄마가 아빠 병원에 가볼 테니까 너는 할머니하고 같이 있어."

"나도. 흑흑. 엄마 나도 아빠한테 갈래."

주룩주룩 울고 있는 동화를 보며 다혜가 말했다.

"아빠 괜찮아. 잠깐 아야 한 거야. 알지? 약 바르면 낫는 거."

그러나 엄마의 말이 믿어지지 않는지 동화가 고집스럽게 고개를 옆으로 저었다.

"엄마, 우리 아빠 죽어?"

25. 각자 충실해요, 우리!

　순진한 마음에 한 말이었으나 다혜에게는 너무도 무시무시한 말이었다. 말만 들어도 억장이 무너져 내렸다. 입만 벌린 채 입술을 덜덜 떠는 다혜를 보고 혜순이 동화를 안고 등을 다독였다.

　"어디서 그런 말을 배웠어? 동화야. 아빠 괜찮아. 아빠 키도 크고 힘도 세잖아. 그렇지?"

　동화가 고개를 끄덕였다.

　"그렇지? 그러니까 동화는 할머니하고 있자. 아빠 병원 가서 '아야' 하고 주사 맞는데 동화가 보면 아빠가 창피하겠어. 안 창피하겠어?"

　그제야 동화가 눈물이 그렁그렁한 큰 눈을 깜박거리며 혜순을 보았다.

　"우리 아빠 주사 맞으면 나아요?"

　"그럼. 주사 맞으면 낫지."

　"피 많이 났는데……."

　"동화도 피난 적이 있었잖아. 그런데 어떻게 했어. 병원 가서 약 바르니까 바로 낫지? 흉터 있잖아, 무릎에."

　동화가 고개를 끄덕였다.

　"그런 거야."

혜순이 동화를 달래는 동안에도 다혜는 하얗게 질린 얼굴을 하고 있었다. 혜순이 다혜를 보고 정신 차리라는 듯이 손짓했다.

"다혜야. 내가 동화 데려갈 테니까 병원 가봐. 유 대표 괜찮을 거다."

고개를 끄덕이는데 눈물이 뚝 떨어졌다. 뭐라 말하지 못하겠는 불안감에 가슴이 먹먹했다.

"엄마가 놀라면 애도 놀라, 알지?"

"괜찮아요."

"그럼. 괜찮지. 마음 단단히 먹어. 동화야. 가자."

다혜가 일어나며 혜순도 함께 일어났다.

"동화야, 할머니랑 가자."

그제야 동화가 고개를 끄덕였다. 엄마를 향해 손을 흔드는 동화의 작은 손을 잡고 다혜가 손등에 쪽하고 뽀뽀했다.

"동화야, 잘 있어야 해. 엄마 금방 갔다 올게."

그렇게 혜순이 차를 타고 가는 걸 보고 다혜도 택시를 탔다.

병원에 도착하자 수술실 앞에 구순호가 서 있는 게 보였다. 다혜를 보고 다가오며 순호가 인사를 했다.

"사모님."

"누가 사모님이야?"

옆에서 날카로운 소리가 울렸다. 소은이었다.

"연 실장이 무슨 낯짝으로 여길 와?"

다혜의 앞을 가로막고 선 소은은 당장이라도 다혜를 잡아먹기라도 할 기세였다. 소은의 눈길을 마주하자 다혜는 저가 강현의 간을 빼먹은 구미호라도 된 것 같았다.

"우리 강현이가 한 번도 이런 적이 없어. 강현이가 태어나서 지금까지 자기 아버지 돌아가실 때를 빼놓고 이런 일 없었어! 너 때문이야! 네가 재수가 없어서…… 어쩌자고 우리 집 애를 붙잡고 이런 일을 벌여?"

구순호는 어떻게 끼어들어야 할 줄 몰라 가만히 있었고 다혜는 무슨 말도 할 수가 없었다.

"수술 잘못되는 일 있으면 나 연 실장 다시는 안 봐. 동화는 우리 핏줄이니까 내가 데려갈 거야! 나는 연 실장 꼴은 다시는 못 봐! 넌 재수가 없어. 그러니까 네 엄마도 죽었고 네 언니도 죽었고 네가 동화 데리고 그렇게 팔자 사납게 살았던 거야!"

이루 말할 수 없는 독설이었다. 하지만 지금은 뭐라고 반격할 수가 없었다. 이런 독설에 신경도 쓰이지 않았다.

강현이 수술실에 있다는 말 외에 다른 말은 하나도 들리지 않았다.

"나중에, 나중에 말씀 듣겠습니다."

다혜는 소은을 지나쳐 응급실 데스크로 갔다.

"지금 수술하고 있는 유강현 씨요. 어떤 상태인가요?"

응급실 담당 레지던트가 관계를 묻자 다혜는 망설임 없이 대답했다.

"배우자예요."

"네. 일단 외상이 있어서 수술 중입니다. 계단에서 구르면서 공구에 머리를 찍혔습니다. X-ray상으로는 큰 문제가 없어서 생각보다 괜찮을 수도 있어요."

"네. 큰 이상은 없겠죠?"

"글쎄요, 아무래도 머리는 겉으로 보는 거랑은 다르니까……."

다혜를 노려보고 있는 소은을 다시 지나쳐 조금 떨어진 곳에 다혜가 앉았다.

잠시 후 정 박사가 나타났다. 정 박사가 나타나기 무섭게 소은이 달려가 정 박사 앞에 섰다. 다리에 힘이 빠지는지 휘청하는 것을 구순호가 옆에서 부축했다.

"사모님, 괜찮으십니까?"

소은은 구순호의 손을 뿌리치며 시퍼렇게 날이 선 눈으로 정 박사를 향해 보았다.

"무슨 일이든지 각오하고 있어요. 어떻게 됐나요?"

"외상은 그렇게 큰 건 아닙니다. 뇌출혈이 좀 있기는 했지만, 고인 핏물을 빼냈기 때문에 큰 이상은 없을 거고요. 더 이상의 뇌출혈도 없을 겁니다."

소은이 입술을 깨물며 되물었다.

"아버님 같은 뇌출혈인가요?"

"그거하고는 조금 다른 겁니다. 하지만 뇌에 피가 고인 건 사실이니까……."

"그럼 식물인간이 되는 건가요?"

"그렇게 말씀하지 마십시오. 지금 회장님께서도 회복 중입니다."

"말 한마디 못하는 게, 그게 회복인가요? 우리 강현이가 그렇게 누워 있어야 하는 걸 내가 봐야 하나요?"

"그렇지 않을 수도 있습니다. 젊으니까 곧 깨어날 수도 있고."

"깨어나서요? 기억상실증이라도 걸리나요? 말도 제대로 못하고 팔다리도 제대로 못 움직일 수도 있나요?"

소은의 말에 멀찌감치 앉아 있던 다혜가 눈을 번쩍 떴다.

기억상실? 설마 정말 그런 일이 있으려고. 설마 나를, 동화를 잊어버린다고?

생각만 해도 끔찍했다.

정 박사가 소은이 하는 말에 보며 고개를 저었다.

"억측이십니다. 사모님, 그런 일은 그렇게 흔하게 일어나는 일이 아닙니다. 일단 깨어나 봐야 알지만."

"언제 깨어나나요? 언제."

"그것도 조금 봐야 할 것 같습니다. 아무 이상 없는데도 며칠씩 못 깨어나는 사람도 있습니다."

"며칠, 며칠이면 깨어나나요?"

소은이 손으로 가슴을 쳤다.

"내가, 내가 더 이상 뭘 더 봐야 하나요? 남편이 그렇게 죽는 것도 모자라서 아들이 저 꼴이 된 건 내가 무슨 죄가 있다고."

그리고 그 자리에 주저앉았다.

"별거 아닐 수도 있습니다."

"별거일 수도 있다는 말로 들리네요. 100% 확신하시나요?!"

소은이 소리치자 정 박사는 어쩌지를 못했다. 옆에 간호사를 부르자 바로 간호사가 왔다.

"사모님. 안정제 처방해 드릴 테니까, 주사 좀 놔드리고. 조금 쉴 수 있도록 해."

"필요 없어! 내 아들이 저러고 있는데 내가 무슨 안정이 돼!"

소은을 보며 다혜는 단 한마디도 할 수 없었다.

이건 정말이지 너무 가혹한 일이었다. 가슴이 떨리는 건지 손까지 떨려왔다. 손에 들고 있는 핸드폰이 울리는 것조차 인지하지 못하고 있었다.

다혜는 희끄무레하게 흐려진 눈으로 휴대폰을 바라보았다.

동화가 전화했다. 웬만하면 전화는 많이 하지 않았는데, 저도 걱정됐겠지.

난 아이 엄마니까…… 그래, 난 동화가 있으니까 무너질 수 없다. 그리고 내가 버티고 있어야 강현 씨가 깨어나도 나를 알아볼 거야.

다혜는 목소리를 다듬고 전화를 받았다.

"동화야."

-아빠 일어났어요? 아빠 괜찮아요? 주사 맞았어요?

원래 동화는 한꺼번에 이렇게 여러 가지를 묻는 성격이 아니다. 어린아이지만 차분하고 또 느긋했다. 하지만 지금의 동화는 한꺼번에 많이도 물어본다. 조급한 마음이 고스란히 담긴 말투였다.

"응, 동화야. 아빠 아야 하는데 주사 맞고 끝났어."

-아야, 아야 하고 울었을까?

"아니야. 아빠는 안 울어."

-응, 아빠는 아주, 아주 크니까 안 울어.

동화가 말을 하자 다혜가 젖은 눈을 손으로 훔쳤다.

"응, 아빠는 힘도 세."

-엄마. 나도 병원 가도 돼?

"아니. 아가는 이런 데 오는 거 아니야."

-난 형안데? 왜 자꾸 엄마는 아가래?

"무지개반 형아는 어린이집에서만 통하는 거라고 엄마가 그랬잖아. 병원에 오면 동화는 아가야. 주사 맞는 거 좋아?"

그러자 말이 없다.

-내가 주사 맞으면 병원 갈 수 있어요? 아빠 볼 수 있어요?

그리고 뒤이은 그 말에 왈칵 눈물이 쏟아졌다.

"동화 아빠 보고 싶어서 주사 맞으려고?"

-응. 주사 맞아도 되니까 아빠 보고 싶어서.

동화의 말에 다혜는 더 이상 말을 할 수가 없어서 입을 꾹 다물었다.

"동화는 동화 할 일 하면 돼. 아빠가 다 낫고 동화 보러 올 건데, 뭐."

-엄마는? 엄마는 오늘 안 와?

벌써 시간이 많이 늦었다.

"동화야, 오늘은 할머니네서 자고 있으면 엄마가 갈게."

그런데 그 약속을 지킬 수가 없었다. 회복실에서 나오지 않는 강현 때문에 차마 병실 앞을 떠날 수가 없었다.

"어머님 위에 계시는데, 올라가서 같이 쉬세요. 환자는 언제 깨어날지 몰라요."

"그래도 있을게요."

몸이 고단했다. 낯선 할아버지가 동화를 어떻게 할까 봐 함께 계단을 굴렀던 강현이었다. 그 장면이 다시 떠오르자 가슴이 떨렸다.

꾹꾹 울음을 눌러 참으며 병실 앞에 머리를 기대고 있는데 발소리가 들렸다.

"다혜야, 가자."

"주아야."

"너 여기에 이렇게 있다고 해서 빨리 깨어나는 거 아니야. 너 지금 얼굴 꼴이 어떤 줄 알아?"

"나 괜찮아."

"괜찮긴 뭐가 괜찮아. 일어나자고."

주아의 손을 잡고 일어나는 그 순간이었다. 우욱 하면서 구역질이 올라왔다. 참을 수가 없어 입을 가리고 옆에 있는 화장실로 뛰어 들어갔다.

계속되는 구역질에 변기를 붙잡고 있는 대로 다 토해냈다. 먹은 것도 없는데 너무 지쳤던 걸까?

지칠 만큼 구역질을 하고 겨우 멈췄다 싶어서 돌아서려던 다혜는 다시 한번 심하게 구역질을 했다. 머리를 잡고 긴 한숨을 쉬는데 주아의 목소리가 들렸다.

"너 편두통 와?"

부스 밖에서 기다리던 주아가 시체처럼 하얘진 얼굴을 하고 나온 다혜를 보고 물었다.

"너 편두통 오면 이렇게 토하고 그러잖아."

머리가 그렇게 아팠던 것 같지는 않은데 두통이 왔었다고 해도 몰랐을 거다.

"하기는 정신없었겠다. 간호사한테 물어보니까 강현 씨 들어올 때 피 많이 흘렸다고 하던데. 동화는 잘 있어. 엄마가 걱정하지 말래."

주아의 말은 선명하게 들렸지만 눈은 초점이 맞지 않았다. 다혜는 초점이 맞지 않는 눈을 허공에서 한창 깜빡이다가 겨우 고개를 끄덕였다.

"조금 전에 동화하고 통화했어. 우리 동화가 이제 많이 큰 것 같아. 예전에는 주사 아야 하면 병원 절대 안 온다고 하는데……."

뒷말을 얼버무렸으나 바로 주아가 말했다.

"왜. 동화가 병원 온대?"

주아는 피식 웃으며 물었는데 다혜는 먹먹하게 목이 멨다.

"아빠 보고 싶다고. 주사 맞아도 좋으니까 병원 오고 싶대."

눈물이 주르륵 흘렀다. 아빠를 그렇게나 좋아하던 동화에게 너무 가혹한 장면이었다.

"울기는 왜 울어. 요즘 세상에 계단에서 몇 개 굴렀다고 뭐 어떻게 되겠어?"

하지만 계단은 몇 개가 아니었다. 긴 계단을 처음부터 끝까지 굴렀다.

* * *

병실에서 떨어진 곳에 있던 구순호가 누군가 오자 일어나 깍듯하게 인사를 했다. 김철주였다.

"유강현은 아직 안 깨어난 건가? 어때?"

김철주를 보는 구순호의 얼굴이 긴장했다. 구순호는 김철주가 솔직하게 말하면 적이 아닌지 의심스럽다.

그는 칠정파의 보스다. 출소하기 전부터 유강현과 연락이 오고 가기는 했지만 그 속사정에 무엇이 있는지 구순호는 알지 못하고 있었다.

분명한 건 그를 부른 건 유강현이었고 김기팔에 관한 한 그는 권리와 의무가 있는 아들이다. 구순호는 김철주의 질문에 간단하게 답했다.

"괜찮으십니다. 아직 안 깨어났지만, 틀림없이 괜찮으실 겁니다. 그런데 그놈…… 아니, 김기팔은 어떻게 됐습니까?"

"죽었어."

"네?"

"조금 전에 사망 선고가 내려졌어."

김기팔은 외상을 치료했으나 검사 결과 이미 말기 암인 게 드러났었다. 췌장암 말기. 이미 죽었어도 진작 죽었어야 할 몸이었다는 게 의사의 설명이었다.

공식적으로 김기팔의 아들로 되어 있었으니 보호자는 김철주였다. 김철주는 씁쓸한 마음을 가눌 수가 없었다.

평생을 아버지인 줄 알고 살았으나 결국에는 원수가 된 꼴이었다. 친동생인 유동수를 죽인 원수. 그리고 아버지 유택천에게서 저를 데려다 평생을 자기 아들로 키우고 친아버지를 향해 온갖 나쁜 일을 하도록 했으니 원수가 맞았다.

결국 이렇게 허무하게 죽을 것을 뭐가 하고 싶어서 17년을 장민용이라는 이름으로 살아왔던 걸까?

김기팔이 죽지 않고 깨어났었다면 자신은 어떻게 했을까?

차라리 이렇게 죽은 것이 그가 마지막으로 저에게 가장 잘한 일이라 생각한다. 아니었다면 죽음을 앞둔, 키워준 아버지이자 원수에게 드는 일관되지 못한 감정으로 괴로웠을 것 같다.

김기팔의 장례는 조용히 치러졌다.

인생이라는 게 참 우습다. 겨우 이렇게 죽기 위해서 몇 년을 그렇게 타인의 이름으로 살았던 걸까? 하지만 더 이상 생각하고 싶지도 않았다. 중요한 건 유강현이 아직 깨어나지 않았다는 거다.

김철주가 강현의 병실 앞에서 한참을 서있다 돌아갔다. 구순호는 그런 김철주의 행동을 경계하며 눈에 담았다.

* * *

다혜는 다음 날에도 병원에 갔으나 여전히 할 수 있는 건 없었다. 아직 어제의 사고로부터 만 하루도 지나지 않았지만 벌써 피곤이 퍼졌다. 그때 전화가 울렸다.

-실장님, 오늘도 못 오세요?

"어, 그럴 것 같아."

-근데 어떻게 하죠? 꽃바구니하고 작은 화분들이 다 떨어져서 찾으러 오는 손님들이 있는데.

"아."

청담동에도 만들어 놓은 것이 없다. 하지만 지금 상황에서는 아무것도 못 할 것 같았다.

"유진 씨. 내가 꽃바구니 만들었던 거 기억나? 거래처에서 청담동의 꽃을 갖다 놓을 텐데 꽂을 수 있겠어?"

-아휴. 안 되죠, 실장님 실력을 제가 어떻게 따라가요. 괜히 어설프게 꽂았다가 온리유 이미지만 나빠지죠.

"아…… 그럼 내가 좀 이따가 해볼게."

어떻게든 힘을 내야 하는데 다시 구역질이 올라왔다. 화장실에 가서 한참을 헛구역질하다가 먹은 게 없다는 생각이 들었다.

지하 편의점에 가서 오렌지 주스를 사서 한 모금 마셨다. 시원하고 새콤한 오렌지 주스가 들어가자 정신이 좀 든다.

그런데 내가 왜 이러지? 편두통약을 먹을 걸 그랬나?

그러다 생각이 났다. 이번에 생리를 하지 않았다. 이번 달에 생리를 하지 않고 얼마나 지났나?

다혜는 깜짝 놀라 옆에 있는 약국으로 갔다. 임신 테스터기를 사서 가장 가까운 화장실로 갔다. 포장을 뜯는 손가락이 떨려왔고 긴장을 해서인지 소변이 잘 나오지도 않았지만 검사를 못할 정도는 아니었다.

다혜의 두 눈이 테스터기를 향했다. 선명한 두 줄! 임신이다.

왜 이렇게 극적인 순간에 아기가 들어서는 건지.

다혜는 손으로 입을 막았다. 갈피를 잡지 못하는 마음이 요동을 치고 있었다.

강현이 말했던 둘째 아기에 관한 이야기는 오히려 임신할 수 없다는 반증처럼 들렸다. 그런데 그게 아니었나 보다.

동화가 들어설 확률도 거의 없었다. 인공 수정이 될 확률도 30%가 못 되고 착상한 아이가 태어날 확률도 30%밖에 되지 않는다고 했다. 동화는 임신과 출산의 전체 확률 9%로밖에 되지 않는 가운데 태어난 아이다.

정관 수술을 한 지 5년 되었다고 들었는데 자연적으로 다시 이어진 정관을 통해 불확실한 확률로 들어선 아이라니 기적이 따로 없다.

"유강현, 설마 나한테 둘째 주고 가는 거야? 그럼 나 죽어도 당신, 용서 못 해."

변기에 앉은 채 다혜가 작게 중얼거리다가 눈물을 뚝뚝 흘렸다.

동화도 있고 아기도 있는데 이제 나는 어떻게 하나.

유강현은 지금 최선을 다해 깨어나려고 힘쓰고 있을 거다. 그러니 자신도 지금 할 수 있는 일을 해야 한다.

당신 어서 깨어나. 깨어나라고. 난 또 열심히 살 거야. 동화도 아기도 보살피면서.

마음으로 외치며 제 마음이 강현에게 닿기를 기도한다.

다혜는 청담동 온리유 매장으로 들어갔다.

"어머, 다혜야!"

매장에 들어서기 무섭게 다혜는 푹 쓰러지듯 의자에 앉았다. 진땀을 흘리는 다혜를 보며 놀란 혜순이 다가와 손발을 주물렀다.

"괜찮아?"

괜찮아야 한다. 괜찮아야지. 동화 동생이 생겼는데.

눈물이 흘러내렸으나 울고만 있을 수는 없었다. 이제 아이가 하나도 아니고 둘이다. 다혜는 손으로 배를 살살 만졌다.

아가야, 엄마한테 네가 복덩이지?

그래. 우리 동화가 정말 태몽 꿨나 보다. 아가야. 힘든 일 있어도 좋은 것만 들어. 아빠 지금 누워 있어도 깨어나시면 너라면 끔뻑 죽을 거야.

그런데 깨어나면 엄마가 아빠 야단 좀 쳐야겠다. 지금이 어떤 때인데 저렇게 누워 있어. 아니지, 우리 동화 구하느라고…….

이래도 저래도 흐르는 눈물은 어쩔 수가 없다. 다혜는 심플한 꽃다발을 만들어 백화점 매장으로 보냈다.

빠르게 작업하다 보니 이마에 땀이 맺히고 힘들었지만 감정적으로는 오히려 단단해진 것 같다. 다혜는 일을 마치고는 강현의 곁에 있어야 할 것 같아 병원으로 향했다.

병원 1층 로비에 들어서자 구순호가 기다렸다는 듯이 다혜의 앞으로 나왔다. 1층까지 내려와서 저를 기다렸다면 무슨 변화가 있는 게 분명하다.

"왜요? 대표님 깨어나셨어요?"

"그게 아니라…… 가지 마십시오."

이해할 수 없는 말이었다. 구순호는 굳은 얼굴을 하고는 침통한 표정으로 서 있었다. 큰 덩치와 굳은 얼굴이 모르는 사람들이 보면 겁을 먹을 것 같은 분위기였다.

"어딜 가지 말라는 말이에요?"

"병실 앞에 가지 마세요. 가셔도 거기에 못 있습니다."

"네?"

무슨 말인지 알지 못하고 고개를 들어 보자 구순호가 민망한 얼굴을 하고 조심스럽게 입술을 뗐다.

"큰 사모님께서 작은 사모님 병실 근처에도 얼씬하지 마시라고…… 엘리베이터 앞에도 사람들을 배치했습니다."

당황스러웠다. 우리의 관계가 어떤지 뻔히 알면서 어떻게 그럴 수가 있나. 하지만 지금 구순호가 이렇게 내려와서 저를 제지하는 걸 보면 고집을 부리고 올라간다고 한들 병실 근처에도 갈 수 없는 건 분명하다.

다혜는 구순호의 말을 머릿속으로 정리하며 잠시 입을 다물고 있다가 되물었다.

"그럼 제가 회장님 병문안 가는 건 괜찮을까요? 회장님 일반 병실로 옮겼다고 하셨잖아요."

"가능하십니다. 큰 사모님께서 회장님까지 찾아뵐 경황이 없어서 지금 병실에는 간병인 외에는 없을 겁니다."

"그럼 가요. 저 회장님께 드릴 말씀도 있고…… 뵙고 싶어요."

"네."

아무 반응하지 않는 회장님이지만, 집안의 가장 큰 어른이시다. 다혜는 당연히 이런 상황을 말씀드리고 싶었다.

동화의 증조할아버지고 강현의 할아버지다. 그리고 지금 배 속에 있는 아이도 그분의 증손주이니 뵙는 게 맞았다.

널찍한 병실에는 침대가 덩그러니 있었다. 일반 병실이라고는 하지만 VIP를 위해 잘 꾸며진 병실이었다.

아무도 찾지 않는 병실에 덩그러니 누워 있는 유 회장을 보니 인생의 허무가 느껴진다.

다혜는 가까이 다가가 바싹 마르고 여윈 유 회장의 팔을 천천히 주물렀다.

"회장님, 안녕하셨어요. 저 연 실장이에요. 그런데 이제 연 실장이 아니라 손자며느리라고 해주세요. 왜냐하면, 저 동화 동생을 가졌거든요. 아직 강현 씨도 몰라요. 회장님께 제일 먼저 말씀드리는 거예요. 지금 너무 힘든 상황이어서 저 좀 봐달라고 왔어요."

반응이 없는 유 회장을 보다가 시선을 내렸는데 유 회장의 손이 어쩐지 깔끔하게 느껴지지 않는다.

"이 아기가 강현 씨의 둘째 아이예요. 사고가 있었는데 강현 씨가 깨어나지 못하고 있어요. 이소은 대표님께서는 저 보기 싫대요."

여기까지만 말했는데도 눈물 때문에 목소리가 흔들렸다.

"하지만 회장님, 전 그렇게 생각하지 않아요. 원래 뭐든 궂은일도 좋은일도 올 수 있잖아요? 전 이겨낼 수 있어요. 동화도 이 아이도 잘 지키면서 강현 씨 깨어나기 기다릴 거예요. 그러니까 회장님도 얼른 일어나세요."

다혜는 숨을 고르고 다시 말했다.

"저, 이제 회장님이라고 안 부를게요. 할아버지. 깨어나 주세요. 우리 동화랑 이 아이랑 제가 잘 지킬 수 있게 도와주세요. 제가 그동안 동화 데리고 숨어 있었던 거 잘못했어요. 용서해 주시고…… 둘째는 더 많이 예뻐해 주세요."

흐르는 눈물을 닦을 생각도 하지 못하고 다혜는 흐느껴 울었다. 누구에게도 하소연할 수도, 의지할 수도 없었다.

강현의 근처에도 갈 수가 없다. 그러니 이렇게 누워 있는 유 회장에게 할아버지라고 부르는 것만으로도 눈물이 쏟아졌다. 그냥 할아버지라는 호칭만으로도 위안이 되고 든든하다.

"도와주세요, 제발."

* * *

소은은 VIP 병실에 앉아 비서진들을 쭉 세워놓고 있었다.

"이제부터 하나부터 열까지 다 나한테 보고해요. 병실에 누가 찾아왔는지 회사 일은 어떻게 되는지 강현이 스케줄도 내가 알아야겠어요."

"네, 알겠습니다."

"강현이가 깨어나기 전까지는 내 손에 달린 거야. 보류할 거는 보류하지만, 해야 할 건 내가 해요. 그리고 연다혜 실장은 근처에 얼씬도 하지 못하게 해요."

아무 반응이 없었다.

이미 비서실에서는 연다혜를 사모님으로 호칭하고 있었다. 그러니 소은의 이런 말에 답하기는 어려웠다. 소은은 아무 대답 없는 비서실 직원들의 반응에는 신경도 쓰지 않고 다음 말을 이었다.

"그리고 소송 준비해요."

"네?"

"동화, 동화가 우리 아이야. 그런데 엄마가 안 내놓고 있으니까 소송을 해야 할 거 아니야? 친권 소송."

"그게 무슨 말인지⋯⋯."

말 같도 않은 소리같이 들려 비서진들은 어떻게 반응해야 할지 몰라 긴장하고 있었다. 소은은 마음을 다지고 있었다. 그녀의 속마음은 여과되지 않고 튀어나왔다.

"다들 알겠지만 이제 뭐든지 나한테 달린 거야. 회장님도 유 대표도 깨어나지 못하고 있으니까 이 집안도 회사도 다 내가 지켜야 해요. 내가 결정할게요."

그러나 구순호가 앞으로 나왔다.

"안 됩니다."

"뭐가 안 된다는 거야?"

구순호는 묵직한 음성을 내며 소은을 응시했다.

"불가능합니다. 대표님이 깨어나지 않으시면 상무 이사님께서 다음 주주 총회가 있을 때까지 대표님 대신 업무를 하실 겁니다."

소은은 자기 마음대로 되는 게 하나도 없다고 생각해서 소리쳤다.

"내 아들이 지금 저렇게 누워 있으니까 내가 대신하겠다는 거야!"

"그러면 상무님께 말씀해 보시죠. 사모님의 의견을 말씀하시면 상무님께서 처리하실 것 같은데요."

"말도 잘하네. 다들 나가요!"

소은은 그대로 강현을 찾아갔다. 잠자는 듯이 누워 있는 강현의 손을 붙잡고 소은이 울었다.

"강현아. 너 이런 거 다 연다혜 때문이야. 연 실장, 내가 네 곁에 얼씬도 못 하게 할 거야. 그러니 강현아, 어서 일어나서 우리 동화 데리고 셋이 잘 지내자."

* * *

다혜는 지친 얼굴을 하고 백화점 온리유 매장으로 들어섰다.

"실장님 오셨어요? 얼굴이 왜 그러세요."

"나 딸기 주스 좀."

"전에는 딸기 주스 너무 달다고 싫다고 하시더니 너무 피곤하신가 봐요."

금방 생과일 주스를 만들어 앞으로 내려놓자 다혜는 헛웃음이 났다.

배 속의 아기도 생기자마자 딸기 주스가 먹고 싶은 건 유씨 집안 핏줄이라는 건가?

딸기만 주면 좋아하던 동화의 얼굴과 딸기 좋아한다고 했던 강현의 모습이 화면처럼 떠오른다.

나쁜 남자. 어떻게 이럴 때 누워 있을 수가 있어?

천천히 딸기 주스를 마시고 있는데 혜순에게서 전화가 왔다.

평소 시원시원하게 말하던 혜순의 태도와는 뭔가 맞지 않았다.

-아, 그게 말이야……. 다혜야, 조금 전에 드림백화점 총무과에서 전화가 왔는데 우리 온리유 매장 보상해 줄 테니까 백화점에서 나가라네.

"네?"

다혜는 순간 소은이 떠올랐다. 그런 말도 안 되는 조건을 내세울 수 있는 사람은 소은뿐이다.

"그게 말이 돼요?"

-그러니까. 말은 안 되는데 보상의 액수가 크다.

역시 돈이다. 돈은 사람의 마음도 움직이고 상황도 뒤바꾼다. 다혜는 한쪽으로 이미 체념했다.

"어머니가 대표시잖아요. 원래 기업은 이윤을 추구하는 건데 돈 벌자고 들어왔는데 돈 많이 준다고 하면 나가야죠."

하지만 지금 이런 상황에서 다혜에게 인간적으로 너무한 행동이라는 생각은 든다.

-다혜야. 네 생각은 어떠니?

"아까 말씀드렸잖아요."

–그렇지? 치사하고 더러운 건 맞지만 거기서 버틴다고 해봐야 되겠니?

다혜는 냉정하게 판단하고 말했다.

"어차피 나간다고 해도 조건은 있을 거 아니에요. 당분간이라도 시간은 줄 것 같은데."

–그게, 당장 나가면 돈을 더 얹어주겠대.

"당장이요?"

–그래서 차라리 다른 점포를 알아보는 게 낫겠다. 우리 온리유가 잘돼서 다른 백화점에서도 손을 내밀고…….

"제가 지금 너무 힘들어서 금방은 생각 못 하겠어요."

이런 상황에서 다른 매장은 무리였다. 하지만 돈을 받고 쉴 수 있는 시간은 얻은 셈이다. 어차피 강현이 일어나지 않는다면 소은의 횡포를 막기는 힘들다.

–돈 받으면 너한테도 챙겨줄게. 수고는 너 혼자 다 했잖아.

혜순의 말이 귀에 제대로 들어오지 않았다.

"네. 알겠습니다. 유진 씨한테는 제가 말할게요."

다혜는 어지러움을 느꼈다. 머릿속이 터질 것 같은데 팽팽 돌아가는 생각들은 멈추질 않고 있었다.

* * *

동화는 어린이집에서 금진주와 함께 간식을 먹고 있었다.

"동화야, 너 은별이가 나보다 레고 더 잘해서 좋아?"

"아니. 은별이가 너보다 더 잘 참아서 좋아."

"뭐라고?"

충격을 받은 얼굴로 동화를 보는 눈동자가 눈물로 흐려졌다. 동화는 그런 진주를 보며 또박또박 말했다.

"지난번에 화나서 은별이 레고도 부쉈잖아. 은별이는 그러지는 않아."

갑자기 진주가 우앙하고 울음을 터뜨렸다.

"흑. 그럼 이제 동화 너, 나하고 안 놀 거야?"

슬픔으로 삐죽이는 입매를 하고 묻는 진주는 서러운 얼굴을 하고 있었다. 동화는 작게 한숨을 쉬었다.

"아니. 그런 거 아니야. 좀 참아봐. 울지 말고."

끅끅 소리를 내며 진주가 참느라고 애를 썼다. 그러자 그제야 동화가 똑바로 보며 말했다.

"봐. 참을 수 있잖아. 우리는 다 친구잖아. 사이좋게 지내야지."

진주가 고개를 끄덕였다.

"그럼 됐어. 같이 놀 거야."

"고마워."

말은 그렇게 했지만 사실 울고 싶은 건 동화였다.

매일 보던 아빠를 보지 못하고 있다. 다 괜찮다고 하지만 피가 많이 나는 걸 봤으니까 어쩌면 아빠는 죽을지도 모른다.

동화는 그런 무서운 생각이 들 때마다 저도 모르게 고개를 저었다.

나는 그래도 엄마가 있어. 그리고 아빠도 일어날 거야.

그런 생각이 잔뜩 머릿속을 지배해서 동화는 한 번씩 주먹을 꾹꾹 쥐었다.

지금 동화에게 제일 중요한 건 아빠 그리고 엄마였다. 엄마는 밤에 온다고 하고 오지 않았다. 엄마는 밤새 울었을지도 모른다.

동화의 머릿속에서 엄마는 지켜줘야 할 사람이었다.

"내가 엄마 안아줘야 하는데."

동화는 오늘은 엄마를 보면 꼭 안아줘야지 하며 작은 입술을 오물거리며 혼잣말을 했다.

* * *

다혜는 일찍 백화점에서 나왔다. 더 이상 거기에 있는 게 무슨 의미가 있을까?

다혜는 동화의 어린이집으로 찾아갔다. 동화가 너무 보고 싶었다.

이렇게까지 동화에게 의지를 했었나? 그동안 동화가 있어서 살아내는 것을 견딜 수 있었다. 지금은 저도 모르게 아랫배를 살짝 만져보았다.

동화가 알면 얼마나 좋아할까? 아니지, 강현 씨가 먼저…… 생각하지 말자.

꼬리에 꼬리를 이으며 떠오르는 불행한 생각들은 모두 접어버린다.

나는 나의 불행과 싸울 거다. 무슨 일이 있어도.

어린이집 앞에서 작게 한숨을 쉬고 있는데 유리창으로 엄마를 본 동화가 먼저 나왔다.

"엄마!"

"어, 동화. 어떻게 나왔어?"

"엄마 봤지, 유리창으로! 엄마 나 지금 집에 가?"

"그래. 일찍 갈까, 엄마랑?"

"잠깐만요. 가방 가지고."

"엄마도 들어가야지. 선생님한테 말씀드려야지."

동화가 고개를 끄덕이며 다혜의 손을 잡고 어린이집 안으로 들어갔다. 원장 선생님은 다혜를 보며 물었다.

"오늘 동화 일찍 가나요?"

"네."

"동화가 오늘 유독 산만했어요."

집중력이 워낙 뛰어난 동화였다. 이런 말은 처음 들어본다. 동화가 산만
해질 정도로 강현의 일은 충격이었던 거다.

동화를 데리고 집에 들어가서는 소파에 그대로 누워 버렸다.

동화가 소파에 기어 올라오더니 다혜 무릎 위에 앉아 목을 꼭 끌어안
았다.

"엄마 어제 나한테 안 왔어요."

"응. 아빠 병원에서 늦었어."

"아빠는 지금 낫고 있지? 피 흘린 거 다 채워 넣고?"

다혜는 동화를 보고 고개를 끄덕였다.

"기다려야 한대."

"나는 잘 기다려요. 잘 참아요."

다혜는 동화의 샛별처럼 반짝이는 눈동자를 보며 눈꼬리를 접으며 웃
었다.

"그럼. 우리 동화는 멋지지."

"오늘 진주가 울어서 내가 참으라고 했어요."

"그래. 참을 줄 아는 사람은 점점 어른이 되는 거야."

"난 형아예요."

"그렇지."

작은 몸을 두 팔로 꽉 끌어안으니 따뜻함이 느껴진다.

눈물이 주르륵 흘렀다. 동화의 뺨에 눈물이 묻었는지 동화가 두 손으로
눈물을 닦아주며 제 눈에도 그렁그렁 눈물을 담고 다혜를 바라보았다.

"엄마, 우리 울지 말자."

"그래, 동화야. 우리 울지 말자."

이제 겨우 하루 지났을 뿐인데 그사이에 참 일도 많다.

온리유는 강현과 상관없이 입점한 매장이었다. 그런데 강현이 쓰러지자마자 이렇게 쫓겨난다. 앞으로 이소은이 어떻게 나올지 막막했다.

"동화야. 엄마 피아노 쳐줄래?"

동화가 고개를 끄덕이더니 다혜의 손을 잡고 일어났다.

"이건 우리 엄마한테 선물하는 거예요."

그리고 아주 침착하고 조용한 소리가 퍼지기 시작했다. 고운 음색과 격정적인 선율이 울려 퍼지자 다혜의 마음이 점점 평안하게 가라앉았다.

다혜는 배 위에 손을 얹고 속으로 생각했다.

강현 씨는 틀림없이 일어날 거야.

그렇게 피아노를 듣고 있는데 점점 마음이 더 밝아지는 것 같다. 밖에 나왔을 때는 부재중 전화가 찍혀 있었다.

강현의 어머니다. 어쩌면 강현이 깨어나서 연락을 하는 걸지도 모른다는 생각에 빠르게 통화 버튼을 눌렀다.

-연 실장 지금 어디야?

"네. 집이에요."

-마음 잘 정했네. 매장 접고 벌써 들어간 거야? 역시 돈이 좋지?

소은의 말에 다혜는 대답하지 않았다.

-결국 그 정도 돈에 바로 나갈 거면서 무슨…….

다혜는 아무 대꾸도 하지 않았다. 그러자 신경질적인 말이 이어졌다.

-돈은 계약대로 줄 테니까 동화도 빨리 내놔.

"동화 이야기는 무슨 말씀이신지 모르겠습니다."

-내가 계약서도 가지고 있어. 법적으로 가봐야 어차피 질 거야. 돈 챙겨줄 테니까 동화 놓고 가라고.

"돈 받고 자식 내주는 부모는 아무도 없어요."

-누가 연 실장더러 부모 노릇 하래? 계약대로 이행했으면 연 실장은 동화 얼굴도 못 봤어.

다혜는 입술을 악물었다.

"왜 전화하셨어요?"

-내 말이 우스워? 동화 내놓으라고.

"전 그러지 않을 거예요. 법적으로도 자신하지 마세요. 그것도 제가 이길 겁니다."

-법은 돈 가진 사람 편이야. 변호사 쓸 수 있으면 써봐. 난 대형 로펌으로 바로 치고 나갈 거니까.

"강현 씨 수술한 지 이틀도 안 됐어요."

-그래서?

"죄송합니다. 대표님, 제가 좀 힘들어서요. 전화 끊겠습니다."

-뭐? 야!

뒷말을 들을 생각도 안 하고 다혜는 그냥 전화를 끊었다. 작정하고 악담하려고 한 전화까지 받을 시간도 여유도 없다. 대신 다혜는 구순호에게 전화를 했다.

-네, 사모님.

"혹시 대표님 차도가 있으신가요?"

-아직입니다. 하지만 의사 선생님께서 2, 3일 정도 기다려보자고 했으니 너무 걱정하지 마십시오.

이럴 때는 구순호가 말할 수 없이 고맙고 든든하다. 옆에서 주아의 목소리가 들렸다.

-나 좀 바꿔줘.

-다혜야!

"응, 주아야."

-순호 씨 만나려고 병원 왔다가 의사 선생님한테 꼬치꼬치 물어봤는데 그렇게 절망할 일 아니래. 수술 잘됐고 깨어날 수 있대. 하루 이틀 늦게 깨어날 수도 있다고 했어.

"나도 들었어."

-그런데 너 온리유 드림백화점 매장 나오는 거야?

벌써 혜순에게 이야기를 들었나 보다.

"어."

-내가 진짜…….

뭔가 더 말을 하려는 것 같은 걸 다혜가 막았다.

"주아야. 나 지금 너무 힘들어서 그냥 더 말하지 말자."

-그래, 내가 널 잡고 더 얘기해서 뭐하겠니. 이거 진짜 다 갚아줘야 해. 강현 씨만 깨어나면…….

"그런 말도 하지 말자. 우리 좋은 말만 하자. 어차피 강현 씨 일어날 건데."

너무 느긋하게 말하니 주아도 할 말이 없었다. 자기도 이런데 다혜의 속은 얼마나 타들어 갈까?

-알았어. 좋은 말만 하자. 어차피 일어날 거야.

"그래."

전화를 끊고 눈을 감았다가 떴다 하고 있는데 피아노 선율이 또 이어져 나왔다.

"아직은 깜깜하지 않으니까 피아노 소리 한 번은 나도 돼요!"

동화의 소리다. 문을 열어놓고 연주를 하고 있었다.

"이건 내가 만든 곡!"

조용하면서도 밝고 귀여운, 동화 같은 그런 곡이었다. 그리고 잠시 후 동화가 콩콩콩 뛰어오더니 다혜의 품으로 쏙 파고들었다.

"엄마."

"우리 동화 멋져."

"우리 엄마가 제일 멋져. 아빠도."

"그래. 아빠도."

"우리 아빠는 힘도 세서 금방 일어날 거예요."

"그렇지? 아빠 일어나면 우리 같이 또 뭐할까?"

"셋이 같이 잠옷 입고 침대에서 손 꼭 잡고 자자. 아빠하고 같이."

"그러자, 동화야."

다혜가 동화를 꼭 끌어안고 등을 쓰다듬었다. 아이에게서 가족의 온기를 느낀다.

"엄마, 오늘 저녁에는 햄버거 먹어도 돼요?"

"그래. 배달시켜 줄게."

잘됐다. 밥 차리기도 힘들었는데.

* * *

아침 햇살이 아른아른 커튼을 뚫고 쏟아져 내렸다. 동화는 눈을 껌뻑껌뻑하다 엄마를 보았다.

다혜는 품속에서 아기 고양이처럼 꼬물꼬물하는 동화가 귀여워 머리를 쓰다듬어 눈을 마주했다.

"동화, 잘 잤어?"

"엄마 나하고 잤어요?"

"그래. 우리 동화랑 같이 잤지? 아빠 나오면 셋이 같이 자자."

동화가 고개를 끄덕이며 갑자기 눈을 더 크게 떴다.

"엄마, 오늘 회사 안 가요? 꽃집에 안 가요?"

"오늘 집에 있을 건데?"

"와, 신난다! 엄마 오늘 시간 많아요?"

"응. 동화야, 엄마 시간 많아."

"그럼 엄마 나랑 같이 아빠 병원에 가요."

"뭐?"

동화의 머릿속은 온통 아빠밖에 없구나.

"도넛 만들고 집에서 놀자."

동화가 고개를 저었다.

"그럼 도넛 만들어서 아빠한테 갈까요?"

"아빠 도넛 못 먹어."

"그러면 죽 사서 갈까요?"

동화는 포기하지 않고 자꾸 병원에 가자고 했다.

"아빠가 그렇게 보고 싶어?"

어쩌면 나는 못 보게 해도 동화는 보게 할지도 모른다. 그런데 눈도 뜨지 못하고 누워 있는 아빠를 보면 동화는 더 상처를 받을 거다.

눈물이 어느 틈에 차올랐으나 다혜는 눈물을 흘리지 않으려고 눈도 깜빡이지 않았다.

"동화야, 아빠 엄청 힘센 거 알지? 그래서 아빠는 약한 모습은 보여주고 싶어 하지 않아."

"하지만 아플 때는 다 약해."

동화의 말에 다혜가 고개를 끄덕였다.

"맞아. 아플 때는 다 약한데 아빠는 되게 센 척하고 싶어 해. 짠하고 하나도 안 아팠던 것처럼 나타나고 싶은가 봐. 기다려 줄 수 있지?"

동화가 뾰로통한 얼굴을 하고 있었다. 영 못마땅한 것 같은데 그러다가 다시 고개를 끄덕였다.

"센 척하고 싶으면 어쩔 수 없지."

"그렇지? 그 대신에 아빠 나오면 우리가 다음부터는 센 척하지 말라고 그러자. 그치? 동화도 아프면 엉엉하고 우는데."

"난 인제 형아라서 안 울 거예요. 아빠처럼 센 척할 거예요."

"그럴 거야?"

다혜가 다정한 손길로 동화의 머리카락을 쓸어 넘겼다.

"우리 동화는 누구 닮아서 이렇게 잘생겼나?"

"나는 아빠하고 붕어빵인데!"

"그러면 엄마는 좀 섭섭하네? 엄마가 낳고 엄마가 키웠는데."

"그런데 난 엄마를 아빠하고 똑같이 사랑하는데?"

그 말도 듣기 좋았다. 동화가 보기에 유강현이 연다혜를 꽤 많이 사랑했나 보다.

"동화야, 어서 치카치카 하자. 그래야지 늦지 않게 가지."

동화가 침대에서 발딱 일어나 통통통 소리를 내며 화장실로 들어갔다. 유강현이 깨어나지 않고 이틀이 지났다.

하루하루가 너무 길다. 너무.

* * *

소은은 회사 고문 변호사를 불렀다.

"민 변호사. 소송 하나 준비해야겠어."

"네?"

"친권 찾아오는 소송 말이야."

"친권이라고 하시면…… 혹시 숨겨놓은 아이가 있으신가요?"

도저히 감을 잡지 못하겠다는 얼굴로 묻자 소은이 눈에 힘을 주며 말했다.

"무슨 소리를 하는 거야. 나한테 숨겨놓은 애가 어디 있어? 우리 강현이 애 말이야."

"그렇다면 그건 유 대표님께서 직접 하셔야 하는데."

"그러니까 강현이가 안 깨어나니까 내가 하겠다고. 내가 대리인 될 수 있잖아. 내가 보호자야."

"그건 가능하지만……."

"필요한 서류 다 떼서 준비해."

"네. 알겠습니다. 일단 자세한 사항을 말씀해 주시면……."

소은은 그동안의 일을 대충 말하며 계약서를 민 변호사에게 보냈다.

그러나 생각지 않은 일이 벌어졌다. 오후에 민 변호사가 직접 찾아왔다.

"왜. 내가 사인할 일 있어요?"

"그게 아니라…… 사모님, 이걸 알고 계셨습니까?"

"뭘 말이야?"

민 변호사가 내민 것은 주민등록등본이었다.

"유 대표님 주민등록등본입니다."

"그게 왜."

하며 주민등록등본을 받아 든 순간 소은의 얼굴이 창백해졌다.

"이게 지금 무슨 일이야?"

"유강현 대표님 혼인 신고하셨습니다. 대표님의 아내는 연다혜 씨고요. 둘 사이에서 친자로 유동화 군이 있습니다. 친자 소송은 불가능하고 유 대표님의 보호자도 연다혜 씨가 됩니다."

머리를 크게 망치로 얻어맞은 것 같았다. 소은은 들고 있던 주민등록등본을 구겼다.

"이게 사실이야?"

"밑에 보시면 아시겠지만, 조금 전에 발급받은 겁니다."

"어떻게 이런 일이 있을 수가 있어? 어떻게! 나 모르게 혼인 신고를……
그러면……."

그다음은 어떻게 되는 거냐는 얼굴로 쳐다보자 변호사가 조용히 말했다.

"소송 자체를 하실 수 없습니다. 이미 유동화 군은 대표님 아들이니까요.
유 대표님께서 법적으로도 동화 군의 친권을 이미 다 가지고 계시고요."

아무것도 할 수 있는 게 없다는 말이다.

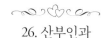

26. 산부인과

다혜는 동화를 어린이집에 데려다주고 차 안에서 주아가 전시회를 할 때 산 부채를 꺼냈다. 다혜는 부채를 들고 구순호와 함께 유 회장이 누워 있는 병실 앞으로 갔다.

어제와 달리 겹겹이 경비가 삼엄했다. 구순호가 사시미칼 경호팀의 수장인 고수동 앞으로 다가가 인사를 하고 물었다.

"회장님 면회 완전 사절인가요?"

고수동은 옆에 있는 연다혜에게 눈길을 주고는 바로 고개를 숙였다.

"들어가시죠."

별말 없이 문을 열어주니 안도감이 들었다.

다혜는 유 회장 곁으로 가서 인사를 했다.

"안녕하세요, 할아버지. 저 오늘도 왔어요. 오늘은 부채를 가지고 왔는데……."

다혜가 부채를 폈다. 그리고 부드럽게 몇 번 유 회장에게 바람을 불어 주었다.

"멋있어요. 선비들 부채라는데 이 밑에 있는 선추는 제 친구가 매듭으로 한 거예요. 나중에 일어나시면 이걸로 한 번씩 부채질도 하시고 벽에 걸어

놓고 제 생각도 해주세요. 저 강현 씨 아직도 못 봐요."

여전히 아무 미동 없는 회장의 옆에서 다혜가 눈물 흐르는 걸 손등으로 닦아내고 젖은 목소리로 말했다.

"이소은 대표님이 저 많이 미워하세요. 병실 근처에도 못 가게 하세요. 할아버님, 빨리 일어나 주세요. 저 좀 도와주세요. 저 강현 씨 봐야 해요. 너무 죄송하게도 저 법적으로도 유강현 씨 아내거든요. 동화 때문에 혼인 신고부터 했어요."

다혜는 덜덜 떨리는 소리로 말을 이었다.

"강현 씨도 깨어나서 어머니께 많이 화낼 거고요. 저는 우리 가정 반듯하게 잘 가꾸고 싶어요."

바싹 마른 입술을 혀로 축이고 다혜가 진솔한 마음을 이야기했다.

"이소은 대표님이 자꾸 이러시면 저도 어머님 미워할 것 같아요. 아기 태어나도 안 보여줄래요. 그러면 안 되는 거잖아요. 그러니까 회장님, 빨리 일어나세요."

다혜가 유 회장의 손을 잡았다. 착각이었을까? 다혜를 잡은 손에 분명 힘이 들어가 있다.

"곧 일어나실 거죠?"

다혜는 다시 인사를 하고 나왔다.

강현이 깨어나지 못하고 3일째이다. 한 층만 더 내려가면 강현의 병실인데 다혜는 들를 생각도 하지 않고 곧장 1층으로 내려갔다.

* * *

이소은은 주민등록등본을 받아보고 난 뒤에 충격에 휩싸였다. 지금 강현의 보호자가 연다혜라는 변호사의 말은 충격이었다.

"내가 이것들을 그냥 둘 줄 알아?"

일단 집안 어른인 유 회장이 이 상황에 대해서 모르고 있다는 게 다행이다. 알게 된다면 보나 마나 펄쩍 뛸 거다. 강현이까지 내쫓을지도 모른다.

시아버지가 일어나시면 상황은 또 달라질 거다. 그러고 보니 그동안 유회장에게 가지 못했다.

일단은 오랜만에 유 회장을 보려고 올라갔을 때였다. 서슬 퍼렇고 어깨 짱짱한 경호원들이 앞을 막았다.

"내가 누구인지 몰라요?"

그러자 고수동이 앞으로 나섰다.

"무슨 일이야? 비켜요."

"안 됩니다."

"도대체 누가 안 된다고 그러는 건가요?"

"회장님께서 작은 사모님 외에는 안으로 들이지 말라고 하셨습니다."

"뭐라고요? 아버님이 깨어나셨단 말이에요?"

소은은 너무 놀라서 소리쳤다. 어떻게 그럴 수가 있을까?

분명 아버님의 상태에 이상이 있으면 정 박사가 보고하기로 되어 있었다. 아무 보고도 들은 것이 없는데 대체 언제 깨어났다는 건지.

게다가 작은 사모님?

"우리 집안에 사모님이 나 말고 또 누가 있어?"

"연다혜 사모님이 계십니다."

고수동의 말에 소은의 입이 딱 벌어졌다. 유 회장이 연다혜를 손자며느리로 인정했다!

"말도 안 되는 소리. 당신들 뭐야? 정 박사가 분명히 나한테 아무 말도 하지 않았는데, 정 박사 어디 있어?"

그때 정 박사가 다가왔다.

"안녕하십니까, 사모님."

"무슨 일이에요. 정 박사, 분명히 회장님 변동 사항은 나한테 보고하기로 했잖아요."

"그것이…… 회장님께서 그러지 말라고 하셨습니다."

"뭐라고?"

"회장님께선 사모님을 보고 싶지 않다고 하십니다."

정박사의 말에 고수동이 앞으로 나서며 말했다.

"회장님께서 일단은 집으로 모시라고 했습니다. 병원은 오지 말라고도 하셨습니다."

"어떻게 이런 일이……."

강현이의 사고 뒤로는 정신도 없었다. 그런데 회장님이 지시했다니, 아버님이 깨어났다니!

"이럴 수는 없어. 아버님! 아버님!"

병실 문 앞에서 소은이 소리를 치자 고수동이 앞으로 나섰다.

"조용히 하십시오. 회장님께서 그렇게 지시하셨습니다."

"아니, 아버님이 대체 언제 깨어나셨기에……."

"회장님께서는 일반 병실로 옮기실 때 이미 언어 소통이 가능하셨습니다. 지금도 조금 어눌하기는 하지만 의사 표현을 정확하게 하십니다. 일단 여기 계시면 안 됩니다. 집으로 모시겠습니다."

말이 집으로 모시는 거지 한마디로 집에 가둬둔다는 거다.

"무슨 말을 그렇게…… 내가 강현이 엄만데! 나는 강현이한테 가 있을 거예요."

"안 됩니다."

"뭐가 안 돼? 내 아들 옆인데 왜 못 간다고 해!"

"자꾸 문제를 일으키신다고 회장님께서 대표님 병실에도 얼씬하지 못하게 하셨습니다. 조용히 집에 가서 기다리지 않으시면 회장님께서 역정을 내실 겁니다."

역정을 낸다. 그게 무슨 뜻인지 너무나 잘 알고 있는 소은이었다.

고개를 젓고 있는데 건장한 경호원 둘이 오더니 옆에 딱 붙어 섰다.

"만지지 마요. 내가 갈 테니까. 건드리지 마."

이소은은 돌아서 걸으면서 눈물을 주르륵 흘렸다.

시아버지가 절대로 깨어나지 못할 거라고 생각했는데 이런 일이…… 내가 내 아들 옆을 왜 못 가?

그러다 갑자기 자기가 똑같은 일을 연다혜에게 했다는 걸 깨달았다.

강현이 일어나지 못하자 바로 연다혜부터 병실 근처에 가지도 못하게 하고 다혜의 아들부터 빼앗아올 생각을 했다.

그래서 이렇게 똑같이 되돌려 받는 건가?

차에 타려고 하는데 고수동이 소은을 불렀다.

"사모님, 그리고 쇼룸 대표 자리도 오늘부로 해임되셨습니다. 집에만 계시라는 회장님 분부십니다."

"내가 쇼룸 대표에서 잘렸다고? 누구 마음대로. 어떻게 집에만 있어요?"

고수동은 아무 말도 하지 않았다.

이제 완전히 집에 감금당하는 셈이었다. 소은은 차 안에서 입술을 짓씹으며 눈을 감아버렸다. 시아버지도 아들도 저를 버렸다.

* * *

햇빛이 쏟아져 들어오는 피아노 룸에 띵하고 피아노 소리가 울렸다.

동화가 어린이집에 가고 나른한 오전에 몇 개의 건반을 누르고 혼자 웃었다. 남편도 아들도 천재인데 나는 어쩜 이렇게 피아노를 못 치나.

"아가. 너는 어때? 음악 좋아? 너도 천재야?"

유강현이 깨어날 때까지는 그냥 시간에 몸을 맡기기로 했다. 그때 구순호에게 전화가 왔다. 전화가 울리면 가슴이 철렁한다. 강현이 깨어났다는 소리를 들을 것만 같아서.

"네. 순호 씨."

-사모님, 저 아파트 앞에 와있습니다.

"강현 씨 깨어났나요?"

-그건 아니지만, 병실에 가실 수 있습니다.

"정말이요? 이소은 대표님께서 허락하셨나요?"

-아니요. 회장님께서 허락하셨습니다.

"할아버지께서 깨어나셨어요?"

-네. 깨어나셨습니다. 그리고 작은 사모님 남편 옆에 모셔다 놓으라고 하셨어요.

남편?

내 이야기를 다 들으셨던 걸까?

가슴이 쿵쿵 뛰었다. 어서 강현의 옆으로 가고 싶은 생각에 말이 빨라졌다.

"네. 바로 내려갈게요."

-저, 천천히 내려오세요. 회장님께서 몸조심하시라는 말씀도 덧붙이셨습니다.

아! 둘째 애를 가졌다는 것을 염두에 두고 하신 말씀이 분명하다. 다 듣고 계셨다!

다혜는 코트를 걸쳐 입고 거울을 봤다. 퀭한 얼굴은 여전하다. 주스 이외에 먹은 거라고는 거의 없었다. 그런데도 눈빛은 살아났다.

유강현이 깨어나지 않아도 그냥 옆에서 그의 얼굴을 볼 수 있다는 것만으로도 살 것 같았다. 거울에 비친 제 모습을 보다가 가만히 손을 아랫배에 대었다.

"아가야, 고마워. 우리 아가가 복덩이네."

모든 병실이 그렇듯이 강현의 병실에도 가만히 있어도 기가 빨리는 병원 특유의 소독 냄새가 났다. 다혜는 한숨을 쉬며 어깨를 늘어뜨리고 강현의 옆에 앉았다.

"이제 48시간 지났어요. 더 늦게 깨어나면 나 가만 안 있어요."

다혜가 또박또박 말하며 강현의 손을 잡았다.

"어서 일어나요, 혼나기 전에."

말은 매섭게 하면서도 잡은 손만으로도 안도감이 들어 그대로 강현의 손에 뺨을 대고 엎드렸다. 스르륵 눈이 감겼는데 잠깐 잠을 잤나 보다.

그런데 그만큼이라도 강현의 옆에서 눈을 붙이니 살 것 같다.

"아가야. 너희 아빠야. 우리 아빠 깨어나면 어떻게 알려줄까? 우리 놀라게 했으니까 우리도 깜짝 놀라게 해줄까?"

그러다 생각해 보니 회장님을 봬야 할 것 같다. 이렇게 강현을 볼 수 있게 해줬으니 다시 가서 뵙는 게 맞다. 다혜가 밖으로 나오자 구순호가 기다렸다는 듯이 말했다.

"회장님께 만나시겠느냐고 여쭤보았습니다. 올라오라고 하십니다."

"고마워요."

"계속 저한테 고맙다고 그러시는데 저는 정말 한 게 없습니다."

"알았어요. 순호 씨. 아무것도 한 거 없어도 고맙다고요. 우리 주아 옆에 있는 것도 고맙고요."

주아 이야기가 나오니 커다란 덩치가 무색할 만큼 얼굴이 붉어진다.

"할아버지 상태는 어떠세요?"

"말씀이 조금 어눌하십니다. 오른쪽 팔을 움직이는데도 힘들어하시고…… 그래도 그 정도면 놀라운 거 아닐까요? 모두가 못 깨어나시는 줄 알았으니까요."

"왜 의식이 없는 척하셨을까요?"

"글쎄요. 그 속은 저도 모릅니다."

              *   *   *

유 회장은 누운 채 애써 오른팔을 들려고 노력했다. 내 팔이 아닌 것같이 뻣뻣하다.

김철주가 친자라는 것을 듣고 의식을 잃었다. 처음 눈을 떴을 때는 좀 쉬고 싶기도 했고 세상 돌아가는 거, 나 없으면 어떻게 돌아가려나, 하고 보고 싶기도 했다.

며칠을 그러고 누워 있는데 다혜가 왔다.

울면서 하는 소리라는 게 들으니 가슴이 아팠다.

혼인 신고부터 먼저 했다는 것과 둘째 아이 임신했다는 소리를 듣고는 온몸에 피가 도는 게 너무 좋아서 누워 있을 수가 없었다.

드디어 꿈에도 그리던 손자들이 한 명도 아니고 두 명씩이나 생겼다. 이제 곧 한남동에 아이들 웃음소리가 퍼질 걸 생각하니 잠시도 가만히 있을 수 없었다.

고수동을 부르고 정 박사에게 건강 상태를 보고받았다. 한쪽 팔이 움직이는 데 불편하고 혀가 좀 뻣뻣해서 마음처럼 잘 말할 수는 없지만, 지시하는 데 불편은 없었다.

그리고 떠오르는 얼굴은 동화였다. 동화가 보고 싶었다.

그 예쁜 놈을 내가 매일 봐도 앞으로 볼 날이 많지도 않은데 어떻게 이렇게 누워서 시간을 낭비했나 싶으면서 그 뒤로 김철주가 떠올랐다.

아들을 평생 빼앗겼다. 허무하게 죽어버린 김기팔. 그는 17년 동안 무엇을 위해 그렇게 살았던 걸까?

복수만을 위한 것이라면 이미 내 목을 따고도 남았을 거다. 간신히 살았겠지. 인생 허무한 거야 누구나 마찬가지지만, 김기팔과 저만큼 허무할까.

하지만 저는 결국 자식들을 모두 찾았다. 그리고 이제 증손자 동화와 동화 동생까지 태어난다. 결국, 많이 아팠지만, 승자는 나다.

그런저런 생각을 하면서 강현이에 대한 상태를 한 번 더 보고받았다.

"자식, 잠자고 싶어도 때를 보고 자야지. 이럴 때 자면 다혜는 어떻게 하라고?"

노크 소리와 함께 다혜가 들어왔다. 언제 봐도 반듯하고 단단하다. 사람으로만 따진다면 저만한 사람이 또 있을까.

참, 하늘에 감사할 뿐이다. 저런 아이가 우리 집에 들어온 게. 다혜 언니 연다미를 인공 수정 상대로 뽑았던 것도 이유가 있었는데 임자는 따로 있었던 거지.

다혜는 조심스럽게 다가와 인사를 했다.

"안녕하세요, 회장님."

"너 이제는 회장님이라고 부르지 않고 할아버지라고 부른다고 하지 않았냐."

천천히 느리게 말했으나 다혜는 그 말을 알아들었다.

"네. 할아버지."

"이리 와라."

고개를 끄덕이며 성한 왼손을 내밀자 다혜가 다가와 불편한 오른손을 잡았다.

"손 많이 불편하세요?"

"치료받으면 된다. 넌 얼굴이 야위었다."

"네."

"입덧 심하냐."

영락없이 할아버지였다. 걱정하는 얼굴 끝에 미소가 묻어 있는 유 회장의 얼굴은 넉넉하고 여유 있었다. 다혜는 부정하지 않았다.

"동화 때하고 비슷해요."

"그렇구나. 유씨 집안 핏줄이라……."

"네, 유씨 집안 핏줄이라 딸기부터 찾아요."

여윈 얼굴로 싱긋 웃는 다혜를 보고 유 회장이 활짝 웃었다. 한쪽 입매가 부자연스러웠지만, 다혜도 따라 웃었다.

"강현이 깨어나면 야단 좀 쳐야겠지?"

"네, 할아버지. 저도 야단치려고요. 할아버지도 야단쳐 주세요."

그러며 눈물이 흐르자 유 회장이 고개를 끄덕였다.

"야단맞아야지. 정 박사가 괜찮을 거라고 했다."

"저 계속 강현 씨 옆에 있어도 되죠?"

"네 남편인데 옆에 있어야지. 아이 생긴 것도 말해야지."

"네."

"가봐. 나한테 오느라고 애쓸 거 없어."

"아니에요. 올게요."

"나 불편한 거 보여주는 거 자존심 상한다."

무뚝뚝하게 말하자 다혜가 씩 웃었다.

"보여줘야 할 때는 보여줘야 해요. 저 이제 가족이잖아요."

가족이라는 말에 유 회장이 고개를 끄덕였다.

맞다. 증손자를 둘씩이나 안겨다 주는 가장 기특한 가족이다.

다혜가 다시 강현의 병실에 내려왔을 때 강현은 여전히 꼼짝 안 하고 자고 있었다.

"자꾸 이렇게 누워서 자기만 하면 나한테 잘릴 줄 알아요."

그때였다. 강현이 다혜가 얹어놓았던 손을 꼭 잡았다.

"어?"

놀라서 다혜가 눈을 크게 떴다. 강현이 눈도 뜨지 않은 채 말했다.

"누구를 잘라?"

목소리도 제대로 나오지 않는, 잔뜩 잠이 든 것 같이 갈라진 목소리로 한 다는 말이 어이가 없었다.

"유강현 씨 나한테 잘릴 거라고요."

"어림도 없는 소리."

강현이 며칠 잠잔 사람이라고는 믿어지지 않을 힘으로 다혜를 확 잡아 당기자 다혜의 상체가 강현의 가슴 위에 그대로 포개졌다. 그러자 강현이 두 팔로 다혜를 꽉 끌어안았다.

"잠 좀 많이 잤다고 잘라요?"

"좀? 얼마나 많이 잤는지 알고나 있어요?"

강현이 피식 웃었다.

"이러고 좀 더 잡시다."

다혜는 그대로 가만히 있었다. 눈에서 눈물이 하염없이 쏟아졌다.

이 남자 정말, 자기가 무슨 짓을 했는지 알고나 있나?

강현은 눈을 감고 생각하고 있었다. 계단에서 구르는 그 순간에, 김기팔 이 한쪽 손에 들고 있던 스패너를 들어 올렸다. 그 스패너 잡은 팔을 꽉 누 르며 함께 떨어졌다.

정말 김기팔이 죽었을까?

"김기팔, 어떻게 됐어요?"

"죽었어요."

강현이 한숨을 쉬었다. 무엇을 해도 응징이 안 되는 놈이었다. 다행이라는 생각밖에 들지 않았다.

강현이 다혜의 상의 안으로 손을 넣어 둥근 가슴을 움켜쥐었다. 가장 먼저 만지고 싶었다. 손이 닿자 유두가 단단히 뭉치는 게 느껴졌다. 그러자 그의 성기가 바로 반응했다.

힘 있게 꿈틀하며 기지개를 켜듯이 솟아오른 성기에 다혜의 손을 가져다 대었다. 다혜는 기가 막혔다.

몇 날 며칠 자느라고 사람 가슴 졸이게 하고 아기는 덜컥 들어서게 하고 이래저래 얄미운 거뿐인데 주책없이 벌떡 선 성기가 어이없다. 그러면서도 이 사람 진짜 괜찮아졌구나 하는 마음에 가슴이 벅차기도 했다.

다혜가 매몰차게 강현의 성기에서 손을 떼며 쌀쌀맞게 말했다.

"조금만 더 늦게 깨어났으면 진짜 자르려고 했어요."

"와, 너무하다. 이제 꼴찌는 아니라고 하더니. 눈뜨자마자 자른다는 소리나 듣고."

"유강현 씨 너무 오래 자서 도로 꼴찌예요. 자는 동안 내가 생각한 게 뭔지 알아요?"

"뭔데요. 또 어떤 충격을 주려고. 차라리 다시 기절할까 보다."

이불을 뒤집어쓰려는 강현의 손을 탁 잡고 다혜가 말했다.

"내가 신데렐라라고."

"신데렐라? 내가 신데렐라 아니고? 연다혜 마음 변하면 버려져서 씨 없는 생쥐가 되는 신데렐라 등장인물."

강현의 말에 꼼짝도 안 하고 진지한 얼굴을 한 다혜가 그를 쏘아보았다.

"허! 기가 차서. 씨가 없다고요?"

할 말이 너무 많아서 어떤 말을 먼저 해야 할지 모르겠다. 임신에 관한 말을 하면 가장 좋아하겠지만 얄미운 유강현에게 그건 너무 과한 처분이었다.

다혜는 조금은 냉랭한 얼굴을 하고 입을 열었다.

"먼저 알아야 할 일들이 있어요."

다혜의 얼굴을 보며 강현이 눈빛을 번뜩였다.

"유강현이 쓰러지자마자 24시간 만에 온리유 매장 문 닫고 나 유강현 근처에 오지도 못했어요. 그러면서 내가 신데렐라 같다고 느꼈죠. 유강현이라는 남자 믿고 살다가는 언제 이런 일 생길지 모르니까 혼자 똑바로 서야 한다고."

잠시 침묵이 흘렀다.

"진짜 살벌하게 무섭네. 그러고 그 얘긴…… 온리유 매장 문을 닫는다고? 계약 이행 안 하면 계약금 물 줄 알아요."

유강현의 말에 다혜가 피식 웃었다.

"그것도 유강현 씨가 건강할 때나 할 수 있는 말인 거 알아요? 이소은 대표님이 나 잘랐다고요. 우리 영업 안 해요. 돈 받고 문 닫았으니 이제 다른 백화점으로 가야지."

"허. 그런데 법적인 건 다 계약서들이에요. 우리 어머니 말 한마디가 뭐요?"

"총무과에서 정식으로 공문 왔거든요?"

"설마?"

놀라면서 강현이 벌떡 일어났다.

"안 돼요. 그렇게 갑자기 일어나면."

"자르고 도망간다더니. 다시 아플까 봐 걱정해요?"

"그걸 말이라고 해요? 애가 둘인데 그러면 어떻게 하라고!"

다혜의 말에 강현의 눈이 커졌다. 잘못 들었나 싶었지만 다혜의 상기된 표정을 보니 제대로 들은 게 맞다.

"둘? 설마⋯⋯."

"나쁜 사람 같으니라고. 피임 안 해도 된다고 해놓고!"

강현이 비실비실 입가에 웃음이 터져 나오기 시작했다. 임신. 둘째 아이가 생겼다.

내 아이가 생겼다는 게 이런 기분이라니!

"연다혜. 진짜 사람 돌게 하지!"

강현이 다혜를 꽉 끌어안았다. 어느 틈에 번쩍 들어 올린 탓에 다혜는 강현의 무릎 위에 올라앉았고 신발은 신은 채로 옆으로 뻗쳐 있었다.

"그러니까 여기에 동화 동생이 있다고? 유강현 2세?"

강현이 다혜의 아랫배에 손을 대고 있을 때였다. 문이 활짝 열리면서 정 박사 뒤로 레지던트 인턴, 간호사들이 줄줄이 이어서 들어왔다. 다혜는 순간 얼어붙었다.

정 박사는 빙긋 웃으며 강현을 보고 고개를 끄덕였다.

"아아. 상태가 많이 좋으신가 봅니다."

다혜가 밑으로 내려오려고 했으나 강현이 그대로 두질 않고 팔에 힘을 주었다. 의사 앞에서 이러는 게 정상이 아닌 것 같다.

결국 정 박사가 다시 입을 열었다.

"환자 진찰해야 합니다."

강현이 넉살 좋게 되물었다.

"이따가 하면 안 됩니까?"

"네. 안 됩니다."

정 박사 역시 물러서질 않았다. 다혜는 강현의 손등을 꼬집었다. 아프다는 내색 없이 강현이 슬그머니 다혜를 내려주었다. 얼굴이 홍당무처럼 붉어진 다혜가 옆에 서자 정 박사가 이야기했다.

"이렇게 건강하신 분이 왜 이틀 반이나 깨어나질 않아서 그렇게 사람들

애를 먹이셨습니까? 회장님께서도 깨어나셨습니다."

"그래요? 할아버지께서 괜찮으신가요?"

"아무래도 대표님보다야 힘들어하시죠. 하지만 의사소통도 가능하시고 재활 치료받으면 조금씩 나아지실 거예요."

"그렇군요. 저는 언제 뵐 수 있을까요?"

"회장님께서 사람들을 만나고 싶어 하지 않으십니다. 거동 불편한 거, 발음 어눌한 거 다 남한테 보여주기 싫다고 하시네요. 여기 계시는 손자며느리만 보겠다고 하십니다."

다혜를 보며 하는 말에 다혜가 얼굴을 살짝 붉혔다.

"아니, 할아버지가 나를 제치고 연다혜 씨를 보셨다고요?"

"네."

무슨 말을 했냐는 듯한 눈으로 다혜를 보자 다혜가 입을 꼭 다물었다. 정 박사는 당부의 말을 했다.

"바로 퇴원은 안 됩니다. 하루 이틀 경과를 지켜봐야 합니다."

"네, 그렇게 할게요."

"네. 그럼 하던 거 마저 하세요."

정 박사가 인사를 하며 돌아서는데 뒤에 죽 늘어서 있던 인턴들이 빙긋 웃는다. 그러거나 말거나 강현은 다혜의 손을 잡고 다시 당겼다.

"정말, 왜 이래요?"

"내가 죽었다 살아나서 좀 염치없는 놈이 됐거든요."

"죽었다 살아난 건 아니고요."

"맞죠. 멀쩡한 사람이 어떻게 48시간 이상 잠을 자요. 그건 그렇고 할아버지랑 무슨 얘기 했어요?"

"그냥…… 다 감사했어요."

"자세한 얘기는 안 해줄 생각인가 봐요."

320

"할아버지께서 많이 좋아하세요."

"나보다 먼저 알았구나, 할아버지가. 우리 둘째 아기."

다혜가 웃으며 고개를 끄덕였다.

"엄청 좋아하시겠네. 우리 할아버지 말년에 무슨 복이야. 비혼주의자 손자한테 증손자를 둘씩이나 보고. 연다혜 완전 은인이네, 우리 할아버지한테."

강현의 말에 다혜가 고개를 저었다.

"아니요. 할아버지가 나한테 은인이세요. 강현 씨도 이렇게 볼 수 있게 해주고."

대충 소은이 다혜 마음고생을 시켰구나. 짐작은 갔다. 그러니 소은이 얼굴도 보이지 않겠지. 강현이 구순호를 불렀다.

"다 말해. 무슨 일이 있었는지."

구순호는 잠시 유강현을 쳐다보다가 입을 열기 시작했다.

"대표님께서 쓰러지시고 난 후에 사모님이 좀 변하셨습니다. 큰 사모님이요."

"어떻게?"

"네. 기다렸다는 듯이 제일 먼저 연 실장님 면회 금지하셨고요, 병원 근처에도 못 오게 하셨습니다."

강현의 얼굴이 분노로 새빨개졌다.

"어머니가? 계속해 봐."

강현의 말에 구순호는 다혜를 한 번 쳐다보았다. 다혜는 아무 말 안 하고 있었다.

"온리유는 백화점에서 나갔습니다."

"뭐? 아니, 이틀 사이에?"

"네. 당장 나가면 돈을 더 준다고 해서 연다혜 실장님이 미련도 없이 짐

싸서 매장에서 나가셨습니다."

강현이 기가 막힌다는 듯이 다혜를 보았다.

"우와. 무섭다. 연다혜."

"난 다른 건 몰라도 기업의 목표가 이윤 추구라는 건 알고 있어요."

"그리고?"

"회장님께서 깨어나시고 난 다음에 제일 먼저 큰 사모님 한남동 자택에 모시고 가라고 하신 겁니다."

"감금이군."

구순호가 대답하지 않았지만 바로 알 수 있었다.

"감금이라. 그 정도 갖고는 안 되겠는데? 내가 너무 분해서."

강현의 말에 다혜가 고개를 저었다.

"그러지 마요. 지금도 충분히 힘드실 거예요. 당신 깨어났잖아. 제일 나쁜 사람은 당신이었다고요."

"난 아팠잖아요. 우리 어머니는 내가 아프기를 기다린 사람처럼 행동하고. 내 아내를 내치려고 했어."

"깨어났으면 됐어요."

다혜는 이제 막 깨어난 강현이 어머니에게 화부터 내게 하고 싶지는 않았다. 이렇게 얼굴만 보고 있어도 아까운 시간이었다.

"그나저나 우리 연다혜 부자 돼서 이제 진짜 도망가겠네."

"그럴 생각이에요."

"뭐로 잡아야 해요?"

"글쎄요."

강현이 구순호에게 동화를 데리고 오라고 지시하자 구순호가 바로 나갔다. 구순호가 나가자 강현이 다시 다혜를 침대로 끌어 올렸다.

"자고 가요."

"안 돼요."

"매정하네."

강현이 다혜의 입술에 쪽 소리가 나게 키스했다. 그러고는 바로 손을 블라우스 안으로 밀어 넣었다.

"방금 깨어난 사람이 뭐 하는 거예요?"

"방금 깨어나도 열정은 그대로거든요."

강현의 손이 그대로 다혜의 엉덩이를 꽉 쥐었다. 통통한 둔부가 손안에 빠듯하게 잡히는 느낌에 살아 있음을 느낀다.

"안 되겠지? 지금은……."

"절대로 안 돼요. 깨어나자마자……."

"그럼 깨어나고 몇 시간 있으면 되는데요?"

그의 손은 이미 그녀의 앞쪽으로 움직이고 있었다. 가지런한 체모를 쓸어내리며 허벅지를 만지작거리는 손길이 꽤 노골적이다.

"내가 말했죠? 조심해야 해요."

"만지는 것도 안 된다고요? 너무하네."

"대신…… 자요. 이렇게."

다혜가 팔을 뻗어 강현의 머리를 감싸 안았다. 부드러운 가슴에 얼굴이 닿자 강현은 순한 아이처럼 다혜를 껴안았다.

"집에 가서 우리 매일 사랑해요. 나, 정말 많이 기다렸어요."

다정한 손길이 강현의 머리카락을 쓰다듬었다. 손길에 담긴 사랑에 강현이 고개를 끄덕였다. 가볍게 입술을 맞대고 있을 때 노크 소리가 들려왔다.

다혜가 침대에서 내려오며 들어오라고 하자 문이 열리고 동화가 들어왔다. 문화센터 수업을 빠지고 구순호를 따라온 동화는 바이올린 케이스를 들고 있었다.

"아빠! 안녕하세요?"

아주 낯선 사람을 보는 것처럼 침대에서 뚝 떨어진 채 배꼽 인사를 하는데 분위기가 서먹했다.

"동화야, 이리 와. 아빠 다 나았어."

두 손을 내밀었지만 동화는 선뜻 달려들지 않고 커다란 눈에 힘을 주더니 울음을 꾹꾹 눌러 참고 서 있었다.

"동화야, 왜 그래?"

다혜도 그런 동화를 보며 묻자 동화가 바이올린을 꺼내 연주 준비를 한 채 말했다.

"아빠, 나 안 울었어요. 아빠 일어나면 연주하려고 연습했어요. 울면 아빠 못 일어날까 봐…… 아빠. 내가 연습한 거 들어봐요."

동화가 바이올린 활을 켜기 시작했다. 매끄럽게 현을 활보하는 활이 기막힌 선율을 만들어냈다. 곡은 지난번 강현과 동화가 함께 연주했던 곡이었다.

"동화야!"

강현은 가슴이 먹먹해졌다. 제가 누워 있는 동안 아빠를 찾던 동화의 간절했던 마음이 아름다운 바이올린 선율에 녹아 병실 안에 울려 퍼졌다.

강현이 올라오는 눈물을 꿀꺽 삼켰다. 목울대가 꿈틀하며 강현의 손에 힘이 들어갔다.

가장이라는 게 이런 거다. 예쁜 아내, 배 속에 있는 태아 그리고 든든한 아들 동화까지. 이런 식구를 두고 어떻게 몸을 함부로 굴릴 수가 있을까?

아빠를 걱정하는 다른 어떤 말도, 왜 아팠냐는 투정도 다 소용없다. 이렇게 눈에 눈물을 그렁그렁 달고 제 마음을 담아 풀어내는 바이올린 선율 하나가 강현을 가장 혹독하게 질책하고 타이르고 위치를 알려주고 있었다.

강현은 고개를 끄덕이며 끝날 때까지 동화의 연주를 들었다. 연주가 끝나자 얼굴이 완전히 젖어버린 다혜가 동화를 꽉 끌어안고 강현의 침대 옆에 데려다주었다.

"아빠아."

그제야 동화가 울음을 터뜨렸다. 아빠 품에 안겨서 통곡하듯 우는 동화를 강현이 등을 다독였다. 바로 울음을 그치고 흐느끼는 동화의 고개를 강현이 들었다.

"우리 아들 잘생겼네."

"난 아빠 닮았어요."

"그래. 우리 동화는 아빠 닮았지. 연주 잘했다."

강현이 동화의 머리를 쓰다듬었다. 이렇게 멋진 아들을 낳아준 다혜가 고마울 뿐이다.

"동화는 아빠하고 뭐 하고 싶어?"

"같이 자요. 세트 잠옷 입고. 다 같이."

"그래. 같이 자자."

그렇게 세 식구가 함께 이야기하고 있을 때 노크 소리가 들리더니 사시미칼 경호팀장 고수동이 들어왔다.

"회장님께서 동화를 데리고 오라고 하십니다."

"아니, 동화가 여기 온 지 얼마나 됐다고 벌써 할아버지가 아세요?"

강현이 못마땅하게 묻자 고수동이 정중하게 대답했다.

"회장님께서도 계속 동화를 보고 싶어 하셨습니다. 병원에 오면 데리고 오라고……."

내 아들인데? 나도 아직 제대로 못 봤다고.

강현의 속에서 이런 말이 입까지 올라왔지만, 다혜가 먼저 말했다.

"제가 데리고 갈게요."

"나도 갑니다. 이제 만났는데 나도 동화 옆에서 떨어지고 싶지 않아요."

결국 세 식구가 다 유 회장의 병실로 들어갔다.

"할아버지! 쫑쪼할아버지!"

다혜가 증조할아버지라고 가르쳐 주기는 했지만, 발음이 참 어렵다.

"그냥 왕할아버지라고 불러."

옆에서 강현이 말하자 동화가 활짝 웃으며 바로 따라했다.

"왕할아버지!"

"그거 좋네."

"이리 와라, 동화야."

어눌한 말로 손을 내밀자 동화가 다가가 할아버지의 손을 잡았다.

"나 괜찮은가 안 물어보세요? 나 환자예요. 할아버지. 동화만 보이세요?"

"네가 뭐가 환자야? 별것도 아닌 걸로 괜히 동화 애미 애만 태우게 한 놈이. 멀쩡하네."

"하여간. 할아버지. 나 너무 험하게 다루는 거 아니에요?"

강현이 어이없다고 웃었다. 동화도 유 회장 무릎에서 따라 웃었다.

"가장이다. 험하게 굴러야 살아남지. 우리 예쁜 동화 지키려면 네가 험한 거 다 감당해야 해. 아니면 처자식이 험한 일 당한다. 어디 우리 동화. 내 새끼."

제대로 동화를 이렇게 안아본 게 처음인 것 같다. 손자라는 걸 알고 제대로 놀아주지도 못했다.

"우리 동화 기특하네. 예쁜 동생 봤으니까 선물을 사줘야겠어."

"동생이요?"

동화의 눈이 커다래졌다. 유 회장이 다혜를 보며 물었다.

"아직 동화한테는 말 안 했나?"

"네. 아직 말 못했어요."

옆에서 다혜가 말하자 유 회장이 활짝 웃으며 말했다.

"동화야, 엄마 배 속에 동화 동생이 있다."

"네? 진짜요?"

"응. 그래서 엄마 많이 쉬면서 몸조심해야 해. 무거운 것도 들지 말아야 하고 아기를 잘 키워야 하니까."

"엄마!"

동화가 큰 눈으로 다혜를 돌아보더니 그 시선을 다해 아랫배 쪽으로 내렸다.

"정말 아기 있어요? 거기에?"

"응, 동화야. 엄마 배 속에 아기 있어."

동화가 손뼉을 쳤다.

"좋으니?"

"네, 좋아해요. 할아버지!"

동화가 유 회장에게 이렇게 낯을 안 가리는 건 가족이기 때문일까?

다혜는 유 회장의 품에서 웃고 있는 동화를 보며 핏줄은 이렇게 당기는 건가 하는 생각을 했다.

"우리 동화 그동안 공부 많이 했어?"

동화가 고개를 끄덕였다.

"연주도 했어요. 할아버지도 들려줄게요."

"그래. 나 곧 퇴원할 생각이다."

옆에서 강현이 부인했다.

"할아버지는 재활 치료 한참 남으셨잖아요."

"동화 보고 싶어서 병원에 못 있겠다. 어린애가 자꾸 병실 드나드는 거 좋지 않을 거고."

"네. 그래서 저도 내일 바로 퇴원하려고요."

"나도 내일 퇴원한다."

"할아버지는 더 계세요."

"너나 더 있어. 내가 너보다 먼저 깨어났어."

"하지만 전 멀쩡하고 할아버지는 말도 어눌하잖아요. 팔도 못 들어 올리신다면서요."

"재활 치료 집에서 받으면 된다. 한남동에 있으면 동화도 와도 되고 내가 앞으로 얼마나 오래 산다고…… 동화 하루라도 더 보고 싶다."

조손이 다 지기 싫어하고 기가 세다. 유 회장과 강현이 실랑이를 하는 동안 동화가 바이올린을 들었다.

동화의 바이올린 선율이 한 번 더 병실에 울렸다. 아까 강현의 병실에서 울렸던 느낌과는 또 달랐다.

같은 바이올린을 연주해도 연주하는 사람이 어떤 혼을 실어서 연주하느냐에 따라 이렇게 다르다는 걸 강현은 선명하게 알았다.

아빠를 보던 그 커다란 눈.

눈물을 그렁그렁 달고 어린아이가 마음을 찢으며 했던 연주는 평생 잊을 수 없을 거다. 그렇게 멋진 감동의 선율은 평생 다시는 들을 수 없을 거다.

유 회장은 연신 웃으며 좋아했으나 난감한 건 찾아온 정 박사였다.

"회장님, 내일 퇴원은 곤란합니다."

강현이 정 박사의 편을 들었다.

"네. 제가 먼저 나가서 다 정리해 놓을 테니 천천히 나오세요."

"회장님은 조금 더 계셔야 합니다."

고집스럽게 눈을 내리뜨고 고개를 젓는 유 회장을 동화가 불렀다.

"왕할아버지."

"그래, 동화야."

"잘 참으면 좋은 일이 있대요."

"뭐?"

"우리 엄마가 그랬어요. 잘 참으면 좋은 일이 있다고."

다혜가 옆에서 당황한 얼굴로 동화의 손을 꼭 잡았다. 할아버지 앞에서 이런 말을 하는 게 부끄러웠다. 하지만 동화는 엄마에게 잡힌 손을 꼬물꼬물 움직이며 또 말했다.

"나도 꼭 참았더니 아빠가 깨어났어요."

"뭐라고?"

"안 울고 꾹꾹 참았더니 아빠가 일어났어요. 할아버지도 참아요."

"허. 참……."

퇴원하겠다고 의사에게 떼를 쓰고 있는데 동화가 한 말에 유 회장이 껄껄 웃었다. 옆에 있던 정 박사가 최고의 아군을 만난 것처럼 좋아했다.

"우리 동화가 최고네. 회장님 들으셨죠? 며칠만 더 참으시면 좋은 일이 옵니다."

결국 다음 날 퇴원한 건 강현이었다. 강현은 퇴원하고 집에 들어서기가 무섭게 다혜를 번쩍 들어 안았다.

"뭐 하는 거예요?"

"뭐하긴요. 내 집에 들어가면서 임신한 아내 안고 들어가는 거지."

다혜를 안고 들어가 소파에 내려놓고는 다혜의 앞에 한쪽 무릎을 꿇고 다혜의 손을 잡았다.

"미안해요. 내가 정신 나갔지. 나한테 딸린 식구가 셋이나 되는데 삼 일 씩이나 처자고."

"어쩔 수 없는 거였잖아요."

"아니에요. 동화 연주 들으면서 정말 깊이 깨달았어요. 내 몸이 이제 혼자 몸이 아니라는 걸. 나한테 딸린 식구가 셋이고 모두가 얼마나 나를 사랑하고 걱정하는지, 나 이제부터 진짜 건강 관리할 거예요. 강하고 멋진 가장이 돼야겠어."

다혜가 글썽글썽한 눈으로 강현의 손을 잡았다.

그날 밤 세 사람은 지난번 콘도에 놀러 갈 때 강현이 사왔던 세트 잠옷을 입고 침대에 누웠다. 가운데 누운 동화가 좋아서 어쩔 줄 몰랐다.

"엄마랑 아빠랑 셋이 자니까 너무 좋아요."

"그렇지, 동화야? 엄마도 좋아."

"아우, 조금 비켜봐. 좁아, 좁아."

강현이 일부러 동화에게 바짝 붙으며 동화를 간지럼 태웠다. 깔깔거리고 웃는 동화의 소리가 숨넘어갈 것 같다.

"너무 간지럼 태우면 안 돼요."

"응, 엄마, 나 안 울어. 그런데 자꾸 밀지 마요, 아빠. 애기가 불편하잖아."

"아기한테 안 좋을까 봐? 우리 동화, 남자 동생일까 여자 동생일까?"

"다 좋아요. 두 명이면 더 좋아!"

"두 명? 어우, 쌍둥이? 그런데 병원에서는 뭐래요?"

"병원은 아직 안 갔어요. 강현 씨하고 같이 가려고."

"역시. 나 진짜 산부인과 가보고 싶었는데. 우리 병원 가요."

다혜가 고개를 갸웃하며 강현을 쏘아보았다.

"비혼주의자였던 사람 맞아요? 산부인과를 가고 싶었다니 못 믿겠어요."

"무슨 소리? 그 아기가 괜히 생긴 줄 알아요? 엄청 노력했다고……."

다혜가 입을 막았다. 동화가 엄마 아빠를 번갈아 보며 말했다.

"나도, 나도! 아기 병원 같이 가요."

"안 돼. 산부인과 같은 데는 아가는 안 가는 거야."

강현의 말에 동화가 입을 삐죽 내밀었다.

"형안데 자꾸 아가라고."

"산부인과에 가면 아가야. 유치원에서는 형아고. 우리 동화 이제 자자. 아빠가 우리 동화 자장가 불러줄까?"

동화가 고개를 끄덕이자 강현이 동화의 가슴을 토닥토닥 해주며 낮게 자장가를 읊조렸다. 다혜가 동화의 머리카락을 살살 쓸어주었다. 행복에 겨워서 동화가 혀 짧은 고양이 소리를 냈다.

"너무 좋아!"

단 한마디였지만, 지금의 이 행복을 이보다 더 진하게 표현할 수 있는 법은 없을 거다.

동화의 커다란 눈이 스르르 감겼다. 강현은 밀려오는 행복감에 가슴이 벅차 토닥이던 동화의 가슴을 지그시 바라보다 눈을 들었다. 어느 틈에 다혜도 이미 잠들어 버렸다. 긴 속눈썹이 살포시 내려앉은 하얀 얼굴이 예쁘다.

임신한 몸으로 남편 때문에 놀라고 퇴원하고 집에 와서도 왔다 갔다 하더니 고단했나 보다. 강현은 잠든 아내와 어린 아들을 바라보며 눈을 감았다.

그러다 일어나 동화를 제 자리에 눕히고 떨어지지 않게 베개를 고여 놓았다. 슬그머니 다혜의 옆에 누워 허리를 감싸 안았다.

이런 게 정말 행복이구나. 다른 어떤 것도 아니라 사랑하는 사람들을 옆에 이렇게 두고 보고 마음껏 사랑하고 만지고 함께 잘 수 있는 이 행복. 이 행복을 지켜내고 싶다.

* * *

그동안 소은은 한남동에서 거의 외출하지 못한 채 혼자 집에 있었다.

"내가 돼지도 아니고 하루 세 끼 밥만 먹으면서 이렇게 어떻게 살아? 우리 동화도 못 보고 내가 진짜……!"

속상해서 끌탕을 하다가도 유 회장이 돌아오고 난 뒤에는 정작 어떻게 되는 건가 겁이 나기도 했다. 그러고 있는데 유 회장에게서 전화가 왔다.

"아버님, 몸은 좀 어떠세요?"

-네가 왜 내 몸 걱정을 해. 차라리 빨리 죽었으면 좋겠다고 한 게 너 아니었냐?

유 회장의 말에 소은이 뜨끔했다. 그때 유 회장이 중환자실에서 미동도 하지 않고 있을 때 한 말이었다.

귀가 다 열려 있었다고? 그런데 왜 티를 안 내?

"아버님, 그땐 속상해서 그냥 한 말이에요. 얼마나 속상하겠어요. 저 죽은 제 남편보다 아버님 식사를 더 많이 챙겨 드렸어요."

소은의 말에 유 회장은 아무 말도 하지 않았다.

소은의 말이 사실이다. 아들이 죽고 난 뒤로도 17년을 넘게 며느리가 챙겨주는 밥을 먹은 게 저였다.

하지만 그런 인정하고는 다르게 소은이 잘못한 건 잘못한 거였다. 같은 여자면서 동화를 뺏어서 강현이 옆에서 손자 키우면서 살려고 했던 그게 괘씸했다.

다혜가 둘째 아이까지 가졌는데 그렇게 심하게 했다가 유산이라도 됐으면 어쩔 뻔했을까?

거기까지 생각하자 다시 분노로 주먹을 꽉 쥐게 된다.

-여행이라도 다녀와라.

"아버님. 싫어요, 저. 카드도 다 묶여 있고……."

-당분간은 한도가 정해진 카드를 주마. 알아서 아껴 쓰고 부를 때까지 한남동으로 오지 마라.

"아버님. 제가 잘못했어요."

-그래. 잘못을 알면 바뀌어야지. 지난번 제주도 갔다 오고도 네가 바뀐 게 없잖니. 좀 길게 여행한다 생각하고 떠나라.

싫다고 해서 안 갈 수 있는 게 아니다. 싫다고 하면 꽁꽁 묶어서라도 사시미칼 경호팀이 저를 번쩍 들어다 어디다 가져다 놓을지 모른다.

"아버님, 저도 동화 보고 싶어요."

그 마음도 안다. 동화가 한 번 보면 자꾸 생각나는 예쁜 손자라는 것도. 저 역시 동화를 한 번 보고 난 뒤에 계속 보고 싶었다.

-그래. 그렇게 동화를 보고 싶었으면 제대로 했어야지. 동화가 세상에서 제일 사랑하는 사람이 누구일 것 같으냐?

소은은 한마디도 할 수가 없었다.

-제 엄마다. 정이 많은 놈이야. 타고난 효자더구나. 그런 애한테서 제 엄마를 뺏고 네가 동화에게 좋은 사람이 되겠니?

"아버님!"

할 말이 없었다. 저도 나름대로 강현을 위하고 유씨 집안을 위했던 건데.

-긴말하지 말고 떠나라.

"어디로 가라고요."

-고수동이 알아서 모실 거다. 가라는 대로 가서 잘 있어.

"아버님, 용서해 주세요. 이번 한 번만 용서해 주면 제가 다음부터……."

-넌 내가 지금 널 용서하고 있다는 생각이 안 드냐? 내일 아침 일찍 떠날 거니 가방 싸라.

소은은 울면서 짐을 쌌다. 도대체 제 편이 하나도 없다.

* * *

동화가 실컷 자고 눈을 떴을 때는 주변에 엄마도 아빠도 없었다.

"꿈인가아……?"

꼭 꿈같았다. 그렇게 기다렸던 아빠가 집에 돌아와서 셋이 저녁을 먹고 함께 침대에 누워서 잠을 잤던 행복한 기억이 꿈인가 싶을 정도로 눈을 끔뻑이고 있는데 다혜가 들어왔다.

"우리 동화 잘 잤어?"

"엄마, 아빠는?"

"아빠 화장실에 계셔."

"꿈 아니네?"

"뭐?"

"엄마도 아빠도 없어서 꿈인 줄 알았어요."

"무슨 꿈이 그렇게 길어. 어제 병원에서 바이올린도 켜놓고."

그러자 동화가 씩 웃었다. 동화의 머리가 제비집처럼 막 뭉쳐있다.

"오늘은 어린이집 좀 늦게 가도 돼. 엄마 아빠가 같이 데려다줄게."

동화가 고개를 끄덕였다. 다혜가 동화를 안으려고 하자 갑자기 동화가 고개를 저으며 다혜를 밀어냈다.

"안 돼. 엄마."

"왜?"

"엄마 아기 있어서 무거운 거 들면 안 된다고 할아버지가 그랬잖아."

"아아. 우리 동화는 안 무거운데?"

"나는 형아라서 무거워. 엄마, 이제 안아주지 마세요. 나 혼자 다 할 수 있어요. 형아니까 이제 다 해요!"

동화가 혼자 침대에 스르륵 미끄러지듯 내려왔다.

"씻어야 하는데?"

"아빠하고 같이 씻으면 되지!"

"동화야!"

동화는 부를 틈도 없이 홀랑홀랑 옷을 벗고 욕실 문을 벌컥 열고 들어갔다. 강현은 막 샤워를 마치고 나오려다 홀딱 벗고 들어온 동화를 보고는 씩 웃었다.

"우리 아들 들어왔네?"

"나 씻을 거예요!"

"그래, 씻자."

물을 틀어놓고 그 밑에 세워두니 풋풋 소리를 내며 얼굴을 두 손으로 막 비빈다.

"샴푸칠은 아빠가 해줄게."

머리에 샴푸칠을 하고 헹궈내는데도 잘 참는다.

"우리 동화 진짜 형아 됐네?"

"나 더 컸어요!"

그 며칠 새 얼마나 컸다고. 하지만 잘 컸다고 엉덩이를 두드려줬다.

"고추도 컸네?"

씩 웃는 동화가 강현의 중심을 보며 말했다.

"아빠만큼 크려면 이만큼 더 커야 해요."

"그럼. 우리 동화는 이만큼 클 거야."

"아빠. 이제 나 엄마한테 안아주지 말라고 했어요. 무거운 거 들면 안 돼서!"

"그렇지. 형아는 아빠가 안아줘야지!"

셋이 시리얼에 우유와 과일을 먹고 강현과 동화는 아침에 게임 한 판을 했다. 물론 동화가 이겼지만 강현은 지고도 기분이 좋기만 했다.

동화를 어린이집에 데려다주고 둘이 병원에 갈 생각이다. 강현은 벌써 가슴이 설레고 있었다.

* * *

소은은 동화의 목소리를 듣고 싶었다. 그러나 전화했다가 다혜가 받으면 어떻게 하나 싶고, 또 그런 생각을 했다가도 내가 뭐 동화하고 통화도 못 할 사이인가 하는 마음이 삐죽삐죽 올라왔다.

그러다 겨우 용기를 내 전화했더니 동화가 받았다.

－예쁜 할머니다!

"아이고, 내 새끼."

소은은 눈물이 펑펑 쏟아졌다.

"동화야, 할머니 안 보고 싶어?"

－할머니, 왜 울어요?

"왜 울기는. 너 보고 싶어서 울지."

엉엉 소리를 내고 울다가 코를 훌쩍이며 물었다.

"동화야. 할머니 밉지 않지?"

－예쁜 할머니예요. 안 미워요.

"그러면 할머니가 먼 데 여행 가는데 갔다 오면 할머니 볼 거지?"

－안녕히 다녀오세요. 울지 말고요.

"그래. 내 새끼. 내가 전화할게. 전화하면 받아라."

－네. 어린이집 빼고 레슨 빼고 잠잘 때 빼고 받을게요.

"그래, 동화야. 할머니는 너 많이 예뻐해."

소은은 전화를 끊었다. 벌써 고수동이 찾아와 차를 준비했다고 말했다. 소은은 차에 올라타며 물었다.

"어디로 가는 건가요?"

"제주도 갑니다."

"알겠어요."

소은은 두말하지 않았다. 시아버지를 이길 수는 없다. 결국에는 말 잘 듣고 유배 생활을 끝내고 동화를 다시 볼 수 있을 때를 기다리는 것 외에 할 수 있는 거라고는 없었다.

* * *

강현은 다혜와 함께 산부인과 대기 의자에 앉아 주변을 둘러보았다. 혼자 온 산모는 하나도 없는 거 같다. 강현이 다혜의 팔을 잡고 속삭였다.

"다 남편이랑 같이 왔네."

"보통 그렇죠."

"동화 가졌을 땐 계속 혼자 왔겠네요."

"뭐…… 그랬죠."

덤덤하게 말하는 다혜와 달리 강현은 마음이 무겁고 미안했다.

"앞으로는 꼬박꼬박 내가 같이 올게요."

"혼자 오는 산모들도 있어요. 중간에 검진받으러 올 때는 괜찮아요."

"안 되죠. 나는 동화 몫까지 두 배로 꼭꼭 같이 올 거야."

초음파를 하고 진료를 마친 의사가 강현을 보며 물었다.

"아들이 좋으세요, 딸이 좋으세요?"

"다 좋습니다."

솔직한 마음이었다. 그런데 의사가 초음파 사진을 내놓으며 빙긋 웃었다.

"음. 아직 정확하게 성별이 나오지는 않습니다. 그런데 태아가 둘이네요. 쌍둥이요."

~~~~~~♡~~~~~~

27. 가족회의

쌍둥이란 말에 강현과 다혜가 다 놀랐다. 전혀 생각지 못한 일이었다.

"쌍둥이라고요?"

"네. 쌍둥입니다."

정 박사는 정관 수술로 다른 사람보다 임신 확률이 떨어진다고 했지만, 센 놈 둘이 들러붙어서 쌍둥이가 되었다. 강현의 얼굴에 웃음이 넘쳐났지만 다혜는 걱정스러운 얼굴을 했다.

"쌍둥이면 많이 힘들까요?"

"아무래도 한 명보다는 힘들겠지만, 그래도 임신 기간이 더 길어지는 것도 아니니 마음 편하게 가지세요. 음식물 충분히 섭취해 주시고 쉬면 괜찮을 겁니다. 그리고 임신 초기라 무리하는 건 안 되는 거 아시죠? 아버지가 아주 건강하신 것 같은데 조심해 주십시오."

건장한 강현을 보며 무엇을 의미하는 건지 너무 잘 알게 눈치를 준다.

"네. 어느 정도로 조심해야 하는지……."

"어……. 그러니까, 조심해야죠. 무리하거나 하지 마시고요."

그 이상 뭐라고 말을 해야 좋을까 망설이듯이 의사는 그렇게 말했다. 다혜가 말없이 얼굴을 붉혔다.

* * *

김철주는 망설이다가 병실 문을 노크했다. 퇴원 준비를 하고 있던 유 회장이 반듯하게 앉아 김철주를 바라보았다. 유 회장의 심장이 빨리 뛰기 시작했다.

"이리 와라. 아버지라고 불러봐라."

"회장님."

"어차피 너하고 나하고 부자지간인 건 이제 거스를 수 없는 일이고……."

"아버지."

한마디 내뱉고 김철주는 손으로 눈을 가렸다. 얼굴이 반쯤 가려진 김철주의 얼굴을 유 회장이 쓰다듬었다.

"그래, 철주야. 너 건강은 괜찮은 거냐?"

유 회장의 말에 김철주가 고개를 끄덕였다.

"건강합니다."

60대에 접어들어 머리가 희끗희끗했으나 건강한 김철주였다.

"내 아들이면 그래야지. 나도 60대에 펄펄했다."

내 아들이라는 말이 뭉클하게 다가와 김철주가 아무 말도 하지 못했다. 아버지와 아들이라기에는 너무나 어색했다.

아무 말 없는 김철주를 바라보며 유 회장이 한마디 더 했다.

"너 결혼 생활이 평탄치 않았던 건 마음 아프다."

김철주는 예전에 이혼하고 하나 있는 아들이 미국에 가 있었다. 교도소에서 나왔으나 혼자 있으니 외로울 거라고 하는 말이었다.

김철주는 빙긋 웃고는 별일 아니라는 듯 가만히 있었다. 유 회장은 그런 철주를 보는 것이 더 마음 아팠다.

"아들 이름이 뭐라고 했지?"

"형석입니다."

김철주의 아들. 그러면 유 회장에게는 손자가 된다. 한 번도 본 적 없지만 장손이다.

"우리 강현이보다 어리다고 들었다."

"네. 제가 결혼을 늦게 해서 지금 유 대표보다 나이가 어립니다."

"개도 내 손자인데 얼굴은 봐야지."

"그 아이는 제게 편지를 잘 합니다. 하지만 이런 상황 설명을 잘 해야 할 것 같습니다. 그래서 제가 미국에 한번 가려고요."

김철주가 어색하게 유 회장의 손을 잡았다.

"팔이 불편하시다고 들었습니다."

"한쪽 팔이 좀 불편한데 물리 치료 받고 그러면 회복된대. 뭐, 완전히 회복 안 되면 어떠냐. 이 나이에 언제 죽어도 이상하지 않은데. 내가 그래도 증손자도 보고 아들도 다시 찾고."

딱 여기까지 말하고 목이 멨다. 그렇게 집안의 대가 끊어지면 안 된다고 강현에게 난리를 쳤는데 정작 저는 아들을 잃어버리고도 60년을 넘게 이러고 살았다.

"호적 정리는 해야지."

가장 급한 게 아들을 제대로 찾는 거라 생각하고 한 말인데 철주는 여유 있게 말했다.

"이제 와서요? 그리고 호주제는 폐지됐습니다. 가족 관계만 있어요."

"그래도 하는 게 맞지 않냐."

"천천히 생각하죠. 미국에 있는 형석이는 알지도 못하니까요. 이미 미국 시민이니 한국 성이 중요한 것도 아니고요."

가족 관계는 곧 재산 상속과 연결되어 있다. 하지만 철주는 그런 것에는 전혀 욕심이 없었다. 괜한 분란은 만들고 싶지 않은 게 지금의 심정이다.

"그래. 너 챙겨주고 싶은 네 어머니 마음 생각해서 내가 따로 준비했다. 은희는 평생에 널 잊지 못했어."

유 회장의 아내가 자신의 어머니라는 걸 김철주 역시 알고 있었다. 한두 번 만난 적도 있었다. 하지만 어머니와 아들의 정을 나누지는 못했다.

버려 놓고 왜 찾아왔느냐고 가슴에 못을 박았던 기억도 있다. 이미 아주 오래전에 지나간 이야기였다.

"모두 다 천천히 하죠. 저도 먹고살 만하고 미국에 있는 애도 자기 밥벌이는 하고…… 또 제가 형석이 앞으로 해준 것도 꽤 있습니다. 그런 건 너무 신경 쓰지 마세요."

"아니다. 그래도 그건 또 다르지."

아니라고 하며 손을 잡는 노쇠한 아버지 손을 철주가 한 번 더 잡았다.

"퇴원하시나요?"

"이제 하려고. 한남동에 자주 와라."

"일단 미국에 다녀오고 나서 그 뒤에 찾아뵙겠습니다. 저는 낚시 좋아하는데, 아버님은 어떠신가요."

"난 좋다. 네가 낚시하는 옆에서 구경하지, 뭐."

유 회장의 말에 김철주도 고개를 끄덕였다.

"이제 와서 강현이 보기가 민망합니다."

"서로 마찬가지지, 뭐. 민망한 걸로 따지자면 나만큼 민망하겠냐."

유 회장은 그렇게 말하며 김철주의 손을 꽉 잡았다.

"네가 그러니까…… 유철주다. 유씨 집안의 장손이 너야."

"이제 와서 장손 자리 탐내지 않습니다. 오랫동안 교도소에 있으면서 저도 생각도 많이 했고요."

"내가 그 생각만 하면 가슴이 아파."

"생각하지 마십시오. 때로는 그냥 생각하지 않고 묻어둬야 더 편한 것들이 있습니다. 정의 내릴 수 없는 것들이요."

죽어버린 김기팔에 대한 김철주의 감정이 그랬다. 단순히 원수로만 치부하기에는 40여 년을 아버지로 알고, 아들로 알고 함께 지내왔던 시간이 쌓여 있다. 애증이란 말 이외 다른 말로 표현할 수 없는 감정이기도 했다.

"퇴원하시는 거 못 보고 그냥 갑니다. 저도 내일 미국에 가거든요."

"그래. 잘 다녀와라."

"네."

인사를 하고 나가려는 김철주를 유 회장이 불렀다.

"철주야."

부르는 목소리가 떨렸다. 이렇게 이름을 부르는 데 너무 오랜 시간이 걸렸다. 철주가 바로 뒤돌아보았다.

"예. 아버지."

"가서 전화해라."

"네. 전화 드리겠습니다."

"그래."

아버지와 아들. 핏줄. 이런 것들이 중요하기는 하다. 하지만 함께 시간을 보내고 부대끼며 살아온 세월 그것이 없이는 이렇게도 서먹하다.

* * *

강현이 돌아오는 길에 다혜를 데리고 레스토랑으로 들어갔다.

고심해서 음식을 시켰으나 막상 테이블 위에 차려진 음식 냄새에 다혜의 눈썹이 절로 모여들었다. 강현이 걱정스러운 얼굴을 했다.

"음식 냄새 많이 역해요?"

"좀 힘들기는 해요."

"이상하네. 나 닮았으면 고기 잘 먹어야 할 텐데."

"그렇지 않아요. 동화 가졌을 때도 초기에는 아무것도 못 먹었어요. 딸기만 조금 먹고."

"딸기만 먹다가 영양실조 걸리면 어떡해요? 더군다나 쌍둥인데……."

걱정하는 강현을 보고 다혜가 미소 지었다.

"입덧 가라앉으면 좀 나아요. 그래도 나 이렇게 건강하고 동화도 씩씩하게 잘 크잖아요."

"하여간, 앞으로가 걱정이네."

"걱정할 게 뭐 있어요. 난 혼자 첫애도 잘 가져서도 잘 나왔거든요?"

참 씩씩하다. 조용하고 단아한 것 같으면서도 대차고 겁 없고. 남자도 없이 어떻게 아이 낳을 생각을 했었을까? 아무리 생각해도 저 같으면 꿈도 꾸지 못할 일이다.

"연다혜가 나보다 씩씩하고 용감한 거 내가 인정해요. 깡이 있다고 할까?"

"엄마니까요. 강현 씨 이번에도 안 깨어났으면 애 둘 데리고 나 잘살았을 거예요. 아니, 셋이네요."

"너무하다. 아무리 씩씩해도 못 살았을 거라고 한 마디라도 해주면 안 되나?"

강현이 인상을 썼다. 그러나 다혜는 여지없이 고개를 저었다.

"나, 우리 엄마랑 언니 죽었을 때 정말 못살 거라고 생각했어요. 그런데도 동화 키우면서 어떻게든 건강하게 아이 옆에 있으려고 애썼어요. 그런데 이제 아기가 둘이 더 생겼는데 아이 셋인 엄마가 다른 생각을 어떻게 하겠어요? 죽어도 살아야 되는 게 엄마잖아요. 이제 정말 더 씩씩해져야 하는데."

대차게 하는 말이 더 가슴 아프다. 아파도 안 되고 죽어도 안 되는 엄마!

강현은 깊은 심장이 찔린 듯 숨을 들이마시고 가만히 다혜를 응시했다.

"그러지 마요. 이젠 내가 있잖아. 내가 있으니까 연다혜도 이제 아가 해요. 내가 아이 넷 키운다고 생각할게요."

"남편은 다 애라는 말 몰라요? 나야말로 정말 애 넷을 키워야 하겠다고요."

"내가 볼 때는 다혜 씨나 동화나 거기서 거기예요. 내가 가장이라고, 다 내 아가들이야."

"어이없어……."

서로 아이 넷을 키운다고 말을 하다가 웃음을 터뜨렸다.

"강현 씨, 고마워요. 풍성한 가족을 선물해 줘서. 그리고 어머님 말이에요……."

"그 얘기는 하지 말죠."

강현이 바로 말을 막았다. 소은에 관한 이야기라면 다혜와는 이야기하고 싶지가 않았다.

강현은 단호했지만 그래도 다혜는 말을 이었다.

"너무 심하게 하지 마세요."

다혜의 말에도 강현은 소은에게 분노하고 있었다. 크게 말하지 않아도 소은을 향한 강현의 분노가 그대로 느껴져 다혜는 그게 조금은 걱정스러웠다.

그렇다고 해서 소은의 편을 들 수도 없었다. 저 역시 소은에게 마음이 상했다. 하지만 아무리 그래도 저도 임신을 하고 있고 동화를 키우는 입장에서 아들을 향한 어머니의 마음마저 아니라고 부정할 수가 없다. 그러나 강현은 완강했다.

"그건 할아버지와 내가 알아서 할 거예요."

"동화가 할머니 좋아해요. 예쁜 할머니라고."

"알아요. 그래도 어물쩍 못 넘어가요. 도대체 아들이 깨어나지 않기를 바라는 엄마가 말이 돼요?"

"그러지는 않으셨을 거예요."

강현이 다혜의 배에 손을 얹고 고개를 저었다.

"태교에 안 좋아요. 우리 엄마 얘긴 하지 말죠."

"강현 씨, 몸은 괜찮아요?"

"아무렇지도 않아요."

"그래도 조심해야 한다고 했어요. 조금이라도 이상하면 꼭 병원에……."

"내가 더 알아서 챙겨요. 내가 말했잖아요. 이제 앞으로 소화 불량도 걸리지 않을 거라고."

둘 다 이제는 아파도 안 되는 아이 셋의 부모가 되었다.

* * *

딩딩…….

피아노 방에서 건반 누르는 소리가 들려온다.

강현은 들고 있던 핸드폰을 내려놓고는 일어나 방으로 들어갔다. 생각했던 대로 동화가 옆으로 비스듬하게 앉아서 손가락으로 피아노 건반을 한 번 튕기고 있었다.

"아빠!"

고개를 들며 활짝 웃는 동화를 보며 강현이 다가와 동화를 번쩍 들어 안았다.

"동화야, 무슨 고민 있니?"

어떻게 알았느냐는 듯이 동화의 눈이 커졌다. 그 순진한 눈에 다시 한번 웃게 된다.

"아빠는 딱 보기만 해도 동화가 고민 있는 거 다 알아."

"정말이요?"

믿고 놀라는 커다란 눈에 담긴 순진함이 예쁘다.

"그럼 무슨 고민인지도 말해봐요."

얘는 이게 문제다. 만만하지 않다는 거.

"그런데 고민은 자기가 말해야 풀리는 거야. 동화가 말해야 네 고민이 풀리는 거라고. 그래도 아빠가 말할까?"

"아니요! 내가 말할래요."

역시 이래서 아이는 아이다. 강현이 동화를 피아노 의자에 내려놓고 그 옆에 앉았다.

"자, 말해봐. 무슨 고민인데?"

다섯 살짜리의 고민이 무엇인지 궁금했다.

"피아노 선생님은 피아노에 집중하라고 해요. 바이올린 선생님은 바이올린을 더 연습하라고 해요."

재능 있는 아이니까 선생님들이 욕심을 낸다는 말이었다. 재능은 연습이 받쳐줘야 더 빛을 발하니까. 하지만 이제 겨우 5살이다.

"동화는 뭐가 제일 좋은데?"

"게임."

"음. 그래서? 피아노도 바이올린도 다 그만두고 게임만 하고 싶어?"

"아니요."

"그럼."

"게임은 그냥 열심히 하고 피아노도 바이올린도 다 하고 싶어요. 그러다가 나중에는 게임으로 바이올린, 피아노를 다 연주할 수 있게 하는 거죠!"

"허. 이거 봐라."

생각이 좋다. 자기가 좋아하는 걸 전부 다 하면서 나중에 그걸로 새로운 게임을 만들고 싶다는 얘기다.

"동화야, 그럼 너 하고 싶은 대로 해. 피아노 선생님은 피아노 더 많이 치라고 그리고 바이올린 선생님은 바이올린 더 많이 치라고 하지만 동화 너는 지금도 충분히 많이 하고 있어. 5살이 과로하는 꼴은 아빠는 못 봐!"

제 마음을 알아주는 아빠의 말에 동화가 씩 웃었다.

"자, 나가자. 나가서 저녁 먹자. 엄마 쉬어야 해서 맛있는 파스타 배달시켰지."

다혜가 입덧할까 봐 집 안에서 음식 냄새가 나지 않도록 일부러 배려한 행동이었다. 그러나 테이블에 음식을 늘어놓는 것만으로도 다혜는 괴로웠다.

아닌 척 웃으며 식탁에 둘러앉았으나 결국 다혜가 포크를 내려놓았다. 도저히 뭐가 잘 들어가지 않는다.

"못 먹겠어요?"

다혜가 고개를 끄덕이자 강현도 포크를 내려놓았다. 그러자 동화도 포크를 내려놓았다. 가족이 단체로 못 먹는 일이 생기는 건 너무 아니다. 다혜는 당황해서 말했다.

"왜요, 더 먹어요. 동화야, 너도 먹어야지."

"돼지도 아니고 앞에 아이 둘이나 가지고 임신해서 아무것도 못 먹는 사람 앞에서 혼자 꾸역꾸역 먹기 그렇잖아요."

강현이 하는 말에 옆에서 동화의 눈이 왕방울만 하게 커졌다. 동화의 귀에 꽂힌 단어는 단연 둘이라는 말이었다.

"아기가 둘?"

"응. 동화야, 엄마 배 속에 아가가 두 명이래."

"진짜 두 명?!"

갑자기 식탁 의자에서 내려와 두 손을 잡고 폴짝 뛰는 동화는 신이나 보인다. 태아에게 이런 열렬한 환영은 가장 좋은 축복이 될 거 같다.

"응. 두 명. 동화 두 명 형아 될 수 있어?"

강현의 물음에 동화가 고개를 끄덕였다.

"나는 동생들하고 잘 놀아요! 별님 반 동생하고도 잘 놀아요. 게네도 형
아라고 나 좋아해요!"

이렇게 멋진 동화를 누가 안 좋아할까. 하지만 다혜는 엄한 얼굴을 했다.

"아빠라도 잘 먹고 건강해야지. 그래야 애들 돌보죠. 내가 입덧 때문에
힘들어서 동화 잘 못 보고 그러면 강현 씨가 봐야 하잖아요."

"그렇죠? 그런데 지금은 못 먹겠다. 나도 나중에 먹죠, 뭐. 동화도 이렇게
힘들게 가진 건가?"

"입덧 기간만 지나면 괜찮아요."

강현이 테이블 위에 있는 다혜의 손을 꼭 잡았다. 그러자 옆으로 다가온
동화도 다혜의 다른 손을 잡았다.

"내가 어떻게 다 갚아요? 아무래도 난 연다혜 노예로 살아야 할 것 같
아요."

"나도 노예!"

동화가 강현의 말을 따라 했다. 다혜는 너무 기가 막혀서 웃음만 나왔다.
쌍둥이 임신했다고 남편, 아들 다 노예로 만들 일이 있나?

"무슨 말이 그래요?"

"정말 고민이에요. 동화를 저렇게 멋지게 키워주고 할아버지가 그렇게
소원하는 아이를 그것도 셋씩이나 주고. 그러니 이걸 내가 어떻게 다 갚
냐고."

"나도 못 갚아요."

표정도 강현과 똑같이 짓는 동화를 보고 다혜가 말했다.

"동화, 넌 빠져. 절대 넌 노예 안 돼. 하지만 강현 씨는 정 그렇다면 앞으

로 노예로 살아요. 말리지 않을 테니까. 나와 아이들의 노예, 괜찮겠어요?"

다혜의 말에 강현이 씩 웃었다.

"행복한 노예네. 이렇게 아름다운 아내와 아이들의 노예라니."

"노예 같은 마음으로 가장으로 살아요. 이제 우리 식구들 다 가장 바라보면서 그렇게 살 테니까. 든든하게 흔들리지 말고 아프지 말고."

"그건 걱정하지 말라고 했잖아요."

웃는 강현을 보고 동화도 따라 웃었다. 강현이 다혜의 손끝을 어루만지자 동화도 엄마의 손을 만지작거린다.

다혜의 손끝이 동글동글하다. 늘 꽃을 만지느라 손톱을 짧게 깎아서다.

"아이도 쌍둥이까지 가졌고 쉬어야 하는데 우리 엄마가 '온리유' 매장 달아 준 건 고마운 일이네."

"그렇다고 그냥 놀 수만은 없잖아요."

다혜의 말에 강현이 고개를 저었다.

"왜 안 되는데요? 이렇게 든든한 가장도 있는데. 그리고 아이들도 둘 더 생기고 그러면 우리 집 늘려가야 할 것 같은데. 집에서 좀 쉬어요."

"지금도 충분해요."

"방 하나는 동화 방이고 하나는 피아노 방인데 쌍둥이 방도 줘야 하잖아요."

하지만 다혜는 여유 있게 웃었다.

"천천히 생각해 봐요. 아이는 몇 달은 더 있어야 하고 또 어차피 안정기에 접어들기 전에는 이사 같은 거 꿈도 못 꿔요."

다혜의 말에 강현이 고개를 끄덕였다.

"나한테 얘기해 줘요. 동화 가졌을 때 어쨌는지, 어떻게 생활했는지."

"나도 알고 싶어요. 엄마."

다혜가 동화의 머리를 쓰다듬었다.

"아이가 생겨서 행복했어요. 배에다 매일 손을 얹고 말을 했죠. 아가야, 고맙다. 건강하게 나와서 엄마한테 얼굴 보여줘, 그러면서."

동화가 기분 좋게 웃었다. 강현은 그 말에 이어 말했다.

"온리유에서 일하면서."

"네. 온리유에서 일했죠. 그래도 매일 꽃향기 맡으면서 예쁜 꽃 보고 커피 향기 맡고 그런 것들이 동화한테 좋았던 것 같아요. 그러니까 동화가 저렇게 예쁘게 나왔겠죠? 그러니까 둘 다 밥 먹어요. 말 잘 들어야 내 마음이 편하죠."

다혜의 말에 강현과 동화가 다시 포크를 들었다. 다혜는 이제야 마음에 든다는 듯이 주스를 꺼내 마셨다.

* * *

강현이 바쁜 건 어제오늘 일이 아니다. 그런데 며칠간의 공백이 있으니 회의며 결재해야 할 안건이 더 많아졌다. 구순호가 문을 열고 들어왔다.

"어. 그 며칠 사이에 수고 많았더라고."

"별말씀을요."

"아니야. 구순호, 멋지게 잘 버텨줬어. 내 생각 알아가면서 말이지. 동화하고 다혜 씨하고 너한테 고마워해."

"그러면 저 내일하고 모레 이틀 못 나오는 거 뭐라고 하지 마세요."

"그럴 게 뭐 있어. 나도 갈 건데."

"주아 씨 이사하는 데 말이에요?"

"그럼. 네가 가는데 내가 어떻게 안 가."

이런 말도 안 되는 억지 논리는 들어본 적이 없다.

"괜찮은데, 이삿짐센터가 다 해서."

"그래서 난 저녁에 가려고. 이사 다 끝내고 짜장면 먹을 때."

"아."

"동화랑 다혜 씨랑 다 갈 거니까 나도 가야지. 우리 다섯 식구가 가면 북적북적하겠는걸?"

"네? 다섯 식구요?"

"그래. 연다혜 씨 배 속에 쌍둥이가 있거든."

갑자기 구순호의 얼굴이 완전히 존경하는 얼굴로 바뀌었다.

"대표님. 그러니까…… 쌍둥이 아빠가 된다는 말이에요? 한 방에 두 명? 그래서 다섯 식구?"

"그렇지."

"우와. 저도 좀 알려주세요."

"뭐?"

"저도 쌍둥이 아빠 하고 싶어요. 주아 씨, 아기 낳는 것도 나중에 힘들 텐데……."

"그럼 너도 정관 수술 한번 해봐."

"네?"

"나같이 이렇게 정관 수술하다가 풀리면 쌍둥이가 들어서는 것 같은데?"

"설마요……."

"그건 그렇고 아이라니, 너 주아 씨에게 청혼은 하고 하는 말이냐?"

"당연하죠!"

구순호가 슬쩍 커플링을 손으로 돌렸다.

"오. 커플링. 결혼한단 말이지?"

"네. 날짜는 안 정했지만…… 앞으로."

강현은 덩치 큰 구순호가 주아 씨에게 꼼짝 못 하는 상상을 하면서 웃었다. 축하할 일이었다.

* * *

온리유 매장문을 닫은 지도 며칠이 지났다. 강현은 일찍 사무실에서 나왔다. 유 회장이 퇴원하는 날이기도 하고 어차피 오후 스케줄을 비웠으니 가족과 함께하고 싶었다.

"나가요. 우리. 동화 일찍 데리고 셋이 같이 놀아요."

"동화가 좋아하겠어요. 예전에는 어린이집에서 늘 제시간보다 더 오래 있었거든요."

"그러니까 엄마가 집에 있으면 동화 종일반까지 하지 않아도 되잖아요."

"맞아요."

다혜는 간단히 준비하고 강현과 어린이집에서 동화를 데리고 아쿠아리움으로 갔다. 동화는 눈을 크게 뜨고는 입을 딱 벌리며 환호했다.

"우와, 저거 가오리예요?"

"어? 동화, 가오리 어떻게 알아?"

강현이 놀라 묻자 옆에서 다혜가 거들었다.

"강현 씨가 사준 태블릿으로 동물이란 동물은 다 보고 있는데. 동물 이름 정말 많이 알아요. 물고기 이름도 많이 알고."

"오, 그래? 그럼 저건 뭐야, 동화야?"

"저건 백상아리! 그런데 백상아리가 여기에 들어 있으면 다 잡아먹는데요?"

"동화 모르는 게 없구나?"

그렇게 걸어가다 동화가 빤히 다혜의 배를 보았다.

"그런데 왜 아기가 그렇게 조그마해요? 배가 하나도 안 나왔어."

강현이 싱긋 웃었다. 동화가 물고기보다도 엄마의 배에 관심이 더 많다는 걸 알아서였다.

"동화야, 아가는 아주 조그만데 점점 커져서 배가 이만큼 커지는 거야."

다혜는 웃으며 동화가 걷는 대로 따라 걸었다. 그러자 힘들어서 저도 모르게 또 구역질이 올라와 화장실에 들어갔다가 나오자 동화가 걱정스러운 얼굴을 하고 다혜를 보았다.

"아빠, 우리 엄마 아파요?"

"입덧이야."

"입덧?"

"아기를 가지면 힘들어서 자꾸 저러는 거야."

"그럼 집에 가요. 나 물고기 보기 싫어. 우리 엄마 누워야 해요."

참 타고난 효자가 분명하다. 이렇게 엄마를 걱정하다니. 하지만 온 지 얼마 되지 않았는데 가자는 말에 다혜가 고개를 저었다.

"동화 너 여기 좋아하잖아. 엄마하고 와본 적도 없는데…… 더 놀아."

"아니야. 엄마랑 아가랑 힘들면 안 되니까!"

"그러면 엄마 여기 앉아 있을게. 아빠랑 한 바퀴 더 돌고 올래?"

그제야 동화가 고개를 끄덕였다.

"엄마 여기서 쉬고 있을게. 강현 씨 다녀와요."

수족관이 터널같이 이어진 곳을 강현이 동화를 번쩍 들어 목마를 태우고 걸어간다. 뒤에서 그 모습을 보고만 있어도 이게 꿈인가 싶다.

너무 감사했다. 동화의 친아빠를 찾고 사랑받고 또 쌍둥이까지 가졌으니 이보다 더 행복할 수는 없을 거다.

강현과 동화가 어느 정도 시간이 지난 후에 돌아왔다.

"이제 할아버지 퇴원하실 시간인데 한남동에 들렀다가 집으로 가요."

뒤에 해파리가 둥둥 떠다니는 수족관 앞 의자에 앉아 있던 다혜에게 강현이 손을 내밀었다. 온통 물속에 있는 것 같은 환상적인 배경에 동화는 연신 놀라면서도 다혜와 강현의 손을 꼭 잡고 걸었다.

유 회장이 퇴원한 날이어서 한남동 집은 어수선했다. 소은이 없으니 지시하는 사람이 없어서 가정부가 알아서 하려니 부족한 게 많았다.

"아휴, 작은 사모님 오셨어요."

"네. 안녕하세요."

사모님 소리를 들으니 영 어색했지만, 그렇다고 그러지 말라고 할 수도 없는 일이었다. 다혜네가 오고 곧 유 회장이 들어섰다.

"왕할아버지!"

"아이고. 우리 동화."

잘 올라가지 않는 오른팔이 성가셔 왼팔로 동화의 손을 잡고 자리에 앉았다.

"할아버지 괜찮아요?"

"강현이 너 일찍 퇴근했구나. 괜찮으니까 왔지. 거, 일산댁. 우리 동화 딸기 주스 좀 만들어 줘요."

"네."

함께 소파에 앉아 있는데 일산댁이 딸기 주스 한 잔을 만들어 동화에게 주고는 다른 사람들에게는 차를 내왔다.

평소 유 회장이 즐겨 마시는 차였다. 그러자 동화가 앞에 있는 딸기 주스를 가만히 보다가 주스를 들고 다혜의 앞으로 갔다.

"엄마, 엄마 먹어요. 아기가 딸기 주스 좋아하잖아요."

유 회장은 앞에서 동화가 하는 걸 보고는 가슴이 뭉클했다.

"동화야, 동생이 딸기 주스 좋아해?"

"네, 왕할아버지 쌍둥이가 딸기 주스 좋아해요."

"쌍둥이?"

심장이 다 벌렁거린다. 이렇게 고마울 수가 있나. 손 귀한 집안에 정관 수술까지 해서 사람 속을 그렇게 썩이더니 그냥 임신도 아니고 쌍둥이라니!

"집안의 경사구나. 엄마 입덧한다고 자기가 마실 주스도 엄마에게 주는구나. 보기 좋다."

유 회장의 얼굴에 희색이 가득했다. 손자 가족이 이렇게 있어 주기만 해도 온 집안에 봄이 온 거 같다.

"어떻게 저런 게 나왔을까. 일산댁, 여기 딸기 주스 하나 더 갈아 와요."

"네, 알겠습니다."

"동화 어미가 먼저 먹어라. 그래야 동화가 편하게 마실 것 같다."

강현이 흐뭇한 얼굴로 바라보았다. 유 회장이 강현을 보며 한마디 했다.

"너는 무슨 복에 동화 같은 자식을 봤냐?"

"그러게요."

"다 할아비 덕인 줄 알아."

"그렇게 생각하고 있습니다."

"웬일이냐? 네가 순순히 내 덕이라는 말을 다 하고. 아니다. 내가 한 게 뭐 있겠냐. 동화 어미가 고생 많이 했을 텐데 고맙다."

"아니에요, 회장님."

다혜가 당황해서 말하자 유 회장이 웃었다.

"또 회장님이라네."

"아니에요. 할아버지. 고맙기는요, 제가 죄송하지요."

"죄송할 게 뭐 있어. 네가 끼고 키웠으니까 동화를 이렇게 키웠지. 나같이 욕심 많은 늙은이가 데려왔으면 또 어떻게 됐겠어. 아기가 쌍둥이라는데, 괜찮냐?"

입이 귀에 가 걸린 유 회장이었다. 벙글벙글. 쌍둥이라는 생각만 해도 기분이 좋았다. 손자가 두 명도 아니고 세 명. 식구가 북적북적할 것 같다.

"너희 힘들 텐데 차라리 별채에 들어와 살면 어떻겠냐. 내가 아무리 생각해도 강현이 어미는 아무래도 나가 살아야 할 거 같고. 내가 동화랑 아기들 보고 싶기도 하고…… 아무래도 여기는 정원도 넓고 아줌마들도 도와줄 수 있고 훨씬 낫지 않겠니."

강현은 유 회장의 말에 인상을 찌푸렸다. 다 좋은데 같이 사는 건 또 다르다.

"그건 생각해 볼게요, 할아버지."

"나는 지금 동화 어미한테 물었는데?"

"그건 저도 강현 씨하고 의논해 볼게요."

유 회장이 조금은 실망한 목소리를 냈다.

"동화도 보고 싶고 아기들도 보고 싶은데……. 맨날 바쁜 강현이가 어떻게 자주 오겠어?"

"그래도 어머님 계시는 곳인데 어머님 의견도 물어봐야 하고……."

다혜도 신중했다. 무엇보다 강현의 의사도 존중해야 했다. 유 회장이 아쉬워하며 말했다.

"힘들게 생각하지 마라. 식구가 그리워서 그런 거니까. 내가 널 불러서 시집살이를 시키겠냐."

"그래서 그런 거 아니에요. 할아버지."

"그래. 무슨 말인지 알겠다. 그래도 별채에 들어와 살았으면 한다."

난감한 일이었다. 강현은 유 회장의 말에 끝까지 대답하지 않았다.

"네, 할아버지 잘 생각해 볼게요. 어디 불편한 데는 없으세요?"

"동화하고 이렇게 얼굴 보고 있으니 불편한 데가 하나도 없다."

동화가 유 회장의 불편한 손을 잡았다. 커다란 손 위에 놓인 귀여운 손이 조물조물 손목을 주물렀다.

"할아버지 빨리 나으세요오."

"아이고, 우리 동화가 주물러주니까 막 근질근질한 게 손이 다 움직이려고 하네!"

까르르 웃는 동화가 유 회장의 옆에 딱 달라붙어 있었다. 누가 봐도 유 회장의 손자인 걸 알아볼 수 있을 만큼 닮아 있었다.

"늦었는데 쉬세요. 저희도 이제 집에 가보려고요."

다혜가 일어서자 유 회장이 아쉬워하면서 동화의 볼을 손으로 어루만졌다.

"우리 동화, 할아버지한테 또 놀러 올 거지?"

"왕할아버지 좋아요. 또 올게요!"

"그래. 기특해라. 너도 고단할 텐데 가서 쉬어라. 쌍둥이가 안에 있으니 얼마나 고단하겠니. 다른 사람들보다 두 배는 힘들 거다."

"아직 그 정도는 아니에요."

그렇게 식구가 함께 집으로 돌아오고 나서 강현은 무거운 목소리로 말했다.

"우리 할아버지가 지금은 저렇게 좋아 보여도 마냥 좋은 사람 아니에요. 알잖아, 그때 내가 왜 친자 확인 검사까지 속여가면서 처음부터 동화가 내 아들이라고 말하지 않았는지."

"조용히 해요. 동화 똑똑해서 밖에 있어도 다 알아들어요."

소파에 앉아 태블릿PC를 보고 있는 동화의 귀가 얼마나 밝은지 다혜는 다 알고 있었다. 강현은 단호하게 말했다.

"할아버지한테 들어가 살 생각 하지도 마요. 우리 어머니가 얼마나 오랫동안 고생하셨는데."

"어머니는 아버님도 안 계셨고…… 나는 그렇게 나쁘다고 생각하지는 않지만, 강현 씨의 의견 따를 거예요. 하지만 같은 집도 아니잖아요. 별채인데."

"마찬가지예요. 매일같이 불러대는 거, 그거 성가셔서 어떡해."

"생각하기 나름이에요. 어찌 됐든 오늘은 그 얘기 그만해요. 나 힘든데."

다혜가 그렇게 말하며 강현의 가슴에 이마를 댔다.

이 여자가 갈수록 애교까지 늘어간다. 강현이 다혜를 딱 품에 안았을 때 동화가 문을 열었다.

"나 졸려요."

"우리 동화 아빠가 재워줄까?"

동화가 고개를 끄덕였다. 그전에는 늘 다혜가 재워줬는데 강현이 오고 난 이후로는 아빠가 재워주는 게 당연한 일이 되었다.

동화를 재우고 온 강현이 조심스럽게 옆에 눕더니 또 다혜의 젖가슴을 아주 조심스럽게 손으로 만진다. 자는 척하고 있던 다혜가 강현의 손을 딱 잡았다.

"언제까지 이럴 거예요?"

"안 잤어? 이거?"

강현이 자기 페니스를 잡고 있는 걸 눈으로 가리키며 당당하게 말했다.

"안정기에 접어들 때까지는 이래야 하지 않을까?"

"아직 10주나 남았거든요? 계속 이렇게 할 거라는 거예요?"

강현이 한숨을 내쉬며 고개를 끄덕였다.

"알았어요. 그럼 내가 도와줘야죠."

다혜가 강현의 젖꼭지를 손으로 잡아 비틀었다. "흑!" 하는 소리와 함께 강현의 입에서 뜨거운 숨이 터져 나왔다.

"읏! 연다혜, 왜 이래?"

"왜 이러긴요. 혼자 너무 애쓰는 것 같으니까 도와준다고요."

다혜는 강현의 잠옷 단추를 확 풀어헤치고 젖꼭지를 혀끝으로 한번 쓱 훑다가 질끈 깨물었다. 강현의 손이 바로 다혜의 아래로 파고들었다. 손가락이 수풀을 헤집고 연한 살을 건드리자 다혜도 숨을 들이켰다.

"대체 책임을 어디까지 어떻게 지겠다고?"

"조심하면 돼요. 맨날 그렇게 혼자서 끙끙거리며 자위로 풀 필요 없어요."

다혜 손이 강현의 잠옷 바지 속으로 들어갔다. 이미 한도를 넘어서 팽팽해진 성기가 손안에 가득 들어왔다.

"그냥 서로 함께 나눠요, 이런 문제도 무조건 혼자 참으면서 해결하려고 하지 말고. 내가 임신한 게 그렇게 조심스럽고 겁나요?"

강현이 고개를 끄덕였다.

"나 건강해요. 조심하라고 했지, 그렇게 혼자서 다 해결하지 않아도 된다고요."

"그렇다면……."

강현이 바로 다혜의 위를 덮치듯 위에서 아래로 내려 보았다.

"나는 땡큐죠."

뜨거운 입술이 겹쳤다. 입술을 쭉쭉 빨아들이다가 그녀의 목덜미에 얼굴을 묻었다. 영혼까지 미혹하는 다혜의 향기가 폐부에 가득 차자 희열과 관능이 휘몰아쳤다.

"진짜 혼자서 10주는 무리야. 정신 건강에 안 좋을 것 같기는 해."

치골이 맞대어지며 비벼졌다. 단단한 성기가 아랫배를 누르며 질척한 액을 흘리고 있었다.

"조심조심하면 돼요."

다혜가 다리를 벌리며 강현의 허리에 다리를 감았다.

"정말 이 정도는 괜찮은 거죠?"

"폭주하지만 않으면요."

"폭주라니, 나 그런 거 모르는 남잔데."

다혜가 키드득 웃었다. 조심스럽게 파고든 성기는 여전히 받아들이기에는 버겁지만, 그렇다고 해서 물러서지 않았다.

"난 강현 씨 관련된 일이면 다 같이 했으면 좋겠어요."

"진짜, 감동인데요?"

강현이 다혜의 허리를 꽉 끌어안았다.

"넣지만 않으면 되는 거죠?"

허벅지 사이에 끼우고 세게 비비자 곧바로 강현의 입에서 신음이 터졌다. 허벅지 사이가 질척하게 젖어들고 둘 다 색색 숨을 몰아쉬다가 강현이 다혜의 목덜미를 쓰다듬으며 말했다.

"훨씬 나은데? 혼자 하는 것보다."

"거봐요."

다혜가 얼굴을 붉히며 눈을 마주했다. 별처럼 반짝이는 다혜의 눈동자를 보며 강현이 머리를 쓰다듬으며 말했다.

"고마워요."

"나도 고마워요. 동화한테도 당신한테도 할아버지한테도. 할아버지 아니었으면 동화를 그렇게 가질 수 없었을 거고 당신이 있었으니까 동화 같은 아이가 나온 거고. 나 죽을 것 같을 때 동화 있어서 살았으니까 동화한테도 감사해요."

"우리 참 행복한 가족이네."

강현이 다혜를 꽉 끌어안았다.

"내일 주아 씨네 이사하는데 그 생각하면 할아버지네는 못 들어가겠죠?"

강현의 말에 다혜가 빙긋 웃었다.

다음 날 강현과 다혜는 동화와 함께 느지막하게 이사한 집으로 갔다.

이삿짐센터 사람들은 벌써 다 갔는지 안으로 들어서자 조용했다. 혜순도 어디 간 건지 보이지 않았다. 다혜가 한쪽 방문을 확 열었을 때였다.

"어머!"

바로 다시 다혜가 문을 닫았다. 구순호와 주아가 뜨겁게 키스를 하고 있었다.

"어떡하나."

쩔쩔매는 다혜를 보고 동화가 물었다.

"주아 이모는요?"

그제야 방에서 주아가 나오며 어색하게 말했다.

"어, 우리 돌아왔어"

"이모 입술이 빨개요!"

동화의 말에 주아가 제 손등으로 입술을 막 비볐다.

"어, 그래? 아휴 뭐가 물었나."

"물긴."

다혜는 아무 말도 하지 않았는데 바로 뒤이어 나온 구순호를 보고 강현이 한마디 했다.

"순호야, 너 립스틱 묻었다."

"네?"

구순호가 손바닥으로 입술을 닦았다. 둘 다 연하게 번진 립스틱이 누가 뭐래도 막 키스하다 말고 뛰쳐나온 모습이었다.

강현이 웃으며 말했다.

"시간을 잘못 골라 왔네. 우리 갈 테니까 하던 거 마저 하든가."

"아니에요! 하기는 뭘 해. 그리고 어딜 간다고. 엄마 지금까지 기다리다가 잠깐 마트 갔는데! 동화야, 이모가 아이스크림 줄까?"

갑자기 주아가 동화 손을 잡는데 구순호는 벽을 여기저기 누르며 주아를 보았다.

"여기요? 여기다가 못질하라고 그랬나."

갑자기 옆에 있는 망치를 들며 하는 순호의 말에 주아가 고개를 저었다.

"거기는 아니에요."

"여기라고…… 그랬나?"

벽을 더듬으며 딴 쪽으로 가는 구순호를 보며 강현은 코웃음을 쳤다.

"어디서 아닌 척 내숭을. 주아 씨, 결혼식은 우리가 먼저 합니다."

"아, 대표님. 우리도 곧 할 겁니다."

뒤에서 구순호가 대답하자 강현이 구순호는 돌아보지 않고 여전히 주아에게 말했다.

"그래도 무조건 우리가 먼저 합니다. 우리는 배 속에 쌍둥이도 있잖아요."

주아의 얼굴이 빨개져서 말을 더듬었다.

"아, 네……. 그러니까, 다혜야, 쌍둥이 임신하고 괜찮아, 너? 결혼식까지 할 수 있겠어?"

"간단하고 조촐하게 하면 되지 않을까 싶어. 아니면 좀 오래 걸릴 것 같아서……."

"그래, 뭐, 우리는 그냥 맞춰서 하면 되니까."

주아가 대충 말하는데 구순호가 왔다. 결혼식 날짜에 집착하는 듯 민감하게 반응하는 게 평소의 구순호 같지가 않다.

"대표님은 언제 결혼식 하시나요?"

"왜? 내가 결혼식 한다고 그러면 그 뒤로 하려고?"

"저희도 되도록 빨리하려고요."

"그렇게 빨리하려고? 나도 정확한 날짜는 못 정했어. 하지만 되도록 빨리할 거야. 안정기에 접어들면? 그러니까 앞으로 10주 이상은 있어야겠네……. 석 달 후쯤 할까 생각 중인데 다혜 씨 그때는 괜찮지 않겠어요?"

강현의 말에 다혜가 고개를 끄덕였다.

"괜찮을 것 같아요."

"준비할 것도 없고 우리는 결혼식만 하면 되니까."

주아가 동화에게 딸기바를 꺼내 주고는 여전히 당황한 얼굴로 어색하게 말했다.

"다혜야, 축하해. 쌍둥이 가진 거야 이루 말할 수가 없고 결혼식도 하게 됐으니 너무 잘됐다."

주아가 아직도 어색한지 손바닥으로 입술을 닦으며 말하자 옆에서 강현이 웃었다.

"주아 씨는 우리 결혼 선물로 뭐 줄 건데요?"

"강현 씨, 왜 그런 말을 해요? 주아한테는 더 받을 것도 없어요. 맨날 해줘서."

다혜가 말렸지만 주아는 생각해 둔 게 있는지 바로 대답했다.

"대삼작노리개가 좋을 거 같아요."

"주아야, 내가 어떻게 받아. 매듭 하나만 하더라도 어마어마한 건데."

"너한테 주는 거니까 하는 거지, 뭐. 마음에 들 거야. 실도 다 염색해 놓았거든. 어때요? 강현 씨, 마음에 들어요?"

"마음에 들어요. 고마워요."

강현이 고개를 끄덕였다. 선물을 꼭 받아야겠다는 건지 다혜는 어이없어 한마디 했다.

"있는 사람이 더해. 왜 선물 같은 걸 달라고 해요? 주아한테 부담 되게……."

"아니야, 다혜야. 나도 너한테 해주려고 했어."

"받을 건 정확하게 받아야죠. 그래야 나도 결혼 선물을 할 거 아닙니까."

"주아 네 웨딩 플라워는 전부 다 내가 할게."

"그래. 고마워. 대신 무리는 하지 말아야 한다?"

혜순이 마트에서 종량제 봉투를 사서 들어오다 다혜 식구들을 보고는 반기며 동화를 꽉 끌어안았다.

"아이고, 내 새끼! 요즘 우리 동화 보기가 너무 힘들어!"

당연했다. 동화를 보겠다는 사람은 줄을 서 있다.

"아이고, 내가 우리 동화 보려고 이사까지 왔는데. 동화, 할머니 안 보고 싶었어?"

"보고 싶었어요, 할머니!"

동화가 작은 배낭에서 또 뭘 꺼냈다.

"또 당근 갖고 왔어? 할머니 주려고?"

그러자 동화가 씩 웃었다.

"아니요? 할머니 그림 그려왔어요! 손에 보석 반지도 꼈는데!"

동화가 색연필로 색칠한 그림을 꺼냈다. 곱슬곱슬한 머리에 동그란 머리. 손에는 보석 반지와 하이힐도 신은 혜순의 모습이었다.

"아이고, 내 새끼 어쩌면 이렇게 그림도 잘 그릴까?"

잘 그렸다고 말하기에는 좀 무리가 있었다. 확실히 그림 쪽은 아니라고 다혜도 강현도 동화의 그림을 보며 생각했다.

* * *

커다란 쓰레기봉투를 수거함에 넣은 구순호가 기지개를 켜는데 강현이 구순호의 어깨를 툭 건드렸다.

"좋아?"

"네. 좋습니다."

"하긴 좋기도 하겠지. 결혼 앞두고. 체력에는 문제없을 테고."

강현이 무슨 말을 하는 건지 잘 아는 순호의 얼굴이 어두워졌다. 순호는 강현을 보며 물었다.

"대표님, 결혼 더 빨리하면 안 될까요?"

"그 정도면 빠르지 얼마나 더 빨리해? 뭐, 급한 거 있어. 너네?"

"그게…… 주아 씨가 결혼하고 나서 하자고 해서…… 제가 힘이 남아서 그게……."

강현은 설마 하는 마음으로 되물었다.

"뭐? 그럼 아직? 안했단 말이야? 아니, 그게 말이 돼?"

하지만 구순호는 겸연쩍어하면서도 고개를 끄덕였다.

"결혼한 뒤에 하자고 했다고?"

"네. 그래서 원할 때까지 기다리는 게 맞을 거 같아서……."

"말이 되냐?"

"네?"

구순호가 강현의 말에 눈을 크게 뜨자 강현이 말했다.

"너 여자 경험 없는 거 아니잖아."

"하지만 원하지 않는 사람은 만나본 적이 없어서……."

"다시 물어봐."

"네?"

"주아 씨한테 다시 물어보라고. 정확하게. 제대로 분위기 잡고 정말 원치 않느냐고 물어봐. 정말 원치 않으면 안 하겠다고 하겠지."

강현은 진지하게 조언하는 중이었다. 구순호가 괜히 순두부 소리 듣는 게 아니었다. 이렇게 무른 데가 있어서 그랬다.

"내 말 알아들었지? 정확히 네 눈 똑바로 보고 싶다고 하면…… 더 많이 잘해 줘. 좋다는 말 나올 때까지."

"네?"

"남자와 여자가 그런 거잖아. 좋아하고 사랑하는데 선 긋는 게 어디 있어. 너도 원하잖아."

구순호는 아무 말도 하지 못했다. 강현이 묵직한 눈빛을 멀리 던졌다.

"더 말하지 않을게."

강현의 그 말에 구순호는 정신을 퍼뜩 차렸다. 묵직한 한마디에 담긴 응원이 느껴졌다.

그사이에 아파트 안에서도 진지한 이야기가 오고 갔다.

"주아야."

"왜."

"너 그래서 정말 결혼식까지 저 사람 저렇게 둘 거야? 결혼 날짜에 목매는 거 같던데."

"아, 꼭 그런 건 아닌데…… 그렇게 말해놓고 내가 다시 아니라고 할 수도 없잖아."

다혜는 고개를 갸웃했다.

"말을 그렇게 했다고 해서 그걸 끝까지 밀고 나가야만 하는 건 아니라고 생각해. 진짜는 네 마음이 중요한 것 같아. 넌 어때? 정말 싫어? 결혼할 때까지는 하고 싶지 않은 거야?"

"아이, 그건 아니지. 그때 그 분위기에 말이 그렇게 나왔다고."

주아도 이 상황이 썩 유쾌하지 않아 보인다.

"그러면 다음번에 기회가 되면 네가 잘 보듬어줘."

"다혜 너는 어땠어?"

"나는 네가 강현 씨에게 밀어 넣었잖아."

"그렇긴 하지만…… 좋았어?"

"조금 다른 상황이긴 했지만, 좋았어. 좋아서 계속 만나다가 이렇게 쌍둥이까지 갖게 됐겠지."

다혜의 말에 주아가 고개를 저었다.

"너희는 운명이잖아. 어떻게 그렇게 특별하게 동화를 낳고 그 아빠랑 사랑에 빠질 수가 있어."

"그래. 나도 그렇게 생각해. 하지만 세상에 이렇게 기 막힌 경우만 있는 건 아니잖아. 너희도 그렇게 따지자면 운명이지. 동화가 네 애도 아닌데 친구 아이 문화센터 데려다준다고 왔다 갔다 하다가 만난 사람이잖아. 그 정도면 운명이지."

"그래, 맞아."

"그럼 네가 다가가 봐. 순호 씨 초조하게 하지 말고."

주아가 고개를 끄덕거렸다.

저녁이 다 되어서야 동화와 혜순만 남기고 네 사람이 나왔다.

강현과 다혜는 손을 잡고 아파트 쪽으로 걸어갔고 구순호는 주차장 쪽으로 갔다. 순호가 차에 타면서 주아에게 말했다.

"주아 씨, 잠깐 탈래요?"

주아는 두말하지 않고 차에 탔다.

"나 어디 좀 가려는데 같이 갈래요?"

"시간 오래 걸릴까요?"

"글쎄요."

구순호가 말이 없었다. 그리고 차가 바로 출발했고 잠시 뒤에 차는 주아가 사는 아파트 단지에서 조금 떨어진 아파트 단지에 주차했다. 순호의 집이었다.

"잠깐 들어가서 라면 먹을래요?"

"네? 라면⋯⋯이요?"

이게 무슨 의미인지 너무나 잘 안다.

한밤중에 짜장면까지 다 먹고 나서 이 늦은 밤에 라면 먹으러 들어가자는 말에 주아는 딱 느낌이 왔다. 여기서 거절하면 완전 거절하는 게 된다.

"네."

순호의 얼굴이 환해지며 둘이 구순호의 아파트로 들어갔다. 생각보다 널찍한 아파트였다. 거실 한쪽에 구순호의 어머니가 만들었다는 조각보가 놓여 있었다.

"어, 이거 조각보네요."

"네, 내놨어요. 서랍 속 깊이 있었는데 그때 주아 씨 전시회에 다녀오고 나서 진열했어요."

조각보를 바라보고 있는 주아의 뒤에서 덩치 큰 구순호가 주아의 어깨를 감싸 안았다. 가슴이 쿵쿵 뛰었다. 주아가 가만히 있자 구순호가 주아의 목덜미에 입술을 대고 뜨거운 숨을 내쉬었다.

"주아 씨."

귓가에서 울리는 음성에 온몸이 다 전율을 했다.

"왜요?"

"내가 싫어요?"

"싫은 사람하고 결혼하겠어요?"

"그런데 왜……."

구순호는 주아를 잡은 채 천천히 그녀의 몸을 돌렸다.

"나 봐요."

주아가 구순호를 보느라 고개를 꺾자 그대로 입술이 겹쳤다. 구순호는 격렬하거나 함부로 하는 법이 없다. 혀를 감아 부드럽게 비비고 입술을 뗐다.

"정말 싫어요? 나하고 결혼 전에 함께하는 거."

주아가 빤히 그의 눈을 바라보자 구순호가 고개를 고정하고 눈을 보며 물었다.

"오늘 싫어요?"

"싫지 않아요."

"그럼 내가 결혼식까지 기다리지 않아도 돼요?"

이렇게까지 확답을 받아야 되냐고, 이 곰탱아!

그런 마음에 고개를 드는 순간 구순호가 주아를 번쩍 들어 안았다. 앗 하는 순간에 침실로 들어간 구순호가 침대 위에 주아를 눕히고 위에서 내려다보았다.

"싫지 않다고 했으니까, 이다음부터는 내가 하는 대로 따라오기예요."

주아가 순하게 고개를 끄덕였다. 평소에 목청이 그렇게 좋고 크지만 이런 순간에는 목소리가 나오지 않았다.

구순호가 입술을 겹치며 주아의 옷을 벗겨냈다. 숨이 턱턱 막힐 듯이 심장이 빨리 뛰고 있었다.

이럴 줄 알았으면 미리 준비해 놨던 레이스 속옷으로 입고 오는 건데!

주아는 속옷이 마음에 들지 않는다는 생각이 들어서 자꾸 몸을 움츠렸다.

"저기…… 나 이사하고 나서 샤워를 해야 하는데."

"같이해요."

"그게…… 처음부터 너무 야한 거 아닐까요?"

말도 못하게 심장이 뛰었다.

"내가 씻겨 줄게요."

"아니, 그렇게까지 하지 않아도 되는데."

순호는 정말 정성스럽게 주아를 씻겼다.

그러고는 주아의 가슴과 날렵한 배와 그 아래 소담스러운 음모까지 눈에 담고 있었다.

주아가 압도적인 순호의 몸을 손가락 끝으로 꾹 눌렀다. 강현과 매일 유도를 하며 단련된 강철같이 단단한 몸이었다.

사람의 몸이 이렇게 다를 수가 있을까?

구순호는 꼼꼼하게 주아를 수건으로 닦아주고 침대로 데리고 들어갔다.

주아는 자꾸 눈에 들어오는 그의 중심에 시선을 안 두려고 했지만, 그 중심은 집요하게 주아의 시선을 잡아끌고 있었다.

저걸 어쩌나…….

몸만 큰 게 아니었다. 겁이 날 정도의 크기와 큰 몸에 주아는 자꾸 목소리가 기어들어 갔다.

"그런데 순호 씨, 내가 잘할 수 없을 것 같아서……."

"그건 내가 한다고요. 주아 씨가 잘할 게 뭐가 있나요? 지금은 그냥 내가 하는 대로 따라오면 돼요."

구순호가 주아를 눕히고 다시 입술을 겹쳤다. 커다란 손안에 봉긋한 가슴이 일그러지고 매끈한 배가 단단한 배에 들러붙었다. 여지없이 다리를 벌리고 부드럽게 아래를 핥아 올리자 주아의 입에서 신음이 터졌다.

여자 문 열게 하는 건 남자 능력이다. 끙끙거릴 틈도 없이 아래가 젖어들고 있었다.

"겁낼 거 없어요. 더 부드럽게 할 수 있으니까."

삽입은 부드러우면서도 깊었다. 주아가 숨을 훅 들이켜자 구순호가 그런 주아의 허리를 더 바짝 잡아당기며 끝까지 단숨에 파고들었다.

"싫지 않다고 해줘서 고마워요, 주아 씨."

"네."

"진짜 죽을 뻔했잖아요. 참느라고 몸무게가 다 빠졌다고요."

둘의 숨소리가 거칠게 하나로 모여들고 있었다.

"그러게 말 한마디에 그렇게까지 지켜주는 사람이 어딨냐고."

주아가 발갛게 달아오른 볼을 하고 웃자 구순호가 함께 웃었다.

"주아 씨가 원하는 건 뭐든지 해주려고요. 참으라는 것만 빼고. 이건 못 참겠어요. 그런데 정말 몸이 안 좋거나 못할 때는 말해요."

"그럴 일 없어요. 나 엄청 건강하거든요?"

주아의 말에 구순호가 귓가에 대고 말했다.

"그럼 원 없이 해도 되겠죠? 난 잘해주고 싶다고요."

그 말이 그 어떤 애무보다도 더 깊게 주아의 마음을 어루만졌다.

하지만 주아는 건강은 자신하는 게 아니라는 걸 간과했다. 구순호 앞에서는 절대로 건강하다는 말을 하는 게 아니었다는 걸 밤새 몸으로 익히게 되고 말았다.

* * *

쌀쌀한 바람을 맞고 걸어서인지 얼마 걷지 않았는데 다혜의 뺨이 차가웠다. 집에 들어서자 강현이 다혜의 차가운 얼굴을 당겨 뺨에 키스했다. 그리고 귓가에 대고 작게 속삭였다.

"다혜 씨, 나 오늘도 만져줘요."

은밀하면서도 두근거리는 목소리에 다혜가 강현의 눈을 응시하며 말했다.

"나 오늘 컨디션 나쁘지 않아요. 그냥 해도 될 것 같아요."

"그냥 넣어도 된다고?"

다혜가 미소지으며 웃자 강현이 다혜를 번쩍 들어 안았다.

"동화가 효자야. 자고 온다는 말 괜히 한 게 아니었네."

서로의 입술이 얽혀들었다. 이제 몸이 닿기만 해도 서로를 찾게 된다. 익숙해질 수 없는 두근거림에 서로의 성기가 반응하고 있었다. 강현은 서두르지 않고 다혜의 매끈한 배를 어루만졌다.

"이 배가 정말 그렇게 커지나?"

"벌써 한 번 그렇게 커졌던 배예요. 동화 때보다 더 커질 거예요."

"그런데 전혀 표가 안 나는 게 신기해요. 처음 같이 밤을 보낼 때도 아기 엄마라는 생각은 한 번도 하지 못했어요. 그래서 한동안은 동화가 아이가 아니라 동화라는 이름의 어떤 놈인 줄 알았지. 사실 김준오랑 이야기하는 거 보고 그 사람이 동환 줄 알았으니까."

강현의 말에 다혜가 웃었다.

"다 지나간 얘기예요."

"그런데 생각할수록 우리가 이렇게 가족을 이룬 게 신기하고 이렇게 작은 배 안에 쌍둥이가 들어 있다는 게 또 신기하고."

매끈한 배 그 아래 짙은 색의 음모까지, 강현이 부드럽게 손으로 훑으며 어루만졌다. 다혜의 가는 허리 때문에 강현의 커다란 손바닥을 얹으면 거의 아랫배가 다 가려지는 것 같았다.

이런 배 안에 아기가 있다니. 그것도 쌍둥이가.

"강현 씨는 딸이었으면 좋겠어요? 아들이었으면 좋겠어요?"

"전에 말했던 대로 다 좋아요. 딸이면 더 좋겠지만, 그런데 아들도 좋아요. 음, 아기가 다 듣는다고 하니까 말을 못하겠네. 동화도 쌍둥이 좋댔어요. 예쁜 여동생이면 좋겠다고는 했죠."

강현의 말에 다혜가 고개를 갸웃했다.

"동화가 사실 여자애들을 그렇게 좋아하지는 않아요. 여동생은 예뻐하려나?"

다혜의 말에 강현이 큭큭거리고 웃었다.

"왜 그런지 알죠, 난."

"왜요?"

"여자애들이 너무 달라붙으니까 그렇지. 전에 보니까 진주하고 은별이도 보통이 아니던데."

"그건 그래요. 그런데 강현 씨도 그랬어요?"

"어땠을 것 같아요?"

강현이 하체를 바짝 밀착시켰다. 이렇게 다혜와 피부를 맞대고 있으면 다시 불끈 솟아오르는 건 어쩔 수가 없었다.

스스로 생각해도 정력이 센 편인 거 같다. 다혜를 만나고 난 이후로는 이게 시도 때도 없이 불끈거린다. 동화의 이야기 중이었으나 지금은 이게 더 급했다.

부드럽게 젖어든 안으로 깊게 성기를 맞물리자 황홀함에 몸짓이 빨라졌다. 다혜도 강현에게 맞추며 허리를 비틀었다. 강현은 폭주할 것 같은 몸을 최대한 조심스럽게 움직이려고 했지만 어느 순간에는 불가항력이었다.

생크림처럼 촉촉하고 부드러운 안에 진하게 사정을 하고 나서야 강현이 다시 다혜에게 시선을 맞췄다. 만족한 웃음이 자잘한 키스로 이어졌다.

"강현 씨도 동화같이 인기 있었어요?"

"내가 조금 더하지 않았을까요?"

"글쎄 안 봤으니까 모르겠지만, 동화가 강현 씨 판박인 건 사실이에요. 아마 어디서 만났어도 아들 아닐까 그런 생각했을 것 같아요."

"처음에는 상상도 못 했어요. 날 닮았다는 것도 인지하지 못했어요. 내가 그런 실수를 한 적이 없으니까, 내 아들일까 하는 상상은 해본 적도 없죠."

다혜가 강현의 머리카락을 넘겼다. 땀에 살짝 젖은 머리카락이 손가락 사이에서 부드럽게 흩어졌다. 머릿결도 동화와 강현은 비슷한 거 같다.

"그런데 내 옆에 있는 사람들이 더 난리가 났었지. 할아버지는 동화 한번 보고 쓰러지시고 나중에 말씀하시더라고요. 너무 닮은 놈을 봐서 몇 날 며칠 눈앞에서 떠나질 않더라고."

"우리 동화가 인상이 진하기는 하죠."

"비서실에서도 난리가 났고. 지금도 비서실 직원들은 동화만 보면 눈에 하트가 뿅뿅이에요."

"다들 고마워요."

다혜의 진심이었다. 동화를 예쁘다고 해주는 사람들, 좋게 봐주는 사람들 다 고마웠다.

"고맙긴. 동화 자체가 사람들에게 그만큼 매력을 어필하는 거죠. 적당히 차갑기도 하고. 사람들은 동화 같은 아이를 보기만 해도 행복해하잖아요."

"그렇기는 한데 걱정도 돼요. 은별이 하고 진주 같은 여자 친구들 이제 시작이겠죠?"

다혜의 말에 강현이 고개를 끄덕였다.

"하지만 나처럼 이렇게 제 짝을 만날 겁니다. 연다혜 하고 하룻밤 보내고 난 뒤로 얼마나 분했는지."

"그때 얘기는 이미 많이 했어요. 내가 강현 씨 버리고 갔다고. 그럼 원나잇으로 만난 사람을 버리고 가지. 내가 버리고 가지 않았으면 강현 씨가 날 버리고 갔을 거잖아요."

"아니, 그러지 않았을 거예요. 어떻게든 또 만나려고 했겠죠. 결국 이렇게 만났잖아요."

강현의 단단한 가슴 안에서 다혜는 안정감과 행복감을 느꼈다. 늘 세상의 파도 앞에서 무서웠다. 엄마, 언니와 함께일 때도 그랬던 것 같고 동화가 생긴 이후에는 아이를 안고 혼자 세상을 헤쳐나가야 한다는 생각으로 살아왔다.

하지만 이렇게 강현의 품에 안겨 있으니 보호받고 있다는 게 뭔지 알 거 같다. 이 남자의 마음이 세상 가장 든든한 성처럼 느껴져 저도 모르게 미소 지었다.

* * *

설 명절은 한남동으로 향했다. 한남동에서 처음 같이하는 명절이어서 다혜는 신경 써서 동화의 머리에 무스도 바르고 한복을 입혔다.

평소와 다르게 의젓하니 한 살 더 먹은 티가 나는 것 같다.

"아빠하고 나하고 똑같아요."

"그럼. 멋진 남자들이지."

그런데 한남동에 가니 어쩌면 그렇게 유 회장까지 닮았는지 모르겠다. 동화가 유 회장에게 세배를 하고 고개를 들었다.

"할아버지, 새해 복 많이 받으세요. 만수무강하세요."

유 회장이 껄껄 웃었다. 보고 또 봐도 쳐다보기도 아깝고 예쁜 동화였다.

"너, 만수무강이 무슨 말인지 알기는 하니?"

"네. 아프지 않고 오래 사는 거요."

"우리 동화가 진짜 천재네. 누가 가르쳐 줬니?"

"세배할 때 좋은 말 찾아보면 다 나와요."

한남동 본채에 웃음꽃이 피었다. 그때 인터폰이 울렸다. 화면으로 보이는 얼굴이 소은이었다.

유 회장이 인상을 찌푸렸다.

"내 그렇게 근신하고 있으라고 했는데……."

순식간에 분위기가 어두워졌다.

아무리 시아버지가 쫓아내다시피 제주도로 보냈다고 해도 여기는 소은의 집이다. 다른 날도 아니고 설날에 자기 집에 왔는데 문전박대를 할 수는 없었다. 불편한 심기에 유 회장이 인상을 쓰며 말했다.

"나가서 여기는 들어오지 말라고 말해. 그냥 별채에 있으면 나중에 내가 보겠다고."

아무도 대답을 못하고 있는데 대답을 하고 나선 게 동화였다.

"네, 할아버지! 내가 가서 말씀드릴게요!"

"동화야, 너는 그냥……!"

말할 틈도 없이 신발도 신지 않고 맨발로 달려나갔다. 다혜가 급히 따라 나갔으나 동화는 어느 틈에 대문 앞에 가서 동그란 버튼을 꾹 눌렀다.

철컥하고 문이 열리자 작은 동화가 앞에서 맨발로 서 있는 걸 보고 소은이 반짝 동화를 들어 안았다.

"아이고. 우리 아가! 맨발로 이렇게 서 있으면 어떡해?"

"예쁜 할머니 왔어요? 할아버지가 별채로 가래요! 할머니 나랑 별채 가요!"

소은이 동화를 안고 눈물을 뚝뚝 흘리며 별채로 걸어 들어가다 중간에 서 있던 다혜를 만났다.

"오셨어요, 어머님."

이제는 대표님이라고 말할 수 없었다. 누가 뭐래도 다혜는 강현의 아내고 소은의 며느리였다. 소은이 다혜를 보며 고개를 끄덕였다.

"그래, 너 왔구나. 아버님께서 나 안채로 들이지 말라고 그러시니?"

다혜는 대답을 못했다. 소은이 동화를 안고 별채로 들어가자 다혜가 따라 들어갔다. 하나도 변한 것 없는 별채, 소은이 돌아보고 동화의 발을 손으로 털어주며 내려놓았다.

"왜 맨발로 나오고 그래. 할머니가 반가웠니?"

"네, 할머니."

"그래. 아이고, 나 반기는 사람이 우리 동화밖에 없네."

눈물이 뚝뚝 떨어지는 소은을 보고 있으니 마음이 별로였다.

"할머니 보고 싶었어요!"

"그렇구나, 동화야."

제주도 별장에 혼자 있는 건 너무 외로웠다. 불러주지 않으니 찾아와 말이라도 하지 않고는 견딜 수가 없을 것 같아 오는 길이었다.

안채에서 유 회장은 혀를 찼다. 강현이 냉정한 얼굴로 말했다.

"할아버지, 어머니 용서하지 않더라도 살던 집에서 내쫓는 건 하지 말아주세요."

"뭐?"

"그래도 어머니시잖아요."

"허! 사람이 염치가 있어야지. 아무리 가족이라도 그리해 놓고……쯧."

유 회장의 뜻을 알기에 강현도 한숨을 내쉬었다.

"저도 예전처럼 어머니께 해 드릴 마음 없어요. 거리는 제가 알아서 두겠습니다. 그리고 저희는 여기 들어와 살 생각 없습니다."

"그러냐?"

"다른 것도 아니고 어머니 쫓아내고 들어올 일은 없죠. 어머니가 평생 할아버지 챙기셨는데. 그래도 이렇게 쫓아내는 건 아닌 거 같아요."

유 회장은 더 이상 말이 없었다.

"용서한다는 말이냐?"

"사실 저는 용서 못 하겠어요. 시간이 좀 필요할 거 같아요."

"그래. 네 말이 맞다. 나도 시간이 필요할 거 같다. 아파서 중환자실에서 사경을 헤맬 때 네 엄마가 와서 했던 말 쉽게 잊히지 않는다. 내가 알아서할 테니 걱정 마라."

"네. 그렇게 알겠습니다."

"그래. 동화는 이제 오라고 하고."

"네."

동화가 다시 본채에 와서 그야말로 유 회장의 혼을 쏙 빼놓을 정도로 애교도 떨고, 할아버지 주물러 드린다고 어깨를 만졌다. 유 회장은 손자 가족이 주는 행복한 시간을 가슴 깊이 새겼다.

　그러다 강현의 식구가 돌아가고 나니 집이 다 휑하니 빈 것 같았다. 유 회장은 창문 너머로 별채를 바라보다가 핸드폰을 꺼냈다.

　"기사 대기시켰으니 다시 제주도로 돌아가라."

　-아버님, 용서해 주세요. 잘못했어요.

　"그래. 용서할 거다. 다만 내가 원하는 때에 할 거다. 그러니 지금은 아니다. 다시 제주도로 가 있어."

　-아버님.

　"용서는 할 생각이다. 시간이 좀 걸려야겠지. 지금은 아니다."

　단호한 말에 소은이 알았다는 대답을 했다. 그리고 잠시 후에 소은이 정원을 가로질러 대문을 나서는 모습이 유 회장의 눈에 들어왔다.

　"모든 게 자업자득이지. 잘못을 곱씹으며 이제라도 철이 좀 들었으면……."

　바라보는 유 회장의 눈에 시름이 깊었다.

* * *

　연휴도 끝나고 다시 일상은 바쁘게 돌아가기 시작했다. 다혜가 강현의 사무실을 방문한 건 늦은 오후였다.

　"오늘 문화센터 상담 있어요."

　"동화 때문에?"

　"네. 동화가 레고 그만하고 싶다고 했대요."

　"아아. 가서 잘 얘기해 봐요. 어차피 레벨도 맞지 않다고 했잖아."

　"네. 그런데 온리유 매장은 언제까지 이렇게 문 닫아놔요?"

　"당분간 쉬어야지. 나중에 직원을 뽑든가 아니면 다른 업체를 들이든가 하지, 뭐."

다시 문을 열까도 생각해 봤지만 그것도 할 만한 사람을 갑자기 뽑을 수도 없다. 차라리 저렇게 닫아두는 게 나을 것 같았다.

"백화점 쪽에서 봐도 손실이 있지 않아요?"

"상관없어요. 백화점 매출보다는 쌍둥이가 더 중요하니까요."

싱긋 웃는 강현이 다혜의 뺨에 부드럽게 키스했다. 입술에 하는 것보다 더 다정하고 뜨거운 입술의 감촉이 고스란히 느껴지는 다정한 키스였다.

다혜는 강현의 사무실에서 잠시 쉬다가 약속한 시간에 상담실을 찾았다.

"어머니, 어서 오세요. 동화가 레고를 이제 하지 않겠다고 해서요. 어머니는 알고 계셨어요?"

"네, 저한테는 동화가 아직 그런 얘기는 안 했어요."

상담 선생님은 나름 생각한 것을 말했다.

"동화가 인기가 너무 많은 게 탈인 것 같아요."

"네?"

"진주하고 은별이가 동화 옆에 바짝 붙어서 수업하다가 자꾸 싸워요. 동화가 스트레스 받을 수도 있을 것 같아요."

"하지만 집에 와서는 그런 얘기하지 않았거든요."

동화는 싫은 건 분명하게 말하는데 레고가 싫다고 한 적은 없었다.

"네. 그러게 동화가 속이 깊다고 해야 할까요? 사실 보통 애들은 엄마한테 먼저 얘기하지 선생님한테 먼저 얘기하지는 않거든요. 이제 레고 수업은 그만하고 싶다고 해서 어머니는 어떻게 생각하시나 해서요."

다혜는 잠시 생각해 보았다. 지금까지 수업을 선택한 건 모두 동화였다. 동화가 싫다는 걸 억지로 시킨 적도 없었고.

"제 생각에는 동화하고 얘기를 해봐야겠지만, 동화가 싫다면 억지로 시키고 싶지는 않아요."

"저는 동화가 레고 자체를 싫어하는 게 아니라 이 분위기가 싫은 것 같아요."

레고 수업 끝나고 다혜는 동화를 데리고 다시 강현의 사무실로 올라갔다. 강현과 함께 동화의 이야기를 듣고 싶어서였다.

세 사람이 회의 테이블에 앉아 마주하자 강현이 동화의 의자 높이를 올려 주었다.

"자, 여기 이렇게 우리 셋이 모여서 회의를 하는 건데 먼저 딸기 주스 한 잔씩 할까요?"

"좋아요!"

강현의 장난스러운 말에 동화가 박수를 치자 비서가 바로 딸기 주스를 가지고 왔다. 동화와 강현은 원래 딸기 주스를 좋아했지만, 다혜는 별로 좋아하지 않았었다.

하지만 지금은 배 속에 유씨 집안의 핏줄이 들어 있는 탓에 딸기 주스를 가장 많이 마시는 사람이 다혜가 됐다. 셋이 똑같이 딸기 주스를 빨대로 쪽쪽 빨았다.

"아빠. 회의가 뭐예요?"

"같이 의논하면서 얘기하는 거야."

"뭐에 대해서요?"

"우리 동화가 레고 수업을 계속할 건지 말 건지."

"아아."

동화는 빨간 입술에 딸기 주스를 묻히고 기분 좋게 웃었다.

"저는 레고 안 할래요."

안 한다고 하는 얼굴이 너무 천진하고 예뻤다.

"동화야, 너 은별이 하고 진주가 너무 싸워서 그만두려고 그래?"

"아니요?"

"게네가 네 옆에서 맨날 싸운다며."

그러자 동화가 고개를 끄덕였다.

"네, 게네는 맨날 싸워요. 서로 나하고 더 많이 놀고 싶어 해요."

"그래서 기분 나쁘니? 그래서 그만두려고 그래?"

걱정스러운 얼굴을 하고 다혜가 묻자 옆에서 강현이 거들었다.

"나도 아기를 돌봐야 해요."

"뭐?"

너무 생각지 못한 말이었다.

"아기?"

동화가 고개를 끄덕였다.

"쌍둥이기 때문에 같이 돌봐줘야 해요."

"엄마하고?"

"네. 엄마 옆에 더 많이 있고 싶어요. 쌍둥이 옆에!"

"쌍둥이는 아직 너무 작아서 누가 옆에 있는지 잘 모를 텐데?"

"다 안다고 했어요."

"뭐?"

"아빠한테 입덧 물어보면서 태교도 찾아봤어요. 아기는 다 안대요. 그래서 내가 옆에서 책 읽어 줄 거예요."

"정말? 동화 레고 수업 안 하고 엄마한테 동화책 읽어주려고?"

동화가 고개를 끄덕였다.

"쌍둥이하고 친해지려고! 내 동생들."

강현이 옆에서 웃으며 동화의 머리를 쓰다듬었다.

"동화 정말 그러고 싶어? 진주하고 은별이가 많이 아쉬워할 텐데."

"게네는 연습 더 많이 해야 해요. 잘하지도 못하면서 자꾸 싸우니까."

"그래? 그럼 엄마는 찬성. 동화가 쌍둥이한테 책 읽어주면 좋을 거 같아.

엄마가 동화가 읽어주는 거 듣다가 잠들면 어떻게 할래?"

"이불 덮어줄게요!"

"그래, 동화야. 난 그럼 찬성."

"그럼 나도 찬성. 우리 동화가 생각 잘했네. 동화야, 아빠가 없을 때는 동화가 엄마를 지켜줘야지, 그치?"

동화가 고개를 끄덕였다.

"난 형이니까 쌍둥이를 지켜줘야지!"

다혜가 갑자기 눈물이 글썽한 눈으로 동화를 보았다.

"우리 동화 누구 닮아서 이렇게 예쁜가?"

"난 아빠 붕어빵이에요!"

"아빠 닮은 게 그렇게 좋아?"

"난 아빠처럼 다 커지고 싶어요! 키도 이만큼 크고!"

동화의 시선이 강현의 배 아래로 향하자 강현이 손짓을 했다.

"그다음 말은 하지 마라. 동화야."

"동화는 틀림없이 다 커질 거야."

"네! 난 다 클 거예요."

세 식구가 함께 웃었다. 웃어도 웃어도 자꾸 웃음이 나온다. 쌍둥이와 동화가 함께하는 앞날을 생각하면 괜히 가슴 속이 간지럽다.

"자, 이제 집에 가자."

강현은 동화를 번쩍 들어 한 팔로 안고 다른 팔로 다혜를 끌어안았다. 품 안에 가득한 사랑하는 가족이 이제는 살아가는 힘이다. 이전에는 상상하지 못했던 행운이었다.

외전

외전 1. 웨딩드레스

청담동 드레스숍은 여러 번 보기만 했지 이곳에 들어오는 날이 있을 거라고는 단 한 번도 생각해 본 적 없었다.

"어디, 돌아서 봐요."

"이렇게요? 이건 어때요?"

"나야 연다혜가 입으면 뭐든지 다 예쁘지. 다혜 씨는 어떤데요?"

강현은 가는 허리를 더 강조하고 크게 부풀린 드레스를 보며 나쁘지 않다고 생각했다. 하긴, 드레스는 눈에 들어오지 않고 연다혜만 눈에 들어왔다.

"난 나쁘지 않아요. 괜찮은 거 같은데?"

"그런데 네크라인이 좀 파인 거 아닌가?"

강현의 말에 옆에 있던 디자이너가 웃으며 고개를 끄덕였다.

"아, 우리 신랑님 질투가 많은 스타일이시군요? 하긴, 이렇게 예쁜 신부라면 남들한테 보여주고 싶지 않겠네요."

디자이너가 옆에 있는 실장에게 지시했다. 그러자 실장이 다혜에게 다가와 말했다.

"따라오세요. 다른 디자인도 입어보시는 게 좋을 것 같아요."

다혜는 따라 들어가며 하나 정도 더 입어보면 끝날 거라고 생각했다. 그런데 유강현은 생각보다 까다로운 남자였다.

유강현이 한마디씩 할 때마다 디자이너는 알아서 옷을 다시 갈아입으라고 했다. 결국, 폭발한 건 다혜였다.

"나 그냥 이거 입을래요."

"왜요. 디자인 더 있는데."

강현의 말에 다혜는 눈썹을 바짝 세웠다.

"나 임산부예요. 이렇게 여러 번 옷 갈아입는 거 힘들다고요. 웬만하면 다 예뻐요."

다혜의 말에 그제야 강현이 고개를 끄덕였다.

"맞아요. 여태껏 입었던 거 다 예쁘니까 아무거나 골라도 나는 예스. 단지 네크라인 파인 거 말고, 너무 들러붙은 거 말고……."

"그만 안 해요? 난 이거 입을 거예요."

다혜는 자기가 입었던 것 중 가장 마음에 들었던 드레스를 딱 집어서 말했다.

"이거, 강현 씨는 네크라인이 좀 파였다고 했지만, 그렇게 많이 보이는 건 아니에요. 그리고 좀 보여주면 어때요? 나도 여자로서 매력 있게 어필하고 싶다고요."

다혜의 말에 강현의 눈이 커졌다.

"그 매력 어필 나한테만 하면 되는 거 아니었어요? 왜 딴 사람들한테까지 매력 어필하려고 해요."

"동화 엄마가 아직도 이렇게 예쁘고 늘씬하다는 거 모두에게 보여주고 싶어서 그래요. 그리고 내가 아무리 유강현 씨에게만 매력 어필한다고 해도 나 원래 늘 매력적으로 보이려고 애쓰면서 살았던 사람이에요. 온리유 매장에서 꽃만 예뻐서 그렇게 손님들이 많았던 것 같아요? 나도 그만큼 매력 있는 여자예요."

당당하게 하는 다혜의 말에 강현은 어깨를 으쓱했다. 네크라인이 약간 팬 게 마음에 안 들긴 하지만 전체적으로 볼 때 가장 예뻤던 드레스인 것도 사실이다.

강현은 실장을 보며 고개를 끄덕였다.

"네. 좋아요. 이걸로 하겠습니다. 가장 빨리 맞춰서 만들어주세요."

"네, 신부님이 워낙 예쁘셔서 어떤 옷이든 잘 어울리시네요."

유강현과 결혼 준비를 하면서 들르는 곳마다 듣는 인사였다.

돈을 많이 쓰는 사람에게 더 찬사를 많이 하는 거다. 이전 꽃 때문에 일하러 다닐 때도 사람들이 종종 예쁘다는 말을 하기는 했지만, 이 정도 찬사는 아니었다.

미혼모로 아이를 키우면서 고되게 살아온 시간이 길었지만, 그 시간을 불행했다고 치부하거나 부인하고 싶은 생각은 없었다. 단지 이런 찬사와 물질적 풍요는 익숙하지 않다.

"무슨 생각 해요?"

"별생각 안 해요."

다혜는 반사적으로 대답했다. 그러자 강현이 입꼬리를 올렸다. 좋아서라기보다는 가소롭다는 표정이었다.

"성의 있게 좀 대답해 봐요. 분명히 무슨 생각 했잖아요."

강현이 재차 묻자 다혜가 지나가는 말처럼 말했다.

"그냥, 돈 많은 건 이런 거구나 싶어요. 사람들이 예쁘다는 소리도 더 많이 하는 거 같고."

"돈 많아서 예쁘다고 빈말하는 거 같아서 그래요? 그거 아닌데. 연다혜는 예쁘다고 내가 보증할게요."

강현의 말에 다혜가 배시시 웃었다.

"내가 예쁘지 않다고 생각하지는 않아요. 하지만 돈이 있는 집 여자라서 더 예쁘다는 소리를 많이 듣는 건 사실이에요."

"아무래도 상관없어요, 난. 연다혜만 예쁘면 되니까."

그렇게 웃으면서 집으로 돌아갔을 때는 마침 혜순과 함께 집으로 돌아오는 동화와 마주쳤다. 오늘은 드레스를 맞추러 가야 해서 혜순에게 동화를 좀 데려와 달라고 부탁을 했었다.

"엄마! 드레스 골랐어요?"

눈을 반짝이는 동화의 얼굴은 엄마가 공주라도 되는 것처럼 생각하는 것 같다. 귀여운 눈이 반짝이며 다혜를 향하고 있었다.

"응. 동화야. 나중에 동화도 보여줄게, 얼마나 예쁜지."

"우리 엄마는 드레스 안 입어도 예쁜데 드레스 입으면 얼마나 예쁠까?"

"그치? 우리 동화한텐 엄마가 제일 예쁘지?"

동화의 볼을 잡고 뽀뽀를 쪽 하면서 말하자 동화가 끄덕이며 엄마의 볼을 쓰다듬는다.

오늘 하루 종일 들었던 모든 예쁘다는 말 중에 동화가 해주는 말이 제일 좋았다.

"들어가자."

다혜가 동화를 안으려고 하자 옆에서 강현이 냉큼 동화를 들어 안았다.

"임산부가 무거운 거 들면 안 된다고 했어요. 동화는 내가 안아요."

"그래. 그건 대표님 말이 맞다. 아이 번쩍번쩍 들고 그러는 것도 임신 초기에는 좀 조심해야 해."

혜순의 말에 동화가 옆에서 눈을 동그랗게 뜨고 말했다.

"엄마, 나 안지 마세요! 나 인제 형아기 때문에 안 안아줘도 돼요! 근데 아빠가 안아주는 건 괜찮아요!"

"하여간 우리 동화는 어른스럽기도 하지."

그렇게 말하며 안으로 들어갔을 때 동화가 태블릿PC를 꺼냈다. 강현이 소파 옆에 앉아 쳐다보자 스케줄 표를 만지고 있었다.

그런데 가만히 보니 제목이 더 웃기다.

〈할머니, 할아버지 만나는 계획〉

강현은 웃음이 터져 나와 웃으며 동화에게 물었다.

"동화야. 이게 무슨 스케줄이야? 할머니, 할아버지 만나는 계획이라니."

다혜는 그 말에 뭔가 생각났다.

"아, 그거 내가 동화한테 얘기해 줬어요. 차라리 계획표를 짜라고. 아무래도 할아버님이나 어머님이나 모두 다 동화를 보고 싶어 하니까, 동화가 곤란할 때가 있어서요."

옆에 있던 혜순도 웃음을 터트리고 말았다. 사실 혜순도 동화를 보고 싶은데 할아버지 만나러 가야 한다고 하고 제주도에서 할머니가 왔다고 하고, 못 볼 때가 있어서 마음 상한 적이 있었다. 강현은 그 말에 고개를 끄덕였다.

"정말 바쁘겠다. 우리 동화."

"동화야. 그래서 스케줄 짜는 거야? 언제 할아버지, 할머니들 겹치지 않게 만날 수 있나 그런 거?"

동화가 야무지게 고개를 끄덕였다. 통통한 볼이 입술에 힘을 주니 더 볼록해지는 것 같다.

"할머니, 그래야 공평하죠. 나는 다 좋거든요."

혜순이 옆에서 감동한 얼굴로 말했다.

"어른들이 우리 동화만 못하네. 아이구. 내 새끼. 이렇게 똑똑하게 커가지고, 신통하게."

혜순의 칭찬에 동화가 웃으며 말했다.

"나는 할머니 좋아해요."

"그럼. 동화는 내 새끼인데. 내 맏손자가 맞아."

옆에 있던 다혜도 거들었다.

"맞아요, 어머니. 어머니가 우리 동화 제일 많이 키워주셨는데 당연히 동화가 공평하게 어머니 봐야죠."

"그래도 그게 동화 생각이지 남들이 어디 그러냐? 아마 네 시어머니만 해도 당장 피 한 방울 안 섞인 나보다는 자기가 훨씬 동화에게 권리가 많다고 생각할걸."

강현이 옆에 있다가 고개를 저었다.

"그렇지 않습니다, 어머니. 다혜 씨 말이 맞아요. 태어나서 지금까지 돌봐주셨잖아요. 동화도 아마 속정은 가장 많이 들었을걸요."

동화가 웃으며 계획표를 가리켰다.

"이것 봐요. 할머니가 제일 많아요! 여기에!"

소은보다는 한 번 더 많이 보는 스케줄이다. 옆에 있던 어른들이 동화의 스케줄을 보며 동화의 머리를 쓰다듬었다.

"우리 동화 스케줄 잘 짰네. 그런데 레고는 그만뒀다며?"

해순의 말에 동화가 고개를 끄덕였다.

"네. 매일같이 동화책 읽어줘요. 내 쌍둥이 동생들한테 말이에요!"

동화는 매일 자기가 좋아하는 동화책을 다혜에게 읽어주었다. 해가 바뀌어서 여섯 살이지 아직도 발음이 정확하지 않은데도 읽기로 한 부분을 다 읽는다.

혜순도 그걸 알고 있기에 대견해서 동화를 꼭 끌어안았다.

"내 새끼. 그럼 엄마, 아빠 결혼하고 신혼여행 갈 때는 이 할머니하고 같이 있을 거지?"

혜순의 말에 동화가 눈을 동그랗게 떴다.

"엄마 아빠 신혼여행 갈 때 나는 같이 가는 거 아니에요?"

다혜와 강현은 말이 없었지만 혜순이 나서며 고개를 저었다. 손까지 안 된다고 흔들며 단단하게 말했다.

"동화야, 신혼여행은 부부가 가는 거야. 딱 둘이 결혼한 사람만 가야지."

"하지만 우리 엄마, 아빠는 네 명이 가는 건데요? 한 명 더 따라가면 안 돼요? 엄마 배 속에 벌써 쌍둥이 들어 있으니까 엄마, 아빠 둘이 신혼여행 가도 네 사람이 가는 건데?"

동화의 말에 혜순이 웃음을 터뜨렸다. 하여간, 괜히 천재가 아니다. 똑똑 하긴 얼마나 똑똑한지 맞는 말이었다. 두 사람이 가도 배 속에 두 명이 있으니 네 명이 간다고 할 수도 있다. 혜순은 동화의 손을 잡고 말했다.

"동화야. 그게 맞기는 하는데 그래도 엄마 배 속에 아기가 있기는 해도, 결혼한 사람 둘이 가는 게 신혼여행이니까 동화는 이 할머니랑 있자."

그 말에 강현은 난감한 표정을 했다. 사실 오늘 할아버지께서 불러서 한 말이 있었기 때문이다.

'강현아, 너 신혼여행 간 동안에 동화는 한남동에 있으라고 하자.'

강현은 크게 생각하지 않고 그러겠다고 말했었다. 할아버지야 틈만 나면 동화와 함께 있지 못해서 안달이셨으니 신혼여행 간 김에 동화가 한남동에 있으면 할아버지는 참 좋아하시겠구나 생각했다.

동화도 할아버지와 함께 있는 걸 좋아했으니 별문제가 없을 거라고 생 각했다. 하지만 혜순이 이렇게 그 기간에 동화와 함께 있을 생각을 하고 있 으니 나서서 말하기도 뭐했다.

입을 꼭 다물고 있었지만 속은 곤란했다. 하지만 혜순은 계획이 다 있는 지 동화를 붙잡고 말했다.

"엄마, 아빠 신혼여행 가 있는 동안에 할머니랑 같이 놀러 가자. 온천에 가서 할머니 친구하고 같이 고스톱도 치고, 우리 동화가 훈수 두면 내가 무 조건 이기잖아?"

"와! 신난다. 좋아요! 내가 할머니 일등 하게 해 드릴게요."

둘이 하는 말을 듣고 있던 다혜는 잠깐 고개를 갸웃하더니 물었다.

"그런데 동화야, 혹시 한남동에는 가고 싶은 생각 없어?"

그러자 혜순이 나섰다.

"애가 한남동에 가서 뭔 재미가 있겠어? 노인네들 있는 데서 예쁨이야 받겠지만, 동화는 나하고 같이 가는 게 좋지. 내 친구 숙경이 손자도 동화하고 동갑이고, 같이 데리고 다니면서 여행도 하고 올 테니까 걱정하지 마라."

"네. 어머니. 그런데 이거 다 뭐예요?"

혜순이 동화를 데리고 들어오며 가지고 들어왔던 보따리를 보며 한 말이었다.

"아, 그거. 내가 한 밑반찬이고 그 옆에 있는 건 참깨하고 들깨. 숙경이 동생이 시골에서 농사지은 거라고 보내줬는데 진짜 고소하다. 볶아서 놓고 먹어."

"네. 어머니. 고마워요. 주아는 요즘 어떻게 지내요?"

다혜가 깨가 든 봉지를 냉장고에 넣으며 묻자 혜순이 인상을 썼다.

"뭘 어떻게 지내. 내가 요즘 주아 얼굴 보기가 힘들어."

"네? 왜요. 주아 전시회 또 있어요?"

"아휴, 그 구 서방이 주아를 놔주질 않아. 전에 한 번 안 들어오더니 그 뒤로는 집에 오지도 않아."

혜순의 말에 강현이 시원스럽게 웃었다.

하긴, 남자가 그 정도는 돼야지. 그렇지 않고서야 어떻게 결혼을 하고 가정생활을 할까. 남자가 사랑하는 여자를 향한 욕심 같은 것들이 사실 사랑하고 연결된 것도 맞다. 더군다나 결혼을 약속한 사이니 말이다.

혜순의 말에 강현이 웃으며 말했다.

"이러다가 구순호가 나보다 먼저 결혼하겠다고 하는 거 아닌지 모르겠어요."

"그렇지 않아도 뭐 물 한 그릇 떠 놓고라도 빨리 결혼식을 하고 싶다는
둥 그런 말을 해서 내가 등짝을 한 대 후려쳤다니까? 남의 하나밖에 없는
딸을 그렇게 얼렁뚱땅 빨리 데려가려고 그래? 나는 다혜 결혼하고 천천히
하라고 했어. 주아도 드레스 보러 다녀, 지금."

* * *

혜순이 돌아간 후에 다혜는 깨끗하게 동화를 씻기고 욕실 밖으로 보냈
다. 언제나 동화를 먼저 씻겨 놓고 그 뒤에 다혜가 씻었다.

다혜가 씻고 나왔을 때 강현은 서재에서 나와 동화와 딸기 아이스크림
을 먹고 있었다.

"목욕하자마자 아이스크림을 먹이면 어떡해요? 감기 걸리면 어떡하
려고."

다혜가 걱정하자 강현은 그럴 리 없다고 말했다.

"감기 걸리겠나 봐요. 동화 볼이 저렇게 빨간데."

목욕하고 나와서 하얀 얼굴에 양 뺨만 빨개진 동화가 딸기 아이스크림
을 먹으며 행복해하는 걸 보니 더 할 말은 없었다.

"하여간. 아빠하고 아들이 쿵짝이 잘 맞아서는. 나는 늦은 시간에는 될
수 있으면 딸기 아이스크림 같은 건 먹이지 않아요."

"실컷 먹여도 돼요. 동화가 아직 당뇨병 걱정할 나이는 아니잖아요?"

강현의 말에 다혜는 동의했다.

"맞아요. 딱 좋다고 하더라고요. 체질인가 봐요."

"꼭 다혜 씨를 닮았다는 얘기 같아요."

"맞아요. 나 닮았어요. 나 어렸을 때 늘 말했거든요."

그러자 강현이 가소롭다는 듯이 웃었다.

"동화는 나 어렸을 때랑 똑 닮았어요. 나 어렸을 때 살 한 번도 찐 적 없어요. 지금도 봐요. 다 근육이거든요, 이거?"

새삼스럽게 말하지 않아도 안다. 유강현이 근육질이라는 건. 하지만 뭐든 동화가 자기만 닮았다고 하는 건 얄미웠다.

"뭐, 그래도 동화는 나 닮았어요."

갑자기 오기가 나서 한 말이었는데 강현이 피식피식 웃으며 고개를 저었다.

"사실 동화는 다혜 씨를 닮았다기보다는 나하고 붕어빵이죠. 안 그러니, 동화야?"

그러자 동화가 아이스크림을 들고 고개를 끄덕였다.

왠지 몹시 억울한 거 같다. 키운 건 난데 왜 아빠만 닮아?

하여간, 물론 아니라고 부정할 수는 없었다. 누가 봐도 판박이처럼 닮은 데다가 저렇게 딸기로 들어간 음식들을 다 좋아하는 것 보면 식성까지 닮았다. 그래도 뭔가 억울하다.

그런데 강현이 다혜에게 다가오더니 뭔가 이야기를 꺼낼 듯 말 듯 한 표정을 지었다.

"왜요? 무슨 얘긴데 그래요. 얘기해 봐요."

그러자 강현이 손짓과 함께 이리 오라고 하며 방으로 들어갔다. 다혜가 따라 들어가자 강현이 문을 닫으며 말했다.

"우리 신혼여행 갔을 때 동화, 주아 씨 어머님과 같이 가면 안 되는데……
곤란해졌어요."

"왜요? 혹시 한남동에서 무슨 말씀 있었어요?"

"할아버지는 당연히 동화가 한남동에 있을 거라고 생각하시더라고요. 아무 생각 없이 그런다고 대답을 해버렸어요."

"그걸 그냥 대답해 버리면 어떡해요? 동화한테도 물어봐야 하고…… 그나저나 어머니도 동화 데리고 온천 갈 생각을 하고 계시는 것 같은데."

"온천은 그냥 혼자 가도 되지 않으시나?"

강현의 말에 다혜가 고개를 저었다.

"아까 하는 말 못 들었어요? 우리 동화가 가서 고스톱 훈수를 둬야 우리 어머니가 일등을 한다니까요? 주아가 얼마나 시샘하는데요. 딸은 한 번도 안 데려가면서 동화는 온천에 기를 쓰고 데려간다고."

강현은 다혜의 말에 작게 한숨을 내쉬었다.

"만만한 일은 아니겠네. 이걸 어떻게 해결해야 하지?"

"그것도 동화한테 이야기해야겠어요."

"우리 동화 인기가 너무 좋아서 탈이네. 그런데 맨 할머니 할아버지들한테 인기 있어서 뭐 해?"

강현은 그저 한 말이었는데 다혜는 발끈했다.

"동화가 무슨 할머니, 할아버지들에게만 인기 있다고 그래요? 그 또래 애들한테 너무 인기 있어서 레고도 그만뒀다고 그랬잖아요."

그렇게 둘이 이야기를 할 때였다. 갑자기 동화가 소리를 쳤다.

"엄마! 아빠! 눈 와요!"

동화의 소리에 강현과 다혜가 밖으로 나와 보니 함박눈이 내리고 있었다.

"2월에 무슨 눈이야?"

다혜는 이 밤에 내리는 눈이 낯설기만 했다. 설이 지난 지도 좀 되었고 곧 있으면 3월이 다 돼 가는데 눈이라니. 그러자 동화가 눈오리 집게부터 잡아 들었다.

"나가요! 나 눈오리 만들 거예요!"

아직도 냉동실에는 그때 만든 눈오리가 있다.

"동화야, 눈이 쌓여야 눈오리를 만들지. 우리 이 눈 쌓일 때까지 여기서 눈 구경하자."

강현이 동화를 번쩍 들어 어깨에 태우고 거실 베란다 쪽으로 갔다. 커다란 유리창 너머로 하얗게 내리는 눈이 도심을 덮고 있었다. 불빛에 비쳐 보이는 눈발이 쉽게 가라앉을 것 같지는 않았다.

어쩌면 이게 계절이 바뀌기 전 눈오리를 만들 수 있는 마지막 눈일 거다.

두 시간 넘게 내리던 눈이 그치고 늦은 밤 동화네 식구들은 모두 손에 눈오리 하나씩을 들고서 집으로 들어왔다.

동화는 냉동실에 눈오리를 나란히 두고는 기분 좋게 잠들었다. 어쩌면 꿈도 꿀지 모르겠다.

* * *

며칠이 지났으나 해결되지 않은 문제는 여전히 있었다. 다혜는 동화와 강현을 보며 작게 한숨을 쉬었다.

인간관계는 언제나 어렵다. 신혼여행 때 동화가 누구와 같이 있을지를 결정하는 건 쉬운 일일 거 같지는 않다.

사실 다혜의 입장에서는 혜순에게 동화를 맡기는 게 가장 안심이 되었다. 태어날 때부터 동화를 돌봐준 게 혜순이었다.

그런데도 그걸 강하게 주장할 수 없는 건 어느새 강현의 집 식구들을 의식하게 되었기 때문인 것 같다. 거기다 제주도의 소은이까지 생각하자 머리가 지끈지끈 아파왔다.

결혼식이 한 달 앞으로 다가오면서 이것저것 준비할 것이 많아졌다. 오늘은 강현과 유명한 주얼리숍에 가기로 했다. 누구나 다 아는 명품이어서 부담스러웠지만, 강현은 아무렇지도 않은 것 같았다.

어젯밤 소주 한잔을 하며 혜순과 주아와 다혜가 함께 마주 앉아 있을 때였다. 다혜가 고민을 이야기했다.

"어머니, 내일 강현 씨가 명품 매장에 가서 예물을 사주겠대요. 그런데 받기만 하려니까 마음이 불편해요."

다혜의 말에 주아가 그럴 것 같다고 고개를 끄덕였지만, 혜순은 오히려 다혜를 보며 말했다.

"무슨 소리야? 사람이 이 세상에서 제일 귀한 거야. 새 생명을 낳아서 저렇게 천재로 키워냈는데 명품이 아니라 그보다 더한 거라도 다 사줘야지."

그 말을 듣고 나자 별로 부담이 없어졌다. 진짜 중요한 건 돈이 아니라 사람이다. 형편에 따라서 금반지 나눠 끼고 결혼할 수도 있고 명품 다이아몬드 반지 끼고 결혼할 수도 있지만, 중요한 건 반지가 아니라 결혼이라는 거다.

"다혜야. 내가 너 여태껏 봤잖아? 동화도 봐왔고. 너희 둘 그까짓 명품 다이아몬드하고 비교할 수 있는 사람들이 아니야. 유강현 대표 입장에서는 너희가 훨씬 더 귀하다는 거야. 네가 그 집안에 동화 같은 아이를 낳아주었는데 꿀릴 거 하나도 없다?"

고맙고 또 고마웠다. 이렇게 건강한 마음을 가진 혜순이 있었기에 지금까지 동화를 잘 키워올 수 있었던 거다.

다혜는 명품 매장에서 매니저가 추천하는 보석을 보며 어제 혜순이 한 말을 생각했다.

강현이 골라보라고 한 반지들은 다 억 소리가 나는 비싼 제품들이었다. 그런데 다혜는 그런 것들은 적당히 골라 놓고는 다른 것을 보았다.

"저기 여기 말이에요. 중년 여성들이 끼기에 괜찮은 반지 있을까요? 너무 큰 거 말고요."

"지금 고르신 세트 정도의 퀄리티로 보여 드리면 될까요?"

매니저의 말에 다혜가 고개를 저었다.

"아니에요. 이렇게 비싼 거는 못 하고요."

옆에 있던 강현이 인상을 썼다.

"왜. 사고 싶은 거 있으면 얼마든지 사라고 내가 했잖아요."

강현의 말에 다혜는 고개를 저었다.

"충분히 골랐어요. 그게 아니라 이건 내 돈 주고 내가 사고 싶어서 그래요."

"갑자기 왜 네 돈 내 돈 가르고 그래요? 나는 내 돈 다 다혜 씨 돈이라고 생각하는데. 다혜 씨는 그렇게 생각 안 하나 봐요."

강현이 뭔가 불만스럽게 말하자 다혜가 눈을 동그랗게 떴다.

"당연하죠. 난 내 돈은 내 돈이에요."

"와, 이렇게 세트로 쫙쫙 골라 놓고 나는 아낌없이 퍼부어주는데 너무한 거 아니에요?"

강현이 농담처럼 말하자 다혜가 미소 지었다.

"이거는 내가 낄 게 아니라 주아 어머니 사드리려고요."

"아, 주아 씨 어머니. 내가 그 생각을 못 했네요. 그동안 동화 봐주시느라고 애쓰셨으니까 내가 하나 살게요."

"아니. 그러지 마세요."

다혜는 정확하게 선을 그었다. 갑자기 거리감이 느껴지는 말이기도 했다.

"왜 그래요. 내가 사주면 되는데. 그동안 동화 봐주신 것도 감사하고."

강현의 말에 다혜는 고개를 저었다. 그렇게 간단히 말할 수 있는 사이가 아니다. 그냥 애 봐준 아주머니에게 사례를 표하는 그런 정도의 마음이 아니었다.

아이 가지고 막막할 때도 앞으로 어떻게 살아야 할지 모를 때도 옆에 있어 준 사람이 주아와 혜순이었다.

그런 혜순에게 마음을 다해서 그동안 부었던 적금으로 반지를 사드리고 싶었다.

"고맙지만 내가 할 거예요. 나하고 주아, 어머니, 우리 사이에 있는 마음이에요. 강현 씨 돈 아무리 많아도 우리 사이에 낄 수는 없어요."

다혜가 말하는 그 간절한 진심이 어떤 것인지 와닿았다. 돈이 아무리 많아도 끼어들 수 없는 관계. 서운하지만 그런 관계는 분명히 있다.

"알았어요, 그럼. 다혜 씨가 모은 돈으로 골라봐요. 빌려 달라고 그러면 빌려줄 수도 있겠지만 그러지 않겠죠?"

미소 지으며 하는 강현의 말에 다혜도 웃으며 고개를 끄덕였다.

"맞아요. 나 돈 안 빌릴 거예요. 내가 그동안 모은 돈 한도 내에서 너무 과하지 않게 내 마음 담아서 어머니한테 선물 드릴 거예요."

강현은 고개를 끄덕였다. 이래서 연다혜에게서 벗어날 수 없다. 돈이 크고 작고가 아니라 마음의 가치를 알고 그 앞에서 당당한 연다혜다.

그러니 어떻게 사랑하지 않을 수가 있을까?

동화도 다혜를 닮은 면이 있다. 외모는 유강현을 닮았는데 똑 부러진 부분은 다혜를 닮았다. 그래서 할머니들과 할아버지 사이에 공평하게 만나겠다고 계획표 같은 걸 세우겠지.

정말이지 멋진 엄마와 아들이다. 더 멋진 건 그 엄마와 아들이 바로 내 아내고 내 아들이라는 거다. 강현은 마음이 뿌듯했다.

다혜가 고른 혜순의 반지는 다이아몬드였다. 평소 혜순이 다이아몬드나 금처럼 환금성 있는 보석이 좋다고 했던 걸 기억했기 때문이다.

"좋아하실까요?"

"네, 주아 씨 어머니라면 무조건 좋아합니다."

"그러셨으면 좋겠어요."

"다혜 씨 마음, 의리 다 아시니까 좋아하실 거예요."

의리라는 말이 마음에 들어 다혜가 웃었다. 맞다. 의리다. 혜순과 주아 다혜 셋은 어느새 진한 의리로 뭉쳐있었다. 함께 동화를 키우며 생긴 인생 의 전투를 함께한 여자들의 의리였다.

매장에서 나왔을 때 강현이 말했다.

"결혼식, 성대하게 하는 거 부담스러울 수 있는데 할아버지한테 맞춰줘 서 고마워요. 다혜 씨 힘들까 봐 난 그게 걱정이에요."

"고마워요. 걱정해 줘서. 하지만 기왕이면 할아버지도 좋고 또 여러 사람 앞에서 강현 씨도 기분 좋게 그렇게 하고 싶어요. 동화도 좋아할 거예요. 사 람들 앞에서 동화 같은 아들 있다고 공표하고 시작하는 거 좋잖아요?"

강현도 다혜의 말에 공감한다.

"다혜 씨, 그러면 오늘은 동화 맡겨 놓고 우리 둘만 있을까요? 저녁 식사 도 같이하고."

"싫어요."

다혜는 단호하게 반대했다.

"아니, 왜요? 난 좋다고 할 줄 알았는데."

"오늘 동화도 한남동 가는 날이잖아요. 동화 아직 한남동에서 잠잘 정도 로 익숙하지 않아요."

강현은 그 말에 절대로 동의할 수가 없었다. 동화가 유택천 회장과 얼마 나 친하게 지내는지 요즘은 할아버지가 강현보다 동화하고 더 친한 거 같 았다. 동화도 할아버지하고 전혀 거리낌 없이 잘 지내고 있는데 다혜의 말 이 이해가 가지 않았다.

"동화가 얼마나 할아버지랑 잘 지내는지 알면서 그런 말을 해요?"

"그러니까 강현 씨는 아빠고 난 엄마인 거예요. 난 우리 동화 잘 알아요. 겉으로 좋아한다고 다 좋은 건 아니에요. 동화가 할아버지를 좋아하는 건 맞지만, 마음 편하게 그렇게 좋아하는 건 아니에요. 어린애가 너무 철이 들어서 그래요. 우리 동화는 오늘 우리하고 같이 있어야죠. 한남동 가서 동화 데리고 가요."

다혜의 말에 강현은 왠지 마음이 묵직해졌다. 어린 동화가 어른들을 다 챙기고 배려하는 게 왠지 부끄럽기도 했다. 어른들이 어른답지 못해서 아이가 너무 어른스러워진 건 아닌지 말이다.

"동화한테 얘기해야겠어요. 그냥 기분 내키는 대로 살라고."

"그러면 동화한테 잔소리 들을걸요? 그렇게 살면 안 된다고."

"기가 차네요."

다혜의 말에 강현이 다혜를 보며 웃었다. 다혜도 그런 강현을 보며 함께 웃었다. 맞는 말이다. 요즘은 동화의 잔소리를 꽤 듣는다. 좀 컸다고 엄마한테도 잔소리를 한다.

*　*　*

동화는 한남동에서 유 회장과 함께 참외를 먹고 있었다.

"동화야, 너 참외 씨도 먹니?"

"네. 참외 씨는 달아요. 씨를 다 빼내고 나면 참외가 꼭 오이 같아요."

유 회장이 껄껄 웃었다. 어쩌면 이렇게 씨도둑질은 못 한다는 말이 딱 들어맞는지 모르겠다. 유 회장의 집안에서는 참외 씨를 빼지 않고 먹는다.

그런데 지금 여섯 살밖에 되지 않은 동화가 집안 식구의 음식 내력을 어쩌면 그렇게 쏙 물려받았는지 모르겠다.

"그래. 참외는 씨를 다 빼면 단맛이 없지. 그런데 그게 오이 같은 맛이냐?"

유 회장은 동화가 너무 귀여워서 머리를 쓰다듬었다. 어린데도 의젓한 것 같으면서 또 이럴 때 한 번씩 보면 기특하고 대견해서 내 새끼다 싶은 게 가슴이 다 뿌듯했다.

이러니 백화점 앞에서 처음 보고 심장에 무리가 올 정도로 충격을 받았지.

집안의 핏줄이 어쩌면 그렇게 똑같은지 강현을 똑 닮았다.

그렇게 생각해 보면 친아들인 김철주는 왜 어렸을 때 왜 똑같이 생기지 못했을까? 죽은 아내를 닮아서 그런 거였는데 내 아들이라는 생각을 못 하고 60년이 넘어서야 아들을 찾았다니.

늙으면 죽어야 한다더니 요즘은 그런 생각이 더 들었다. 그때 벨이 울렸다. 집안일을 봐주는 아주머니와 함께 들어온 사람은 철주였다.

이제는 김철주라고 부르는 것도 이상했다. 유철주가 분명하지만, 아직도 호적 정리를 하지 않았으니 그냥 그대로 김철주였다.

"어서 와라. 동화하고 참외 먹고 있었는데 너도 좀 먹으렴."

"네, 아버지. 저도 참외 좋아합니다."

늘 회장님이라고 불러왔던 철주가 아버지 소리를 하기 시작한 것도 얼마 되지 않았다. 철주가 이야기하자 동화가 배꼽 인사를 했다.

"안녕하세요. 큰할아버지."

"동화 너, 내가 큰할아버진 거 어떻게 알았니?"

"다 알아요. 우리 아빠가 큰아버지라고 부르면 저한테는 큰할아버지라고 엄마가 말해줬어요."

"그렇구나, 기특하네."

철주가 동화의 머리를 쓰다듬자 동화가 포크로 참외 하나를 찍어서 철주에게 주었다.

"드세요. 달아요."

어린아이의 입에서 나오는 말마다 어쩌면 이렇게 기특한지 모르겠다.

"참외 단 거 잘 아는구나."

그러자 옆에 있던 유 회장이 소리 내어 웃으며 말했다.

"참외 단 거 아는 것뿐만 아니라 참외 속이 단 것도 알아. 우리 집안 식구 아니랄까 봐 참외 씨를 잘 먹어."

"저는 참외 씨 잘 못 먹어요, 아버지."

"그래. 넌 엄마를 닮아서 그렇다. 네 엄마가 나하고 식성이 달랐어. 참외 씨 쏙 빼놓고 먹어서 그 사람이 뽑아놓은 참외 씨는 내가 다 먹었다."

유 회장은 새삼 마음이 울적했다. 철주를 보면 맨날 이렇다. 그런데도 오늘은 동화가 있으니 그런 마음이 좀 덜 드는 거 같다.

"아버지, 저하고 낚시나 가시죠. 요즘 송어 잘 잡히는 데가 있다고 해서 가려고요."

"송어 낚시? 좋지."

"저도 가고 싶어요, 낚시!"

옆에서 동화가 눈을 동그랗게 뜨고 말하자 유 회장이 손바닥을 쳤다.

"아이고, 그래! 우리 동화도 낚시 같이 갈까? 할아버지들하고 낚시 가서 이만한 물고기 잡아볼 테야?"

동화가 웃으며 고개를 끄덕였다.

"동화 데리고 가면 밤낚시는 못 가겠네요."

"밤낚시?"

"예. 밤낚시요. 그런데 생각해 보니 제가 생각이 짧았네요. 동화만 그런 게 아니라 아버지도 이제 밤이슬 맞아가며 낚시하는 건 무리가 될 수도 있 겠네요."

철주가 말하자 유 회장은 고개를 끄덕였다. 그렇다. 예전에는 밤낚시도 잘했는데 요즘은 밤낚시는 꿈도 꾸지 못했다.

"그래, 우리 동화 데리고 낮에 가자. 동화가 낚싯대를 잡을 수 있으려나 모르겠다."

"제가 동화 손에 잡힐 만한 작은 낚싯대 만들어오겠습니다. 아버지."

"와! 신난다! 나 진짜 낚시 가요? 나 자랑해야지!"

그 자리에서 동화는 휴대폰을 들고 강현에게 전화를 했다. 그때 강현은 마침 한남동으로 오는 중이었다.

"동화야, 아빠 곧 도착해."

-네, 아빠! 그런데 나 자랑하려고 전화했어요! 아빠 나요, 낚시 가요!

"뭐라고? 낚시?"

-네! 나 낚시 가요! 큰할아버지하고 왕할아버지하고 같이 가요.

동화의 말에 옆에 있던 다혜가 얼굴이 굳어졌다. 스피커폰으로 한 통화여서 동화의 목소리가 차 안에 쩌렁쩌렁 울리고 있었다.

김철주는 여전히 다혜에게는 무서운 사람이었다.

바로 다혜가 스피커를 향해 소리를 냈다.

"동화야. 그런데 그런 건 엄마하고 얘기 좀 해보고 결정하자."

-왜요오? 큰할아버지도 가고 왕할아버지도 가는데, 위험해요?

동화가 묻자 다혜는 뭐라고 대답을 하지 못했다. 바로 옆에 할아버지와 큰할아버지도 계실 텐데, 위험하다는 말은 차마 할 수 없었지만, 안심이 되지는 않았다. 그런 다혜의 표정을 본 강현이 바로 말했다.

"아빠 이제 곧 갈 테니까 기다려. 아빠도 같이 가자, 낚시."

-정말이에요? 와! 신난다. 아빠도 낚시 같이 가요!

동화가 신나는 소리를 들으며 강현이 전화를 끊었다. 다혜는 약간 근심스러운 얼굴을 했다.

"강현 씨. 내가 이런 얘기하면 강현 씨 마음 불편할 수 있는데……."

말하는데 뜸을 들이자 강현이 바로 다혜의 말을 끊고 말을 이었다.

"무슨 말인지 알아요. 우리 큰아버지 아직도 믿지 못하겠다는 거지."

"믿지 못하는 게 아니라요."

아무리 핏줄이라고 해도 김철주 역시 무서운 건 어쩔 수가 없었다.

"그러니까 내가 같이 가면 되잖아요? 할아버지도 내가 모시고. 그리고 우리 큰아버지, 우리 할아버지 아들이에요. 위험한 일 없어요."

"알아요. 물론 그런 거."

안다고 하는 말은 유독 작게 나왔다. 그러자 강현이 미소 지으며 다혜의 볼을 쓰다듬었다.

"임산부가 돼서 걱정이 많아진 거 아니에요? 걱정하지 마요. 우리 할아 버지는 오랫동안 잃어버렸던 아들을 찾은 거예요. 그러니까 아들 찾고 생 각지 못했던 증손자도 찾았으니 함께 낚시 가고 싶으시겠죠. 그래서 나까 지 가면 사대가 같이 가는 거네. 진짜 어디 기네스북 같은데 올라갈 일 없 나? 사대가 낚시하러 가다니."

강현이 그렇게 말하자 긴장이 좀 풀렸다. 다혜가 웃으며 고개를 끄덕 였다.

"알았어요. 강현 씨 같이 가니까 더 이상 말하지 않을게요. 우리 동화 조 심시켜 줘요."

"우리 동화라고 지금 나한테 말하는 거예요? 나 참, 동화 내 아들도 맞거 든요? 유전자 검사 결과 일치 99.9% 몰라요?"

빙긋 웃는 강현을 보면서도 다혜는 마냥 느긋할 수는 없었다.

"그래요. 당신 아들 동화 똑똑하고 다 좋은데, 너무 좋으면 팔짝팔짝 뛰 기도 하고 호기심 많아서 안전사고도 날 수 있어요."

"와. 진짜 대단하다. 엄마들은 그런 걱정도 해? 걱정하지 마요. 그럼 내가 내 허리에 꽉 묶어놓을 테니까."

강현은 웃으며 다혜를 안심시켰다. 그런데 남자와 여자가 다른 건 알지 만 참 생각지 못한 것들이 많다. 강현은 그런 생각을 하면서도 다혜가 안쓰러웠다. 다혜가 동화를 걱정하면서 전전긍긍하는 것들을 보면 그동안 얼마나 조심하며 살아왔는지 안 봐도 눈에 훤했다.

"다혜 씨, 세상이 그렇게 무서웠어요?"

"아니에요. 무서운 거 없어요."

말은 무서운 거 없다고 하면서 이것저것 무서운 것도 참 많고 조심하는 것도 참 많다. 허풍을 떨며 무서운 거 없다고 말하던 다혜가 별말 없이 입꼬리를 쭉 늘리는 강현을 보고는 바로 꼬리를 내렸다.

"당연히 무서운 거 많죠. 여자 혼자서 아이 키우면서 살아봐요. 생각지도 못한 것들이 다 무서운 거예요. 밤도 무섭고 아이 아픈 것도 무섭고, 무조건 조심할 수밖에 없어요."

"그러니까 이제 무서워하지 말고 살아요. 내가 있잖아요."

"치. 믿을 사람을 믿어야지. 제일 중요할 때 이틀간 잠이나 자면서 사람들었다 났다. 절대로 안 믿을 거예요."

다혜의 말에 강현이 웃으며 고개를 끄덕였다.

"알겠어요. 그럼 믿지 말아요. 저절로 믿어지게 내가 할 테니까."

차가 한남동 주차장에 들어가고 강현과 다혜가 안으로 들어섰다. 철주가 일어서며 인사를 했다.

"왔니."

"네. 큰아버지 오셨어요."

"너도 낚시하니? 우리 낚시 가는데 너도 가겠다고 했다며."

그러자 옆에 있던 유 회장이 소리를 내어 껄껄 웃었다.

"저놈은 낚시 별로 안 좋아해. 재미없고 심심하다고. 이번에 가는 거는 보나 마나 동화가 간다니까 따라가는 걸 거야. 내가 볼 때 동화는 낚시 잘할 것 같아. 침착하니."

유 회장의 말에 동화가 옆에서 신나서 말했다.

"네, 난 낚시 잘하고 싶어요! 이만한 고기 잡아서 우리 엄마한테 줄래요."

동화의 말에 다혜는 얼굴이 붉어졌다. 어디에서나 엄마를 너무 챙기는 게 어떨 때는 민망하다. 둘이서 살면서 서로 너무 챙겨 버릇해서 어린 나이에 다른 아이들보다 엄마를 너무 챙긴다.

"그래. 우리 고기 많이 잡아서 엄마 가져다주자. 엄마가 쌍둥이 잘 키우게 고기도 푹 고아서 먹여야지. 임산부한테는 그런 게 좋단다."

"정말이요? 엄마 나 고기 큰-거 잡아서 가져다줄게요! 쌍둥이도 많이 먹으라고요."

다혜는 남자들만 있는 이 집안에서 쌍둥이 이야기가 나오자 갑자기 걱정이 들었다. 이러다가 정말 쌍둥이까지 남자애들이면 이 집안에는 자기 빼고는 온통 다 남자밖에는 없게 생겼다.

"그래. 쌍둥이는 남자애래, 여자애래?"

유 회장이 묻자 다혜가 조심스럽게 말했다.

"아직은 알 수 없대요. 조금 더 있으면 알게 될 거예요."

"그래. 그리고 백화점 매장은 어떻게 할 거냐? 다른 사람한테 넘길 거냐?"

"아니요. 좀 쉬었다가 제가 나가보려고요."

"그것도 나쁘지 않지. 몸만 건강하면 집에만 있는 것보다 한 번씩 나가면 좋지. 결혼식 끝나고 신혼여행 다녀와서는 매장에도 한 번씩 나가서 앉아 있어라."

할아버지의 말에 강현이 맞장구쳤다.

"거봐요, 다혜 씨. 나도 그랬잖아요. 나중에 몸 좀 나아지면 매장에 나오는 게 나을 거라고."

"네. 그렇게 할게요."

긴장하고 앉아 있는 다혜의 앞으로 동화가 걸어왔다. 동화는 손을 뻗어 엄마의 머리카락을 옆으로 만져주었다. 그러고는 다른 사람이 다 들리도록 커다란 소리로 말했다.

"엄마, 아파요?"

모든 사람의 시선이 다혜에게 쏠렸다. 다혜가 당황해서 고개를 저으며 말했다.

"아니야, 동화야. 엄마 안 아파."

"아니야. 엄마 지금 아픈 것 같아요. 엄마 표정도 딱딱하고, 피곤할 때 짓는 표정 내가 아는데? 우리 집에 가요."

동화의 말이 떨어지기가 무섭게 유 회장이 고개를 끄덕였다.

"강현아, 너 어여 새아가 데리고 집에 가라. 임산부가 피곤하면 안 된다. 동화도 데리고 가."

동화가 유 회장 앞으로 가더니 유 회장의 손을 꼭 잡았다. 앙증맞고 작은 손이 쭈글쭈글한 유 회장의 손 위에 얹히자 더 예쁘고 포동포동해 보인다.

"할아버지, 고맙습니다. 저 또 놀러 올게요."

갑자기 고맙습니다, 하는 동화의 말에 유 회장은 가슴이 울컥했다. 뭘 해준 것도 없는데 이 작은 것이 뭐가 고맙다고 그러는 건지.

"동화야, 뭐가 고마우냐. 할아버지가 해준 게 뭐가 있다고."

"할아버지가 낚시도 같이 가자고 하고, 또 우리 엄마랑 나랑 많이 사랑해주시잖아요. 엄마 아픈 거 같다고 하니까 빨리 집에 가라고 하고요."

어린애라서 솔직하게 하는 말이 더 가슴을 울린다. 어쩌다 요렇게 똑똑한 놈이 우리 집안에 나왔는지 모르겠다.

유 회장은 저도 모르게 손을 들어 동화의 머리를 쓰다듬어 주었다.

"아가, 이 집, 남의 집 아니다. 힘들면 힘들다고 말하고 시어른들 눈치 너무 볼 거 없다. 우리 집에서 제일 상전이 너야. 쌍둥이까지 가졌는데 네가 무서울 게 뭐가 있니. 그러니까 긴장하지 마라. 네가 긴장하면 동화가 이렇게 어른들 눈치를 보지 않니."

"네, 할아버지. 더 편하게 잘 지낼게요. 그렇게 많이 긴장한 건 아니에요.
하지만 어려울 수밖에 없잖아요."

다혜도 진솔하게 말했다. 아닌 척해봐야 소용없고 허세밖에 되지 않는
다. 어려운 건 어려운 거다.

"그래. 어려운 건 어려운 거지. 그래도 되도록 마음 편안하게 갖고 아이
들 잘 크도록 조심하고. 결혼식도 너무 무리하지 마라."

유 회장의 말에 옆에 있던 강현이 한마디 했다.

"성대하게 하자고 한 건 할아버지시잖아요. 할아버지가 성대하게 한다고
해서 그 큰 예식장 메울 만큼 멋지게 꾸미느라 우리 바빠요."

"신랑이 바쁠 게 뭐가 있어? 신부가 힘들지."

유 회장이 강현에게 호통을 치자 강현은 지지 않고 말했다.

"이미 혼인 신고도 다 했으니 조용하게 하면 될 텐데."

"안 될 말이야. 귀한 사람 데려오는데 귀하게 데려와야지. 우리 동화 화
동 하면 되겠네. 그럼 사람들이 우리 집안에 이렇게 멋진 손주가 있는지 다
알 거 아니야. 내 증손자가 얼마나 멋있는지 말이야."

유 회장의 말에 동화가 끄덕이며 엄지를 척 올렸다.

"할아버지 최고예요. 나는 멋진 손자가 될 거예요."

동화 덕분에 한남동에서 오래 지체하지 않고 바로 나왔다. 좋기도 하면
서 조금은 민망하기도 했다. 차에 타서 다혜는 동화에게 물었다.

"동화야, 엄마가 그렇게 힘들어 보였어?"

그러자 동화가 앞을 보며 고개를 끄덕였다.

"엄마 힘들면 입술 끝에 힘이 들어가요. 이렇게!"

흉내를 내며 양쪽 입술 끝에 힘을 준다. 다혜는 깜짝 놀랐다. 동화가 이
런 거까지 알고 있다니!

다혜는 힘이 들 때마다 더 입술 끝에 힘을 주며 미소를 짓는 것처럼 그렇게 표정을 짓는다. 오랜 습관이었다. 힘이 들수록 더 야무지게 보이려고 했던 탓이다.

다혜는 남 앞에서 약하게 보이는 게 싫어서 더 입술 끝에 힘을 줬었다. 그런데 그걸 이 어린 동화가 알고 있었다니.

가슴이 뭉클해서 다혜가 물었다.

"엄마가 더 힘세 보이라고 입술에다 힘 바짝 주고 있는 건데 그걸 어떻게 알았어?"

"나는 다 알아요. 엄마 아들이니까. 엄마 힘들면 나도 힘들어요. 엄마가 웃을 때가 내가 좋을 때야."

어린 게 꼭 이렇게 사람 목메게 하는 말을 한 번씩 한다. 옆에서 운전하던 강현이 말했다.

"다혜 씨 입술 끝에 그렇게 힘주는 게 힘들 때 짓는 표정인지 몰랐어요. 늘 그냥 연다혜는 야무지다고 그렇게 생각했어요."

"나 야무진 거 맞아요. 남한테 약해 보이지 않으려고 습관적으로 짓는 표정인데 앞으로도 계속 그럴 생각이에요. 그리고 그게 가식이라고 생각하지 않아요. 그냥 내 나름 힘든 걸 이기는 방법이에요."

다혜가 울컥한 마음으로 말하자 강현이 다혜의 손을 잡았다. 손끝에서 느껴지는 온기만으로도 말할 수 없이 든든하고 위로가 된다. 뒤에서 동화의 목소리가 들려왔다.

"엄마는 맨날 멋져요. 예뻐, 우리 엄마."

차가 조용히 미끄러져 갔다. 뭐라고 말하던 동화가 아무 소리가 없어 돌아보니 어느새 잠이 들었다. 안전벨트를 맨 채 자고 있는 동화를 보고 있으니 기특하기만 하다. 시집살이도 걱정 없겠다, 동화만 있으면 이렇게 눈치 있게 엄마를 빼주기도 하고 말이다.

그렇게 가고 있는데 강현에게 전화가 왔다. 제주도에 있는 소은이었다. 받지 않자 계속해서 전화가 왔다.

"어서 받아 봐요. 어머니시잖아요."

"나중에 받아도 되는데……."

강현의 말이 채 끝나기도 전에 다혜가 버튼을 터치했다. 그러자 바로 소은의 목소리가 퍼졌다.

─강현이 너 요즘 결혼 준비하느라고 바쁜 건 아는데, 아무리 그래도 나하고 통화한 지가 언제니?

"바빠서 그랬어요. 죄송해요. 무슨 일이세요?"

─나 서울에 가서 너희 결혼식 끝나고 한남동에 한동안 있을 생각이야. 내가 동화를 봐줘야 할 거 아니야.

"어머니가 봐주지 않아도 동화 봐줄 사람 많아요. 한남동 사람이 몇인데요."

─무슨 소리야. 한남동에 아무리 사람이 많아 봤자 다 남이잖아. 아버님이 동화를 어떻게 봐? 내가 봐야지. 그래도 동화가 나 예쁜 할머니라고 얼마나 좋아하는데.

동화가 예쁜 할머니라고 하는 게 이렇게 영향력이 있는 건 줄 몰랐다. 소은도 신혼여행 때 동화와 함께 있으려고 벼르고 있었다는 거다.

"그건 할아버지하고 알아서 하세요. 할아버지가 어머니 서울에 있지 말라고 하셨는데 허락하실지 모르겠네요."

─동화가 있는데 왜 허락을 안 하시겠니. 동화를 제대로 보려면 내가 있어야 해. 내가 이렇게 이야기하면 다른 건 몰라도 할아버지가 무조건 허락하실 거다.

다혜는 옆에서 숨이 턱 막히는 것 같았다. 아무래도 신혼여행 가서 동화 걱정을 해야 할 것 같다. 할머니 할아버지들이 한꺼번에 패싸움이라도 벌이지 않으면 다행이다.

"일단은 할아버지 허락이나 먼저 받고 이야기하세요. 그리고 우리 동화
는 외할머니도 있잖아요."

-누구. 그 억척스러운 여편네 말이야? 너는 그런 사람한테 동화를 맡기
고 싶으니?

다혜는 주먹을 꽉 쥐었다. 혜순이 소은보다 못하다고 생각해 본 적은 한
번도 없다. 장사하면서 주아 키우느라고 억센 면은 있지만, 지혜롭고 무엇
보다도 정이 많았다. 괄괄한 면도 있지만, 반듯하셨고 누구보다도 동화를
많이 사랑해서 지금까지 돌봐주었다.

다혜의 그러한 기색을 눈치채고 강현이 퉁명스럽게 말했다.

"주아 씨 어머니 훌륭하신 분이에요. 저도 좋아하고 동화가 얼마나 좋아
하는데요. 어릴 때부터 동화 키워주셨어요. 그렇게 말하지 마세요."

-그래봤자 다 남이야. 핏줄만 하겠니?

강현은 무어라 한 번 더 쏘아붙이려고 했으나 다혜가 고개를 저었다. 그
리고 존재감을 드러내며 인사했다.

"어머니, 안녕하셨어요."

다혜가 목소리를 내자 소은이 껄끄러운 목소리를 냈다.

-너도 거기 있었니?

"네. 강현 씨가 운전 중이어서요."

-그래, 알았다. 운전 중이니? 그럼 나중에 통화하자. 결혼 준비 잘하렴.
나도 조만간 올라갈 테니까.

"네."

전화를 끊자 강현이 말했다.

"아무래도 이거 안 될 거 같아. 우리 신혼여행에 동화 데리고 가요."

강현의 말에 다혜도 수긍했다.

"그러게요. 난 동화하고 같이 가도 상관없을 것 같아요."

"그러니까. 우리 가족 여행이나 신혼여행이나 무슨 차이가 있다고."

강현이 핸들을 돌리며 하는 말에 다혜가 강현의 팔을 잡으며 말했다.

"그렇게 말해줘서 고마워요."

"그렇게 고맙다는 말은 하나도 반갑지 않네. 동화 내 아들이거든요? 물론 태어나는 것도 모르고 지금까지 제대로 키워주지도 못하는 아버지기는 했지만, 동화 분명 내 아들이에요. 자꾸 동화한테 잘해줘서 고맙다고 그러면 나 정말 기분 안 좋아요."

강현의 말에 다혜가 활짝 웃었다. 정말 습관적으로 자꾸 고맙다는 말이 나온다.

"쌍둥이까지 태어나서 애들이 셋이 바글바글하면 강현 씨 정말 바쁠 텐데, 집에서 잠시도 가만히 있을 수 없을 거예요."

"그게 내가 원하는 바예요."

"강현 씨 보고 있으면 같은 사람인가 싶어요. 아기 낳지 않겠다고 정관수술까지 한 남자가 어떻게 이렇게 아이 많은 걸 좋아해요?"

"연다혜 아기니까 좋아하는 거예요. 아무리 많아도 좋아요. 원하는 만큼 낳아요. 내가 얼마든지 키워줄 테니까."

집에 도착하자 동화는 강현의 품에 안겨서 그대로 침대까지 갔다. 옷을 벗기고 잠옷으로 갈아입히고 침대에 눕히고 나란히 강현과 다혜가 마주 보았다.

"천사 같아요."

"맞아요. 내가 봐도 천사 같아요. 강현 씨도 아기 때 천사 같았을 것 같아요."

"내가 연다혜 아기 때를 안 봤지만, 본 것 같아요. 나하고 붕어빵 같다는 동화가 잠잘 때 옆모습은 연다혜의 얼굴 그대로니까."

강현이 웃으며 다혜의 얼굴을 쓰다듬었다. 봐도 봐도 귀하고 예쁘다.

"우리도 이제 가서 자야죠."

강현이 그렇게 말하며 다혜를 달랑 들어 안았다. 안을 때마다 이렇게 작고 가벼운데 어떻게 쌍둥이를 낳을 수 있을까 걱정이다. 차라리 저보고 낳으라고 하면 좋겠다.

"이제 내 큰 애기 재울 차례네. 아주 야하게."

다혜가 붉어진 얼굴을 하고 강현의 목에 팔을 둘렀다. 정말 아이가 된 것 같다.

* * *

"강현아, 거기 떡밥 좀 끼워봐."

"네!"

유 회장의 말에 강현이 낚싯바늘에 떡밥을 동글게 만들어 꿰고 있었다. 그걸 옆에서 물끄러미 보고 있던 동화가 가만히 아빠를 쳐다보며 말했다.

"아빠. 그게 물고기 먹이예요?"

"응. 맞아."

동화가 눈을 깜빡이더니 다시 물었다.

"물고기는 밥만 먹어요? 반찬은 안 먹어요?"

아이다운 질문에 웃음이 났다.

"응. 반찬은 물속에서 먹었을 거야."

"나도 만들어 볼래요."

뭐든 경험해 보는 게 좋다곤 하지만 떡밥을 낚싯바늘에 끼우는 건 혹시라도 찔릴까 봐 시키고 싶지 않았다. 강현이 고개를 저었다.

"이건 아빠가 끼워서 갈 테니까 넌 할아버지 옆에 가 있어."

"네. 알겠습니다."

동화가 인사를 하고는 아장아장 걸어서 할아버지 옆으로 갔다. 나름 또래에 비해서 키도 큰데도 걷는 게 영 아기처럼 보였다.

자꾸 세상을 바라보는 눈이 달라진다. 동화하고 있으면 자신의 어릴 적도 떠오르고 어릴 때 저를 귀여워하며 사랑해 주셨던 할아버지도 어머니도 생각난다.

사람이 이래서 자식도 키워봐야 한다고 그러는 걸까?

강현은 낚싯바늘에 떡밥을 꿰어 가지고 갔다.

김철주와 유 회장 그리고 그 옆에 강현의 의자와 더 작은 동화의 의자까지 나란히 네 명의 의자가 자리했고 그 앞에 낚싯대가 고정되어 있었다.

"여기 있어요."

강현이 철주에게 떡밥을 끼운 바늘을 주자 철주가 웃었다.

"아버지 것만 하면 되지 내 것까지 끼워 갖고 왔어?"

웃으면서도 서먹한 듯이 말하자 강현이 고개를 끄덕였다.

"그러게 말이에요. 내가 웬 오지랖인지. 큰아버지께서는 얼마든지 혼자 하실 수 있는데."

그러자 김철주가 웃었다.

"나도 네가 해준 게 더 좋다."

한마디 하고는 멀리 낚싯줄을 던졌다. 동그랗게 동심원이 그려지며 낚싯줄이 떨어지고 모두 조용히 앉아서 기다리는데 동화가 작은 소리를 냈다.

"우리가 말하면 물고기가 도망가요?"

"그렇지. 우리가 시끄럽게 하면 물고기가 도망가지. 하지만 저기 멀리 물속이니까, 이렇게 작게 말하면 다 들을 수는 없을 거다. 동화는 말해도 돼. 해도 돼."

할아버지의 말에 동화가 활짝 웃었다. 그러고는 낚싯대를 톡톡 두들겼다.

"나도 물고기를 잡을 수 있을까요?"

"동화도 물고기 잡을 수 있지, 틀림없이."

"이-만한 물고기가 나와서 나를 막 끌고 가면 어떻게 해요?"

"그렇게 되면 이 아빠가 꽉 잡아주면 되지. 아빠가 이렇게 끈으로 연결해 놨잖아."

혹시라도 잃어버릴까 봐 동화 허리를 꽉 묶어서 강현의 허리에 묶어놓았다.

그러고 있을 때 옆에서 유 회장이 말했다.

"입질이다! 동화야, 잡아당기자."

동화의 낚싯대 끝에 달린 찌가 오르락내리락하며 입질이 오고 있었다.

동화가 두 손으로 낚싯대를 잡으니 전혀 들리려고도 하지 않았다. 동화는 낑낑거리며 작은 두 손으로 낚싯대를 꽉 잡고 소리쳤다.

"아빠, 이거 너무 무거워요!"

강현이 얼른 일어나 동화의 낚싯대를 잡았다. 그러자 정말 묵직한 손맛이 느껴진다. 펄떡이는 물고기가 얼마나 힘이 센지 바로 잡아당길 수도 없었다. 옆에서 동화가 손뼉을 쳤다.

"내가 잡았다! 커다란 물고기! 내 낚싯대에 잡혔어요!"

강현은 있는 힘을 다해 낚싯대를 잡아당겼다. 그러자 정말 월척이라고 할 만큼 커다란 송어가 낚싯대 끝에 달려 올라왔다. 믿어지지 않았다.

"거봐요. 아버지, 제가 여기 송어가 잘 잡힌다고 했잖아요?"

옆에서 철주가 환하게 웃으며 말하자 유 회장이 껄껄거렸다.

"우리 중에 동화가 처음으로 잡았구나!"

강현은 동화를 묶은 끈을 보며 안도했다. 동화가 만일 이 낚싯대를 계속 붙잡고 놓지 않았으면 틀림없이 저수지 안으로 끌려 들어갔을 거다. 와, 이런 일이 정말 있구나.

40cm가량 되는 송어인데 물속에 있을 때는 얼마나 힘이 센지. 동화 같은 아이는 얼마든지 끌고 들어갈 수 있을 것 같다.

동화는 신이 났다. 낑낑거리며 옆에 있는 양동이를 가지고 와서는 강현이 그 속에 물고기를 넣자 물고기 옆에 자리를 잡았다.

그다음부터는 낚싯대 근처에도 가지 않고 계속 물고기만 바라보고 있었다. 그런데 동화가 한 마리 잡은 이후로는 아무도 물고기를 잡지 못하고 있었다.

"도대체 어떻게 된 거야? 동화가 한 마리 잡은 이후로는 우리는 하나도 못 잡잖아. 동화야, 너도 다시 낚시 좀 해보자. 또 아냐? 동화 낚싯대에는 물고기가 또 물지."

그 말에 동화가 신나서 낚싯대 앞에 가서 앉았다. 강현은 또 커다란 물고기가 오지는 않을까 싶어 동화의 허리에 묶었다 풀어놓은 줄을 자신의 허리에 꽉 묶어놓았다.

"동화야, 이번에도 월척이다?"

"네! 월척."

동화가 주먹을 꽉 쥐고 흔들어 보았다. 그리고 또다시 모두 조용히 낚싯대 끝에 있는 찌가 움직이기만 바라보고 있었다. 그때였다.

"또 입질이다! 동화한테 또 입질이야!"

이번에도 동화가 두 손으로 잡아 올리려 해도 올라가지 않는 큰 물고기였다. 강현이 재빨리 옆으로 달려들어 낚싯대를 잡고 씨름한 끝에 올라온 것은 처음 잡았던 것만큼 커다란 송어였다.

"이렇게 큰 송어가 있는데 왜 동화한테만 가지?"

"물고기들도 다 아나 보다. 우리 동화한테 가는 게 좋은지, 기왕 잡히는 거 동화한테 잡히고 싶은 거야."

유 회장이 껄껄거리며 웃었다. 점심시간이 한참 지나 있었다. 두 마리 잡은 물고기를 들고 근처에 있는 식당으로 가자 매운탕을 끓여 내왔다.

"동화 매운 거 먹을 수 있어?"

"난 형아라 매운 것도 잘 먹어요."

동화의 말에 모두 웃었지만 그래도 동화에게는 살만 건져서 발라주고 옆에 있는 계란말이를 밀어주었다.

"그거 먹어. 형아니까 생선도 잘 먹을 수 있지?"

동화는 매운탕에 있는 생선을 먹으면서도 입맛을 다셨다. 매콤한 맛에 얼굴도 찡그리면서도 자기가 잡은 고기라고 신이 나서 먹었다.

"동화야, 아빠랑 엄마 신혼여행 가면 한남동 할아버지 집에서 같이 있자?"

그러자 동화가 커다랗게 밥을 뜬 밥숟가락을 입에 넣고는 꿀떡 삼키고 말했다.

"그럼 조금만요. 나 우리 할머니하고 같이 여행 가기로 했거든요. 그러니까 한남동 할아버지 집에서는 하룻밤만 잘게요."

"이게 무슨 얘기냐, 할머니라니?"

"우리 할머니."

동화의 말에 유 회장은 제주도에 있는 소은이라고 생각했는지 강현을 보았다.

"네 애미가 결혼식 끝나고 제주도로 내려가지 않는다고 했어?"

"어머니는 그렇게 생각하는 거 같은데, 지금 동화가 말하는 할머니는 우리 어머니 아니에요."

"아, 동화 외할머니."

어느 틈에 혜순은 동화 외할머니로 통하고 있었다. 그도 그럴 것이 사람들 있는 데서 내가 외할머니라고 당당하게 혜순이 말한 이후로는 그냥 그렇게 인식이 되었다.

딱 동화에게는 외할머니와 같은 존재이니 다혜의 친엄마가 아니라고 해도 충분히 외할머니 자격이 있었다.

"아쉽네. 하룻밤만 자겠다니. 동화야. 그냥 한남동 할아버지 집에서 계속 같이 있자. 열 밤 어떠냐."

"열 밤은 너무 많아서 안 돼요. 그럼 두 밤."

동화의 말에 김철주가 웃음을 터뜨렸다.

"벌써부터 거래를 하려고 하네. 그냥 두 밤에 허락해 주세요. 아버님."

유 회장도 웃었다. 많이 아쉽지만 두 밤이라도 같이 있는 게 좋겠다. 어떻게 보면 동화에게는 외할머니가 훨씬 더 익숙할 테니 말이다. 그런데도 마음 한편으론 불편한 생각이 있어 강현에게 한마디는 했다.

"옛정 잊지 못하는 건 어쩔 수 없지만, 그래도 우리 핏줄이다. 우리 집안과 더 가까워져야지."

"할아버지 말씀대로 우리 핏줄이에요. 클수록 더 점점 우리 집안사람이 되어 가겠죠. 아직 어리잖아요. 그리고 신혼여행에 동화 데리고 갈 거예요. 우리는 그게 더 좋아요. 어차피 둘이 가도 넷이 가는 거잖아요."

"아니, 그래도 그건 아니지. 그냥 동화하고 싶은 대로 하라고 하고, 너희는 둘이 신혼여행 다녀와라. 앞으로 계속 아이들 키우느라 바쁠 거 아니야. 이런 시간도 다시 없을 거다."

강현은 망설였다.

"네, 그럼 동화가 있고 싶은 사람하고 있게 해주세요."

유 회장은 잠시 강현을 바라보다가 고개를 끄덕였다.

"그래. 알겠다."

유 회장은 두말하지 않았다. 강현은 이런 상황에서는 동화가 알아서 자기 일을 잘 해결한다는 생각이 들었다. 그렇지 않아도 어떻게 이야기해야 하나 고민하고 있었는데 동화는 아주 간단하게 일을 처리했다.

그래서 결국 동화는 신혼여행 기간 동안 이틀 밤은 한남동에 있고, 나머지는 혜순과 함께 있게 되었다. 결정이 나자 속이 다 홀가분했다. 낚시를 하고 매운탕까지 먹고 나자 고단했는지 동화는 꾸벅꾸벅 졸고 있었다.

"동화 이제 피곤해서 데리고 가야겠어요. 할아버지 이제 그만 가시죠."

"그래. 아쉽지만 우리도 그만 가자."

유 회장도 꽤 피곤했다. 한쪽 손이 아직도 부자연스러워서 낚시가 잘될 리도 없었다. 그냥 바람 한번 쐴 겸 김철주와도 시간을 나눌 겸 그렇게 온 거였다.

"강현이 너는 동화 데리고 집으로 가라. 내가 아버지 모셔다드리고 갈 테니까."

"네. 알겠습니다. 큰아버지."

서먹하고 어색하지만, 그런데도 알 수 없이 이어지는 뭔가가 있다는 거. 이런 게 가족이고 이런 게 핏줄이겠지.

강현은 동화를 데리고 집으로 돌아왔다. 다혜는 동화를 안고 들어오는 강현을 보며 물었다.

"할아버님께 말씀드렸어요? 신혼여행 때 데리고 간다고요."

"응. 그런데 할아버지가 둘이 가라고 하세요. 앞으로 계속 아이들과 있을 테니 신혼여행은 둘이 가라고요."

다혜는 걱정스러운 얼굴을 했다.

"그럼 혹시 다른 말씀은 안 하세요? 신혼여행 동안 동화 어디에 있을지 말이에요."

"내가 말할 필요도 없었어요. 동화가 딱 잘라서 말하더라고. 외할머니하고 같이 있을 테니까 할아버지하곤 하룻밤만 하겠다고요."

"정말요?"

생각지도 못했던 상황에 다혜가 눈을 크게 떴다. 강현은 동화를 눕히고 다혜의 어깨에 팔을 둘렀다.

"애가 아주 딜을 하더라고. 할아버지한테 처음에 하룻밤이라고 그러더니 너무 아쉽다고 했더니 '그럼 두 밤이요.' 하면서 인심을 쓰더라고. 그래서 두 밤이 됐어요. 그러니 주아 씨 어머니하고 같이 있으면 될 것 같아요. 두 밤 정도만 한남동에 있으면 될 것 같고. 한남동에도 사람들 많으니까 걱정할 거 없고요."

다혜는 그제야 안심이 되었다.

"알았어요. 걱정하지 않을게요. 그런데 정말 우리 동화는 누구를 닮았을까? 하는 일이 엉뚱해요."

강현은 기분 좋은 얼굴을 하고 다혜의 코끝을 손가락으로 살짝 건드렸다.

"날 닮았지. 나처럼 타고난 사업가 기질이 있는 거야. 바이올린을 잘 켜는 것뿐만 아니라 사업도 잘하겠어요."

"그런가 봐요."

둘은 잠자는 동화를 내려다보며 미소 지었다. 동화를 보고 있으면 따뜻하고 행복하다.

* * *

내일이 결혼식이다. 오늘은 동화도 함께 예식장으로 왔다.

"엄마, 엄마!"

동화가 엄마를 찾자 옆에서 강현이 나타났다. 턱시도를 입고 있는 강현은 동화의 눈에도 멋진 왕자님처럼 근사했다.

"아빠, 그렇게 입으니까 동화책 속에 나오는 왕자님 같아요!"

강현은 동화의 말에 헛기침을 두 번 했다.

"왕자님보다 내가 더 멋있지, 동화야. 보는 눈이 그렇게 없어?"

"아빠, 그 정도 칭찬에 만족하세요. 그거보다 더 멋있다고 얘기를 꼭 들어야겠어요?"

동화의 말에 강현이 소리 내어 웃었다. 하여간 말 한마디도 지지 않는 아들이다.

"엄마는 우리보다 준비하는 데 더 시간이 걸린대, 동화야."

둘이 세트로 맞춰 입은 턱시도를 마주 보며 둘 다 흐뭇한 미소를 지었다. 강현과 동화는 똑같은 턱시도를 맞췄다. 이제 막 여섯 살이 된 동화가 턱시도를 입고 있으니 얼마나 귀여운지, 강현은 저도 모르게 동화를 번쩍 들어 안았다.

"우리 아들 너무 멋있어서 새신랑보다 아들한테 시선이 더 가겠네."

"질투가 좀 나죠? 그래도 어쩔 수 없어요. 나는 아빠 붕어빵이라서 사람들이 다 멋있다고 그래요."

강현은 동화의 말에 웃으며 고개를 끄덕였다.

"암. 아빠 닮아서 멋있는 걸 어떡하겠어?"

그때 문이 열리면서 호텔 매니저가 들어오며 말했다.

"신부 지금 들어오십니다."

강현과 동화가 다혜를 보고 입을 딱 벌렸다. 둘 다 생각했던 거보다 신부는 훨씬 더 청초하고 예뻤다. 강현은 동화가 엄마를 보며 눈이 왕방울 만큼 커지는 것에 동화의 머리를 쓰다듬었다.

"엄마가 그렇게 예뻐?"

"네. 이렇게 예쁜 사람은 우리 엄마밖에 없을걸요?"

"그래. 아빠가 봐도 예쁘다."

강현은 다혜의 앞으로 가서 손을 내밀었다.

"드레스 맞출 때 입은 거보다 지금이 더 예쁜 거 같아요."

"살이 약간 올라서 그런가요?"

아무래도 임신 때문에 조금 더 잘 먹으려고 애썼더니 몸무게가 약간 늘었다. 그전에 말랐던 모습보다 훨씬 생기 있고 좋아 보인다.

버진로드를 둘이 손을 잡고 걷고 그 뒤에 동화가 따랐다. 호텔 매니저가 동화에게 불빛이 나는 꽃다발을 주었다.

꽃다발을 들고 강현과 다혜의 뒤를 따르는 동화가 활짝 웃었다. 엄마가 행복해 보여서 더 좋다.

동화는 강현과 다혜가 단상 앞에 다다르자 갑자기 런웨이를 내려와 옆에 있는 그랜드 피아노 앞에 앉았다. 그러고는 《하울의 움직이는 성》을 연주하기 시작했다.

현란한 피아노 솜씨에 호텔 매니저가 놀라 눈을 크게 떴다. 어린아이가 작은 손가락으로 연주하는 솜씨가 보통이 아니다.

"어머! 어쩌면⋯⋯."

감동해서 말을 잇지 못하는 매니저가 연주가 끝나자 박수를 쳤다.

"결혼식에 축하 연주를 이 아이가 하는 거예요?"

"네!"

다혜가 대견해서 팔을 벌리자 동화가 연주를 끝내고는 엄마에게 달려와 손을 잡았다.

"엄마, 나 잘했지요?"

"그럼. 너무 잘했지."

동화가 다혜를 보며 웃으며 말했다.

"엄마랑 아빠랑 사랑해서 내가 태어난 거죠?"

유치원에서 배운 대로 동화가 물었다. 유치원에서는 늘 그렇게 가르친다. 엄마랑 아빠랑 사랑해서 아기가 태어난다고.

그 말에 갑자기 강현과 다혜는 아무 말을 할 수가 없었다. 하지만 난감해하는 다혜의 옆에서 강현이 동화의 손을 잡고 한쪽 무릎을 꿇었다. 키 높이를 맞춘 강현이 동화를 보며 말했다.

"동화야. 그동안 아빠 없이 엄마하고 컸지?"

"네."

동화가 말하며 고개를 끄덕이자 강현이 그런 동화의 볼을 쓰다듬으며 눈을 맞췄다.

"아빠는 지금 엄마하고 동화를 세상에서 제일 사랑해. 얼마나 사랑하냐면 하늘만큼 땅만큼. 그러니까 동화야, 동화는 아빠 사랑 듬뿍 받는 아이야. 이제 더 행복하자?"

"네."

동화가 고개를 끄덕였다. 다혜는 자기 혼자 동화를 갖고 낳은 것에 대해서 왠지 미안한 마음이 들었다. 불편한 다혜의 얼굴을 보며 강현이 손을 꼭 잡았다.

"왜 그런 얼굴이에요?"

"그냥……."

"지금 무슨 생각하는지 알아요. 하지만 제일 중요한 건 다혜 씨가 동화를 얼마나 사랑해서 키웠는지, 그리고 처음이 어떻게 됐든 지금 우리 셋은 완벽한 가족이라는 거예요. 내 말이 틀려요?"

딱 어느 시점이나 어느 기간이 모든 것을 이야기하는 것은 아니다. 비록 아버지가 누구인지도 모르고 생긴 아이였지만 지금은 분명 한 가족이다.

"맞아요. 이제 그런 생각 안 해요. 동화는 알아가야 하는 것도 많고 궁금한 것도 많지만, 내가 원하는 대답을 잘해주지 못할 때도 많았지만, 분명한 건 지금 강현 씨가 이야기한 것처럼 우리 셋은 완벽한 가족이라는 거예요."

다혜는 강현을 보며 고개를 살짝 숙였다. 저도 모르게 눈물이 고였다. 불빛에 물기 많은 눈이 반짝여 강현은 당연히 다가가 다혜를 끌어안았다. 그러자 옆에서 동화가 촛불이 켜져 있는 꽃다발을 든 채 말했다.

"뽀뽀해! 뽀뽀해!"

"동화야. 하라고 그러면 아빠가 못 할 거 같으니?"

강현이 동화를 보고 윙크를 하고는 다혜에게 가볍게 입 맞췄다.

버진로드를 따라 길게 늘어선 불빛이 곧게 뻗은 환한 앞날처럼 느껴져 가슴 벅차다. 세 사람에게 매니저가 간단하게 내일 식에 대해 설명을 해주고 세 사람은 호텔을 나왔다.

"오늘은 우리 동화가 좋아하는 파스타 먹으러 가자."

"와! 좋아요. 파스타!"

음식이 나오자 동화가 접시를 다혜의 앞으로 먼저 밀었다.

"이거 엄마 거."

다혜가 주문한 크림 파스타를 먼저 밀어준 거다.

"고마워. 동화야."

"와. 우리 동화는 평생 아빠보단 엄마를 먼저 챙길 거 같다."

강현은 그냥 한 말인데 동화가 고개를 갸웃했다.

"그러면 아빠가 서운해요? 아빠가 슬퍼요?"

진지한 동화의 말에 강현은 아니라고 할까 하다가 고개를 끄덕였다.

"그럼. 열 번 엄마를 먼저 챙겨주면 한번은 아빠를 먼저 챙겨줘야지."

그러자 동화가 고개를 끄덕이며 아빠도 사랑한다는 표정을 듬뿍 담아서 말했다.

"알았어요. 이제부터는 열 번은 엄마 먼저 챙겨주고 한번은 아빠 먼저 챙겨줄게요."

"꼭 열 번이라는 숫자를 못 박은 건 아니야. 그거 세느라고 우리 동화 힘들겠다."

다혜의 말에 동화가 고개를 저었다.

"하나도 안 힘들어요. 하루에 열 번 엄마한테 잘해주고 한 번 아빠한테 잘해주면 돼요."

무슨 일이든 쉽게 말하는 동화를 보면 정말 세상에 어려운 일은 없을 것만 같다.

다혜는 동화에게 유치원에서의 일을 물어봤다. 요즘 너무 정신이 없어서 유치원에서 어떻게 지내는지 제대로 물어보지를 못했다. 그런데 동화는 처음 듣는 말을 했다.

"아주아주 예쁜 애가 다섯 살 반에 있어요."

동화가 특별히 예쁘다고 한 애는 처음이었던 것 같아서 강현이 호기심을 가지고 물었다.

"얼마나 예쁘기에 동화가 다 예쁘다고 그래? 금진주나 정은별보다 더 예뻐?"

그러자 동화는 눈을 크게 뜨고는 크게 고개를 끄덕였다. 토마토소스가 입가에 묻은 채 고개를 끄덕이고 있는 모습이 이루 말할 수 없이 귀엽다.

다혜가 냅킨으로 동화의 입가를 닦아주자 동화가 눈을 크게 뜨고 강현을 보고 말했다.

"아주 예뻐요. 이름은 소하은이에요!"

"소하은? 성이 소씨야? 독특하네."

"그래서 애들이 음매음매 하은이라고 놀려요. 네 살 동생이 울려고 그래서 내가 애들한테 놀리지 못하게 했어요."

"뭐라고 그랬는데?"

"이름 갖고 놀리면 못 쓴다고요. 내가 그랬더니 타진이가 나보고 형아가 멋있다고 했어요."

"타진이?"

"타진이 아빠는 몽골에서 족장 했대요!"

믿기에는 너무 황당한 이야기에 없는 말에 다혜가 웃음을 터뜨렸다.

"요즘 세상에 족장 했던 사람도 있어? 한국 사람이 족장을 했대? 하여간 아이들은 소문도 잘 만들어내."

그 말에 강현이 고개를 살짝 갸웃하더니 말했다.

"다혜 씨, 유정그룹 알죠."

"네, 알죠. 유정그룹 모르는 사람이 어딨어요? 거기서 만든 제품이잖아요, 이거."

다혜가 휴대폰을 흔들며 말했다.

"그 유정그룹 유 회장님 집안 조카가 몽골에 있다 왔대요. 거기서 족장 했다고 들었는데. 아마 우리 집 근처에 살걸요? 그러니까 유치원에서 봤을 수도 있어요."

세상에. 진짜란 말인가? 요즘 시대에 몽골에서 족장을 하다가 왔다고? 그것도 유정그룹 로열패밀리가?

"정말 족장을 했대요?"

"그 집 아이가 지금 네 살쯤 됐을 테니까 맞아요. 그 아이가 유정 그룹 손 주 맞을 거예요."

강현은 그렇게 말하고는 동화를 보고 웃으며 말했다.

"그렇게 말한 거 보면 타진이도 그 애를 좋아하나 보다, 하은이. 그런데 동화 너도 하은이가 좋아?"

동화가 고개를 끄덕였다. 참, 어찌나 자기 소신이 확실한지. 그럼 이거 삼각관계야?

"동화야. 하은이가 그렇게 좋으면 좋아한다고 얘기해 보지 왜?"

"말 안 해도 알 거예요. 내가 앞으로 잘해줄 거예요. 그런데 하은이는 아 프대요."

강현이 나온 스테이크를 앞에 두고 칼을 들다 말고 물었다.

"어디가 아픈데, 배탈 났대?"

"아니요, 많이 아프대요. 수술도 해야 할지도 모른다고 했어요."

동화가 시무룩한 표정으로 말했다.

"그래? 그러면 친구들이 정말 놀리면 안 되지. 아픈데 음매음매 하은이 라고 놀리는 건 너무한 거 같다."

"이제 안 놀릴 거예요. 선생님도 놀리지 말라고 그랬어요. 앞으로 하은이 놀리는 애는 내가 야단칠 거예요."

눈에 힘을 주고 하는 말에 다혜가 웃으며 동화를 응원했다.

"그래. 동화야. 남 힘들게 하는 애들은 그러지 말라고 해야지. 동화가 좋아하는 하은이하고 사이좋게 지내."

"난 하은이처럼 착하고 예쁜 애가 좋아요."

"그래? 은별이하고 진주는 안 착해?"

"안 착한 건 아니지만, 하은이가 훨씬 더 예쁘고 착해요. 나한테 오빠라고 그러면서 캐러멜도 줬는데 그러니까 기분이 너무 좋았어요."

좋다고 하는 표정이 정말 행복해 보인다. 강현은 동화의 말에 작게 한숨을 쉬었다.

"아무래도 우리 아들의 첫사랑이 생겼나 보다."

"첫사랑은 여섯 살에 무슨 첫사랑?"

다혜는 대수롭지 않게 말했지만 강현은 아니라고 강조했다.

"무슨 소리예요? 나도 저만할 때 첫사랑이 있었다고."

"그러네요. 그럼. 그 첫사랑 얘기 좀 해봐요."

다혜의 음성이 어째 까칠한 거 같다. 강현이 스테이크를 들었다 놓으며 되물었다.

"설마 여섯 살 때 첫사랑에 질투하지는 않겠죠?"

"그러게. 지금처럼 결혼식 전날이면 또 다르지 않을까요?"

다혜의 말에 강현은 씩 웃었다.

"다혜 씨가 질투해 준다면 나는 영광이지. 맨날 나만 질투하잖아요? 그게 얼마나 기분 나쁜 줄 알아요?"

"무슨 말을 그렇게 해요. 나도 엄청 질투해요. 여러 면에서."

"나 연다혜 씨 만난 이후로 여자 때문에 질투받을 만한 일 한 적 없는데, 대체 누구한테 질투했는데요?"

구체적으로 말하라고 하면 딱히 말할 건 없었다. 그런 면에서는 할 말 많은 게 유강현이니 이 주제를 길게 끌어 봐야 좋을 건 없다. 슬쩍 넘어가려고 하는데 강현이 기어이 말을 꺼냈다.

"오히려 내가 질투할 게 많았던 거 알죠? 그때 그 선배만 해도 그렇지? 아마 옆에서도 오해를 꽤 했었는데, 다혜 씨만 몰랐나?"

그러자 동화가 눈을 동그랗게 뜨고 강현을 보았다.

"아빠, 아빠. 질투 많이 해요? 그럼 나한테도 질투해요?"

뜬금없는 말이었다. 강현이 눈썹을 위로 올렸다.

"아니, 우리 아들한테 내가 질투를 왜 해?"

"엄마가 아빠보다 나를 더 많이 사랑하니까. 그런데 질투 안 해요?"

솔직히 질투 안 한다는 말이 안 나왔다. 그러나 대신 다른 말이 나왔다.

"동화야. 그건 네가 몰라서 그러는데 엄마는 너보다 날 많이 좋아해."

"애 앞에서 못 하는 말이 없어. 그런 말이 하고 싶어요?"

다혜가 인상을 쓰며 강현을 보았다. 그런데 강현은 아주 당당하게 한마디 더 했다.

"동화야, 진짜로 엄마는 나를 더 많이 좋아해. 동화 너는 질투 나니?"

그러자 동화가 앞에 있는 디저트로 나온 파인애플 하나 콕 집어 입에 넣고는 오물오물 씹으며 말했다.

"질투 하나도 안 나요. 거짓말이니까. 엄마는 아빠보다 나를 더 많이 좋아해요. 그러니까 아빠도 그런 말 하지 말아요."

어이가 없어서. 아니, 확신하고 있는 동화의 표정이 너무 여유 있어서 헛웃음이 터진다.

물론 알고 있다. 유강현이 동화 다음이라는 거. 그래. 꼴찌에서부터 두 번째까지 올라왔는데 뭐 이 정도는 참을 수 있지. 하지만 어쩌면 이렇게 확신에 차서 엄마가 저를 더 사랑한다고 그럴까?

"아닌데? 엄마는 아빠를 더 사랑하는데?"

그러자 동화가 앞에 있던 파인애플 그릇을 강현의 앞으로 밀어준다.

"먹어요. 아빠 많이 먹어요."

이제 아예 이거 먹고 입 다물라고 하는 것 같아 더 자존심이 상했다. 옆에 있던 다혜도 동화를 거들었다.

"애보다 유치한 짓 좀 그만하고 디저트나 먹고 일어나요. 동화야, 나중에 그 예쁘다던 동생 소개시켜 줘. 하은이라 그랬지?"

"네. 하은이요. 아주 예뻐요. 건강했으면 좋겠어요."

"그래, 우리 동화가 그렇게 생각하니까 하은이 건강할 수 있을 거야. 다음에 유치원에 가면 한번 봐야 되겠다. 우리 동화가 처음으로 예쁘다고 하는 아이가 어떤 앤가 너무 궁금해."

이야기가 하은이로 옮겨지자 강현도 고개를 끄덕였다.

"맞아. 정말 동화의 첫사랑이 궁금하네."

"강현 씨, 나는 다음에 유치원 가면 유정그룹 손자라는 아이도 보고 싶어요. 아버지가 족장이라니. 아이도 독특할 거 같아요. 정말 그렇게 드라마틱한 주인공이 있다는 게 신기해요."

"뭘 그런 정도를 드라마틱하다고 해요? 드라마틱한 걸로 따지자면 내가 최곤데. 난 정관 수술을 하고도 쌍둥이를 가졌거든요? 그러니까 나보다 더 드라마틱한 남자 어딨겠냐고. 내가 일등이라고요."

다혜는 아들 둘과 이야기하는 것 같은 착각이 들었다. 가끔 강현은 동화 또래처럼 말할 때가 있다.

"그런 거에서도 일등 하고 싶어요? 드라마틱한 사람으로?"

"그럼요. 뭐든지 일등이 좋죠. 내가 볼 땐 연다혜하고 연동화도 일등일 거 같은데요?"

"전 그런 걸로 일등 하고 싶은 마음 없어요."

다혜가 씩 웃으면서 말하자 강현이 계속 엄지를 치켜들고 흔들었다.

"내일 결혼식이나 잘하자고요. 제일 예쁜 신부로 일등 어때요?"

옆에 있던 동화도 두 손으로 엄지를 세우고 강현의 옆에서 똑같이 흔들었다.

"좋아요. 우리 엄마 제일 예쁜 신부로 일등! 최고!"

두 남자가 나란히 엄지를 들고 흔들었다. 다혜는 그런 강현과 동화를 보며 기분 좋게 웃었다.

남편이나 아들 눈에 예쁘게 보인다는 건 역시 참 행복한 일이다.

* * *

새벽같이 창문을 열어보았다. 날씨가 좋았다. 다혜는 새근새근 자고 있는 동화의 옆에 앉아서 물끄러미 동화를 바라보았다. 예전에 동화와 저는 세상에 단 둘뿐이었다.

그런데 이제 든든한 남편이 생겼다. 남편이 생기면서 시댁 어른들도 모두 우리 편이 되었다. 옆에 사람이 있다는 건 이렇게 엄청난 일이다. 그런데 동화가 없었으면 이 모든 것이 가능했을까?

동화를 보고 있으면 마냥 고맙고 예쁘고 가슴이 뭉클했다. 다혜는 천천히 동화의 머리를 쓸어 넘겼다. 잔머리가 난 동그란 이마가 너무 귀여워 입술을 한 번 쪽 하고 부딪치고도 다시 이마를 쓸어 넘겼다.

"동화야. 엄마 오늘 결혼해. 사람들 앞에서 우리 동화 아빠가 누군지 다 발표하는 거야. 동화야. 엄마는 이런 날이 올 수 있을 거라고 한 번도 생각해 본 적이 없어. 우리 동화 너무 고마워."

아빠도 모르는 아이를 낳아 키우면서 어떤 남자의 아이일까 상상해본 적은 있었다. 아이가 이렇게 똑똑하고 예쁜 걸 보면 남자도 그럴 거라고, 유전자를 물려준 사람에게 막연하게 고맙다고 생각한 적도 있었다.

그런데 그 남자가 진짜 자신의 남편이 됐다. 감사하고 가슴 벅차고⋯⋯ 그러면서도 또 한 손으로 배를 쓸어본다. 동화처럼 예쁜 아이가 둘이나 이 안에 있다. 말할 수 없이 가슴 벅찬 순간이었다.

저도 모르게 눈가가 뜨거워진다고 생각했다. 그러자 작은 손이 다혜의 얼굴에 닿았다.

"엄마 울어요?"

"아니, 동화야. 엄마 안 울어."

"엄마 울어요. 눈물이 나잖아."

작은 손으로 눈가를 닦아주는 동화가 입술을 삐죽였다. 꼭 따라 울 것 같은 얼굴이었다.

"엄마 좋아서 눈물이 난 거야. 엄마 오늘 결혼하잖아. 그래서 그래. 그게 좋아서 눈물이 나나 봐."

"나도 좋아요. 그런데 난 눈물 안 나는데, 그냥 너무 좋은데. 엄마, 내가 아빠한테 아주 잘할 거예요. 그러니까 아빠는 오래오래 우리하고 있을 거 예요."

"뭐?"

가슴이 먹먹했다. 동화의 말속에서 느껴지는 마음이 다혜의 가슴에 깊이 찌르듯 들어왔다.

"동화야, 네가 아빠한테 잘하지 않아도 돼. 너는 그냥 있는 것만으로도 아빠한테 기쁨이야."

그러자 동화가 눈을 반짝이며 고개를 저었다.

"난 아니야. 난 아주아주 잘할 거예요. 이제 우리 아빠 생겼는데 다시 없 어지지 않게 잘할 거야."

가슴이 덜컥 내려앉았다. 동화는 그렇게 원하던 아빠가 생겨서 좋으면서도 마음 한편으로는 아빠가 없어질까 봐 그게 그렇게 무서운가 보다.

"동화야. 아빠는 없어지는 게 아니야. 한 번 아빠는 영원히 아빠야."

"그래도 옛날에는 아빠가 없었잖아요. 그러니까 아빠가 생겼으니까 내가 잘해야지."

다혜는 저도 모르게 동화를 꽉 끌어안았다.

"동화야. 그냥 지금 같이만 하면 돼. 너보다 더 잘할 수는 없어. 아빠는 영원히 없어지는 것도 아니고, 영원히 동화 아빠야. 동화는 그냥 지금같이 하면 되는 거야. 지금 행복하지?"

그러자 동화가 고개를 끄덕이며 두 팔을 높이 올렸다.

"너무너무 행복해요. 아주 많이!"

"우리 이렇게 계속 행복할 거야. 아빠도 우리 옆에 있고, 이제 쌍둥이 동생도 생기고 식구가 이렇게 많아졌네."

다혜의 말에 동화가 일어나 앉으면서 팔을 뻗었다.

"다섯 명!"

다섯 개의 손가락을 쫙 펴고는 다섯이라고 한다.

"우리 엄마랑 나 둘밖에 없었는데 이제 가족이 다섯 명이에요!"

"그래, 동화야. 다섯 명이야. 이렇게 든든한 가족은 절대로 없어지지도 않고 사라지지도 않아. 동생들 생기면 다 같이 잘해주자?"

동화가 고개를 끄덕였다.

"지금도 맨날 동화책 읽어주는데 애기 태어나면 계속 읽어줄게요. 동생들이 다 커서 글자 알아서 동화책 읽을 때까지!"

"그래, 우리 동화는 정말 멋진 형아가 될 거야."

"나 오빠 되고 싶어요!"

"그래. 오빠도 되고 형아도 되면 좋겠다."

"그럴 수도 있어요?"

"쌍둥이니까 남자 한 명, 여자 한 명."

"난 오빠가 좋아요."

동화는 한결같이 오빠를 고집하고 있었다. 다혜가 고개를 끄덕였다.

"우리 이제 씻고 준비해야 해. 그래야지 결혼식에 가지. 우리 동화가 제일 멋질 거 같은데?"

똑똑.

열린 방문에 노크를 하며 강현이 서 있었다. 다혜와 동화가 고개를 들자 강현이 웃으며 말했다.

"엄마와 아들이 아침부터 이야기가 기네요. 우리 이제 빨리 준비하고 가야 해요."

"아빠!"

동화가 일어나 다가가자 강현이 번쩍 들어 안았다. 갑자기 높아진 눈높이에 동화의 얼굴이 환해졌다. 그때 현관 벨이 울렸다.

"동화야, 할머니야."

혜순이 동화를 데리러 왔다. 신랑, 신부는 바쁘니까 동화 준비시키고 결혼식장으로 데리고 가는 건 혜순이 하기로 했다.

혜순은 들어오자마자 다혜 얼굴부터 살폈다.

"하나도 안 부었네. 오늘 화장 잘 먹겠다."

"어머니 말대로 밤에 물도 안 마셨어요. 진짜 하나도 안 부었네요."

다혜도 흡족했다. 혜순은 빠르게 동화의 옷을 챙기고는 데리고 나섰다.

"이따가 식장에서 보자. 긴장하지 말고 차근차근해."

"네. 이따가 봐요. 동화야, 이따 보자."

인사를 하고 현관문을 닫고 돌아서는데 강현이 다혜를 꽉 끌어안았다. 갑작스러운 포옹에 다혜가 고개를 들자 강현의 입술이 이마에 닿았다 떨어졌다.

"나 지금 마음이 어떤지 알아요?"

"……."

"결혼식장에서 소리칠 거 같아요. 하라고 하면 만세 삼창도 할 거예요."

강현은 얼굴을 하고 품 안의 다혜에게 시선을 맞췄다.

결혼식장 앞에서 강현은 할아버지 옆에 선 채 손님들에게 인사를 하고 있었다. 그런 강현의 옆에는 똑같이 턱시도를 입은 동화가 서 있었다. 그리고 손님들은 강현의 손님만 있었던 게 아니었다.

"형아."

동화를 보고 부르는 음성에 동화가 눈을 크게 뜨니 4세 구름반에 5세 별님반 아이 몇이 서 있었다.

"어어? 너희 어떻게 왔어?"

"우리 아빠하고 왔지?"

"나는 엄마랑 아빠랑 같이 왔어."

동화의 손님은 바로 최수정과 최수호 그리고 유타진이었다. SG엔터테인먼트 최상 대표와 캐시미어 수입으로 거부가 된 유정그룹의 유탄하 사장은 드림백화점과 거래가 있어서 강현과 종종 만났다.

강현의 결혼식이니 당연히 참석하는데 동화와 같은 유치원에 다니는 아이들을 데리고 온 거였다. 최상은 쌍둥이들을 인사시키며 강현에게 이야기했다.

"청첩장을 보면서 동화 이야기를 했더니 자기 유치원 형이라며 따라오겠다고 해서 데리고 왔습니다."

한눈에 봐도 너무 예쁘게 생긴 수정과 어려도 까칠하게 잘생긴 수호가 강현에게 꾸벅 인사를 했다. 그러고는 옆에 있는 동화에게 손을 흔든다.

바로 연이어서 온 유탄하는 강현에게 인사를 하고는 타진을 소개했다. 이제 겨우 네 살이지만 수정과 수호보다 결코 작지 않은 몸집이었다. 단지 말하는 것은 확실히 어린 티가 났다.

"감사합니다, 찾아주셔서."

강현이 인사를 하는 동안에 아이들끼리 한쪽 옆에 모였다.

"와, 진짜 부럽다! 나는 우리 엄마 결혼하는 거 못 봤는데. 드레스 입은 것도 사진으로만 보고."

최상의 아들 수호가 야무지게 이야기하자 옆에 있던 수정이 고개를 끄덕였다.

"오빠 진짜 좋겠다. 오늘 오빠 진짜 멋있어."

다섯 살 수정이 하는 말에 동화가 고맙다고 인사를 했다.

"우리 엄마 진짜 예쁘다? 드레스도 정말 공주님 같아."

공주님 드레스 같다는 동화의 한마디에 수정이 눈을 초롱초롱 빛내며 말했다.

"오빠, 나도 볼 수 있어? 가까이서 드레스 보고 싶어."

수정의 말에 동화가 따라오라고 손짓을 했다. 그러자 수호와 수정 그리고 타진까지 동화를 쫄쫄 따라서 신부 대기실 문을 열었다.

빼꼼히 문을 열자 안에서 긴장한 채 앉아 있던 다혜가 눈을 크게 떴다.

"동화야, 그 옆에 손님들은 누구야?"

"엄마, 내 친구들. 우리 유치원에 동생들인데 오늘 왔어요. 얘가 타진이에요. 타진이 아빠는 족장님이래요."

그러자 타진이 아주 자랑스러운 얼굴로 웃으며 인사를 했다.

"안녕하대요?"

말소리를 들으니 동화보다 한참 어린 거 같다. 몸집은 작지 않은데 아기 소리다. 너무 귀여워서 웃음이 절로 났다. 고개를 끄덕이다가 옆으로 들어선 수정을 보고 또 활짝 웃었다.

"어머, 정말 공주님은 여기 계시네? 어쩌면 이렇게 예뻐?"

"안녕하세요. 최수정이에요."

수정이 넓게 펼쳐진 웨딩드레스 자락 끝으로 다가오며 눈을 초롱초롱 빛냈다.

"정말 공주님처럼 예뻐요. 아줌마 너무 예뻐요."

"고마워. 수정이도 너무 예쁘다. 어머니도 같이 오셨니?"

수정이 고개를 끄덕이는 동안 문이 열리며 최상의 아내 민윤아가 인사를 했다. 지금도 임신 중인지 배가 불러 있었다.

"안녕하세요, 수정이 엄마예요."

"안녕하세요. 여기서 이렇게 뵙네요. 남자들끼리 사업상 알고 있다는 소리는 들었는데 이렇게 뵙게 돼서 감사합니다. 임신 중인데 괜찮으세요?"

다혜가 묻자 윤아가 활짝 웃었다. 제법 부른 배를 하고 수정의 옆에 가서 손을 잡았다.

"예. 저는 괜찮아요. 결혼 축하드립니다."

"네, 감사합니다. 알고 계셨어요? 타진이 아버지가 족장이셨대요. 지금 막 자랑하는 중이에요."

"네. 알고 있었어요. 유정그룹 손자잖아요? 워낙 유명해서요."

타진은 날다람쥐처럼 가벼운 몸놀림에 빤짝빤짝 빛나는 눈동자가 여간 야무진 게 아니다. 보통내기는 아니라는 게 한눈에도 보였다.

"타진아, 아버지도 오셨니?"

"네. 아빠도 왔떠요. 나는 우리 아빠처럼 아주 빨리 잘 달려요. 우리 아빠는 싸움도 잘해요."

워낙 독특한 이력으로 유명한 탓에 업계에서는 모르는 사람이 없었다. 아이들을 데리고 민윤아는 다시 인사를 했다.

"나중에 아이들하고 한번 뵐게요. 유치원에서 만나도 좋고요. 오늘 결혼식 정말 축하드립니다. 얘들아, 어서 나가자."

윤아가 수호와 수정 그리고 타진까지 데리고 나가자 동화만 서 있었다.

"엄마."

"동화야, 손님들한테 인사하기 힘들지 않아?"

"아니요. 아주 재밌어요! 난 이렇게 파티하는 거 너무 좋아요."

"그래. 동화야, 엄마 조금 있으면 나가야 해. 너도 나가서 준비해야지."

대견하게도 턱시도가 썩 잘 어울린다. 동화가 나가고 난 뒤에 다혜는 떨리는 마음으로 가슴을 쓸어내렸다.

결혼식은 생각보다 순조롭게 진행되었다. 결혼식이 끝나고 피로연에서 동화가 한 번 더 피아노 연주를 했다. 빠르고 경쾌한 행진곡으로 모든 사람의 탄성을 자아냈다.

때로는 지금 서 있는 이 순간이 머릿속에 사진처럼 저장될 때가 있다. 내가 서 있는 이 순간이 마치 사진을 보는 것 같고, 너무 반짝이고 행복한 순간이어서 가슴이 설레는 그런 순간.

다혜에게는 이 결혼식이 그런 순간이었다. 그리고 다혜처럼 강현도 동화도 결혼식 순간을 즐기며 행복했다.

결혼식을 떠올리며 걱정도 하고 여러 생각을 했지만, 그 어떤 상상보다도 훨씬 더 행복한 결혼식이었다.

* * *

결혼식이 어떻게 지나갔는지 생각할 틈도 없이 그 뒤로 7개월이 훌쩍 지나갔다.

다혜는 가끔씩 오는 진통에 자꾸 날짜를 보고 있었다. 예정일은 아직 열흘이 더 남아 있다. 하지만 열흘 정도는 아이가 일찍 태어날 수도 있는 일이다.

강현에게 연락을 해야 할까 말까 고민하며 온리유 매장에서 왔다 갔다 하고 있는데 유진이 물었다.

"사모님 안색이 안 좋으세요. 혹시 진통 오는 거 아니에요?"

"그런 거 같기도 하고. 아직 정확하게 모르겠어……."

다혜의 대답에 유진이 얼굴이 하얗게 질렸다.

"그러면 빨리 대표님께 전화 드려야 해요. 대표님께서 그런 일 있으면 무조건 전화하라고 했어요!"

그러자 다혜가 손을 저었다.

"진통 간격이 조금 짧아지고 난 다음에 말해야지. 그렇지 않으면 괜히 시간만 끈단 말이야."

"그럼 일단 돌아가시든가 대표실에 가 계셔야 하는 거 아니에요?"

다혜는 결혼하고 2개월 후부터 온리유 매장에 나왔다.

근데 오늘은 매장에 들어서면서부터 뜨끔뜨끔 배가 아프기 시작하더니 지금은 한 30분 간격으로 아픈 것 같다. 다혜보다 옆에 있는 유진이 더 불안해했다.

발을 동동 구르던 유진은 다혜가 화장실 간 틈에 대표실로 전화를 했다. 전화를 받은 강현은 회의도 때려치우고 바로 내려왔다.

화장실에서 돌아오는 다혜를 매장에 선 채 쏘아보는 강현의 눈길이 예사롭지 않았다.

"왜 내려왔어요? 내가 뭐 잘못이라도 한 것처럼 왜 그렇게 째려봐요."

"째려보는 게 아니라 걱정하면서 보는 거예요. 화장실에서 아기 낳고 싶어요? 아니면 백화점에서 낳으려고요? 왜 배가 아픈데 연락을 안 해요?"

목소리까지 근심이 배어 있다. 다혜는 그런 강현을 보며 느긋하게 말했다.

"우리 같이 분만 수업 들었잖아요. 이제 겨우 30분 간격으로 아파요. 좀 더 있다가 말하려고요."

"안 돼. 매장에 있으면 안 돼. 일단 집으로 가요."

강현은 30분 간격으로 아프다는 말에 다혜를 데리고 집으로 가려고 했다. 하지만 차에 타고 나서부터 다혜의 진통은 급속도로 빨라졌다.

"30분 간격으로 아프다더니 이게 뭐예요? 20분 간격이더니 지금 10분 간격이야."

차가 집 근처까지 왔으나 병원으로 돌릴 수밖에 없었다. 강현이 구순호에게 빨리 차를 몰라고 닦달을 했다.

"더 빨리 몰아. 나 차 안에서 아기 못 받아!"

놀라서 소리치는 강현에게 다혜는 진통 중에도 웃으며 말했다.

"애가 그렇게 빨리 나와요? 강현 씨가 무슨 아이를 받아요. 차 안에서 그럴 일 없어요. 아야."

자기도 모르게 인상을 쓰자 강현이 안절부절못했다. 구순호가 빠르게 차를 몰아 병원 앞에서 서자 사람들이 보거나 말거나 다짜고짜 다혜를 번쩍 들어 안고 걷기 시작했다.

"왜 이래요? 걸어도 돼요."

"병원 바닥에다 아기 낳으면 어쩌려고."

아무 말도 통하질 않았다. 그렇게 병원으로 간 다혜는 꽤 오랜 진통 끝에 열다섯 시간 만에 쌍둥이를 낳았다. 예쁜 이란성 딸 쌍둥이었다.

* * *

조금 있으면 백일이 되는 가온이와 다온이는 이제 고개도 잘 가누었고 이란성 쌍둥이 특유의 다른 외모를 가지고 있었다. 그런데도 둘 다 조금 다르게 강현과 똑같았다. 어떻게 세 아이가 다 자기 아빠만 닮은 건지 셋 다

누가 봐도 강현과 붕어빵이었다.

"아니, 어떻게 애를 셋이나 낳았는데 나를 닮은 애가 하나도 없을까?"

그게 다혜의 불만 중 하나였다. 소은은 한남동에서 가끔 얼굴을 마주했다. 제주도에서 영영 못 올라오게 할 줄 알았지만, 그래도 결국은 강현의 어머니가 되기 때문에 소은은 다시 한남동의 집으로 왔다.

넓은 정원을 사이에 두고 떨어져 있는 별채지만 아이들이 올 때면 소은은 본채로 왔다. 유 회장은 이 이상 소은에게 크게 못마땅한 기색을 내비치지 않았다.

그게 유 회장이 지금까지 살아온 방식이었다. 아랫사람들을 거느릴 때 야단을 칠 때는 정확하게 친다. 무엇을 잘못했는지도 알고 그 잘못이 뼈저리게 느껴질 정도로 가혹한 벌을 내리는 건 당연하다. 하지만 일단 잘못을 뉘우치고 난 뒤로는 없던 일로 한다. 머릿속에 그 기억이 남아 있을지라도 결코 그것을 수면 위로 떠올리지 않는다. 그게 유 회장의 방식이었다. 며느리인 소은에게도 그렇게 대해 왔다.

일찍 아들을 보내고 어머니로서, 며느리의 책임을 다하려고 그 자리를 지키고 있는 소은을 불쌍히 여겨 왔기 때문이다. 하지만 지난번에는 도가 지나쳤다.

그랬기에 외롭게 제주도에 처박아 두고 본 척하지 않았다. 하지만 일단 다시 서울로 불러올린 이상 그녀가 손주들을 보거나 며느리에게 어느 정도의 시어머니 노릇을 하는 것을 눈감아 주었다. 소은은 쌍둥이를 무척이나 예뻐했다. 아들만 키웠던 탓에 어린 손녀들이 더할 수 없이 예뻤다. 다온이가 강현을 쏙 빼닮은 건 누가 봐도 사실이었다.

그런데 신기한 건 가온이었다. 조금 다르게 생겼다 싶은데 재미있는 건 할아버지인 유 회장을 닮은 거다. 예쁨을 받으려고 작정하고 태어나지 않은 이상 어떻게 증조할아버지를 이렇게 많이 닮았을까? 문제는 이 집안 식구들의 핏줄이 다 닮았다는 거다. 유 회장을 닮았으나 딱 보면 강현의 딸인지 알게끔 말이다.

"애들이 하나같이 다 어쩌면 이렇게 강현이를 닮았니?"

"그렇죠? 제가 만일 넷째를 낳는다면 절 닮은 아이가 좀 나올까요? 어떻게 아이를 셋이나 낳았는데 이렇게 다 유씨 집안 핏줄이라는 게 그대로 드러나고 나 닮은 아이는 하나도 없는지 모르겠어요."

그 말에 소은이 웃었다.

"네가 생각할 때 강현이는 나를 닮은 거 같으니?"

"아니요. 그런 거 같지 않아요."

"그뿐이겠니? 내가 뭐 보여줄까?"

소은은 뭔가 보여주겠다고 일어나며 싱긋 웃었다. 그리고 웃으며 사진첩을 가지고 왔다. 낡고 빛바랜 사진첩에는 선조 때부터의 사진이 있었다. 유 회장의 부모님 되는 분들의 아주 오래된 사진도 있었다.

치마저고리와 두루마기를 입고 있는 그 모습에서 두루마기를 입고 있는 선조는 영락없이 유 회장과 닮았다. 유 회장과 그리고 돌아가신 강현의 아버지 그리고 큰아버지, 강현. 쭉 놓고 보니 정말 날렵한 콧대와 짙은 눈썹 고집스러운 입술이 하나같이 닮아 있었다.

"이거 봐. 이 집안 핏줄이 이게 절대 이길 수 없는 핏줄이라고. 그래도 가만히 보면 가온이 눈은 널 닮은 거 같다. 그것만 해도 어디니?"

진짜 대단한 고집에 대단한 핏줄이다. 다혜는 그러면서도 예쁜 세 아이가 나란히 앉아서 있는 모습을 상상해 보았다. 지금은 아직 어려서 누워 있는 두 아이도 성품 하나만은 유순했다. 동화가 자랄 때 그랬던 것처럼 말이다.

가온과 다온은 발육 상태에 약간의 차이가 있었다. 백일이 되기 전에 홀딱 홀딱 몸을 뒤집는 다온과 달리 가온은 좀 느렸다. 그래서 조금 방심했다.

가온을 침대 위에 눕혀 놓고 잠시 부엌에 다녀왔을 때였다.

"으앙!" 하는 소리가 너무 크게 울려 깜짝 놀라서 가 보니 침대 위에 있던 가온이 바닥에 떨어져 있었다. 뒤집지도 못하는 아이가 그사이에 뒤집기라도 한 걸까?

놀라서 새파랗게 질린 다혜가 아이를 안았다. 빨리 병원으로 어떻게든 가야 했다. 놀란 다혜가 아이를 안고 차에 올랐다. 병원까지의 거리는 멀지 않았으나 심장이 뛰고 있었다.

아이는 자지러지게 울다가 힘이 다했는지 다혜의 품에서 새근새근 숨을 몰아쉬며 눈을 감고 있었다. 다혜는 아이를 꼭 끌어안은 채 그제야 정신을 차리고 강현에게 전화를 했다.

강현은 한창 회의로 바빴다. 강현은 회의가 바쁠 때면 휴대폰을 무음으로 해놓고 놓고 옆에 둔다.

회의가 한창 무르익어 조금 머리가 아프다 싶을 때였다. 휴대폰 화면이 켜졌다. 깜빡깜빡, 무음으로 해두어 램프가 깜빡이는 휴대폰을 바라보던 강현이 잠시 일어나 휴게실로 들어갔다.

전화를 받기 무섭게 울먹이는 다혜의 목소리가 들려 왔다.

-가온이가요…….

"왜요. 가온이가 아파?"

-그게, 침대에서 떨어졌어요.

"침대에서요? 어떻게 그럴 수가 있지?"

강현은 이해가 안 되어 한 말이었는데 다혜는 자신을 탓했다.

-내가 잘못했어요. 내가 가온이 안고 있다가 잠시 우리 침대에 놨어요. 난간이 있는 아기 침대에 놨으면 그럴 일이 없었을 것을.

-가온이가 뒤집지 못해서 내가 방심했나 봐요. 아무래도 가온이가 나 없는 사이에 뒤집은 거 같아요.

울먹이는 다혜에게 강현은 침착한 목소리로 달랬다. 가온이 걱정되기는 하지만 강현은 다혜가 자책하며 우는 게 더 마음 아팠다.

"그래요? 우리 가온이도 이제 뒤집네. 그럼 축하할 일이잖아. 걱정하지 말고. 연다혜, 울지 마."

아. 이렇게 순간순간 마음을 졸이며 동화를 혼자 키웠겠구나, 하는 생각이 들자 가슴 한쪽이 시렸다. 자신이 마땅히 보호해 주었어야 했을 동화의 아기 시절., 어린 아내의 엄마 시절을 모르고 지나간 게 새삼 마음을 울렸다.

다혜는 강현의 말에 조금 진정하면서도 말을 이었다.

-많이 다쳤을까 봐 걱정돼요. 침대에서 떨어지다가 머리를 다치지는 않았는지.

강현도 혹시 머리를 다쳤을까 걱정되기는 했다. 하지만 일단은 다혜를 안심시키는 게 먼저였다.

"걱정하지 마요. 괜찮을 테니까. 지금 정 박사가 있는 병원으로 가고 있죠?"

-거기 소아과 선생님한테 전화 드렸어요. 정 박사님도 오시겠다고…….

"그러면 나도 바로 병원으로 갈게요."

강현은 길게 늘어지던 회의장으로 돌아갔다. 강현이 들어섰을 때도 유통구조 개선에 관한 회의는 갑론을박을 계속하고 있었다.

"오늘 회의는 이 정도로 마치겠습니다. 부서별로 의견 정리해서 보내주세요."

강현은 회의를 중간에 접고 병원으로 향했다. 지금쯤 새파랗게 질려 있을 다혜를 생각하니 걱정이 앞섰다.

강현의 첫아들은 물론 동화다. 이루 말할 수 없이 귀엽고 듬직한 장남. 어찌 보면 동화가 아빠인 저를 찾아왔는지도 모른다.

동화를 보고 할아버지도 단숨에 우리 핏줄이라는 걸 알아봤으니까. 모든 면에서 동화는 대견하고 의젓한 아들이었다.

하지만 지금 가온과 다온은 아이 아빠로서의 모든 첫 경험을 강현에게 주고 있었다.

발육이 더 왕성한 다온과 달리 가온은 몸집도 조금 작았고 발육도 느렸다. 그게 더 애틋하고 마음이 갔다. 그런 가온이 침대에서 떨어졌으니 혹시라도 잘못되지는 않았을까 걱정이 점점 커지고 있었다.

옆에 있던 다혜는 얼마나 더 놀랐을까? 벌써부터 다 자기 잘못이라고 하는 이야기를 들어보기만 해도 그랬다.

강현이 병원에 들어섰을 때 다혜는 아이를 안은 채 진료실 앞에 있었다. 진료 시간이어서 바로 들어갈 차례를 기다리고 있었다.

"어떻게 이렇게 빨리 왔어요?"

"나야 뭐, 다혜 씨가 있는 곳이면 어디든지."

마치 슈퍼맨이라도 되는 것 같은 말이다. 이런 상황에서도 저렇게 말해주는 게 고맙다고 해야 할까?

"어디 우리 예쁜 공주님 내가 좀 안아볼까?"

품 안에 꼭 안은 채 떨고 있는 다혜를 보며 강현이 팔을 내밀었다. 그리고 가온을 안고 가만히 보니 머리 한쪽이 크게 부풀어 있었다.

진료실 안으로 들어서자 의사가 꼼꼼하게 진찰을 하고 나서 말했다.

"하루 이틀 좀 보죠."

"네?"

"어린 아기들은 어른하고 다릅니다. 넘어져도 그렇게 크게 다치지 않아요. 옛사람들은 삼신할머니가 돌봐줘서 그런다고 하죠. 어찌 됐든 하루 이틀 보세요. 열이 오르는 것도 아니니."

불안했다. 뭔가 주사도 놓고 엑스레이 CT도 찍고 그러면 좋을 거 같은데. 불안한 눈으로 쳐다보는 강현을 본 의사가 빙긋 웃으며 말했다.

"일단 아기가 놀랐으니 간단한 주사는 한 대 놔드릴게요."

의사는 차분하게 말하고는 다시 아이를 강현의 품에 안겨주었다.

"아기가 자꾸 토하거나 열이 나거나 하면 바로 데리고 오십시오."

다시 차에 탔을 때 다혜는 계속 자책했다.

"내 잘못이에요. 내가 애를 어쩌자고 침대 위에……."

"그럴 수도 있죠, 뭐. 우리 가온이가 엄마 아빠 사랑 더 받고 싶어서 그랬나 보지."

"어? 가온이 이마에 혹이 났네."

안타까워 어쩔 줄 몰라 하는 다혜의 어깨에 팔을 얹고 강현이 그녀의 볼에 입술을 맞췄다.

"연다혜. 사랑해."

갑작스러운 말에 다혜가 놀라 눈을 들자 강현이 다정한 눈길로 다혜를 바라보았다.

"어떤 때도 사랑하니까 자책 같은 거 하지 마요. 알았죠? 연다혜가 자책하면 내 마음이 그만큼 아프거든."

고마운 말을 하는 이 남자를 다혜는 눈물 젖은 눈으로 바라보았다. 언제나 든든한 남편이고 아이들의 아빠인 이 남자. 이제는 이 남자 없이는 살 수 없을 거 같다.

외전 3. 든든한 가장

오후의 늦은 해가 통유리 창을 넘어 안으로 들어오는 시간이었다.

서쪽으로 난 창이 한 폭의 그림 같아 바라보고 있는데 경비실에서 연락이 왔다. 배달이 와서 가지고 올라가겠다고.

배달된 물건은 예상 밖의 것이었다. 옆에 있던 혜순이 다혜가 상자를 열어보자 활짝 웃으며 좋아했다.

"아유, 예뻐도 진짜 예쁘네. 어떻게 입혀보지도 않고 이렇게 잘 맞는 예쁜 옷을 골라서 보냈대."

혜순의 말에 그 앞에서 연보랏빛 드레스를 입고 있는 다혜의 얼굴이 활짝 피었다.

"정말 그렇게 예뻐요, 어머니?"

"예쁘다니까. 너도 눈 있으면 거울 좀 봐. 누가 너를 애가 셋 딸린 엄마라고 하겠어?"

"그래도 동화 때하곤 달라요."

"그럼. 다르지. 동화 때는 워낙 어리기도 했고 너 애 낳고 몸 푼 지 얼마 안 돼서 자꾸 일하겠다고 나서고 그랬잖아."

한 달이라도 쉬어야 한다고 그렇게 말했지만, 혜순의 집에서 한 달씩 일

안 하고 누워 있기가 너무 미안해서 한 달도 되기 전부터 커피점에 뛰어나
갔던 다혜였다.

그때를 생각하면 정말 얼마나 이를 악물고 일했는지 모른다. 옆에 있던
혜순도 그때 생각을 하자 마음이 아팠다.

그거에 비하면 지금은 얼마나 다행인지 모르겠다. 든든한 울타리가 되어
줄 남편을 만나고 또 이렇게 예쁜 아이가 셋씩이나 있으니.

"그래도 충분히 예뻐. 그러니 걱정 마."

혜순이 웃으며 고개를 끄덕였다.

오늘은 부부 동반 모임이 있는 날이었다. 강현이 퍼스널 쇼퍼에게 고른
옷을 다혜에게 배달시킨 것도 그런 이유에서였다.

"아니, 아무리 그래도 그렇지. 그 남자는 어떻게 그렇게 네 사이즈를 잘
알아? 확실히 백화점 사장이라 다른가 보다."

혜순의 말에 다혜는 별말 하지 않고 웃었다. 하루가 멀다고 품에 안아보
며 이제는 다 빠졌다고 말한 게 엊그제였다.

"어디가 빠졌는지 그걸 다 알아요?"

다혜가 못 믿겠다는 듯이 쳐다보며 하는 소리에 강현은 자신했다.

"그럼 알지. 모르는 게 없다니까? 내 손이 닿지 않은 곳이 없는데."

민망한 말을 잘도 하던 강현을 떠올리며 다혜는 연보랏빛 원피스에 어
울릴 만한 목걸이를 찾았다. 소은이 준 것도 많았고 강현이 그사이 선물한
것도 꽤 있었다. 어떤 게 어울릴까 하고 보고 있는데 혜순이 바로 사파이어
목걸이를 골랐다.

"이거 어울린다. 야. 연보랏빛에 찐한 남색."

"그렇죠?"

세트로 된 귀걸이까지 하고 있는데 옆에서 혜순이 한마디 했다.

"너 이렇게 부부 동반 나가는 거 처음이잖아."

섹스 파트너로 지내자며 시작했던 게 이렇게 가정을 이루었다. 결혼식도 쌍둥이를 임신한 채였기 때문에 결혼식 이후에는 곧장 배가 불러왔다.

강현은 다혜의 건강을 가장 우선으로 했기 때문에 스트레스받을 일을 만들지 않았다. 웬만해선 둘이 하는 외출 외에는 사람들 많은 데 부부 동반으로 데리고 나가는 일도 자제했다.

쌍둥이만 태어나면 우리 같이 다니자고 하면서 그렇게 말했었는데, 벌써 쌍둥이가 백일이 다 돼가니 이렇게 나갈 만도 했다.

"아주 좋겠다. 좋을 때야. 부지런히 다녀."

"네."

강현은 가끔 다혜의 손을 잡고 그런 말을 했다.

"우리 이렇게 손잡고 다니면서 나중에 머리 하얘질 때까지 둘이 다녀요."

당연한 말이었다. 다혜도 꿈꾸는 게 그거였다.

"차 왔다고 연락 왔다."

"네네."

다혜는 쌍둥이들 침대에 가까이 갔다. 둘 다 새근새근 잠든 모습이 딱 천사 같았다. 다혜는 천천히 아이들의 머리카락을 쓰다듬었다.

"우리 동화 진짜 오빠 맞네요, 꼬맹이들 옆에서 보니까."

"그럼. 동화만큼만 키워봐라. 세상이 다 내 것 같을걸? 하여튼 우리 동화 의젓하기도 해."

아이들 머리 위에 길게 늘어져 있는 색종이 모빌을 보며 혜순이 한 번더 말했다.

"복덩이는 동화 같은 애를 두고 복덩이라는 거야. 이렇게 예쁜 쌍둥이 여동생까지 두고. 장남 자리 든든하게 지키면서 동생도 둘이나 보고."

"그러게 말이에요. 저 다녀올게요."

다혜는 강현이 보낸 차를 타고 호텔 로비에 도착했다. 강현은 1층에 마중 나와 있었다. 작게 휘파람을 부는 강현이 다혜를 보고 말했다.

"생각한 거보다 더 예쁜데요?"

"고마워요, 드레스."

"고마워요, 연다혜 씨, 이렇게 예쁘게 하고 나와 줘서."

강현은 가끔씩 다혜를 보며 고맙다는 말을 잘했다. 그도 그럴 게, 강현은 정말 다혜가 세상의 무엇보다도 고마웠다. 저는 세상 분간 못 하고 정관 수술을 해 버리고는 씨 없는 수박이라 맘대로 놀겠다고 하고 다녔던 그런 남자였다.

그런 남자를 철들게 하고 세상에 있는지도 몰랐던 아들을 찾아주고 예쁜 쌍둥이 딸까지 낳아주었다.

든든한 가정을 만들어준 연다혜.

그녀를 만나고 집안의 두려움이기도 했던 김기팔의 일들도 다 해결되었다. 이런 일들이 다혜에 대한 고마움으로 자리를 잡고 있었다.

"들어가시죠."

팔을 내밀자 다혜가 팔짱을 꼈다.

"이 목걸이 처음 해본 거예요. 우리 가온이 다온이 태어났다고 당신이 선물해 준 거."

"그러게. 보면서도 눈에 딱 들어오더라고. 눈이 부셔, 연다혜 씨."

그렇게 엘리베이터를 타고 올라가 연회장에 들어섰을 때였다. 누군가의 시선이 아주 강렬하고 불쾌하게 쏟아지고 있었다. 눈을 돌려보니 그 사람은 주소영이었다.

어떻게 주소영이 여기에…….

그때 주소영이 팔짱을 끼고 있던 한 남자가 다가와 강현에게 인사를 했다.

"안녕하십니까. 한유통의 이민석입니다."

"안녕하십니까."

싸늘해진 얼굴로 강현도 짧게 인사했다. 그 옆에 있는 주소영이 다혜를 보며 싱긋 웃었다.

다혜는 가슴이 철렁했다. 이제 아무것도 아닌데, 그런데도 기분이 나빠졌다.

주소영은 정말 아무렇지도 않게 다혜를 보며 웃고 있었다.

"안녕하세요. 우리 이전에 꽤 여러 가지로 얽혔었죠? 저 결혼해서 이렇게 잘살고 있어요."

"네, 안녕하세요."

"그쪽은 원래 아이가 있었죠?"

원래라는 말을 왜 집어넣은 건지는 굳이 알려고 할 필요도 없었다.

다혜는 선선히 고개를 끄덕이며 대답했다.

"네. 이제는 세 명이에요."

"아이를 참 잘 만드는 재주가 있으신 것 같아요. 결혼한 지 1년 만에 아이가 셋이라니 말이에요."

하는 말마다 곱지가 못했다.

"아. 1년도 안 됐던가요?"

주소영의 말에 강현이 딱딱한 얼굴로 다혜의 어깨를 감싸며 말했다.

"소영이 너 여전하구나. 남이야 아이가 셋이든 열이든 무슨 상관이야? 남편 앞에서 말을 좀 조심해야지? 조용히 놀다 가라."

강현의 말에 주소영이 입을 꼭 다물었다. 강현이 인상 쓰고 돌아섰는데 주소영이 이민석에게 하는 말이 들렸다.

"저 여자예요. 애부터 낳고 보는 여자."

강현이 다시 뒤돌아서려는 걸 다혜가 손을 꽉 잡았다. 처음 나온 부부 동반 모임이었다. 굳이 소란스럽게 할 필요 없었다. 무시하면 될 일이기도 했다.

"그만둬요. 그렇게 망신을 당했는데도 아직도 정신 차리지 못한 걸 보면 그런 망신 스스로 불러와서 또 당할 거예요. 나 애부터 낳은 거 맞잖아요."

오늘은 M호텔의 창립 기념 행사였다. 초청장을 받은 강현은 이제 다혜에게 주변 사람들을 소개해 줄 생각이었다. 기업을 운영하는 사람들 와이프끼리 친하게 지내면 나쁘지는 않을 것 같았기 때문이다.

그때 한쪽에서 주소영과 몇몇 여자들이 다혜 쪽으로 다가왔다. 다혜는 할 수만 있으면 다가오는 주소영에게 오지 말라고 하고 싶었다.

주소영의 옆에 있던 친구 중의 하나가 소영에게 이야기를 시작했다.

"사실 우리가 갑질할 만한 사람들이니까 갑질을 하는 거고. 재수 나빠서 동영상 좀 올라왔다고 해서 인생 무너지는 것도 아니고 말이야."

어이없는 말이 들려오자 다혜는 고개를 돌렸다. 그래도 주고받는 말은 다 들려왔다.

"네가 그렇게 말해주니까 고맙다. 하긴, 대대로 잘 사는 은행가 집안인데 아버지가 조금 일찍 퇴직했다고 해서 갑자기 내 인생이 다 망가지는 것도 아니지, 뭐."

"말해서 뭐 하겠어. 너 한유통 요즘 커나가는 거 다 너희 친정에서 보살펴 줘서 그러는 거 아니야?"

"그렇지. 아빠가 퇴직했다고 해도 인맥이 어디 가겠어?"

마치 다혜 들으라는 듯이 하는 말이었다. 주소영이 가까이 와서 다혜에게 인사를 하며 친구들을 소개해 줬다.

"이쪽은 유강현 씨 와이프. 결혼한 지 1년도 안 돼서 아이가 셋이고 큰애는 유강현 씨가 애 있는지도 모를 때부터 낳았대. 참 능력 있지 않니?"

다혜는 발끈했다. 도저히 더는 참을 수가 없었다. 하지만 부부 동반으로 처음 참석하는 파티였다. 웬만해선 같이 가자고 하지 않는 강현이 함께 오자고 했을 정도로 중요한 자리라는 이야기였다.

여기서 강현을 곤란하게 하고 싶지는 않았다. 그렇다고 숨을 수도 없었다. 쫓아다니면서 괴롭힐 게 뻔했다. 다혜는 단단히 마음먹고 주소영 앞으로 가서 인사를 하며 말했다.

"주소영 씨, 그사이에 결혼하고 아직 아기는 없나 봐요."

그러자 주소영이 사악한 미소를 지었다.

"그러게. 저는 누구처럼 애부터 만들고 그런 스타일은 아니어서요."

독하게 말했는데도 다혜는 웃으며 대꾸했다.

"아, 그럼 신혼을 한참 즐기실 수 있겠네요."

주소영은 눈에 힘을 주고 다혜를 보았다.

'이게 지금 나를 어떻게 하려고 이러는 거야?'

그러나 이리저리 눈치를 보는 주소영의 그런 마음과 달리 다혜는 담담하게 말했다.

"결혼 축하드리고요. 신혼 생활도 즐겁게 잘하시길 바라요. 하지만 저는 주소영 씨가 어떻게 살든 전혀 관심 없어요."

"뭐라고?"

"그러니까 주소영 씨도 저한테 관심 꺼주세요. 아직도 유강현 씨한테 관심 있어요? 그래서 저한테 이러시는 거예요?"

그 말에 옆에 있던 여자들의 표정이 좀 달라졌다. 주소영이 유강현에게 관심 있었던 걸 모르는 사람이 없는 듯했다. 남편도 근처에 있다가 그 소리를 들었는지 헛기침을 두어 번 했다. 주소영의 얼굴이 확 달라졌다. 그제야 주소영의 얼굴이 일그러졌다.

다혜는 웃으며 말을 이었다.

"워낙에 갑의 위치에 계셔서 갑질하는 동영상 퍼진 거 아무렇지도 않아 하신다니 참 유감이네요. 그런 건 원래는 부끄러워야 하는 거거든요. 친구

분들도 비슷하신 거 같네요. 유강현 씨에 대한 관심은 계속 가지고 계시든 말든 신경 쓰지 않을게요. 그것도 주소영 씨 마음이니까 마음대로 하세요."

다혜는 친절하게 말하고는 조금 전 함께 이야기하던 부인들이 있는 쪽으로 갔다. 부인들은 다혜의 태도가 썩 마음에 들었는지 칭찬했다.

"어쩌면 주소영 씨 같은 사람한테도 그렇게 대해요? 강현 씨 결혼 참 잘한 거 같네요."

그러자 다혜가 활짝 웃었다.

"애를 여러 명 낳아보면 마음이 좀 넓어지죠."

"어우, 축하드려요. 쌍둥이라니 너무 예쁠 거 같아요."

"우리 집에 한번 오시겠어요?"

어려서부터 손님 상대하는 걸로 잔뼈가 굵은 다혜였다.

쓸데없이 화낼 필요 없었다. 어차피 그러지 않아도 자신은 자기가 생각한 거보다 훨씬 더 많은 것을 가졌다.

뭐 하나 나무랄 데 없이 잘생기고 자상한 남편 그리고 보석처럼 빛나는 세 아이 모두가 그 누구도 뺏어갈 수 없는 행복이었다. 그러니 다들 그렇게 열 낼 것도 없다.

강현은 M호텔 사장과 한참 이야기를 하다 다혜가 어디 있나 하고 보았다. 그러자 다혜는 연회장 한쪽에 있는 꽃꽂이한 커다란 꽃장식 사이에서 다른 부인들과 함께였다. 아마 꽃꽂이 이야기라도 하는 것 같았다.

"아, 저 온리유 커피 앤 플라워 가본 적 있어요. 드림백화점 1층에 있는 커피도 맛있고 꽃도 참 예쁜 데."

다혜를 보며 웃는 부인에게 다혜는 반갑게 말했다.

"네. 그 매장에서 매니저로 있었어요."

"어머. 그럼 꽃꽂이에 대해선 일가견이 있으시겠어요."

"오랫동안 했으니까요."

"아우, 그러면 다혜 씨가 꽃꽂이팀 한번 만들어보면 어때요?"

"네?"

생각하지 못한 말에 옆에 있던 부인 하나가 손을 들었다.

"저요! 저는 무조건 배우고 싶어요. 친해지고 싶어서요."

그러자 옆에 있던 부인도 말했다.

"저도요. 저는 커피 앤 플라워, 거기서 꽃 많이 샀거든요."

"아, 그러셨어요?"

그러고 보니 낯이 익다. 다혜는 웃으며 고개를 끄덕였다.

"강습은 뭐하고 우리 그냥 같이 모여서 꽃꽂이 가끔 한 번씩 해요. 제가 아직 일을 시작하지 않아서요."

"그럼 또 일 시작할 거예요?"

"애기들이 이제 백일 가까이 돼서……. 조금 더 커야 할 거 같아요."

"백일잔치 하세요!"

옆에서 하는 말에 다혜가 웃었다.

"남편하고 상의해 볼게요."

"아유. 백일잔치 요즘 안 한다고 하지만, 쌍둥이 보고 싶으니까 백일잔치 꼭 하세요."

강현은 한창 이야기하고 있는 다혜 쪽으로 걸어왔다. 그러자 앞에 있는 M호텔 상무 부인이 말했다.

"안녕하세요? 유강현 사장님. 저희 지금 다혜 씨한테 꽃꽂이 강습하라고 조르는 중이에요. 백일잔치도 하고요."

"그러게. 꽃꽂이 강습은 모르겠는데 백일잔치는 아내가 원한다면 할 의향 있습니다."

강현의 말에 다혜가 걱정스럽게 말했다.

"아기들이 피곤할까 봐요."

그러자 옆에 있는 부인들이 서로 도와주겠다고 말했다.

"아기들은 잠깐 얼굴만 보여주고 한쪽에서 쉬게 해야죠. 백일이면 아직 어린데."

모두 쌍둥이가 보고 싶어서 안달이었다.

"그 집 아들 잘생긴 천재인 건 결혼식 때 봐서 다 알아요. 피아노를 어찌나 잘 치던지."

강현도 다혜도 인터넷에 올라온 동화의 피아노 연주를 본 적 있었다. 어린 것이 엄마 결혼식에서 피아노 연주를 해서 조회 수를 엄청나게 올려놓았다.

"그때 동생들 백일잔치에서 또 피아노 치라고 하세요."

사람들의 성화가 빗발쳤다. 다혜는 정확히 대답하지 않았다.

연회는 즐겁게 끝났다. 처음 신경을 거스르던 주소영은 그 뒤로는 보이지 않았고 강현은 다혜의 옆에서 떠나지 않았다.

아무리 어려운 자리도 낯선 곳도 강현이 함께 있으면 아무렇지도 않다. 그 든든함이 좋아 다혜는 돌아오는 차 안에서 강현의 팔을 잡고 어깨에 머리를 기대었다.

강현은 그런 다혜의 정수리에 입을 맞췄다. 연보랏빛 원피스에 사파이어 목걸이를 하고 기대어 오는 다혜의 모습이 너무 예뻐서 강현은 저도 모르게 그녀의 어깨를 감쌌다. 그제야 다혜는 가만히 고개를 들었다.

"왜 그래요?"

앞에 기사도 있는데 왜 그러냐는 말이었다. 차 안에서도 하도 손으로 여기저기를 건드리는 탓에 다혜는 가끔 차에 올라타기만 하면 강현의 손가락에 깍지를 껴 꼭 잡았다. 물론 그런다고 해서 큰 효과가 있었던 건 아니지만.

"왜 아까 백일잔치하라고 그러는데 대답 안 했어요?"

엉뚱한 강현의 질문에 다혜는 잠깐 있다고 대답했다.

"잘 모르겠어요. 진심인지 아닌지 싶기도 하고 또 그 자리에 주소영도 있었잖아요."

주소영 이야기가 나오자 강현의 얼굴이 딱딱하게 굳었다.

"그 망신을 당하고도 아직도 정신을 못 차렸다니 참, 사람이 어떻게 하면 그러는지."

강현이 발끈해서 하는 말에 다혜는 고개를 저었다.

"그냥 그렇게 커서 그렇다고 생각해요. 원래부터 자긴 남과 다르다고 수치를 모르는 거죠."

"어이없네. 정말. 이걸 내가 그냥 두지 말아야지."

강현은 진심이었다. 저하고 상관없는 사람이라면 관심 없다. 하지만 다혜를 건드린다면 절대 그냥 두고 보지 못한다.

"제 발로 찾아와 다혜 씨 앞에 빌게 해줄까? 그러면 되겠어요?"

사나운 눈빛과 달리 나지막하고 서늘한 강현의 목소리가 차 안에 울렸다.

진짜 뭐라도 할 것 같은 눈빛이었다. 강현의 이런 모습은 좀처럼 다혜에게는 보여주지 않는 모습이지만 일과 관련되어서는 종종 아무도 막을 수 없는 이런 눈빛을 하고는 한다.

다혜는 고개를 저었다. 일부러 여유 있게 웃음도 지었다.

"아니요. 그냥 둬요. 그만큼 하고도 정신 차리지 못하는 건 어쩔 수 없어요. 이 세상에 그런 사람이 주소영 씨 하나뿐도 아니고. 그렇죠. 강현 씨?"

강현은 다혜의 말에 고개를 끄덕이고는 화제를 돌렸다.

"그래서 진짜 꽃꽂이 강습할 거예요?"

"강습은 아니고요. 그런데 나도 그동안 많이 쉬었잖아요. 꽃이 그립기는 해요."

"내가 그렇게 꽃을 사줬는데 꽃이 그립다고?"

강현은 매주 다혜에게 꽃다발을 안겨주었다. 하지만 그거하고 다르게 다혜는 화원에 가고 싶었다.

싱그러운 꽃들이 가득 피어 있는 화원에서 좋은 꽃을 고르기도 하고 또 어떤 식으로 꽃꽂이를 할까 생각하며 꽃을 사는 것은 다혜의 기쁨 중의 하나였다.

"그거하고 다르게요. 강현 씨가 사주는 꽃은 물론 좋지만, 나도 다시 뭔가 시작해 보고 싶은 생각은 들어요."

"하고 싶은 거 있으면 다 해요."

강현은 부드러운 웃음을 지으며 말했다. 진짜 그럴 생각이다. 다혜가 원하는 게 있으면 뭐든 다 하게 해주고 싶다.

"고마워요. 그런데 가온이하고 다온이가 아직 어려요. 아무래도 일은 조금 더 있다가 해야 할 거 같아요. 꽃꽂이도 그렇고요."

"아주머니들 계시잖아요. 걱정하지 마요. 게다가 동화도 동생들 옆에 찰싹 붙어 있고. 가끔 다른 사람들 만나고 꽃꽂이하는 건 할 수 있어요."

동화는 오늘 엄마, 아빠가 늦게 오신다고 해서 가온이와 다온이가 있는 방에서 동화책을 읽고 있었다.

하지만 함부로 만지면 안 된다는 걸 알기 때문에 아기들 방에 들어가기 전에는 손을 뽀독뽀독 여러 번 씻는다. 살짝 그 작은 뺨을 만지면 손끝에 닿는 그 부드러움이 이루 말할 수가 없다. 무척이나 부드럽고 연약한 그 느낌이 동화에겐 아주 낯설었다.

초록반에 어린 동생도 있지만, 이렇게까지 작은 동생은 처음 본다. 가만히 쳐다보고 있는데 갑자기 가온이가 눈을 떴다. 반짝반짝 샛별같이 빛나는 가온이의 눈동자를 보고 있는데 가온이가 방긋 웃었다.

쪼끄만 주먹을 꼭 쥐고 방긋 웃는 그 얼굴이 예뻐서 보고 있는데 킁킁 냄새가 나기 시작했다.

아가가 똥을 쌌다. 동화는 바로 밖에 있는 혜순에게 달려갔다.

"할머니! 쌍둥이 중에 누가 똥 쌌어요!"

"그래? 아이구, 들어가 보자."

그러자 동화가 고개를 저었다.

"저는 안 들어갈래요."

"왜?"

"동생들은 여자잖아요. 여자 아가가 기저귀 가는 걸 보는 건 실례인 거 같아요."

"뭐야?"

말이 안 된다고 생각해서 혜순이 눈썹을 위아래로 움직이자 동화가 말했다.

"남자는 남자 화장실 가는 거예요. 절대로 여자 화장실 들여다보면 안 된다고 했어요."

혜순은 너무 웃겨서 웃음을 터뜨리고 말았다.

"하여튼. 신사야, 우리 동화. 신사."

혜순이 동화의 머리를 쓰다듬어 주고는 안으로 들어갔다. 아니나 다를까 가온이 흠뻑 싸 놨다.

"어째 배탈이 났나?"

변이 묽은 것 같아 혜순이 걱정하며 기저귀를 다 갈고 난 뒤에야 동화가 들어왔다.

"아이고, 문 열어놔야 하겠다. 여기 냄새나서."

"네!"

동화가 문을 활짝 열어놓고는 다시 가온의 곁으로 왔다. 기분이 좋은지

방실방실 웃고 있는 가온을 보며 아직도 자고 있는 다온의 머리를 동화가 쓰다듬어 주었다. 그러자 마치 오빠의 손길을 느끼기라도 한 듯이 다온이 눈을 떴다.

두 명이 다 샛별 같은 눈동자를 반짝인다. 동화는 자기가 만든 모빌의 나비를 손가락으로 쳤다. 그러면 아가들이 반짝반짝하는 눈으로 그 흔들리는 나비를 보고 있다.

지금까지 할머니나 엄마에게 선물한 적도 많지만, 아가에게 선물한 것처럼 이렇게 뿌듯한 적은 없었다.

잘 시간이 지났지만 오늘따라 동화는 바로 잘 생각이 없어 보였다. 엄마, 아빠가 와야 잘 모양이었다. 그때 현관문에서 소리가 나자 동화가 활짝 웃었다.

강현이 문을 열고 들어오자 동화가 바로 달려와 안겼다.

"아빠!"

"아직도 안 자고 있었네, 우리 동화?"

옆에 있던 혜순이 강현을 보며 웃었다.

"아이구, 엄마, 아빠 올 때까지 아가들 보살펴야 한다고 옆에서 동화책을 얼마나 오래 읽어줬는지 알아? 자다가 쌍둥이도 지금 깼는데 들어가 볼 테야?"

"네. 손 좀 씻고요."

강현과 다혜 둘 다 옷을 갈아입고 깨끗이 손을 씻고 난 뒤에 쌍둥이 방에 들렀다. 그런데 방 안에서 동화의 목소리가 계속 울리고 있었다.

"아니, 이게 뭐야? 동화 목소리로 동화책을 녹음했어?"

그러자 동화가 고개를 끄덕였다.

"계속 읽어줄 수는 없잖아요. 그러니까……."

언제 이렇게 커서 동생들을 위해서 동화책 녹음까지 해주는지.

"우리 동화 너무 멋진 오빠여서 동생들이 진짜 행복할 것 같아."

"나는 멋진 오빠가 될 거예요. 멋진 아들도 될 거예요!"

"너는 멋진 아들이야, 동화야."

"아빠는 세상에서 제일 멋진 아빠예요!"

동화의 불안감이 조금씩 잦아들고 있다는 걸 느낀 건 며칠 전이었다. 사실 동화는 자기가 잘해야 아빠가 오래오래 옆에 있을 수 있다는 말을 해서 다혜의 마음을 아프게 했었다. 그만큼 아빠가 다시 사라질까 몰라 두려워하는 동화의 마음 때문에 상담까지 받은 적이 있었다. 하지만 상담 선생님은 동화가 지극히 정상이라고 말했다. 그 뒤에는 동화를 볼 때마다 속으로 빌었다.

동화가 마음 편하게 엄마, 아빠의 사랑을 그냥 무조건 편안하게 누릴 수 있기를.

그런데 시간이 점점 흐르고 쌍둥이가 태어나고 난 뒤에 가장 좋은 변화가 그거였다. 동화는 쌍둥이에게 좋은 오빠가 되고, 어린 쌍둥이를 두고 아빠가 어디로 가지 않을 거라는 믿음이 생긴 것 같았다.

하루는 다혜가 동화를 불러서 말했다.

"동화야, 이제 아빠가 어디로 안 갈 거 같지?"

"네."

"그래. 엄마가 너한테서 한 번도 도망간 적 없지?"

도망이라는 말은 좀 뭐했지만, 그래도 그 말뜻을 동화는 잘 알아들었다.

"네."

"그리고 너도 가온이, 다온이 버리고 어디 안 갈 거지?"

"네."

"가온이, 다온이가 말 안 듣고 막 똥 싸고 너한테 힘들게 해도."

"당연하죠. 아가들은 원래 다 똥 싸는 거예요!"

"그래, 맞아. 아가들은 그런 거야. 그리고 동화 너도 멋진 오빠긴 하지만 아직 아가야."

"난 형아예요! 그리고 이제 오빠도 됐어요!"

"그래, 우리 동화. 그래도 엄마, 아빠가 볼 땐 아가겠지?"

그 말에 동화는 반짝반짝하는 눈으로 한참 다혜를 보더니 고개를 끄덕였다.

"그러니까 아가는 실수할 때도 있고 잘못할 때도 있고 원래 그런 거야. 그래도 예쁘잖아. 가온이, 다온이 사랑스럽지?"

"세상에서 제일 예뻐요! 눈이 반짝반짝하는 게 꼭 별 같아요!"

"동화 너는 더 그래. 나는 이 세상에 태어나서 너같이 예쁜 아가는 본 적이 없어. 너 때문에 엄마가 얼마나 행복했는지 알아? 지금도 그래. 가온이 다온이하고 동화 모두 아빠한테 너무너무 사랑하는 가족이야. 가족 버리고 아무도 안 가. 너도 가온이, 다온이 버리고 어디 안 가잖아? 똑같아."

그 뒤부터 동화는 무척 더 밝아졌다. 원래는 좋아하는 사람들하고만 말을 잘하는 편이었는데 유치원에서도 더 활발하게 지낸다고 했다. 워낙에 잘생긴 데다 재주도 많아서 친구들이 다 좋아하지만, 그런 아이들에게 동화는 공평하게 잘 대해주고 있다고 선생님께서 말씀하셨다.

쌍둥이가 태어나고 더 의젓해진 동화지만 그래도 여전히 아가였다. 다혜는 동화의 머리카락에 입을 맞췄다.

* * *

찰박찰박 물소리가 수영장을 울리고 있었다. 다혜는 강현이 다니는 호텔의 피트니스에서 수영과 헬스를 시작했다. 워낙 바쁘기도 했고 타고난 체질이 건강 체질이어서 다혜는 동화를 낳은 후에도 아가씨와 전혀 차이가 없는 몸매를 유지할 수 있었다.

하지만 쌍둥이를 낳고 나서는 몸도 마음도 바쁘지 않았다. 무엇이든 든 든하게 울타리가 되어주는 강현 때문에 몸이 더 퍼지는 느낌이었다.

그래서 시작한 수영이었는데 한번 시작을 하니 수영이 좋았다. 다혜는 새로 배운 배영을 하기 위해 물살에 몸을 실은 채 천천히 발을 움직이고 있 었다. 물 위에 떠 있으면 온 세상이 다 물과 함께 흐르는 것 같은 그런 기분 이 든다. 물과 함께 흘러가는 그 느낌이 좋아 둥둥 떠 있다가 머리가 벽에 닿았다.

"앗."

그제야 일어나 물기를 쓸어내리는데 한쪽에서 이야기하는 소리가 들 렸다.

"왜. 몸 하나밖에 없으면서 그걸로 모든 걸 다 움켜쥐는 사람들 있잖아 요. 뭐 드림백화점도 그런 여자한테 그냥 넘어간 거죠, 뭐."

목소리도 귀에 익었다. 주소영이었다. 이 피트니스가 웬만한 부유층 사 람들이 많이들 온다는 건 알고 있었지만, 주소영이 이곳에서 수영한다고는 생각하지 못했다. 한 달 넘게 오면서 한 번도 주소영과 마주치지 않았기 때 문이다.

수영장 한쪽에 있는 벤치에 앉아 있는 주소영의 옆에는 두어 명의 여자 도 함께 있었다. 그중에 한 명은 같이 꽃꽂이를 하자고 했던 W 건설의 며 느리였다. 다혜는 자기 말을 하고 있다는 걸 알았지만, 어떻게 반응해야 할 지 잠시 망설였다.

하지만 그냥 모른 척하고 간다면 뒤에서 비웃을 게 뻔했다. 다혜는 당당 하게 물 밖으로 나와 걸어갔다.

"안녕하세요."

인사를 하자 W 건설의 며느리는 반갑게 인사를 했고, 나머지 둘은 얼떨

떨떠한 표정을 짓고 있었다. 주소영이 다혜를 쏘아보며 말했다.

"수영도 할 줄 알아요? 먹고살기 힘들어서 운동 같은 거 하나도 못 할 줄 알았는데."

다혜가 온리유 커피 앤 플라워 숍에서 일했던 걸 비꼬아서 하는 말이다. 다혜는 아예 당당하게 말했다.

"네. 예전에는 그럴 시간이 없었어요. 그런데 지금은 운동을 좀 해야 하겠더라고요. 시간도 되고 여건도 돼서요."

당당하게 말하는 다혜 앞에서 주소영은 오히려 당황했다. 그래서 더 쏘아붙었다.

"남자 잘 만나니까 인생이 달라지죠? 남자 하나 잘 물면 세상 살기 편해요."

그 말에도 다혜는 주먹을 꽉 쥐고 고개를 끄덕였다.

"그러네요. 그러는 주소영 씨도 결혼 잘해서 지금 이렇게 여기 있는 거 아니에요? 아버지가 은행에서 물러나고 지난 뒤에도 주변에 빽은 여전한가 봐요."

주소영은 발끈해서 말했다.

"내가 너 같은 줄 알아? 우리 집은 대대로 부자였어!"

그 말에 다혜는 깍듯하게 인사했다.

"네. 알고 있어요. 대대로 부자이신 주소영 씨. 그래도 그렇게 반말은 하면 안 되죠. 저희 남편이 주소영 씨가 이러는 거 알면 좋아하지 않을 거 같은데…… 저도 몹시 기분이 나쁩니다."

다혜가 똑바로 자신이 기분 나쁘다는 걸 전하자 옆에 있던 여자들은 슬그머니 자리를 피했다. 그도 그럴 것이 연다혜의 남편이 유강현이라는 건 다 알고 있기 때문이다.

소셜커머스와 연계해서 인터넷에서 키운 부(富)를 바탕으로 드림저축은행은 시중 은행으로 성장하려 하고 있었고, 드림백화점은 내로라하는 유통 회사들을 제치고 매출 신장 1위를 기록했다. 모두 다 기염을 토할 만한 일이었다.

급변하는 유통 구조와 새로운 부의 재편성, 그 중심에 우뚝 서 있는 유강현의 눈 밖에 나서는 여러모로 좋을 것이 없었다.

그리고 무엇보다 주소영이 무례했던 건 사실이었다. 주소영의 주변 사람들은 웬만하면 무안해서 꼬리를 내리고 달아날 줄 알았던 다혜가 오히려 더 정확하게 자신이 기분이 나빴다고 말을 하자 그 이상 싸움에 휘말릴 수는 없었다.

주변에 저를 옹호하는 반응이 없자 주소영은 이를 악물고 말했다.

"지금 유강현 아내가 됐다고 해서 원래부터 그렇게 잘살았던 것처럼 고상한 것처럼 해봐야 소용없어."

"또 반말이네요. 그러지 마세요. 나이 든 사람들끼리. 더군다나 저는 세 아이의 엄마거든요. 엄마가 무너지면 아이들도 무너지죠. 난 내 애들을 위해서도 주소영 씨한테 슬그머니 피하거나 당황하거나 그런 일 안 할 거예요. 왜냐하면, 나는 엄마니까요."

다혜의 말에 주소영은 말을 더듬었다.

"지금 애들 많고 남편 있다고 가족 대 가족으로 뭐 하자는 거예요?"

"네. 맞아요. 내가 낳아서 내가 키운 내 자식들이 나한텐 든든한 힘이에요. 남편도 마찬가지고요. 아무 데서나 무시당하고 싶지 않아요. 그렇게 인생 살아오지도 않았고요."

"애부터 낳은 주제에."

다른 사람도 아니고 동화에 대한 모욕이었다. 다혜는 탁 돌아서다 주소영을 힘껏 밀어버렸다. 풀을 등지고 서 있던 주소영은 다혜가 밀어버리자 그대로 빠져버렸다. 갑자기 물속에 빠진 주소영이 허우적허우적 몸부림치

다 그대로 선 채 다혜를 째려보았다.

다혜는 그 눈길을 직시하며 큰 소리로 말했다.

"시원하죠? 수영하러 왔는데 수영이나 열심히 하세요."

다혜는 그대로 밖으로 나왔지만, 쿵쿵 심장이 뛰었다. 늘 손님들 앞에서 고개를 숙이며 살아왔다. 그건 일이기 때문이었다. 하지만 지금은 아니다. 불필요한 모욕 앞에서 머리를 숙일 생각은 없다. 이건 유강현과 결혼하지 않았더라도 연다혜로서 동화의 엄마로만 살았어도 마찬가지였다.

* * *

"뭐야? 주소영이 그년이 그랬단 말이야?!"

주아와 혜순은 그 말을 듣고 분해서 이를 박박 갈았다. 셋은 함께 오랜만에 삼겹살에 소주를 먹고 있었다. 다혜가 삼겹살을 굽고 소주는 두 사람만 먹었다. 아직 모유 수유 중이라 술은 입에 댈 수 없다.

주아까지 결혼하고 혼자 사는 혜순이 옛날이 그립다고 해서 주아와 다혜가 혜순의 집으로 온 날이었다.

"야, 못된 년은 그렇게 당하고도 변하질 않네."

"네."

혜순의 말에 주아도 옆에서 거들었다.

"아니, 그러게 말이야. 아, 지가 뭐 잘한 게 있어. 갑질하다가 동영상까지 뜬 주제에."

"그러니까. 그렇다고 맨날 그것만 가지고 물고 늘어질 수도 없고. 또 나도 이제 그런 말 가만히 당하고 싶지는 않고."

"쌍욕이라도 해주지, 왜."

혜순이 말하자 다혜가 고개를 저었다.

"그래 봐야 저도 똑같은 사람 되는 거죠, 뭐."

"그래그래. 네가 그렇게 정확하게 기분 나쁘다고 말하고 그랬으니 지가 뭐 어쩔 거야. 그래 봤자 뒤에서나 떠들고 다니겠지."

그 말이 맞았다. 주소영은 뒤에서 떠들고 다녔다. 그런데 그 떠들고 다니는 소리가 강현의 귀에도 들어갔다는 게 문제였다. 주소영의 남편 이민석은 한유통의 최대 주주의 둘째 아들이었다.

이민석 역시 유통 회사의 이사직을 맡고 있으니 주소영이 기세등등한 것도 사실이었다. 한유통은 그사이에 성장하고 있기는 했지만, 성장률이 그렇게 크다고 할 수는 없었다.

하지만 워낙에 처음부터 마트 쪽으로는 점포 수가 많고 해서 탄탄한 기업이라고 할 수 있었다. 그런 한유통에 강현이 관심을 가진 건 1년 전부터였다. 차근차근 지분을 사들이고 한유통의 유통 구조를 파악한 것은 마트 쪽으로도 관심을 돌려서 백화점과 연계하여 좀 더 힘 있게 인터넷을 통한 마트 배달에서 주도적인 역할을 하고 싶어서였다.

기존 마트를 기반으로 배달한다면 훨씬 쉽게 지역 상권을 장악할 수 있었다. 그런데도 바로 치고 나가지 않은 것은 나름 한유통에 대한 예의였다. 그런데 그렇지 않아도 언제 밟을까 생각하고 있던 한유통의 주소영이 그런 식으로 나온다면 이야기가 달라졌다.

일단 당하더라도 왜 당하는지라도 알려줄 생각으로 유강현은 한유통의 이민석을 따로 불렀다.

"오랜만입니다."

"네. 오랜만입니다."

이민석은 꿀릴 것 없다는 듯 인사를 했다. 기업인들의 모임에서 이렇게 따로 인사하는 건 이례적인 일이어서 이민석은 약간 긴장을 했다. 강현은 이민석을 보며 천천히 말했다.

"내가 마트 쪽으로도 관심이 있어서요."

"아, 그러십니까."

"그동안 한유통의 주식을 좀 사들였는데 규모가 꽤 됩니다."

그 말에 이민석은 바짝 긴장했다. 경영권 방어에는 늘 신경을 썼는데 설마 경영권이 흔들릴 정도의 지분을 매입했다는 말인가? 설마…….

"그게 무슨 말씀이신지…….".

"내가 왜 이런 말을 할까요? 우리 서로 아내들 일로 사업적으로 얽히는 일은 없도록 해야 하지 않을까요?"

이민석은 그 말에 숨은 뜻을 바로 알아차렸다. 소영이 평소 유강현의 아내에 대해 험담을 많이 했다. 민석 앞에서뿐 아니라 다른 사람들에게도 말이다.

"설마 그 말은…… 소영이 때문에 이러신다는 말인가요? 소영이가 유강현 씨 아내분에 대해 감정이 안 좋은 건 사실이지만 그게 말이 됩니까? 공과 사는 다른 것 아닙니까?"

이민석의 말에 강현은 피식 웃었다.

"공사가 어딨습니까? 다 먹고살자고 하는 일이고 내 가정 행복하고 든든하게 지키자고 하는 일 아닌가요? 그러고 보면 공이든 사든 결론은 하나네요. 오너의 마음."

날카로운 눈으로 바라보며 하는 말에 이민석은 긴장했다.

"아내한테 얘기를 좀 잘 해보세요. 적당한 피드백 기다립니다."

강현은 느긋한 목소리로 상냥하게 한마디를 던졌다. 이 정도 해놓으면 주소영이 수영장에서 다혜에게 미안하다는 사과쯤은 할 거라고 생각했다. 주소영이 믿는 그 힘. 대대로 부자라고 하는 그것. 결국, 돈에서 나오는 거였다.

그런 면에서 유강현은 이민석보다 훨씬 더 돈이 많았다. 돈이 힘이라면,

주소영이 그 힘으로 다혜를 괴롭힌다면 저 역시 얼마든지 주소영을 괴롭혀
줄 수 있다.

* * *

쌍둥이가 태어나고 얼마 후부터 강현의 낙 중 하나는 다혜의 마사지를
해주는 거였다. 처음에는 유선이 잘 풀리게 하려고 시작한 가슴 마사지였
지만, 점점 다혜가 아이들을 보느라 힘들어지면서 직접 마사지하는 걸 관
심을 두게 되었다.

마사지사에게 강습까지 받아가며 제대로 마사지를 할 수 있게 된 강현
은 다혜를 앉혀놓고 늘 실습을 했다.

다혜는 이제 더는 마사지를 하지 않아도 모유가 잘 나온다고 말했지만,
강현은 그 말에 별다른 반응을 하지 않았다.

"어차피 하면 할수록 더 잘 나올 거 아니에요, 뭉친 데 없이. 예쁘게 마사
지해서 가슴 모양도 더 예뻐지면 좋죠."

솔깃한 말이었다. 정말 마사지를 해서 아이들 모유 수유를 하느라 가슴
이 처지는 걸 예방할 수 있다면 좋은 거 아닐까? 하지만 거기에는 분명히
사심이 들어 있었다.

처음에는 유선을 따라 크게 마사지를 하다가 묘하게 끝만 공략하는 바
람에 다혜는 모유를 뚝뚝 흘리면서 자꾸 저도 모르게 고양이 앓는 소리를
내게 되었다.

이러면 안 되는데 하면서도 집요하게 하는 마사지 때문에 몸이 자꾸 뒤
틀렸다. 처음에는 몸조리 때문에 관계 자체가 불가능했었다. 하지만 몸이
회복되고 나서는 그러한 마사지가 곧장 정사로 이어졌다.

강현의 손길에 따라 아래가 젖어들고 허리가 뒤틀리는데 강현의 마사지

는 손으로 하는 것에서 점점 입술을 사용하고 있었다.

"아응…… 그러니까 거기 말고 그렇게 하지 말고요."

하지만 강현은 말을 듣지 않았다. 그리고 또 마사지까지 해주는데 자기 몫도 분명히 있다고 하면서 한 번씩 아이들의 모유를 훔쳐 먹기까지 했다. 등을 때려도 소용이 없었다. 그러면서 다혜는 나른하게 몸이 펴지는 걸 느꼈고 그럴 때 바로 강현은 틈을 놓치지 않고 깊게 파고들었다.

강현의 몸은 더 단단하고 다부져졌다.

가장으로서 든든하게 서는 것이 가족을 위한 가장 중요한 일이라는 걸 몸소 깨닫고 운동량을 늘렸기 때문이다. 덕분에 그런 단단한 남자 밑에 깔린 다혜는 앓는 소리가 절로 나왔다.

강현은 단단한 몸에 비해서 피부는 한없이 매끄러웠다. 다혜는 가끔 이 아름다운 조각 같은 남자가 자신의 남편이라는 것에 감동했다.

강현은 제 밑에 깔려서 끙끙거리는 아름다운 다혜가 제 아내라는 게 더할 수 없이 행복했다.

동화를 낳고 쌍둥이를 낳고, 그런데도 강현의 눈에 다혜는 세상 그 어떤 여자보다 아름다웠다. 땀에 푹 젖은 다혜의 잔머리를 넘겨주며 이마에 키스하자 다혜가 감았던 눈을 떴다.

"아무래도 이러다간 내가 일찍 죽을지도 몰라요, 체력 차이가 너무 나서."

"그러면 안 되지. 수영 열심히 하고 있어요?"

"열심히 하고 있다고요. 나도 체력은 남한테 뒤지지 않는데 강현 씨 체력은 말도 안 돼."

그러자 강현이 다혜의 엉덩이를 손으로 꽉 쥐었다.

"수영 열심히 하는 거 맞네. 갈수록 힙이 업되는데요?"

"정말요?"

은근슬쩍 부추기는 말에 다혜가 눈을 빛냈다.

"절대로 살찌거나 체력이 약해지는 일 없을 거예요."

"운동 열심히 해요, 그럼 내가 밤마다 마사지해줄게."

그 마사지 때문에 죽게 생겼는데 지금 무슨 말을 하는 건지. 하지만 강현의 낙은 한동안 계속될 것 같았다. 강현이 허리 아프지 않냐며 그녀의 허리와 골반 라인을 손바닥으로 쓱쓱 문질러주었다.

"쌍둥이한테 가봐야 해요."

"내가 먼저야. 부부가 먼저인 거 몰라요?"

강현은 정색할 때면 오히려 존대를 더 했다. 아이들에게 뒤지고 싶지 않은 게 강현이었다. 가장의 의무도 좋고 좋은 아버지가 되는 것도 좋지만, 무엇보다도 다혜의 사랑을 받고 싶었다. 다혜와 함께하는 시간이 절대적으로 부족했다.

"쌍둥이 낳고 난 뒤로 나 보는 시간이 더 소홀해진 거 알아요?"

"그럼 어떡해요. 아이가 이제 셋인데."

"나도 아이로 쳐줘요, 넷째."

강현은 넉살 좋게 말했다. 기가 막힌 일이다. 유강현 대표가 막내아들을 자처하고 나섰다고 한다면 아무도 믿지 못할 일일 거다.

"아니, 첫째도 아니고 넷째 하고 싶어요? 막내?"

"막내가 사랑 독차지한다면서요. 그러니까 나도 연다혜 막내 하겠다고. 대신 연다혜는 내 막내딸 해요."

"맙소사."

"영원히 내 막내딸."

"아니, 무슨 막내딸하고 이런 행위를……."

그러나 뭐라고 말하기도 전에 입술이 막혔다. 강현이 싱긋 웃으며 입술을 겹치고 그녀의 혀를 살살 얽으며 길게 파고들기 시작했다. 연다혜. 아무리 시간이 지나도 도무지 이 느낌만은 어쩔 수 없을 것 같다. 이런 게 사랑이겠지? 사랑이 맞다. 그런데 이 사랑이 정말 사람을 이렇게 변하게 하는 걸까?

강현은 다혜의 좁은 허벅지를 단단한 허벅지로 감싸며 그녀를 더 꽉 끌어안았다. 전화벨이 울린 건 그때였다. 울리는 전화벨은 한번 울리다 끊어지고도 계속 울렸다.

"도대체 누구야?"

겨우 헐떡거리는 숨을 잠재우고 강현이 휴대폰을 보니 할아버지였다. 이렇게 자꾸 전화하는 건 무슨 일이 있다는 건데⋯⋯. 전화를 받았을 때. 강현은 눈썹을 꿈틀했다. 전혀 생각하지 못한 소식이었다.

-강현아, 네 엄마 쓰러졌다!

다급한 할아버지 목소리에 강현은 당황했다. 그렇게 건강하고 미용에만 관심 있는 어머니가 쓰러졌다니 믿을 수가 없었다.

"네? 어머니가요?"

-별채에서 연락이 왔어.

"병원은요?"

-기사가 없어서 지금 막 가려고 한다. 일단 너한테 먼저 전화하는 거다. 어찌 됐든 지금 병원으로 갈 테니까 너도 와.

"네, 알겠습니다. 다혜 씨랑 갈게요."

다혜는 눈이 동그라져서 이불로 몸을 가볍게 감싸며 일어나 앉았다.

"어머니 편찮으세요?"

"쓰러지셨대. 빨리 병원으로 가봐야 할 것 같아요."

"잠깐만요."

빠르게 샤워를 하고 다혜와 강현이 방 밖으로 나왔을 때 자다가 깼는지 동화가 거실에 서 있었다. 커다란 눈을 깜빡이고 동화는 외출하려는 다혜와 강현을 보며 물었다.

"엄마, 아빠 어디 가요?"

강현이 선뜻 말을 못 하는데 다혜가 동화의 앞에 몸을 낮춰서 말했다.

"동화야. 예쁜 할머니 아프셔서 병원에 가야 해."

동화는 늘 소은을 예쁜 할머니라고 했다. 그 말에 동화의 눈썹이 모여들었다. 커다란 눈을 깜박이던 동화가 다혜의 손을 잡았다.

"엄마, 나도 갈래요."

"동화야……."

아이를 데려가는 게 옳은지 모르겠다. 혹시나 응급 수술에 들어갈 수도 있을 텐데.

"동화야, 넌 좀 기다려. 엄마 아빠가 먼저 가보고 할머니가 동화 볼 수 있을 때, 그때 엄마가 데리러 올게."

그 말에 동화는 눈물을 뚝뚝 흘리며 고개를 끄덕였다. 정이 많은 아이였다. 가까운 사람이 몇 없이 자랐던 탓인지 할머니, 엄마. 아빠. 동생. 이런 가족의 명칭이 붙은 사람들에 대한 애정이 남달리 크다는 걸 다혜는 잘 알고 있었다.

다혜는 동화를 안고 머리를 쓰다듬었다.

"할머니 괜찮으실 거야. 동화가 기도해 줘. 알았지?"

"네."

다혜가 동화에게 하는 걸 보며 그리고 동화가 소은을 걱정하는 걸 보며 강현은 알 수 없는 감동이 마음에 잔잔하게 퍼지는 걸 느꼈다. 마음 다해 사랑하고 솔직하게 표현하는 둘의 모습이 주는 감동이었다.

소은이 쓰러진 건 이번이 처음이었다. 그동안 주치의로부터 특별한 문제가 있다는 얘기를 들어본 적이 없었기 때문에 더 놀랐다. 할아버지 유 회장이 놀라서 강현에게 전화한 것도, 평소와 다르게 목소리가 걱정스러운 것도 당연했다.

미우니 고우니 해도 강현의 아버지가 죽은 뒤에 별채에서 유 회장을 보살펴준 건 어머니셨다. 사건 사고를 치는 며느리 뒷수습을 하는 게 지겹기도 했겠지만 할아버지도 어머니가 이렇게 쓰러지는 것을 바랐던 적은 없었을 거다.

강현은 차 안에서 이런저런 생각을 하느라 한마디도 하지 못했다. 다혜가 그런 강현의 입가에 캔디를 대주며 말했다.

"아, 해요."

다혜의 말에 입을 벌리자 딸기향의 상큼한 사탕이 입 안으로 들어왔다. 작은 사탕 한 알을 입에 넣었는데 느낌이 확 달랐다.

"동화가 좋아하는 사탕이에요. 딸기 맛이니 강현 씨도 괜찮죠?"

강현이 입꼬리를 늘리며 고개를 끄덕이자 다혜가 강현의 팔에 손을 얹었다. 따뜻한 손의 온기가 고스란히 전해졌다.

"너무 걱정하지 마요. 괜찮으실 거예요."

위로의 말을 건네는 다혜가 고마웠다. 어머니께 싫은 소리도 많이 듣고 불편한 시어머니일 텐데…….

병원으로 갔을 때는 의사가 근심스러운 얼굴을 하고 말했다.

"지금 수술 들어갑니다. 뇌출혈이 있어서요. 위치가 나빠서 예후가 좋을지는 장담할 수는 없습니다. 최선을 다하겠습니다."

인사를 하고 들어간 의사의 뒤에서 강현은 말할 수 없이 착잡한 심경에 휩싸였다. 엄마가 아버지가 돌아가신 뒤로 여러 남자를 만났다는 걸 알고 있으면서 모른 척하고 있자니 엄마를 점점 미워하게 됐다.

그렇긴 하지만 이건 아니었다. 적어도 건강하긴 해야 했다. 그래야만 원망의 마음이라도 가질 수 있는 거였다. 강현은 무거운 마음으로 대기 의자에 앉았다. 다혜는 급하게 오느라고 보모만 남겨두고 온 탓에 혜순에게 전화를 했다. 혜순이 전화를 받으며 혀를 찼다.

-너한테 그렇게 못되게 굴던 시어머닌데 뭐 좋다고 달려가.

그러면서도 마음 한편으론 안된 생각도 들었다.

-너도 너무 무리하지 마라.

"네, 어머니 동화하고 가온이, 다온이요……."

-걱정하지 마. 내가 갈 테니까. 다 내 새끼들인데 가서 봐야지.

"감사해요."

-수술이 오래 걸릴 거 같으니?

"정확히는 잘 모르겠어요. 예상하고 들어간 시간에 끝나지 못할 수도 있고 빨리 끝날 수도 있다고 했어요."

-아휴, 이게 다 무슨 일이니. 아직은 그래도 젊은데.

"부탁드려요."

전화를 끊고 다혜는 강현의 옆에 가 앉았다. 아직도 소은이 어렵고 불편한 건 사실이었다. 때로는 입장을 바꿔 생각해도 소은의 사고방식과 행동은 이해가 불가했다.

하지만 강현의 어머니였다. 사랑하는 남자를 낳아준 어머니. 다혜는 소은이 무사하기만 바랐다. 저 역시 동화를 키우고 있으니 실수도 있고 위험도 있지만, 그래도 어머니 아닌가.

"강현 씨. 너무 걱정하지 마요. 잘될 거예요."

강현은 고개를 끄덕이며 다혜의 손을 잡았다. 하지만 마음속으로부터 엄마를 미워했다는 생각 때문에 죄책감이 그를 감싸고 있었다. 만일 이대로 어머니가 깨어나지 못하신다면, 그런 생각을 하자 더 마음이 무거웠다.

그렇게 다혜와 강현이 기다리는 동안 유 회장에게서 여러 번 전화가 왔다.

-어떠냐?

"아직 수술 중입니다."

-그래. 알았다.

한마디 하고 끝낸 할아버지 목소리에서 걱정이 묻어났다. 예상 시간보다 한 시간 반이 지난 후에 의사가 나왔다.

"출혈 부위가 조금 커서요. 일단 중환자실에서 고인 피가 빠지도록 호스를 박아놓고 기다릴 겁니다."

"예."

"호스를 박아놓은 상태에서도 깨어나실 수 있습니다. 그리고 약간의 후유증이 올지 모르겠습니다."

수술보다 후유증이 더 무서운 거 아닌가? 강현은 그게 더 걱정되었다.

"지금으로 봐선 후유증이 생길 확률이 높은 건가요?"

"그렇게 되더라도 차근차근 나아질 테니 너무 걱정하지 마십시오."

"네. 감사합니다."

중환자실로 옮긴 뒤 강현과 다혜는 위생복을 착용하고 안으로 들어갔다. 정신없이 눈을 감고 있는 어머니를 보는 강현의 마음이 더욱 무거웠다. 다혜는 그런 강현의 손을 꼭 잡고 나왔다.

* * *

집으로 돌아오자 동화가 자지 않고 기다리고 있었다.

"엄마, 예쁜 할머니는요?"

커다란 눈에 어린 걱정이 귀여워서 다혜는 동화를 꼭 끌어안았다.

"동화야, 할머니 수술 잘 끝나서 코 자고 계셔. 그러니까 너무 걱정하지 마."

"휴, 다행이다."

동화가 작은 손으로 제 가슴을 쓸어내렸다. 그 모양이 너무 귀여워 강현도 웃고 말았다. 저 작은 몸을 하고도 생각하는 건 어른이나 마찬가지인 거다.

"동화, 이제 자야지. 아빠가 재워줄까?"

"네. 그리고 다음에는 할머니께 나도 갈게요!"

"그래."

핏줄이라는 게 뭘까?

동화의 눈에는 소은이 정말 많이 예뻐 보이나 보다. 계속 예쁜 할머니라고 하니까. 그런 마음에 다혜는 왜 동화가 자꾸 예쁜 할머니라고 부르는지 그게 궁금했다.

"동화야. 넌 할머니가 그렇게 예쁘니? 왜 맨날 예쁜 할머니라고 해?"

"응. 사람은 부르는 대로 된대요. 예쁘다, 예쁘다 하면 점점 예뻐지는 거래요. 나처럼."

뜻밖의 말이었다.

"동화 태어날 때부터 예쁜 거 아니고 예쁘다, 예쁘다 해서 예뻐졌어?"

그러자 동화가 고개를 끄덕였다.

"엄마랑 할머니랑 맨날 예쁘다고 해서 내가 예뻐졌어요. 그래서 감사해요."

가슴이 뭉클했다. 이 애는 늘 생각하지 못한 말을 한다.

"그러면 너 할머니한테 예쁘다고 그러는 거 할머니 예뻐지라 그러는 거야?"

다혜가 놀라서 묻자 동화가 작게 귓가에 대고 말했다.

"이건 비밀인데요, 할머니가 엄마한테 예쁘게 안 하는 거 같아서 더 예뻐지라고 맨날 예쁜 할머니라고 했어요."

그 말에 다혜는 울컥 눈물이 났다. 이 작은 게 세상에 모르는 게 없구나. 소은이 다혜를 구박하고 미워하는 걸 동화가 있을 때 대놓고 한 적은 없는 거 같은데 동화는 알고 있었구나. 다혜는 동화를 꽉 끌어안았다.

"든든한 우리 동화. 너무 예쁘고 너무 고마워."

"나는 앞으로도 점점 더 예뻐질 거예요. 엄마가 계속 예쁘다구 그러니까!"

동화의 말에 젖은 눈을 하고 다혜가 고개를 끄덕였다.

"그래. 우리 동화는 정말 예뻐질 거야. 그치?"

그 말에 동화가 고개를 끄덕이며 말했다.

"나는 다 예쁜 사람만 있으면 좋겠어요! 예쁜 가온이, 예쁜 다온이."

"그래."

태어나기도 예쁘게 태어났지만, 이렇게 착한 마음으로 예쁘다고 하는 오빠가 있으니 가온이, 다온이는 더 예쁘게 잘 자랄 것 같다.

이소은은 중간에 의식을 차렸다가 다시 깊은 잠으로 빠져들었다. 그리고 일반 병실로 옮긴 뒤에 제대로 정신이 들고 눈을 떴을 때는 동화가 보였다.

"할머니!"

어린 것이 부르기에 뭔가 대답을 하려고 하는데 말이 어눌해서 잘 나오지 않았다. 혀가 뻣뻣하게 굳은 것만 같았다.

동화야. 하고 말을 해야 하는데 비슷한 소리만 들릴 뿐이었다. 고개를 천천히 돌리는 옆에 강현과 다혜도 함께 있었다. 결국, 이렇게 힘든 상황에서 자리를 지켜준 건 자녀들이었다.

소은은 눈시울이 뜨거워지는 걸 느끼며 동화의 손을 잡았다. 동화가 소은의 손을 잡은 채 말했다.

"할머니 말 잘 못할 수 있대요. 그래도 괜찮대요, 점점 연습하면 말 잘할 수 있대요!"

동화의 말에 소은은 자신이 뇌출혈로 쓰러졌구나, 하는 걸 인지했다. 말이 잘 나오지 않는 아이와 같은 상황이 된 거다. 사람 일은 알 수 없다고 하더니 이렇게 강현의 식구들에게 의지하는 날이 올 줄 어떻게 알았을까.

"어머님, 걱정하지 마세요. 좋아질 수 있대요."

다혜의 목소리가 들리자 제 구박을 받으면서도 지금 이렇게 곁을 지켜 주고 있는 다혜가 고마웠다.

"할머니, 나도 매일 안 되는 말은 연습해요. 그러니까 말 점점 잘하게 돼요. 할머니도 점점 잘하게 될 거예요."

동화가 이렇게 마음의 위안이 될 줄이야. 그리고 바라보니 다시 다혜가 고맙게 느껴졌다. 동화를 빼앗으려고만 했었던 그 시간이 새삼스럽게 미안한 마음도 들었다. 소은은 동화의 손을 잡은 채 고개를 끄덕였다. 옆에 있던 강현이 다가오며 말했다.

"어머니, 걱정하지 않으셔도 돼요. 다행히 팔다리 움직이시는 덴 큰 어려움 없으실 거라고 하니까 천천히 말하는 연습만 하시면 훨씬 더 잘하실 수 있어요. 이제 자주 우리 집에 오셔서 손주들 보면서 그냥 지내세요."

쇼룸의 대표직을 그만둔 이후로 늘 다시 일하려고 아등바등했던 소은을 생각하며 강현이 그 마음을 편하게 해주려고 한 말이었다. 그러나 소은은 눈물을 주르륵 흘렸다. 이제 완전 늙은이가 되어버린 것 같아서 속상했다.

그런데 제 손을 잡고 있는 고사리손이 자꾸 속상해하지 말라고 마음을 간지럽혔다. 소은은 고개를 끄덕이며 동화를 보았다.

지루하게 긴 소은의 재활 치료가 시작되었다.

동화는 매일같이 한 번씩 할머니한테 들렀다. 잠깐이라도 동화가 왔다 가면 불안한 마음도 사라지고 기쁨이 생긴다. 동화가 할머니 들으라며 자기 피아노 연주곡을 휴대폰으로 전송해 주었다. 그걸 듣고 있으면 또 그렇게 어린 시절의 강현이 생각난다.

다혜는 동화를 데리고 집으로 돌아오며 물었다.

"동화야, 매일 할머니 병원 가는 거 힘들지 않아?"

"괜찮아요. 할머니가 조금씩 조금씩 나아지니까, 나도 조금씩 조금씩 더 기뻐져요."

"아, 우리 동화 착하기도 하지."

옆자리에 앉아 있던 강현이 걸려온 전화를 받고 있었다. 한유통의 대표, 주소영의 시아버지였다. 처음에는 억센 소리였다.

─유강현 씨, 어떻게 일을 이렇게 만들어 놓으십니까. 아, 지분을 취득하면 미리 말을 해야죠.

"저는 지분 취득에 대한 신고를 정당하게 했습니다. 제 자본이 들어갔다고는 하지만 엄연히 제 이름으로 산 것이 아니니 제 이름으로 신고할 필요는 없는 거 아닙니까?"

그 뒤부터는 우는소리였다.

─아니, 무슨 억하심정이 있다고 우리 회사를 MNA 하는 겁니까. 도대체 우리가 유강현 씨한테 잘못한 게 뭡니까.

"글쎄요. 그건 아드님께서 잘 아실 거 같은데…… 뭐, 그렇다고 해서 사업을 사적인 감정으로만 할 수는 없는 거고. 굳이 감정에 대해 물으신다면 아드님 내외께 묻는 게 옳을 거 같습니다."

대충 얼버무리고 전화를 끊으려고 하자 다급하게 말했다.

─우리 아들이 뭘 잘못했는지 몰라도 용서해 주십시오. 제발 우리 한유통 경영권 가져가지 마십시오.

"그런 건 이렇게 말씀으로 하는 게 아니죠. 경영권을 뺏기기 싫었으면 지분 방어를 잘하셨어야죠. 아 참, 며느님이 크게 한 건 하셨다고 생각하시면 됩니다. 며느님께 물어보시든가요."

강현이 전화를 끊었다. 옆에 있던 다혜의 눈이 동그래졌다.

"무슨 얘기예요? 경영권? 지분 방어라뇨."

"그런 게 있어요. 사업을 좀 확장하려다 보니…… 승자가 있으면 패자가 있기 마련이죠."

그런데 그게 주소영네 회사라는 건 잠시 후에 알게 되었다.

-다혜 씨.

갑자기 걸려온 모르는 번호에 다혜는 그 목소리를 듣고서야 주소영의 전화라는 걸 알았다.

"무슨 일이시죠?"

바짝 날을 세워 묻자 풀이 푹 죽은 주소영이 애원했다.

-내가 다혜 씨한테 잘못한 게 있으면 용서해 줘요. 나 이렇게 전화하는 거 쉽지 않았어요.

전화한 걸 생색이라도 내려는 걸까?

다혜는 듣기 싫은 목소리에 인상을 썼다.

"쉽지 않은 전화를 왜 하셨어요. 하지 마시죠."

-진짜, 내가 잘못했어요. 우리 회사 좀 돌려주세요. 나 정말 시아버지한 테 내쫓기게 생겼어요.

다혜는 이게 다 무슨 말인지 정확히 알아들을 수 없었다. 주소영은 우는 소리로 술술 다 이야기했다.

-강현 씨가 내가 다혜 씨한테 함부로 했다고 화가 나서 한유통 지분을 다 사버렸어요. 경영권도 다 뺏기게 생기고……. 제발 도와줘요.

"내가 왜 주소영 씨를 도와줘야 하죠? 주소영 씨한테 저 사람 아니잖아 요. 있는 사람들끼리, 갑질할 만한 사람들끼리 어울려 살던 분 아니었던가 요? 그리고 회사 지분에 대한 건 저는 알지 못해요. 힘도 없고요."

-그래도 강현 씨가 다혜 씨 말이라면 뭐든지 들어주지 않을까요?

주소영은 그렇게 말하면서도 질투가 났다. 대체 애까지 딸린 저 여자가 뭐라고 제가 이렇게까지 빌어야 하는 걸까?

저를 제치고 다혜와 결혼한 강현을 아직도 용서할 수가 없다. 잘난 것도 없이 강현을 뺏어간 다혜는 더 싫었다. 하지만 지금은 억지로라도 미안하다고 해야 했다.

그러나 사람이 진심인지 아닌지는 상대방도 알 수 있다. 다혜는 똑바로 말했다.

"저는 그런 데 관여할 의사가 없습니다. 회사 일은 회사 사람들끼리 하도록 하시죠. 그리고 사과가 잘못된 거 같네요. 정확하게 나한테 뭘 잘못하셨는지를 생각해 보세요. 그리고 저는 더 이상 전화 받지 않겠습니다."

다혜는 전화를 끊었다. 주소영은 없는 사람을 무시하는 게 너무나 당연한 사람이다. 자기가 잘못해 놓고도 자기는 그런 잘못을 저질러도 괜찮다는 특권 의식을 가진 사람. 평생 같이 지내고 싶지 않은 사람이었다.

그건 그렇고 정말 유강현이 보복성으로 한유통을 먹어버린 걸까?

다혜는 그날 저녁 식사를 마치고 아이들을 다 재운 후에 강현의 품에 얼굴을 묻었다. 커다란 손으로 다혜의 얼굴을 쓰다듬는 강현의 눈길이 따뜻하다.

"강현 씨."

"왜요, 다혜 씨?"

부드럽게 말하며 다혜의 입술에 쪽 소리가 나도록 입을 맞춘 강현이 미소 짓고 바라보자 다혜가 물었다.

"한유통 말이에요."

"네."

한유통이라는 단어가 나오자마자 강현의 눈빛이 싸늘하게 변했다. 그걸 눈치채는 순간 다혜는 주소영의 말이 사실이라는 걸 알았다. 다혜는 다른 건 묻지 않고 강현에게 이야기했다.

"주소영 씨가 전화했었어요."

그 한마디에 강현은 주소영이 얼마나 징징거렸을지 다 이해했다. 원래 가지고 싶은 걸 못 가지면 안달 나고 자기 것 하나도 뺏길 수 없는 게 주소영이었다. 그런데 결혼한 자기 시댁이 풍비박산이 나게 생겼으니 그 자존심에도 다혜한테까지 전화를 했을 거다.

"난 다른 건 모르겠고요. 그게 회사에 도움이 돼요? 강현 씨가 나 하나 때문에 그 회사를 인수했을 거란 생각은 하지 않을래요. 회사를 그렇게 키우는 게 강현 씨한테 도움이 되냐고요."

강현은 가만히 다혜를 바라보았다. 참 현명한 여자다. 물론 그 회사를 조금 무리하게라도 인수한 건 다혜 때문이었다. 주소영이 다시는 함부로 다혜에 대해서 말하지 못하도록, 그리고 주소영뿐만 아니라 다른 누구라도 다혜에 대해서 함부로 말할 수 없게 하려는 생각이었다. 하지만 그게 꼭 다혜 때문만은 아니라고, 그렇게 말하고 싶었다.

"당연하지. 회사 일을 감정적으로 할 수 있나."

"그럼 됐어요. 난 그러면 됐어요."

강현이 다혜를 꽉 끌어안았다. 품 안에 안긴 다혜의 등을 쓰다듬으며 강현이 나직하게 말했다.

"하지만 이거 하나는 분명해요. 유강현 와이프는 아무도 못 건드려. 동화도 가온이, 다온이도 마찬가지야."

진지하게 한 말을 뒷받침해 주듯이 강현의 눈이 예리하게 빛났다. 다혜는 그 진지한 말을 웃으며 받았다.

"든든한데요, 우리 가장?"

"당연하지."

강현이 그렇게 말하며 다혜를 꽉 끌어안고 입술을 맞추었다. 다혜 특유의 달콤한 향기가 숨결 가득 들어왔다. 언제나 꽃향기가 감도는 연다혜!

시간이 갈수록 가장으로서 사랑하는 아내와 아이들에게 든든한 울타리가 되어주고 싶다. 그래서 더 강해지고 싶고. 다혜가 강현의 품에 얼굴을 묻으며 말했다.

"멋진 가장, 당신이 내 남편이어서 정말 자랑스러워요. 하지만 우리 가능하면 선한 마음으로 살아요. 우리 식구가 중요하니까 그만큼 다른 사람도 배려해 주고요."

"좋은 말이에요. 그럴 가치가 있는 사람에게는 그럴게요. 못돼먹어서 남 괴롭히는 사람들 말고."

둘이 얼굴을 마주 보며 피식 웃었다. 주소영은 용서할 수 없다는 말이었다. 그런데 그래서 더 좋았다. 주소영의 말대로 사업 한두 개 망해도 대대손손 잘 먹고 잘살 집안이라고 큰소리를 쳤으니 알아서 하겠지. 이제 그런 것들은 다 젖혀두고 싶다.

"침대에서 딴 얘기 하기 없기. 우리 둘 얘기만 하자고요. 안 그래요, 연다혜 씨?"

"그래서 하고 싶은 말이 뭔데요?"

그러자 강현이 귓가에 대고 말했다.

"사랑해요."

다혜가 그런 강현의 말에 웃으며 그의 품에 안겨들었다. 단단한 팔이 든든하게 다혜의 몸을 감쌌다. 품 안에서 다혜가 꼼지락거리자 강현의 숨결이 바로 거세지기 시작했다. 사랑스러운 몸을 꼭 끌어안고 귓불에 키스하자 다혜의 얼굴이 화르륵 붉어졌다. 서로의 숨결이 하나로 이어졌다.

크고 작은 일들이 매일 수없이 지나가도 하나는 변하지 않는다.

하루가 지나면 또 그만큼 사랑이 자란다.

오늘도 사랑이 깊어지는 긴 밤이 될 거 같다.

〈대표님의 아이 完〉

작가 후기

　살다 보면 누구나 불가항력적으로 힘든 일이 몰아치는 때가 있습니다. 그러한 시기에는 어떤 것도 의도하는 대로 되지 않죠. 저는 『대표님의 아이』를 쓸 때가 그랬습니다.

　휘몰아 닥친 많은 불행 때문에 글을 쓰는 내내 울면서 쓸 수밖에 없는 상황이었습니다. 그런데 참 아이러니하게도 그렇게 힘들었을 때도 써야만 하는 상황 때문에 울면서 썼던 글이 로맨틱 코미디가 되어 나왔습니다.

　원하지 않는 상황에 처한 현실을 인정하고 싶지 않던 나의 상하고 슬픈 마음이 다혜가 극단적인 선택을 하고자 한강 다리에 섰던 장면으로 표현되어 나온 것이라면, 그럼에도 불구하고 미래에 대한 희망을 꿈꾸며 품었던 밝고 긍정적인 에너지는 동화가 되어 탄생했습니다.

　그런 면에서 모든 불행의 구원은 결국 사랑이겠지요.

　강현과 다혜가 만나기 전에 동화가 생겼지만 결국 두 사람의 사랑으로 귀결되는 내용은 현실보다는 판타지에 가깝다고 할 수도 있을 겁니다. 하지만 어리석게도 저는 우리의 일상은 수많은 판타지로 점철되어 있고 그런 기적이 살만한 세상을 만든다고 믿는 사람입니다.

　서로 다른 사람이 만나서 사랑을 하고 무수한 감정이 교류하며 새 생명이 태어나는 것이 결국은 삶의 주축을 이루는 게 아닐까요? 그것이 또한 제가 로맨스를 좋아하는 이유이기도 합니다.

　『대표님의 아이』는 삶의 가장 막다른 골목에서 아이를 택한 여린 다혜가 사회에 발 디디고 강한 엄마로 성장하는 모습이 기본을 이룹니다. 그런 다혜와 동화의 옆에서 든든한 버팀목이 되어주는 주아와 혜순의 의리 있는 사랑도 한몫을 하죠. 결국 소소한 희생이 모여 서로 돕는 사랑이 있을 때 우리는 더 행복해질 수 있습니다.

이런 아기자기한 사랑과 행복을 쓰고 싶었습니다. 거기에 핏줄의 당김과 기적을 가미한 소설이 이 작품입니다. 서로 알아볼 수밖에 없는 존재들이 빚어내는 사랑과 웃음을 함께 나누고 싶었습니다.

전혀 다른 환경에서 자라난 이질적인 자아를 가진 사람들이 하나가 되고 서로를 원하는 그 모든 과정은 어찌 보면 사랑이라는 기적이 아니고서는 불가능한 일인지도 모르겠습니다.

인생의 큰 슬픔 가운데 만난 동화의 이야기가 독자님에게도 재미와 감동으로 다가가기를 바랄 뿐입니다.

대표님의 아이 2

초판 1쇄 인쇄 2022년 9월 15일
초판 1쇄 발행 2022년 9월 27일

지은이 최연
펴낸이 이범상
펴낸곳 (주)비전비엔피 · 로맨티카

기획 편집 이경원 차재호 김승희 김연희 고연경 박성아 최유진 김태은 박승연
디자인 최원영 한우리
마케팅 이성호 이병준
전자책 김성화 김희정
관리 이다정

주소 우)04034 서울시 마포구 잔다리로7길 12 (서교동)
전화 02)338-2411 | **팩스** 02)338-2413
홈페이지 www.visionbp.co.kr
인스타그램 www.instagram.com/visioncorea
포스트 post.naver.com/visioncorea
이메일 visioncorea@naver.com
원고투고 romantica@visionbp.co.kr

등록번호 제2016-000153호

ISBN 979-11-6829-226-0 04810
           979-11-6829-224-6 (SET)